本書出版得到國家古籍整理出版專項經費資助

古典文學研究資料彙編

姜夔資料彙編

賈文昭 編

中華書局

圖書在版編目(CIP)數據

姜夔資料彙編/賈文昭編.—北京:中華書局,2011.12
(古典文學研究資料彙編)
ISBN 978-7-101-08247-0

Ⅰ.姜…　Ⅱ.賈…　Ⅲ.姜夔(約1155~約1221)-文學研究-研究資料　Ⅳ.I206.2

中國版本圖書館CIP數據核字(2011)第205486號

責任編輯:俞國林

古典文學研究資料彙編
姜夔資料彙編
賈文昭 編
*
中華書局出版發行
(北京市豐臺區太平橋西里38號　100073)
http://www.zhbc.com.cn
E-mail:zhbc@zhbc.com.cn
北京市白帆印務有限公司印刷
*
850×1168毫米 1/32·21印張·2插頁·450千字
2011年12月第1版　2011年12月北京第1次印刷
印數:1-3000冊　定價:64.00元

ISBN 978-7-101-08247-0

前　言

姜夔是南宋文壇的一顆巨星，是古代文苑中不可多得的全才和天才。他不僅是傑出的詞人，同時又是傑出的詩人、音樂家、書法家。後人對他所涉足的各個方面都進行了廣泛的研究，給我們留下了大量的資料。這些資料既有豐富的史料價值，又有顯著的理論價值和實踐價值，可謂彌足珍貴。

一

《宋史》無姜夔傳。稍後於姜氏的南宋詞人張輯撰寫的《白石小傳》早已散佚。明初張羽撰寫的《白石道人傳》雖有史料依據，但去取欠精，頗有疑點。清代和清以後爲姜氏立傳者甚多，所撰寫或輯録的姜夔傳有十餘篇，其中以今人夏承燾先生所輯録的姜夔傳和對姜氏生平的考證最爲周詳。根據歷代人們撰寫的姜夔傳，根據周密《齊東野語》記載的白石自述，根據夏先生對白石生平的考證和各種有關史料，我們對姜夔其人其文其行跡可以有一個大致切實的了解。

姜夔，字堯章，饒州鄱陽（今江西波陽）人。因嘗寓居吴興之白石洞天，友人潘檉字之曰白石道人，故又號白石。據夏先生考證，白石約生於宋高宗紹興二十五年（一一五五），卒於宋寧宗嘉定十四年（一二二一）。其父名噩，曾任漢陽縣知縣。白石孩幼時隨侍親側。大約十四歲時，父親去世，遂依伯姊居漢川山陽村。二十歲起，到處游覽，廣交名士，曾經歷江淮，過維揚，游濠梁，泛洞庭，客武陵，留長沙，觀南嶽，輾轉湘、鄂間十餘年。三十二歲時，在湖南遇見老詩人蕭德藻，蕭非常贊賞他的詩，把姪女嫁給他，並帶他寓居湖州。此後八九年間，雖又到過吴淞、臨安、紹興、南昌等地漫游，並曾寓居過合肥、吴興等處，但皆爲時短暫，未嘗久離湖州。寧宗慶元三年，因蕭德藻去池陽，白石在湖州無眷屬可依，乃移家杭州，住張鑑别宅。此後便長住杭州。

寧宗登極時，宋室南渡已六七十年，樂典久墜。白石在慶元三年曾上書論雅樂，進《大樂議》和《琴瑟考古圖》各一卷。五年，又上《聖宋鐃歌鼓吹十二章》。詔「免解」，與試禮部，但仍未及第，遂以布衣終身。他在五十二歲時，又曾往桐廬、括蒼、永嘉等地漫游，後又游覽金陵。嘉定五年游揚州時，初識吴潛。後二年，卒於杭州西湖，約年六十七。家貧不能葬，由吴潛諸人葬於杭州之西馬塍。

白石一生懷才不遇，到處漂泊，依靠文字和他人賙濟爲生。但他性格灑脱，人品比較高潔。生平好客，好學，好藏書，好游覽。他多才多藝，於詩、詞、音樂、書法皆有很高造詣，尤以詞著稱，歷來被人視爲南宋格律派的代表詞人。他在當時文壇極負聲譽，一些達官名流如辛棄疾、范成大、陸游、楊萬里、朱熹、樓鑰、蕭東父、葛天民、張鑑等，多與之交游酬唱。楊萬里稱贊他「於文無所不工」，范成大認爲他「翰墨人品似晉、宋之雅士」，陳郁《藏一話腴》中也説：

白石道人氣貌若不勝衣，而筆力足以扛鼎；家無立錐，而一飯未嘗無食客。圖書翰墨之藏，汗牛充棟。襟期灑落，如晉、宋間人。意到語工，不期於高遠而自高遠。

紹熙二年冬，白石曾載雪赴石湖訪范成大，在范處停留彌月。應范之約，創製了《暗香》、《疏影》兩首新詞。二詞音節諧婉，范大稱賞，以青衣小紅贈之。歸途中，白石詠詩云：「自製新詞韻最嬌，小紅低唱我吹簫。曲終過盡松陵路，回首煙波十四橋。」由此也可想見其風流灑脱之概。

上書朝廷論雅樂，這是白石參與政治生活的一件大事。創製新詞授贈歌妓，這是白石私生活中的一件豔事。這兩件事特爲世人所稱道。而對於白石的懷才不遇，則頗有人爲之同情惋惜。

有個問題需要作點補充説明，這就是姜白石與姜石帚是否一人和何時被混同爲一人的問題。由於晚宋詞人吴文英集中有幾首酬贈姜石帚的詞，後人遂誤認石帚即白石之别號。直至清末，陳鋭、梁啟超等始對此提出疑義。夏承燾先生在所著白石《行實考》中特撰《石帚辨》一節，對此作了詳細考證，辨明石帚並非白石，而是另有其人，乃宋末元初一位杭州舉子。言之鑿鑿，可謂了卻數百年來一樁公案。中華書局前不久影印出版了一部長期被埋没的書——《詩淵》，從這部書中也可看出，凡鈔録的姜夔詩，署名皆爲「宋白石姜夔堯章」，僅有一首署的是「宋姜石帚」，而這一首詩又從未見諸白石集或其他記載，這也可以作爲石帚並非白石而是另有其人之一證。《詩淵》編者是明初無名氏，説明從南宋到明初尚未混淆。那麽，到底從什麽時候開始把二人混爲一人呢？夏先生認爲是從清初朱彝尊或陳撰、曾時燦開始（見《石帚辨》），唐圭璋先生認爲是從乾隆年間陸鍾輝、江春諸人刊《白石集》開始（《姜白石評傳》）。實際上，從現有資料看來，混淆的時間還要更早一些，至少明朝末年的卓人月就已經混淆了。卓有贈女鬟紅衣詩云：「石家醋醋喜穿緋，裹手擎觴率意飛。座上恨無姜石帚，長歌一曲惜紅衣。」詩中所説的「惜紅衣」，顯然是指白石的《惜紅衣》詞及其中的「紅衣半狼藉」詞意。卓氏此詩見於朱彝尊《靜志居詩話》，看來朱氏很可能是受了卓的影響，才産生誤解以致混淆的。鑒於清代詞論家普遍地誤認白石即石帚，這一點似有辨明的必要。

二

白石主要活動於南宋中葉。這時期，南宋統治者以屈辱求和的可恥國策换得一隅偏安。上層社會文恬武嬉，歌舞升平，醉生夢死，得過且過。在這種社會風氣影響下，南宋前期以辛棄疾爲代表的豪放派所發出的抗金復國的强大呼聲漸趨沉寂，許多文人又走上了逃避現實、講求聲律、雕琢詞藻的形式主義道路。白石的著述，就是這樣的歷史背景下的産物。

白石以詞著稱於世。他的詞現存一〇八首，版本多達三四十種，在後世産生過極大影響。後人對他的詞評論最多，評價也最高。南宋末年著名詞人張炎在《詞源》中説：「姜白石詞如野雲孤飛，去留無跡。……白石詞如《疏影》、《暗香》、《揚州慢》、《一萼紅》、《琵琶仙》、《探春慢》、《八歸》、《淡黄柳》等曲，不惟清空，又且騷雅，讀之使人神觀飛越。」又説：「詞之賦梅，惟白石《暗香》、《疏影》二曲，前無古人，後無來者，自立新意，真爲絶唱。」張炎這些評語，影響極爲深遠。後世詞論家在評論姜詞的藝術風格時，或是逕直沿用「清空」、「騷雅」的評語，或是用「清」、「清虚」、「清逸」、「清超」、「清妙」、「清真」、「清新」、「清俊」、「清綺」、「清芬」、「清鍊」、「清峭」、「清雋」、「清剛」、「清挺」、「清勁」以及「雅」、

「醇雅」、「淡雅」、「雅潔」、「雅健」、「雅正」之類評語。用語不盡相同，但目爲「清」、「雅」則相當一致。至於姜詞影響之大，更爲詞壇所罕見。朱彝尊在《黑蝶齋詩餘序》中説：「詞莫善於姜夔，宗之者張輯、盧祖皋、史達祖、吴文英、蔣捷、王沂孫、張炎、周密、陳允平、張翥、楊基，皆具夔之一體。」可見宋、元時期姜夔衣鉢的繼承者已很不少（當然，其中有個别人不應列入姜派）。明代中葉，楊升庵《詞品》已有「近日作詞者，惟説周美成、姜堯章」的記載。到了清代，更是不止一次地出現「家白石而户玉田」的記載，並且還有「家白石而户梅溪」的記載。足見姜詞流傳之廣。在周、姜並舉中，對周與姜似不分軒輕；在姜、張並舉和姜、史並舉中，則分明是姜高於張、姜高於史，是把姜視爲詞的宗師和頂峰。且看以下評語：

白石之詞，清氣盤空，如野雲孤飛，去留無跡。其高遠峭拔之致，前無古人，後無來者，真詞中之聖也。（戈載《宋七家詞選》）

文極於左，詩極於杜，詞極於姜。（吴蔚光《自怡軒詞選序》）

詞家之有白石，猶書家之有逸少，詩家之有浣花。（鄧廷楨《雙硯齋詞話》）

給予姜詞以如此崇高的評價的並不少見。清代許多人都認爲「詞極於姜」，把姜尊之爲「詞仙」、「詞聖」，不僅視爲南宋詞壇盟主，而且視爲古今詞壇盟主。真可謂至矣，盡矣，蔑以加矣。

用「清」、「雅」二字概括姜詞風格的基本特徵，大體上是貼切的。白石的許多詞作，確實是以清雅的詞語，表現清雅的事物，抒發清雅的情意。譬如，白石喜愛梅花，他寫的涉及梅花的詞多達十七首。

白石又喜愛荷花，他在吴興時曾屢屢徜徉於荷花構成的「水晶宫」中。所以，他寫的詠梅、荷的詞非常傳神。像《暗香》開頭所描繪的「玉人」月下「攀摘」梅花的情景，《念奴嬌》上片所描繪的「翠葉吹涼」、荷花飄「香」的情景，都寫得十分優美。梅、荷本是清雅高潔之物，一經以清雅之詞出之，自然也就呈現出一種清雅的格調和風貌。白石寄情山水，嚮往隱逸生活，他的不少詞都顯露出陶醉自然山水之情，在《點絳脣》一詞中並且明確地表述了他歸隱江湖之志：

燕雁無心，太湖西畔隨雲去。數峰清苦，商略黄昏雨。　第四橋邊，擬共天隨住。今何許？憑闌懷古，殘柳參差舞。

這樣的喜愛山水之情和「擬共天隨住」的歸隱江湖之志，也歷來是被視爲清雅高潔的，一經以清雅之詞出之，自然也就呈現出一種清雅的格調和風貌。白石詠物詞中，還有詠芍藥的，詠牡丹的，詠茉莉的，詠楊柳的，詠蟋蟀的，等等，這些物雖不一定以清雅著稱，但一經白石以清雅的詞意予以描摹，也大都含有清雅的韻味。白石的詠物多是與抒情結合在一起。他所抒發的情意除熱愛山水花鳥、嚮往隱逸生活之外，還有表現懷才不遇的，鄉關之思的，懷念友人的，個人戀情的，以及黍離之悲的，也大都寫得或清虚騷雅，或清冷淡雅，或清逸醇雅，或清勁典雅，或清真雅正。劉熙載《藝概》中説：「詞家稱白石曰『白石老仙』，或問究竟與何仙相似？曰：藐姑冰雪，蓋爲近之。」又説：「姜白石詞幽韻冷香，令人挹之無盡。擬諸形容，在樂則琴，在花則梅也。」可謂道出了姜詞的清雅高潔的基本特徵。人們常把詞分爲豪放派、婉約派，白石可説是在這兩派之外别樹一幟，那就是清雅派。

對清雅派應如何評價？能不能把它置於豪放派、婉約派之上？這就成了在評定姜詞成就和地位的同時需要辨明的問題。自晚唐五代以後，填詞家普遍把婉約派奉爲詞壇正宗，而把豪放派視爲「别格」。在姜夔爲代表的清雅派崛起以後，情形有了變化，不少人基於封建士大夫的審美趣味，不滿意婉約派的脂粉氣和豪放派的所謂「粗豪氣」，傾心於清雅，故清雅派呈上升趨勢。到了清代，從康熙開始就提倡「清真雅正」，雍正十年並頒布上諭明確地把「清真雅正」作爲衡文標準（見梁章鉅《製藝叢話》），詞壇上崇尚清雅之風大盛。朱彝尊和浙西詞派標榜姜張、姜史，把清雅派奉爲詞壇正宗。這以後，填詞家們紛紛以姜張爲圭臬。雖不斷有人對此提出異議（如常州詞派明確反對崇奉姜張），但終未能改變清雅派在有清一代被衆多的人所崇奉並在詞壇上居於優勢地位這一主要態勢。這裏，不妨看看李慈銘在《越縵堂讀書記》中所發表的一段駭人之論：

（南宋）作者，惟稼軒最爲清矯，不錮所溺，而石帚名最盛，業最下，實群魔之首出者。……嗚呼！今世填詞家，方奉白石老仙爲周、孔，見予此論，有不駭而卻走哉！

李氏推崇稼軒，誠爲至當。但貶斥白石「業最下，實群魔之首」，則顯然偏激荒謬。不過，他道出了一個事實，即直到晚清，白石仍然「名最盛」，被奉爲「周、孔」。人們看了這些話，「駭而卻走」倒未必，大摇其頭恐怕是免不了的。

李氏這樣的過分貶斥之詞，同某些推崇過當之詞一樣，顯露了評論者審美趣味的偏嗜，且往往夾雜有「派性」因素。我們今天評價姜詞，當然不能盲目地與前人的審美趣味認同，更不能從「派性」出發。列寧早就指出:「在馬克思主義裏絶没有與『宗派主義』相似的東西。」(《馬克思主義的三個來源和三個組成部分》)我們評價古典文學作品,應當着眼於思想性與藝術性、真實性的統一,並把思想性放在首位,而不管其屬於哪家哪派。就思想性而言,我們最看重的自然是那些富有人民性和愛國主義精神的作品;同時對那些具有健康優美的生活情趣的作品也要予以肯定或贊賞,因爲它們也是人們多樣化的精神生活不可缺少的。白石詞的多數是歌詠山水花鳥或表現友情、戀情、思鄉之情,缺乏積極的社會内容,但他這部分作品情調健康,詞藻優美,能給人以良好的精神愉悦和美感享受,因而是應予肯定或贊賞的。至於他的表現懷才不遇和歸隱江湖的詞作,則實際上揭露了封建社會扼殺人才的罪惡,表示了對封建統治階級的離心傾向和不合作態度,理應予以較高的評價。特别值得稱道的,是他有少數詞作抒發了故國之思和黍離之悲。像《揚州慢》所描寫的「過春風十里,盡薺麥青青」、「清角吹寒,都在空城」情景,同杜甫寫的「國破山河在,城春草木深」情景極爲相像,可以説是把揚州這座歷史名城在經過金兵蹂躪後的荒蕪淒涼景象充分地展現了出來。《淒涼犯》上片所描繪的「衰草寒煙」、軍馬嘶鳴而人跡渺然的藝術畫面,則又把「邊城」合肥的「一片蕭索」景象展現了出來,與《揚州慢》所展現的揚州的荒涼景象頗爲相像。他的代表作《暗香》、《疏影》,因其中有「江國,正寂寂。嘆寄與路遥,夜雪初積。」「昭君不慣胡沙遠,但暗憶江南江北。」以及「猶記深宫舊事」等等詞語,論者多以爲其中有寄託,係暗寓徽、欽二帝及後宫北徙事。儘管對其寄託的具體内涵理解不一,但認爲其中含有愛國情思當是無可置疑的。認爲二詞僅是寫合肥情事,此説殆不可信,因無法解釋詞中何以會出現「胡沙」、「昭君」、「深宫」字樣。還有《惜紅衣》中的「維舟試望，故國渺南北」，《八歸》中的「最可惜一片江山，總付與啼鴂」，《點絳唇》的「今何許？憑欄懷古，殘柳參差舞」，也都有人認爲是表現了故國之思或黍離之悲的。看來可能是如此，只是寫得過於含糊朦朧難以確指。陳廷焯云：「南渡以後，國勢日非，白石目擊心傷，多於詞中寄慨。」這話是對的。只是白石所「寄」之「慨」幾乎全是一片憂傷哀惋，缺乏積極奮發的進取精神。這些詞的社會價值與稼軒詞比起來殊爲不及，但與一些吟風弄月之作比較又高出多多，因而是不應低估的。

在白石抒發愛國情思的詞作中，也有個别慷慨激昂、奮發進取的篇什，那就是《永遇樂・次稼軒北固樓詞韻》：

雲鬲迷樓，苔封很石，人向何處？數騎秋煙，一篙寒汐，千古空來去。使君心在，蒼崖緑嶂，苦被北門留住。有尊中酒差可飲，大旗盡繡熊虎。前身諸葛，來游此地，數語便酬三顧。樓外冥冥，江皋隱隱，認得征西路。中原生聚，神京耆老，南望長淮金鼓。問當時依依種柳，至今在否？

辛棄疾在宋寧宗嘉泰四年由浙東安撫使被派知鎮江府，在這年秋天寫了著名的《永遇樂・京口北固亭懷古》一詞，抒發其「氣吞萬里如虎」的北伐壯志。白石此詞，即是步稼軒韻而作。全詞充溢着對抗金英雄辛棄疾的熱情歌頌和殷切期待。「大旗盡繡熊虎」一語，寫出了辛棄疾在鎮江府大刀闊斧地練兵備戰的赫赫軍威。「中原生聚，神京耆老，南望長淮金鼓」句意，道出了淪陷區人民渴望大軍北伐的共同心聲。誠爲難得的佳作。可是，這樣的佳作卻長期受到封建文人的漠視！這首詞在白石詞中誠然屬於「別格」，屬於豪放派，不屬於清雅派，但是，怎麽能因爲它不「清雅」就予以漠視呢？晁補之評論東坡詞説：「蘇東坡詞，人謂多不諧音律，然居士詞横放傑出，自是曲子中縛不住者。」（見《能改齋漫録》）同樣，白石這首詞所抒發的慷慨激昂的愛國豪情，也是「清」、「雅」二字縛不住者。由此可以見出清雅派藩籬的偏狹和豪放派疆土的遼闊，也可以悟到推崇前者而貶抑後者的謬誤。

白石雖然有個別詞屬於豪放派，但在總體上他還是清雅派。對於其清雅的藝術風格應予肯定，對於其詞中因囿於清雅的藩籬而産生的思想性的不足之處也必須看到。我們今天評價姜詞，當然不能像張炎及其某些追隨者那樣，僅僅拿一個「清空」、「騷雅」之類評語，就算蓋棺論定，把白石和清雅派推崇到豪放派、婉約派之上，奉之爲詞壇正宗和盟主。如果硬要把清雅派與其他二派相比的話，那麽，應該説三派各有所長；同時又應該看到，清雅派的高處達不到豪放派那種疆域遼闊、慷慨激昂的高度，其低處也降不到婉約派那種綺羅香澤、纖靡淫豔的低度。否則就失去「清雅」的特色，不成其爲清雅派了。因此，把婉約派奉爲詞壇正宗固然不妥，把清雅派奉爲詞壇正宗也是不妥的。從人們精神需要的多樣性而言，應該三派並重才是。從提倡反映廣闊的社會生活和高昂的進取精神而言，對豪放派倒是應該更爲看重才是。姜白石可以算得是詞壇上一位傑出詞人，是清雅派的代表和盟主，但要把他奉爲「詞仙」、「詞聖」、古今詞壇領袖顯然譽之過當。

三

除詞之外，白石在詩歌、音樂、書法方面也都有很高的造詣，且都在後世産生過很大影響。

白石學詩是從江西派入手，後來覺悟到「學即病」，才擺脱江西派的牢籠，走上獨創的路。白石的詩友們都非常贊賞他的詩。到了清代，贊賞者更多。大詩人王士禛認爲：「白石，詞家大宗，其於詩亦深造自得。」並説：「余於宋南渡後詩，自陸放翁之外，最喜姜夔堯章。」黄培芳認爲：「宋人七絶每少風韻，惟姜白石能以韻勝。」楊鍾羲説：「余酷愛姜白石《昔游詩》，如風掠水，縱横自然，真大家數也。」李慈銘雖然痛斥姜詞，對姜詩卻大加贊揚：「予嘗謂南宋中葉後詩，姜堯章最清峭絶俗。」並且説：「宋人絶句，若東坡、石湖、白石三家，風調清遠，多逼唐人。」前人的這些評語是很有見地的，符合姜詩的實際的。白石許多詩確實寫得「清峭絶俗」，饒有「風韻」，或「如風掠水，縱横自然」。例如他的組詩《除夜自石湖歸苕溪》中的第一首和第七首：

細草穿沙雪未消，吴宫煙冷水迢迢。梅花竹裏無人見，一夜吹香過石橋。

笠澤茫茫雁影微，玉峰重疊護雲衣。長橋寂寞春寒夜，只有詩人一舸歸。

這組詩是在宋光宗紹熙二年除夕，白石自范成大處返歸苕溪時所寫。對於歸途中的情景描寫得歷歷如繪，十分精妙，清雅别致，極有韻味。難怪楊萬里讀了以後，譽之爲「有裁雲縫月之妙思，敲金戛玉之奇聲」。還有像《湖上寓居雜詠》、《次石湖書扇韻》、《平甫見招不欲往》、《武康丞宅同朴翁詠牽牛》、《姑蘇懷古》、《過湘陰寄千巖》、《牛渚》、《過桐廬》、《過德清》等等，也都是清新幽遠、饒有韻味的佳作。

從《白石道人詩集》所存録的一百八十首詩看來，他的詩風與詞風不盡相同。他有一部分詩不用故實，一味白描，質樸自然，意到語工，這是與詞不同之處。但許多詩又都呈現出清雅的風貌，這又是與詞相同之處。至於詩中所表現的生活内容和思想内容，則與詞大致相同。譬如，他的詩中也抒發了懷才不遇、熱愛山水和嚮往隱逸生活的情懷，如「沉思只羡天隨子，簑笠寒江過一生」（《三高祠》）之類。而且，有個别詩篇也抒發了愛國情思。像《登烏石寺觀張魏公劉安成岳武穆留題劉云侍兒意真奉命題記》一詩：「諸將凋零極可哀，尚留姓名壓崔嵬。劉郎可是疎文墨，幾點胭脂汙緑苔。」以及《昔游詩》中的「徘徊望神州，沈嘆英雄寡」，表明他對偏安的時世並未忘懷，哀嘆張浚、劉安世、岳飛等抗金名將的「凋零」，渴望「神州」有更多的抗金英雄出來收復失地。值得注意的是，白石還寫有一首極爲難得的反映人民疾苦的詩，那就是《箜篌引》：

箜篌且勿彈，老夫不可聽。古人抱恨死，今人抱恨生。南鄰賣妻者，秋夜難爲情。長安賣歌舞，半是良家婦。主人雖愛憐，賤妾那久住。緣貧來賣身，不緣觸夫怒。日日登高樓，悵望宫南樹。

這首詩不止是揭示了「緣貧」而「賣妻」、「賣身」者本人的痛苦，而且把筆鋒拓展開去，用「長安賣歌舞，半是良家婦」二語，顯示出這是當時社會的普遍現象。尤其「今人抱恨生」一語，簡直可以説是對黑暗社會的强烈控訴。讀這首飽含人民性的詩，令人聯想到白居易的《新樂府》，也令人感到歷來漠視這首詩是何等的疏忽和欠妥。

白石所著《詩説》，篇幅不多，論述的詩歌理論問題頗多頗全。其内容大致包括立法度、樹妙境、尚自然、倡含蓄、崇意格、辨詩體、重精思、貴獨創、主温厚、講涵養十端。精到之見比比皆是，受到後世不少詩論家的引用和贊揚。有人稱贊此書「語語精微」，「若著墨，句句可圈」（許印芳《詩法萃編》），還有人把此書推許爲可以與《滄浪詩話》、《麓堂詩話》「鼎峙騷壇」的「風雅指南」（鮑廷博《麓堂詩話跋》）。白石爲自己詩集寫的兩篇「自叙」，亦係論詩之作，對於瞭解他的學詩過程和詩貴獨創的主張很有助益。

清人江春在爲白石集寫的序言中，對荀子的「藝之至者，不能兩而工」之説提出異議，認爲白石是「詩詞兼工」，「又精書法」。《四庫全書》編者認爲：「夔詩格高秀，爲楊萬里所推。詞亦精深華妙，尤善自度新腔，故音節文采並冠絶一時。」表明前人在看重白石詩詞的同時，對他在音樂、書法方面的成就也是非常看重的。

白石一生幹的一件驚天動地的大事，是在慶元年間給皇帝上書論雅樂。他所進的《大樂議》、《琴瑟考古圖》、《聖宋鐃歌鼓吹十二章》的具體内容，在《宋史·樂志》中有詳細記載。他在諫議中所闡述的當時樂器、樂曲、歌曲之失，及其提出的改進意見，在客觀上不無積極意義。儘管「時嫉其能，是以不獲盡所議」（徐獻忠《吴興掌故集》），但白石精於音律已爲世所公認。《白獺髓》那條譏笑白石不識樂器的記載，殆不可信，只能表明在白石逝世後仍有人「嫉其能」而已。至於他在歌詞中所注的旁譜，更是音樂史上一大貢獻。白石這些著述，給後人留下了極其珍貴的音樂史料，用清人凌廷堪的話來說：「由此求之，不獨琴律明而燕樂亦明，可不謂非厚幸邪？」

白石工書，並精通書法理論。論書法的著作有《續書譜》、《絳帖平》、《禊帖偏旁考》。另有《集古印譜》二卷，已佚。因唐人孫過庭已著有《書譜》，故白石所著名爲《續書譜》。這是一部着重論述寫字技法的專著。《絳帖平》則是對漢魏以來歷代法帖的評論，原書二十卷，後亡佚，僅存六卷。《禊帖偏旁考》，現存十九條，是對王羲之《蘭亭序》中一些字的偏旁和用筆形態的審視和記載。白石這些書法論著，被後人大量引用，並受到普遍贊揚。謝采伯在《續書譜序》中說：「近閱其（指白石）手墨數紙，運筆遒勁，波瀾老成。又得其所著《續書譜》一卷，議論精到，三讀三嘆。」陶宗儀在《書史會要》中說：姜堯章「書法迥脱脂粉，一洗塵俗。嘗著《續書譜》一書，以繼孫過庭，頗造翰墨閫域。」錢良祐甚至認爲：「論書至於孫過庭、姜白石，盡善盡美矣。」（見《趙氏鐵網珊瑚》）儘管有個别論者吹毛索瘢，加以詆毁，也絲毫無損於其書法論著的價值與光輝。

綜上所述，不難看出，姜白石是我國古代文苑中一位不可多得的全才和天才。他既是一位傑出的詞人，同時又是傑出的詩人、音樂家、書法家。從他的全部實踐看來，他所信奉的基本上是儒家的達則兼善天下、窮則獨善其身的人生哲學。他上書論樂、謀求做官，並在某些詩詞中表露出對國計民生的關注，足以表明他的積極入世的志趣。只是由於朝政黑暗，自己一身才藝得不到施展，才只好嘯傲林泉，嚮往歸隱。這種獨善其身的遁世思想，實際上是對封建統治階級的離心傾向，是一種不與黑暗勢力同流合污的高尚情操，是應該予以肯定的。所以，我們不能把姜白石視爲脱離現實的江湖逸人。我們對於姜白石其人與其文，理應予以肯定的並且是良好的評價。

四

本書輯録的是南宋以來有關姜夔的研究資料。其内容包括：白石生平事蹟及其家世、交游的記述，白石詞的評論，白石詩和詩論的評論，白石音樂著述的評論，白石書法和書法論著的評論，以及關於他的各類著作本事的考證，文字、典故的詮釋。輯録的原則和方法是：

一、原則上以「五四」爲下限。但因晚清一部分評論者的生卒年由近代跨入現代，又因現當代的有些評論確有見地，故「五四」以後的少量資料也酌情收録。

二、宋、元部分求全，明、清部份取精。屬於和韻和泛論而無新意的，除宋代的酌情收録外，其餘一律不收。内容相同者，取其最完備和最早的論述。

三、資料的編次以時代先後爲序。有些作者的生卒年難以查考，則酌情排入。

四、所收資料以作者立目。同一作者名下的資料，其次序爲先本集，次其他著作，最後爲見於他人著作的文字。

五、儘量選擇可靠的版本。對其中明顯的錯字、漏字逕行改正補足，加〔　〕或按語，不另附校語。

六、由於清人普遍地誤認姜石帚即姜白石，故將某些引起誤解的有關資料也酌情收録，並加按語說明。

在本書整理過程中，曾得到安徽大學圖書館、北京圖書館、中國科學院圖書館的幫助，周義敢同志提供了許多寶貴的綫索，謹在此表示深切的感謝。

姜夔資料涉及的門類多，搜集起來甚爲費時費力。雖力求完備，難免還有疏漏或欠妥之處，希望讀者給予批評指正。

賈文昭　一九九一年十二月於安徽大學

目録

一 宋代

二　元代

三　明代

四　清代

五　清末民國

一 宋代

范成大

〔次韻姜堯章雪中見贈〕 玉龍陣長空，皋比忽先犯。鱗甲塞天飛，戰逐三百萬。當時訪戴舟，卻訪一寒范。新詩如美人，蓬蓽愧三粲。（《范石湖集·石湖居士詩集》卷三十三）

楊萬里

〔送姜夔堯章謁石湖先生〕 釣璜英氣橫白蜺，欬唾珠玉皆新詩。江山愁訴鶯爲泣，鬼神露索天洩機。彭蠡波心弄明月，詩星入腸肺肝裂。吐作春風百種花，吹散瀕湖數峰雪。青鞋布襪軟紅塵，千詩只博一字貧。吾友夷陵蕭太守，逢人説君不離口。袖詩東來謁老夫，慚無高價當璠璵。翻然卻買松江艇，徑去蘇州參石湖。（《誠齋集》卷二十二）

〔進退格寄張功父姜堯章〕 尤蕭范陸四詩翁，此後誰當第一功。新拜南湖爲上將，更差白石作先鋒。可憐公等俱癡絶，不見詞人到老窮。謝遣管城儂已晚，酒泉端欲乞移封。功父詩號「南湖集」。堯章號白石道人。（同上卷四十一）

自隆興以來，以詩名者，林謙之、范致能、陸務觀、尤延之、蕭東夫，近時後進有張鎡功父、趙蕃昌父、劉翰武子、黄景説巖老、徐似道淵子、項安世平甫、鞏豐仲至、姜夔堯章、徐賀恭仲、汪經仲權，前五人皆有詩集傳世。（《誠齋詩話》）

陳造

〔次姜堯章贈詩卷中韻〕　徐郎巢已焚，庭竹亦無在。太倉五升米，舉室枵腹待。云何鮭菜供，日與長翁對。世有作金術，閭里頗精怪。邱嫂剪髻餘，舊質壘新債。

詩傳侯王家，翰墨到省寺。姜郎粲然文，群輩見孔翠。論交辱見予，盧馬果同異。念君聚百指，一飽仰臺饋。我亦多病過，忍口嚴酒戒。終勝柳柳州，吐水賦解祟。

壯年志在行，皇皇困無君。老矣此念灰，去住如閑雲。詩壇二三子，一見勝百聞。徐郎吴下蒙，絢麗工語言。滔天自濫觴，昔人求其源。隱几有妙領，未覺市聲喧。

自甘謝祖風，屑屑掃一室。準擬高史來，函丈置三席。聲名絶輩行，文字造古昔。黄白馬上郎，覿面不相挹。

眼青節食事，日耐饑雷吼。兹幸陪衆後，酒卮甫到口。不離寂寞濱，徑造無何有。問津歸有期，尚許尋盟否。（《江湖長翁集》卷六）

〔次姜堯章餞徐南卿韻二首〕　姜郎未仕不求田，倚賴生涯九萬箋。稛載珠璣肯分我，北關當有合肥船。

風調心期契鑰同，誰教社燕辟秋鴻。莫年孤陋仍漂泊，可得斯人慰眼中。（同上卷二十）

樓鑰

〔跋姜堯章所編張循王遺事〕　柳河東以《段太尉逸事》上史館，自言好問老校退卒能言其事，考其所載者三：戮郭晞之軍士；撫焦令諶之農者；不受朱泚大綾之幣。顧太尉忠節顯著，何必俟此三者而後爲賢？蓋惜其逸墜，且以見太尉之平昔，非一時奮不慮死以得名者。舊唐史之傳雖詳，以未見河東之狀，故三事皆闕而不書。宋景文公謹謹書之，其爲佳傳之助多矣。堯章慕循王大功而惜其細行小節人罕知者，矻矻然訪問而得此，將以補史氏之遺，其志可嘉也。（《攻媿集》卷七十一）

王炎

〔到白石先妣新塋〕　淚滴松楸意轉哀，欲歸小立更徘徊。春風不管人間恨，溪上櫻桃花自開。（《雙溪類稿》卷二）

〔九月到白石先妣塋所此以下自長沙歸鄉所作〕　不瞻宰木過三年，霜露淒涼倍愴然。馬鬣但驚荒宿草，龜趺未辨表新阡。平生鍾釜空遺恨，舊物桮棬半不傳。鴻雁差池風雨急，吞聲清淚徹黄泉。（同上卷四）

〔銛老許相過，不至；炎約堯章訪之，又以事奪。銛寄二詩，次其韻〕　聞道幽棲好，天香坐上飄。熟知甘淡泊，甚欲識孤高。縱有門關隔，元非道路遥。恐公真簡出，不過虎溪橋。南山藏霧豹，幾欲訪幽深。詩到如相挽，盟寒尚可尋。惠初從柳子，支遁會山陰。此事今寥落，期公慰我心。（同上卷七）

〔臘中得雪快晴，成古風，呈堯章、銛老〕　蒼頭熟睡喚不應，光射紙窗疑月明。更籌可數夜方半，杙上一雞先誤鳴。曉起飛花堆户外，幻出人間無色界。九街車馬不知寒，蹴蹋銀杯翻縞帶。杲杲日升東海東，須臾光彩蒸霞紅。不憂桂玉頓增價，人在冲融和氣中。貝闕珠宫五雲際，遥知天上龍顔喜。麥畦白白覆青青，農事來年定豐美。（同上）

〔題姜堯章舊游詩卷〕　出郭栽花涉小園，歸調琴譜輯詩編。少年豪健今揫斂，休羨騎鯨李謫仙。（同上）

〔和九日堯章送菊〕　對花懶舉玉東西，孤負金錢滿緑枝。短髮不堪重落帽，枯腸何可强搜詩。花品若將人品較，此花風味似吾儒。秋英飡罷含清思，曾有離騷續筆無。（同上）

張　鎡

〔因過田倅，坐間得姜堯章所贈詩卷，以七字爲報〕　京塵輿馬競揚埃，何礙騷人獨往回。我住水邊奚自識，詩如雲外寄將來。一從風袖攜歸看，屢向松亭静展開。應是冰清逢玉潤，只因佳句不因媒。千巖居士蕭東夫，即姜婦翁也。（《南湖集》卷六）

劉過

〔雨寒寄姜堯章〕　一冬無此寒，十日不得出。閉門坐如釣，老去萬感入。冶游亦餘事，況乃燈火畢。獨憐鏡湖春，一一各秀發。枝條綴芳甤，慘悴變倉卒。凡草何足云，誰弔梅柳屈。東城有佳士，詞筆最華逸。持此往問之，雨濺袍袴濕。蠻箋定送似，來時詩思澀。醉字作蛇鴉，行草倩蘇十。（《龍洲集》卷二）

敖陶孫

〔和姜堯章桂花裙字韻〕　紅紫有偏尚，桂花總宜人。蠵雪明孤斟，絳雲嬌小顰。可憐愛花人，兩屐穿秋雲。懷人小山作，寄愁中書君。向來鷲嶺詩，政坐書檄嗔。月中落桂子，習氣知幾塵。潘郎桃李姿，頗亦尊所聞。提攜風露前，縷衣深紺裙。

附堯章作

空山尋桂樹，折香思故人。故人隔秋水，一望一回顰。南山北山路，戴花如行雲。闌干望雙槳，穠枝儲待君。西陵蔭歌舞，夜夜明月嗔。棄損頳玉佩，香盡作秋塵。楚調秋更苦，寂寥無復聞。來吟綠叢下，涼風吹練裙。（《江湖後集》卷十八）

陳鵠

姜堯章嘗寓吴興張仲遠家。仲遠屢出外，其室人知書，賓客通問必先窺來札，性頗妬。堯章戲作《百宜嬌》以遺仲遠，（詞，略）仲遠歸，竟不能辨，則受其指爪損面，不能外出云。（《耆舊續聞》）

編者按：此據《絶妙好詞箋（二）》引，知不足齋本《耆舊續聞》無此條。

韓淲

〔題姜堯章白石洞〕　詩眼玩塵世，漫作威鳳鳴。經行苕溪水，乃見白石清。拂衣鑑須眉，唤起仙骨驚。胡爲隨人間，歎息百慮縈。洞中應笑我，何不高舉輕。明時樂未正，尚欲追英莖。它年淳氣合，肯有爵服情。癡人莫説夢，烈士徒殉名。轉庵偶鐃舌，已足壓旦評。古來曠達者，談笑得此生。臨流賦招隱，一奏朱絃聲。（《澗泉集》卷二）

〔書姜白石昔游詩後〕　平生未踏洞庭野，亦不曾登南嶽峰。因君談舊游，恍如常相從。江淮歷歷轉湘浦，裘馬意氣傳邊烽。吾嘗汎大江，秖見匡廬松。乘風醉卧帆影底，高浪直濺嵐光濃。日暮泊船時，是時方嚴冬。雪花壓船船背重，纜摇舵鼓聲如鐘。當年意淺語不到，無句可寫波濤舂。君詩乃如許，景物不易供。盡歸一毫端，狀出三飛龍。其詩言山陽人見三龍人間勝處貴着眼，雖有此興無由逢。錢唐山水亦自好，奈何薄宦難從容。南高北高一千丈，潮頭日夜鳴靈蹤。應有隱者爲識賞，青蹊布襪

扶杖笻。君無詑彼我愧此，急還詩卷心徒忪。（同上卷六）

〔寄耕道謝犁春〕 宦塵偷眼望孤山，幾箇吟人得往還。德久堯章前次是，晉仙銛樸後來間。大都壽夭元無定，只這衰榮甚等閒。説與一犁春雨謝，離憂江上已蒼顔。（同上卷十二）

〔蓋希之作烏程縣〕 十年重入長安市，常把西林倒載人。少爲絃歌看撫字，莫須杯酒話酸辛。三賢久覺兩無有，千首何如一已真。秃髮顧予皆老矣，朝家更化孰知津。己未秋，潘德久、蓋希之、姜堯章同往西林看木犀。潘、姜已下世三年矣。（同上）

〔次韻昌父十首〕 去歲西林湖寺中，野僧曾與詠晴風。一時潘蓋姜同飲，今日相望我秃翁。（同上卷十七）

〔寄抱樸君〕 姜蓋潘同看木犀，故交零落竟何之。如今花滿西林樹，猶有無懷可寄詩。堯章、希之、德久（同上）

葛天民

〔重訪白石〕 長安唯白石，與我最相關。每到難逢面，翻思懶下山。欲歸愁路遠，小住待君還。盡日看幽桂，無人似我閑。（《葛無懷小集》）

〔荷葉浦中〕 急雨捎荷分外奇，珠璣狼籍錦紛披。下塘六月關心處，西塞扁舟入手時。卻傍青蘆深處宿，還思白石去年詩。平生浩蕩煙波趣，月淡風微只自知。（同上）

〔清明日訪白石不值〕　花薺懸燈柳插簷，老懷那得似餳甜。畫船已載先生去，燕子無人自入簾。（同上）

〔六月一日同姜白石泛湖〕　六月西湖帶雨山，小舟終日傍鷗閑。風煙如許關情甚，賓主相推下語難。幾點送君歸大雅，一涼今夜滿長安。江湖遠思知多少，歸去風前各倚欄。（同上）

周文璞

〔堯章金銅佛塔歌〕　白石招我入書齋，使我速禮金塗塔。我疑此塔非世有，白石云是錢王禁中物。上作如來捨身相，飢鷹餓虎紛相向。拈起靈山受記時，龍天帝釋應惆悵。形模遠自流沙至，鑄出今回更精緻。錢王納土歸京師，流落多在西湖寺。錢王本是英雄人，白蓮花現國主身。蛇鄉虎落狗腳朕，何如紅袍玉帶稱功臣。天封坼開即退聽，兩浙（疑爲「浙」之誤——編者）不聞笳鼓競。歸來佛子作護持，太師尚父尚書令。一枚傳到白石生，生今但有能詩聲。同袍秦外銛師兄。哦詩禮塔作佛事，同喫地爐山芋羹。何曾薰陸綺牀供，但見相輪銅緑明。哦詩禮塔猶未畢，蘆葉低飛山雨濕。（《方泉先生詩集》卷一）

〔弔堯章〕　相逢蕭寺已纍然，自詠離騷講太玄。極目舊游猶白石，傷心孤塚只蒼煙。兒從外舍收殘稿，客回空山泣斷絃。帝所修文與張樂，魂兮應是到鈞天。（同上）

〔題堯章新成山堂〕　早將心事付漁樵，若被幽人苦見招。多種竹將挑筍喫，旋栽松待斫柴燒。壁間古

晝身都碎，架上枯琴尾半焦。猶有住山窮活計，仙經盈卷一村瓢。（同上卷三）

林師蔵　林表民

〔送王簡卿歸天台二首〕　姜夔

迎風吹白髮，送客向黄巘。在事何爲爾，如君自不凡。城陰當復會，詩卷可頻緘。縱别無多久，江沙望遠帆。

餬書雖不願，治粟亦何爲。夜月同游處，春潮獨往時。無心資造化，任運有成虧。護冷加餐食，幽居且自怡。（《天台集續集别編》卷五）

項安世

〔謝姜夔秀才示詩卷從千巖蕭東甫學詩〕　千巖一派落都城，承露金盤爾許清。古詩黄陳家格律，短章温李氏才情。等閑又得詩人處，咫尺相過故將營。想見紅塵烏帽底，幾多懷玉未知名。（《平庵悔稿》卷三）

潘　檉

〔書姜白石昔游詩後〕　我行半天下，未能到瀟湘。君詩如畫圖，歷歷記所嘗。起我遠游興，其如鬢毛

霜。何以舒此懷，轉軫彈清商。（《轉庵集》）

〔姜堯章自號白石道人贈之以詩〕　世間官職似樗蒱，采到枯松亦丈夫。白石道人新拜號，斷無繳駁任稱呼。（《白石道人集》附，《宋詩紀事》卷五十九）

蘇　洞

〔春日懷詹梁〕　陳雷箭去不遺鏃，後世人情手翻覆。我生二十少知己，更覺恩怨生骨肉。塵沙蹤跡窘吴越，波浪奔馳走巴蜀。癡年自長習藝能，如兔之角礙人目。相公清德照宇宙，萬物引領望鈞軸。平生出言謹許可，愛我重我過推轂。前回識得白石生，聞韶盡美一夔足。此公所向泯涇渭，於我底裏罄心腹。晨星在天萍在水，人生失意多戮辱。東歸窮巷口掛壁，豈無他人不如叔。邇來詹梁亦好事，頗復顧我青眼獨。吟詩造妙五七言，醜媚寒松倚新竹。時時敲門小童至，輟書倚火再三讀。亦思賡和禮所尚，疲駑鞭扑隨驥騄。歲寒相見願始終，且莫嗔怪屢更僕。吾儕豈圖偏黨異，俗子空猜往還熟。青春飛蓋城西園，畫鷁低飛鏡湖曲。杯行到手勿浪憂，世界堅牢等朝燭。詹梁長驅行秣駕，賤子終期老茅屋。他年官達請掉頭，莫笑渠儂甘碌碌。（《泠然齋詩集》卷二）

〔足姜句〕　那知身百歲，未辦屋三間。見客慵問口，逢僧託買山。喜無他志願，幸不碍清閑。社燕秋鴻裏，人生各有還。（同上卷三）

〔張平父逝後寄堯章〕　入門回首事如麻，豈意銘旌落主家。有夢合尋苕水路，何心更種馬塍花。十年

知遇分生死，八口飢寒足嘆嗟。我亦此公門下客，只今垂淚過京華。（同上卷五）

〔金陵雜興二百首之三十三〕　白石鄱姜病更貧，幾年白下往來頻。歌詞剪就能哀怨，未必劉郎是後身。（同上卷六）

〔寄白石姜堯章〕　稽山卻棹酒船回，冷水灣頭兩意開。一路有詩吟不穩，當時悔不共君來。（同上卷八）

〔寄堯章並簡銛老〕　山繞樓臺水接天，袈裟同上閶門船。相思一夜梅花落，儻有人來寄短篇。（同上）

〔寄堯章〕　聞似皤溪隱姓名，阿鬟仍是許飛瓊。涼風昨夜驚新鴈，想見吹簫又月明。（同上）

〔憶堯章〕　數月書齋懶出門，眼看世事但紛紛。長安豈是無相識，除卻西湖但憶君。（同上）

〔夢堯章桂花下〕　撲鼻清香兩絶詩，分明參到小山辭。如今獨自秋風下，不似當初並馬時。（同上）

〔到馬塍哭堯章〕　初聞訃告一場悲，寫盡心肝在輓詞。今日親來見靈柩，對君妻子但如癡。

南宮垂上鬢星星，畢竟襴衫不肯青。除卻藥書誰殉葬，一琴一硯一蘭亭。

花按空空但滿塵，樂章起草徧窗身。孺人侍妾相持泣，安得君歸更肅賓。

兒年十七未更事，曷日文章能世家。賴是小紅渠已嫁，不然啼碎馬塍花。（同上）

陳　醮

〔近世諸體書〕　余嘗評近世諸體書法，小篆則有徐明叔及華亭曾大中、常熟曾耆年。……隸書則有呂勝己、黄銖、杜仲微、虞仲房。……草則有蔣宣卿、吴傅朋、王逸老、單炳文、姜堯章、張于湖、范石湖。

蔣、吴極秀娟，所乏者遒勁；逸老草法甚熟，而間有俗筆；單字法本楊少師凝式，而微加婉麗；姜蓋學單而入室者；于湖、石湖悉習寶晉而各自變體。今世俗於篆則推明叔，隸則貴仲房，行草則取于湖。蓋初無真識，但見其飄逸可喜。殊不知此皆字體之變，雖未盡合古，要各自有一種神氣，亦足嘉尚。（《負暄野録》卷上）

陳醮與范石湖、張于湖、姜白石同時。約齋山人俞洪識。（同上卷下）

史彌寧

〔懷白石〕　秋堂風露夜沉沉，賴有寒螿伴苦吟。詩句未蒼人自老，十年山水負知音。（《友林乙稿》）

洪咨夔

〔提舉俞大中行狀〕　公諱灝，字商卿。……世居杭，爲著姓。太中娶於吴興之烏程，因徙家焉。公幼敏悟，吐辭輒不凡。既冠，挹浙漕舉，材名鬱起，大家貴公子競延致爲師。登紹熙癸丑乙科，授吴縣尉。秩滿，辟户部犒賞武康酒庫，以格知寧國府宣城縣。未上，辟知盱眙軍招信縣。逾年，改辟鎮江都統司，主管機宜文字。嘉定初元，充淮東安撫司參議官。二年，知臨安府城南左廂公事，未上，監行在都進奏院兼添差淮東安撫司參議官。三年，知安豐軍。六年，知常德府。七年，提舉湖北常平茶鹽，尋主管沖佑觀。十二年，辟淮東安撫司參議官，不就，主管崇禧觀，提舉千秋鴻禧觀。寶慶二年，引年致其事。……自是絶念榮進矣。丘公壽雋帥維揚，以公先世老賓客，欲羅致自助。掉頭謝去，卜築西湖之九里松。出門數百步，即買舟任所之，會意處竟日忘返。每舉酒望孤山而酹曰：湖山正爲我輩設也。如是者幾二十年，湖旁居人以老僊目之。晚喜觀釋氏書，疾革，屏藥餌弗御，索筆大書偈語而逝，紹定四年四月朔前三日也。享年八十有六。……其義性亮直不苟合，而接物必以情，……文流出胸臆，擺落陳言，詩有晚唐風致。致詞妙處迫秦、晏。客或扣其舊作，輒太息言：未第時，姜、潘諸故人相與泛苕霅，登垂虹，放浪煙波風露間，更倡遞酬，以得句相夸尚，夜深被酒膽壯，拍手嘯歌，魚龍起舞，今無復此樂矣，尚何言哉！姪孫松得公詩百篇，鋟爲《青松居士集餘》。蒐録未竟，諸孫將以其年十二月癸酉葬公於錢塘縣定山鄉排山塢之原。某視公爲鄉執，謹叙其業履，以告太史氏。（《平齋文集》卷三十二）

張端義

銛朴翁，秦望山人，能詩。詩愈工，俗念愈熾，後加冠巾，曰葛天民。築室蘇堤，自號柳下。……《清明訪白石》云：「花薺懸燈柳拂簷，老懷那復似餳甜。畫船已載先生去，燕子無人自入簾。」（《貴耳集》卷上）

桑世昌

〔紀原〕《蘭亭》者，晉右軍將軍會稽内史瑯琊王羲之逸少所書之詩序也。右軍蟬聯美冑，蘭散名賢，雅好山水，尤善草隸。以穆帝永和九年暮春三月三日，宦游山陰，與太原孫統承公、孫綽興公、廣漢王彬之道生、陳郡謝安安石、高平郗曇重熙、太原王蘊叔仁、釋支遁道林、並逸少子凝、徽、操之等四十一人，修祓禊之禮。揮毫製序，興樂而書，用蠶繭紙，鼠鬚筆，遒媚勁健，絶代所無。凡二十八行，三百二十四字，有重者皆搆别體，就中「之」字最多，至二十許字，悉無同者。一云變轉悉異，遂無同者。是時殆有神助。及醒後，他日更書數十百本，終不及之。右軍亦自愛重，留付子孫傳掌。至七代孫智永，即右軍第五子徽之之後。安成王諮議彦祖之孫，盧陵王冑昱之子，陳郡謝少卿之外孫也。與兄子孝賓俱捨家入道。俗號永禪師，克嗣良裘，精勤此藝，常居永欣寺閣上臨寫。所退筆頭置大簏中，簏受石許，而五簏皆滿。凡三十年，所臨真草千文八百餘本。分施浙東諸寺各一。今有存者，猶直錢數萬。孝賓改名惠欣。初落髮時，俱住會稽嘉祥寺。寺即右軍舊居也。後欲便於拜掃，因移此寺，與右軍墳，及叔薈已下塋域於山陰縣西三十一里蘭渚山下。梁武帝以欣、永二人皆崇釋教，故榜寺爲永欣焉。寺見《會稽志》，其臨書之閣，至今尚存。禪師年近百歲乃終。其遺書付弟子辯才。才，俗姓袁氏，梁司空昂之玄孫，博學工文，琴書棋畫皆臻其妙。嘗於所寢伏梁上，鑿爲闇檻，以貯《蘭亭》，寶重過於師在日。至貞觀中，太宗鋭意學二王書，訪募真蹟備盡，唯《蘭亭》未獲。尋知在辯才處，凡三召之，恩賚優洽，方便善誘。確稱往日侍奉先師，實嘗獲見，洊經喪亂，墜失不知所在。竟靳固不出。上謂侍臣曰：右軍之書，朕所偏寶，求見《蘭亭》，勞於夢寐，此僧耆年又無所用，若得一智略之士，以計取之，庶幾必獲。尚書左僕射房玄齡奏曰：臣聞監察御史蕭翼，梁元帝之曾孫，今貫魏州莘縣，負才藝，多權謀，可充此使。上遂召翼。翼曰：若公然遣往，義無得理，臣請私行，又須得二王雜帖三數通。上悉依給。翼遂微服至洛潭，隨商舶至越，黄衫寬衮，得山東書生之體。抵寺之夕，閱壁間畫，過辯才所居。才適遥見，乃問曰：檀越何來？翼因就前致謁云：弟子是北人，攜蠶䗶種，歷寺縱觀，幸遂一見。語意投合。延室内，即共圍棊撫琴，投壺握槊，閒及文史，乃曰：白頭如新，傾蓋若舊，今後無復形跡也。既下榻，復設缸面酒，江東云缸面，猶河北甕頭，謂初熟酒也。酣樂之餘，分韻賦詩，才探得「來」字，其詩曰：「初醞一缸開，新知萬里來。披雲同落莫，步月共徘徊。夜久孤琴思，風長旅雁哀。非君有秘術，誰照不燃灰。」翼得「招」字，云：「解後款良宵，殷勤荷勝招。彌天俄若舊，初地豈成遥。酒蟻傾還泛，心猿躁似調。誰憐失群翼，良苦業風飄。」妍蚩略同，彼此諷味，恨相知之晚。通宵盡歡，翌日乃去。才云：檀越閒即更來。翼繼乃載酒赴之，相與酬唱者數四。一日，翼示師梁元帝自畫職貢圖，嗟賞不已。因談及翰墨，翼曰：家世皆習二王楷法，自幼耽玩，今亦有數帖自隨。才欣然謂曰：詰旦可攜來。翼如期而往，出其帖示之。才熟視，且曰：是則是矣，然未佳善也，貧道有《蘭亭》真墨蹟，頗亦殊常。翼曰：數經亂離，真蹟豈復在，必是響榻者耳。才曰：先師圓寂之際，手手付受，端有源緒，那得參差。次日乃於梁檻内出以示翼。翼故駮瑕指纇曰：果響榻書也。紛競不已，自爾更不復藏，並翼諸帖留几格間。才時年餘八秩，日於窗下臨數遍，其老而篤好也如偶此。自是翼往還既密，與其徒略無疑閒。未幾，辯才赴靈汜橋南嚴遷家齋，翼遂私來，謂其徒曰：偶遺帛子在案。童子即爲開門。翼因就取《蘭亭》及御府所借帖，徑赴永安驛，告驛長淩愬曰：我酒御史，奉命來此，有墨敕可報汝都督。時都督齊善行。即竇建德之妹壻，在僞夏右僕射。以用吾曾祖廬江節公及隨黄門侍郎裴矩之策，舉國歸降我唐。由此不失貴仕，遥授上相國金印紱綬，封真縣公。於是善行聞之，馳來拜謁。翼因宣示上命，具告所由。善行走介召辯才，才遽見追，不知所措。繼遣散直云：侍御須見。及才至，見御史洒房中蕭生也。翼報被命遣取《蘭亭》，今得矣，故喚師來取別。才聞語哽絶倒，良久始甦。翼即馳驛而發，至都奏御。太宗大悦，以玄齡舉得其人，賞錦綵千段，擢拜翼爲員外郎，加入五品，賜銀瓶一、金縷瓶一、瑪瑙椀一並實以珠，内廄良馬二兼寶裝鞍轡，第宅各一區。太宗初怒老僧秘恡，俄以其耄，不忍加刑，數月一作日後，仍賜物三千段，穀三千石，敕越州支給。辯才不以入己，迴造浮圖，極其精麗，至今猶存。才因驚悸成疾，歲餘迺卒。一云才因驚悸患重，不能强飯，唯歠粥，歲餘乃卒。太宗命供奉榻書人趙模、韓道政、馮承素、諸葛貞等四人，各榻數本，以賜皇太子諸王近臣。貞觀二十三年，帝不豫，幸玉華宫含風殿，謂高宗曰：吾欲從汝求一物，汝誠孝也，豈能違吾心也，汝意如何？高宗哽咽流涕，引耳而聽，受制命曰：吾所欲得《蘭亭》，可與我將去。及弓劍不遺。同軌畢至，隨仙駕入元宫矣。今趙模等所榻本，尚直錢數萬也。人間本亦漸稀少，代代寶之。吾爲左千牛將軍，隨牒適越，汎巨海，登會稽，探禹穴，訪奇書，名僧處士猶倍諸郡，固知虞預之著《會稽典録》，人物不絶，信而有徵。辯才弟子元素，俗姓楊氏，華陰人也。漢太尉之後。六代祖佺期爲桓元所害，子孫避難江東，後遂編貫山陰，即吾之外氏，近屬今殿中侍御史瑒之族。長安三年素年已九十二，視聽不衰。猶居永欣寺永禪師之故房，親向吾說。聊以退食之暇，略疏其始末，於時歲在甲寅季春之月上巳日撰此記。主上每暇隙留神藝術，跡逾篳聖，偏重《蘭亭》。僕開元十年四月二十七日，任筠一作均州刺史，蒙恩許拜掃至都，承訪所得委曲，一云至都城訪所委曲。緣病不獲詣闕，遣男昭成皇太后挽郎吏部常選騎都尉永寫本進。其日捧日曜門，宣敕内出絹三十匹賜永，於是負恩荷澤，手舞足蹈，捧戴周全，光駭閭里。僕跼天聞命，伏枕懷欣，殊私忽臨，沈疴頓減，輒題卷末，以示後代。朝議郎行職方員外郎上柱國何延之記。彦遠家有馮承素《蘭亭》。元和十三年，詔取書畫入内。今有馮承素《樂毅論》在，並有太宗手帖其後。

黄伯思《東觀餘論》云：閲《法書要録》，見其文繁瑣，戲爲刪潤。伯思刪本今不復見，從《太平廣記》稍加去取，仍不欲棄其舊，各就箋其下，庶兩存之。世昌書。

王右軍《蘭亭序》，梁亂出外。陳天嘉中，爲僧所得。至大建中，獻於宣帝。隋平陳日，或以獻晉王，王不之寶。後智果從帝借榻。及登極，竟不從索。果師死後，弟子僧言得之。太宗爲秦王日，見榻本驚喜，乃貴價市大王書《蘭亭》，終不至也。乃遣問辯才師，歐陽詢就越州求得之，以武德四年入秦府。貞觀十年，乃榻十本，以賜近臣。太宗崩，中書令褚遂良奏，《蘭亭》乃先帝所重，本不可留，遂秘於昭陵。劉餗傳記

按：劉餗傳記與何延年之不同。何謂王氏子孫傳掌至七代孫智永，永付弟子辯才。劉謂梁亂出在外，陳天嘉中爲永所得，太建中獻之。隋平陳，或以獻晉王，王即煬帝。帝不知寶，僧智果借榻，因

不還。果死，弟子辯才得之。何謂太宗使蕭翼詭取。劉謂太宗見榻書驚喜，使歐陽詢求得之。據何説太宗得《蘭亭》在即位後，劉謂以武德二年入秦王府。何謂太宗末年從高宗乞《蘭亭》從葬，劉謂高宗從褚遂良之請。何謂辯才之師智永，如劉所言即智果矣。前輩謂行間「僧」字，謂徐僧權書縫；吴傅朋古石本，「僧」字上又有一「察」字，當是姚察。如此則劉説似可信。然考梁武收右軍帖二百七十餘軸，當時惟言《黄庭》、《樂毅》、《告誓》，何爲不及《蘭亭》。此真蹟之異同也。姜夔(《蘭亭考》卷三)

〔審定下〕　姜夔藏本有四，其一題云《蘭亭》，乃是舊本。今定州贋本略以十數，亦各有好處。然余輒能辨之。黄庭堅、周翰嘗觀。姜跋云：嘉泰壬戌十二月得於童道人。山谷跋，乃少年書，已得永和筆法。周翰者文及甫之字。今此本歸檢正黄犖家。或云姜以他本聯此跋耳。

汶陽閻孝忠資道，元符戊寅秋七月晦日，謁道濟聽琴畢，鑒《蘭亭》，華陽王晉(一作留——編者)之。乙酉十月二十八日。此石今遂歸長安薛氏。世所有者模榻而已。葛次顔題。第二本姜跋云：紹聖三年六月一日，因得秦璽，改元元符。戊寅崇寧四年，龍集乙酉，是時定武舊刻猶在薛氏，未歸御府。

靖康後，舊刻無幾。余收八帖皆故家物，字體筆法與損缺處校之只一石爾，惟肥瘦不同爾。流俗不識妙處，但以其無皴剥古意，豈能辨前代所摹石未漫滅時本哉！單丙文書於漢江舟中。第三本，紹熙壬子至後三日。

都下有董承旨者，其先任定武，藏帖甚富。紹興中，有中貴任道源欲盡買之，不許。後尚方取去百本，酬以僧牒。時有堂後官高良臣及臺史盧宗邁皆得之。高、盧死，出以轉售，故吾得之。皆熙豐以前舊拓本，五字不損，紙墨如新未經裝者，末後尚有一空行。姑存之，亦驗定刻之一助。第四本，嘉定二年長至日。《蘭亭》以起草本爲第一。先公嘗言，末後空一行者，是初得邵氏刻本，有勳字圓印在空中。又於姜堯章處，見一本亦然。司馬遵。（同上卷七）

謝采伯

〔續書譜序〕　姜夔，字堯章，番易布衣也，自號爲白石生。好學無所不通。嘗請於朝，欲是正頌臺樂律，以議不合而罷。有《大樂議》、《琴瑟考》、《鐃歌》等書傳於世。予略識於一友人處，知其爲名士，頗敬之，不知其能書也。近閱其手墨數紙，運筆遒勁，波瀾老成。又得其所著《續書譜》一卷，議論精到，三讀三嘆，真擊晝學之蒙者也。夫自大學不明，而小學盡廢，游心六藝者固已絕無僅有，而堯章乃用志刻苦，筆法入能品。予固恨其不遇於時，又自恨向者不能盡知，而不獲摳衣北面以請也。因爲鋟木以志吾過云。嘉定戊辰天台謝采伯元若引。（《續書譜》卷首）

劉克莊

姜堯章有平聲《滿江紅》，自叙云：「舊詞用仄韻，多不叶律，如末句『無心撲』，歌者將『心』字融入去聲，方諧音律。余欲以平韻爲之，久不能成，因泛巢湖，祝曰：『得一席風，當以平韻《滿江紅》爲神姥壽。』言訖，風與帆俱駛，頃刻而成。末句云：『聞佩環』，則協律矣。」其詞云：「仙姥來時，正一望、千頃翠瀾。旌旗與、亂雲俱下，依約前山。命駕群龍金作軛，相從諸娣玉爲冠（廟中列坐如夫人者十五人）。向夜深、風定悄無人，聞佩環。神奇處，君試看。奠淮右，阻江南。遣六丁雷電，別守東關。應笑英雄無好手，一篙春水走曹瞞。又怎知、人在小紅樓，簾影間。」此闋佳甚，惜無能歌之者。（《後村詩話》續集卷一）

趙以夫

〔角招〕姜白石製《角招》、《徵招》二曲。僕賦梅花，以《角招》歌之，蓋古樂府有大小梅花皆角聲也。（詞，略）（《虚齋樂府》卷上）

馮去非

〔對牀夜語序（附函）〕良月二日，去非頓首再拜：景文詩盟，尚幹契友去非，若夫興懷姜堯章同游時，又高翥、葉靜逸輩日夜鈞游時，又近與孫道子、張宗瑞輩謔浪笑傲于間，今不能得。游從一二老友，栩栩然夢游。合眼欹枕，能在目中，是亦游也。……書意不宣，去非頓首再拜。（《對牀夜語》卷首）

董史

姜夔，字堯章，號白石道人。能詩。有書跡傳於時。嘗著《續書譜》一篇，以繼孫過庭，頗造翰墨閫域，

其自得當不減古人也。（《皇宋書録》卷下）

羅大經

〔烏石題名〕　嚴州烏石寺在高山之上，有岳武穆飛、張循王俊、劉太尉光世題名。劉不能書，令侍兒意真代書。姜堯章題詩云：「諸老凋零極可哀，尚留名姓壓崔嵬。劉郎可是疎文墨，幾點胭脂涴緑苔。」（《鶴林玉露》乙編卷六）

〔姜白石〕　姜堯章學詩於蕭千巖，琢句精工。有詩云：「夜暗歸雲繞柁牙，江涵星影雁團沙。行人悵望蘇臺柳，曾與吴王掃落花。」楊誠齋喜誦之。嘗以詩《送江東集歸誠齋》云：「翰墨場中老斲輪，真能一筆掃千軍。年年花月無虚日，處處江山怕見君。箭在的中非爾力，風行水上自成文。先生只可三千首，回視江東日暮雲。」誠齋大稱賞，謂其冢嗣伯子曰：「吾與汝弗如姜堯章也。」報之以詩云：「尤蕭范陸四詩翁，此後誰當第一功。新拜南湖爲上將，更差白石作先鋒。可憐公等皆癡絶，不見詞人到老窮。謝遣管城儂已晚，酒泉端欲乞疏封。」南湖謂張功父也，堯章自號白石道人。潘德久贈詩云：「世間官職似樗蒲，采到枯松亦大夫。白石道人新拜號，斷無繳駮任稱呼。」時黄巖老亦號白石，亦學詩於千巖，詩亦工，時人號「雙白石」云。（同上丙編卷二）

葉紹翁

〔祕書曲水硯〕……偶有僧洪老得小曲水硯於越山墓甓間，乃獻之殉乳母葬物也。記文末一句云：「庶七百年後，知爲余之乳母也。」僧亟以白攻媿。攻媿證據其事，洪因入都以獻韓。……韓以上進，詔付祕書省。其字多用《蘭亭敘》。華亭名家子朱日新，自號文，爲《爻贅集》著爲辨，刊以示人，條析縷數，與攻媿力辨其不然，蓋疑其中有乳母好釋老之詞。釋之一字，特出於彌天釋道安之句，自晉宋以來，未有合釋老二字爲一者。且盡翦《蘭亭序》中字與之合者以辨其誣。且云：「安知其硯出於七百年之後？」攻媿不欲與之深辨云。今欲摹者，必白監長而後啟緘。祕省爇後，不知硯猶存否。

按：王大令保母墓磚，宋嘉泰間出土，未久即歸祕省。當時模搨甚少，世罕流傳。獨弁陽翁周公謹所遺鉅卷。本朝藏高詹事士奇家。前模曲水硯式，上有「晉獻之」三字，帖存一百五字。顏行與戲鴻堂摹刻迥異，内云「八百餘年，知爲予之乳母」，非七百年也。帖後題識，多宋元名流，篆隸真行，各擅其勝。白石道人小字二千餘，備盡楷則，尤爲希世之寶，不特賞其評鑒之確也。予偶得寓目，亟手録之，盡二十餘紙。因校紹翁所記曲水硯事，附刊卷末，庶幾覽者益加詳焉。乾隆戊戌仲冬望後一日，知不足齋書。（《四朝聞見録》戊集）

嘉泰壬戌六月六日。　錢塘三槐王畿字千里，得晉大令《保母志》並小研於稽山樵人周。二物予皆親見之。《志》以甎刻，甎四垂，其三爲錢文，皆隱起，已斷爲四。歸王氏，又斷爲五。凡十行。末行缺二字，不可知。按元蹟「知」字旁箋。第六行缺十二字，猶可考，曰：「中冬既望，葬會稽山陰之黄閍。」今作「祊」。硯背刻「晉獻之」，字上近右，復有「永和」字，乃劃成，甚淺瘦。「永」字亡其礫，「和」字亡其口。硯石絶類靈壁，又似鳳咮，甚細而宜墨，微窪其中。或以爲王氏舊物，用故窪，非也。按米氏《書史》，晉、唐硯制皆如此，點筆易圓也。自興寧距今八百三十載八。按「八載」元蹟倒寫。物之隱顯，抑有定數，而古之賢達，皆前能按「能前」，元蹟倒寫。知之歟？又按《晝記》，大令以晉孝武太元十一年，年四十三乃終。上推至乙丑歲，年廿二，其神悟已如此，言語翰墨之妙，固不論也。此字與《蘭亭叙》不少異，真大令之名蹟。不經重摹，筆意具在，猶勝定武刻也。梁虞龢云：「羲之爲會稽，獻之爲吴郡，故三吴之地，偏多遺跡。」蓋右軍自去官後，便家山陰，今蕺山戒珠寺乃其故宅，而雲門寺乃大令故宅，去黄閍皆不遠，宜有是物也。

《保母志》有七美，非他帖所及。一者，右軍與懷祖王述同家越，右軍郎邪族，懷祖太原族，故大令首言郎邪，所以自别。古人之重氏族如此。二者，世傳大令書，除《洛神賦》是小楷，餘多行草。此乃正行，備盡楷則，筆法勁正，與《蘭亭叙》、《樂毅論》合，已外雖《東方贊》、《黄庭經》亦不合也。三者，《蘭亭叙》世無古本，共寶定武本，定武本刻於數百年之後，寧不失真？此乃大令在時刻，筆意都在，求二王法，莫信於此。四者，不惟書似《蘭亭》，文勢簡秀，亦類其父。又與叔夜、伯倫、淵明、遠公所作，同一標置。五者，定武《蘭亭》乃前代巧工所刻，嘗以他古本較之，方知太媚。此刻甚深，惟取筆力，不求圓美。「雙」字之掠，「夫」字之磔，「載」字之戈，「志」字之心，再三刻削，乃成妙畫。蓋古之能書者多自刻，鍾元常刻《受禪表》，李北海之寓名黄仙鶴伏令芝之類。此甎亦恐是大令自刻，不然何其妙也！六者，意如婦人而能文善書入元，乃知當時文風之盛，婦人可稱者不獨楊皇后、魏夫人、衛茂猗、謝道韞輩。又知古人教子，既使之外從師友，退居於内，亦使之按元蹟「之」字旁二。婦人之能文藝、知道理者與之處。宜乎子敬爲晉名臣也。七者，預知八百年餘，按元蹟「餘年」倒寫。事雖近於異，然古之賢達如此者衆，伊川之爲戎，樗里之知葬，此出於神明虚曠，自然前知，豈必運式持籌而後得之哉！但此字較之《蘭亭》，則結體小疎，當是年少故爾。右軍書《蘭亭》，時年五十一，多大令三十年工夫也。數日與諸名公極論，因備著之。

《保母志》與《蘭亭》同者廿四字：之三。、年、在各二。文、能、老、趣、興、歲、丑、日、終、以、曲、水、於、悲、夫、後、者。與右軍他帖同者十八字：行、秀、王、慜、書、善、七、十、三、二、月、六、無、小、盲、貞、而二。；其嘗見於按元蹟「於」字側注。大令雜帖者三字：獻二。、寧。而見於《蘭亭叙》右軍帖者，大令帖中亦多有之。此刻大都百五字，其可以他帖驗者凡四十五字，餘六十字，如：保、歸、柔、恭、屬、解、釋、交、螭、墓、志等字，尤精妙絶倫，晉宋以來，書家所未有也。壬戌十月，余故人了洪瀍師，攜墨本自錢清來示余，且言六月六日過王君，有野人自外至，出小硯以饋王君之子，云春時劚山得之。洪取視，見硯背有「永和」及「晉獻之」字，知是壙中物。問：「有碑否？」野人云：「一甎上有字，已碎矣。」亟使致之。明日持前五行來，是時猶未斷也，驗是大令《保母墓志》，而文未具，又使尋之。旬日乃以後五行來，斷爲三矣。一以支牀，上有「交螭」字者是也。一爲小兒壘塔，上有「曲水」字者是也。一棄之他處，碎而復合，似有神助。野人周姓，居越之稽山門外，去錢清六十里。不致之他人，而致之王君，亦異矣。王君攜甎硯入都，余得借觀累日。或以爲王君贋作以欺世，亦有數人刻别本以亂真者。然余觀此《志》，斷非今人所能爲。余學書卅年，晚得筆法於單丙文，世無知者。諦觀此刻，若合一契，而謂王君能爲之歟？誠使今人能爲之，則别刻本便當並駕，何乃拙惡如彼也！或謂大令晉人，不應於硯背自稱晉獻之，此見其僞，亦非也。大令刻硯背以殉葬，知八百年後且出，故先書晉以自見。又案歷代印文，皆不稱代，惟魏晉率善令則曰「魏率善某官」，「晉率善某官」，生人用印猶得稱晉，殉葬之研不得稱晉乎？或謂又按元蹟「又謂」倒寫。蜀爲李氏所據，久非晉有，安得廣漢人而爲王氏之保母？此亦非也。獻之之稱郎耶，是時晉豈有郎耶哉！亦本其世之所自焉耳。今西北人子孫多矣，然亦按元蹟「亦」字側注。各從其父祖言之。按：意如以惠帝元康六年生，爾後蜀雖亂，而晉遣使按元蹟「使」字旁二。羅尚在蜀甚久，不可謂蜀非晉有也。永興元年李雄克成都，軍大飢，蜀人流散，東下江陽，意如之出蜀，或在此時矣。或又謂佛之徒稱釋，起於道安，大令時未應有釋老之稱。此又不稽古之甚者。《阿含經》云：「四河入海，與海同流。按元蹟「流」字旁二。咸四姓出家，與佛同姓。」釋，佛姓也，此土謂佛爲釋久矣。《志》稱釋老，以佛對老，非謂佛之徒也。《晉史》云：「何充性好釋典，崇脩佛寺」是也。然道安以前，比邱各稱其姓，道安欲令皆從佛姓，初不之信，後得《阿含經》始信之。爾後此土比邱皆姓釋，如釋惠遠是也。案：何充是中興初人，道安、習鑿齒皆依桓温於荆州，正與大令同時，亦非異代事也。或謂此字多似《蘭亭》，疑後人集《蘭亭》字爲之，此又不然。大令字與《蘭亭》同者，何止《保母志》而已。然大令平生行草多，正行少，試以官帖第九卷中行書帖較之，《相過》一帖同者十八字：相、終、無、日、在、未、塹、坐、感、感、得、古、盡、痛、此、所、不、流。

《思戀》一帖同者九字：事、既、將、視、左、右、無、喻、盡。《十二月二十七日》一帖同者十一字：日、操、之、歲、盡、感、懷、不、亦、情、得。《靜息》一帖同者四字：靜、是、極、無。《發吴興》一帖同者八字：吴、興、感、喻、不、靜、兄、情。其他三兩字同者，不可勝紀。右軍、大令既是父子，不應疑其書蹟之同。今人父子書蹟同者衆矣。大抵大令字與《蘭亭》合，縱是他字，偏旁亦合，如兄、況、吴、娱、搽、踪是也；縱是行草，下筆亦合，如無无、蹔蹔是也。又案：唐人集右軍書碑，率多俗惡，此則高妙，如老、夫、水三字，又似跳竈矣，決非集字也。或又謂降自南朝，始有銘志埋之墓中，大令時未應有之。此又不然。漢謝君墓甎云：「元和三年五月甲戌朔，謝君造此墓甎。」又武陽城東彭亡山之巔，石窟中有漢章按元蹟「章」字側注。帝建初二年張氏題識三所，洪氏《隸釋》云。此亦埋銘之椎輪也，其不始於南朝明矣。或謂東坡《金蟬墓銘》云「百世之後，陵谷易位，知其爲蘇子之保母，尚勿毁也。」此末章似之爲可疑。予謂東坡意其理之或然，大令知其數之必然，作者之言，自應相邇近。越人於地中得一石，有詩云「笑椎畫鼓過江東，身到蓬萊第一峰。坐看海雲迎日出，千山渾在缺二字中。」末章又與東坡潮詩合矣。東坡固是文宗，然以兩《保母志》較之，高識者自能定其優劣也。或又謂保母王氏之妾，不當言歸王氏，《金蟬碑》謂之隸蘇氏爲當。予謂既曰母矣，稱歸何嫌，且東坡銘其弟之保母故稱隸，使子由自銘，則不忍稱隸矣，此以見古人之忠厚也。

世人好妄議如此，令人短氣。予恐流俗相傳，誣毁至寶，故不得不力辨。雖然，妄議可以惑庸人，博雅之士一見自了，不待予之喋喋也。甎既入土八百餘年，已腐壞，恐不能久。近所摹本，比初出土時已覺昏鈍，摹之不已，日就磨滅，得墨本者宜葆之哉。

予既作此跋，將書以贈千里，以疾見妨，自四月至於九月乃竟。既致諸千里，後月餘，過錢清，與元卿、千里同觀，聊記其後。番易姜　夔　堯章。

蓀壁　瀼書　二印俱紅文

（同上附録）

按：姜跋無印章，後「蓀壁」及「瀼書」二印，去跋稍遠，皆收藏圖記也。

吴　潛

〔暗香〕　猶記己卯庚辰之間，初識堯章於維揚，至己丑嘉興再會，自此契濶。聞堯章死西湖，嘗助諸丈爲殯之，今又不知幾年矣。自昭忽録示堯章《暗香》、《疏影》二詞，因信手酬酢，並賡潘德久之詩云。

曉霜一色，正恁時隴上，征人横笛。驛使不來，借問孤芳爲誰折。休説和羹未晚，都付與、逋仙吟筆。算只是、野店疏籬，樵子共爭席。　寒圃，衆籟寂。想暗裏度香，萬斛堆積。惱他鼻觀，巡索還無最堪憶。萼緑堂前一笑，封老榦、苔青梅碧。春漏也、應念我，要歸未得。

〔疏影〕　佳人步玉，待月來弄影，天挂參宿。冷透屏幃，清入肌膚，風敲又聽檐竹。前村不管深雪閉，猶自繞、枝南枝北。算平生、此段幽奇，占壓百花曾獨。　閑想羅浮舊恨，有人正醉裏，姝翠蛾緑。夢斷魂驚，幾許淒涼，卻是千林梅屋。雞聲野渡溪橋滑，又角引、戍樓悲曲。怎得知、清足亭邊，自在杖藜巾幅。梅聖俞詩云，十分清意足。余別墅有梅亭，扁曰「清足」。

〔暗香再和〕雪天比色，對澹然一笑，休喧笙笛。莫怪廣平，鐵石心腸爲伊折。偏是三花兩蘂，消萬古、才人騷筆。尚記得、醉卧東園，天幕地爲席。　回首，往事寂。正雨暗霧昏，萬種愁積。錦江路悄，媒聘音沈兩空憶。終是茅檐竹户，難指望、淩煙金碧。憔悴了、羌管裏，怨誰始得。

〔疏影〕寒梢砌玉，把膽瓶頓了，相伴孤宿。寂寞幽窗，篩影横斜，宜松更自宜竹。殘更蝶夢知何處，□只在、昭亭山北。問平生、雪壓霜欺，得似老枝擎獨。　何事胭脂點染，認桃與辨杏，枝葉青緑。莫是冰姿，改換紅妝，要近金門朱屋。繁華豔麗如飛電，但宛轉、斷歌零曲。且不如、藏白收香，旋學世間邊幅。

〔暗香〕　儀真去城三數里，東園梅花之盛甲天下。嘉定庚辰辛巳之交，余猶及歌酒其下。今荒矣。園乃歐公記、君謨書，古今稱二絶。猶憶其詞云：高甍巨桷，水光日影，動摇而下上。其寬閑深靚可以畣遠響而生清風，此前日之頹垣斷塹而荒墟也。嘉時令節，州人士女嘯歌而管絃，此前日之晦冥風雨，鼪鼯鳥獸之嗥音也。令人慨然。

淡然絶色，記故園月下，吹殘龍笛。悵望楚雲，日日歸心大刀折。猶怕冰條冷蘂，輕點染、丹青凡筆。可怪底、屈子離騷，蘭蕙獨前席。　院宇，深更寂。正目斷古邗，暮靄凝積。何郎舊夢，四十餘年尚能憶。須索梅兄一笑，但矯首、層霄空碧。春在手、人在遠，倩誰寄得。末段懷故人。

〔疏影〕嗤瓊笑玉，向畫堂可肯，風露邊宿。耐凍禁寒，便瘦宜枯，前生莫是孤竹。從來不上春工譜，夢不到、沈香亭北。算只消、淡影疏香，伴箇幽棲人獨。　莫待癡蜂騃蝶，倩青女捺住，多少紅緑。落雁寒蘆，翠鳥冰枝，近傍三間茅屋。□□□□□□□□□□□□□想這般、夷曠襟懷，渺視乾員坤幅。

〔暗香用韻賦雪〕　九垓共色，想洛濱劍客，吹呼長笛。貏豸老松，别樹平欺爛柯折。應是千官鶴舞，騰賀表、誰家椽筆。賜宴也、内勸宣來，真箇是瑶席。　休怪，巷陌寂。有一種可人，掃了還積。悲飢閉户，僵卧袁安我偏憶。凝望天童列嶂，誰大膽、偷藏遥碧。待問訊清友看，怕誰認得。

〔疏影〕　千門委玉，是箇人富貴，纔隔今宿。冒楝摧檐，都未商量，呼童且伴庭竹。千蹊萬徑行蹤滅，渺不認、溪南溪北。問白鷗、此際誰來，短艇釣漁翁獨。　偏愛山茶雪裏，放紅豔數朵，衣素裳緑。獸炭金鑪，羔酒金鍾，正好笙歌華屋。敲冰煮茗風流襯，念不到、有人洄曲。但老農、歡笑相呼，麥被喜添全幅。（《履齋先生詩餘》）

〔題暗香疏影詞後用潘德久贈姜白石韻〕　人生浮脆若菰蒲，四十年前此丈夫。擬向西湖酹孤魂，想應風月易招呼。（《開慶四明續志》卷十）

施　諤

水樂洞　在煙霞嶺下。洞常有水聲，如擊金石，故以名之。舊屬僧舍，今爲慈明皇太后宅圃。王大受游洞詩云：「歷聘空寒六六天，更來洗耳聽春泉。迅湍激石浮清磬，懸溜行沙寫素絃。洞口林亭三四曲，洞中日月幾千年。何人獨得開收律，譜入宫商與世傳。」姜夔《次韻王祕書游水樂洞》詩云：「自是瀛洲客，還因野趣來。解衣吟寂寞，攜酒上崔嵬。石洞山山秀，梔花樹樹開。只應巖下水，相送上船回。」（《淳祐臨安志》卷九）

陳郁

作詩作文非多歷貧愁者決不入聖處。三閭阨而騷獨步，杜少陵愁而詩冠古今，退之欲人輟一飲之費以活己而文起八代，上窺至闔，孟郊斫山耕水，賈島薪米俱無，窮尤甚焉，其詩清絶高遠，非常人可到，良有以也。白石道人姜堯章，氣貌若不勝衣，而筆力足以扛百斛之鼎；家無立錐，而一飯未嘗無食客。圖史翰墨之藏，充棟汗牛。襟期灑落，如晉宋間人。意到語工，不期於高遠而自高遠。黄景説謂造物者不以富貴浼堯章，而使之聲名焜耀於無窮，正合前意。甚矣！回之貧賤不足憂，而學不充、道不聞深可慮也。（《藏一話腴》内編卷下）

白石姜堯章奇聲逸響，卒多天然，自成一家，不隨近體。有《詩説》行於世。三數十年來，曾景建、劉改之、張韓伯、翁靈舒、趙紫芝、徐無競、高菊磵諸公俱已矣，自餘以詩鳴者皆非能專續白石之燈。惟鄱陽張東澤受訣白石，攻研澄潔，駸駸欲溯太白而上之。余嘗觀東澤家本二千石，而瓶不儲粟，自本貴游子而癯如不勝衣，舉世阿附而日夜延騷人韻士論説古今，客退吟餘寄趣徽軫，曾不一毫預塵世事。蓋所養相似，所吟亦不相違。信詩人之傑不可不尚友也。（同上外編卷下）

張世南

吾鄉姜堯章，學書於單（丙文）。姜帖今亦少有。世南嘗藏姜一帖，正與單論劉次莊輩十數家釋帖非是。又云：「悟（一作「吾」——編者）帖中，只張芝《秋涼帖》，鍾繇《宣示帖》，皇象《文武帖》，王廙小字二表，皆在右軍之上。」其說尤新。有《絳帖評》二十卷，恨未之見也。（《游宦紀聞》卷七）

俞松

嘉泰壬戌十二月，因與鄰人湯升伯過童道人，許見此褉帖，知是烏臺盧提點者所藏定武舊刻。後數日，雪後更欲雪，上車寒凜，因詣童買得之。白石道人姜堯章書。

二十餘年習《蘭亭》，皆無入處。今夕燈下觀之，頗有所悟。漫書於此。癸亥三月十二日，白石。

天下能事無有極其至者。袁昂謂右軍之字勢雄强，龍跳天門，虎卧鳳闕，歷代寶之，永以爲訓。然右軍在時，師法平南王廙。又衛夫人書《大雅吟》賜子敬，右軍亦嘗臨學。同時有荀輿字長倩，寫《貍骨帖》，右軍自謂不及也。大抵右軍書成，而漢魏西晉之法盡廢。右軍固新奇可喜，而古法之廢實自右軍始，亦可恨也。今官帖中有張芝《章草帖》，皇象《文武帖》，鍾繇《宣示帖》，王世將廙《上表》二首，其筆高絶，具存古意。而宣示帖乃右軍所臨，不失鍾法也。右軍之前既多名書，右軍同時又有世將、李衛、長倩、王洽、謝安、珉、珣諸人，皆妙於此。故《蘭亭》不見稱於晉，而至隋唐始顯爾。癸亥六月九日，白石書，是日天乃大熱。

右一本姜堯章三次題跋，藏俞松家。李秀巖有跋在後。

《蘭亭》出於唐諸名手所臨，固應不同。然其下筆皆有畦町可尋。惟定武本鋒藏畫勁筆端巧妙處，終身效之而不能得其彷彿。世謂此本乃歐陽率更所臨，予謂不然。歐書寒峭一律，豈能如此八面變化也。此本必是真蹟上摹出無疑。學右軍書者，至《蘭亭》止矣。今世所傳石本刓一角者，皆定武所自出也。然其工拙妍醜如人面之不同，覽者自當具眼可爾。又定武一石，前輩紛紛各有異論，既自具眼，必知所擇，定不向人言下轉也。此卷有山谷題字，山谷之言云爾，乃知當時真贋混淆久矣。山谷之孫字子邁，今爲農丞，過予，見後題，欲乞去。予不忍與，以爲去此題則《蘭亭》廢矣。周翰者文及甫之字，多見其名於書帖後，雅尚如許，亦足以贖粉昆之疵矣。嘉泰壬戌十有二月，白石道人姜夔堯章書。

右蕭千巖所藏本。（《蘭亭續考》卷一）

董承旨者，名誠，劉信叔子婿也。劉氏世爲貴將，則此帖繇來可考矣。鑱去五字，所傳亦不同。昔右軍既書此文，甚自愛賞，更書之，無能及者，則謂「《蘭亭》不見稱於晉」，恐未爲確論也。摩抄墨本尚爾，況其真蹟耶？淳熙辛丑歲十有一月庚子哉生霸越六日乙巳，秀巖老人李心傳題。姜堯章所藏本（同上卷二）

趙孟堅

〔趙子固書法論〕行草宜用㯽心筆者，以其搯㚖婉媚。然此筆須出鋒用之，須捺筆鋒向左，意趣只用筆腰，不用筆尖，乃可如真書。直竪用尖，則施之行草無態度。此是要緊處，人多未知之。姜堯章、孫過庭草書言，能籠罩横竪，最善發明。 衷心筆於用之時，每難揮運，雙鈎懸腕久久得趣，其要正在勿使筆尖也。

晉賢草體虚淡蕭散，此爲至妙。 唯大令緡秋蛇，便爲文皇所譏。 至唐，旭、素等便作連綿之筆，此黄伯思、簡齋、堯章所不取也。 今人但見爛然如藤纏者爲草書之妙，要之晉人之妙不在此。 法度端嚴中蕭散爲勝耳。 右軍三卷，僅一半真。 施老子印證，簡齋、堯章諸公議論，去其間僞跡，如《求屏風帖》、《早乘帖》、《止開真帖》五卷，於海陵當此以爲區處。（《珊瑚網》卷二十三下）

趙與虤

楊誠齋序《千巖摘稿》云：「余嘗論近世之詩人，若范石湖之清新，尤梁溪之平淡，陸放翁之敷腴，蕭千巖之工致，皆余之所畏者。」姜白石《詩稿自序》云：「尤延之先生爲余言：近世人士喜言江西，温潤有如范至能者乎？ 痛快有如楊廷秀者乎？ 高古如蕭東夫，俊逸如陸務觀，是皆出自機杼，亶有可觀者。 又奚以江西爲？」觀二公推許，想見當時騷雅之盛，建安、大曆，風斯下矣。（《娱書堂詩話》卷上）

姜堯章夔居苕溪，與白石洞爲鄰，潘轉庵字之曰白石道人，且畀以詩曰：「人間官爵似樗蒲，采到枯松亦大夫。 白石道人新拜號，斷無繳駁任稱呼。」堯章報以長句，其詞曰：「南山仙人何所食？ 夜夜山中煮白石。 世人唤作白石仙，一生費齒不廢錢。 仙人食罷腹便便，七十二峰生肺肝。 真祖只在南山南，我欲從之不憚遠，無力煮石何由軟？ 佳名錫我何敢辭？ 但愁自此長苦飢，囊中只有轉庵詩，便

當掬水三嚥之。」(同上)

陳　模

山谷稱後山挽温公之詩：「時方隨日化，身已要人扶」，以爲天不憖遺一老之悲，盡於是矣。近時姜白石《思陵發引詩》云「中興無限艱難意，日暮湖平力士歸」，施之於高宗，正爲親切，此詩卻有終天之痛，讀者當以意會也。(《懷古録》卷中)

陳振孫

《續書譜》一卷　鄱陽姜夔堯章撰。(《直齋書録解題》卷十四《雜藝類》)

《絳帖平》一卷　姜夔撰。(同上)

《白石道人集》三卷　鄱陽姜夔堯章撰。千巖蕭東夫識之於年少客游，以其兄之子妻之。石湖范至能尤愛其詩。楊誠齋亦愛之，嘗稱其《歲除舟行十絶》，以爲「有裁雲縫月之妙思，敲金戛玉之奇聲」。夔頗解音律，進樂書，免解，不第而卒。詞亦工。(同上卷二十《詩集類》下)

《白石詞》五卷　姜夔堯章撰。(同上卷二十一《歌詞類》)

吴文英

〔三部樂黄鍾調俗名大石（按：「調」當作「商」）〕　賦姜石帚漁隱

江鷗初飛，蕩萬里素雲，際空如沐。詠情吟思，不在秦箏金屋。夜潮上明月蘆花，傍釣蓑夢遠，句清敲玉。翠罾汲曉，欸乃一聲秋曲。越裝片篷障雨，瘦半竿渭水，鷺汀幽宿。那知煖袍挾錦，低簾籠燭。鼓春波載花萬斛，帆鬣轉銀河可掬。風定浪息，蒼茫外天浸寒緑。（《夢窗詞集》）

〔解連環〕　留別姜石帚

思和雲結，斷江樓望睫，雁飛無極。正岸柳衰不堪攀，忍持贈故人，送秋行色。歲晚來時，暗香亂石橋南北。又長亭暮雪，點點淚痕，總成相憶。　杯前寸陰似擲，幾酬花唱月，連夜浮白。省聽風聽雨，笙簫向別。枕倦醒絮颺空碧。片葉愁紅，趁一舸西風潮汐，嘆滄波路長夢短，甚時到得。（同上）

〔拜星月慢林鍾羽俗名高平〕　姜石帚以盆蓮數十置中庭，宴客其中。

絳雪生涼，碧霞籠夜，小立中庭蕪地。昨夢西湖，老扁舟身世。歎游蕩，暫賞、吟花酌露尊俎，冷玉紅香罍洗。眼眩魂迷，古陶洲十里。　翠參差、淡月平芳砌，磚花滉，小浪魚鱗起。霧盎淺障青羅，洗湘娥春膩。蕩蘭煙、麝馥濃侵醉。吹不散、繡屋重門閉。又怕便、緑減西風，泣秋檠燭外。（同上）

〔齊天樂黄鍾宫俗名正宫〕　贈姜石帚

餘香纔潤鸞綃汗，秋風夜來先起。霧鎖林深，藍浮野闊，一笛漁蓑鷗外。紅塵萬里。就中决銀河，冷涵空翠。岸觜沙平，水陽陰下晚初艤。　桃溪人住最久，浪吟誰得到，蘭蕙疏綺。研色寒雲，籤聲亂葉，蕲竹紗紋如水。笙歌醉裏。步明月丁東，靜傳環佩。更展芳塘，種花招燕子。（同上）

〔惜紅衣〕　余從姜石帚游苕溪間二十五年矣，重來傷今感昔，聊以詠懷。

鷺老秋絲，蘋愁暮雪，鬢那不白。倒柳移栽，如今暗溪碧。烏衣細語傷絆，惹茸紅曾約南陌。前度劉郎，尋流花蹤跡。　朱樓水側，雪面波光，汀蓮沁顔色。當時醉近繡箔，夜吟寂。三十六磯重到，清夢冷雲南北。買釣舟溪上，應有煙蓑相識。（同上）

〔三姝媚夷則商〕　姜石帚館水磨方氏，會飲總宜堂，即事寄毛荷塘。

酣春青鏡裏，照青波明眸暮雲愁髻。半緑垂絲，正楚腰纖瘦，舞衣初試。燕客飄零，煙樹冷青驄曾繫。畫館朱樓，還把清尊，慰春憔悴。　離苑幽芳深閉。恨淺薄東風，褪花消膩。綵箑翻歌，最賦情、偏在笑紅顰翠。暗拍闌干，看散盡斜陽船市。付與金衣，清曉花深未起。（同上）

編者按：據夏承燾先生考證，姜石帚並非姜白石，而是另有其人。但因後人誤以石帚即白石，故録以備考。至於何時把石帚、白石混淆爲一人，夏承燾先生認爲始於清初朱彝尊或陳撰、曾時燦，唐圭璋先生認爲始於乾隆間陸鍾輝諸人所刊《白石集》，實則明末人卓人月就已混淆了。又，因夢窗詞序有「姜石帚館水磨方氏」一語，後人遂誤認白石晚年寓居杭州之水磨頭，實則白石所寓居之處係杭州東青門之張鑑別館。

柴　望

〔涼州鼓吹自序〕　……詞起於唐而盛於宋，宋作尤莫盛於宣、靖間，美成、伯可各自堂奥，俱號稱作者。

近世姜白石一洗而更之，《暗香》、《疏影》等作，當别家數也。大抵詞以雋永委婉爲尚，組織塗澤次之，呼嘷叫嘯抑末也。惟白石詞登高眺遠，慨然感今悼往之趣，悠然託物寄興之思，殆與古《西河》、《桂枝香》同風致，視《青樓歌》、《紅窗曲》萬萬矣。故余不敢望靖康家數，白石衣鉢或彷彿焉。故以鼓吹名，亦以自況云爾。幸同志諒之，宋逋臣柴望識。

昔有騷客張雲谷見公集，評云：憂國聲詩足追大雅，匡時諫草可續三謨。識者以爲確論。至其詩餘諸稿，可與美成、伯可比肩，顧自謂彷彿白石衣鉢者，謙語耳。……萬曆丁亥……十二世孫自新識。（《秋堂詩餘》卷首）

魏慶之

〔白石詩説〕（略）（《詩人玉屑》卷一）

〔誠齋品藻中興以來諸賢詩〕（略）（同上卷二）

〔誠齋白石之評〕（略）（趙威伯詩餘話）（同上卷十九）

〔姜堯章〕姜堯章夔居苕溪，與白石洞天爲鄰，潘轉翁字之曰白石道人。……（餘話）（同上）

陳思

姜夔字堯章，鄱陽人。工聲律。慶元三年進樂書乞正雅樂，詔令太常與議，嫉之不果行。居苕溪，與白石洞天爲鄰，轉庵潘樫號之曰白石道人，又畀以詩云：「世間官職似樗蒲，采到枯松亦大夫。白石道人新拜號，斷無繳駁任稱呼。」時夔與黄景説齊名，景説亦號白石，人稱雙白石。（《白石道人詩》卷首，見《兩宋名賢小集》）

范晞文

嚴滄浪羽云：「禪道惟在妙悟，詩道亦在妙悟。惟悟乃爲當行，乃爲本色。然悟有淺深，有分限之悟，有透徹之悟，有但得一知半解之悟。漢、魏尚矣，不假悟也。陶、謝至盛唐諸公，透徹之悟也。他雖有悟者，皆非第一義也。」姜白石夔亦有云：「文以文而工，不以文而妙，然舍文無妙，聖處要自悟。」蓋文章之高下，隨其所悟之深淺，若看破此理，一味妙悟，則徑超直造，四無窒礙，古人即我，我即古人也。」（《對牀夜語》卷二）

黄昇

姜堯章，名夔，號白石道人。中興詞家名流。詞極精妙，不減清真樂府，其間高處有美成所不能及。善吹簫。自製曲，初則率意爲長短句，然後協以音律云。居鄱陽。（《中興以來絶妙詞選》卷六）

史邦卿，名達祖，號梅溪。有詞百餘首。張功父、姜堯章爲序。堯章稱其詞「奇秀清逸，有李長吉之韻。蓋能融情景於一家，會句意於兩得。」

綺羅香春雨

做冷欺花，將煙困柳，千里偷催春暮。盡日冥迷，愁裏欲飛還住。驚粉重、蝶宿西園，喜泥潤、燕歸南浦。最妨它、佳約風流，鈿車不到杜陵路。　沈沈江上望極，還被春潮【晚】急，難尋官渡。隱約遥峰，和淚謝娘眉嫵。臨斷岸、新緑生時，是落紅、帶愁流處。記當日、門掩梨花，剪燈深夜語。「臨斷岸」以下數語，最爲姜堯章稱賞。

雙雙燕詠燕

過春社了，度簾幕中間，去年塵冷。差池欲住，試入舊巢相並。還相彫梁藻井，又軟語商量不定。飄然快拂花梢，翠尾分開紅影。　芳徑，芹泥雨潤。愛貼地爭飛，競誇輕俊。紅樓歸晚，看足柳昏花暝。應自棲香正穩，便忘了、天涯芳信。愁損翠黛雙蛾，日日畫欄獨凭。姜堯章極稱其「柳昏花暝」之句。

東風第一枝春雪

巧沁蘭心，偷黏草甲，東風欲障新暖。謾凝碧瓦難留，信知暮寒較淺。行天入鏡，做弄出、輕鬆纖軟。料故園、不捲重簾，誤了乍來雙燕。　青未了、柳回白眼，紅欲斷、杏開素面。舊游憶着山陰，厚盟還妨上苑。寒爐重暖，便放慢、春衫針綫。恐鳳鞋挑菜歸來，萬一灞橋相見。結句尤爲姜堯章拈出。（同上卷

七）

盧申之，名祖皋，號蒲江，樓攻媿先生之甥，趙紫芝、翁靈舒諸賢之詩友。樂章甚工，字字可入律吕，浙人皆唱之。有《蒲江詞稿》行於世。

漁家傲 壽白石

白石山中風景異，先生日日懷歸計。何事黄岡飛雪地。偏着意，畫堂卻爲東坡起。　人説前身坡老是，文章氣節渾相似。只待鼎彝勳業遂。梅花外，歸來長向山中醉。（同上卷八）

張宗瑞，名輯，鄱陽人，自號東澤。有詞二卷，名《東澤綺語債》。朱湛盧爲序，稱其得詩法於姜堯章。世所傳《欸乃集》，皆以爲采石月下謫仙復作，不知其又能詞也。其詞皆以篇末之語而立新名云。（同上卷九）

黄叔暘，名昇，號玉林，又號花庵。

阮郎歸 倣姜堯章體

粉香吹暖透單衣。金泥雙鳳飛。閑來花下立多時。春風酒醒遲。　桃葉曲，柳枝詞。芳心空自知。湘皋月冷佩聲微，雁歸人不歸。（同上卷十）

舒岳祥

〔山中白雲原序〕 宋南渡勳王之裔子玉田張君……詩有姜堯章深婉之風，詞有周清真雅麗之思，畫有趙子固瀟灑之意。……歲丁酉三月客我寧海，將登台峰，於其行也，舉觴贈言。是月既望，閬風舒月祥八十歲書。（《山中白雲》卷首）

樂雷發

〔題許介之譽文堂〕 端平丙申，桂林伯尚書鍾公以遺逸薦東溪先生許侯於朝。越明年，得旨補初品官衛州户掾。其誥詞，於始則有「夙有譽處，且嫻文辭」之褒，於終則有「其以行義教於鄉里」之勉。州里人士莫不榮之。又明年，許侯乃於東溪之濱剏堂五間，以爲講道著書之地，仍摘天語「譽文」二字以張其名，敬上賜也。堂成，山齋先生爲之記者詳矣，當世之名卿大夫又爲之賦詠者衆矣。願侯二字非衍即誤晚生小子何足言詩，辱徵俚作，不敢固以陋辭，敬書二首以記盛事，併叙聖天子始終褒勉之意，庶得附姓名於不朽云。

（其一，略）

又

姜夔劉過竟何依，空向江湖老布衣。造化忌名從古有，詩人得位似君稀。聖朝自要求參术，吾道何應賤蕨薇。晚節黄花須愛護，且教湘士挹芳菲。（《雪磯叢稿》卷三）

〔史主簿以授庵習稿見示，敬題其後，並寄張宗瑞〕　姜夔荒塚白蘋深，鸞鶩無聲結緑沈。擬向鄱陽尋後杜，只招張叟聽君吟。（同上卷四）

趙與旹

〔白石道人歌曲跋〕　歌曲特文人餘事耳，或者少諧音律。白石留心學古，有志雅樂。如《會要》所載，奉常所録，未能盡見也。聲文之美，槩具此編。嘉泰壬戌，刻於雲間之東巖。其家轉徙自隨，珍藏者五十載。淳祐辛亥，復歸嘉禾郡齋。千歲令威，夫豈偶然。因筆之以識歲月。端午日，菊坡趙與旹書。（《白石道人歌曲》）

王應麟

〔慶元樂書〕　元年五月十七日，布衣姜夔進鼓瑟制度、樂書三卷，送太常看詳。（《玉海》卷一百五《音樂》）

王沂孫

〔踏莎行題草窗詞卷〕　白石飛仙，紫霞悽調。斷歌人聽別本作「重恨」知音少。幾番幽夢欲回時，舊家池館生青草別本云「沈沈幽夢小池荒，依依芳意閒窗悄」。風月交游，山川懷抱，憑誰説與春知道。空留離別本作「遺」恨滿江南，相思一夜蘋花老。（《花外集》）

葉寘

〔三白石〕　近時稱白石者，樂清錢文子文季，鄱陽姜夔堯章，三山黄景説岩老，各因其居號之爾。故堯章以謂居苕溪上，與白石洞天爲鄰，潘德久字之曰白石道人。詩云：「屋角紅梅樹，花前白石生。」或本樂天黄醅酒對白侍郎、陳去非簡齋老對白桂花，此祖其格者。然白石生見《神仙傳》中，黄丈人弟子也，至彭祖時已年二千餘歲，煮白石爲糧，因就白石山居，時號曰白石生。堯章稱此三字蓋有據而後用。文季宗正，岩老大理，皆少卿，當嘉定間。姜止布衣。（《愛日齋叢鈔》）

編者按：《説郛》本無作者名。據余嘉錫先生考證，本書作者爲葉寘，見《四庫提要辨正》卷十五。

陳景沂

〔梅花・賦詠祖・七言散句〕　梅花村裏無人見，一夜吹香過石橋。姜白石（《全芳備祖》卷一前集《花部》）

編者按：此二句見《除夜自石湖歸苕溪》一詩。首句「村」字，夏承燾校輯本《白石詩詞集》作「竹」。

〔梅花·樂府祖·驀山溪〕　洗妝真態，不假鉛華御。竹外一枝斜，想佳人、天寒日暮。黄昏院落，無處著清香，風細細。雪垂垂，何況江頭路。　月邊疎影，夢到銷魂處。結子欲黄時，又須作、廉纖微雨。孤芳一世，供斷有情愁。消瘦損，東陽也，試問花知否。曹元龍　一作白石（同上）

編者按：查白石集中無此詞，疑非白石所作。

〔梅花·樂府祖·暗香〕　舊時月色，算幾番照我，梅邊吹笛。喚起玉人，不管春寒與輕折。何遜而今漸老，都忘卻、春風詞筆。但怪得、竹外疎枝，暗香冷入瑶席。　江國，正寂寂。恨寄與路遥，夜雪初積。翠尊易竭，紅萼無言耿相憶。長記曾攜手處，千樹壓、西湖寒碧。又片片、吹盡也，甚時見得。姜白石（同上）

編者按：這首詞的文字，與夏本《白石詩詞集》頗有歧異。「春」，夏本作「清」。「輕折」，夏本作「攀摘」。「枝」，夏本作「花」。「暗」，夏本無。「恨」，夏本作「嘆」。「竭」，夏本作「泣」。「甚」，夏本作「幾」。

〔梅花·樂府祖·疎影〕　苔枝綴玉，有翠禽小小，枝上同宿。客裏相逢，籬南黄昏，無言自倚修竹。昭君不慣胡沙遠，但暗憶、江南江北。想佩環、月夜歸來，化作此花幽獨。　提起深宫舊事，那人正睡裏，飛近娥緑。莫是春風，不管盈盈，早與安排金屋。從教幾片隨波去，又卻怨、玉龍哀曲。待凭時、重覓幽香，已入小窗横幅。白石（同上）

編者按：這首詞的文字，與夏本亦頗有歧異。「南」，夏本作「角」。「提起」，夏本作「猶記」。「娥」，夏本作「蛾」。「是」，夏本作「似」。「從」，夏本作「還」。「幾」，夏本作「一」。「待凭」，夏本作「等恁」。

〔芍藥·樂府祖·側犯〕 恨春易去，甚春卻向揚州住。微雨，正繭栗梢頭弄詩句。紅橋二十四，纔是行樂處。無語，漸半脱宫衣笑相顧。 金壺細葉，千朵圍歌舞。誰念我、鬢成絲，來此共樽俎。後日西園，緑蔭無數。寂寞劉郎，自修花譜。姜白石 （同上卷三）

編者按：這首詞的文字，與夏本亦有歧異。「纔」，夏本作「總」。「樂」，夏本作「雲」。

〔荷花·樂府祖·念奴嬌〕 （詞，略）

〔牽牛花·賦詠祖·七言絶句〕 青花緑葉上疎籬，别有長條竹尾垂。老覺淡粧差有味，滿身秋露立多時。姜白石二首

不見青青繞竹生，西風籬落抱枯藤。道人一任寒花過，愁殺山陰覓句僧。（同上卷十一）

編者按：第一首題爲《武康丞宅同朴翁詠牽牛》，詩中文字與夏本全同。第二首題爲《朴公悼牽牛甚奇余亦作》，詩中「寒」字，夏本作「空」。

〔虞美人草·賦詠祖·五言古詩〕 夜闌浩歌起，玉帳生悲風。江東可千里，棄妾蓬蒿中。化石那解語，作草猶可舞。陌上望騅來，翻然不相顧。姜白石 （同上卷十一後集《卉部》）

編者按：詩中「然」字，夏本作「愁」。

〔菖蒲·賦詠祖·五言八句〕 岳麓溪毛秀，湘濱玉水香。靈苗憐勁直，達節著芬芳。豈謂盤盂小，而忘臭味長。拳山並勺水，所至未能量。（同上）

編者按：此詩文字與夏本全同。

劉辰翁

〔劉次莊考樂府序〕　余嘗與祭太學，見太常樂工，類市井倩人被以朱衣。及其歌也，前者可，後者哦，群雁而起，竟亦莫識何語。而音節又極俚，有何律度？而俗儒按之以爲曲，曰樂章。姜堯章至取編鍾朱瑟，帙較而字定之。然語言無味，曾不及其自度《香》、《影》諸曲之妙。乃知柳子厚《鐃歌》、尹師魯《皇雅》皆蔽於聲質於貌。嗚呼！吾讀文王《清廟》，何其往來反復，愈簡而愈有餘地；雖不能知其聲，而洋洋者如倡而復嘆之不足也！故可歌也。故知依聲鑄字出於述者之過。中無所見，則如市人濫吹，聞而從者也。……（《須溪集》卷六）

周　密

〔姜堯章自叙單炳文附〕　鄱陽有布衣姜夔堯章，出處備見張輯宗瑞所著《白石小傳》矣。近得其一書，自述頗詳，可與前傳相表裏云。

「某早孤不振，幸不墜先人之緒業。少日奔走，凡世之所謂名公鉅儒，皆嘗受其知矣。内翰梁公於某爲鄉曲，愛其詩似唐人，謂長短句妙天下。樞使鄭公愛其文，使坐上爲之，因擊節稱賞。參政范公以爲翰墨人品，皆似晉、宋之雅士。待制楊公以爲於文無所不工，甚似陸天隨，於是爲忘年交。復州蕭公，世所謂千巖先生者也，以爲四十年作詩，始得此友。待制朱公既愛其文，又愛其深於禮樂。丞相京公不特稱其禮樂之書，又愛其駢儷之文。丞相謝公愛其樂書，使次子來謁焉。稼軒辛公，深服其長短句如二卿。孫公從之，胡氏應期，江陵楊公，南州張公，金陵吳公，及吳德夫、項平甫、徐子淵、曾幼度、商翬仲、王晦叔、易彦章之徒，皆當世俊士，不可悉數。或愛其人，或愛其詩，或愛其文，或愛其字，或折節交之。若東州之士則樓公大防、葉公正則，則尤所激賞者①。嗟乎！四海之内，知己者不爲少矣，而未有能振之於窶困無聊之地者。舊所依倚，惟有張兄平甫。其人甚賢，十年相處，情甚骨肉。而某亦竭誠盡力，憂樂同念②。平甫念其困躓場屋，至欲輸資以拜爵，某辭謝不願，又欲割錫山之膏腴以養其山林無用之身。惜乎平甫下世，今惘惘然若有所失。人生百年有幾，賓主如某與平甫者復有幾？撫事感慨，不能無懷。平甫既殁，稚子甚幼，入其門則必爲之悽然。終日獨坐，逡巡而歸。思欲捨去，則念平甫垂絶之言，何忍言去！留而不去，則既無主人矣，其能久乎？」云云。同時黄白石景説之言曰：「造物者不欲以富貴浼堯章，使之聲名焜燿於無窮，此意甚厚。」又楊伯子長孺之言曰：「先君在朝列時，薄海英才，雲次鱗集，亦不少矣。而布衣中得一人焉，曰姜堯章。」嗚呼！堯章一布衣耳，乃得盛名於天壤間若此，則軒冕鍾鼎，真可敝屣矣。

是時又有單煒丙文者，沅陵人，博學能文，得二王筆法，字畫遒勁，合古法度，於考訂法書尤精。武舉得官，仕至路分，著聲江湖間，名士大夫多與之交，自號定齋居士。於堯章投分最稔，亦碩士也③。堯章詩詞已板行，獨雜文未之見，余嘗於親舊間得其手稿數篇④，尚思所以廣其傳焉。

（張茂鵬）《校勘記》：①「則尤所激賞者」，「尤」原作「有」，據稗海本、津逮本、學津本改。②「憂樂同念」，「同」，稗海本、津逮本、學津本作「闕」。③「亦碩士也」，「碩」，稗海本、津逮本、學津本作「韻」。④「余嘗於親舊間得其手稿數篇」，「間得」二字原作「閲」，據稗海本、津逮本、學津本改。（《齊東野語》卷十二）

〔白石禊帖偏旁考〕　堯章考古極精，有《絳帖平》十卷行於世。審訂精妙，人服其贍。又嘗於故家見其所書《禊帖偏旁考》亦奇，因識於此，與好古者共之。

「永」字無畫，發筆處微折轉。　「和」字口下橫筆稍出。　「年」字懸筆上湊頂。　「在」字左反剔。　「歲」字有點，在山之下，戈畫之右。　「事」字腳斜拂不挑。　「流」字内云字處就回筆，不是點。　「殊」字挑腳帶橫。　「是」字下疋音疎凡三轉不斷。　「趣」字波略反卷向上。　「欣」字欠右一筆作章草發筆之狀，不是捺。　「抱」字已開口。　「死生亦大矣」亦字，是四點。　「興感」感字，戈邊亦直作一筆，不是點。　「未嘗不」不字下反挑處有一闕。

右法如此甚多，略舉其大概。持此法亦足以觀天下之《蘭亭》矣。（同上）

〔恭謝〕　大禮後，擇日行恭謝禮。……禮畢，宣宰臣以下合赴坐官並簪花對御賜宴，上服幞頭紅上蓋，玉束帶不簪花。　教坊樂作，前三盞用盤盞，後二盞屈卮。　御宴畢，百官侍衛吏卒等並賜簪花從駕，縷翠滴金，各競華麗，望之如錦繡。衙前樂都管已下三百人，自新椿橋西中道排立迎駕，念致語口號如前，樂動《滿路花》，至殿門起《壽同天》曲破，舞畢退。　姜白石有詩云：「六軍文武浩如雲，花簇頭冠樣樣新。惟有至尊渾不戴，盡將春色賜群臣。」「萬數簪花滿御街，聖人先自景靈回。不知後面花多少，但見紅雲冉冉來。」是日皇后及内中車馬先還宫中，呼后爲聖人。（《武林舊事》卷一）

〔元夕〕　都城自舊歲冬孟駕回，則已有乘肩小女、鼓吹舞綰者數十隊，以供貴邸豪家幕次之翫。而天街茶肆漸已羅列燈毬等求售，謂之燈市。自此以後，每夕皆然。三橋等處客邸最盛，舞者往來最多。每夕樓燈初上，則簫鼓已紛然自獻於下。酒邊一笑，所費殊不多。往往四鼓乃還。自此日盛一日。姜白石有詩云：「燈已闌珊月色宋刻月氣寒，舞兒往往夜深還。只應不盡婆娑意，更向街心弄影看。」又云：「南陌東城盡舞兒，畫金刺繡滿羅衣。也知愛惜春游夜，舞落銀蟾不肯歸。」……深得其意態也。

至節後，漸有大隊如四國朝、傀儡、杵歌之類，日趨於盛，其多至數千宋刻千作十百隊。天府每夕差官點視，各給錢酒油燭，多寡有差，且使之南至昇陽宮支酒燭，北至春風樓支錢。終夕天街鼓吹不絕。都民士女，羅綺如雲，蓋無夕不然也。至五夜，則京尹乘小提轎，諸舞隊次第簇擁前後，連亘十餘里，錦繡填委，簫鼓振作，耳目不暇給。吏魁以大囊貯楮券，凡遇小經紀人必犒數千宋刻數十，謂之買市。……邸第好事者如清河張府、蔣御藥家，閒設雅戲煙火，花邊水際燈燭燦然，游人士女縱觀，則迎門酌酒而去。又有幽坊靜巷好事之家，多設五色琉璃泡燈，更自雅潔，靚妝笑語，望之如神仙。白石詩云：「沙河雲合無行處，惆悵來游路已迷。卻入靜巷燈火空，門門相似列蛾眉。」又云：「游人歸後天街靜，坊陌人家未閉門。簾裏垂燈照樽俎，坐中嬉笑覺春溫。」或戲於小樓，以人爲大影戲，兒童諠呼，終夕不絕，此類不可遽數也。西湖諸寺，惟三竺張燈最盛，往往有宮禁所賜、貴璫所遺者，都人好奇，亦往觀焉。白石詩云：「珠珞琉璃到地垂，鳳頭銜宋刻銜作御帶玉交枝。君王不賞無人進，天竺堂深夜雨時。」

元夕節物，婦人皆戴珠翠、鬧蛾、玉梅、雪柳、菩提葉、燈毬、銷金合、蟬貂袖宋刻貉袖、項帕。而衣多尚白，蓋月下所宜也。游手浮浪輩，則以白紙爲大蟬，謂之夜蛾；又以棗肉炭屑爲丸，繫以鐵絲燃之，名火楊梅。節食所尚，則乳糖、圓子、䭔飳、科斗粉、豉湯、水晶膾、韭餅、及南北珍果，並皁兒糕、宜利少、澄沙糰子、滴酥鮑螺、酪麵、玉消膏、琥珀餳、輕餳、生熟灌藕、諸色龍纏宋刻瓏瓕、蜜煎、蜜果宋刻裹、糖瓜蔞煎、七寶薑豉、十般糖之類。皆用鏤鍮裝花，盤架車兒，簇插飛蛾，紅燈綵盝，歌叫喧闐。幕次往往使之吟叫，倍酬其直。白石亦有詩云：「貴客鈎簾看御街，市中珍品一時來。簾前花架無行路，不得金錢不肯回。」（同上卷二）

〔湖山勝槩〕淨林廣福院開府楊慶祖墳庵，土人呼爲上楊庵。有松關、南泉、芳桂亭。姜白石與銛朴翁等三人來游。詩云：「四人松下共盤桓，筆硯花壺石上安。今夕興懷同此味，老仙留字在孱顏。」後爲演福寺，遂廢。（同上卷五）

姜堯章《鐃歌鼓吹曲》乃步驟尹師魯《皇雅》，《越九歌》乃規模鮮於子駿《九誦》。然言辭峻潔，意度蕭遠，似或過之。（《浩然齋雅談》卷上）

姜堯章雪中訪范至能於石湖，詩云：「雪矸如玉城，偏師敢輕犯。黄蘆陣野鶩，我自將十萬。三戰渠未降，北面石湖范。先生霸越手，定自一笑粲。」至能酬之云：「鵝鶩聲喑雪臆豪，直前不憚夜行勞。更能櫜鞬尊裴度，千古人知李愬高。」前輩稱獎後進，不以名位自高，交相尊讓，可見一時士大夫風俗之美也。（同上卷中）

〔圖畫碑帖〕（廖瑩中）又刻陳簡齋去非、姜堯章、任希夷、盧柳南四家遺墨十三卷，皆精妙。先是，賈師憲用婺州碑工王用和翻刻定武《蘭亭》，凡三年而後成，至酬以勇爵。絲髮無遺恨，幾與定武相亂。又縮爲小字，刻之靈壁石板。於是群玉《蘭亭》遂冠諸帖。世綵堂蓋其家堂名也。其石後爲泉州蒲壽庚航海載歸閩中，途次被風墜江中，或尚在，特不全耳。（《志雅堂雜鈔》卷上）

〔賈廖碑帖〕賈師憲以所藏定武五字不損肥本禊帖，命婺州王用和翻刻，凡三歲而後成。……又縮爲小字刻之靈壁石，號玉板《蘭亭》。其後傳刻者至十餘，皆不逮此也。於是其客廖群玉以《淳化閣帖》、《絳州潘氏帖》二十卷，並以真本書丹入石，皆逼真。又刻小字帖十卷。……又以所藏陳簡齋、姜白石、任斯庵、盧柳南四家書爲小帖，所謂世綵堂小帖者。世綵，廖氏堂名也。其石今不知存亡矣。（《癸辛雜識》後集）

〔王子慶號□□所藏〕五字不損本《蘭亭》，原係堂後官盧宗邁家物，墨花滿面。後一行空處。後歸碑驛童道人。姜堯章自童處得之，凡一册，上有白石生四屧之印，又有「鷹揚周郊鳳儀虞廷」印甚奇，蓋寓姓名二字。後歸蕭千巖之姪況介文，後有李秀巖跋。既而復歸之俞松壽翁，有夢鷗堂二跋，及會稽内史等三古印。最後爲趙子固所得。（《雲煙過眼録》卷一）

建炎三年八月一日，自百合口汎舟順流歸竹山。是日午過蒲溪中流，望微王山，嶄然出雲外。舟行踰十里，江勢百折而兹山常在岸旁。行未幾，山益峻，水益陿，草樹茂鬱。舟人曰：「將入峽矣。」謂載人無譁，或有老獮猴從山頂墜飛石也。峽口兩山皆自水中拔起，數百仞壁立如削，巖石奇詭，無圭，撮土諦觀，初若一山類有物中斷之，令水流其間者。兩山之間相去不十丈，自始入至出闊慳若一，如有意而爲之者。樹從山石上生，色紺緑異於凡時，有絳葉飛墮洄潭中，恍然非塵世有也。船少轉，水嚙山足且數丈，從石下過舟，有大黿十數楹屋，水洶洶出黿壁後，土人名曰「魚陀」云。每歲二三月，有魚數萬斤自陀中出，不知其潛通何所也。魚陀下不數舉棹，有洞在山腹，去水面數十丈，嶄絶不可至，土人攬蔓而上，持火入洞中，行三丈餘，不敢復前，意其有神仙或蛟龍居之。惜舟過時已晚，不得一窺洞口也。俄而山漸低，水增闊，波濤復湧，泊於亂石間，須臾已出峽矣。大抵自穰谷而上，至微水發源處，土人均謂之峽江。而自上而下者過微王山下長灘爲入峽，自下而上者過穰口上九澗洞爲入峽，峽江大抵多湍灘瀨，客過而覆舟者十二三，而峽中獨無有，水安流如鏡，萬象墮水中，毫髮可了，仰望天正碧，如匹練掛峰頂。是時秋已中，山間高爽如平地。重陽時微陽被巖岫，衆形鮮潔，秋蟬嗷嗷鳴樹間，使人殆有遥舉意云。

余别石湖歸吴興，雪後夜過垂虹，嘗賦詩云：「笠澤茫茫雁影微，玉峰重疊護雲衣。長橋寂寞春寒夜，只有詩人一舸歸。」後五年冬，復與俞商卿、張平甫、銛朴翁自封寓同載詣梁溪，道經吴淞，山寒天迥，雲浪四合，中夕相呼，步垂虹，星斗下垂，錯雜漁火，朔吹凛凛，卮酒不能支，朴翁以衾自纏，猶相與行吟，因賦「雙槳蓴波，一蓑松雨」之詞云。姜堯章

丙午人日，余客長沙别駕之觀政堂。堂下曲沼，西負古垣，有盧橘幽篁，一徑深曲，穿逕而南，官梅數十株，如椒如菽，或紅破白露，枝影扶疏，着屐蒼苔細石間，野興横生，亟命駕登定王臺，亂湘流入麓

山，湘雲低昂，湘波容與，興盡悲來，醉吟成調。余客武陵，湖北憲沼〔治〕在焉。古城埜水，高木參天。余與一二三友日蕩舟其間，薄荷花而飲，意幽閴不類人境。秋水且涸，荷花出地尋丈，因列坐其下，上不見日，清風徐來，緑雲自動，間於疎處窺見游人畫船，亦一樂也。

甲寅春，余與俞商卿游西湖，觀梅於孤山之西村，玉雪照映，水香薄人，已而商卿歸吴興，余獨來，則山横春煙，新柳被水，游人容與飛花中，悵然有懷，作辭寄之。並堯章（《澄懷録》卷下）

鄭思肖

〔山中白雲原序〕　吾識張循王孫玉田先輩，喜其三十年汗漫南北數千里，一片空狂懷抱，日日化雨爲醉。自仰扳姜堯章、史邦卿、盧蒲江、吴夢窗諸名勝，互相鼓吹春聲於繁華世界。飄飄徵情，節節弄拍，嘲明月以謔樂，賣落花而陪笑，能令後三十年西湖錦繡山水猶生清響，不容半點新愁飛到游人眉睫之上。……三外野人所南鄭思肖書於無何有之鄉。（《山中白雲》卷首）

陳世崇

孟享駕出，則軍器庫、御酒庫、御厨祇候庫、儀鸞司、御藥院從物前導。……若恭謝駕回，圍於子内作樂，添教坊東西班各三十六人，丞相以下皆簪花。姜夔云：「六軍文武浩如雲，花簇頭冠樣樣新。惟

有至尊渾不帶，盡分春色賜群臣。萬數簪花滿御街，聖人先自景靈回。不知後面花多少，但見紅雲冉冉來。」（《隨隱漫録》卷三）

編者按：姜詩文字，與周密《武林舊事》所載略有出入。

林可山稱和靖七世孫，不知和靖不娶，已見梅聖俞序中矣。姜石帚嘲之曰：「和靖當年不娶妻，因何七世有孫兒。若非鶴種並龍種，定是瓜皮搭李皮。」石帚之詩特甚於郭崇韜，李環之撾戒之。（同上）

編者按：此姜石帚並非姜白石。因後人誤認石帚即白石，故録以備考。

潛説友

〔水樂洞〕在南山煙霞嶺下，舊爲錢氏西關淨化院。淳熙六年以其地賜李隶，仍建佛宇。四望林巒聳秀，巖石蟠峙，有洞虚窈，渟涵如淵，泉味清甘，與龍井埒。洞中有水，聲如金石。熙寧二年守鄭公獬名之曰「水樂洞」。……

題詠　……○姜夔《次韻王祕書游水樂洞》詩云：（略）（《咸淳臨安志》卷二十九）

〔題詠西湖〕……○姜白石《湖上寓居》：「湖上風恬月澹時，卧看雲影入玻瓈。輕舟忽向窗邊過，摇動青蘆一兩枝。」「處處虚堂望眼寬，荷花荷葉過欄干。游人去後無歌鼓，白水青山生晚寒。」（同上卷三十三）

張仲文

慶元間，有士人姜夔上書，乞正奉常雅樂。京仲遠承祖主此議，送斯人赴太常，同寺官校正。斯人詣寺，與寺官列坐，召樂師賫出大樂，首先錦瑟。姜君問曰：「此是何樂？」衆官已有謾文之嘆：正樂不識樂器。斯人又令樂師〔彈之，師〕曰：語云鼓琴希，未聞彈之。衆官咸笑而散去。其議遂寢。至今其書流行於世，但據文而言耳。（《白獺髓》）

編者按：「彈之，師」三字，據《説郛》卷二十五補。

李龏

〔集句〕 本是離騷國裏人，更無人爲作招魂。誰家玉笛吹春怨，占斷孤山水月村。周晉仙　蘇召叟　姜堯章　高九萬（《梅花衲》）

編者案：本詩第三句集自白石《除夜自石湖歸苕溪》第十首。

一段春愁雨帶來，空令懷古更徘徊。深宮不與閒人到，枝上年年生緑苔。銛朴翁　司空圖　蘇召叟　姜堯章（同上）

編者案：本詩末句集自白石《項里苔梅》一詩。「生」，夏承燾本作「長」。

古苔留雪卧牆腰，小户無風暖氣饒。一段好春藏不得，有人和淚獨吹簫。姜堯章　潘德久　張武子　劉武子（同上）

編者按：本詩首句集自白石《除夜自石湖歸苕溪》第十首。

自入春來早，梅花處處妍。幾家深樹裏，只怕晚風顛。徐致中　翁靈舒　項斯　姜堯章（同上）

編者按：本詩末句，查白石詩集未見。

鄧　牧

〔張叔夏詞集序〕　古所謂歌者，詩三百止爾。唐宋間始爲長短句，法非古，意古。然數百年來，工者幾人？美成、白石逮今膾炙人口，知者謂「麗莫若周，賦情或近俚；騷莫若姜，放意或近率。」今玉田張君無二家所短，而兼所長；《春水》一詞，絶唱今古，人以張春水目之。蓋其父寄閒先生善詞名世，君又得之家庭所傳者。中間落落不偶，北上燕南，留宿海上，憔悴見顔色；至酒酣浩歌，不改王孫公子醞藉。身外窮達，誠不足動其心、餒其氣與！歲庚子相遇東吴，示予詞若干首，使爲序云。（《伯牙琴》）

張　炎

〔詞源序〕　舊有刊本《六十家詞》，可歌可誦者，指不勝屈。中間如秦少游、高竹屋、姜白石、史邦卿、吴夢窗，此數家格調不侔，句法挺異，俱能特立清新之意，删削靡曼之詞，自成一家，各名於世。作詞者能取諸人之所長，去諸人之所短，象而爲之，豈不能與美成輩爭雄長哉！（《詞源》卷首）

〔製曲〕　作慢詞看是甚題目，先擇曲名，然後命意，命意既了，思量頭如何起，尾如何結，方如選韻，而後述曲。最是過片不要斷了曲意，須要承上接下；如姜白石詞云：「曲曲屏山，夜涼獨自甚情緒。」於過片則云：「西窗又吹暗雨。」此則曲之意脈不斷矣。（《詞源》）

〔句法〕　詞中句法，要平妥精粹。一曲之中，安能句句高妙？只要拍搭襯副得去，於好發揮筆力處，極要用工，不可輕易放過，讀之使人擊節可也。如……姜白石《揚州慢》云：「二十四橋仍在，波心蕩，冷月無聲。」此皆平易中有句法。（同上）

〔清空〕　詞要清空，不要質實；清空則古雅峭拔，質實則凝澀晦昧。姜白石詞如野雲孤飛，去留無跡。吳夢窗詞如七寶樓臺，眩人眼目，碎拆下來，不成片段。此清空質實之説。……白石詞如《疏影》、《暗香》、《揚州慢》、《一萼紅》、《琵琶仙》、《探春》、《八歸》、《淡黄柳》等曲，不惟清空，又且騷雅，讀之使人神觀飛越。（同上）

〔意趣〕　詞以意爲主，不要蹈襲前人語意。如……姜白石《暗香》賦梅云：「舊時月色，是幾番照我，梅邊吹笛？　喚起玉人，不管清寒與攀摘。　何遜而今年老，都忘卻春風詞筆。但怪得竹外疏花，香冷入瑶席。　江國，正寂寂。　嘆寄與路遥，夜雪初積。　翠尊易泣，紅萼無言耿相憶。長記曾攜手處，千樹壓西湖寒碧。又片片吹盡也，幾時見得！」《疏影》云：「苔枝綴玉，有翠禽小小，枝上同宿。客裏相逢，籬角黄昏，無言自倚修竹。昭君不慣胡沙遠，但暗憶江南江北。想佩環月夜歸來，化作此花幽獨。　猶記深宫舊事，那人正睡裏，飛近蛾緑。莫似春風，不管盈盈，早與安排金屋！還教一片隨

波去，又卻怨玉龍哀曲。等恁時再覓幽香，已入小窗横幅。」此數詞皆清空中有意趣，無筆力者未易到。（同上）

〔用事〕詞用事最難，要體認著題，融化不澀。如東坡《永遇樂》云：「燕子樓空，佳人何在，空鎖樓中燕！」用張建封事。白石《疏影》云：「猶記深宫舊事，那人正睡裏，飛近蛾緑。」用壽陽事。又云：「昭君不慣胡沙遠，但暗憶江南江北。想佩環月夜歸來，化作此花幽獨。」用少陵詩。此皆用事不爲事所使。（同上）

〔詠物〕詩難於詠物，詞爲尤難。體認稍真，則拘而不暢；模寫差遠，則晦而不明；要須收縱聯密，用事合題，一段意思，全在結句，斯爲絶妙。如……白石《暗香》、《疏影》詠梅云：（略。見前「意趣」門）《齊天樂》賦促織云：「庾郎先自吟愁賦，淒淒更聞私語。露濕銅鋪，苔侵石井，都是曾聽伊處。哀音似訴，正思婦無眠，起尋機杼。曲曲屏山，夜涼獨自甚情緒！西窗又吹暗雨，爲誰頻斷續，相和砧杵！候館吟秋，離宫弔月，别有傷心無數。豳詩漫與，笑籬落呼燈，世間兒女。寫入琴絲，一聲聲最苦。」此皆全章精粹，所詠瞭然在目，且不留滯於物。（同上）

〔離情〕「春草碧色，春水緑波，送君南浦，傷如之何？」矧情至於離，則哀怨必至；苟能調感愴於融會中，斯爲得矣。白石《琵琶仙》云：「雙槳來時，有人似、舊曲桃根桃葉。歌扇輕約飛花，蛾眉正愁絶。春漸遠，汀洲自緑，更添了幾聲啼鴂。十里揚州，三生杜牧，前事休説！又還是宫燭分煙，奈愁裏匆匆換時節！都把一襟芳思，與空階榆莢。千萬縷藏鴉細柳，爲玉尊起舞回雪。想見西出陽

關，故人初别。」……離情當如此作，全在情景交鍊，得言外意。有如「勸君更盡一杯酒，西出陽關無故人」，乃爲絶唱。（同上）

〔雜論〕　詩之賦梅，唯和靖一聯而已；世非無詩，不能與之齊驅耳。詞之賦梅，惟姜白石《暗香》、《疏影》二曲，前無古人，後無來者，真爲絶唱。太白云：「眼前有景道不得，崔顥題詩在上頭。」誠哉是言也！

美成詞只看他渾成處，於軟媚中有氣魄，採唐詩融化如自己者，乃其所長，惜乎意趣卻不高遠。所以出奇之語，以白石騷雅句法潤色之，真天機雲錦也。（同上）

〔聲聲慢〕（晴光轉樹）　余與王碧山泛舟鏗田，王蕺隱吹簫，余倚歌而和。天闊秋高，光景奇絶，與姜白石垂虹夜游同一清致也。

（詞，略）（《山中白雲詞》卷上，《雙白詞》五）

〔湘月〕　余載書來往山陰道中，每以事奪不能盡興。戊子冬晚與王中仙、徐絶壁曳舟溪上，天空水寒，古意蕭瑟。中仙有詞雅麗，絶壁作晉雪圖亦清逸可觀。余述此詞，亦姜白石鬲指聲也。

（詞，略）（同上）

〔瑣窗寒〕　王碧山又號中仙，越人也。其詩清峭，其詞嫻雅，有姜白石意趣。今絶響矣。余悼之玉笥山，長歌之急，甚於哀慟。

（詞，略）（同上）

〔紅情〕《疏影》、《暗香》，姜白石爲梅著語。因易之曰《紅情》、《緑意》，以荷花、荷葉詠之。

（《紅情》詞，略）

（《緑意》詞，略）（《山中白雲詞》卷六）

沈義父

姜白石清勁知音，亦未免有生硬處。（《樂府指迷》）

二　元　代

方　回

〔送朝天集歸楊誠齋〕（姜詩，略）

方回：白石道人夔，字堯章。饒州人。千巖蕭公以其女妻之。當時甚得詩名，幾於亞蕭、尤、楊、范、陸者。予嘗與南昌陳杰壽夫論詩，閱其餘稿，則大不然。堯章自能按曲，爲詞甚佳，詩不逮詞遠甚。予選其詩一。此一首合予意，容更詳之。（《瀛奎律髓彙評》卷三十六）

康里巎

〔化度寺邕禪師塔銘跋〕　歐陽率更書，姜白石以爲追踪鍾、王。今觀此石刻，尚使人驚絶，矧真蹟哉！因知白石之論爲信然。此化度寺碑，蓋舊本收者宜寶藏之。　至元六年歲庚辰三月十六日康里巎書。（《珊瑚網》卷二十）

陸友仁

宋人書，習鍾法者五人：黄長睿伯思，雒陽朱敦儒希真，李處權巽伯，姜夔堯章，趙孟堅子固。

姜堯章作《絳帖評》，旁證曲引，有功於金石，缺亦疑之。趙子固謂其書精妙，過於黄、米。（《硯北雜志》卷上）

姜堯章從奉常議樂，以彈瑟之語不合，歸番陽。過吴，見陸務觀談其事。務觀曰：「何不憶『二十五絃彈夜月』之詩乎？」堯章聞之，不覺自失。（同上卷下）

姜堯章云：無錫之有青山，張循王俊所葬，下爲石屋九。（同上）

趙子固曰：姜堯章爲書家申、韓。（同上）

姜堯章自題畫像云：「鶴氅如煙羽扇風，賦情芳草緑陰中。黑頭辦了人間事，來看凌霜數點紅。」其風致如此。（同上）

近世以筆墨爲事者，無如姜堯章、趙子固。二公人品高，故所録皆絶俗。往余見姜貫道畫圖，後有子固端平三年，監新城商税日，叙姜堯章《慶春宫》詞，愛其詞翰丰茸，故備載之：「雙槳蓴波，一蓑松雨，莫愁漸滿空闊。呼我盟鷗，翩翩欲下，背人還過木末。」（同上）

小紅，順陽公青衣也，有色藝。順陽公之請老，姜堯章詣之。一日受簡徵新聲，堯章製《暗香》、《疏影》兩曲，公使二妓肄習之，音節清婉。堯章歸吴興，公尋以小紅贈之。其夕大雪，過垂虹，賦詩曰：「自琢新詞韻最嬌，小紅低唱我吹簫。曲終過盡松陵路，回首煙波十里橋。」堯章每喜自度曲，吹洞簫，小紅輒歌而和之。堯章後以末疾故，蘇石挽之曰：「所幸小紅方嫁了，不然啼損馬塍花。」宋時，花藥皆出東西馬塍。西馬塍，皆名人葬處，白石没後葬此。蘇石謂小紅若不嫁，則哭損馬塍花矣。（同上）

編者按：「蘇石」當係「蘇洞」之誤。

周恭謹云：姜堯章《鐃歌鼓吹曲》，乃步驟尹師魯《皇雅》；《越九歌》，乃規模鮮於子駿《九誦》。然言詞峻潔，意度高遠，頗有超越驊騮之意。（同上）

海昌人家有古琴一張，音韻清越，相傳是單丙文遺姜堯章者。背有銘曰：深山長谷，雲入我屋；單伯解衣，作葛天氏之曲；懷我白石，東望黄鵠。（同上）

戴表元

〔董叔輝詩序〕……近世靜笑翁方嚴簡重不輕語，語出必該涉名教，其詩近康節。少充鄉貢。公每見人即説張武子、姜堯章作詩家法。（《剡源戴先生文集》卷九）

〔牡丹宴席詩序〕人之於交游、會合、談宴之樂，當其樂時，不知其可慕也，事去而思之，則始茫然有追扳不及之嘆。渡江兵休久，名家文人漸漸修還承平館閣故事。而循王孫張功父使君以好客聞天下。當是時，遇佳風日，花時月夕，功父必開玉照堂置酒樂客。其客廬陵楊廷秀、山陰陸務觀、浮梁姜堯章之徒以十數至，輒歡飲浩歌，窮月夜忘去。明日醉中唱酬詩或樂府詞，累累傳都下，都下人門鈔户誦，以爲盛事。然或半旬十日不爾，則諸公嘲訝問故之書至矣。嗟夫，此非故家遺澤，余所謂追扳而不獲者耶？大德戊戌春，功父諸孫之賢而文者國器甫復尋墜典，自天目山致名本牡丹百餘歸第中，以三月九日大享客，瓶罍設張，屏筵絢輝，衣冠之華，詼諧之歡，咸曰自多事以來所未易有是樂也，不

可以無述。於是國器甫與永嘉陳某等各探韻賦詩，通得古律若干篇，而命前進士剡源戴表元序其卷端云。（《剡源戴先生文集》卷十）

〔送張叔夏西游序〕……叔夏之先世高曾祖父皆鐘鳴鼎食，江湖高才詞客姜夔堯章、孫季蕃花翁之徒，往往出入館穀其門。千金之裝，列駟之聘，談笑得之，不以爲異。迨其途窮境變，則亦以望於他人而不知，正復堯章、花翁尚存，今誰知之，而誰暇能念之者？嗟乎！士固復有家世材華如叔夏而窮甚於此者乎！（同上卷十三）

〔題陳强甫樂府〕少時閲唐人樂府《花間集》等作，其體去五七言律詩不遠。遇情愫不可直致，輒略加檃括以通之，故亦謂之曲。然而繁聲碎句，一無有焉。近世作者幾類散語，甚者竟不可讀，余爲之憒憒久矣。山陰陳强甫示余《無我辭》一編，體用姜白石，趣近陸渭南，而編名適與其家去非公《無住詞》相似，是有以爽然於余心者哉！（同上卷十九）

仇　遠

〔山中白雲原序〕讀《山中白雲詞》，意度超玄，律吕協洽，不特可寫音檀□，亦可被歌管、薦清廟。方之古人，當與白石老仙相鼓吹。……山村居士仇遠。（《山中白雲》卷首）

〔題晉大令保母帖〕丙戌冬，伯機出《保母帖》相示，命題詩。次年春，重見此帖於弁陽山房，較前帖微不同，遂再賦，併書前詩如左。社日遠頓首。

我愛保母帖，人傳中令書。不須疑斷缺，幸是出耕耡。芸閣磚何在，蘭亭字偶如。周姜題品重，瓦石亦璠璵。 遠 白文 仁父 白文 （《四朝聞見録》附録）

白　珽

〔題晉王大令保母帖〕 大令書法美少年，玉函金篇隨飛煙。纍纍一百又五字，豈意近出黄閍磚。字奇文古兩超絶，保母從此傾衆帖。……白石已仙千里死，千百人中幾人愛。蘭亭雖美如捕風，貴耳賤目人嚮從。三日嘔血飢搥胸，葉公畫龍懼真龍。 錢唐白珽廷玉父 （見《四朝聞見録》附録）

馬端臨

白石道人集三卷 陳氏曰：鄱陽姜夔堯章撰。千巖蕭東夫識之於年少客游，以其兄之子妻之。石湖范致能尤愛其詩。楊誠齋亦愛之，賞其《歲除舟行十絶》，以爲有「裁雲縫月之妙思，敲金戛玉之奇聲」。夔頗解音律，進樂書，免解，不第而卒。詞亦工。（《文獻通考》卷二百四十五《經籍考七十二》）

鮮于樞

〔王大令保母帖〕 姜侯才氣亦人豪，辨析區區漫爾勞。不向驪黄求駔駿，書家自有九方皋。 漁陽鮮于樞伯機父題。（見《珊瑚網》卷二十）

袁桷

〔跋晉帖〕　晉帖見於淳化，多不成文。蓋唐文皇去其斷爛，以成卷軸。今《十七帖》號可讀，餘則不然矣。姜堯章作絳帖釋文，旁證曲引，有功於金石，缺亦疑之。此帖蓋唐人榻本，欲求文義，則幾臆説矣。（《清容居士集》卷四十六）

〔書李巽伯小楷夢歸賦趙子固有跋〕　洛陽李巽伯，建炎初同朱希真避難南來，名望文學與希真相上下，而作字體製亦復相似。希真書《相鶴經》，朱文公評之矣。余嘗聞先生長者言：「黄長睿崇寧間游洛陽，作九詠楷書深刻，故一時洛人皆師慕之。希真、巽伯又其似之者。……」今觀趙子固評書，力宗元常。而宋朝習鍾書，惟黄、朱、李三人暨姜堯章、子固耳。……乙酉歲，余見今翰林承旨趙公子昂於杭，於時愛堯章書譜，手不之釋逾三十年。趙公小楷妙天下，是蓋脱其形似而師其神俊。……延祐五年八月乙卯書。（同上卷五十）

陸輔之

〔詞説〕　古人詩有翻案法，詞亦然。詞不用雕刻，刻則傷氣，務在自然。周清真之典麗，姜白石之騷雅，史梅溪之句法，吴夢窗之字面，取四家之所長，去四家之所短，此翁之要訣。學者所謂刻鵠不成尚類鶩者也。不可與俗人言，可與知者道。（《詞旨》上）

〔屬對〕　虚閣籠雲，小簾通月。姜白石《法曲獻仙音》，張彦功官舍。

池面冰膠，牆腰雪老。姜白石《一萼紅》，人日登定王臺。

枕簟邀涼，琴書換日。前人《惜紅衣》，吴興荷花。

翠葉垂香，玉容消酒。姜白石《念奴嬌》，吴興荷花。（同上）

〔警句〕　波心蕩，冷月無聲。白石《揚州慢》。

千樹壓西湖寒碧。前人《暗香》，賦梅。

昭君不慣胡沙遠，但暗憶江南江北。前人《疏影》，賦梅。

牆頭換〔唤〕酒，誰問訊、城南詞客。岑寂。高樹晚蟬，説西風消息。前人《惜紅衣》，吴興荷花。

問甚時同賦，三十六陂秋色。同上

冷香飛上詩句。前人《念奴嬌》，吴興荷花。

重見冷楓紅舞。白石《法曲獻仙音》。（《詞旨》下）

吾丘衍

〔世存古今圖印譜式〕　姜夔《集古印譜》二卷。（《學古編》附録）

龍仁夫

〔題王大令保母帖〕　余嘗爲諸君言，世遷物化以來，凡商彝周鼎、漢碣秦碑，稍落人間者，傳譌襲是，奇詭蒼茫，豈能一一當時故物哉！　而悠然悟賞間，正足寄吾千古之意而已。　此刻清姝閒遠，如秋水芙蕖，超然自韻，故想見大令風度，而嘐嘐疵點何耶？　姜堯章，江東韻士，蒐微抉幽，銖商黍析，磊落人似不應爾也。　嗟乎！　予視數年來故陵玉盌之殉，道山芸閣之藏，永寧金籥之祕，悽然淪化，何可勝道，誰復過而睨之？　此磚乃自託於江左承平之日，元公鉅人爭相繅藉，夫物故有幸有不幸耶？　把卷之餘，浩嘆久之。　壬辰正月，青原山龍仁夫。（《四朝聞見録》附録）

邵亨貞

〔暗香〕　吴中顧氏舊時月色亭，陸壺天倡始用白石先生元韻以詠，黄一峰持卷索賦。

（詞，略）（《蟻術詞選》卷二）

鄭杓　劉有定

〔造書篇〕　……孫虔禮、姜堯章之譜何夸乎？　問孫、姜多夸誕。　曰：　語其細而遺其大，趙伯暐之《辯妄》所以作也。　……堯章名夔，宋番易人，自號爲白石生。　著《續書譜》二十條，其首章《總論》曰：「真、行、草書之法，其源出於蟲篆、八分、飛白、章草等。圓勁古淡則出於蟲篆，點畫波發則出於八分，轉換向背則出於飛白，簡便痛快則出於章草。真、草與行各有體製，歐陽率更、顏平原輩以真爲草，李邕、李西臺輩以行爲真。大抵下筆之際，盡倣古人則少神氣，專務遒勁則俗病不除，所貴熟習兼通，心手相應。白雲先生、歐陽率更《書訣》亦能言其梗概，孫過庭論之又詳，皆可參稽之。」伯暐名必罣，號大蓬，庸齋忠清公之孫，官至奏院宗丞，善隸楷題署。作《續書譜辯妄》，以規堯章之失。其略曰：「夫真書者，古名隸書，篆生隸，篆隸生八分與飛白行草，載在古法，歷歷可考。今謂真草出於飛白，其謬尤甚。又謂歐、顏以真爲草，夫魯公草書親授筆法於張長史，又何嘗以真爲草？若謂李西臺以行爲真，則是。然自此體漸變，至宋時蘇、黃、米諸人皆然，楷法之妙，獨有蔡君謨一人而已。堯章略不舉，是未知楷書者也。又謂白雲先生歐陽率更論書法之大概，孫過庭論之又詳，殊不知古人法書訣筆勢等論文字極多，特堯章未之見耳。行書，魏晉以來工此者多，惟《蘭亭》爲最，唐之名家甚衆，豈特顏、柳而已哉！況至宋朝，書法之備無如蔡君謨，今乃置而不論，獨取蘇、米二人，何耶？讀至篇末，又有濃纖間出之言，此正米氏字形也，此體流敝至張即之之徒，妖異百出，皆米氏作俑也，豈容厠之顏、柳間哉！」（《衍極》卷下）

楊維楨

〔漁樵譜序〕……嘉禾素庵老人過予雲間邸次，出古錦襆一帙曰《漁樵譜》者，凡若干闋，雖出乎倚聲制辭，而異乎今樂府之靡者也。吾嘗求今辭於白石、夢窗之後，斤斤得寄問父子焉；遺山天籟之風骨，花間鏡上之情致，殆兼而有之。蓋風骨過遒則鄰於文人詩，情致過媟則淪於諢官語也。其得體裁亦不易易。（《東維子文集》卷一）

〔舊時月色軒記〕松陵陸子敬氏，吴大族也。宋景、咸間，子敬之先嘗築候老堂於分湖之北。壘石爲山，樹梅成林，日與魁人碩彦觴詠爲樂。没百餘年，而子敬克守其業，又葺所居之軒，名之曰「舊時月色」，取姜白石詞語也。書來以此記請。予惟古今人鞏生幾滅，古今月幾圓幾缺，人有古今之殊，而月未始有古今也。月與天地一無窮之運，亘萬古猶一日也。人不與月存，則謂人舊而月新；月不與人生，則又謂月舊而人新也。白石爲范石湖氏出仕於朝、歸老於家也，時異事改，求昔日之所見者，惟月在耳。持酒相對，怳如遇故人於數十年後，豈不有舊月之感哉！子敬是之，不忘其先，見月於梅，如見其先，宜其同一感也。然草木以時計，閲歲而一新舊也；堂池以歲計，閲世而一新舊也；月一古今而無被，故體有盈虚，而卒莫之消長；時有升降，而卒莫之始終也，豈一草一木一池臺之新舊而得爲月之新舊乎？雖然，天地一物也，月一天地，一物也，其生與死蓋亦有數焉，朔而載明於西，晦而終魄於東，此月之生死候一旦暮耳。先天而生明之根，後天而及魄之極，此月之一大生死，亦一旦暮。而善觀月之生死，可以知屈伸之義矣。吁！是豈石湖氏觚墨之客所能言哉！……（同上卷十七）

張起巖

〔唐榻化度寺邕禪師塔銘〕　姜堯章謂歐率更用筆特備衆美，翰墨灑落，追蹤鍾、王。今觀《化度寺邕禪師塔銘》，蓋歐書之最善者，況鐫搨之精詣哉！兹藝苑之寶也。至正壬午秋七月朔齊張起巖書。（見《書畫題跋記》卷二）

顧瑛

古之樂章樂府樂歌樂曲，皆出於雅正。粵自隋唐以來，聲詩間爲長短句，至唐人則有《尊前》、《花間》集。迄於崇寧，周美成諸家討論古音，審之古調。淪落之後，少得存者。由此八十四調之聲稍傳。即諸家後增演慢曲引近，或移宫换羽，爲三犯四犯之曲，按月令爲之，其曲遂繁。求其可歌可誦者，指不多屈。間惟秦少游、高竹屋、姜白石、史邦卿、吴夢窗數家，格調不凡，句法挺異，俱能特立清新之意，删削靡慢之詞，自成一家，各名於世。作者能取諸人之所長，去其所短，精加鍛鍊，像而爲之，豈不能與美成輩爭雄長哉！余疏陋譾才，生平好爲詞曲，纘述管見，倣《十六觀》，以列次於左，知音者願同商之。

製曲看是甚題名，先擇曲名，然後命意。命意既了，思其頭如何起，尾如何結，方復選韻，而後述曲。最是過變不要斷了曲意，須要承上接下。如姜白石詞云：「曲曲屏山，夜涼獨自甚情緒。」於過變則云：「西窗又吹暗雨。」此則曲意不斷。製曲者當作此觀。

曲中須要精鍊句法，於好發揮筆力處，極要用工，不可輕放過，相答襯副便了。如東坡詞云：「似花還似非花。也無人惜從教墜。」……姜白石《揚州慢》云：「二十四橋仍在，波心蕩、冷月無聲。」此皆平易中有句法。製曲者當作此觀。（《製曲十六觀》）

曲要清空，不可質實。清空則古雅峭拔，質實則凝澀晦昧。姜白石如野雲孤飛，來去無跡。吴夢窗如七寶樓臺，眩人耳目，拆碎下來，不成片段。此清空、質實之説。……白石如《疏影》、《暗香》、《揚州慢》、《一萼紅》、《琵琶仙》、《探春》、《八歸》、《淡黄柳》等曲，不惟清空，又且騷雅。製曲者當作此觀。(同上)

曲以意爲主，要不蹈襲前人語。如東坡中秋《水調歌》云：「明月幾時有？把酒問青天。不知天上宫闕，今夕是何年。」……姜白石《齊天樂》云：「侯館吟秋，離宫弔月，别有傷心無數。豳詩漫與。笑籬落呼燈，世間兒女。寫入琴絲，一聲聲更苦。」皆全章精粹，所詠瞭然在目，且不留滯於物。作者必在心傳，傳以心會意，有誤(疑爲「悟」——編者)入處。然須跳出窠臼外，時加新意，自成一家。若屋下架屋，則爲人之臣僕矣。製曲者當作此觀。(同上)

曲中用事最難，要緊著題融化不澀。如東坡《永遇樂》云：「燕子樓空，佳人何在，空鎖樓中燕。」用張建封事。白石《疏影》云：「猶記深宫舊事，那人正睡裏，飛近蛾緑。」用壽陽事。又云：「昭君不慣胡沙遠，但暗憶江南江北。想佩環月夜飛來，化作此花幽獨。」用少陵詩。此皆用事不爲所使。製曲者當作此觀。(同上)

曲中最難離情。情至於離，則哀怨必至。苟能調感愴於融會中，斯爲得矣。白石《琵琶仙》云：「雙槳來時，有人似、舊曲桃根桃葉。歌扇輕約飛花，蛾眉正愁絶。春漸遠、汀洲自緑，更添了幾聲啼鴂。十里揚州，三生杜牧，前事休説。　又還是宫燭分煙，奈愁裏匆匆換時節。都把一樣芳思，與空階榆莢。千萬縷藏鴉細柳，爲玉尊起舞回雪。想見西出陽關，故人初别。」……離情必欲如此，乃爲情景

交鍊，得言外意。製曲者當作此觀。（同上）

脱脱

理宗享國四十餘年，凡禮樂之事，式遵舊章，未嘗有所改作。先是，孝宗廟用大倫之樂，光宗廟用大和之樂；至是，寧宗附廟，用大安之樂。紹定三年，行中宫册禮，並用紹熙元年之典。及奉上壽明仁福慈睿皇太后册寶，始新製樂曲行事。當時中興六七十載之間，士多嘆樂曲之久墜，類欲蒐講古制，以補遺軼。於是，姜夔乃進《大樂議》於朝。夔言：

紹興大樂，多用大晟所造，有編鐘、鎛鐘、景鐘，有特磬、玉磬、編磬，三鐘三磬未必相應。塤有大小，簫、篪、篴有長短，笙、竽之簧有厚薄，未必能合度。琴、瑟絃有緩急燥濕，軫有旋復，柱有進退，未必能合調。總衆音而言之，金欲應石，石欲應絲，絲欲應竹，竹欲應匏，匏欲應土，而四金之音又欲應黄鐘，不知其果應否。樂曲知以七律爲一調，而未知度曲之義；知以一律配一字，而未知永言之旨。黄鐘奏而聲或林鐘，林鐘奏而聲或太簇。七音之協四聲，各有自然之理。今以平、仄配重濁，以上、去配輕清，奏之多不諧協。

八音之中，琴、瑟尤難。琴必每調而改絃，瑟必每調而退柱，上下相生，其理至妙，知之者鮮。又琴、瑟聲微，常見蔽於鐘、磬、鼓、簫之聲；匏、竹、土聲長，而金石常不能以相待，往往考擊失宜，消息未盡。至於歌詩，則一句而鐘四擊，一字而竽一吹，未協古人槁木貫珠之意。況樂工苟焉占籍，擊鐘磬者不知聲，吹匏竹者不知穴，操琴瑟者不知絃。同奏則動手不均，迭奏則發聲不屬。比年人事不和，天時多忒，由大樂未有以格神人、召和氣也。

宫爲君、爲父，商爲臣、爲子，宫商和則君臣父子和。徵爲火，羽爲水，南方火之位，北方水之宅，常使水聲衰、火聲盛，則可助南而抑北。宫爲夫，徵爲婦，商雖父宫，實徵之子，常以婦助夫、子助母，而後聲成文。徵盛則宫唱而有和，商盛則徵有子而生生不窮，休祥不召而自至，災害不祓而自消。聖主方將講禮郊見，願詔求知音之士，考正太常之器，取所用樂曲，條理五音，隱括四聲，而使協和。然後品擇樂工，其上者教以金、石、絲、竹、匏、土、歌詩之事，其次者教以戛、擊、干、羽、四金之事，其下不可教者汰之。雖古樂未易遽復，而追還祖宗盛典，實在兹舉。

其議雅俗樂高下不一，宜正權衡度量：

自尺律之法亡於漢、魏，而十五等尺雜出於隋、唐正律之外，有所謂倍四之器，銀字、中管之號。今大樂外有所謂下宫調，下宫調又有中管倍五者。有曰羌笛、孤笛，曰雙韻、十四絃，以意裁聲，不合正律，繁數悲哀，棄其本根，失之太清；有曰夏笛、鷓鴣，曰葫盧琴、渤海琴，沉滯抑鬱，腔調含糊，失之太濁。故聞其聲者，性情蕩於内，手足亂於外，《禮》所謂「慢易以犯節，流湎以忘本，廣則容姦，狹則思欲」者也。家自爲權衡，鄉自爲尺度，乃至於此。謂宜在上明示以好惡，凡作樂製器者，一以太常所用及文思所頒爲準。其他私爲高下多寡者悉禁之，則斯民「順帝之則」，而風俗可正。

其議古樂止用十二宫：

周六樂奏六律、歌六吕，惟十二宫也。「王大食，三侑。」注云：「朔日、月半。」隨月用律，亦十二宫也。十二管各備五聲，合六十聲；五聲成一調，故十二調。古人於十二宫又特重黄鐘一宫而已。齊景公作《徵招》、《角招》之樂，師涓、師曠有清商、清角、清徵之操。漢、魏以來，燕樂或用之，雅樂未聞有以商、角、徵、羽爲調者，惟迎氣有五引而已，《隋書》云「梁、陳雅樂，並用宫聲」，是也。若鄭譯之八十四調，出於蘇祇婆之琵琶。大食、小食、般涉者，胡語；《伊州》、《石州》、《甘州》、《婆羅門》者，胡曲；《綠腰》、《誕黄龍》、《新水調》者，華聲而用胡樂之節奏。惟《瀛府》、《獻仙音》謂之法曲，即唐之法部也。凡有催衮者，皆胡曲耳，法曲無是也。且其名八十四調者，其實則有黄鐘、太簇、夾鐘、仲吕、林鐘、夷則、無射七律之宫、商、羽而已，於其中又闕太簇之商、羽焉。國朝大樂諸曲，多襲唐舊。竊謂以十二宫爲雅樂，周制可舉；以八十四調爲宴樂，胡部不可雜。郊廟用樂，咸當以宫爲曲，其間皇帝升降、盥洗之類，用黄鐘者，群臣以太簇易之，此周人王用《王夏》、公用《驚夏》之義也。

其議登歌當與奏樂相合：

《周官》歌奏，取陰陽相合之義。歌者，登歌、徹歌是也；奏者，金奏、下管是也。奏六律主乎陽，歌六吕主乎陰，聲不同而德相合也，自唐以來始失之。故趙慎言云：「祭祀有下奏太簇、上歌黄鐘，俱是陽律，既違禮經，抑乖會合。」今太常樂曲，奏夾鐘者奏陰歌陽，其合宜歌無射，乃或歌大吕；奏函鐘者奏陰歌陽，其合宜歌蕤賓，乃或歌應鐘；奏黄鐘者奏陽歌陰，其合宜歌大吕，乃雜歌夷則、夾鐘、仲吕、無射矣。苟欲合天人之和，此所當改。

其議祀享惟登歌、徹豆當歌詩：

古之樂，或奏以金，或吹以管，或吹以笙，不必皆歌詩。周有《九夏》，鐘師以鐘鼓奏之，此所謂奏以金也。大祭祀登歌既畢，下管《象》、《武》。管者，簫、篪、篴之屬。《象》、《武》皆詩而吹其聲，此所謂吹以管者也。周六笙詩，自《南陔》皆有聲而無其詩，笙師掌之以供祀饗，此所謂吹以笙者也。周升歌《清廟》，徹而歌《雍》詩，一大祀惟兩歌詩。漢初，此制未改，迎神曰《嘉至》，皇帝入曰《永至》：皆有聲無詩。至晉始失古制，既登歌有詩，夕牲有詩，饗神有詩，迎神、送神又有詩。隋、唐至今，詩歌愈富，樂無虚作。謂宜倣周制，除登歌、徹歌外，繁文當删，以合乎古。

其議作鼓吹曲以歌祖宗功德：

古者，祖宗有功德，必有詩歌，《七月》之陳王業是也。歌於軍中，周之愷樂、愷歌是也。漢有短簫鐃歌之曲，凡二十二篇，軍中謂之騎吹，其曲曰《戰城南》、《聖人出》之類是也。魏因其聲，製爲《克官渡》等曲十有二篇；晉亦製爲《征遼東》等曲二十篇；唐柳宗元亦嘗作爲鐃歌十有二篇，述高祖、太宗功烈。我朝太祖、太宗平僭僞，一區宇；真宗一戎衣而卻契丹；仁宗海涵春育，德如堯、舜；高宗再造大功，上儷祖宗。願詔文學之臣，追述功業之盛，作爲歌詩，使知樂者協以音律，領之太常，以播於天下。

夔乃自作《聖宋鐃歌曲》：宋受命曰《上帝命》，平上黨曰《河之表》，定維揚曰《淮海濁》，取湖南曰

《阮之上》，得荆州曰《皇威暢》，取蜀曰《蜀山邃》，取廣南曰《時雨霈》，下江南曰《望鍾山》，吴、越獻國曰《大哉仁》，漳、泉獻土曰《謳歌歸》，克河東曰《伐功繼》，征澶淵曰《帝臨墉》，美致治曰《維四葉》，歌中興曰《炎精復》：凡十有四篇，上於尚書省。書奏，詔付太常。然夔言爲樂必定黄鍾，迄無成説。其議今之樂極爲詳明，而終謂古樂難復，則於樂律之原有未及講。（《宋史》卷一百三十一《樂六》）

姜夔《樂議》分琴爲三準：自一暉至四暉謂之上準，四寸半，以象黄鍾之半律；自四暉至七暉謂之中準，中準九寸，以象黄鍾之正律；自七暉至龍齦謂之下準，下準一尺八寸，以象黄鍾之倍律。三準各具十二律聲，按絃附木而取。然須轉絃合本律所用之字，若不轉絃，則誤觸散聲，落别律矣。每一絃各具三十六聲，皆自然也。分五、七、九絃琴，各述轉絃合調圖：

《五絃琴圖説》曰：「琴爲古樂，所用者皆宫、商、角、徵、羽正音，故以五絃散聲配之。其二變之聲，惟用古清商，謂之側弄，不入雅樂。」

《七絃琴圖説》曰：「七絃散而扣之，則間一絃於第十暉取應聲。假如宫調，五絃十暉應七絃散聲，四絃十暉應六絃散聲，二絃十暉應四絃散聲，大絃十暉應三絃散聲，惟三絃獨退一暉，於十一暉應五絃散聲，古今無知之者。竊謂黄鍾、大吕並用慢角調，故於大絃十一暉應三絃散聲；太簇、夾鍾並用清商調，故於二絃十二暉應四絃散聲；姑洗、仲吕、蕤賓並用宫調，故於三絃十一暉應五絃散聲；林鍾、夷則並用慢宫調，故於四絃十一暉應六絃散聲；南吕、無射、應鍾並用蕤賓調，故於五絃十一暉應七絃散聲。以律長短配絃大小，各有其序。」

《九絃琴圖説》曰：「絃有七、有九，實即五絃。七絃倍其二，九絃倍其四，所用者五音，亦不以二變爲散聲也。或欲以七絃配五音二變，以餘兩絃爲倍，若七絃分配七音，即是今之十四絃也。《聲律訣》云：琴瑟齪四者，律法上下相生也。若加二變，則於律法不諧矣。或曰：『如此則琴無二變之聲乎？』曰：『附木取之，二變之聲固在也。』合五、七、九絃琴，總述取應聲法，分十二律十二均，每聲取絃暉之應，皆以次列按。」

古者，大琴則有大瑟，中琴則有中瑟，有雅琴、頌琴，則雅瑟、頌瑟實爲之合。夔乃定瑟之制：桐爲背，梓爲腹，長九尺九寸，首尾各九寸，隱間八尺一寸，廣尺有八寸，岳崇寸有八分。中施九梁，皆象黄鐘之數。梁下相連，使其聲沖融；首尾之下爲兩穴，使其聲條達，是《傳》所謂「大瑟達越」也。四隅刻雲以緣其武，象其出於雲和。漆其壁與首、尾、腹，取椅、桐、梓漆之。全設二十五絃，絃一柱，崇二寸七分。别以五色，五五相次，蒼爲上，朱次之，黄次之，素與黔又次之，使肄習者便於擇絃。絃八十一絲而朱之，是謂朱絃。其尺則用漢尺。凡瑟絃具五聲，五聲爲均，凡五均，其二變之聲，則柱後抑角、羽而取之，五均凡三十五聲。十二律、六十均、四百二十聲，瑟之能事畢矣。夔於琴、瑟之議，其詳如此。（同上卷一百四十二《樂十七》）

盛熙明

〔辯古〕　絳帖平姜堯章作，審訂深妙。　禊帖偏旁考堯章作。（《法書考》卷一《書譜》）

〔華文〕　隸書者，秦下邽人程邈所造也。……

姜堯章云：「真書以平正爲善，此世俗之論，唐人之失也。古今真書之妙，無出於鍾元常，其次則王羲之。二家之書，皆瀟灑縱横，何拘平正。良由唐人以書判取士，而士大夫字頗有科舉習氣，顔魯公作《干禄書》，是其證也。矧歐、虞、顔、柳前後相望，故唐人下筆應規入矩，無復晉魏飄逸之氣矣。」竊謂真書又隸之變，而以形勢布置，采色爲度。懷瓘論十體，而真書不與焉，豈以隸書爲真書耶？故以堯章真書之論附云。

行書者，後漢潁川劉德昇所作也。……

姜堯章云：「晉魏行書自有一體，與草不同。大率變真以便揮運而已。草出於章，行出於真。雖曰行書，各有〔定〕體，縱復晉代諸賢亦莫不相遠。《蘭亭記》及右軍諸帖第一，謝安、大令諸帖次之。大要以筆老爲貴，少有失誤亦可輝映。所貴濃淡間出，血脈相連，筋骨老健，風神灑落，姿態具備。」

草書……首自張伯英也。

姜堯章云：「草聖之體，如人坐卧、行立、揖遜、忿争、乘舟、躍馬、歌舞、擗踴，一切變態，非苟然者。又一字之體，率有多變，有起有應，如此而起者當如此應，各有義理。王右軍書『羲之』字、『當』字、『得』字、『深』字、『慰』字最多，至數十字，無有同者。然而未嘗不同也，可謂所欲不踰矩矣。凡學草書，先當取法張芝、皇象、索靖等章草，而結體平正，下筆有源；然後倣王右軍，申之以變化，鼓之以奇崛。若泛學諸家，則字有工拙，筆多失誤，當連者反斷，當斷者反續，不識向背，不知起止，不悟轉換，隨意用筆，任筆賦形，失誤顛錯，反爲新奇。自大令以來已如此矣，況今世哉！然而襟韻不高，記憶雖多，莫湔塵俗。若使風神蕭散，便當過人。自唐以前，多是獨草，不過兩字。後世相連屬數十字而不斷，號曰游絲。此雖出於古人，無足爲法，更成大病。古人作草，如今人作真，何嘗苟且。其相連處特是引帶。常考其字，是點畫處皆重，非點畫處偶相引帶，其筆皆輕。雖復變化多端，未嘗亂其法度。張顛懷素至號野逸，而不失此法。近代山谷老人自謂得長沙三昧，草書之法自是又一變矣。流至於今，不可復觀。唐太宗云：『行行若縈春蚓，字字若綰秋蛇』。惡無骨也。大抵用筆有緩有急，有有鋒，有無鋒，有承接上文，有牽引下字，乍徐還疾，忽往忽收。緩以倣古，急以出奇，有鋒則以耀其精神，無鋒則以含其氣味。横斜曲直，鈎環盤紆，皆以勢爲主。然不欲相帶，相帶則近於俗；横畫不欲太長，太長則轉换遲；直畫不欲太重，太重則神癡。以业考代乀，以𢦏代辵即辶，辵亦以捺代之，唯乀則間用之。意盡則用懸針，意盡須再生筆，意不若用垂露耳。」（同上卷二《字源》）

〔操執〕姜堯章云：「淺其筆，牢其執，實其指，虚其掌。真書小密，執宜近頭。行書寬送，執宜稍遠。草書流逸，執宜更遠。遠取點畫長大，易於分布齊均。」（同上卷三《筆法》）

〔揮運〕姜堯章草書法云：「折釵股者欲其圓而有力，屋漏痕者欲其無起止之跡，錐畫沙者欲其匀而藏鋒，壁拆者欲其無布置之巧。然皆不若是。筆正則鋒藏，筆偃則鋒出，一起一側，一晦一明而神奇出焉。常欲筆鋒在畫中，則左右無失矣。」「下筆之初，有搭鋒，有折鋒。一字之體，定於初下筆。凡作字，第一多是折鋒，第二、三是承上筆勢，多是搭鋒。若一字之間，右邊多是折鋒，應在左故也。又有平起如隸，藏鋒如篆，大要折搭多精神，平藏善含蓄，則妙矣。」(同上)

〔八法〕　姜堯章云：「挑剔者，字之步履，欲其沉實。晉人挑剔，或帶斜拂，或横引向外。至顏、柳始正鋒爲之，而無古飄逸之氣。」(同上卷四《圓訣》)

姜堯章云：「丿乀者，字之手足。伸縮異處，變化多端，要知無(「知無」當爲「如魚」——編者)翼鳥翅，翩翩自得。」(同上)

〔偏傍〕　勒法　……姜白石云：「畫者，字之體骨，欲其堅正匀淨，有起有止。所貴長短合宜，結束結實。」(同上)

點法　……姜堯章云：「點者，字之眉目，全賴顧盼精神。有向有背，隨字異形。」(同上)

烈火法　……姜堯章云：「四點者，一點起，兩點帶，一點應。」(同上)

宀頭法　……姜堯章云：「宀頭，須覆其下。『容』、『賓』等字，上點須正，畫須圓，的不宜相着，上長下短。」(同上)

衫法　……姜堯章云：「如立人，由王依示。一切偏傍皆須令狹長，則右有餘地矣。」(同上)

〔布置〕　姜堯章云：「疎欲風神，密欲老蒼。如『佳』之四横、『川』之三直、『魚』之四點、『畫』之九畫，必須下筆勁淨、疎密得匀乃佳。當疎不疎反成寒乞，當密不密必至凋疎。且字之長短小大、斜正疎密、天然不齊，孰能一之？晉魏書法之高，良由各盡字之真態，不以私意參之耳。向背者，如人之顧盼指畫、相揖相背。發於左者應於右，起於上者伏於下。大要點畫之間，施設各有情理。求之古人，右軍蓋爲獨步。」（同上卷五《形勢》）

〔肥瘠〕……姜堯章云：「用筆不欲太肥，太肥則形濁。又不欲太瘦，太瘦則形枯。多露鋒芒，則意不持重。深藏圭角，則體不精神。然其太肥不若瘦硬也。」（同上）

〔情性〕……姜堯章云：「風神一須人品高，二須師法古，三須紙墨佳，四須險勁，五須高明，六須潤澤，七須向背得宜，八須時出新意。則自然長者如秀整之士，短者如精悍之徒，瘦者如山澤之癯，肥者如貴游之士，勁者如武夫，媚者如美女，欹斜如醉仙，端楷如賢士。」（同上卷六《風神》）

〔遲速〕……姜堯章云：「遲以取妍，速以取勁，必先能速而後爲遲。若素不能速而專事遲，則無神氣。若專事速，又多失勢。」（同上）

〔方圓〕……姜堯章云：「方圓者，真、草之體用。真貴方，草貴圓。方者參之以圓，圓者參之以方，斯爲美矣。若方圓曲直不可顯露，直須涵泳，一出自然。真多用折，草多用轉。折欲少駐，駐則有力。轉不欲滯，滯則不遒。然而真以轉而後遒，草以折而後勁。」（同上）

〔宗學〕……姜堯章云：「下筆盡倣古人，則少神氣；專務遒勁，則俗病不除。」又云：「或者專喜方正，極意歐、顏；或者專務匀圓，留心虞、永；或謂體須匾，則自然平正，此又徐會稽之病。或謂欲其蕭散，則自不塵俗，此又王子敬之風。豈足以盡書法之美哉！」「歐率更雖結體太拘，而用筆特備衆美，雖少楷而翰墨灑落，追蹤鍾、王，來者不能及矣。顏、柳結體雖異，用筆復溺一偏，書法一變，字畫剛勁高明，固不爲無助，而晉魏之風軌掃地矣。」（同上卷七《工用》）

〔臨摹〕 ……姜堯章云：「摹書最易，唐太宗云『卧王濛於紙上，坐徐偃於筆下，可以嗤笑子雲』。唯初學者不得不摹，亦以節度其手，易於成就。皆須是古人名筆，置之几〔案〕，懸之座右，朝夕諦觀，思其運筆之理，然後可以摹臨。其次，雙鈎〔蠟〕本，須精意摹搨，乃不失位置之美耳。臨書易進，摹書易忘，經意與不經意也。夫臨摹之際，毫髮失真，則神情頓異，所貴詳謹。」又云：「字書專以風神超邁爲主，刻之金石，其可苟乎？摹字之法，須墨暈不出字外，或填其内，或朱其背，正得肥瘦之本體。雖然，猶貴於瘦勁，使工刻之，又從而刮治之，則瘦者亦肥矣。雙鈎時須倒置之，使無容私意於其間。誠使下本明，上紙薄，倒鈎何害？若下本晦，上紙薄，卻須能書者爲之發其筆意可也。夫鋒芒者，蓋字之精神，大抵雙鈎多失，又須朱其背時稍致意焉。」（同上）

〔丹墨〕 ……姜堯章云：「欲刻者不失真，未有若書丹者。然筆浮墨則瘦，得朱則肥。故書丹先以瘦爲奇，而圓熟美潤常有餘，燥勁古老常不足，朱使然也。」又云：「作楷欲乾，然不可太燥。行、草則燥潤相雜，潤以取妍，燥以求險，墨濃則筆滯，墨燥則筆枯，筆欲鋒長勁而圓，〔長〕則含墨可以運動，勁則有力，圓則妍美。蓋紙筆墨皆書法之一助也。」（同上）

〔印章〕 姜夔《集古印譜》一卷字堯章，番陽人，自號白石生。（同上卷八《附録》）

陶宗儀

〔禊帖考〕　姜白石先生《禊帖偏傍考》云："「永字，無畫，發筆處微折轉。……興感，感字，戈邊是直作一筆，不是點。未嘗不，不字，下反挑腳處有一闕。右法如此甚多，略舉其大概。持此法，亦可以觀天下之《蘭亭》矣。五字損本者，湍流帶右天，五字有損也。」（《南村輟耕録》卷六）

〔淳化祖石刻〕　大梁劉衍卿世昌云："「大德己亥，婦翁張君錫，攜余同觀淳化祖石帖，卷尾各有題識。第一卷邊，高平范仲淹曾觀，年月日題。第五卷，東坡、張文潛等題；又有姜白石小楷三四十字。」（同上卷六）

〔落水蘭亭〕　余嘗見落水《蘭亭》一卷，乃五字不損本，今吴中分湖陸氏所藏，而趙彝齋之物也。彝齋，宋宗室子，諱孟堅，字子固，彝齋其自號。居嘉興之廣戍，酷嗜古法書名畫，能作墨花，於水仙尤長。此帖，姜白石舊藏，後歸霅川俞壽翁，彝齋復從壽翁易得，喜甚，乘夜回櫂，至昇山，大風覆舟，行李皆滰溺無餘，彝齋立淺水中，手持此帖，示人曰："「《蘭亭》在此，餘不足介吾意也。」因題八字於卷首云："性命可輕，至寶是保。（同上卷九）

趙必睪，字伯暐，號庸齋，宗室也。官至奏院宗丞。善隸楷，作《續書〔譜〕辨妄》，以規姜夔之失。（《書史會要》卷六）

姜夔，字堯章，號白石道人，鄱陽人。能詩文。書法迴脱脂粉，一洗塵俗，有如山人隱者，難登廟堂。嘗

著《續書譜》一篇，以繼孫過庭之作，頗造翰墨閫域。（同上）

〔書法〕 容竇 「容竇」等字，上點須正，畫須圓明，不宜相著，上長下短。 姜夔云：「偏傍在左者宜狹長，則右有餘地。在右者亦然。」

風鳳 「風」字兩邊悉宜圓緊。用筆之時，左邊勢宜疾，背筆時意中如電，謂疾急也。「八」「鳳」字同。 姜夔云：「點者，字之眉目，全藉顧盼精神，有向有背，隨字異形。畫者，字之骨體，欲其堅正勻淨，有起有止，所貴長短合宜，結束堅實。丿音撆、乀音拂者，字之手足，伸縮異度，變化多端，要如鳥翼魚鬣，有翩翩自得之態。乚音挑剔者，字之步履，欲其沉實。晉人挑剔，或帶斜拂，或横引向外。至顔、柳始正鋒爲之。轉折者，方圓之法，真多用折，草多用轉。折欲少駐，駐則有力；轉不欲滯，滯則不遒。然真以轉而後通，草以折而後勁，不可不知。懸針者，筆欲正。自上而下，若垂而復縮，謂之垂露。米芾云『無垂不縮，無往不收』是也。」（同上卷九）

姜夔云：「用筆之法，古人以折釵股者，欲其屈折，圓而有力。屋漏痕者，欲其無起止之跡。錐畫沙者，欲其勻而藏鋒。壁拆者，欲其布置之巧。然皆不必若是，筆正則藏鋒，筆偃則鋒出，一起一倒，一晦一冥，而神奇出焉。常欲筆鋒在畫中，則左右皆無病矣。 方圓者，真、草之體，用真貴方，用草貴圓。方者參之以圓，圓者參之以方，斯爲妙矣。 一字之體，率多有變，有起有應，如此起者當如此應，各有義理。王右軍『羲之』字、『當』字、『得』字、『深』字、『慰』字最多，多至數十字，無有同者，而未嘗不同也，可謂不踰矩矣。 古人作草，如今人作真，何嘗苟且。其相連處特是引帶其字，是點處

皆重，偶相引帶其筆皆輕。唐以前多是獨草，不過兩字屬連。若數十字相連不足爲奇，更爲大病也。」（同上）

袁裒曰：「漢魏以降，大抵皆有分隸餘風。二王始復大變。右軍森嚴而有法度，大令散朗而多姿。貞觀以後，書法清婉。開元以後，乃務重濁。逮至王著，始追蹤永師，遠跡二王，不失古人意度。君謨特守法度，眉山、豫章一埽故常，米、薛、二蔡大出新奇，雖皆有祖襲而古風蕩然，思陵筋骨過美，吴傅朋姿媚傷妍，姜堯章太守繩墨，則貽叉手並腳之議。大要探古人之玄微，極前代之工巧，乃爲至妙。」（同上）

〔白石道人歌曲跋〕　至正十年，歲在庚寅，正月望日，如葉君居仲本于錢唐之拙幽居，既畢，因以識其後云。天台陶宗儀九成。

此書俾他人鈔録，故多有誤字。今將善本勘讎，方可人意。後十一年庚子夏四月也。（《白石道人歌曲》）

三 明代

宋濂

〔題邕禪師塔銘後〕 長沙歐陽信本書，在唐評爲妙品。……然塔銘尤信本得意書，姜堯章謂勝於《醴泉》，駸駸入於神品，其亦知言也哉！……洪武八年七月十五日金華宋濂（《宋學士文集·翰苑別集》卷四）

〔跋王獻之保母帖〕 右王獻之《保母帖》，説者謂勝於定武《蘭亭》初刻。蓋此帖乃獻之親書於磚，而又晉工刻之。若《蘭亭》則馮承素等鈎摹，而又唐工鐫之，所以精神氣韻敻然不侔也。或者不知猶妄有所疑。姜堯章乃作辨評一篇，設爲問答，援據甚詳。博雅君子宜取而覽之，正不必求題識之多也。（同上《芝園前集》卷五）

張羽

〔白石道人傳〕 白石道人夔，字堯章。九真姜氏，其先乃徙於饒州，遂爲饒人。夔生於饒，長於沔，流寓於湖。湖有白石洞，在苕弁之間，夔之家依焉，因號白石道人。夔少孤貧，喜讀書苦吟遠游。長泛洞庭，浮湘，登衡山。循澗深入，忽老人坐大石上，夔心異之，與接，温甚，老人出袖中書一卷授夔曰

《詩説》。問其姓名，不道，但云生慶曆間，蓋已百數十歲人矣，然詢士人無知者。夔自是益深於詩，解知音，通陰陽律吕、古今南北樂部，凡管絃雜調皆能以詞譜其音。嘗著《琴瑟考古圖》一卷，《大樂議》一卷。慶元三年遂上書乞正雅樂，詔奉常與議。先是，丞相謝深甫聞其書，使其子就謁，夔遇之無殊禮，銜之。會樂師出錦瑟，夔不能辨，其議不果用。越明年，復上《聖宋鐃歌鼓吹》十三章，詔免解，與試禮部，復不第。然夔體貌清瑩，望之若神仙中人，善言論有物，工翰墨，尤精鑒法書古器。東南人士無不傾慕於夔，夔之名殆滿於天下。夔始在沔時，復州蕭德藻過沔。初，夔之父噩與蕭同進士，宰沔，夔有姊嫁於沔之山陽，夔父卒於官，夔遂依姊氏以居。時以故人子謁蕭，蕭奇其詩，以爲四十年作詩始得一敵，以兄子妻夔。明年，蕭歸湖州，夔因相依過苕溪。時范成大方致政居吴中，載雪詣之，館諸石湖月餘，徵新聲，夔爲製兩曲，音節清婉，曰《暗香》、《疏影》。范有妓小紅，尤喜其聲，比歸苕，范舉以屬夔。過垂虹，大雪，紅爲歌其詞，夔吹洞簫和之，人羨之如登仙云。夔家居不問生産，然圖書古董之藏，恒縱横几榻；座上無虚客，雖内無擔石，亦每飯必食數人。夔居沔最久，居苕不數載，時時往來江湖間。性孤癖，嘗遇溪山清絶處，縱情深詣，人莫知其所入；或夜深星月滿垂，朗吟獨步，每寒濤朔吹凛凛迫人，夷猶自若也。晚年倦於津梁，常僦居西湖，屢困不能給資，貸於故人，或賣文以自食，然食客如故，亦仍不廢嘯傲。參政張巖欲辟爲屬官，夔不就，曰：「昔張平甫早欲爲夔營之，夔辭不願，今老又病矣，不能官也。」卒殁於湖上，葬之馬塍之西。夔有詩二卷，歌曲六卷，《續書譜》一卷，《蘭亭考》一卷，《絳帖平》二十卷，行於世。其他雜文多散軼，人間未有傳焉。論曰：世傳白石有小傳，未之見也；及余來吴興，其八世孫福四，能薈萃其遺事，因詮次之。白石翛然遺老，游食江湖，人品之爲逸客，然其所交皆當世偉儒，朱熹、樓鑰、項安世、葉適、楊萬里、尤袤、辛棄疾之徒，交相推譽。語云：「不知其人視其友。」白石豈江湖逸客已哉！（見《姜白石詞編年箋校》附録一）

姜福四　姜鰲　姜虬緑

〔白石道人集題跋〕　公詩一卷，歌曲六卷，早已板行；暮年復加删竄，定爲五卷，無雕本，藏於家。經兵火兩朝，流離遷播，帖軸無隻字，而此編獨存，屬有呵護其間，非偶然也。病後閒居，録寫兩本，一付兒子，一付猶子通，世世寶之，尚當廣其行焉。洪武十年二月二十四日八世孫福四謹志。

此青坡徵君手書以遺侍御哦客公者，今又二百餘年，楮雖蠹落，而字跡猶在，前人世守之功不爲不至，因付匠整頓，且命鯉弟以側理漿紙照本臨出，用時莊誦焉。萬曆二十一年歲次癸巳日南至十六世孫鰲謹書。

公詩多自定取去，務精不務博。初本刻於嘉泰間。晚又塗改删汰，録爲定本，藏於家。五六百年世無知者。雖經青坡、五山兩先生繕寫裝潢，未有能廣其傳也。庚申春杪，山居無事，爰搜取各家刊本，彼此讐勘，知公晚年用意之精，審律之細，於此道真有深入，因附以累朝詩話掌故，有入近代者並爲箋略，獨篇什不敢擅爲增損，間有捃拾，僅以附别之，亦不敢多入，以拂公意。乾隆甲子歲不盡五日，二十世孫虬緑謹書。（《姜白石詞編年箋校》）

瞿佑

〔姜白石雲山句〕姜堯章詩云：「小山不能雲，大山半爲天。」造語奇特。王從周亦云：「未知真是嶽，祇見半爲雲。」似頗近之。然較之唐人「野水多於地，春山半是雲」之句，殊覺安閒有味也。（《歸田詩話》卷中）

曹昭　王佐

〔真行草書墨跡〕真、行、草書墨跡之法，姜白石書譜論之備矣。凡辯〔辨〕古人墨跡，當觀其用筆。雖體製飄逸、典重不同，其法一也。如真書宜逐筆折處看，不可全以體製紙色言也。（《新增格古要論》卷二）

〔宋姜夔堯章蘭亭偏傍考〕（略）

〔河南周府蘭亭禊圖考王佐新增〕　周王府永樂十五年新刻《蘭亭序修禊圖》，並詩文考證共一卷，絶佳。……圖後有天台孫綽後序。序後……又載姜堯章《蘭亭偏傍考》。（同上）

定蘭審定訣：……書家一詞稱定本，審定由來有要領。……近世王尤號多識，肥瘦聚訟徒紛紜。手追賴有吴、姜、單，粗於斯文能寫真。……右見曾氏跋尾詩句（同上）

無名氏

〔答沈器之〕　宋白石姜夔堯章

涉遠身良苦，登高望欲迷。試吟青玉案，不似白銅鞮。露下秋蟲怨，風高白馬嘶。槎頭有新味，人在太湖西。（《詩淵》第二册第九一九頁）

編者案：此詩文字與夏承燾校輯《白石詩詞集》略有出入。第六句「白」字，夏本作「北」。

〔項里楊梅賦〕　宋白石姜夔堯章　（詩，略）（同上第四册第二五五五頁）

編者按：此詩標題，夏本作《項里苔梅》。

〔平甫放鷗於吴淞〕　宋白石姜夔堯章　（詩，略）（同上第二八二八頁）

編者按：此詩標題，夏本作《平甫放三十六鷗於吴淞，余不及與盟》。

〔次韻德久郊居〕　宋白石姜夔堯章　（詩，略）（同上第五册第三一五九頁）

編者按：此詩標題，夏本作《次韻德久》。

〔花藏寺雲海亭〕　宋白石姜夔堯章

茫茫復茫茫，中有山蒼蒼。大哉夫差國，坐斷天一方。夫差醉蓮宫，大浪摇不醒。越師何從來，奪我玉萬頃。年年亭上秋，一笛千古愁。誰能知許事，飛下雙白鷗。（同上三八一八頁）

編者按：此詩標題，夏本作《華藏寺雲海亭望具區》，題下並有注云：「爲張循王功德院」。又，詩之第四句「斷」字，夏本作「占」；第六句「大」字，夏本作「巨」。

附：

〔寺中〕　宋姜石帚

幸自不居城，西風覺又生。空山多雨氣，廢寺少人聲。髮爲憂時白，吟因入夜清。推窗問天色，猶有佛燈明。（同上第三八三〇頁）

編者按：夏本無此詩。後人普遍誤認姜石帚即姜白石，夏先生已指出石帚另有其人，並非白石。《詩淵》中所收録的白石詩，署名均爲「宋白石姜夔堯章」，惟此詩署名「宋姜石帚」，此亦可作爲石帚另有其人説之一證。

〔偶題〕　宋白石姜夔堯章

阿八宫中酒未醒，天風吹髮夜泠泠。歸時只怕扶桑暖，赤脚横騎太一鯨。（同上第六册第三九四九頁）

編者按：此詩末句「一」字，夏本作「乙」。

〔送彭仲訥往合淝〕　宋白石姜夔堯章

壯志只便馬鞍土，客裏長到江淮間。誰能辛苦運河裏，夜與商人爭往還。（同上第四三六九頁）

編者按：此詩標題之「彭」字、「淝」字，夏本作「范」、作「肥」。詩第一句的「土」字，夏本作「上」。

張紳

〔八法篇第一偏旁附〕　灬列火法，屻鋒暗築。按臨池訣云：須各自立勢，低背潛屻，所謂視之不見，考之彌彰。鍾書「然」字用之。姜堯章云：「一點起，兩點帶，一點應。」（《法書通釋》卷上）

王鏊

三高祠在江南雪灘上，祀越范蠡、晉張翰、唐陸龜蒙。宋元祐中知縣王辟作亭於底定亭南，石處道始塑象祀之。……

……姜夔：「越國伯來頭已白，洛陽歸後夢猶驚。沈思只有天隨子，蓑笠寒江過一生。」「不貪名爵伐功勞，勇退深虞後患遭。甫里閒居耕釣樂，范張高處陸尤高。」（《姑蘇志》卷二十八《壇廟下》）

文徵明

〔定武五字損本蘭亭僧茂隆作圖於紙上〕　世傳《蘭亭》刻石惟定武本爲妙，然古今議者不一，故有敘訟之説。葉〔桑〕世昌《蘭亭考》十卷最爲詳博，然不若姜白石所著簡明可誦，大意謂：真蹟隱，臨本行世；臨本少，石本行世；石本雜，定武本行世。然但言其自出耳，未嘗及其真贋也。惟《齊東野語》載姜白石所書《偏傍考》，謂持此可以觀天下之《蘭亭》矣。其所論凡十有五處，余平生閲《蘭亭》不下百本，求其合於此者蓋少。近從華中甫觀此，乃鑱損五字本，非但刻搨之工，而紙墨亦異。以白石所論偏傍較之，往往相合，誠近時所少也。……嘉靖十一年六月廿有七日衡山文徵明識。（《珊瑚網》卷十九）

郎瑛

〔章草〕章草者，漢元〔帝〕時黄門令史游作《急就章》，繼而杜操、皇象、張芝始變草法以書此章，故曰章草。宋羅願常言之《急就章》矣。世因不知《急就章》，而併此懵然。況數説混淆，莫之辯正。今略更爲明之。張懷瓘《書斷》曰：「建中初，杜操善草書，章帝喜之，令上表亦作草書，故曰章草。」又謂：蕭子雲曰：章草者，漢齊相杜操始變稿法，非也。又引王愔以元帝時史游作《急就章》，解散隸體，粗書之，漢俗簡，隋漸以行，是也。據此，則自相疑惑，謂之「書斷」，可乎？……秦人王次仲以古書方廣，加少波磔，是爲八分，而皇象特少變八分而草之耳，故多波磔，故曰解散隸體。觀姜白石《書譜》亦曰：學草者先取法於皇象、張芝，則結體平正，然後效右軍之變化奇崛。豈非尚在草書之先耶？其謬加章帝名者，又可謂之章草耶？如此則章草方明，而書之來歷亦庶幾也。(《七修類稿》卷二十一《辯證類》)

〔翰墨全書人號〕《翰墨全書》，大德間劉應李所編。多取近代宋末詩文。篇章之下，多書字與號焉。顯者可知，餘無姓名，猶不具也。因以所知者，或名或字，以其世所行者，書之於稿，以便檢閲。……黄白石景説、……姜白石夔、潘轉庵檉、……蕭千巖海〔德〕藻、……尤梁溪延之，名袤、……劉龍洲過……(同上卷二十八《辯證類》)

〔古圖書〕……不學乎古，安善於今。奈嘯堂集録之古印摹臨已非舊寫，王順伯、姜堯章、吴思孟等印

譜則又翻刻失真。獨鄭燁、吾衍舊本印式，庶幾可見古人制度文字於千百年之下。（同上卷四十二《事物類》）

楊慎

〔墨池瑣録〕 晉賢草體，虚澹蕭散，此爲至妙。惟獻之綰秋蛇爲文皇所笑。至唐，張旭、懷素方作連綿之筆，此黄伯思、姜堯章之所不取也。（《升庵外集》卷八十七《字説》）

姜白石云：真多用摺，草多用轉。……草書尤忌横直分明，〔横直〕多則字有積薪束葦之狀，而無蕭散簡遠之氣。（同上）

山谷曰：「三代之鼎彝，字畫皆妙。蓋勒之金石，垂世傳後，必託於能者，爲學古鈎深者謀，不爲單見淺聞者病也。又曰：石鼓文筆法如圭璋特達，非後人所能贋作，熟觀此書可得正書行草法。」……又曰：「草書與科斗篆隸同法同意。」……姜夔云：「真行草書之法，圓勁古淡則出於蟲篆，點畫波發則出於八分，轉换向背則出於飛白，簡便痛快則出於章草。」合黄與姜之言觀之，學書者必先乎此，所謂乘槎直入斗牛宫，不但窮河源而已。不然，是弄潢池而承榼霤榼一作檐，豈有驚人之波瀾耶？（同上）

〔草書枯澀〕 ……姜白石云：「徐季海之渴筆，譬如綺筵之素饌，美人之淡粧。」（同上）

史邦卿……《春雪》詞云：「行天入鏡，都做出輕鬆纖軟。」「寒爐重暖。便放慢春衫針綫。恐鳳鞋挑菜歸來，萬一灞橋相見。」此句尤爲姜堯章拈出。「輕鬆纖軟」，元人小令借以詠美人足云。（《詞品》卷四）

姜堯章云：「史邦卿之詞，奇秀清逸，有李長吉之韻。蓋能融情景於一家，會句意於兩得。」姜亦當時詞手，而服之如此。(同上)

姜夔，字堯章，號白石道人，南渡詩家名流。詞極精妙，不減清真樂府。其間高處有周美成不能及者。善吹簫。自製曲，初則率意爲長短句，然後(原作「能」，據《花庵詞選》改)協以音律云。其詠蟋蟀《齊天樂》一詞最勝，其詞曰：「庾郎先自吟愁賦，淒淒更聞私語。露濕銅鋪，苔侵石井，都是曾聽伊處。哀音似訴。正思婦無眠，起尋機杼。曲曲屏山，夜深獨自甚情緒。西窗又吹暗雨。爲誰頻斷續，相和砧杵？候館吟秋，離宫弔月，别有傷心無數。豳詩漫與。笑籬落呼燈，世間兒女。寫入琴絲，一聲聲更苦。」其《過苕霅》云：「拂雪金鞭，欺寒茸帽，不記章臺走馬。」「雁磧沙平，漁汀人散，老去不堪游冶。」《人日》詞云：「池面冰膠，牆頭雪老，雲意還又沉沉。」「朱户粘雞，金盤簇燕，空嘆時序侵尋。」《湘月》詞云：「歸禽時度，月上汀洲冷。中流容與，畫橈不點清鏡。」從柳子厚「緑淨不可唾」之語翻出。《戲張平甫納妾》云：「别母情懷，隨郎滋味，桃葉渡江時。」《翠樓吟》云：「檻曲縈紅，簷牙飛翠。」「酒破清愁，花消英氣。」《法曲獻仙音》云：「過秋風，未成歸計。」「重見冷楓紅舞。」《玲瓏四犯》云：「輕盈唤馬，端正窺户。酒醒明月下，夢逐潮聲去。」其腔皆自度者。傳至今，不得其調，難入管絃。秖愛其句之奇麗耳。(同上)

近日作詞者，惟説周美成、姜堯章，而以東坡爲詞詩，稼軒爲詞論。此説固當。蓋曲者，曲也，固當以委曲爲體。然徒狃於風情婉孌，則亦易厭。回視稼軒所作，豈非萬古一清風哉。或云：周、姜曉音律，

自能撰詞調，故人尤服之。（同上）

徐獻忠

姜夔字堯章，鄱陽人。……詳見《癸辛雜志》。時堯章長於聲律，嘗著《大樂議》，欲正廟樂。慶元三年，詔付奉常有司收掌，並令太常寺與議大樂。時嫉其能，〔使〕盡識其器。有司遂以爲器尚不知，安可議樂，是以不獲盡其所議。人大惜之。（《吴興掌故集》卷三《游寓類》）

《白石道人歌曲》五卷，姜夔字堯章撰。（同上卷四《著述類》）

白石洞天，一在武康計籌山，一在長興八座山側，唐韓湘隱處，洞與陽羨諸山通。（同上卷九《古蹟類》）

計籌山（孝豐縣）東南三十五里。越大夫計然於此籌國計。其中有巖，幽窅而夷曠，曰白石洞天。其下有計邨，或計然所居也。山有昇玄觀。（同上卷十《山墟類》）

姜堯章云：「吴興號水晶宫，荷花盛麗。」陳簡齋云：「今年何以報君恩，一路荷花相送到青墩」，亦可見矣。（同上卷十二《風土類》）

顧元慶

《瘞鶴銘》見稱於世，不在《蘭亭》之下。但以其僻在荒寂，山僧憚於摹搨，紿云崩裂墮江。……邇者放舟京口，冒雪渡江，果得於山石之下，親揭以歸。由是此銘復傳人間，而僧亦不能隱矣。昔姜白石有《蘭亭考》，俞壽老有《蘭亭續考》，元慶敢竊其義，取古今論辨輯爲一編，名之曰《瘞鶴銘考》。天下後世，豈無同余之所好者乎？正德戊寅正月十日姑蘇顧元慶謹書。（《珊瑚網》卷二十《瘞鶴銘》）

豐坊

昔人傳書訣云：雙鉤懸腕，讓左側右，虛掌實指，意前筆後。論書勢云：屋漏痕如壁坼，如錐畫沙，如印印泥，如折釵股。自鍾、王以來，知此祕者，晉則謝安石、郗方回，趙宋則蔡君謨、周子發、先清敏公、蘇子美、黄魯直、米元章、黄長睿、楊補之、姜堯章，……雖所就不一，要之皆有師法，非孟浪者。（《書訣》）

無垂不縮，無往不收，則如屋漏痕，言不露圭角也。違而不犯，和而不同，帶燥方潤，將濃遂枯，則如壁坼，言布置有自然之巧也。指實臂懸，筆有全力，擫衄頓挫，書必入木，則如印印泥，言方圓深厚而不輕浮也。點必隱鋒，波必三折，肘下風生，起止無跡，則如錐畫沙，言勁利峻拔而不凝滯也。水墨得所，血潤骨堅，泯規矩於方圓，遁鉤繩於曲直，則如折釵股，言嚴重渾厚而不爲蛇蚓之態也。古人論詩之妙，曰「沈著痛快」。惟書亦然。沈著而不痛快，則肥濁而風韻不足；痛快而不沈著，則潦草而法度蕩然。曾子曰：「士不可以不弘毅。」弘則曠達，毅則嚴重。嚴重則處事沈著，可以託六尺之孤。曠達則風度閒雅，可以寄百里之命。兼之而後爲全德，臨大節而不可奪也。姜白石云「一須人品

高」，此其本歟？（同上）

〔宋人書〕　姜夔字堯章，鄱陽人，號白石。書宗王右軍，趙孟頫師之。　小楷。（同上）

宋　雷

吴興印渚在於灊縣東七十里。渚旁有白石山，峻壁四十丈。印渚蓋衆谿之下流也。印渚已上，石瀨不可行船。印渚已下，水道無險，故行旅集焉。王司州至吴興印渚中看，嘆曰：非惟使人情開滌，亦覺日月清朗。印渚疑在武康界上。白石山或是白石洞天。（《西吴里語》卷一）

姜夔字堯章，鄱陽人。移居苕谿，與白石洞天爲鄰，因號白石道人。有詩云：「南山仙人何所食，夜夜山中煮白石。世人喚作白石仙，一生費齒不費錢。仙人食罷腹便便，七十二峰生肺肝。」云云。夔善書，有《續書譜》行於世。（同上卷二）

王世貞

〔沈民望姜堯章續書譜〕　事固不可知，沈民望以一書遇人主，備法從更百五十年，乃不能與操觚少年爭價，問之人有不識者。然此卷行筆圓熟，章法尤精，足稱宋南宫入室。而所書乃姜堯章《續書譜》，爲臨池指南，皆可玩也。因收而志之。（《弇州山人四部稿》卷一三一）

〔文氏停雲館帖十跋〕　第五卷蘇才翁、子美各一紙。宋人謂才翁書法妙天下，則不敢信，比之子美較老蒼耳。子美亦自有字學。范希文、司馬君實如召伯之甘棠，不以書也。馮當世、范忠宣亦然。林君復有書名，而此不稱。此外如少游、參寥、薛道祖、范文穆、姜堯章、李元中皆有可觀。（同上卷一三三）

〔宋搨蘭亭帖〕　此禊帖，所謂《蘭亭叙》正本，賜潘貴妃者。……第細看是木本，及取姜堯章《偏傍考》證之，所謂「抑」字如針眼，「殊」字如蟹爪，「列」字如丁形，「云」字微帶肉，頗可據。它未必盡爾。又，中所注「曾」字乃作一鈎磔，黄長睿謂押縫「僧」字之誤，今亦不然也。（同上卷一三四）

〔唐文皇屏風帖〕　文皇嘗作真草，書《古帝王龜鑑語》爲二屏風，示群臣。今所存者草書耳。輕俊流便，宛然有右軍、永興風度。惜天骨小乏，戈法猶滯。後有祝寬夫、姜夔、王允初跋亦佳。姜遂題字，荒傖不知體，大可笑也。（同上卷一三五）

〔趙子昂帖〕　吾鄉人陶氏治地得藏石，凡法帖十卷。後二卷，爲姜堯章、盧柳南。餘俱趙吴興孟頫書。……石既完好，搨手亦精，視真本當十不失一，真可意也。（同上卷一三六）

姜夔云：「雕刻傷氣，敷演傷骨。若鄙而不精，不雕刻之過也；拙而無委曲，不敷演之過也。」又云：「人所易言，我寡言之。人所難言，我易言之。」

……

已上諸家語，雖深淺不同，或志在揚扢，或寄切誨誘，擷而觀之，其於藝文思過半矣。（《藝苑卮言》卷一）

陳　第（温麻山農）

集古印譜一卷　姜夔（《世善堂藏書目録》下《雜藝》）

胡應麟

楊廷秀云：自隆興以來，詩名世者，林謙之、范至能、陸務觀、尤延之、蕭東夫，近時後進有張鎡、趙蕃、劉翰、黄景説、徐仰道、項安世、鞏豐、姜夔、徐賀、汪經、方翥雲。右楊氏所叙南渡詩人，後惟列尤、楊、范、陸爲四大家。蕭東夫似不稱。林謙之絶無傳。今四家詩存，覺延之亦非三君敵也。餘子趙昌父、黄景説差著，他率卑卑。（《詩藪》雜編卷五）

趙宧光

〔書法部〕　作字無書法，如狂奔失路無有不顛躓者。況出名蹟，執柯伐柯，取則尤切。孫過庭自書《書譜》，趙孟頫書姜堯章《續書譜》，宋克書鍾、王小傳以及《墨池編》、《書苑菁華》。數家所載，采其最要者，名家補作，續爲完璧。（《寒山帚談・坿録》）

李日華

姜白石論書曰：「一須人品高。」文徵老自題其米山曰：「人品不高，用墨無法。」乃知點墨落紙，大非細事。必須胸中廓然無一物，然後煙雲秀色與天地生生之氣，自然湊泊筆下，幻出奇詭。若是營營世念，澡雪未盡，即日對丘壑，日摹妙蹟，到頭只與髹采圬墁之工，爭巧拙於毫釐也。（《紫桃軒雜綴》卷一）

宋嚴羽卿論詩，姜堯章論書，皆精刻深至，具有卓見。及所自運，顧遠出諸名家後。大抵議論與實詣，確然兩事。議論者，識也。實詣者，力也。力旺者能蔑識，識到者又能消力。語云：識法者懼，每多拘縮，天趣不能泛溢也。觀白石書，詠滄浪詩，自當得之。（同上卷二）

編者按：「嚴羽卿」，當爲「嚴羽」或「嚴儀卿」。明清學者胡應麟、胡震亨、錢謙益、毛先舒等人每稱「嚴儀羽卿」，疑明時別有誤本。

鍾惺

〔跋林和靖、秦淮海、毛澤民、李端叔、范文穆、姜白石、王濟之、釋參寥諸帖〕　古人作事不能詣其至，且求不與人同。夫與人不同，非其至者也。所謂「有別趣」，而不必其法之合也。寧生而奇，勿熟而庸，夫若是則亦□□□矣。今觀此數帖，其人皆不甚有書名，而皆似其人。烏呼！似曰不同。萬曆丙

辰八月二十六日，舟發潞河，感茂之此卷跋之。（《隱秀軒詩集》下《隱秀軒文餘集·題跋二》）

蔣一葵

〔姜夔字堯章，趙子固目爲書家申韓〕……堯章每喜自度曲，吟洞簫，小紅輒歌而和之。（《堯山堂外紀》卷六十一）

沈際飛

〔琵琶仙吴興感遇〕　姜堯章

（眉批）詞大忌質實。白石道人《探春慢》、《一萼紅》、《揚州慢》、《暗香》、《疏影》、《淡黄柳》諸曲多清空騷雅，惜難備録。　○「春草碧色，春水緑波，送君南浦，傷如之何」四語，約略此篇。　○融情會景，少游《八六子》詞其傳。（《草堂詩餘續集》下卷）

〔長亭怨慢别怨〕　姜堯章

（眉批）人言情，我言無情，立意壁絶。　○慘淡。

（尾注）《雲溪友議》：韋臯過江夏，與一青衣玉簫有情，約七年再會，留玉指環。逾八年不至，玉簫絶食而殁。後得一歌姬，真如玉簫，中指有肉隱出如玉環。（《草堂詩餘别集》卷三）

〔揚州慢感舊〕　姜堯章

（眉批）八公山草木皆兵，觀想。　○畫裏　○望齊冰雪。

（尾注）二十四橋，揚州府城内。隋建。○江都土産芍藥，凡三十二種，唯金帶圍者不易得。（同上）

〔念奴嬌吴興荷花〕　姜堯章

（眉批）水佩風裳，幽奇。○冷香句，花魂飛動，並自己詩句活舞矣。○池魚、花木與人俱有深情，人不能自絶，妙妙。

（尾注）《侯鯖録》：韓康公出家妓侍飲，其專寵者曰魯生。坡詩云：「魚吹細浪歌摇日」。○歐詩：「池面風來波灩灩，波間露下葉田田。誰於水上張奇蓋，罩卻紅妝唱採蓮。」又，「四岸遞風香泛泛，萬枝和月影田田。」（同上）

〔齊天樂賦蟋蟀　中都呼爲促織〕　姜堯章

（眉批）有收有縱，事必聯情。○相感至此。

（尾注）語云：促織鳴，嬾婦驚，曹奢而苟，唐儉以勤。故詩一以蜉蝣，一以促織刺之曰：「蟋蟀在堂，歲聿其暮，十月入我牀下。」○宣政間，十大夫製蟋蟀吟。（同上卷四）

〔探春慢别懷　過苕霅别鄭次皋諸君〕　姜堯章

（眉批）致盡川陸厥勢，幅練在山。以逐字逐句求之，離其神矣。○字句何嘗不高雋。○意色晚旺。

（尾注）杜詩：歸帆阻清沔。流滿貌。（同上）

〔眉嫵一名百宜嬌。戲張仲遠〕　姜堯章

（眉批）詞到白石翁出脱一番。（同上）

〔一蕚紅人日　長沙登定王臺〕　姜堯章

（眉批）再無纖砌之病，通脱高婉。（同上）

浦　礽

十二日午自胥江解維，晚抵吴江，登長橋，坐垂虹亭。煙波十里，歸雁數行，高歌白石詞一闋，乃還舟。同游者張君茂之、武陶叔、沖如仲兄、君錫弟。（《游明聖湖日記》）

高　濂

〔論歷代碑帖〕　……余以書譜所評歷代神品妙品名家碑刻録以備考：……宋碑帖：……姜夔《續書譜》。……已上諸帖，概舉行世者言之，余所目及。而宋搨今搨各半。（《遵生八牋》卷十四）

董斯張

〔經籍徵第十八寓公著述附〕　姜夔《讀〔續〕書譜》一卷，《白石叢稿》十卷，《絳帖評》二十卷，《集古印譜》十卷。（《吴興備志》卷二十二）

孫　鑛

〔文氏停雲館帖十卷·第六卷〕……姜白石《書譜》持論甚高，此書乃衹是書生面目，不稱所論。（《書畫跋跋》卷二上）

〔宋搨蘭亭〕王氏跋一　跋稱在明是靖江朱光禄虚谷也。此本紙色搨法既是北宋物，乃於堯章偏傍結構不甚合，則正係道祖私摹本，珍重，珍重，勝偏傍合者多矣。（《書畫跋跋續》卷二）

〔定武蘭亭〕……而余同年友朱吏部廷輔曾惠予新搨一幅，云：「石今現在太學。」細玩儘有致，其偏傍考證與姜白石所記皆合，而字形視潘、顧本又微異，似是宋時依考證别刻本。（同上）

毛　晉

〔跋極玄集〕　按武功自題云：「此皆詩家射鵰手也，凡二十一人，共百首。」今已缺其一，吉光片羽，良可惜也。向傳姜白石點本最善，竟不行於世，即留署中近刻，衹掛空名於簡端。雖然，劉須溪點次鴻文典册奚止什伯，奚爲坊間冒濫，混入耳目，贋刻之行日以長僞，何如原本之藏適以存真也。（《隱湖題跋》）

〔跋梅溪詞〕　余幼讀《雙雙燕》詞，便心醉梅溪。今讀其全集，如「醉玉」、「生春」、「柳髪」、「梳月」等語，則「柳昏花暝」之句又不足多矣。姜白石稱其「奇秀清逸，有李長吉之韻。益〔蓋〕能融情景於一

家，會句意於兩得」，豈易及耶？（同上）

〔跋白石詞〕　白石詞盛行於世，多逸「五湖舊約」及「燕雁無心」諸調。前人云：「花庵極愛白石，選録無遺。」既讀《絶妙辭選》，果一一具載，真完璧也。范石湖評其詩云：「有裁雲縫月之妙手，敲金戛玉之奇聲」，予於其詞亦云。蕭東夫於少年客游中獨賞其詞，以其兄之子妻之。不第而卒，惜哉！（同上）

編者按：「范石湖」，係「楊誠齋」之誤。

〔跋竹山詞〕　昔人評詞，盛稱李氏晏氏父子及耆卿、子野、少游、子瞻、美成、堯章止矣。蔣勝欲泯焉無聞。今讀《竹山詞》一卷，語語纖巧，……豈其稍劣於諸公耶？（同上）

〔跋蘆川詞〕　仲宗別號蘆川居士，……人稱其長於悲憤。及讀花庵、草堂所選，又極嫵秀之致，真堪與片玉、白石並垂不朽。（同上）

潘之琮

〔操手〕　姜堯章云：淺其執，牢其筆，實其指，虚其掌。執之欲緊，運之欲活。不可以指運筆，當以腕運筆。執之在手，手不主運。運之在腕，腕不知執。故孫氏有執使轉用之法。執謂淺深長短，使謂縱送牽掣，轉謂鉤環盤紆，用謂點畫向背。（《書法離鉤》卷二）

〔學行〕　姜夔云：行書與草不同，各有定體。縱復晉代諸賢，亦苦不相遠。大要以筆老爲貴，少有失

誤，亦可輝映。(同上卷三)

〔學草附章草〕姜堯章云：學草書先法張芝，次索靖諸人，後倣王逸少，申之以變化。若泛學諸家，則當連者反斷，當斷者反續，不知向背起止轉换。古人作字相連處特是引帶，是點畫處皆重，非點畫處皆輕。雖張顛野逸，不失此法。(同上)

〔撇例〕人……姜堯章云：一切偏旁，須令狹長，則右有餘地。不可太密太巧，唐人之病也。(同上卷五)

趙琦美

定武《蘭亭》石刻爲薛氏取去，世之傳者寖以失真。今觀此本，以姜白石《偏傍考》較之，頗不相遠。……永嘉鄭僖天趣。(《趙氏鐵網珊瑚》卷一)

論書至於孫過庭、姜白石，盡善盡美矣。他皆未足爲評也。姜謂臨書多得其筆意而失其位置，今再觀員嶠所臨兼無位置之失，非其胸中熟於二家之論恐未易致也。良右題。(同上卷六)

〔龔翠巖天馬圖〕往余見姜白石詩一卷，有絶句作小草尤佳，云：「道人野性如天馬，欲擺青絲出帝閑。」甚愛此詩。第恨不通畫，不能使無聲詩有聲畫相表見，此爲欠事。因戲作前「馬」，既又念此句此馬終無出路，復成後紙。去冬有瘦馬一匹，寄天台僧存。書記鶴臞亦以書來取畫，久之未報。今得此歸丈室，如有數也。天隨言「凡物惟散者爲得」，二馬得失何如，白石不可作，析而辨之其在鶴

臞。有知道能言者併幸惠教。楚龔開。（同上卷十二）

徐樹丕

〔姜白石〕 姜堯章學詩於蕭千巖，琢句精工。……時黄巖老亦號白石，亦學詩於千巖，詩亦工，時人號雙白石云。（《識小録》卷四）

卓人月　徐士俊

〔點絳唇冬過吴淞〕 姜夔

（詞，略）

（眉批）「商略」二字誕妙。（《古今詞統》卷四）

四　清代

錢謙益

〔雜藝類〕　姜堯章《續書譜》鄱陽人。最爲楊誠齋所知。（《絳雲樓書目》卷二）

孫承澤

〔禊帖〕　唐本《蘭亭叙》刻於太宗貞觀間。……靖康之亂，宗汝霖爲（定武）留守，猶馳進高宗於揚州，倉卒竟失所在。今國學有蘭亭本，宏治間出於天師庵土中。燕都自五代終宋，未歸中國。石極遒秀，知爲唐橅，當是金人輦致東京之物。姜堯章謂「靖康之變，宣和殿上石鼓及《蘭亭叙》同入於燕」，或即此也。（《閒者軒帖考》）

〔定武蘭亭〕　唐太宗留心右軍之蹟，因魏徵言《蘭亭叙》真蹟在僧辨才處，特遣御史蕭翼賺得。武德四年，《叙》入秦府。貞觀十年，始命湯普徹、馮承素、諸葛貞、歐陽詢、褚遂良各有臨本。而歐、褚流傳最著。後之所謂「定武本」，歐陽臨是也；所謂「唐絹本」，褚臨是也。「定武本」，當時石刻禁中，已值錢數萬。迨後石晉之亂，契丹輦之而北，路棄殺虎林。慶曆中，李學究得之，其子負官緡無償，時宋景文守定武，乃以帑金代償，納石於庫。熙寧間，薛師正出牧，刊一別本以應求者。此郡真蹟已有二刻矣。其子紹彭，字道祖，又模之他石，潛易古刻，又剔損古刻「湍」、「流」、「帶」、「右」、「天」五字爲識。大觀中，詔向其子嗣昌取龕宣和殿。後靖康之亂，金人取石鼓及《蘭亭叙》，重氈輦至於燕。見宋人姜白石《蘭亭考》中。（《硯山齋雜記》卷一）

〔趙子昂書陶詩小楷〕　子昂有《秋林散步圖》，上以小楷書陶淵明「嬴氏亂天紀」一詩，計一百六十字，風格遒逸，爲子昂最得意書。……余於江右李梅公寓見小楷書姜白石《蘭亭考》，又於香河袁六完家見小楷書《九歌》，楷矣而不工，乃其少年書。惟所書《圓覺經》數萬字……字法精工，可與畫上小楷敵。（《庚子銷夏記》卷二）

〔定武褉帖肥本〕　……南和白侍郎抱一家傳一本，是趙子固藏本。……趙子固所藏《蘭亭》，乃姜白石舊物。後有白石跋……。此帖後歸於霅川蕭氏，在其家二十年，又歸於俞玉鑑家，又歸於高幹辦家，趙子固託滿師以半萬券得之。（同上卷四）

〔定武蘭亭瘦本〕　瘦本定武帖，缺角處有柯九思印，蓋其所藏也。姜白石言：「《蘭亭》石本以有鋒芒稜角爲上。」此本「群」、「帶」、「右」、「流」、「天」五字已缺，而鋒潁神采奕奕，搨法之最工者也。……未幾，趙子固所藏五字未損本亦至。子固本肥，此本瘦，蓋紙有厚薄燥濕之不同，實一石也。……姜堯章云：「定武本在官庫中，熙寧中，薛紹彭刻一副本易之，取原石刻損五字以歸。」此本五字未損，或薛氏所刻副本乎？又云：「大觀間，詔取薛氏所藏石龕至宣和殿內，丙午寇至，與歧陽石鼓俱載而北。」今石鼓具在，而《蘭亭》何在？此本五字未刻損，非薛氏所藏石也。蓋定武，今之定州也，去京師不遠。薛氏所刻副本，金元人移之於此，理或然也。（同上）

〔趙子昂書姜白石續書譜〕　姜白石《續書譜》，其精義不遜孫虔禮，更得松雲翁書之，可稱二絕。其書以娑羅碑寫定武《蘭亭》，猶屬得意之作。王元美稱此帖精工之極，如花月松風，娟娟濯濯，披襟留連，不能自已。誠有然者。（同上卷七）

〔趙子昂楷書姜白石蘭亭考〕　此卷乃子昂早年書。予同李梅公坐報國寺松下見此卷，李購之。子昂自題云：「白石先生《蘭亭考》一卷，予兄德琳有此真跡。野翁自江東鈔得，攜來京師，且以此紙要予作小楷。予自少小愛作小字，邇來宦游無復有意兹事。蓋北方多風塵，不宜筆研，而客中又乏佳几，此紙雖出高麗，亦非良品。偶今日雨後，風塵少息，拳曲土炕上，據白木小桌，聊復書此，以應野翁之命，孫過庭所謂垂作者也。」（同上卷八）

〔開皇蘭亭本〕　右宋丞相游景仁所收《禊帖》，乃開皇本，非定武也。《禊帖》開皇時已刻石，唐文皇見石刻始求得真蹟，令侍臣分摹，而歐陽率更爲勝，刻之禁中，宋人所謂定武也。余以此本與趙子固所得姜白石唐搨本相對，神韻相似。此本剥落，而趙本不剥落，故知此刻在唐之前。又與柯九思、陳直卿所藏唐石宋搨本相對，神韻相似。此本五字不損，而柯、陳本五字剔損，益知此刻在唐之前。……八十老人孫承澤題。行書（《式古堂書畫彙考》卷五）

〔宋搨玉枕蘭亭〕　永和九年至有感於斯文。　右《蘭亭叙》玉枕本，乃歐陽率更真蹟。……此本古樸中饒有風骨，與趙子固所藏姜白石本無毫髮異。……今得此異寶，其餘所藏如土苴矣。韓退谷孫承澤敬題，時年七十有七。行楷書。（同上）

賀　裳

〔姜張詠蟋蟀詞〕　稗史稱韓幹畫馬，人入其齋，見幹身作馬形，凝思之極，理或然也。作詩文亦必如此始工。如史邦卿詠燕，幾於形神俱似矣。次則姜白石詠蟋蟀：「露溼銅鋪，苔侵石井，都是曾聽伊處。哀音似訴。正思婦無眠，起尋機杼。」又云：「西窗又吹暗雨。爲誰頻斷續，相和砧杵。」數語刻劃亦工。蟋蟀無可言，而言聽蟋蟀者，正姚鉉所謂賦水不當僅言水，而言水之前後左右也。然尚不如張功甫「月洗高梧，露溥幽草，寶釵樓外秋深。土花沿翠，螢火墜牆陰。靜聽寒聲斷續，微韻轉、淒咽悲沈。爭求侶，殷懃勸織，促破曉機心。　兒時曾記得，呼燈灌穴，斂步隨音。任滿身花影，猶自追尋。攜向華堂戲鬭，亭臺小、籠巧妝金。今休說，從渠牀下，涼夜聽孤吟」。不惟曼聲勝其高調，兼形容處心細如絲髮，皆姜詞之所未發。常觀姜論史詞，不稱其「軟語商量」，而賞其「柳昏花暝」，固知不免項羽學兵法之恨。（《皺水軒詞荃》）

〔草堂選鷓鴣天不佳〕《鷓鴣天》最多佳辭，《草堂》所載，無一善者。如陸放翁「東鄰鬭草歸來晚，忘卻新傳子夜歌」，趙德麟「須知月色撩人眼，數月春寒不下階」，姜白石元夕不出「芙蓉影暗三更後，卧聽鄰娃笑語歸」，駸駸有詩人之致，選之不及，何也。（同上）

黄宗羲

〔姜友棠詩序〕　古今之稱詩者，多於麻竹，然而傳至於今者寡矣。傳至於今，而爲人所嗟嘆而不能已者，益又寡矣。此無他，則爲人爲己之分也。蓋《三百篇》大抵出於放臣怨女懷沙恤緯之口，直達其悲壯怨譎之氣，初未嘗有古人之家數存於胸中，以爲如是可以悦人，如是可以傳遠也。夫亦如飄虚之風，鳴秋之蛩，百物之相軋相應而成聲耳。顧今之爲詩者，才入雅道，便涉藝門，浮雲白日，摘爲古選，青枝黄鳥，拈爲六朝，紛紜膠鬲，自錮其靈明，無非欲示人以可悦耳。不知昔人之所以上下於千古者，用以自治其性情，非用以取法於章句也。姜白石云：「異時泛閲衆作，病其駁也，專志於魯直，居數年，一語噤不敢吐，始大悟學即病，顧不若無所學之爲得。」夫無所學則爲己矣。吾友姜友棠之爲詩也，自出機軸，其窮愁感慨，若閒雲之卷舒，怒壑之湍湃，不知其然而然，以成其爲友棠之詩而已。（《黄梨洲文集》）

馮班　何焯

〔家戒下〕　蔡君謨正書有法無病，朱夫子極推之。錐畫沙，印印泥二句中鋒，屋漏痕此句藏鋒，是古人秘法。姜白石云：「不必如此。」知此君憒憒。（《鈍吟雜録》卷二）

〔讀古淺説〕　姜堯章之論書，嚴滄浪之論詩，似高而實粗。白石於書全欠工夫。定武《蘭亭》全是歐

法，姜白石都不解。（同上卷四）

〔日記〕姜白石論書，略有梗概耳，其所得絶粗。趙松雪重之，爲不可解。如錐畫沙，如印印泥，如古釵腳，如拆壁痕，古人用筆妙處，白石皆言不必然。又云側筆出鋒，此大謬。出鋒者末鋭不收，褚云透過紙背者也，側則露鋒在一面矣。《續書譜》謂唐以書判取士，真書類有科舉習氣，以平正爲善。蓋但見開、寶以後碑碣大字耳。至謂顔魯公作干禄字書是其證，尤憒憒。此書自論小學也。（同上卷六）

余見歐陽信本行書真跡及皇甫君碑，始悟定武《蘭亭》全是歐法。姜白石不知也。如「信可樂也」，「樂」字不除肩之類。翁此論亦從筆陣圖悟來，又證之以真蹟及皇甫碑耳。歐、虞書體全從右軍出，虞温潤而栗，歐廉而不劌，宜與《蘭亭》不遠。若定武本乃湯普徹所模，謂是信本，則誤。（同上）

吴　喬

姜堯章云：「詩之不工，只是不精思耳。不思而作，雖多奚爲？」此語甚善。

又云：「人之所易言，我寡言之，人之所難言，我易言之，自不俗。」

又云：「花必用柳對，是兒曹語；若其不切，亦病也。」

又云：「小詩精深，短章醖藉，大篇須開闔，乃妙。」

又云：「句中無餘字，篇中無長語，非善之善者也。句有餘味，篇有餘意，斯盡善。」（《圍爐詩話》卷四）

姜堯章、范至能之温潤，楊廷秀之痛快，蕭東夫之高古，陸務觀之俊逸，江西派不能及。（同上卷五）

陳維崧

〔浙西六家詞序〕……地則錢塘檇李，家山只兩郡之間；詞如白石、梅溪，風格軼群賢而上。釐爲一卷，約有六家。（《陳迦陵文集·陳迦陵儷文全集》卷七）

〔臨江仙〕　黄竹篙兒如雁叫，西風且放江舡。櫓聲搖破鶴湖煙。園林排水次，甲第矗花前。　公子才華尤絶勝，翩翩氣壓幽燕。新詞脱手萬人傳。暗香姜白石，殘月柳屯田。（《陳迦陵文集·迦陵詞全集》卷六）

周大樞

〔調香詞自序〕……蓋詞家兩派，秦柳、蘇辛而已。秦柳絶媚，而蘇辛以宕激慷慨變之，近於詩矣。……予年十三四即喜爲詞，於古作者特癖陸務觀、姜白石二公，秦柳派也，而少變其音節。（《湖海文傳》卷三十二）

尤侗

〔詞苑叢談序〕……然詞之系宋，猶詩之系唐也。唐詩有初、盛、中、晚，宋詞亦有之。唐之詩，由六朝樂府而變。宋之詞，由五代長短句而變。約而次之，小山、安陸，其詞之初乎？淮海、清真，其詞之盛乎？石帚、夢窗，似得其中。碧山、玉田，風斯晚矣。唐詩以李、杜爲宗，而宋詞蘇、陸、辛、劉，有太白之風；秦、黄、周、柳，得少陵之體。此又畫疆而理，聯騎而馳者也。……長洲尤侗撰。（《詞苑叢談》卷首）

高士奇

〔題王大令保母帖四首（之三）〕　集古歐陽尚未知，米家待訪録仍遺。討求賴有姜翁在，況出草窗藏弆時。

康熙己巳，得宋搨王大令《保母帖》於京師。……庚辰正月二十六日，……念神物既爲我有，若無記述，後誰知之，因賦四詩。老懶不更潤削，隨筆書後。……江邨竹窗高士奇，年五十六。（見《四朝聞見録》附録）

嚴繩孫

〔詞律序〕　蓋古曲之亡而士之不習於音久矣。詞始於唐，盛於江南，而大備於宋。《花間》、《草堂》，爛然一代之著作。至姜白石輩間爲自度曲。而北宋諸家已並用當時一定之調，而〔不〕知諸曲復創自何人，至如此其多。而及其廢也，又何一旦風流歇絶，更無一人能記其拍以寫其遺音者，斯亦可惜也已。（《詞律》卷首）

劉體仁

〔詞忌複〕　詞欲婉轉而忌複，不獨「不恨古人吾不見」與「我見青山多嫵媚」爲岳亦齋所誚，即白石之工，如「露溼銅鋪」與「候館吟秋」，總是一法。（《七頌堂詞繹》）

〔詞有初盛中晚〕　詞亦有初盛中晚，不以代也。牛嶠、和凝、張泌、歐陽炯、韓偓、鹿虔扆輩，不離唐絶句，如唐之初未脱隋調也，然皆小令耳。至宋則極盛，周、張、柳、康，蔚然大家。至姜白石、史邦卿，則如唐之中。而明初比唐晚，蓋非不欲勝前人，而中實枵然，取給而已，於神味處，全未夢見。（同上）

定武五字不損本《蘭亭》，今在孫少宰家。有姜白石二跋，趙子固一跋，所謂落水《蘭亭》也。所可疑者，後有趙文敏題字耳。王宗伯書數字於押縫，籤後有白抱一印。所謂五字者，「湍」、「流」、「帶」、「右」、「天」也。餘偏傍皆如白石所考。微異者，「崇」字「山」下作三點，領無「山之盛」「盛」字。上蝕處，作昂首龜形，「由」字中直如「申」字。（《七頌堂小識》）

朱彝尊

〔醉太平題姜開先贈歌者李郎秦樓月詞〕　支郎眼黄，何郎粉香，尊前一曲迴腸，愛秦樓月涼。　公羊穀梁，鄭清之送新董詩，公羊、穀梁並出一人之手，其姓則姜。蓋四字反切皆姜字。鄱陽括蒼。詞人試數諸姜，算堯章擅場。梅山姜特立，括蒼人。（《曝書亭集》卷二十四）

〔水調歌頭送鈕玉樵宰項城〕 吾最愛姜史，君亦厭辛劉。……（同上卷二十五）

〔祝英臺近題丁雁水韜汝詞稿〕 史梅溪，姜石帚，澀體夢窗叟。不事形摹，秦七與黄九。試論北宋南唐，偷聲比調，誰得似、玉昆金友。……（同上卷二十六）

〔笛家題趙子固畫水墨水仙〕 ……尚想、白石蘭亭遺事，逸興千秋如見。豈似吴興，君家承旨，蕃馬風塵滿。（同上卷二十八）

〔丁氏印譜序〕 琱戈鉤帶鼎彝壺尊敦卣鬲甗之銘，鉦鐘窖磬鉦鐸鈁甬之款識，巧者或僞爲以眩世。至古印之傳於今，則作僞者意慮所不及，爲之亦終不似。蓋其繁簡相參，布置不紊，神存模畫之外，斯好古之士尚焉。宋則晁克一、王球、顔叔夏、姜夔、王厚之，元則吾丘衍、趙孟頫，各著有譜録，惜乎志經籍者略而勿道也。……（同上卷三十五）

〔梁谿遺稿序〕 宋南渡後，以詩齊名者四家，楊廷秀詩所稱「尤、蕭、范、陸」是已。千巖詩學於曾幾吉甫，授之姜夔堯章。當時劉潛夫稱爲誠齋敵手，而方萬里稱其詩苦硬頓挫而極其工，使不早死，雖誠齋猶出其下，蓋爲詩家矜許若是。顧其詩曾刊於永州，歲久散失。……蕭，西江人，諱德藻，字東夫，别字千巖，詠梅絶句有云：「湘妃危立凍蛟背，海月冷掛珊瑚枝。」又云：「百千年蘚著枯樹，一兩點花供老枝。」造句奇崛，洵足與文簡公「梁谿一曲小橋東」之作並傳者也。（同上卷三十六）

〔重録裘司直詩集序〕 宋自汴京南渡，學詩者多以黄魯直爲師，吕居仁集二十五人之作目曰江西詩派。考其官閥門世，不盡學詩魯直之門，亦不盡江西人也。楊廷秀於詩推尤、蕭、范、陸，豫章居其一

焉。繼蕭東夫起者，姜堯章其尤也。餘子多不見録於《江湖集》。蓋終宋之世，詩集流傳於今，惟江西最盛云。（同上卷三十七）

〔黑螺齋詩餘序〕　詞莫善於姜夔，宗之者張輯、盧祖皋、史達祖、吴文英、蔣捷、王沂孫、張炎、周密、陳允平、張翥、楊基，皆具夔之一體。基之後，得其門者寡矣，其惟吾友沈覃九乎？覃九鮮友游，故無先達之譽。又所作詞不多，人或見其一二，輒忽之。然其《黑螺齋詞》一卷，可謂學姜氏而得其神明矣。《白石詞》凡五卷，世已無傳，傳者惟《中興絶妙詞選》所録僅數十首耳。今覃九年方壯，爲之日久，其篇章必數倍於姜氏。盡出以示人，人未有不好之者。序其端，竊自喜屬和之有人，並以見予賞音之獨早也。（同上卷四十）

〔魚計莊詞序〕　曩予與同里李十九武曾論詞於京師之南泉僧舍，謂小令宜師北宋，慢詞宜師南宋，武曾深然予言。……休寧戴生錡僑居長水，從予游，其爲詞務去陳言，謝朝華而啟夕秀，蓋兼夫南北宋而擅場者也。在昔鄱陽姜石帚、張東澤、弁陽周草窗、西秦張玉田咸非浙產，然言浙詞者必稱焉。是則浙詞之盛亦由僑居者爲之助，猶夫豫章詩派不必皆江西人，亦取其同調焉爾矣。（同上）

〔群雅集序〕　……宋之初，太宗洞曉音律，製大小曲及因舊曲造新聲施之教坊舞隊，曲凡三百九十，又琵琶一器有八十四調。仁宗於禁中度曲時，則有若柳永；徽宗以大晟名樂時，則有若周邦彦、曹組、辛次膺、万俟雅言：皆明於宫調無相奪倫者也。洎乎南渡，家各有詞。雖道學如朱仲晦、真希元，亦能倚聲中律吕，而姜夔審音尤精。終宋之世，樂章大備，四聲二十八調多至千餘曲，有引、有序、有令、有慢、有近、有犯、有賺、有歌頭、有促拍、有攤破、有摘遍、有大遍、有小遍、有轉踏、有轉調、有增減字、有偷聲。惟因劉昺所編《宴樂新書》失傳，而八十四調圖譜不見於世，雖有歌師板師，無從知當日之琴趣簫篴譜矣。（同上）

〔書韻府群玉後〕　杜工部集有《漫興》五言絶句九首，又七言云「老去詩篇渾漫與，春來花鳥莫深愁」，「渾漫與」者，言即景口占、率意而作也。其後蘇子瞻、黄魯直、楊廷秀諸公皆襲用之，押入上聲語韻。姜堯章「蟋蟀」詞云：「豳詩漫與。笑籬落呼燈，世間兒女。」段復之詞云：「詩句一春渾漫與，紛紛紅紫俱塵土。」陰時夫輯《韻府群玉》亦采入語字韻中。蓋自元以前，無有讀作「漫興」者。迨楊廉夫作《漫興》七首，妄謂學杜者先得其情性語言必自《漫興》始。而其弟子吴復從而傅會之，注云：「《漫興》者，老杜在浣花溪之所作也。《漫興》之爲言，蓋即眼前之景以爲漫成之辭，其言語似村而未始不俊，此杜體之最難學者。」自廉夫詩出，而世之人遂盡改杜集之舊，易「與」爲「興」矣。時夫《韻府》，學者每笑其弇陋，猶然識字，乃知勤於學者，雖兔園册子正未可廢爾。（同上卷四十三）

〔絳帖平跋〕　鄱陽姜堯章撰《絳帖平》二十卷，予搜訪四十年，始鈔得之，僅存六卷爾。記在都下，於孫侍郎耳伯所，獲觀宋搨絳帖二册，光采焕發，令人動魂驚心，過眼雲煙，至今攪我心也。堯章於書法最稱精鑒，其言曰：小學既廢，流爲法書；法書又廢，唯存法帖；帖雖小技，上下千載，關涉史傳爲多。故於是編條疏而考證之，一一别其僞真，察及苗髮。其餘若《續書譜》、《禊帖偏旁考》、保母墓磚，皆能伐其皮毛，啜其精髓，比諸黄長睿、王順伯爲優。……（同上）

〔書錢武肅王造金塗塔事〕　寺塔之建，吴越武肅王倍於九國。按《咸淳臨安志》，九廂四壁諸縣境中，一王所建已盈八十八所，合一十四州悉數之，且不能舉其目矣。當日嘗於宫中冶烏金爲瓦，繪梵夾故事，塗之以金，合以成塔。鄱陽姜堯章得其一版，乃如來舍身相。陽穀周晉仙賦長歌紀其事，有云：「錢王本自英雄人，白蓮花見國主身，蛇鄉虎落狗腳朕，何如錦袍玉帶稱功臣。」……附録周文璞《方泉集》詩（略）（同上卷四十六）

〔晉王大令保母磚志宋搨本跋〕　崑山徐尚書原一初得王子敬保母磚志，予往觀焉。驗是宋嘉泰間拓本，經群賢鑒定，鄱陽姜堯章尤賞之，連書十一跋於後。尚書以晉石墨難得，出白金十鎰易之。是日同觀者慈溪姜宸英西溟、晉江黄虞稷俞邰、秀水沈廷文元衡也。志出於嘉泰壬戌，錢清王畿獲之會稽山樵，樵人獲之黄閍一興寧中保母葬地也。……磚出土時已斷爲四，歸於畿又斷爲五，合而搨之宜有裂紋。而仍若不斷者，信夫搨乎之良，非今工匠所能及也。歸德安世鳳撰《墨林快事》，詆其字不佳、語不倫，然堯章精於書法，其於《禊帖》、《絳帖》評騭不爽，謂是本有七美，與《蘭亭序》不少異，且言必大令自刻，傾倒至矣。又云有人刻别本以亂真。然則安君所見，毋乃别本拙惡者乎？予惟堯章之言是信，語尚書寶藏之，毋爲豪者所奪可爾。（同上卷四十八）

〔西陂記〕　（彝尊）思夫爵位之崇高，林泉之逸豫，人生恒不能兼致。惟石湖一老，入而參知政事，退而偃息范村，女絜菜籃，兒修雞柵，種斜橋之楊柳，播樂府於村田，此姜夔譜「越調」以介壽，號曰《石湖仙》也。（同上卷六十六）

（徽士李君行狀）……君諱良年，字武曾。……於詞不喜北宋，愛姜堯章、吴君特諸家，故所作特穎異。（同上卷八十）

本朝朱竹垞曰：謫仙云：「詩傳謝朓清。」惟清之至，乃能麗密。唐之孟襄陽，宋之姜白石，明之徐迪功，盡洗鉛華，極蕭散自得之趣，故獨步一時。曝書亭集

編者按：這條資料録自《姜白石全集》附録。查《曝書亭集》未見。

〔静惕堂詞序〕　吾鄉倦圃曹先生，著述之富，在牧齋、梅村伯仲間。……數十年來，浙西填詞者，家白石而户玉田，春容大雅，風氣之變，實由先生。……同郡年家子朱彝尊序。（《静惕堂詞》卷首，見《清名家詞》一）

卓人月，字珂月，仁和人，貢生，有《蕊淵集》。

珂月才情横溢，所撰《續千文》穩帖而奇肆。詩亦不爲格律所拘。贈女鬟紅衣云：「石家醋醋喜穿緋，裹手擎觴率意飛。坐上恨無姜石帚，長歌一曲惜紅衣。」（《静志居詩話》卷二十）

〔詞綜發凡〕　世人言詞，必稱北宋。然詞至南宋始極其工，至宋季而始極其變。姜堯章氏最爲傑出，惜乎白石樂府今僅存二十餘闋也。（《詞綜》卷首）

四聲二十八調，各有其倫。柳屯田《樂章集》有同一曲名，字數長短不齊分入各調者，姜石帚《湘月》詞注云「此《念奴嬌》之鬲指聲也」。則曲同字數同，而《湘月》、《念奴嬌》調實不同，合之爲一非矣。（同上）

言情之作，易流於穢，此北宋人選詞多以雅爲目。法秀道人語涪翁曰：「作豔詞當墮犂舌地獄」，正指涪翁一等體製而言耳。填詞最雅，無過石帚，《草堂詩餘》不登其隻字；見胡浩立春吉席之作，蜜殊詠桂之章，亟收卷中，可謂無目者也。（同上）

錢曾

〔詞〕姜夔《白石詞》一卷。（《述古堂藏書目》卷二）

聶先 曾王孫

汪蛟門懋麟曰：……予嘗論宋詞有三派：歐、晏正其始，秦、黄、周、柳、姜、史之徒備其盛，東坡、稼軒放乎其言之矣。其餘非無單調隻句可喜可誦，苟求其繼，難以哉！若今之專事故實，蠹竊幽險，神韻索然，恐莫知其派之所由矣。願亟以此詞針砭之。（《棠村詞》評語，《百名家詞鈔》）

陳緯雲維岳曰：雁水先生……各體俱工，填詞兼擅。珊瑚架筆，色絲黄絹之題；玳瑁爲簪，流水高山之韻。語其奇麗，散天半之朱霞；譬此清真，舞雲間之獨鶴。陽春白雪，郢中之逸唱齊停；皓齒朱顔，一代之佳人並老。洵足使温、韋咋舌，姜、史灰心者夫！（《紫雲詞》評語，同上）

聶晉人先曰：世之論詞者，多宗《草堂》一選。先生博搜群集，以輯《詞綜》，盡收唐、宋、金、元妙句。玉峰謂其一洗《草堂》之陋，而倚聲者知所宗矣。《載酒詞》句琢字鍊，歸於醇雅，深得白石、梅溪之精

髓。學者當洗滌腸胃，讀之以新耳目。(《江湖載酒集》評語，同上)

曹秋岳溶曰：詞家之枯僻調固難，而枯僻調者求爲尖新妙麗則更難。讀《紅藕莊詞》，備美角勝，脱灑塵習，駕姜、史而上之，不獨使竹垞、融谷獨擅所長也。(《紅藕莊詞》評語，同上)

聶晉人先曰：秋岳先生極稱蘅圃工長短句，大約以姜、史爲宗，而兼玉田、西麓諸家之勝。然聞其倚聲最蚤，無纖毫倘尚得以混其筆端。今展讀《紅藕莊詞》，故有瑤天笙鶴之致。(同上)

曾日峰安世曰：蘅圃家錢塘，少長京師。……嘉興李分虎謂其所製大率以石帚爲宗，而旁及梅溪、碧山、玉田、西麓之間。信然。(同上)

周冰持稚廉曰：《月聽詞》以温潤爲則，盡欲鑱去小山、白石之尖刻。而近代名家，俱力矯平易一路，然未免過當。故於《月聽詞》深有取焉，亦猶鳳洲之服膺震川也。(《月聽軒詩餘》評語，同上)

施愚山閏章曰：詞貴清空，不尚質實。蓋清空則靈，質實則滯，所以夢窗、白石未免有偏勝之弊耳。詞名《峽流》，則全以氣勝，能使清空、質實相爲表裏，此丹麓之詞在所必傳也夫。(《峽流詞》評語，同上)

彭羨門孫遹曰：在田詩歌逼真盛唐，騷賦追蹤漢魏，帖括在正希、卧子間。吾鄉曹侍郎秋嶽、王方伯邁人咸器重之。讀其《藕花詞》，意新調穩，詞潤機圓，即起姜、史諸公於今日，當不是過。固當推爲風雅正宗。(《藕花詞》評語，同上)

王又華

〔毛稚黄詞論〕　沈伯時《樂府指迷》，論填詞詠物，不宜説出題字。余謂此説雖是，然作啞謎亦可憎。須令在神情離即間乃佳。如姜夔《暗香》詠梅云：「算幾番照我，梅邊吹笛。」豈害其佳。（《古今詞論》）

〔仲雪亭詞論〕　仲雪亭曰：作詞用意，須出人想外，用字如在人口頭。創語新，鍊字響，翻案不雕刻以傷氣，自然遠庸熟而求生。再以周清真之典麗，姜白石之秀雅，史梅溪之句法，吴君特之字面，用其所長，棄其所短，規模研揣，豈不能與諸公爭雄長哉。（同上）

鄒祗謨

〔柳詞僻調最多〕　僻調之多，以柳屯田爲最。此外則周清真、史梅溪、姜白石、蔣竹山、吴夢窗、馮艾子集中，率多自製新調，餘家亦復不乏。至如晁次膺、万俟雅言之依月按律，進詞應制，調名尚數百種未傳。曾覿、張掄、吴琚輩亦然。今人好摹樂府，句櫛字比，行數墨尋，而詞律之學棄如秋蒂。間有染指，不過《草堂》遺調，率趨易厭難之故，豈欲畫理還之日耶？（《遠志齋詞衷》）

〔古詞調名多屬本意〕　《詞品》云：「唐詞多緣題所賦，《臨江仙》則言水仙，《女冠子》則述道情，《河瀆神》則緣祠廟，《巫山一段雲》則狀巫峽，《醉公子》則詠公子醉也。」胡元瑞《藝林學山》云：「諸詞所詠，固即調名，然詞家亦間如此，不盡泥也。《菩薩蠻》稱唐世諸調之祖，昔人著作最衆，乃無一曲與調名相合。餘可類推。猶樂府然，題即詞曲之名也，聲調即詞曲音節也。宋人填詞絶唱，如『流水孤村』、『曉風殘月』等篇，皆與調名了不關涉。而王晉卿《人月圓》、謝無逸《漁家傲》，殊碌碌無聞。則樂府所重在調，不在題明矣。」愚按此論，楊固太泥，胡亦未盡通方也。大率古人由詞而製調，故命名多屬本意。後人因調而填詞，故賦寄率離原辭。曰填、曰寄，通用可知。宋人如《黄鶯兒》之詠鶯，《迎新春》之詠春柳耆卿，《月下笛》之詠笛周美成，《暗香》、《疏影》之詠梅姜夔，《粉蝶兒》之詠蝶毛滂，如此之類，其傳者不勝屈指，然工拙之故，原不在是。近阮亭、金粟，與僕題余氏女子諸繡，如浣紗圖，則用《浣溪紗》、《思越人》、《西施》等名。……其他集中所載，亦居什一。偶爾引用，巧不累雅。藉是名工，所謂竇中窺日，未見全照耳。（同上）

〔長調須一氣流貫〕　朱承爵《存餘堂詩話》云：「詩詞雖同一機杼，而詞家意象，與詩略有不同。句欲敏，字欲捷，長篇須曲折三致意，而氣自流貫乃得。」此語可爲作長調者法，蓋詞至長調而變已極。南宋諸家凡以偏師取勝者，無不以此見長。而梅溪、白石、竹山、夢窗諸家，麗情密藻，盡態極妍。要其瑰琢處，莫不有蛇灰蚓綫之妙，則所云一氣流貫也。（同上）

〔董文友詞論〕　余常與文友論詞，謂小調不學《花間》，則當學歐、晏、秦、黄。《花間》綺琢處，於詩爲靡，而於詞則如古錦紋理，自有黯然異色。歐、晏蘊藉，秦、黄生動，一唱三嘆，總以不盡爲佳。清真、樂章，以短調行長調，故滔滔莽莽處，如唐初四傑，作七古嫌其不能盡變。至姜、史、高、吴，而融篇煉

句琢字之法，無一不備。今惟合肥兼擅其勝，正不如用修好入六朝麗字，似近而實遠也。(同上)

〔詠物須神似〕　詠物固不可不似，尤忌刻意太似。取形不如取神，用事不若用意。宋詞至白石、梅溪，始得箇中妙諦。今則短調，必推雲間。長調則阮亭贈雁，金粟詠螢、詠蓮諸篇，可謂神似矣。僕於銷夏時，亦詠僻題數十闋，雖選料鍊句處，謬爲諸公所嘆，然形神縹緲之間，固不無望三神山之恨。(同上)

〔彭金粟詞〕　長調惟南宋諸家，才情蹀躞，盡態極妍。阮亭嘗云：「詞至姜、吴、蔣、史，有秦、李所未到者，正如晚唐絶句，以劉賓客、杜紫薇爲神詣，時出供奉、龍標一頭地。彭十金粟所作數十闋長調，妙合斯恉。阮亭戲謂彭十是豔詞專家。」余亦云：「詞至金粟，一字之工，能生百媚，雖欲佛然不受，豈可得耶？」(同上)

〔曠庵詞序〕　……曠庵年來濩落不偶，亦復有香草美人之感。其所作長短調及和《漱玉詞》，若有所寄託而云然者。僕覽而善之，以爲妍雅綿麗，頗與晚唐北宋諸家風致相似；夢窗、後村、白石以下，雖續過之，終無以尚其天然之美也。(同上)

卞永譽

〔李君實評帖〕　宋嚴羽卿論詩，姜堯章論書，皆精刻深至，具有卓見。及所自運，顧遠出諸名家後。大抵議論與實詣確然兩事，議論者識也，實詣者力也。力旺者能蔑識，識到者又能消力。語云：「識法

者懼。」每多拘縮，天趣不得泛溢也。觀白石書，詠滄浪詩，自當得之。（《式古堂書畫彙考》卷二）

〔嚴氏書紀・法書四〕俞紫芝書白石《續書譜》和字子中，號紫芝。少嘗作松雪僞書，幾於逼真，松雪見之，遂留賞焉。《續書譜》，松雪嘗書之。有陰陽二刻，其陽字木刻者尤妙。先待詔購得一本，以爲珍玩，偶失去，遍求不可得。紫芝晚年，專臨晉帖，及見獻之十三行真蹟，刻意模擬之，亦名家矣。（同上卷四）

〔王弇州爾雅樓藏法書〕沈民望書姜堯章《續書譜》（同上）

〔開皇蘭亭本〕昭陵繭紙不可復覩，北宋所推，神龍、定武而已。至游景仁以宰執大臣廣搜石本，用甲乙排次。自注所出約百餘種，雖肥瘦完損不同，大都發源定武，而神龍中微矣。近忽見此開皇搨本，一時驚詫，亦物貴所罕耳。其實較率更所摹，最能遠過也。此乃淳古堅厚，莊莊不露芒角。景仁定爲開皇原本，足稱神妙。是腕有右軍鬼者，方於神理間消息之。應笑白石、延之聚訟多事矣。浙西曹溶題。行楷書。（同上卷五）

別本《蘭亭》姜白石題摹右軍真蹟本。（同上）

潘永因

〔詠諧第四十二〕林可山稱和靖七世孫，不知和靖不娶，已見梅聖俞序中。姜石帚嘲之曰：「和靖當年不娶妻，因何七世有孫兒。若非鶴種並梅種，定是瓜皮搭李皮。」（《宋稗類鈔》卷二十五）

〔八法第五十六〕宋諸王孫趙孟堅字子固，號彝齋，居嘉禾之廣陳，修雅博識，善筆札，工詩文，酷嗜法書。……蕭千巖之姪滰得白石舊藏五字不損本《禊帖》，後歸之俞壽翁，子固復從壽翁處善價得之。……其帖後歸之悦生堂，今復出人間矣。（同上卷三十三）

彭孫遹

〔衍波詞序〕　……阮亭之詞又未嘗不吐納諸家，具有衆美也。試讀其《衍波》一集，體備唐宋，珍逾琳琅，美非一族，目不給賞。如……《詠鏡》之「一泓春水碧如煙」，《贈雁》之「水碧沙明，參横月落，遠向瀟江去」，非梅溪、白石之賦物乎？……約而言之，其工緻而綺靡者，《花間》之致語也；其婉孌而流動者，《草堂》之麗字也；洵乎排秦軼黄、淩周駕柳、盡態窮姿、色飛魂蕩矣。（《松桂堂全集》卷三十七）

〔論周吴詞〕　宋人張玉田論詞，極推少游、竹屋、白石、梅谿、夢窗諸家，而稍詘美成。……美成詞如十三女子，玉豔珠鮮，政未可以其軟媚而少之也。（《金粟詞話》）

〔南宋詞人以史邦卿爲第一〕　南宋詞人，如白石、梅谿、竹屋、夢窗、竹山諸家之中，當以史邦卿爲第一。昔人稱其分鑣清真，平睨方回，紛紛三變行輩，不足比數，非虚言也。（同上）

〔詠物詞不易工〕　詠物詞極不易工，要須字字刻畫，字字天然，方爲上乘。即間一使事，亦必脱化無跡乃妙。近在廣陵，見程邨、阮亭諸作，便爲嘆絶，殆幾幾乎與白石、梅溪頡頏今古矣。（同上）

廬陵陳子宏云：……近日作詞者，惟説周美成、姜堯章，而以東坡爲詞詩，稼軒爲詞論。此説固當。蓋曲者，曲也，固當以委曲爲體。然徒狃於風情婉孌，則亦易厭，回視稼軒所作，自覺豪爽。（《詞藻》卷二）

華亭宋尚木言：「吾於宋詞，得七人焉，曰永叔，其詞秀逸；曰子瞻，其詞放誕；曰少游，其詞清華；曰子野，其詞娟潔；曰方回，其詞新鮮；曰小山，其詞聰俊；曰易安，其詞妍婉。他若黄魯直之蒼老，而或傷於頹；王介甫之劖削，而或傷於拗；晁無咎之規檢，而或傷於樸；辛稼軒之豪爽，而或傷於霸；陸務觀之蕭散，而或傷於疏；此皆所謂我輩之詞也。苟舉當家之詞，如柳屯田哀感頑豔，而少寄托；周清真婉娫流美，而乏陡健；康伯可排叙整齊，而乏深邃。此外則謝無逸之能寫景，僧仲殊之能言情，程正伯之能壯采，張安國之能用意，万俟雅言之能協律，劉改之之能使氣，曾純甫之能書懷，吴夢窗之能疊字，姜白石之能琢句，蔣竹山之能作態，史邦卿之能制色，黄花庵之能選格，亦其選也。詞至南宋而繁，亦至南宋而敝，作者紛如，難以槩述。夫各因其姿之所近，苟去前人之病，而務用其所長，必賴後人之力也夫。」(同上卷四)

姜堯章號白石道人，善吹簫，能自製曲。淳熙丙申至日，過維揚，夜雪初霽，薺麥彌望，入其城，則四顧蕭條，寒水自碧，暮色漸起，戍角悲吟，堯章愴然感慨，因自度《揚州慢》一曲云：(詞原文，略)堯章又嘗載雪詣石湖，度新聲兩曲，石湖把玩不已，使二妓習之，音節諧婉，乃命之曰《暗香》、《疏影》。

(《詞統源流》)

柯崇樸

右白石道人詩集一卷，係宋刻舊本，朱檢討竹垞向總憲徐立齋先生借鈔得之，其長短句則竹垞自虞山毛氏所刻宋詞《樂章集》，更旁采諸書，合得五十八首，爲一卷。復以其所爲《大樂議》、《續書譜》、《蘭亭跋》、《禊帖偏傍考》、《詩説》並附其後。於是白石先生所著，裒然成集。嗚呼！書缺有間矣。況自李獻吉論詩謂唐以後書可勿讀，唐以後事可勿使，將宋人詩集屏置不覽而湮没，可勝道哉！近者天子右文，諸博雅好古之士爭購宋元諸書，遺文始往往間出，然散逸既久，蒐輯爲難。今竹垞不獨廣爲繕録，且彙萃成編，其有功於白石也大已！余既轉寫之，因述其始末如此。所惜擬宋鐃歌曲十四篇未覩其辭。復聞虞山錢子遵王藏有《補漢兵志》一卷，《絳帖平》二十卷，又從來言姜白石所未及者，乃知古今文字其不經見者多也。異日者冀得併購而合編之，則余之幸也夫！康熙乙丑孟秋下澣，題於東魯道中。（《姜白石詞編年箋校》）

陳玉琪

〔蒼梧詞序〕……舜民之詞，能按古譜，出新意，在所必傳。宋之能詞者六十餘家，如秦少游、高竹屋、姜白石、史邦遠〔卿〕、吴夢窗數子，始可稱以新意合古譜者。……康熙歲次丁卯十月朔日，年眷弟陳玉琪椒峰氏撰。（《蒼梧詞》卷首）

宋犖

〔跋曹實庵詠物詞〕今人論詞，動稱辛、柳。予觀稼軒詞以「佛狸祠下一片神鴉社鼓」爲最，耆卿詞以

「關河冷落殘照當樓」與「楊柳岸曉風殘月」爲佳，它亦未盡稱是。迨白石翁崛起南宋，玉田、草窗諸公互相倡和，如「野雲孤飛，去留無跡」，此竹垞論詞所以必推南宋也。今讀實庵詠物十首，彷彿樂府補題諸作，擬諸白石《暗香》、《疏影》何多讓焉。阮亭讀之，拍案稱善曰：曹大乃爾奇絶。予亦云。（《西陂類稿》卷二十八）

王士禛

〔歌行吟〕《炙輠録》云：歌、行、吟本一曲耳。一曲中有此三節。凡始發聲謂之引。引者導引也。既引矣，其聲稍放，故謂之行。行者其聲行也。既行矣，於是聲音遂縱，所謂歌也。惟一曲備三節，故引自引，行自行，歌自歌。其音節有緩急，而文義有終始，故不同也。正如大曲有入破滾煞之類。今詩家分之，各自成曲，故謂之樂府，無復異製矣。又姜白石《詩説》云：「載始末曰引，體如行書曰行，放情曰歌，兼之曰歌行，悲如蛩螿曰吟，適乎俚俗曰謡，委曲盡情曰曲。」（《池北偶談》卷十七）

〔宋人絶句〕偶爲朱錫鬯太史彝尊舉宋人絶句，可追蹤唐賢者，得數十首，聊記於此。……「自愛新詞韻最嬌，小紅低唱我吹簫。曲終過盡松陵路，回首煙波十四橋。」「夜暗歸雲繞柁牙，江涵星影雁團沙。行人悵望蘇臺柳，曾與吴王掃落花。」（同上卷十八）

南宋詩小集二十八家，黄俞邰鈔自宋刻，所謂江湖詩也。大概規橅晚唐，調多俗下。唯鄱陽姜夔堯章《白石集》、汶陽周弼伯弜《端平詩雋》、臨江鄧林性之《皇荂曲》三家最可觀。白石，詞中大家，與誠齋、石湖、遂初諸老友善。伯弜，即編三體唐詩者。鄧，姓字稍僻，然其樂府絶句甚有義山之風，蓋鐵中錚錚者也。三君詩予手鈔之餘，一二佳者倣摘句圖，附於後。（《居易録》卷二）

錢武肅王常作金銅佛塔，以金萬片聚成之。宋姜堯章嘗得數片，其友周文璞爲賦長句，所云「錢王納土歸京師，流落多在西湖寺」者是也。今嘉禾白蓮寺尚藏其一，上刻「放下屠刀，立地成佛」。公案周賔説。（同上卷九）

「夜暗歸雲遶柁牙」一首，乃宋姜夔堯章詩，見《白石集》。《列朝詩》收之，作張如蘭詩收之，誤矣。（同上卷二十）

藥花入詩多新異，如陳白沙「恰到溪窮處，山山枳殻花」之類，予《居易録》載之矣。偶讀南宋姜堯章集一絶云：「憐君歸橐路迢迢，到得茅齋轉寂寥。應嘆藥闌經雨爛，土肥抽盡縮砂苗。」亦佳。然以藥闌爲藥物之藥，則誤耳。（《香祖筆記》卷三）

姜白石《詩説》有數則可取録之：「人所易言，我寡言之；人所難言，我易言之。」「難説處一語而盡，易説處莫便放過。僻事實用，熟事虚用。」「學有餘而約以用之，善用事者也；意有餘而約以盡之，善措詞者也。」「篇終出人意表，或反終篇之意，皆妙。」「句中無餘字，篇中無長語，非善之善者也；句中有餘味，篇中有餘意，善之善者也。」「始於意格，成於句字。」「詩有四種高妙：一曰理高妙，二曰意高妙，三曰想高妙，四曰自然高妙。」「一篇全在結句，如截奔馬，詞意俱盡；如臨水送將歸，詞盡意不盡。若夫意盡詞不盡，剡溪歸棹是也；詞意俱不盡，温伯雪子是也。」「一家之言，自有一家風味。如樂之二十四調，各有韻聲，乃是歸宿處。模仿者語雖似之，韻則亡矣。」右論詩未到嚴滄浪，頗亦足參微言。温伯雪子目擊而道存，見《莊子·田子方》篇。（同上）

宋姜夔堯章《白石集》，予鈔之近百首，蓋能參活句者。白石，詞家大宗，其於詩亦能深造自得。自序同時詩人以温潤推范石湖，痛快推楊誠齋，高古推蕭千巖，俊逸推陸放翁。白石游於諸公間，故其言如此。其詩初學黄太史，正以不深染江西派爲佳。（同上卷五）

編者按：此條亦見《蠶尾續文》卷十九。

余於宋南渡後詩，自陸放翁之外，最喜姜夔堯章。堯章又號白石道人，學詩於蕭千巖，而與范石湖、楊誠齋善。（同上卷九）

景文又云：莊周云：「送君者皆自厓而還，君自此遠矣。」令人蕭寥有遺世意。愚謂秦風《蒹葭》之詩亦然。姜白石所云「言盡意不盡」也。（《古夫于亭雜録》）

〔南渡諸子極妍盡態〕　宋南渡後，梅溪、白石、竹屋、夢窗諸子，極妍盡態，反有秦、李未到者。雖神韻天然處或減，要自令人有觀止之嘆。正如唐絶句，至晚唐劉賓客、杜京兆，妙處反進青蓮、龍標一塵。（《花草蒙拾》）

〔史姜詠物絶唱〕　張玉田謂詠物最難。體認稍真，則拘而不暢，摹寫差遠，則晦而不明。而以史梅溪之詠春雪、詠燕，姜白石之詠促織爲絶唱。近日名家，如程村詠蝶、詠草、詠美人蕉、白鸚鵡諸作，金粟詠螢、詠蓮諸作，可謂前無古人。程村尤多至數十首，僕嘗望洋而嘆。昔人謂八大家所以獨雄唐

宋，爲其篇目衆多，波瀾老成也。僕於麗農詞亦云。（同上）

〔《延露詞·一寸金蓮花》評語〕阮亭云：清芬逸藻，姜白石《暗香》、《疏影》之亞。（見《松桂堂全集》）

〔《延露詞·白苎春暮》評語〕阮亭云：詞以少游、易安爲宗，固也。然竹屋、梅溪、白石諸公極妍盡態處，反有秦、李未到者。譬如絶句，至劉賓客、杜京兆，時出青蓮、龍標一頭地。（同上）

李良年

李武曾良年……又云：（《錦瑟詞》）香脆欲絶，惟姜白田〔石〕有此，柳、秦兩七遠不敵也。（《錦瑟詞詞話》，《錦瑟詞》卷首，《百尺梧桐閣集》第八册）

王煒篹

〔珂雪詞序〕……安邱曹實庵先生以詠物懷古諸編爲海内所推。予受《珂雪詞》讀之，真如仰崑崙，泛溟渤，莫測其所際。骯髒磊落，雄渾蒼茫，是其本色。而語多奇氣，惝怳傲睨，有不可一世之意。至其珠圓玉潤，迷離哀怨，於纏綿款至中，具瀟灑出塵之致，……洵乎此宗之大家，不但於蘇、辛、秦、李、姜、史分其一席而已也。（《珂雪詞》卷首）

宋長白

〔十八東西〕《墨莊漫録》云：王禹玉寄程公闢詩：「舞急錦腰迎十八，酒酣玉盞照東西。」樂府《六么》曲有《花十八》，古有玉東西杯，設對甚新。按：姜白石詩：「剪燭屢呼金鑿落，倚窗閒品玉參差。」以「簫」對「杯」，亦精。程名師孟。（《柳亭詩話》卷七）

〔白石〕姜堯章夔爲南渡名流，詩皆清婉可誦。范石湖（應爲楊誠齋——編者）稱其「有裁雲縫月之妙手，敲金戛玉之奇聲」。晚號白石道人，系以詩曰：「南山仙人何所食，夜夜山中煮白石。世人唤作白石仙，一生費齒不費錢。仙人食罷腹便便，七十二峰生肺肝。」趙子固目爲「詩家申韓」。而世人祇傳其小詞，何也？《神仙傳》：白石先生，中黄丈人弟子，煮白石爲糧。又，焦孝然嘗煮白石遺人。（同上卷十七）

先著、程洪

〔詞潔發凡〕是選惟主録詞，不主備調。詞工，則有目者可共爲擊節。調協，則非審音者不辨矣。柳永以「樂章」名集，其詞蕪累者十之八，必若美成、堯章，宫調、語句兩皆無憾，斯爲冠絶。（《詞潔輯評》卷首）

韻，小乘也。艷，下駟也。詞之工絶處，乃不主此。今人多以是二者言詞，未免失之淺矣。蓋韻則近於佻薄，艷則流於褻媟，往而不返，其去吴騷市曲無幾。必先洗粉澤，後除琱繢，靈氣勃發，古色黯然，而以情興經緯其間。雖豪宕震激，而不失於粗，纏綿輕婉，而不入於靡。即宋名家固不一種，亦不能操一律以求。美成之集，自標清真，白石之詞，無一凡近，況塵土垢穢乎？故是選於去取清濁之界，特爲屬意，要之才高而情真，即瑕不得而掩瑜矣。（同上）

〔青門引〕　張先　乍暖還輕冷

子野雅淡處，便疑是後來姜堯章出藍之助。（同上卷一）

〔醉落魄〕　張先　雲輕柳梢

「生香真色」四字，可以移評石帚、玉田之詞。（同上卷二）

〔師師令〕　張先　香鈿寶珥

白描高手，爲姜白石之前驅。（同上卷三）

〔洞仙歌〕　李元膺　廉纖細雨

着筆惟恐傷題，總不欲涉痕跡。詠物一派，高不能及。石帚此種亦最可法。分明都是淚。石帚促織云：「西窗又吹暗雨。」玉田春水云：「和雲流出空山。」皆是過處爭奇，用筆之妙，如出一手。合此數公觀之，略可以悟。（同上）

〔惜紅衣〕　吴文英　鷺老秋絲

看他用「鬢白」、「溪碧」、「烏衣」、「葺紅」，雖小小設色字，亦必成章法，詞其可輕言乎？此詞誤本落一「寂」字，遂有疑其不合者。尋常讀姜詞，謂「客」字是韻，「寂」字是韻，今夢窗不爾。「維舟」九字，以語意論之，當是一氣。而姜詞用「故國」，吴詞用「繡箔」，「國」字、「箔」字又似是句中韻，無弗同者。去宋人已遠，欲一一皆通其説，自不能不失之鑿也。（同上）

〔探春慢〕　姜夔　衰草愁煙

求之字句，則字句未琱。求之音響，而音響已遠。感人之深，不能指言其處，只一「唤」字，上下俱動。諸葛鼠鬚筆，除卻右軍，人不能用。（同上）

張炎　列星烘爐

白石老仙以後，只有此君與之並立。以上兩詞，工力悉敵，試掩姓氏觀之，應不辨應作辨孰爲堯章，孰爲叔夏。（同上）

〔長亭怨慢〕　姜夔　漸吹盡枝頭香絮

「時」字湊「不會得」三字，呆。「韋郎」二句，口氣不雅。「只」字疑誤，「只」字唤不起「難」字。白石人工鎔鍊特至，此一二筆，容是率處。（同上卷四）

〔西子妝慢〕　張炎　白浪摇天

「楊花點點是春心，替風前，萬花吹淚」，此詞家李長吉嘔心得來，必如是，方可謂之造句。嘔心之句妙在絶不傷氣，此其奪胎於堯章也，其餘諸公便不能。（同上）

〔揚州慢〕　姜夔　淮左名都

「無奈苕溪月，又唤我扁舟東下」，是「唤」字着力。「二十四橋仍在，波心蕩，冷月無聲」，是「蕩」字着

力。所謂一字得力，通首光采，非鍊字不能然，鍊亦未易到。(同上)

〔暗香〕　姜夔　舊時月色

落筆得「舊時月色」四字，便欲使千古作者皆出其下。詠梅嫌純是素色，故用「紅萼」字，此謂之破色筆。又恐突然，故先出「翠尊」字配之。說來甚淺，然大家亦不外此。用意之妙，總使人不覺，則烹鍛之工也。美成《花犯》云：「人正在、空江煙浪裏。」堯章云：「長記曾攜手處，千樹壓，西湖寒碧。」堯章思路，卻是從美成出，而能與之埒，由於用字高，鍊句密，泯其來蹤去跡矣。(同上)

〔應天長慢〕　周邦彦　條風布暖

空淡深遠，較之石帚作，寧復有異。石帚專得此種筆意，遂於詞家另開宗派。如「條風布暖」句，至石帚皆淘洗盡矣。然淵源相沿，固是一祖一禰也。(同上)

〔珍珠簾〕　吴文英　密沈爐暖餘煙裊

用筆拗折，不使一猶人字。雖極雕嵌，復有靈氣行乎其間。今之治詞者，高手知師法姜、史，夢窗一種未見有取塗涉津者，亦斯道中之《廣陵散》也。(同上)

〔玲瓏四犯〕　姜夔　疊鼓夜寒

字句與前數調異而名同。(同上)

張炎　流水人家

諸作異姜詞，當別是一調。其餘句法參差，多不一律，襯字亦隨意可使。彼固執言詞者，都無是處。

（同上）

〔東風第一枝〕　史達祖　草腳愁蘇

史之遜姜，有一二欠自然處。雕鏤有痕，未免傷雅，短處正不必爲古人曲護。意欲流動，不欲晦澀。語欲穩秀，不欲纖佻。人工勝則天趣減，梅谿、夢窗自不能不讓白石出一頭地。（同上）

〔湘月〕　張炎　行行且止

字數平仄同，而調名各異。且白石創之，玉田傚之，必非無謂。然今之言調者雖好生枝節，對此茫然，亦無説以處，不得不强比而同之，於是《湘月》之譜仍是《念奴嬌》，大堪失笑。故予謂不當以四聲平仄言詞者，此是其明證也。魏晉以前，無有四聲，而漢之樂府自若，未聞其時協律者，鮮所依據也。故平仄一法，僅可爲律詩言耳。至於詞、曲，當論開闔、斂舒、抑揚、高下，一字之音，辨析入微，決非四聲平仄可盡。猶見里中一前輩，以傳奇擅長，妙嫻音律，每填一曲竟，必使老優展轉歌之。若歌者云有未協，不憚屢易，必求其妥。作曲之時，何嘗不照平仄填定，一入歌喉，輒有不宜，蓋以字有陰陽清濁，非四聲所能該括。故上聲一字不合，易十數上聲字，有一合者。去聲一字不合，易十數去聲字，有一合者。即今崑曲可通於宋詞。豈得以依聲填字，便云毫髮無憾乎？宋詞久不談宫調，既已失考，今之作者，取其長短淋漓、曲折盡致，小有出入，無損其佳。湯臨川云：「此案頭之書，非臺上之觀。」傳奇且持此論，況於詞調去宋數百年，彼此同一不知，何必曲爲之説。前此任意游移者，固爲茫昧，近日以四聲立譜者，尤屬妄愚。彼自詫爲精嚴，吾正笑其淺鄙。既歷詆古人，盡掃時賢，皆謂之不合調，不知彼所自謂合調者，果能悉入歌喉，一一指陳其宮調乎？因白石《湘月》詞，聊發此意，作者當無墮譜家雲霧中也。（同上）

〔齊天樂〕 張炎 分明柳上春風眼

美成如杜，白石兼王、孟、韋、柳之長。與白石並有中原者，後起之玉田也。梅溪、夢窗、竹山皆自成家，遜於白石，而優於諸人。草窗諸家，密麗芊綿，如温、李一派。《玉臺》沿至於宋初，而宋詞亦以是終焉。以詩譬詞，亦可聊得其彷彿。（同上卷五）

〔拜星月慢〕 周密 膩葉陰清

後段步驟美成，並學堯章用字，可見當日才人降心折服大家。此道必有源流，不諱因襲，徒欲倔强自雄，應是尉佗未見陸生耳。（同上）

〔永遇樂〕 蘇軾 明月如霜

「野雲孤飛，去來無跡」，石帚之詞也。此詞亦當不愧此品目，僅嘆賞「燕子樓空」十三字者，猶屬附會淺夫。（同上）

〔解連環〕 姜夔 玉鞍重倚

意轉而句自轉，虚字皆揉入字内。一詞之中，如具問答，抑之沈，揚之浮，玉軫漸調，朱絃應指，不能形容其妙。（同上卷六）

〔疏影〕 張炎 碧圓自潔

《暗香》、《疏影》，玉田易名爲《紅情》、《緑意》，詠荷花荷葉。其實易名未易調，無須另載。（同上）

徐釚

〔古人用韻有誤〕　毛稚黄《詞韻説》云：去矜《詞韻例》，取范希文《蘇幕遮》詞「地」、「外」二字相叶，又取蔣勝欲《探春令》詞「處」、「翅」、「住」、「指」四字相叶，疑於支紙、魚語、佳蟹三部韻可以互通。先舒按：宋詞此類僅見數首。如……姜夔《疏影》詠梅詞，本屋沃韻，而中用「北」字。……當是古人誤處，未宜遽用爲例。……蓋宋詞多有越韻者，至南渡尤甚。比如李、杜諸詩，間有雜韻；晚唐律體，首句出韻。古人隳法護前，類復爾爾，未足遽以爲式也。倚聲集（《詞苑叢談》卷二《音韻》）

李符

〔紅藕莊詞序〕　……予曩游都門，與蘅圃甫定交，即俶裝歸，惜未多見其詞。近復合併白下，盡觀所製，大率以石帚爲宗，而旁及於梅溪、碧山、玉田、蘋洲、蜕巖、西麓各家之體格。吟牖相對，與予續有唱和。……今所雕《紅藕莊詞》三卷，大半削稿羈旅，而鄉國之思居多焉。讀蘅圃之詞者，亦可以見其意志之所存矣。（《紅藕莊詞》卷首）

陳廷敬

〔詞譜凡例〕 宋人集中如柳永、姜夔詞，間存宫調，悉照原注備載。(《詞譜》卷首)

〔玉梅令〕 姜夔自度高平調曲。因詞中有「玉梅幾樹」句，取以爲名。坊本此詞，前段第六句作「高花未吐」，多一「高」字；後段第二句作「梅花能勸」，少一「下」字，今從《詞緯》本改正。蓋以花未吐，暗香已遠，正與後段「拌一日、繞花千轉」句法相對；「梅下花能勸」，正與前段「散入溪南苑」句法對也。(《詞譜》卷十五)

〔惜紅衣〕 姜夔自度曲。屬無射宫。取詞内「紅衣半浪藉」句爲名。(同上卷二十一)

〔石湖仙〕 姜夔自度曲。壽范成大作也。成大號石湖，故以《石湖仙》名調。(同上)

〔法曲獻仙音〕 陳暘《樂書》云：法曲興於唐，其聲始出清商部，比正律差四律，有鐃鈸鐘磬之音。獻仙音其一也。又云：聖朝法曲樂器，有琵琶、五絃箏、箜篌、笙笛、觱篥、方響、拍板，其曲所存，不過道調望瀛、小石獻仙音而已，其餘皆不復見矣。《樂章集》注小石調，姜夔詞注大石調，周密詞名《獻仙音》，姜夔詞名《越女鏡心》。按：唐張籍酬朱慶餘詩，有「越女新妝出鏡心」句，姜詞調名本此。(同上卷二十二)

〔滿江紅〕 此調有仄韻、平韻兩體。仄韻詞，宋人填者最多，其體不一。……平韻詞，只有姜詞一體，宋、元人俱如此填。(同上)

〔玲瓏四犯〕此調創自周邦彦《清真集》。……姜夔又有自度黄鐘商曲，與周詞句讀迥别，因調名同，故亦類列。（同上卷二十七）

〔秋宵吟〕宋姜夔自度越調曲。此詞前段十句，後五句與前五句句讀平仄全同，如《瑞龍吟》調之所謂雙拽頭也。或是此調體例宜然，填者辨之。（同上）

〔催雪〕此調始自姜夔。本催雪詞也，即以爲名。吴文英、王沂孫俱有此調詞，與無悶調不同。（同上）

〔一萼紅〕此調有平韻仄韻兩體。平韻者，見姜夔詞。仄韻者，見《樂府雅詞》。因詞有「未教一萼、紅開鮮蕊」句，取以爲名。（同上卷三十五）

〔八歸〕此調有平韻仄韻兩體。仄韻者，見白石詞、姜夔自度夾鐘商曲。平韻者，見《竹屋癡語》，高觀國自度曲。（同上卷三十六）

沈雄

〔堯章百宜嬌〕《耆舊續聞》曰：堯章久寓吴興張仲遠家，仲遠屢出外，堯章作《百宜嬌》云：「看垂楊迷苑。杜若吹沙，愁損未歸眼。信馬青樓去，重簾下，娉婷人妙飛燕。翠樽共款。聽豔歌郎意先感。便攜手，月地雲階裏，愛良夜微暖。」相傳張室人知書，必先窺來札，堯章以此遺之。仲遠歸時，竟莫能辨，則受其指爪數損其面，致不能出外云。（《古今詞話·詞話上卷》）

〔按律〕《古今樂録》曰：姜堯章詞，《花庵》備載無遺。若《湘月》、《翠樓吟》、《惜紅衣》諸腔，不得其調，難入管絃也。（同上《詞品上卷》）

〔傳詞〕朱彝尊曰：「言詞必稱北宋，〔然詞〕至南宋始極其工，至宋季始極其變。姜白石最爲傑出，惜乎樂府五卷，僅存二十餘闋。」……可見詞之傳不傳，亦有幸有不幸也。（同上）

〔念奴嬌百字令　壺中天　大江東　酹江月　無俗念　淮甸春　赤壁謡　湘月〕……按换頭亦有語意參差者，辛幼安云：「聞道綺陌東頭，行人長見，簾低纖纖月。」陳同甫云：「因笑王謝諸人，登高懷遠，也學英雄涕。」……第二作四字句，第三作五字句，過變直捷，亦一法也。黄山谷云：「年少從我追游，晚城幽徑，遶張園森木。」趙長卿云：「憔悴素臉朱唇，天寒日暮，倚闌干無力。」姜白石云：「誰解起湘靈，煙鬟霧袖，理哀絃鴻陣。」此以五字句作空頭句，亦一法也。……（同上《詞辨下卷》）

〔牛嶠〕姜堯章曰：牛嶠《望江南》，一詠燕，一詠鴛鴦，是詠物而不滯於物者也，詞家當法此。（同上《詞評上卷》）

〔張鎡玉照堂詞〕花庵詞客曰：楊萬里極稱功甫之詩。《玉照堂》詞以種梅得名，如「光摇動，一川銀浪，九霄珂月」是也。周密曰：張功甫，西秦人，「月洗高梧」一闋，乃詠物之入神者。此白石論邦卿詞而及之。（同上）

〔姜夔白石詞〕《樂府紀聞》曰：鄱陽姜堯章流落吴興，常過金閶，有「行人悵望蘇臺柳，曾爲吴王掃落花」，楊誠齋極喜誦之。蕭東父尤愛其詞，以其兄之子妻焉。（同上）

〔史達祖梅溪詞〕　彭孫遹曰：南宋白石、竹屋諸公，當以梅溪爲第一。昔人謂其分鑣清真，平睨方回，紛紛三變行輩，不足比數，非虚言也。（同上）

沈雄曰：姜堯章謂梅溪詞僅百餘首。張鎡序之曰：生詞織綃泉底，去塵眼中。有警邁閒婉之長，而無詭蕩污淫之失。蓋能融情景於一家，會句意於兩得者。堯章亦當時名手，而服之如此。若《雙雙燕》之詠春燕，《綺羅香》之詠春雨，尤爲堯章拈出者。（同上）

〔張輯綺語債〕　朱湛廬曰：東澤得詩法於姜堯章，世謂謫仙復作；不知其又能詞也。詞二卷。（同上）

〔龔鼎孳香嚴齋詞〕　徐釚曰：古人藴藉生動，一唱三嘆，以不盡爲嘉。清真以短調行長調，滔滔莽莽，如唐初四傑作七古，嫌其不能盡變。至姜、史、蔣、吴融鍊字句，法無不備，兼擅其勝者，惟芝麓尚書矣。（同上《詞評下卷》）

〔李雯幽蘭草〕　曹顧庵曰：雲間諸子填詞，必不肯入姜之琢語，亦不屑爲柳七俳調。舒章舍人，是歐、秦入手處。（同上）

三十年來，落落窮途，蕭蕭白髮，諒可期於減字偷聲，庶有補於按宫變徵。乃若《疏影》、《暗香》，小紅得以長價；緺雲梭玉，粉兒真個消魂。當亦自斥爲狂悖云。（《柳塘詞話》卷二）

萬　樹

〔詞律自叙〕　夫後學不知詩餘乃劇本之先聲，昔日入伶工之歌板。如耆卿標明於分調，誠齋垂法於擇腔，堯章自注鬲指之聲，君特致辨煞尾之字，當時或隨宫造格，刱製於前，或遵腔填音，因仍於後，其腔之疾徐長短，字之平仄陰陽，守一定而不移，證諸家而皆合。兹雖舊拍，不復可考，而聲響猶有可推。乃今泛泛之流，别有超超之論，謂詞以琢辭見妙，鍊句稱工，但求選豔而披華，可使驚新而賞異，奚必斤斤於句讀之末，瑣瑣於平仄之微？……於是篇牘汗牛，棗梨充棟，至今日而詞風愈盛，詞學愈衰矣。（《詞律》卷首）

〔詞律發凡〕　或曰：石帚賦《湘月》詞，自注「即《念奴嬌》鬲指聲」，則體同名異，或亦各有其故，子何概欲比而同之？　余曰：於今宫調失傳，作者但依腔填句，即如《湘月》有石帚之注，今亦不必另收。蓋人欲填《湘月》，即仍是填《念奴嬌》，無庸立此名也。（同上）

自沈吴興分四聲以來，凡用韻樂府無不調平仄者。自唐律以後，浸淫而爲詞，尤以諧聲爲主。倘平仄失調，則不可入調。周、柳、万俟等之製腔造譜，皆按宫調，故協於歌喉，播諸絃管。以迄白石、夢窗輩，各有所刱，未有不悉音理而可造格律者。今雖音理失傳，而詞格具在，學者但宜依仿舊作，字字恪遵，庶不失其中矩矱。（同上）

〔揚州慢〕　九十八字。與「夢揚州」無涉。　……或曰：前於《甘州子》下，附《甘州徧》、《八聲甘州》等，此《揚州慢》與《夢揚州》亦同一州名，何以不相附耶？　余曰：甘州古曲，乃當時邊地之聲，伊、梁、甘、石、渭、氐皆有其音，故樂府有《六州歌頭》。此雖名曰某州，而其曲則不言本州之事，猶今俗行小曲，如《吴江》、《桐城》之類也。故凡爲甘州者，同出一源，自宜合序。若《夢揚州》，則少游因憶揚州而作；《揚州慢》，則白石因游揚州而作，皆創爲新調，即以詞意名題。其所言即揚州之事，與《甘州》固不侔也。或曰：如此説，則《甘州》可以雜詠，揚州一調將必詠揚州方可用乎？余曰：甘州原有古曲，故作者用爲雜詠，乃因其調而填之；揚州經二公創調，亦即是古曲，後人亦因其調而填之，用爲雜詠，有何不可乎？但二公當日偶然各詠其意，今欲比而相從，則不可耳。（同上目録）

〔鬲溪梅令〕（略）四十八字。

前後段詞同。此白石自度腔也。（同上卷五）

〔少年游〕（略）五十一字。

前起兩四字，後起七字。

按：《白石道人歌曲》「扁舟載了悤悤去」句，「悤悤」下有「歸」字，作四字兩句，與後五十二字高觀國詞正同。（同上）

編者按：此按語係杜文瀾所加。

〔淡黄柳〕（略）六十五字。

「正岑寂」，不應屬在上段，乃過變處首句也。無論體裁，一定如此，可玩味而得之。即論文理，一「正」字，一「又」字，恰是相呼應語，相連何疑。此姑照舊録之，作者不可泥刻本而仍其謬也。圖譜刻是。

按：《歷代詩餘》「正岑寂」三字屬下段起句，與萬氏説同。（同上卷九）

編者按：此按語係杜文瀾所加。

〔玉梅令〕（略）　六十六字。

「高」字恐贅，蓋自「春寒」以下，前後同也。「更」字，恐是「長」字。

萬氏以前後段相校，謂「高」字恐贅。按：《詞緯》「花」字上無「高」字。惟此爲白石自度曲，其《長亭怨慢》題云：予喜自製曲，初率意好爲長短句，然後協以律，故前後闋多不同。據此則「高」字恐非贅。

又按：《詞譜》「梅花能勸」句，「梅」下有「下」字。（同上卷十）

編者按：此按語係杜文瀾所加。

〔清波引〕（略）　八十四字。

惟石帚有此調，平仄無可證，當皆依之。然自「歲華」以下，即與後「故人」以下字句同，至尾少二字耳。「時」字平聲，前段「齒」字上聲，上原可作平，但斷不可用去聲。蓋此字或平或上，而下以去聲字接之，如「印」字、「共」字故妙。勿謂是仄聲，而隨意用去也。詞中此類甚多，不能枚舉，亦不能細注，高明熟玩自當得之。「抱幽恨」句，與「野梅」句，句法異，不拘。

按：《詞譜》另收張玉田一首，因與此互校，將可平可仄補注。（同上卷十二）

編者按：此按語係杜文瀾所加。

〔惜紅衣〕（略）　八十八字。

……此調創自石帚。（同上卷十三）

〔石湖仙〕（略）　八十九字。

此堯章自度腔也，宜悉遵之。

按：《詞譜》「見説吴兒」句「吴兒」作「燕山」，又「欹雨」作「欹羽」。（同上）

編者按：此按語係該書原有。以下凡原有者不另注明。

〔淒涼犯〕（略）　九十三字。

比前（編者按：「前」指吴文英《淒涼犯》詞）「更衰草」句多一字，「將軍部曲」句多一字，「寄與」二字與前詞「金錢」二字用平聲異。○按此篇載《白石集》，題下注云：仙吕調犯雙調，合肥秋夕作。而夢窗《乙稿》亦載之，題曰《淒涼調》，注云：合肥巷陌皆種柳，秋風起，騷騷然，予客居門户，時聞馬嘶，出城四顧，則荒煙野草，不勝淒黯，乃著此體。琴有淒涼調，假以爲名。歸行都，以此曲示國工田正德，使以亞觱栗吹之，其韻極美，亦曰《瑞鶴仙影》。據此，則是篇乃夢窗自製之調，非姜作明矣。想此二公交厚，同游最久，故集中混入耳。豈吴作此篇後，又以其調賦前詞，詠重臺水仙乎？余又思：焉知非姜所作，此注亦姜所注，而混入吴稿乎？蓋姜有《淡黄柳》詞，亦是客合肥作也。既自注用琴曲名，則此詞宜曰《淒涼調》矣。而傳作「犯」字者亦有故。其題下又注云：凡曲言「犯」者，謂以宫犯商、商犯宫之類，如道調宫上字住，雙調亦上字住，所住字同，故道調曲中犯雙調，或於雙調曲中犯道調。其他準此。唐人樂書云：犯有正旁偏側，宫犯宫爲正，宫犯商爲旁，宫犯角爲偏，宫犯商爲側。此説非也。十二宫所住字各不同，不容相犯，十二宫特可犯商、角、羽耳。據此，則因此詞用犯，故自注於下，而姜集題下所注，仙吕犯商調，正與此注同在一處耳。愚謂宫商之理，今已失傳，自詩餘變爲北曲，北曲變爲南曲，雖亦沿有宫調之殊，而莫能辨悉。南曲自故明中葉，有吴腔，傳習至今，但知某曲是如何唱法，音響各别，而宫調則置而不論。北曲則各宫各調，而一樣音響矣。元音不絶於天壤之間。我朝以文治天下，詞學甚盛，而宫調之理，律吕之學，無能通明者，大爲恨事。安得起白石、夢窗輩於九京，而暢言之乎？其注云：惟道調、雙調可以互犯，而又云：仙吕犯商，恐「商」字即「雙」字，豈仙吕即道調乎？吕之名仙，或以道故耶？今南曲亦止有仙吕入雙調曲，他宫不入雙調，亦其證也。但北曲又有仙吕，又有道宫，總不可解。

按：《白石道人歌曲》旁譜，「緑楊巷陌」句「陌」字，及「將軍部曲」句「曲」字，均非叶韻。又按：此調後結七仄聲，以照此用三聲爲合格，然張玉田一首此句云「平沙萬里盡是月」，首二字用平，則上入二聲可通平耳。（同上）

編者按：右面後一按語係杜文瀾所加。

〔長亭怨慢〕（略）　九十七字。或無「慢」字。

按：此調爲白石所創，其字句自應守之。但前結「此」字，不是韻，乃白石借叶者。後人不知，遂將後起句「日暮」二字割連前尾。如沈氏《别集》、《詞統》、《圖譜》等書，皆遞相傳誤，加以圈點，注其平仄，而不知其非也。周公謹、張叔夏皆南宋人，去白石最近，其所作《長亭怨》，周詞用「處」字韻，前結云：「嘆轉眼，歲華如許。」後起云：「凝竚。」張一首，是「絶」字韻，前結云：「誰爲主，都成消歇。」後起云：「凄咽。」一首是「處」字韻，前結云：「應笑我，飄零如羽。」後起云：「同去。」是端端正正兩箇韻脚，豈可硬判「日暮」二字連上，而使此調前結少卻一韻乎？但有不可曉者，第一是句、上三下四，周乃作「燕樓鶴表半飄零」，與姜不合。而張詞則合。又「誰得似」句六字，「樹若」句五字，張一作「渾忘了江南舊雨」七字，「不擬重逢」四字；一作「愁千折、心情頓別」七字，「露粉風香」四字，與姜不合。而周詞則合。此二者，又不知何以參差如此。後人但依姜填之可耳。(同上卷十五)

〔揚州慢〕(略)　九十八字。

查鄭覺齋有此調。於「淮」、「佳」、「吴」、「喬」、「清」、「吹」等字，作仄。「竹」、「十」、「薺」、「去」、「廢」、「杜」、「俊」、「夢」、「四」等字，作平。又李彭老於「漸黄昏」二句，作「嘆而今，杜郎還見，應付悲春。」句法平仄皆有異。然此係石帚自度腔，從之爲妥。(同上)

〔秋宵吟〕(略)　九十九字。

此詞應分三疊。第一段，於「催曉」住，蓋「引涼颸」以下，與首段前同，亦雙拽頭之謂耳。此堯章自度曲，平仄皆宜遵之。幸《譜》不收，不然，此結必注改七言詩句法矣。(同上卷十六)

〔翠樓吟〕(略)　一百一字。

「新翻」以下，與後「玉梯」以下同。石帚自製曲，平仄宜守。

按：《詞林正韻》云：此調專用去聲韻，蓋謂叶韻處無應用去上也。今查「千里」之「里」字，似應作

上聲，恐所論未盡然。（同上卷十七）

編者按：此按語係杜文瀾所加。

〔疏影〕（略）　一百十字。

余前於《暗香》録夢窗所作。此調夢窗亦有。因有殘缺，故仍載白石原篇。「枝上同宿」以下，與後「飛近蛾緑」以下俱同。但「無言自倚」四字，與「早與安排」四字異。觀夢窗此句，後用「香滿玉樓瓊闕」，而前亦用「凌曉東風吹裂」，則知「無言自倚」四字，亦不妨與「早與安排」相同，故敢於字旁注之。此雖白石自製腔，然夢窗與白石交最深，自當知其律吕也。又查玉田於「翠禽小小」，作「滿地碎陰」，平仄亦異。玉田詞亦金科玉律者，則此句亦必可用仄仄仄平，故亦於旁注之。其餘平仄，皆於本詞前後相同處爲注耳。他如草窗於「翠」字作「横」，「上」字作「花」，「但」字作「全」，「正」字作「漪」；玉田於「客」字作「枝」，「花」字作「應」平聲，「已」字作「空」，而「客」字、「莫」字、「不慣」、「不」字，「一」字，俱或作平，不拘，但未敢注。「北」字，自孫光憲已與「促」字同叶，宋人用於屋沃韻内者尤多，非白石之誤也。〇此調本姜詞爲祖，《圖譜》收鄧剡詞，其平仄與姜相合。乃以前結「想佩環」二句，分作三句，一五字，兩四字，而後則仍作上七下六，可謂亂點兵矣。至《嘯餘》不收《暗香》而收《疏影》，又將「疎」字誤認「棘」字，所載即鄧剡詞，豈不更昏謬乎？〇按白石爲石湖製《暗香》、《疏影》二曲，自後作者寥寥，不知何人改作《紅情》、《緑意》。今人見《紅情》、《緑意》之名新巧可喜，遂從而填之，竟莫察其即是《暗香》、《疏影》矣。毛氏解題，謂《紅情》起於柳耆卿，蓋未細考。朱錫鬯紅豆詞固絶妙，而只就《紅情》填之，亦不及辨其爲《暗香》也。《緑意》見於《樂府雅詞》，無名氏詠荷者，人亦莫知其是《疏影》，可見詞調紛紜錯亂，不可勝考。余雖深思詳勘，大費心力，而其間訛錯正恐多端，惟冀大雅君子憫其勞而諒其公，遇有乖謬處爲條舉而教正之，幸甚幸甚。不然，人將謂此狂夫，於各家舊譜妄肆譏彈，而己所編述動成罅漏，則其罪有不可勝數者矣。姑録《緑意》一闋於右，以便稽覽：

（萬氏謂不知何人改作《紅情》、《緑意》，按此二闋乃張玉田譜《暗香》、《疏影》之調，詠荷花荷葉也。——編者按：此按語是杜文瀾所加。）

《緑意》　一百十字　無名氏

（詞略）

《疏影》本一百十字，此於「怨歌」上，落去一字耳。以此兩詞相對，豈非同調乎？而《紅情》之即《暗香》，更不必言矣。按此詞是詠荷葉，原本作荷花，誤。

（按：《山中白雲詞》「怨歌」上所空之字作「恐」字，又「聽折」作「吹折」，又「淨看」作「靜看」。又按：此調爲張炎作，原書「無名氏」，失考。——編者按：這兩條按語均爲杜文瀾所加。）

又按彭元遜有《解佩環》一詞，亦即此調。或因姜詞有「想佩環」三字，因變此名。今録附後，校對自明。

（詞略）

此詞各刻亦於「遺佩」上落一字，其實即《疏影》也。蓋前詞「怨歌」句，與後段「喜淨看」同，此詞「遺佩」句，與前段「更何須」同，俱不可作六字也。至《圖譜》以「有白鷗淡月」爲一句，「微波寄語」爲一句，遂與前段各異，而文理亦不通矣。

按：《草堂詩餘》萬氏空字處作「遺佩環」，應照補。（同上卷十九）

編者按：此按語係杜文瀾所加。

褚人穫

〔姜堯章〕　姜堯章夔，號白石道人，南渡名家。詞極精妙，不減清真樂府。其詠蟋蟀《齊天樂》詞最勝。（詞，略）（《堅瓠集·堅瓠補集》卷五）

陳奕禧

〔書論一則〕　姜白石論書精矣，真可補孫過庭之未盡。今之學者曾未究心前人論説，率意自行，面牆獨處固亦無害，乃反嗤議古人字體爲怪。米元章云：「吾壯時未立家，徧尋古人好樣子學之。」元章豈亦好怪耶？一概抹倒以勻平爲之，吾未見其可傳矣。（《隱綠軒題識》）

查慎行

〔朗州慢〕余來武陵，當兵燹之際，觸目荒涼。遡劉賓客之舊游，悽愴憑弔，與姜白石追思小杜寄慨略同。因和其自度《揚州慢》一闋以見意，用其韻而易其名，亦猶春霽秋霽之不改調云爾。

（詞，略）（《敬業堂詩集》卷四十九）

〔雙白石〕鄱陽姜夔字堯章，自號白石道人。蕭東夫以兄之子妻之。頗解音律，進樂書，免解，不第而卒。世但賞其詞之工，不知其能詩也。有《白石道人集》三卷，爲范石湖、楊廷秀所稱。詩云：「夜暗歸雲繞柁牙，江涵星影雁團沙。行人悵望蘇臺柳，曾與吴王掃落花。」同時有黄巖老，亦號白石，亦學詩於千巖，人號爲雙白石云。（《豫章詩話》）（《得樹樓雜鈔》卷四）

〔曝書亭集序〕……秀水竹垞朱先生由布衣除翰林檢討充史館纂修官。……其稱詩以少陵爲宗，上追漢魏，而汎濫於昌黎、樊川。……下至樂府篇章，跌宕清新，一掃《花間》、《草堂》之舊。填詞家至與玉田、白石並稱，先生亦自以無愧也。（《曝書亭集》卷首）

汪　森

〔詞綜序〕西蜀、南唐而後，作者日盛。宣和君臣，轉相矜尚。曲調愈多，流派因之亦別。短長互見，言情者或失之俚，使事者或失之伉。鄱陽姜夔出，句琢字鍊，歸於醇雅。於是史達祖、高觀國羽翼之，張輯、吴文英師之於前，趙以夫、蔣捷、周密、陳允衡、王沂孫、張炎、張翥效之於後，譬之於樂，舞《箾》至於九變，而詞之能事畢矣。世之論詞者，惟《草堂》是規，白石、梅溪諸家，或未窺其集，輒高自矜詡。予嘗病焉，顧未有以奪之也。（《詞綜》卷首）

龔翔麟

〔柘西精舍詞序〕　吾友沈子融谷，工於詞久矣。……況之古人，殆類王中仙、張叔夏。叔夏嘗謂中仙詞極嫺雅，有白石意趣。仇山村亦云：「叔夏詞律呂協洽，當與白石老仙相鼓吹。」是二家之詞，非深於情者，未必能好；即好之而不善學，亦未必能似。今融谷情之所至，發爲聲音，莫不纏綿諧婉。……不位置融谷於二家之間不可也。（《柘西精舍詞》卷首）

納蘭性德

〔與梁藥亭書〕　近得朱錫鬯《詞綜》一選，可稱善本。聞錫鬯所收詞集，凡百六十餘種。網羅之博，鑑别之精，真不易及。然愚意以爲吾人選書不必務博，專取精詣傑出之彦，盡其所長，使其精神風致涌現於楮墨之間。每選一家，雖多取至什至伯無厭，其餘諸家，不妨竟以黄茅白葦概從芟薙。青瑣綠疏間，粉黛三千，然得飛燕、玉環，其餘顔色如土矣。天下惟物之尤者斷不可放過耳。江瑶柱入口而復咀嚼鮑魚、馬肝，有何味哉！　僕意如有選，如北宋之周清真、蘇子瞻、晏叔原、張子野、柳耆卿、秦少游、賀方回，南宋之姜堯章、辛幼安、史邦卿、高賓王、程鉅夫、陸務觀、吴君特、王聖與、張叔夏諸人，多取其詞，彙爲一集，餘則取其詞之至妙者附之，不必人人有見也。不知足下樂與我同事否？有暇及此否？（《通志堂集》卷十三）

何焯

〔天璽紀功碑〕吴天璽紀功碑，其結字俱作篆體，用筆時似鐘鼎古文。殆漢人八分，去古未遠，往往相入，今乃湮泐不可得見爾。如淳于長夏承碑亦其一也。姜白石謂是符書，恐未必盡然。（《義門題跋》）

杜詔

〔山中白雲詞序〕詞盛於北宋，至南宋乃極其工。姜夔堯章最爲傑出。宗之者史達祖、高觀國、盧祖臯、吴文英、蔣捷、周密、陳允平諸名家，皆具夔之一體。而張炎叔夏庶幾全體具矣。仇仁近謂叔夏詞意度超元，律吕協洽，當與白石老仙相鼓吹。顧白石風骨清勁，誠如沈伯時所云「未免有生硬處」。叔夏則和雅而精粹，讀其《樂府指迷》一書爲古今填詞準則，夫豈斤斤墨守堯章者？……樓敬思昕余《山中白雲詞》，蓋錢塘龔氏所刊，當是陶南邨手書本子，爲完書無疑，既而失之，嘆恨不能已。比上海曹子巢南氏重加校刊，惠余一帙，余驚喜出望外。往時余友周緯蒼謂余云，上海某氏有白石詞三百餘闋，亦出自陶南邨手書。若巢南并購得之，並爲刊布，則是兩家足以概南宋。從此泝源北宋，研味乎淮海、清真，一歸諸和雅，則詞之能事畢矣。其有功於詞學豈淺哉！雍正四年春二月浣花詞客杜詔書於吳江舟次。（《山中白雲詞》卷首）

〔彈指詞序〕　華亭姚子平山，於書無所不窺，平時采摭詩文甚夥。偶與予論次當代詞人，予以梁汾師所著《彈指詞》示之，因重加校刊行世。夫彈指與竹垞、迦陵埒名。迦陵之詞，橫放傑出，大都出自辛、蘇，卒非詞家本色。竹垞神明乎姜、史，刻削雋永，本朝作者雖多，莫有過焉者。雖然，緣情綺靡，詩體尚然，何況乎詞？彼學姜、史者，輒屏棄秦、柳諸家，一掃綺靡之習，品則超矣，或者不足於情。若彈指則極情之至，出入南北兩宋，而奄有衆長，詞之集大成者也。予少好填詞，每爲吾師所矜許，後遇竹垞先生，復竊聞其緒論，乃摩挲白石、梅溪之間，詞體爲之稍變。而生平瓣香，實在彈指。……雍正甲辰夏四月，浣花詞客杜詔。（《彈指詞》卷首）

高佑釲

〔湖海樓詞序〕　……予間至京師，偶與友人顧咸三共讀其年之詞。咸三謂宋名家詞最盛，體非一格，蘇、辛之雄放豪宕，秦、柳之嫵媚風流，判然分途，各極其妙。而姜白石、張叔夏輩，以冲澹秀潔，得詞之中正。至其年先生，縱橫變化，無美不臻，銅琶鐵板，殘月曉風，兼長並擅。其新警處，往往爲古人所不經道。是爲詞學中絶唱。予聞其言，而益信其年之詞之必宜單行也。……秀水高佑釲。（《湖海樓詞》卷首，見《陳迦陵文集》）

方築如

無所解而强作解事者，姜白石之《續書譜》、嚴滄浪之《詩話》是也。古人云：「貂不足，狗尾續。」孫過庭之《書譜》非不足也，而白石續之，此狗盗之子所謂裘獨有尾者也。滄浪以禪喻詩，觀其自運則既微且尰，小僧縛律之不如，而喈喈然沸談空説有，此所謂野狐禪也，宜不免牧翁之棒喝。（《偶然欲書》）

查繼超

〔鬲梅溪令〕　仙吕調。宋姜夔自度曲也。《花草粹編》作李端叔詞，「鬲」作「高」。（《詞學全書·填詞名解》卷一）

〔玉梅令〕　高平調曲也。宋姜夔自度此曲，注云「石湖畏寒不出，作此戲之」。采本詞中字以名。（同上卷二）

〔惜紅衣〕　無射宫調也。宋姜夔自度曲，中有「紅衣半狼籍」之句。又：順陽公徵新聲於夔，夔製《暗香》、《疏影》二曲，公使伎肄習之，音節諧婉。夔歸吴興，公尋以小紅贈焉。又自度《湘月》、《翠樓吟》、《玲瓏四犯》諸曲，流傳至今。不得其調，不可入管絃也。（同上）

〔淒涼犯〕　姜夔自度曲也。其調仙吕犯商，一名《瑞雀仙影》。（同上卷三）

〔長亭怨慢〕　姜堯章别怨詞，自度此調。（同上）

〔暗香〕　仙吕宫。宋姜夔自度詠梅曲也，詳《惜紅衣》解。（同上）

〔揚州慢〕　中吕宫調。宋姜夔自度曲也。淳熙中，夔過維陽，愴然有黍離之感，作感舊詞，因創此調也。（同上）

〔湘月〕　解見《惜紅衣》。姜夔云：《湘月》雙調，即《念奴嬌》之鬲指聲。（同上）

〔瑣窗寒〕　越調曲。姜夔自度越調一曲，名《秋宵吟》也。（同上）

〔翠樓吟〕　姜夔自度曲，詳《惜紅衣》解。（同上）

〔疏影〕　仙吕調也。宋姜夔自度詠梅詞，詳《惜紅衣》解。（同上）

編者按：本書作者爲查繼超。原書印成「查培繼」，誤。

陳芝光

白石方泉擅賦才，西湖寺古共裴回。綺牀熏陸多生願，得見金銅佛塔來。（見《南宋雜事詩》卷三）

曲從自製盡堪師，雲影孤飛白石詞。羨殺王孫才思敏，蓮塘惟有落花知。

白石詞《揚州慢》、《暗香》、《疏影》並是自製曲。《詞旨》：蘄王孫韓鑄字亦顔，雅有才思，學詞於樂笑翁。一日與周公謹泛舟西湖，酒半，公謹舉似亦顔學詞之意，翁指花云：「蓮子結成花自落。」（同上）

楊　賓

〔定武别本〕　禊帖入宋理宗内府者百十有七，入桑澤卿博議者百五十有二，游克齋家藏者百。大半皆定武也。而真定武亡矣。此帖以姜白石《偏傍考》考之，無不合。縱非真定武，亦薛道祖肥瘦本之類矣，可不寶諸！（《鐵函齋書跋》卷二）

沈德潛

姜白石《詩説》謂一篇之妙，全在結句。如截奔馬，辭意俱盡；如臨水送將歸，辭盡意不盡。又有意盡辭不盡，剡溪歸櫂是也；辭意俱不盡，溫伯雪子是也。微妙語言，諸家未到。（《説詩晬語》）

〔春草園記〕春草園，趙氏谷林、意林昆弟讀書地也。……有亭翼翼，瀕池面山，名三十六鷗亭。取姜白石詩意，主人忘機物性偕得也。（《春草園小記》附録）

喬億

「意中有景，景中有意。」姜白石語也。余謂意中有景固妙，無景亦不害爲好詩。若景中斷須有意，無意便是死景。（《劍谿説詩》卷下）

諸錦

世傳白石詩凡一百六十有四，外又得《全芳備祖》一首，《姑蘇志》三首，《武林遺事》七首，以潘轉庵檉、韓仲止淲題昔游篇附焉。而是編較完。白石在南宋一老布衣，往往爲章服者傾倒，如石湖、誠齋互爲推獎，由是聲價益高，士固不可無所汲引歟。以白石之窈渺清放，來往於菰蘆苕霅中，野鶴翛然，固自不朽，其詩擺落故蹊，了無塵埃，想是可傳者應不在彼也。張輯之爲詩，源於白石，世謂謫仙復生；以輯權之，而白石之詩愈可知。顧聞其暮年落魄無所歸，卒於老伎所，讀其詩又可以哀其遇矣。康熙庚申十月之望，通越諸錦。（《姜白石詞編年箋校》）

宋曾

〔執筆〕　姜堯章曰：「真書執筆近頭。行書寬縱，執宜稍遠。草書流逸，執宜更遠。」姜堯章曰：「淺其執，牢其筆，實其指，虚其掌。執之欲緊，運之欲活。」（《六藝之一録》卷三百四《書法綸貫》）

〔用腕〕　姜白石曰：「不可以指運筆，當以腕運筆。」又曰：「執之在手，手不主運；運之在腕，腕不知執。」（同上）

〔正鋒〕　姜堯章曰：「常欲筆鋒在畫中，則左右皆無失矣。」（同上）

〔臨摹〕　姜堯章曰：「臨書易失古人位置而多得筆意，摹書易得古人位置而多失古人筆意。臨易進，摹易忘，經意與不經意也。」（同上）

符曾

〔絳帖平跋〕　白石翁字學極爲超詣，真闖右軍大令堂室。所著《絳帖平》二十卷，摘訛指謬，令古人幾無遁形。惜流播不多，世間少所寓目。予求其書且十年不得見，及來津，寓古香書屋，插架有此。索視之，剩首六卷，太息彌日。卷尾有文衡山、季滄葦、錢遵王三家圖書，其爲藏書可知。繕録之精如顔、柳小楷，云從宋本摹出。想在宋時亦未雕板，即在三家亦只此六卷，故竹垞先生亦云所見止此。豈後十四卷陵谷之餘已失傳耶？噫！求之不得見，見之不得全，延平之劍合者何年，余姑留此以俟。白石有靈，是有人天擁護，定不終湮没也。雍正四年十二月十八日藥林符曾記。（《六藝之一録》卷一百三十八《法帖論述》八）

倪濤

〔禊帖綜聞·家藏宋搨蘭亭叙跋〕　張懷瓘品行書，推右軍第一。姜夔以《蘭亭記》又右軍行書之第一。自唐以來臨摹家咸宗之。及考張彦遠所釋二王記札，右軍行書不下三十餘紙。非不各擅精妍，而意匠筆先，韻浮影表，無如兹二十八行之美備者也。……竊嘗疑之，右軍醒後所書數百十本，唐初應傳播人間，即遜禊日染翰，當不在褚、歐諸公下，臨摹家曷無一及者？豈右軍續書行款，體勢規規初本，亦如今臨搨相因，久而莫辨，遂無别録可參證異同耶？然其有意無意之妙，在諸本亦各有所得。當時用筆果有如袁裒所謂内擫而收斂，故森嚴有法者乎？抑堯章所貴濃纖間出，血脈相連，筋骨老健，風神灑落者乎？世不能不第一右軍行書，行書獨能不第一兹二十八行哉！昔人云：「莊子善用虚，能以其虚虚天下之實；太史公善用實，能以其實實天下之虚。」余於《蘭亭叙》書法亦云。

蜀秀巖隱史胡世安識。（《六藝之一録》卷一百六十《法帖論述》三十）

〔王虚舟論書賸語·草書〕　姜白石論草書須字有藏鋒出鋒之異，粲然盈楮，欲其首尾相應、上下相接爲佳。《黄庭》小楷與《樂毅論》不同，《東方畫讚》又與《蘭亭》殊指，一時下筆各有其勢，固應爾也。（同上）

〔禊帖類林目録·本事門·王右軍蘭亭修禊詩叙·禊叙字辨〕　姜堯章《蘭亭偏傍考》（同上）

〔禊帖類林目録·紀述門·唐太宗得《蘭亭》真本始末〕　宋姜白石禊序跋（同上）

〔禊帖類林目録·鑒賞門三〕　姜白石夔跋童道人本三則跋蕭千巖藏山谷題字本

姜白石藏本有四諸名人題跋：其一黄庭堅題。周翰觀。白石自跋。其二閻孝寬、王晉之、葛次顔題。白石有跋。其三單炳文跋。其四白石有跋。（同上）

〔湯臨初書指卷上〕　今之真書，古所謂隸。今所謂隸，古所謂八分。分則小篆之捷，隸又八分之捷。古篆變而爲秦，秦篆變而爲八分及隸。隸變而爲急就，以便簡牘，即行書之險捷者也。行流而入於草，顛素又草之狂縱者也。姜堯章謂作行草亦須略考篆隸。此不足知書。夫行草不能離真以爲體，真不能捨篆隸以成勢，習尚不同，精理無二。譬之樹木，篆其根也，八分與真其幹也，行草其花葉也。譬之江河，篆其源也，八分與真其濫觴也，行草其委輸也。根之不存，華葉安附？源之不濬，委輸何從？故學書而不窮篆隸，則必不知用筆之方；用筆而不師古人，則必不臻神理之致。（同上卷二百九十六《歷朝書論》）

〔湯臨初書指卷下〕 姜堯章云草轉真折，其言已謬。又云真以轉而後遒，草以折而後勁，直長語耳。夫真不可折，猶草必用轉，書之古今高下正繫於此。書固以轉而後遒，實不因折而始勁，生於折則古法澌盡矣。蓋遒如人之一身，筋脈聯絡，精神貫穿，可以騎射馳騁，可以上竿蹋壁。勁如人臂强足健，堅實凌厲止屬遒中一節，故有勁而乏遒，未有遒而不勁者也。（同上）

徐逢吉

余束髮喜學爲詞，……去臘於友人華秋岳所，讀樊榭《高陽臺》一闋，生香異色，無半點煙火氣，心嚮往之。新年過訪，披襟暢談，語語沁人心脾，遂相訂爲倡和之作，共得題如干，並注以調名，乃不數日兩家已各成其半。……頃寓秦淮，樊榭書至，知前後俱削稿，復合以平時所作，付之梓人。先以首卷刻成者寄示。迴環讀之，如入空山，如聞流泉，真沐浴於白石、梅溪而出之者。……時康熙六十一年壬寅白露前一日，同里紫山徐逢吉題。（《樊榭山房集·樊榭山房集外詩》題辭）

趙　昱

〔三十六鷗亭〕 姜白石有《平甫放三十六鷗於吴江〔松〕不及與盟》詩，云：「橋下松陵緑浪横，來遲不與白鷗盟。知君久對青山立，飛盡梨花好句成。」予酷愛之，即以名亭。（《春草園小記》）

嵇曾筠

姜夔　《西江志》：字堯章，德興人。學詩於蕭千巖，琢句精工，楊誠齋謂其嗣伯子曰「吾與汝弗如也」。夔自號白石道人。紹興間，秦檜當國，隱居箬坑之丁山，參政張燾累薦不起；高宗賜宸翰，建御書閣貯之。以隱逸終。《吳興掌故》：夔少從父宦古沔，千巖老人在沔與夔相得，遂攜過苕霅，以兄之女妻之，遂家武康。（《浙江通志》卷一九四《寓賢上》）

陳　撰

〔石帚詞序〕　南宋詞人，浙東西特盛。若岳肅之、盧申之、張功甫、張叔夏、史邦卿、吳君特、孫季蕃、高賓王、王聖與、尹惟曉、周公謹、仇仁近及家西麓先生，先後輩出。而審音之精，要以白石爲詣極。石帚詞凡五卷。草窗、花庵所録雖多少不同，均祇十之二三。汲古閣本第增「五湖舊約」、「燕雁無心」二調，餘佚不傳。詠草《點絳唇》，復見逋翁集中，援據無徵，亦難臆定也。先生事事精習，率妙絶無品。雖終身草萊，而風流氣韻足以標映後世。當乾、淳間俗學充斥，文獻湮替，乃能雅尚如此，洵稱豪傑之士矣。蕭東夫愛其詞，妻以兄子。曾以上樂書得免解，訖不第。其出處本末，草窗云具備於張輯所作小傳中。他日當更訪得之，類諸集首。張字宗瑞，即連江太守思順名履信之子。康熙甲午秋禊日，玉几山人陳撰書。（《姜白石詞編年箋校》）

詞於詩同源而殊體。風騷五七字外，另有此境，而精微詣極，惟南渡德祐、景炎間斯爲特絶。吾杭若姜白石、張玉田、周草窗、史梅溪、仇山村諸君所作，皆是也。自是以還，正不乏人。而審音之善，二百餘年以來幾成輟響。近稱西泠詞派，或蹤跡《花間》，或問津《草堂》，星繁綺合，可謂極盛。乃緣情體物，終惜其體製之未工。獨吾友樊榭先生起而遥應之，清真雅正，超然神解。如金石之有聲，而玉之聲清越；如草木之有花，而蘭之味芬芳。登培嶁以攬崇山，涉潢汙以觀大澤，致使白石諸君如透水月華，波摇不散。……康熙壬寅立秋日玉几生陳撰書於真州之玉淵當寓館。（《樊榭山房集·樊榭山房集外詩》題辭）

〔山中白雲詞疏證序〕吾友濟陽賓谷君，承其家學，稚節嗜古，擅淹通之聲。既與其弟蔗畦簇羽括礪，自爲師友，光華才氣，昭灼近遠。談藝之外，工爲倚聲。每謂詞莫尚於南宋景、淳、德祐間，要以白石爲宗主。其嗣白石起者，無踰於玉田，《白雲》一集，可按而知也。……乾隆癸酉古重陽錢唐陳撰書於韓江寓館之琴牧軒。（見《山中白雲詞》）

曾時燦

〔白石詩詞合刻序〕白石道人自定詩一卷，僅一鏤板於同時臨安陳起，故流傳絶鮮。近州錢吴氏《宋詩鈔》，所收殆百家，顧是集獨遺。此爲錢塘陳氏玉几山房勘定本，最爲完善。洎石帚詞一卷，亦多世本所未見者。爰請合刻之廣陵書局以行。他如《絳帖平》、《續書譜》並諸雜文，將次第蒐録編刊，以成全書焉。康熙戊戌五月，龍溪曾時燦二銘識。（見《姜白石詞編年箋校》）

洪正治

〔姜白石詩詞全集序〕　白石自定詩一卷，世罕傳布。詞五卷，所存止草窗、花庵撰録十數首而已。比搜得藏本，顧詩中如奉天台禄、閑詠、小孫納婦，悉係同時姜特立所作。詞雖倍於舊數，然《點絳唇》詠草一首，復見諸林處士集中，蓋嬗世既寡，譌脱相承，所不免矣。夫白石在渡江諸賢中，品目顯著，然且如此，則夫單家孤帙，其爲名湮絶響者知復何限。予幼耽倚聲，於南宋諸家最愛白石，今始獲覩其合集，因不敢自祕，亟鋟諸木，以廣其傳，庶幾如昔人所云飲則人人適河，索照而家家取燧，詎不稱愉快也耶？　雍正丁未四月歙陔華洪正治書。（《姜白石詩詞全集》卷首）

俞蘭

〔白石詞鈔跋〕　白石翁以詩稱於南渡，詞尤精詣，惜乎流傳絶少。一日，偶造改庵草堂，出此帙示余，視舊本搜輯，不啻倍之。矍然驚嘆，如獲拱璧。近人爲詞，競宗白石、玉田兩家。玉田《山中白雲詞》錢唐龔氏已有刻，惟白石詞則尚缺然，洵爲恨事。爰加校勘，鏤版以行，用詒世之好讀白石詞者。武唐俞蘭跋。（《白石詞鈔》）

吴淳還

〔白石詞鈔序〕　南宋詞至姜氏堯章，始一變《花間》、《草堂》纖穠靡麗之習。野雲孤飛，去留無跡，前人稱之審矣。白石樂府相傳凡五卷，常熟毛氏汲古閣本，於姜氏一家，僅據《中興絶妙詞選》載三十四闋，其爲不全不備可知。余嘗以暇日廣搜遠輯，更得散見者二十四闋，合之共計五十八闋，録成一帙。中年無歡，聊代絲竹而已。一日，俞子聖梅過余小齋，讀而善之，遂付諸梓。聖梅故有詞癖，加之好事，致足喜也。刻既竣，因書其端。致庵居士吴淳還。（《白石詞鈔》卷首）

厲鶚

〔西馬塍〕　行遍馬塍曲，春風無處無。酒堪澆白石，墓已没黄壚。接樹看鄰嫗，傳芭走里巫。移栽入朱户，舊事續潛夫。宋姜堯章葬西馬塍，蘇石輓之云：「幸是小紅方嫁了，不然啼損馬塍花。」小紅，范石湖所贈青衣也，見陸友仁《硯北雜志》。（《樊榭山房集》卷一）

〔論詞絶句十二首〕　舊時月色最清妍，香影都從授簡傳。贈與小紅應不惜，賞音只有石湖仙。（同上卷七）

〔一萼紅〕　丁未始春，客吴興。郡治後圃有愛山臺，南宋時建，蓋取東坡「尚愛此山看不足」之句。日與客登其巔，蒼弁清苕奔赴襟舄，情味灑然，如遇白石、草窗諸名勝於五百載上。乃歌此曲以寄予懷。

（詞，略）（同上卷十）

〔張今涪紅螺詞序〕 ……嘗以詞譬之畫。畫家以南宗勝北宗。稼軒、後村諸人，詞之北宗也。清真、白石諸人，詞之南宗也。今涪詞淡沲平遠，有重湖小鳥之思焉；芊眠綺靡，有暈碧渲紅之趣焉；屈曲連璅，有魚灣蝌堁之觀焉。僕讀其詞，如與今涪汎東泖以望九山，相羊吟嘯而不知返。其爲詞家之南宗、二沈之替人不虚矣。（《樊榭山房集·樊榭山房文集》卷四）

〔群雅詞集序〕 ……邗上江君研農清脩嗜古，翛然塵壒之表，酷喜詞學。……又得同里徐君桐立、程君孟飛、汪君中也、錢唐黄君夢珠、族子慎言與之唱酬，而工益進。……今諸君詞之工不減小山，而所托興乃在感時賦物登高送遠之間，遠而文，澹而秀，纏綿而不失其正，騁雅人之能事，方將凌鑠周、秦，頡昕姜、史，日進焉而未有所止。（同上）

〔三十六鷗亭記〕 趙君谷林爲亭於西池之上，名以三十六鷗。姜白石云：「張平甫放三十六鷗於松江，予不及與盟。」谷林取之，意在於盟鷗也。（同上卷五）

〔蛻巖詞跋〕 蛻巖，河東人，幼從父官於杭，與貞居子張伯雨俱學於仇山村先生之門。故詩文俱有源本，而詞筆亦復俊雅不凡，足繼白石、梅溪、草窗、玉田諸公之後。……雍正改元十月二十三日樊榭生厲鶚書。（見《蛻巖詞》）

〔白石道人歌曲跋〕 白石歌曲，世無足本。此册予友符君幼魯得於松江樓君敬思家藏。積年懷慕，獲覩欣慰無量，亟假手録。旁注音律譜，一時難解，故去之，翫其清妙秀遠之詞可矣。時乾隆二年四月立夏日，錢唐蒹葭里人厲鶚。（見《姜白石詞編年箋校》）

〔姜白石詩詞合刻跋〕　明瞿宗吉《歸田詩話》云：「姜堯章詩：『小山不能雲，大山半爲天』，造語奇特。」此二句集中所無，蓋逸其全矣。白石詩詞爲吾友陳君楞山刻於揚州，詩中奉天台祠禄、閒詠、負喧等，俱是麗水姜梅山特立之作，詞中更竄入他作居多。余嘗於北墅吳三丈志上家見宋臨安府睦親坊書肆陳起所刻原本，次第與此不同，後又有《詩説》一卷。使有好事者照宋槧本重鏤版以存白石老仙之真面，殊勝事也。樊榭山民厲鶚書。

余從《咸淳臨安志》補入五絶二首、七絶一首，《硯北雜志》補入七絶一首，《澄懷録》補入詞序二篇。白石作者甚少，無不高妙，此零珠斷璧，宜亟收拾之。雍正七年歲次己酉，正月九日雪中，樊榭又書。

此本譌誤頗多，今照宋本一一刊定。己酉落燈夜雪中又書。

詞集校花庵《絶妙詞選》所收，獨多數首。己酉正月二十六日書。（同上）

〔玉玲瓏閣〕　玉玲瓏，宋宣和花綱石也，……沈氏用百夫牽挽之力，致之庾園，後歸龔侍御翔麟，因以名其閣焉。侍御爲太常卿佳育子，風流淹雅，少日喜爲樂章，出入梅溪、白石諸公。（《東城雜記》卷下）

詩人正樂是姜夔，私篆鷹揚與鳳儀。一擔琴書留水磨，秋聲夜夜故鄉思。

《雲煙過眼録》：姜堯章有「鷹揚周郊鳳儀禹廷」印，甚奇。《白石集·湖上寓居》詩：「荷葉紛披一浦涼，青蘆葉葉夜吟商。平生最識江湖味，聽得秋聲憶故鄉。」（《南宋雜事詩》卷六）

姜夔字堯章，鄱陽人，布衣，工詩。……嘗寓居西湖。有寄銛朴翁靈隱詩。（《增修雲林寺志》卷一）

葛天民字無懷，山陰人。初爲僧名義銛字朴翁，後返初服。有泛舟入靈隱山詩。（同上）

〔詩詠〕 夏日寄朴翁時在靈隱　姜夔

風吹松樹枝，懷我松間友。雲從北山來，令我屢回首。山雲夜夜起，山雨侵人衣。遥知竹窗裏，自吟新雨詩。（同上卷六）

〔姜夔〕 夔字堯章，鄱陽人。蕭東夫識之於年少客游，妻以兄子。因寓居吴興之武康，與白石洞天爲鄰，自號白石道人。慶元中，曾上書乞正太常雅樂，得免解，訖不第而卒。有《白石詩集》。

〔題嚴州烏石寺〕 （姜詩及箋釋，略）（《宋詩紀事》卷五十九）

〔姑蘇懷古〕 （姜詩及箋釋，略）（同上）

〔送朝天續集歸誠齋時在金陵〕 （姜詩及箋釋，略）（同上）

查爲仁　厲　鶚

〔姜夔〕 夔字堯章，鄱陽人。蕭東夫愛其詞，妻以兄子。因寓居吴興之武康，與白石洞天爲鄰，自號白石道人，又號石帚。慶元中曾上書乞正太常雅樂，得免解，訖不第。有白石詩一卷，詞五卷，又有《絳帖平》、《續書譜》、《大樂議》、《張循王遺事》、《集古印譜》。（《絶妙好詞箋》卷二）

〔玲瓏四犯黄鍾商〕（姜詞，略）　《白石道人歌曲》題云：越中聞簫歌感懷。（同上）

〔琵琶仙吳興春游〕（姜詞，略）《白石道人歌曲》題云：《吳都賦》：戶藏煙浦，家具畫船。唯吳興爲然。春游之盛，西湖未能過也。己酉歲，予與蕭時甫載酒南游，因遇成歌。（同上）

〔法曲獻仙音張彦功官舍〕（姜詞，略）《白石道人歌曲》題云：張彦功官舍在鐵冶嶺上，即昔之教坊使宅。高齋下瞰湖山，光景奇絶。予數過之，爲賦此。（同上）

〔念奴嬌吳興荷花〕（姜詞，略）《白石道人歌曲》題云：予客武陵，湖北憲治在焉。古城野水，喬木參天。予與二三友日蕩舟其間，意象幽閒，不類人境。秋水且涸，荷葉出地尋丈。因列坐其下，上不見日，清風徐來，緑雲自動。間於疎處，窺見游人畫船，亦一樂也。朅來吳興，數得相羊荷花中。又夜泛西湖，光景奇絶。故以此句寫之。（同上）

〔一萼紅人日登定王臺〕（姜詞，略）《白石道人歌曲》題云：丙午人日，予客長沙別駕之觀政堂。堂下曲沼，西負古垣，有盧橘幽篁，一徑深曲。穿徑而南，官梅數十株，如椒如菽，或紅破白露，枝影扶疎。著屐蒼苔細石間，野興横生。亟命駕登定王臺，亂湘流入麓山。湘雲低昂，湘波容與。興盡悲來，醉吟成調。（同上）

〔齊天樂蟋蟀〕（姜詞，略）《白石道人歌曲》題云：丙辰歲，與張功父會飲張達可之堂，聞屋壁間蟋蟀有聲。功父約予同賦，以授歌者。功父先成，詞甚美。予徘徊末利花間，仰見秋月，頓起幽思。尋亦得此。蟋蟀，中都呼爲促織，善鬬。好事者或以二三十萬錢致一枚，鏤象齒爲樓觀以貯之。又自注云：宣政間，有士大夫製蟋蟀吟。（同上）

〔小重山湘梅〕（姜詞，略） 樓鑰《攻媿集》云：潘端叔惠紅梅一本，全體皆江梅也，香亦如之，但色紅爾。來自湖湘，非他種比，當稱紅江梅以别之。王文公、蘇文忠、石曼卿諸公有紅梅詩，意其皆未見此種也。（同上）

〔點絳唇松江〕（姜詞，略） 《白石道人歌曲》題云：丁未冬過吴江作。《吴郡志》云：松江在郡南四十五里，《禹貢》三江之一也。南與太湖接，吴江縣在江濆，垂虹跨其上，天下絶景也。（同上）

〔惜紅衣吴興荷花　無射宫〕（姜詞，略） 《白石道人歌曲》題云：吴興號水晶宫，荷花盛麗。陳簡齋云「今年何以報君恩，一路荷花相送到青墩」，亦可見矣。丁未之夏，余游千巖，數往來紅香中。自度此曲，以無射宫歌之。（同上）

查爲仁

錢唐符藥林曾有《春凫小稿》、《賞雨茅屋》、《雪泥鴻爪》等集，流傳南北。其《歸自横塘》云：「浮石環溪水半篙，緑鱗鱗動散魚苗。歸來滿地夕陽影，知了一聲鳴柳梢。」神韻不減姜堯章。（《蓮坡詩話》）

鄭　燮

〔與江賓谷、江禹九書〕 詞與詩不同，以婉麗爲正格，以豪宕爲變格。燮竊以劇場論之：東坡爲大淨，稼軒外腳,永叔、邦卿正旦,秦淮海、柳七則小旦也;周美成爲正生,南唐後主爲小生,世人愛小生定過於愛正生矣;蔣竹山、劉改之是絶妙副末,草窗貼旦,白石貼生。不知公謂然否?(《鄭板橋集》補遺)

趙　虹

〔梅邊琴泛詞序〕　自南宋諸賢播爲樂章,以鳴中興之盛,於時作者如林,獨推白石老仙,號稱絶調。其次則平原省吏,人地雖卑,而其刻羽引商,故與白石抗手。他如草窗、竹屋、蒲江、碧山、夢窗、伯雨、山邨諸君,要皆異曲同工,各臻精詣。至西秦公子,以承平舊習寓禾黍之悲,其言足以感人,其聲皆能協律,此尤傑出者也。近時詞人亦惟浙西六家爲最,而余友復有徐紫山、吴繡谷、厲樊榭諸君子各張一軍,主持風雅,遂使倚聲之士靡不奉浙江爲指歸,何其盛與!廣陵故六朝名勝,雖不乏詞人,而選聲按譜,猶多瓊花楊柳、鼂舫雞臺縈其筆下。我友江君賓谷,一洗鉛華,起而振之,所著《梅邊琴泛》一卷,追清姜、史,繼響玉田,所謂五百年來無此作,賓谷實足以當之。……玆於賓谷之詞把玩不置,因綴數語,知言者或不以爲玉卮無當也夫。(見《湖海文傳》卷三十二)

田同之

〔詩詞風氣相循〕　詩詞風氣,正自相循。貞觀、開元之詩,多尚淡遠。大曆、元和後,温、李、韋、杜漸入香奩,遂啟詞端。《金荃》、《蘭畹》之詞,概崇芳豔。南唐、北宋後,辛、陸、姜、劉漸脱香奩,仍存詩

意。元則曲勝而詩詞俱掩，明則詩勝於詞，今則詩詞俱勝矣。（《西圃詞説》）

〔宋人選詞尚雅〕　言情之作，易流於穢。北宋人選詞，多以雅爲尚。法秀道人語涪翁曰：「作豔詞當墮犂舌地獄。」正指涪翁一等體製而言耳。填詞最雅，無過石帚，而《草堂詩餘》不登其隻字，可謂無目者也。（同上）

〔姜詞高潔〕　姜夔堯章崛起南宋，最爲高潔，所謂「如野雲孤飛，去留無跡」者。惜乎白石樂府五卷，今已無傳，惟《中興絶妙詞》僅存二十餘闋耳。（同上）

〔白石以後詞家〕　白石而後，有史達祖、高觀國羽翼之。張輯、吴文英師之於前，趙以夫、蔣捷、周密、陳允衡、王沂孫、張炎、張翥效之於後。譬之於樂，舞箾至於九變，而詞之能事畢矣。（同上）

〔嘯餘譜不可守〕　詩餘者，院本之先聲也。如耆卿分調，守齋擇腔，堯章著鬲指之聲，君特辨煞尾之字，或隨宫造格，或遵調填音，其疾徐長短，平仄陰陽，莫不守一定而不移矣。乃近日詞家，謂詞以琢句鍊調爲工，並不深求於平仄句讀之間，惟斤斤守《嘯餘》一編，《圖譜》數卷，便自以爲鐵板金科，於是詞風日盛，詞學日衰矣。（同上）

〔詞以諧聲爲主〕　自沈吴興分四聲以來，凡用韻樂府，無不調平仄者。至唐律以後，浸淫而爲詞，尤以諧聲爲主，平仄失調，即不可入調。周、柳、万俟等之製腔造譜，皆按宫調，故協於歌喉。以及白石、夢窗輩，各有所創，未有不悉音理而可造格律者。今雖音理失傳，而詞格具在，學者但依仿舊作，字字恪遵，庶不失其中矩矱耳。（同上）

江炳炎

〔白石道人歌曲跋〕　白石詞世不多見，洪陔華先生獲藏本刻於真州，於是近日詞人稍知南宋有姜堯章者。第字畫訛舛，頗多缺失。上海周晚菘因語予曰：昔留漢上，見書賈持陶南村手録白石詞五卷、别集一卷，可稱善本，索金六十兩，遂不能有，聽其他售。猶記集中有「鶯聲繞紅樓」一調，爲諸譜中未覩此名。至今往來胸臆，歎息不可復見。未幾，符藥林老友自京師過揚州，於酒座間論及倚聲上乘，遂出白石全詞相示，云自吴淞樓觀察處借鈔，即南村所書舊本。沈淵之珠，忽耀人間，不愉快乎？爰秉燭三夜，繕完而歸之。後之才人得予此書，其珍惜又復何如？乾隆二年四月十九日，仁和江炳炎記於揚州寓齋。

藥林宦京師者十年，勤治之暇，不廢吟詠，而於倚聲又深得此中味外之味，故能搜討幽潛以發奇秘。且俾朋輩傳鈔，冀有心者爲之雕播。洵稱白石功臣，更可作詞壇津筏。乾隆丁巳清和月下浣冷紅詞客又書。

是書因速欲繕成，字畫潦草。他日目力未竭，當重書一册以誌吾快。四月二十六日研南又記。

「筆染滄江虹月，思穿冷岫孤雲。淡然南宋古逸民，抹煞詞壇衮衮。　就令秦郎色減，何嫌柳七聲吞。將金鑄像日三薰，舌底宫商細問。」是月二十六日冷紅題《西江月》。（《白石道人歌曲》卷首）

陸鍾輝

〔白石道人詩詞合刻原序〕　南宋鄱陽姜堯章，以布衣擅能詩聲。所爲樂章，更妙絶一世。今所傳《白石道人詩集》一卷，蓋本臨安睦親坊陳起所刊。《群賢小集》更竄入麗水姜特立《梅山稿》中詩，幾於�之無辨。樂章自黄叔暘所輯《花庵絶妙詞選》二十餘闋外，流傳者寡。雖以秀水朱竹垞太史之搜討，亦未見其全。疑《白石道人歌曲》六卷著録於貴與馬氏者，久爲廣陵散矣。近雲間樓廉使敬思購得元陶南村手鈔，則六卷完好無恙，若有神物護持者。予友符户部藥林從都下寄示。因並詩集亟爲開雕，公之同好。詩集稍分各體釐定，去竄入之作。歌曲第二卷第六卷爲數寥寥，因合爲四卷。其中自製曲俱有譜旁注，雖未析其節奏，悉依元本鈎摹，以俟知音識曲者論定云爾。乾隆癸亥冬十月既望，江都陸鍾輝書。（《白石道人詩集、歌曲》卷首）

張奕樞

〔白石道人歌曲序〕　宋白石老仙，世所稱詞壇大宗也。奕樞自總角時即喜誦其小令。既讀竹垞朱氏《詞綜》及《黑蝶齋詩餘序》，俱云白石詞凡五卷，世已無傳，傳者僅數十闋。蓋竹垞亦未見全書矣。壬子春，客都門，與周子耕餘過澹慮汪君邸舍，見案頭有《白石道人歌曲》六卷、别集一卷，係陶南村手鈔本，而樓觀察敬思所珍藏者。澹慮爲誦異書渾似借荆州之句，意頗矜之。因共襄録副，加校讐焉。嗣是南北分馳，居諸荏苒。迨戊午秋而澹慮云亡。耕餘以鈔本屬余。顧自維雖好倚聲，未諧音律。質之黄宫允庴堂、厲孝廉樊榭、陸大令恬浦，先後重加點勘，而與姚徵士纑香商定付諸梓。噫！以前輩之博雅，蒐輯不遺餘力，猶且殘闕爲恨。余生也晚，乃獲出而表章之，俾數百年收藏墨寶，一旦流傳藝苑，其愉快當何如邪？抑未審竹垞所云五卷，與今本有異同否邪？惜乎刻甫竣而耕餘又作道山游，未由起而欣賞之。乾隆己巳中秋，漁村老鮫張奕樞書於松桂讀書堂吟舫。（《白石道人歌曲》卷首）

張宗橚

〔姜夔〕　夔字堯章，鄱陽人。蕭東父識之於年少客游，妻以兄子。因寓居吴興之武康，與白石洞天爲鄰，自號白石道人。慶元中，曾上書乞正太常雅樂，得免解，訖不第而卒。有白石詩一卷，詞五卷。又有《絳帖平》、《續書譜》、《大樂議》、《張循王遺事》、《集古印譜》。

毛子晉云：「范石湖評堯章詩云：『有裁雲縫月之妙手，敲金戛玉之奇聲。』予於其詞亦云。」蒿廬師云：「詞中之有白石，猶文中之有昌黎也。世固有以昌黎爲穿鑿生割者，則以白石爲生硬也亦宜。」

〔小重山令〕賦潭州紅梅（詞，略）

橚案：毛子晉云云，乃楊誠齋評白石《除夜自石湖歸苕溪》十絶句，非石湖語也。（《詞林紀事》卷十三）

樓攻媿集：潘端叔惠紅梅一本，全體皆江梅也，香亦如之，但色紅爾，來自湖湘，非他種比。自此稱紅江梅以別之。王文公、蘇文忠、石曼卿諸公有紅梅詩，意其皆未見此種也。（同上）

〔點絳唇〕丁未過吴淞作（詞，略）

《吴郡志》：松江在郡南四十五里，《禹貢》三江之一也。南與南湖接，吴江縣在江濆，垂虹跨其上，天下絶景也。（同上）

〔醉吟商小品〕（詞，略）

樠按：《北夢瑣言》載黔南節度使王保義女，善彈琵琶，夢美人授曲，内有醉吟商一調，則其來久矣。（同上）

〔霓裳中序第一〕（詞，略）

《詞譜》：白居易《霓裳羽衣舞歌》云：散序六奏，未動衣陽臺，宿雲慵不飛；中序擘騞初入拍，秋竹吹裂春冰圻，自注云，散曲六遍無拍，故不舞；中序始有拍，亦名拍序。宋沈括《筆談》云：霓裳曲，凡十二疊，前六疊無拍，至第七疊，方謂之疊遍，自此始有拍而舞。按此，知霓裳曲十二疊，至七疊中序始舞，故以第七疊爲中序第一，蓋舞曲之第一遍也。（同上）

〔一萼紅〕（詞，略）

《方輿勝覽》：定王臺在潭州，俗傳漢長沙定王載米博長安王，築臺於此，以望其母唐姬。張安國曰：定王臺自爲書扁。（同上）

〔眉嫵〕戲張仲遠（詞，略）

檽按：《眉嫵》又名《百宜嬌》。（同上）

〔史達祖〕達祖字邦卿，汴人，有《梅溪詞》一卷。

蒿盧師云：白石、梅溪，昔人往往並稱。驟閲之，史似勝姜，其實則史少減堯章。昔鈍翁嘗問漁洋曰：王、孟齊名，何以孟不及王？漁洋答曰：孟詩味之未能免俗耳。吾於姜、史亦云。倚聲者試取兩家詞熟玩之，當不以予爲蚍蜉之撼。（同上）

〔張炎〕炎字叔夏，號玉田，又號樂笑翁，循王諸孫。本西秦人。家臨安。生於淳祐間。宋亡，落魄縱游。有《山中白雲詞》、《樂府指迷》（即《詞源》——編者）。

樓敬思云：南宋詞人，姜白石外，唯張玉田能以翻筆側筆取勝。其章法句法俱超，清虚騷雅，可謂脱盡谿徑，自成一家。迄今讀集中諸闋，一氣卷舒，不可方物，信乎其爲山中白雲也。（同上）

沈嘉轍

書法申韓孰並肩，鐃歌鼓吹似前賢。太常錦瑟還驚訝，律吕而今不再傳。

《研北雜志》：趙子固目姜堯章爲書家申韓。

按：姜夔字堯章，有《白石詞》五卷。（《南宋雜事詩》卷一）

許昂霄

唐　詞

《菩薩蠻》李白　玩末二句，乃是遠客思歸口氣。或注作閨情，恐誤。又按李益《鷓鴣詞》云：「處處湘雲合，郎從何處歸。」此詞末二句，似亦可作此解，故舊人以爲閨思耳。樓上凝愁，階前竚立，皆屬遥想之詞。或以玉階句爲指自己，於義亦通。蓋玉階玉梯等字，昔人往往通用。白石《翠樓吟》，亦有「玉梯凝望久」之句。（《詞綜偶評》）

宋　詞

《驀山溪》曹組　「竹外一枝斜，想佳人天寒日暮。」幾於合杜、蘇而一之矣。此首或以爲白石作，然玩結處數語，氣格軟弱，其非姜作可知。（同上）

《揚州慢》姜夔　「淮左名都，竹西佳處。」揚州府城東北有竹西亭，故杜牧詩云：「誰知竹西路，歌吹是揚州。」「縱豆蔻詞工，青樓夢好，難賦深情。」「荳蔻梢頭二月初」及「十年一覺揚州夢，赢得青樓薄倖名」，皆牧之句。（同上）

《點絳唇》　「數峰清苦」二句。遒緊。（同上）

《暗香》二詞絳雲在霄，舒卷自如。又如琪樹玲瓏，金芝布護。「舊時月色」二句。倒裝起法。「何遜而今漸老」二句。陡轉。「但怪得竹外疏花」二句。徒落。「嘆寄與路遥」三句。一層。「紅萼無言耿相憶。」又一層。「長記曾攜手處」二句。轉。「又片片吹盡也」二句。收。(同上)

《疏影》別有爐鞴鎔鑄之妙，不僅以隱括舊人詩句爲能。「昭君不慣胡沙遠」四句。能轉法華，不爲法華所轉。宋人詠梅，例以弄玉、太真爲比，不若以明妃擬之，尤有情致也。胡澹庵詩，亦有「春風自識明妃面」之句。「還教一片隨波去」二句。用筆如龍。(同上)

〔長亭怨慢〕「是處人家」四句。先言別時之景。「閲人多矣，誰得似長亭樹。樹若有情時，不會得青青如此。」借樹以言別時之情。閲人既多，安得尚有情耶？一笑。「此」字借叶。「日暮。望高城不見，只見亂山無數。」別後。何記室詩：「日夕望高城，緲緲青雲外。」「韋郎去也」四句。望其早歸。韋皋與玉簫別，留玉指環，約七年再會，以其地在江夏，故用之。後遂沿爲通用語。「算只有并刀」二句。總收。(同上)

《齊天樂》將蟋蟀與聽蟋蟀者，層層夾寫，如環無端，真化工之筆也。「候館吟秋」三句。音響一何悲。「笑籬落呼燈」二句。高絶。載華按：《漢書·王褒傳》，蟋蟀俟秋吟。師古注：「蟋蟀，今之促織也。」是蟋蟀呼爲促織，唐時已然，不始於宋之中都也。(同上)

《念奴嬌》「記年時、常與鴛鴦爲侣。」唐詩「鴛鴦相對浴紅衣。」(同上)

《側犯》「正繭栗梢頭弄詩句，誰念我鬢成絲。」「紅藥梢頭初繭栗，揚州風動鬢成絲」，山谷句也。(同上)

《琵琶仙》「更添了幾聲啼鴂」。《離騷》：「恐鵜鴂之先鳴兮，使百草爲之不芳。」「三生杜牧」。涪翁詩：

「春風十里珠簾捲，髣髴三生杜牧之。」詞中用「三生杜牧」，本此。「都把一襟芳思」至末。句句説景，句句説情，真能融情景於一家者也。曲折頓宕，又不待言。(同上)

《翠樓吟》「月冷龍沙」五句。題前一層，即爲題中鋪叙，手法最高。「玉梯凝望久」五句。凄婉悲壯，何減王粲登樓一賦。(同上)

《解連環》「玉鞍重倚」三句。冒起。「爲大喬能撥春風」。以下倒叙。「柳怯雲鬆」二句。固知濃抹不如淡粧。「嘆幽歡未足」二句。與起處遥接。從合至離，他人必用鋪排，當看其省筆處。「問後約空指薔薇」三句。深情無限，覺少游「此去何時見也」淺率寡味矣。「又見在曲屏近底。」「近」字，花庵選本注曰平聲，不知出處，義亦未詳。(同上)

《八歸》歷叙離别之情，而終以室家之樂，即《豳風·東山》詩意也。誰謂長短句不源於《三百篇》乎？「翠樽雙飲，下了珠簾，玲瓏閑看月。」三句括盡康伯可《滿庭芳》。翻用太白《玉階怨》妙。(同上)

《暗香》姜夔 詞中之有白石，猶文中之有昌黎也。世固也以昌黎爲穿鑿生割者，則以白石爲生硬也亦宜。(同上)

《疏影》但暗憶江南江北。借用法。「莫似春風」三句。翻案法。作詞之法貴倒裝，貴借用，貴翻案。讀此二闋，祕鑰已盡啟矣。(同上)

《壽樓春》史達祖 白石、梅溪，昔人往往並稱。驟閱之，史似勝姜，其實則史稍遜堯章。昔鈍翁嘗問漁洋曰：「王、孟齊名，何以孟不及王？」漁洋答曰：「孟詩味之未能免俗耳。」吾於姜、史亦云。倚聲

者試取兩家詞熟玩之，當不以予爲虬蜉之撼。梅溪嘗有騎省之戚，故此闋及夜行船一闋，全寓此意。（同上）

元　詞

《西湖月》黄子行「玉兒應有恨，爲悵望東昏相記憶」。用「玉奴終不負東昏」，亦從白石《疏影》悟出。（同上）

曹廷棟

〔白石道人集〕　姜夔字堯章，鄱陽人。工聲律，慶元三年進樂書乞正雅樂，詔令太常與議，嫉之，不果行。居苕溪，與白石洞天爲鄰，轉庵潘檉號之曰白石道人，又畀以詩云：「世間官職似樗蒲，采到枯松亦大夫。白石道人新拜號，斷無繳駁任稱呼。」時夔與黄景説齊名，景説亦號白石，人稱雙白石。其詩初學黄涪翁，既而深造自得，正以不染江西派爲佳。楊誠齋、蕭東夫極稱矜許。尤長詞曲，嘗詣范石湖，座間徵新聲，製《暗香》、《疏影》兩曲，石湖使青衣小紅歌之，尋以小紅贈夔。一日大雪過垂虹，有「小紅低唱我吹簫」之句，時艷稱之。自得詩集二卷，自爲序。（《宋百家詩存》卷十三）

〔方泉集〕　周文璞字晉仙，一字野齋，穀陽人。……少聰慧，以能詩稱。寧宗時，仕爲内府守藏吏，旋以去官，卜居於吴之鳳山。山有方泉，……遂以方泉自號。有《方泉集》三卷，刊落醲肥，天矯秀削，能自成家。所與倡和者，姜堯章、葛天民、韓澗泉，俱其同調也。（同上卷十五）

〔無懷小集〕　葛天民，字無懷，山陰人。好學攻詩。忽祝髮爲僧，更名義銛，字朴翁。後仍返初服，隱居錢唐湖上，足不入城市，日惟吟詠自樂。……當時姜堯章、葉紹翁諸人咸稱之。（同上卷十七）

全祖望

〔春鳧集序〕　吾友錢唐符君藥林，浙中詩人所稱七子者也。其西湖紀事詩久行於世，至是次其宦游以後諸作，題之曰《春鳧小稿》，而問序於予。……予言詩自盛唐以後推三家：柳子厚不可尚矣，次之則宛陵，次之則南渡姜白石。皆以其深情孤詣，拔出於風塵之表，而不失魏晉以來神韻。淡而瀰永，清而能腴，真風人之遺也。乃藥林之言詩則與予同。其生平嗜好寢食於白石，而惜其所作之不盡傳。今觀藥林集中詩，當其至處幾幾欲登白石之堂而奪其席也。藥林……詩之春容駘宕，超然自得，絶不爲境所束，是豈可以近世詩人目之歟！（《鮚埼亭集》外編卷二十六）

〔姜白石詩詞全集刻成即效白石體落之〕　巨區水茫茫，天目山蒼蒼。中有白石仙，老筆生寒芒。寒芒久晦塞，問年過五百。鑄金酹南村，紅梨生玉色。是本出陶南村手鈔。（同上詩集卷三）

江昱

〔山中白雲序〕　詞自白石後，惟玉田不愧大宗。而用意之密，適肖題分，尤稱極詣。……乾隆十八年歲次癸酉九日廣陵江昱。（《山中白雲》卷首）

王澍

〔淳化祕閣法帖考正序〕　宋太宗淳化中出内府所藏古帖，詔侍書王著釐定，勒成十卷，名曰《淳化祕閣法帖》。真僞雜出，錯亂失序，識者病焉。然以刻自天府，臣下不敢妄有訾毁，故自淳化後無一人異論者。米元章始以所見創爲區别。……康熙間，義門何太史焯更以姜白石《絳帖平》增訂其上。……年來余抱痾掩關，時時臨寫，……備爲詳訂，於是閣帖十卷異同是非皆有據依，名曰《淳化祕閣法帖考正》。……雍正庚戌冬十有一月朔奉直大夫吏部員外郎王澍書於二泉之聽松庵。（《淳化祕閣法帖考正》卷首）

〔晉丞相張華書〕　張華，字茂先，由壯武郡公代下邳王晃爲司空，領著作。後遇害，削奪。太安二年復之。則華雖宰輔，非丞相也。帖目當稱「晉司空張華書」。《絳帖平》云：「茂先終於司空，非丞相。唐世已無書跡。此帖僞作，粗惡多俗筆，與李懷琳所作七賢帖同，其末一筆皆下垂也。」（同上卷二《歷代名臣法帖》）

〔適得書帖〕　此帖米老目爲僞作，黄長睿亦云然。姜白石言：「自唐以前，多是獨草，不過兩字連屬。若累數十字而不斷，號曰連綿游絲。此雖出於古人，不足爲奇，反成大病。古人作草，如今人作真，其相連處特是引帶。」右軍書雖鳳翥龍翔，實則左規右矩，未有連綿不斷者。至顛素，始專用此法，晉時未之有也。（同上卷六《晉王羲之書》）

〔建安靈柩帖〕　何屺瞻云：按《絳帖平》：「此帖墨蹟在王順伯家，傳竇有緒。右軍帖傳至今者，祕閣尚有二十餘軸，多唐人鈎臨。聞此妙跡，恨未得見。嘗見墨本，頗勝官帖也。」（同上）

柯　煜

〔絶妙好詞箋原序〕　於今風雅，殆勝曩時。翡翠筆牀，人宗石帚。琉璃硯匣，家擬梅溪。（《絶妙好詞箋》卷首）

陳　僅

問：姜白石《詩説》云：「篇終出人意表，或反終篇之意，皆妙。」此是作結句之法邪？白石當是論古詩。然古、律總是一法，要亦不拘於此，須看其全篇結構何如耳。

問：白石云：「一篇全在末句，有辭意俱盡，辭盡意不盡，辭意俱不盡之分。」其説何如？此最有妙理。宋人詩話，惟《白石道人詩説》可取，次則《滄浪詩話》，大醇小疵，餘當節取而已。（《竹林答問》）

宋維藩

〔八歸〕　東坡云：歲云暮矣，風雪淒然，時於此中，得少佳趣。別家既一年，適吟白石道人自石湖回苕溪諸詩，悵然賦此。

賓鴻嘹嚦，霜風淒緊，簾外暗雨漸歇。一尊擁鼻微吟後，猛又乍斷還連，打窗聲切。燭焰寒消紅一寸，報小苑、疏香剛折。便乞與、呵凍重吟，人境兩清絶。　長是會少離多，而今重省，又到年時時節。帷犀押處，水仙幾朵，香影傍人明滅。但迢遥萬里，翠被生寒夢相覓。漏聲轉，此間除是，牆角梅花，知余情味别。（見《全清詞鈔》第十一卷）

袁　枚

姜白石云：「人所易言，我寡言之；人所難言，我易言之：詩便不俗。」（《隨園詩話》卷四）

〔張〕觀察又有《山窗》一絶云：「空階入夜雨蕭蕭，剔盡銀燈漏轉遥。爲怕客中聽不得，小窗先日剪芭蕉。」亦七絶中之姜白石也。觀察名裕穀，中山名臣儀封先生之曾孫。（同上補遺卷三）

汪孟鋗

〔僧全〕《咸淳臨安志》：主僧可全。蘇籀《雙谿集》：《龍井僧全示寄庵樞密程公累篇季文弟新什求余繼其末》一首。……姜夔《白石集》：《嘉泰壬戌上元日訪全老於此觀沈傳師碑隆茂宗畫贈詩》二首：「深夜跨羸驂，杳杳春山路。入寺君未知，閑看桂移樹。」「沈碑含秀潤，隆畫出神奇。道人那得此，老子乃耽之。」又《齋後與全老銛樸翁聰自聞酌龍井而歸賦詩二絶》：「四人松下共盤桓，筆硯花壺石上安。今昔興懷同此味，老仙留字在孱顔。」「年時六月海揚塵，遥見青山起白雲。聞有高僧來誦咒，巖前抛珓問龍君。」

謹案：姜夔四詩，《咸淳臨安志》載於淨林廣福下，《白石集》有注，亦以全爲淨林廣福主僧，而蘇籀直云龍井僧，益證演福爲龍井之説不謬，不獨詩有「辯淨風篁」句也。《咸淳臨安志》稱全於淨林創松關南泉芳桂爲留憩之地。葛天民初爲僧名義銛字樸翁。

（《龍井見聞録》卷三）

〔聽師〕《白石集》詩題「聽自聞」詳上。周紫芝《太倉稊米集·酌龍井泉書聽師房二首》：（第一首，略）

「八十霜髭不出門，老師猶是辯才孫。高人已復如雲散，舊事那堪與客論。」

謹案：《東坡集》：思聰名説……。又《送錢塘僧思聰歸孤山叙》云：聰七歲，善彈琴……。而白石詩作於寧宗嘉泰時，距元淨之寂一百餘年，證以紫芝「八十」「辯才孫」之句，知又一聰聞也。（同上）

姜文龍

〔白石道人合集跋〕　文龍甫識字時，見家乘載有白石公《姑蘇懷古》及與楊誠齋、潘轉庵往來數詩，輒依韻成誦。旋請於家君曰：「公詩僅存此數乎？」家君語以「此崑崗片玉耳。公生南宋人文稱盛時，就數詩内，已極爲當代推服。而寓號道人，意必隱曜含華，富於著述，好古之家當有得其全集而珍藏之者。每愧足跡不出鄉關，無由遍訪先人遺業，汝他日有四方之役，正須爲此留心。」文龍謹誌不忘。歲甲戌，應朝考至都門，詢及諸先達，並索之各坊，皆無以應，久爲悵然。今年秋，世戚史匯東先生起假來京，於黄穫村先生處得公集，手自鈔録，詳加訂正，歲杪以示文龍。詩分上下卷，歌曲分四卷，又有集外詩、別集歌曲及《詩説》、《續書譜》，各以類附。蓋元人陶南村寫本，相沿至今，實五百年來碩果也。文龍喜出望外，捧至旅館，再四尋繹。竊謂《詩説》中「自然高妙」一語，當是公詩確評。至於歌曲節奏，竟茫然不解，敢謂能讀公之書哉！特念公以曠代逸才，知己遍海内，制作達明廷，而以布衣終老，造物者固當使此書不朽，而文龍又於成均考滿束裝旋里時，幸及見之，箕裘之賜，豈曰偶然！用是口誦手寫，風晨雪夜，不敢告勞。蓋藉以還報家君，知此行不爲無益，並欲積硯田餘貲，付剞劂氏，以傳諸無窮耳。校勘既竣，因附識於卷末。時乾隆丙子季冬二十二日也。（《姜白石全集》卷首）

紀昀

《絳帖平》六卷兩江總督採進本　宋姜夔撰。夔字堯章，鄱陽人。案：曹士冕《法帖譜系》云：「絳本舊帖，尚書郎潘士旦以官帖私自摹刻者，世稱潘駙馬帖，又稱潘氏析居。法帖石分而爲二。其後絳州公庫乃得其一。於是補刻餘帖，是名東庫本。逐卷各分字號，以『日月光天德、山河壯帝居、太平何以報、願上登封書』爲別。」今夔所論，每卷字號與士冕所説相合。然則夔所得者，即東庫本也。宋之論法帖者，米芾、黄長睿以下，互有疎密。夔欲折衷其論，故取漢宫廷尉平之義，以名其書。首有嘉泰癸亥自序云：「帖雖小技，而上下千載，關涉史傳爲多。」觀是書考據精博，可謂不負其言。惟第五卷内論智果書梁武帝評書語，武帝藏鍾、張、二王書，嘗使虞龢、陶隱居訂正。案：虞龢，宋人，其《上法書表》在宋孝武帝之世，去梁武帝甚遠。斯則考論之偶疎耳。據《墨莊漫録》，其書本二十卷。舊止鈔本相傳，未及雕刻。所載字號，止於「山」字，其「河」字以下亡佚十四卷，竟不可復得。然殘珪斷璧，終可寶也。（《四庫全書總目》卷八六《史部·目録類二》）

《蘭亭考》十二卷浙江鮑士恭家藏本。舊本題桑世昌撰。……至其「八法」一門，以書苑、禁經諸條專屬之《蘭亭》，尤不若姜夔《禊帖偏傍考》之爲精密。是以曾宏父、陶宗儀諸家皆稱姜考，而不用是書。（同上）

《淳化秘閣法帖考正》十二卷兩江總督採進本。國朝王澍撰。……大觀中，黄伯思作《法帖刊誤》，始援據史籍，訂其舛迕。徵實有據，昭昭然白黑分矣。明嘉靖中，上海顧從義更細勘其字畫曲折，如姜夔校《蘭亭序》之例。國朝何焯更摭姜夔《絳帖平》，增注其上，而徐葆光又雜采諸書附益之，於是閣帖之得失異同，漸以明備。（同上）

《續書譜》一卷浙江鮑士恭家藏本。宋姜夔撰。夔有《絳帖平》，已著録。是編其論書之語，曰《續書譜》者，唐孫過庭先有《書譜》故也。前有嘉定戊辰天台謝采伯序，稱略識夔於一友人處，不知其能書也，近閲其手墨數紙，筆力遒勁，波瀾老成。又得其所著《續書譜》一卷，議論精到，三讀三嘆，因爲鋟木。蓋夔撰是書，至采伯始刊行也。此本爲王氏書苑補益，所載凡二十則：一曰「總論」，二曰「真書」，三曰「用筆」，四曰「草書」，五曰「用筆」，六曰「用墨」，七曰「行書」，八曰「臨摹」，九曰「書丹」，十曰「情性」，十一曰「血脈」，十二曰「燥潤」，十三曰「勁媚」，十四曰「方圓」，十五曰「向背」，十六曰「位置」，十七曰「疎密」，十八曰「風神」，十九曰「遲速」，二十曰「筆鋒」。其「燥潤」、「勁媚」二則，均有録無書。「燥潤」下注曰「見用筆條」，「勁媚」下注曰「見情性條」，然「燥潤」之説，實在「用墨」條中，疑有舛誤。又「真書」、「草書」之後各有「用筆」一則，而「草書」後之論「用筆」，乃是八法，並非論草，疑亦有譌。敬考《欽定佩文齋書畫譜》，第七卷中全收是編。「臨摹」以前八則，次序相同。「臨摹」以下，則九曰「方圓」，十曰「向背」，十一曰「位置」，十二曰「疎密」，十三曰「風神」，十四曰「遲速」，十五曰「筆勢」，十六曰「情性」，十七曰「血脈」，十八曰「書丹」，先後小殊。而「燥潤」、「勁媚」二則則並無其目。蓋所據之本稍有不同，而其文則無所增損也。《書史會要》曰：「趙必𡺸字伯暐，宗室也，官至奏院中丞。善隸楷，作《續書譜辨妄》，以規姜夔之失。」案：必𡺸之書今已佚，不知其所規者何語。然夔此譜自來爲書家所重，必𡺸獨持異論，似恐未然，殆世以其立説乖謬，故棄而不傳歟？（同上卷一一二《子部・藝術類一》）

《學古編》一卷浙江巡撫採進本。　元吾丘衍撰。……是書專爲篆刻印章而作。首列三十五舉，詳論書體正變及篆寫摹刻之法。……宋代若晁克一、王俅、顔叔夏、姜夔、王厚之，各有譜録。衍因復踵而爲之。其間辨論譌謬，徐官印史謂其多採他家之説，而附以己意，剖析頗精。（同上卷一一三《子部・藝術類二》）

《法書通釋》二卷衍聖公孔昭焕家藏本。　明張紳撰。……是書分十篇，……皆彙集晉、唐以來名論，亦兼及蘇軾、黄庭堅、姜夔、吾衍之説。（同上卷一一四《子部・藝術類存目》）

《王氏書苑》十卷，《書苑補益》八卷浙江鮑士恭家藏本。　是書亦明王世貞編，詹景鳳續編。……景鳳補

益八種，曰：孫過庭《書譜》一卷，姜夔《續書譜》一卷，……諸書皆有别本單行，世貞特裒合刻板。（同上）

《南湖集》十卷永樂大典本。　宋張鎡撰。……楊萬里《誠齋詩話》謂其寫物之工，絶似晚唐。又有《寄張功甫姜堯章》詩，云：「尤蕭范陸四詩翁，此後誰當第一功。新拜南湖爲上將，更差白石作先鋒。」其意直躋諸姜夔之右矣。（同上卷一六。《集部·别集類一三》）

《客亭類稿》十五卷永樂大典本。　宋楊冠卿撰。……其《上執政啟》云：「奉命領州，奪符而歸。」又有《祭廣東主管衙土地》文，則嘗出知廣州，以事罷職。而姜夔贈楊冠卿詩，有「長安城中擇幽棲，静退不願時人知」句，則解官以後，又嘗僑寓臨安者也。（同上）

《方泉集》四卷編修汪如藻家藏本。　宋周文璞撰。文璞字晋仙，號方泉，又號野齋，又號山楹，諸書不詳其仕履，蓋亦江湖派中人也。……然文璞古體長篇，微病頹唐，……端義擬以青蓮、長吉，未免不倫。至於古體短章，近體小詩，如端義所稱《題鍾山》一絶、《晨起》一絶，固可肩隨於白石、澗泉諸集之間，宜其迭相唱和也。（同上卷一六二《集部·别集類一五》）

《白石詩集》一卷，附《詩説》一卷編修汪如藻家藏本。　宋姜夔撰。夔有《絳帖平》，已著録。羅大經《鶴林玉露》稱夔學詩於蕭𣂏。而卷首有自序二篇，其一篇稱：「三薰三沐，師黄太史氏。居數年，一語噤不敢吐。始大悟學即病，不若無所學之爲得。」其一篇稱：「作詩求與古人合，不如求與古人異。求與古人異，不如不求與古人合而不能不合，不求與古人異而不能不異。」其學蓋以精思獨造爲宗。故序文中又述千巖、誠齋、石湖咸以爲與己合，而己不欲與合。其自命亦不凡矣。今觀其詩，運思精密，而風格高秀，誠有拔於宋人之外者。傲視諸家，有以也。《宋史·藝文志》載《白石叢稿》十卷，陳振孫《書録解題》載《白石道人集》三卷；今止一卷，殆非完本。考《武林舊事》載夔詩四首，《咸淳臨安志》載夔詩三首，《研北雜志》亦載夔詩一首，皆此本所無，知在所佚諸卷之内矣。夔又有《詩説》一卷，僅二十七則，不能自成卷帙，舊附刻詞集之首。然既有詩集，則附之詞集爲不倫，今移附此集之末，俾從其類。觀其所論，亦可以見夔於斯事所得深也。（同上）

《野谷詩稿》六卷兩淮馬裕家藏本。　宋趙汝鐩撰。……王士禎《池北偶談》載，黄虞稷嘗鈔宋人小集二十八家，士禎手鈔姜夔、周弼、鄧林三家，餘摘録佳句者十九家，以汝鐩爲首。（同上）

《冷然齋集》八卷永樂大典本。　宋蘇泂撰。泂字召叟，山陰人。……生平所與往來唱和者，如辛棄疾、劉過、王枏、潘檉、趙師秀、周文璞、姜夔、葛天民等，皆一時知名士。……惜其原集久湮，録宋詩者至不能舉其姓名。其輓姜夔一詩，元陸友仁《硯北雜志》引之，以爲蘇石所作。近時厲鶚作《宋詩紀事》，遂分蘇泂、蘇石爲兩人。今考是詩，猶在泂集中，殆必原書題作「蘇召叟」，傳寫者脱去「叟」字，又誤「召」爲「石」，遂致輾轉沿譌，莫能是正。倘非集本復出，竟無由訂定其紕繆。則晦而復著，亦可云泂之至幸矣。（同上卷一六三《集部·别集類一六》）

《四溟集》十卷浙江汪汝瑮家藏本。　明謝榛撰。榛字茂秦，臨清人，……終於布衣，而聲價重一代。趙康王至輟侍姬以贈之，如姜夔小紅故事。（同上卷一七二《集部·别集類二五》）

《斜川集》十卷江蘇蔣曾瑩家藏本。　舊本題宋蘇過撰。……然考晁説之所作蘇過墓誌，過卒於宣和五年。此集中所稱乃嘉泰、開禧諸年號，以及周必大、姜堯章、韓侂胄諸人，過何從見之？……案劉過《龍洲集》中所載之詩，與此盡同，蓋作僞者因二人同名爲過，而鈔出冒題爲《斜川集》，刊以漁利耳。（同上卷一七四《集部·別集類存目一》）

《江湖小集》九十五卷兩淮鹽政採進本。　舊本題宋陳起編。……是集所録凡六十二家。洪邁二卷。……姜夔一卷。……且洪邁、姜夔皆孝宗時人，而邁及吴淵位皆通顯，尤不應列之江湖。疑原本殘闕，後人掇拾補綴，已非陳起之舊矣。（同上卷一八七《集部·總集類二》）

《娱書堂詩話》一卷浙江范懋柱家天一閣藏本。　宋趙與虤撰。……其論詩源出江西，而兼涉於江湖宗派，故所稱述如……姜夔潘轉庵贈答詩，黄景説賀周必大致仕詩，……大抵皆凡近之語，評品殊爲未當。（同上卷一九五《集部·詩文評類一》）

《白石道人歌曲》四卷，別集一卷監察御史許寶善家藏本。　宋姜夔撰。夔有《絳帖平》，已著録。此其樂府詞也。夔詩格高秀，爲楊萬里等所推。詞亦精深華妙，尤善自度新腔。故音節文采，並冠絶一時。其詩所謂「自製新詞韻最嬌，小紅低唱我吹簫」者，風致尚可想見。惟其集久無善本。舊有毛晉汲古閣刊版，僅三十四闋，而題下小序，往往不載原文。康熙庚午，陳撰刻其詩集，以詞附後，亦僅五十八闋，且小序及題下自注多意爲刪竄，又出毛本之下。此本從宋槧翻刻，最爲完善。卷一《宋鐃歌》十四首，《越九歌》十首，《琴曲》一首。卷二詞三十三首，總題曰「令」。卷三詞二十首，總題曰「慢」。

卷四詞十三首，皆題曰「自製曲」。别集詞十八首，不復標列總名，疑後人所掇拾也。其《九歌》皆注律吕於字旁，《琴曲》亦注指法於字旁，皆尚可解。惟「自製曲」一卷，及二卷《鬲溪梅令》、《杏花天影》、《醉吟商小品》、《玉梅令》，三卷之《霓裳中序第一》，皆記拍於字旁。宋代曲譜，今不可見，亦無人能歌，莫辨其似波似磔，宛轉欹斜，如西域旁行字者，節奏安在。然歌詞之法，僅僅留此一線。録而存之，安知無懸解之士，能尋其分刌者乎？魯鼓薛鼓，亡其音而留其譜，亦此意也。舊本卷首冠以《詩説》，僅三頁有餘，殆以不成卷帙，附詞以行。然夔自有《白石道人詩集》，列於詞集，殊爲不類，今移附詩集之末，此不複録焉。（同上卷一九八《集部・詞曲類一》）

《夢窗稿》四卷，補遺一卷江淮巡撫採進本。　宋吴文英撰。……文英及與姜夔、辛棄疾游，倡和具載集中。……其稿屢經傳寫，多有譌脱，如……《惜紅衣》一闋，仿白石調而作，後闋「當時醉近繡箔夜吟」句，止八字，考姜夔原詞作「維舟試望故國，渺天北」句，實九字，不惟少一字，且脱一韻。（同上卷一九九《集部・詞曲類二》）

《竹屋癡語》一卷安徽巡撫採進本。　宋高觀國撰。……詞至鄱陽姜夔句琢字鍊，始歸醇雅。而達祖、觀國爲之羽翼。故張炎謂數家格調不凡，句法挺異，俱能特立清新之意，删削靡曼之詞。乃《草堂詩餘》於白石、梅溪則概未寓目，竹屋詞亦止選其《玉蝴蝶》一闋，蓋其時方尚甜熟，與風尚相左故也。（同上）

《散花庵詞》一卷安徽巡撫採進本。　宋黄昇撰。……昇早棄科舉，雅意歌詠，曾以詩受知游九功，見胡德

方所作詞選序。其詞亦上逼少游，近摹白石，九功贈詩所云「晴空見冰柱」者，庶幾似之。（同上）

《山中白雲詞》八卷江蘇巡撫採進本。　宋張炎撰。……炎生於淳祐戊申，當宋邦淪覆，年已三十有三，猶及見臨安全盛之日。故所作往往蒼涼激越，即景抒情，備寫其身世盛衰之感，非徒以翦紅刻翠爲工。至其研究聲律，尤得神解。以之接武姜夔，居然後勁。宋元之間，亦可謂江東獨秀矣。（同上）

《蛻巖詞》二卷兩淮鹽政採進本。　元張翥撰。……其詞乃婉麗風流，有南宋舊格。其《沁園春》題下注曰：「讀白太素《天籟集》，戲用韻效其體。」蓋白璞〔樸〕所宗者多東坡、稼軒之變調，翥所宗者猶白石、夢窗之餘音，門徑不同，故其言如是也。（同上）

《詞綜》三十四卷內府藏本。　國朝朱彝尊編。其同時增定者，則休寧汪森也。……蓋彝尊本工於填詞，平日嘗以姜夔爲詞家正宗，而張輯、盧祖皋、史達祖、吳文英、蔣捷、王沂孫、張炎、周密爲之羽翼。謂自此以後，得其門者或寡。又謂小令當法汴京以前，慢詞則取諸南渡。又謂論詞必出於雅正。……其立說大抵精確。（同上）

《白石詞集》一卷安徽巡撫採進本。　宋姜夔撰。夔有《絳帖平》，已著録。是集爲康熙甲午陳撰所刻，附於詩集之後。凡五十八闋，較毛晉汲古閣本多二十四闋。然其中多意爲刪竄，非其舊文。如毛本《暗香》、《疏影》二調，並注「仙吕宫」字，且《暗香》題下有小序四十九字，述製曲之由。此本佚去，僅《疏影》題下注「仙吕宫」三字。又《鷓鴣天》第三闋題下，毛本有「十六夜出」四字；《憶王孫》題下，毛本有「鄱陽彭氏小樓」六字；《齊天樂》結句有原注十一字：此本並佚，殊爲疎漏。又《齊天樂》題下，毛本注「蟋蟀中都呼爲促織」八字，此本則注俗名「正宫黄鐘宫」五字，又注「促織」二字；《鬲溪梅令》，毛本注曰「仙吕調」，此本乃譌作「高溪梅」，又譌注爲「仙宫調」；《湘月》一闋，毛本題下注「即《念奴嬌》之鬲指聲也」，文義甚明，此本乃以「鬲指」二字爲調名，注曰「一名《湘月》」：皆乖謬無理。其中詠草《點絳唇》一闋，撰跋謂復見於逋翁集中，援據無徵，難以臆定。不知《草堂詩餘》載此詞，實作林逋，宋人所題，必非無據。且《草堂詩餘》不及夔詞，又足徵不出於夔。撰亦考之未審。至於《長亭怨慢》題下自注「桓大司馬」云云，乃誤以庾信《枯樹賦》末六句爲桓温本語，則夔之記憶偶譌，又非校刊者之過矣。（同上卷二〇〇《集部・詞曲類存目》）

別本《白石詞》一卷江蘇巡撫採進本。　宋姜夔撰。此本爲毛晉《六十名家詞》中所刻，凡三十四闋，較康熙甲午陳撰刊本少二十四闋。蓋第據《花間詞選》所録，僅增《湘月》一闋，《點絳唇》一闋而已。（同上）

《填詞名解》四卷浙江汪啟淑家藏本。　國朝毛先舒撰。……附會支離，多不足據。末附先舒自度十五曲，尤爲杜撰。……金、元以來，南北曲行，而詞律亡，……當時宫調，已茫然不省。而乃憑虚臆見，自製新腔，無論其分析精微，斷不能識，即人人習見之白石詞，其所云「《念奴嬌》鬲指聲」者，今能解爲何語乎？英雄欺人，此之謂也。（同上）

《詞源》二卷提要　宋張炎撰。……是編以元人舊鈔影寫。上卷詳論五音十二律律吕相生，以及宫調管色諸事。釐析精允，間系以圖，與姜白石歌詞《九歌》、《琴曲》所記用字紀聲之法，大略相同。（同上

附録《四庫未收書目提要》）

〔送朝天集歸楊誠齋〕（姜詩，略）

紀昀：白石詩氣韻頗高，故不爲虚谷所喜。

紀昀：四句粗豪之氣太重，五、六意是而句不工。（《瀛奎律髓彙評》卷三十六）

永瑢

《絳帖平》六卷　宋姜夔撰。原本二十卷，今佚其十四卷。初，潘師旦摹刻淳化閣帖，後絳州公庫得其石刻之半，補刻足之，名曰《絳帖》。夔一一詳爲考辨，取漢官延〔廷〕尉平之意，名之曰「平」。援據精博，出米、黄二家評論閣帖之上。書雖殘闕，要爲書家津筏也。（《四庫全書簡明目録》卷八《史部十四・目録類》）

《續書譜》一卷　宋姜夔撰。蓋續孫過庭《書譜》也。凡二十篇。皆抒所心得。世有兩本，一本僅十八篇，次序先後亦稍異，然十八篇之文並同。（同上卷十二《子部八・藝術類》）

《方泉集》四卷　宋周文璞撰。其詩長篇多病頹唐，古體短章、近體小詩，可肩隨於白石、澗泉諸集。（同上卷十六《集部四・別集類三》）

《白石詩集》一卷，附《詩説》一卷　宋姜夔撰。夔詩在南宋中葉，最爲傑出。雖篇帙無多，而格意不在范、陸下。其自序主於擺落一切，冥心獨造，可謂不負所言。《詩説》僅二十七條，而大抵皆造微之論。（同上）

《白石道人歌曲》四卷，《别集》一卷　宋姜夔撰。夔詩格高秀，迥出一時，詞亦華妙精深，尤嫻於音律。故於九歌皆注律吕，琴曲亦注指法，自製諸曲皆注節拍於旁，似西域旁行文字，亦足以資考核。（同上卷二十《集部十·詞曲類》）

《山中白雲詞》八卷　宋張炎撰。炎以春水詞得名，此集即以壓卷。然集中似此者尚衆。宋亡以後，撫時感事，尤蒼莽悲涼，以之接武姜夔，可云後勁。（同上）

《蜕巖詞》二卷　元張翥撰。其詞皆風流婉麗，有姜夔、吴文英之遺。又一身閲元之盛衰，故閔亂憂時，頗多楚調。（同上）

王　昶

〔江賓谷梅鶴詞序〕……余常謂論詞必論其人，與詩同。如晁端禮、万俟雅言、康順之，其人在俳優戲弄之間，詞亦庸俗不可耐。周邦彦亦未免於此。至姜氏夔、周氏密諸人，始以博雅擅名，往來江湖，不爲富貴所熏灼，是以其詞冠於南宋，非北宋之所能及。暨於張氏炎、王氏沂孫，故國遺民，哀時感事，緣情賦物，以寫閔周哀郢之思，而詞之能事畢矣。世人不察，猥以姜、史同日而語，且舉以律君。夫梅溪乃平原省吏，平原之敗，梅溪因以受黥，是豈可與白石比量工拙哉！譬猶名倡妙伎，姿首或有可觀，以視瑶臺之仙、姑射之處子，臭味區别不可倍蓰算矣。（《春融堂集》卷四十一）

〔趙升之曇華閣詞序〕……夫詞小技爾，然非覃生平之才與力則不克以工，故其道鮮有與詩兼擅焉者。南宋詞人最著者凡數家，若吴君特、王聖與之屬，詩弗著見於世。惟姜堯章《白石道人集》、陳君衡《西麓詩稿》流傳差廣。（同上）

〔孫鑑之海月詞序〕　往余讀蕭東夫詩，最嗜其「江妃危立涷蛟背，海月夜掛珊瑚枝」，詠梅之作，最爲清峭，宜與白石老仙《暗香》、《疏影》異曲同工。惜後來詞人繼之者鮮也。門人孫君鑑之博學能詩，兼工詞，所著清新婉麗中風格皎然，頗有東夫具體，而上規白石如驂之靳也。鑑之取「海月」以名其詞，蓋嗜東夫之句，而竊欲比儗焉。然則欲知《海月詞》之工，當於《暗香》、《疏影》間求之矣。近日吴下多詞人，張子淥卿、陶子梟鄉、李子子仙輩，詩皆出入蕭、楊、范、陸，而詞亦姜、史、張、王之繼别，可由《海月》一卷以推之矣。（同上）

〔陶梟香紅豆樹館詞序〕　……梟鄉嫻雅歌通詩文，性情風格似魏晉人，而又以詞擅名於時。所作以石帚、玉田、碧山、蜕巖諸公爲師，近則以竹垞、樊榭爲規範。其幽潔妍靚，如昔人所云「水仙數蕚，冰梅半樹」，可想見其娟妙。（同上）

〔姚茝汀詞雅序〕　……國初詞人輩出，其始猶沿明之舊，及竹垞太史甄選《詞綜》，斥淫哇，删浮俗，取宋季姜夔、張炎諸詞以爲規範，由是江浙詞人繼之，蔚然躋於南宋之盛。……然風雅正變，王者之跡，作者多名卿大夫，莊人正士，而柳永、周邦彦輩不免雜於俳優。後惟姜、張諸人以高賢志士，放跡江湖，其旨遠，其詞文，託物比興，因時傷事，即酒席游戲，無不有黍離周道之感，與詩異曲而同工；且清婉窈眇，言者無罪，聽者涙落，有如陸氏文圭所云者，爲《三百篇》之苗裔無可疑也。（同上）

〔琴畫樓詞鈔自序〕……唐之末造，詩人間以其餘音綺語，變爲填詞。北宋之季，演爲長調，變愈甚，遂不能復合於詩。故詞至白石、碧山、玉田，與詩分茅設蕝，各極其工。非嗜古愛博、性情蕭曠之士，孰能幾於此？然自元明來三四百年，往往以詩爲詞，粗厲媟褻之氣乘之，不復能如南宋之舊。……余少好倚聲，……海内知交以詞投贈者甚夥，歷今二十餘年，積置篋衍，新涼官事稍暇，汰其粗厲媟褻者，存二十五家，曰《琴畫樓詞鈔》。此其人皆嗜古好奇，性情蕭曠，與余稱江湖舊侣者。其守律也嚴，取材也雅，蓋白石、玉田、碧山之繼別，由是可以考文章之變，而五十年間詞家略備於此。（同上）

鮑廷博

〔麓堂詩話跋〕李文正公以詩鳴成、弘間，力追正始，爲一代宗匠。所著《懷麓堂集》，正今爲大雅所歸。詩話一編，折衷議論，俱從閱歷甘苦中來，非徒游掠光影娱弄筆墨而已。仁和倪君建中手鈔見贈，亟爲開雕。俾與《滄浪詩話》、《白石詩説》鼎峙騷壇，爲風雅指南云。（《麓堂詩話》）

〔白石道人集補遺〕於越亭

松尾颼颼石浪寒，胡啼蕃曲轉聲酸。人間無此春風手，應是江妃夜夜彈。

和王祕書游水樂

（詩，略）

右二詩從廣陵書局刊本録補

題楊冠卿客亭類稿

楊侯筆力天下奇，早歲豪彦相追隨。一斑略見客亭稿，文采炳蔚驚羣兒。長安城中擇幽棲，静退不願時人知。大書前榮號霧隱，意與風虎雲龍期。人皆炫耀身陸離，見草而悦忘皋比。南山十日不下食，君子一變誰能窺。正論不作世道微，通都大邑多狐狸。惜君爪牙不得施，公超五里亦奚爲。

右詩從《客亭類稿》附録録補。（《南宋羣賢小集補遺》、《南宋羣賢小集》）

錢大昕

〔述庵詞序〕　詞者詩之餘也，而古今才士多不能兼此二者。有宋三百年間，如美成、邦卿、君特、公謹、中仙、叔夏諸君子，卓然爲詞中大家，而其詩卒不傳。惟姜堯章《白石道人集》、陳君衡《西麓漫稿》詩差清曠可喜。……人之才力有限，而兼而工之者之難得也。（《春融堂集》卷首）

陸以謙

〔詞林紀事序〕　試取宋、金、元詞考之，……其事關倫紀者甚多。……交契最深，則有姜白石之《鷓鴣天》。……蓋古來忠孝節義之事，大抵發於情，情本於性。（《詞林紀事》卷首）

允祕

〔題要〕……每卷皆恭摹御筆論斷昭示權衡，又參取劉次莊、黄伯思、姜夔、施宿、顧從義、王澍諸説，而以《大觀》、《太清樓》諸帖互相考校。凡篆籀行草皆注釋文於字旁，復各作訂異以辨正是非、別白疑似，誠爲墨林之極軌，書苑之大觀。（《欽定校正淳化閣帖》卷首）

〔歷代帝王法帖釋文訂異〕謹按：自宋陳與義奉勅校釋閣帖，劉次莊刻《戲魚堂》帖始附釋文，而施宿著《大觀帖總釋》。姜夔《絳帖平》今存六卷。黄庭堅題跋間亦音注。至明，上海顧從義參訂諸家，撰爲《閣帖釋文考異》，頗稱完備。（同上卷第一）

〔上古至晉人法帖釋文訂異〕索靖……《廿六日帖》：「信至」，從姜夔釋。施宿作「信具」，非。（同上卷第二）

陸雲書：「春節」，從姜夔釋。或作「喪」，非。（同上）

王導《導白帖》：「烝」，從姜夔釋。顧從義云：一作「惡」，非。（同上）

王廙《七月帖》：「等」，從姜夔釋。王澍作「寺」，草法雖合，義難通。又，「不具」，從顧從義釋。姜作「言」，一作「乙乙」，俱非。……又，「獨思」，從姜釋。顧云：一作「緬」，非。又，「審」，從施宿釋。姜作「差」，顧作「佳」，俱非。《大觀》合下「娗何如」作一帖，劉、姜分「瘧如復斷」別作一帖，《大觀》爲優。今分行仍從舊。《娗何如帖》：「宜」，從姜夔釋。一作「聞」，一作「宣」，俱非。……又，

「瘧」，從姜釋。顧作「疾」。又，「北反」，何焯合二字作「發」，與他「發」字不類，今從姜釋。《大觀》摹作「北及」，非。（同上）

紀瞻書：……又，「今逞」，從顧釋。姜夔作「今蓋」，一作「送」，並存參。（同上）

卞壼書：「將中」，從王澍釋。姜夔作「北中」，顧從義作「比中」。又，「不發」，從姜釋。顧云案筆法作「友」，非。又，「房」，姜作「防」，云「房」「防」古通用，從之。劉次莊作「傳」，非。（同上）

庾亮書：四「作」字，俱從姜夔釋。施宿以第三爲「注」、第四爲「治」，俱非。（同上）

庾翼書：「頃」，從姜夔釋。顧從義作「須」，非。（同上）

謝安《每念帖》：「知窮」，從姜夔釋。王澍云：當作「哀窮」。（同上）

〔晉人法帖（跋）〕　逸少書爲古今之冠。……若《臨川帖》中「子嵩」，黄伯思謂是庾敳字。敳與右軍不同時，姜夔謂此言其子，意似，以爲無礙。但右軍既不識子嵩，何不直言其子名，而上溯其父字。且引右軍嘗爲臨川作，據理亦未安。無怪啟人訾議。然王帖中，米芾所指爲僞托者頗多，而又不能明斥爲出自何人之手。則亦存而弗論可耳。御識。乾隆。（同上卷第三）

〔晉人法帖釋文訂異〕　王羲之……《前塗帖》：「存」，從施宿釋。姜夔作「薦」，義尚可通。劉次莊作「孝」，非。　《袁生帖》：……「吾所也」，從姜夔釋。姜云「所、也之間，當別有一字。」存考。顧云「吾疑作無」，非。（同上）

〔晉人法帖釋文訂異〕　王羲之……《荀侯帖》：「云」，從姜夔釋。草法頗合，但「云」字有缺筆耳。或

作「明」，存考。顧作「那可」，非。《小園帖》：……又，「嘉慰」，亦從顧釋。「慰」，姜夔作「至」，非。（同上卷第四）

〔晉人法帖〔跋〕〕　王氏寶章世傳書蹟，今卷中所列多屬琅琊。惟坦之系出太原，宗派各異。雖其父述爲逸少同官，序次應居洽、劭後。而王著因其名相似，以厠凝之兄弟間，幾如右軍子姪。失考甚矣。若凝之書帖，乃告女之詞，而末署某等，與第二卷謝萬帖款稱父疏，而簡首自名，同滋疑義。或好事者妄爲增益，則不可知。姜夔乃謂已行之女待以客禮稱名，臆度無據。且於萬與兄子帖，又何説以處焉。……御識。乾隆。（同上卷第六）

〔晉人法帖釋文訂異〕　王洽《承問帖》：「還白」，從姜夔釋。顧從義作「還日」，非。《仁愛帖》：「豫」，從施宿釋。劉次莊作「紛」，非。按：「豫」字於上下文無當，草法亦不合。施注疑是後人署名側注誤摹入行，鉤勒復失，似爲近理。姜夔《絳帖平》無此字，益可爲本非帖文之證。（同上）王坦之書：「已與」，從姜夔釋。顧從義作「興」，非。又，「良不了者」，亦從姜釋。「良」，一作「斷」，非。王濛疑作「可」。（同上）

郗愔《至慶帖》：「今」，從姜夔釋。顧從義作「令」，非。又，「進」，姜、顧釋並同。一作「逢」，非。《比書帖》：「達」，從姜夔釋。一作「連」，或作「違」，俱非。《遠近帖》：「何他」，從姜夔釋。顧從義作「也」，一作「地」，草法俱不合。又，「干」與「乾」通。此帖，顧及劉次莊俱與上二行誤合爲一。按：上帖末已署「愔報」，且兩帖字體不類，《大觀》分列爲是，姜釋亦同。《敬豫帖》：「親親」，姜夔、顧從義並同。下「親」字，劉次莊作「今」，或作「乙乙」，王澍作「一一」，以羲之帖證之。姜、顧釋爲「長」。又，「未善」，亦從姜釋。或作「未曾」，非。（同上）

王凝之書：「勉」與「免」同，姜夔引《漢書》「免身」爲證。又，「漸冷」，從姜釋。顧從義從施宿作「微」，非。（同上）

王渙之書：「上下」，從姜夔釋。施宿合二字作「叔」，非。（同上）

〔晉人法帖（跋）〕 侍書集子敬帖，殽紊尤甚。……又，卷中「鐵石」兩見，蘇軾並謂是殷鐵石，姜夔則以爲謝鐵石。按《南史》，鐵石即謝鐵字，爲安石季弟，與子敬時世正同。且札内文義的係人名，亦殊逸少帖語。兹取夔説，義各有當也。（同上卷第七）

〔晉至梁人法帖釋文訂異〕 王珣書：「何如」上一字，姜夔作「寒」，劉次莊、顧從義俱作「即日」二字。玩草法當是「寒」字。又，「就弊」，從姜釋。劉作「能」，顧作「服」，一作「秋」，存疑。（同上卷第八）

王珉《十八日帖》、《比二書》：……又，「比可不」，從姜夔釋。顧作「以」。《何如帖》：「得書」下一字，姜夔、劉次莊、顧從義俱作「至」。王澍作「慰」，謂是筆快偶圓轉，文義較「至」爲長，從之。又，末一字，姜作「具」，顧作「亦」，「具」字較近，從之。《欲出帖》：「亟盡」，從黄庭堅釋。王澍云：月小盡也。姜夔、顧從義作「亟遣」。又，「臨出」，從劉次莊釋。姜作「飡」。顧云按書法當作「限」，非。又，「王家」，從姜釋。一作「敬」，非。又，「敬報」之「敬」，姜作「前」，劉、顧俱作「相」。澍云當是「敬」字，筆駛少折，義較優，從之。（同上）

張翼書：……又，「比何如」，姜夔作「以」，顧同。玩文義當是「比」字。(同上)

王循書：「詹」，從姜夔釋。顧從義作「遮」，一作「舊」，玩草法「遮」、「舊」俱不合。惟「詹」字爲近，但名下加「詹」，於文義無據。考《晉書》：賀循、應詹同時爲太子舍人，或二人聯名具札，鉤摹者不加深考，妄以王循當之。又，於帖末署名率加王字，宜其滋米芾之疑也。今標名仍從舊，附訂於此，又不盡從顧釋姜作，不宣。(同上)

劉瓌之書：「頓首頓首」，從姜夔釋。顧從義闕下「頓首」二字，空格不釋。又，「末陽」，從顧釋。姜作「朱陽」。(同上)

謝璠伯書：「比來」，從姜夔釋。劉次莊作「此」，非。(同上)

劉穆之書：「亦知」，從姜夔釋。顧從義作「所欲」，非。又，「官」，亦從姜夔釋。顧作「故」，非。又，「更律」，亦從姜釋。顧云華本潘本俱糢糊，惟顧本不損。又，「啟」，從顧釋。姜作「昏」。(同上)

王敦書：「悲」下，姜夔及顧從義作「意」，不應多上一曲。施宿分作「今邑」，王澍作「邑邑」，於文義亦未合。細玩草法，似是「之意」二字，「之」字借上筆成字，猶陳逵帖「足下」合筆耳。(同上)

桓温書：「還節」，從姜夔釋，云「温使人送旌節還臺」，較顧從義「逐節」爲勝。又，「都督」，從顧釋。姜夔作「相問答」，劉次莊作「相具答」，俱不甚合。又，「復治庶意」，亦從姜釋，云「不復有意治軍政民事也」，義亦通。「復」，顧作「使」，一作「護」；「治庶」，劉作「治度」，顧作「酒席」，俱不可解。(同上)

王曇首書：「差可」之「可」，從姜夔釋。施宿作「耳」。……又，「所宜」，亦從姜釋。顧云當作「亦宜」，非。……又，「俗」，從姜釋。顧作「從」。（同上）

孔琳之書：「郡」，從姜釋。顧從義作「群」，非。又，「窮」，亦從姜釋。顧作「最」，非。又，「知君」，亦從姜釋。「君」，顧作「良」。又，「患」，亦從姜釋。王澍作「惠」，非。又，「幽悒」，亦從姜釋。王澍云當是「悲悒」。……又，「悢悢」，從黄伯思釋。姜亦同。顧作「悒悒」。黄又以「悢悢」至「覺益」十二字偏小，云是行側注字，摹帖者妄以入行，存考。又，「迷甚」，亦從姜釋。「甚」，劉作「反」，顧作「亡」，俱非。又，帖末「頓首」上，姜、顧作「奈何一合作」等字，草法俱不合。玩字體，是「奏」字，古人於朋友通問亦稱「奏記」，姑釋以存考。（同上）

謝莊書：「一日」，從姜夔釋。劉次莊合「一日」二字作「間」，非。又，「怛」，從顧從義釋。姜作「恒」，字體不合。又，「諸治」，從姜、顧釋。又，「昨」，亦從姜、顧釋。又，「頃」，從顧釋。姜作「頓」，一作「須」。（同上）

〔隋至唐人法帖釋文訂異〕　智永書：「別」，從姜夔釋。一作「子」，非。顧從義作「早」。（同上卷第九）

智果書：「自乏」，從袁昂評書訂正。顧從義作「足」，非。又，「風帆」，亦從袁訂。按字書「帆」與「範」同，姜夔及顧俱作「軌」，非。……又，「志其名」之「志」，從姜夔釋。顧作「忠」，蓋因上畫右旁鉤摹連筆之誤。（同上）

〔唐人及無名氏法帖（跋）〕　張旭前二帖，姜夔謂其非贋，亦非合作，論最平允。《大觀》合爲一帖，標作隋僧智永，豈未審帖尾旭自書名耶？……閣帖第五卷，一標何氏書，兩標古法帖，何氏猶言何人，長睿之説極當。古法帖則本逸其名，因改標無名氏書以殿全編。黄以《投老》二帖類歐陽詢，姜以《賢弟帖》類王獻之，米以《移屋》二帖類羊欣，皆出臆説，未可泥從也。……御識。乾隆。（同上卷第十）

〔唐人及無名氏法帖釋文訂異〕張旭《晚復帖》：「復」，從顧從義釋。劉次莊、姜夔俱作「後」。……《冠軍帖》：「辨」，從姜夔、顧從義釋。「辨」，當作「辧」，古通。又，「不可」，從姜釋。《大觀》合二字作「處」字，義雖較優，但筆蹤牽附增改究失本真，不若仍從其舊。顧謂是王著誤摹，王澍謂著本摹作「潛處」，後人以紙幅短妄分，存以備考。《終年帖》：「復」，從姜夔釋。有作「治」字者，非。又，「比去」，從顧從義釋。姜作「以去」。又，「講竟不竟」，俱從施宿釋。姜作「忘」，顧作「意」，俱難通。又，「一昨」，從姜釋。顧云一本合二字作「所」，似於草法未合。……《欲歸帖》：「遣」，從顧從義釋。姜夔作「追」，字體不類。又，「不知」，亦從顧釋。姜作「不具」。又，「佳並」，從姜釋。劉次莊釋同。顧釋作「往佳」，且以爲劉闕釋，俱非。（同上）

無名氏書《投老帖》：「縈」，從姜夔釋。顧從義作「縈」，非。又，「不勞」，亦從姜釋。顧作「身」，非。又，「取竟」，亦從姜釋。草體應如此。顧以爲疑，何耶？又，「他」，亦從姜釋。陳與義作「地」，非。《去留帖》：「取爾」，從王澍釋。草法較合。劉次莊、姜夔釋作「所」。又，「思歸」，從姜釋。顧從義作「忽歸」，非。《晚寒帖》：「以」，從姜夔釋。「以」與「已」古通。王澍云當是「似」字，筆駛省一折，存考。又，「兄子」，亦從姜釋。顧從義云「兄」一作「允」，非。《移屋帖》：「墻」，考字書，同薔薇之「薔」。姜夔釋作「墻」，非。又，「援」，姜云與「園」同。顧從義訓作「欄」。王澍以本帖下「園」字正作「園」，此「援」字當如顧解。按：「欄」爲階際句欄，及牡丹芍藥稱欄之類，其内安得有餘地起屋？考毛詩鄭風疏園者圃之蕃，齊風疏樊園之樊，訓爲「藩」。《爾雅釋言》疏圃外藩籬謂之園。而《周禮・大宰》疏亦有「園其藩也」之訓。是「援」與「園」同，正當作藩籬解。下文「園」字乃同義而體互見，毋庸拘泥也。且謝靈運《田南樹園激流植援》詩，有「插槿當列墉」句，更可爲「援」即「籬」之證。……又，「空」，從姜釋。顧誤作「恐」。又，「晝」，從姜釋。劉作「盡」，一作「晝」，俱非。《閑曠帖》：「忘暑」，從姜夔釋。劉次莊作「惡暑」，非。又，「慰對」，從顧從義釋。姜作「至」。又，「者卿」，「者」從王澍釋，「卿」從姜釋。又，「垂」下一字，澍作「了」，劉、姜俱作「耳」。施宿云：與下文「耳」字草法異。似澍説爲長，從之。又，「今床」，「今」從姜釋，「床」從澍釋。姜釋作「度」，草法不類。劉釋作「會使」，可疑。又，「每每」，從劉、姜釋。施作「每日」，非。又，「昌寄與音介」，「昌」從施釋；劉作「過寄」，「與」從劉釋；姜以「昌寄與」三字作「日具問可令」五字；顧作「昌之問可令音介」，亦從劉釋：「音」，顧作「晉」；「介」，一作「分」，俱存考。又，「勿勿」，從姜釋。姜據《顔氏家訓》引《説文》云：忩遽者稱勿勿，又引祭義注：勿勿猶勉勉也。或作「忽忽」，又作「怱怱」，皆不及姜訓之合。又，「與直」，「與」從劉釋。姜作「即」，「直」從姜釋。劉作「宜」。又，「略絶」，從劉、姜釋。施作「略紀」，非。又，「面信」，從劉釋。姜作「面促」。又，「須得」，從劉、姜釋。米芾云：當作「欣白」，與上一帖皆羊欣書。按：帖卷八内即有羊欣書，其結體及署名與此皆不類，未足爲羊書之據。惟「須得」二字語意未了，其下或尚有脱簡。蓋此帖難考處甚多，或筆駛未完，或鉤摹稍失，其諸家互異者皆未能確切可信，不得不存疑俟考耳。《度德帖》：「俟」，從姜夔釋。顧從義因史文作「信」，遂以「俟」爲古「伸」字，非。……又，「君謂」，亦從姜釋。顧作「若」。《亮曰帖》：「曰」，從姜釋。史文正同。劉次莊、施宿作「白」，非。……又，「袁紹」，從劉、姜釋。顧從義作「表」，雖字體相合，與史文異，豈「表」謂劉表作書者別有據耶？存考。……又，「與」，從史文及姜釋。劉作「久」，非。（同上卷第十二）

江春

〔白石道人詩詞合集序〕荀卿子有言：藝之至者，不能兩而工。王良、韓哀善御，而不能爲車；奚仲天下之善爲車者也。甘蠅、養由基善射，而不能爲弓；倕天下之善爲弓者也。是故工於詩者不必兼於詞，工於詞者或不能長於詩，比比然矣。然吾觀唐之李太白、白樂天、温飛卿，宋之歐陽永叔、蘇子瞻，皆詩詞兼工者，古或有其人焉。其在南渡，則白石道人實起而繼之。其詩初學西江，已而自出機杼，清婉拔俗。其絶句則駸駸乎半山矣。其詞則一屏靡曼之習，清空精妙，敻絶前後。以禪宗論，白石爲曹溪六祖能，竹屋、夢窗、梅溪、玉田之流則江西讓，南嶽思之分支也。蓋自唐、五代、北宋之南渡，而白石始得其宗。截斷衆流，獨標新旨，可謂長短句之至工者矣。南渡詩家向數尤、蕭、范、陸。白石爲蕭氏弟子。今石湖、劍南集布海内，延之梁溪集傳世寥寥。千巖雖賴入室傳衣有人，後世推其紹述所自，然遺詩放佚殆盡。乃知古人之集，其得存於後，亦有幸有不幸焉，可爲太息者也。白石又精書法，其所撰《絳帖平》、《續書譜》、《禊帖偏旁考》，論訂精審，不爽累黍。其言曰：「小學既廢，流爲法書；法書又廢，惟存法帖。非得其玄要，而能鑿鑿言之乎？」則白石不特工詩詞，又工書矣。荀卿不兩能之説，其果可信也乎？此集刻自陸氏渟川。渟川舊雨襟契，向聯吟社。今暮草已宿，而此版歸我，爲之慨然。陸氏本故有集事、評論各如干條，投贈詩文如干首。族子雲溪病其未備，廣搜博采，所得復多於前。逭暑餘暇，因與汪子雪礓重加審訂，附録於末。汪與吾姪皆喜倚聲，蓋善學白石者。乾隆辛卯秋七月合朔，歙人江春鶴亭撰。（《白石道人詩集、歌曲》卷首）

林蕃鍾

〔珍珠簾〕　石湖爲白石老仙游衍地也，秋夜泊舟，有感而作。

暮帆微覺西風勁。正閒看、幾處疏林殘暝。秋色畫橋邊，引十年游興。柳外新蟾涼意淺，早澹了、碧溪雲影。人靜。愛入櫂蘋香，翠痕千頃。　重問舊日詞仙，有花飛玉笛，雲依孤艇。零落翠尊空，幾月圓如鏡。今夜湖光留我住，但夢與、閒漚俱冷。還省。又隔院飄來，一聲清磬。（見《篋中詞》今集二）

翁方綱

〔跋齊原曹侍郎所收趙子固落水蘭亭卷〕　右趙子固落水《蘭亭》，其事見於周公謹《齊東野語》。……

按《蘭亭續考》，惟有姜白石三跋，李秀巖一跋而已。……白石題在嘉泰三年，而子固跋云在蕭氏二十年，則此帖歸蕭氏當在嘉定十二三年間。蕭季木者，其祖名德藻，字東夫，女嫁白石，故此帖歸於蕭也。（《復初齋文集》卷二十七）

〔又跋〕……其後聞葉郎中夢龍於吳門汪氏見所藏落水《蘭亭》卷，云：紙墨古厚，有子固手書「性命可輕，至寶是保」八字，其姜白石二跋，則第二跋字又稍大，與予所臨前卷悉同。（同上）

〔與內子校絳帖作〕　兼旬病肺揩昏目，甫得潘師旦帖開。並倚紗窗過駒在，微風小檻戲魚來。釋文兒女環相指，跋語姜劉倘可該。姜堯章有《絳帖平》二十卷，劉次莊有《絳帖釋文》二卷。砌石井闌摹刻徧，幾時剔蘚故園限。（《復初齋集外詩》卷六）

〔蘭亭〕　峻嶺修林悵望情，依然觴詠惠風清。知君到此應懷我，雪後鐙前白石盟。趙子固落水本，予嘗合姜白石二跋，手摹勒石於此。（同上卷二十三）

〔考訂馮涿鹿所刻嵩陽帖爲卷書後三首〕　此是眉山藺紙帖，誰論摹褚又摹歐。且尋白石偏旁考，一水痕間劍與舟。（同上卷二十四）

白石學詩於千巖。……千巖學於曾幾吉甫。（《石洲詩話》卷四）

石湖於桑麻洲渚，一一有情，而其神不遠。其佳處，則白石所稱「温潤」二字盡之。（同上）

誠齋屢用轆轤進退格，實是可厭。至云：「尤蕭范陸四詩翁，此後誰當第一功？新拜南湖爲上將，更牽白石作先鋒。」叫囂傖俚之聲，令人掩耳不欲聞。（同上）

姜白石《除夜自石湖歸苕溪》十絶句，極爲誠齋所賞。然白石詩風致，勝誠齋遠矣，誠齋顧以張功父比之耶？

周方泉氣味頗自不俗，當在姜堯章伯仲間。

高菊磵翥詩，亦有風致，不減白石、方泉。當時書坊陳起刻《江湖小集》，自是南渡詩人一段結構，正何必求如東都大篇，反致力不逮耶？（同上）

〔定武蘭亭偏傍考〕　宋周公謹《齊東野語》載姜堯章《禊帖偏傍考》，凡十九条。「永字無畫，發筆處微折轉。」「和字口下横筆稍出。」

方綱按：今所見本，皆不可覓横筆稍出之跡。此條須善會之。

「年字懸筆上湊頂。」

「在字左反剔。」

「歲字有點，在山之下，戈畫之右。」

按：「歲」字，今所傳定武派之本，實皆無點。雖落水舊本淡枯，亦無點。惟上海潘氏所祖石本，及所翻刻吴靜心本，皆有點，可與白石此條相證。又按：「歲」字「山」頭，定武本皆右外直畫緊收近中。惟國學本，及潁上本，渤海歲真本，皆右外直畫微闊出向外，而「戊」之横畫，覺似縮短者。此亦當由原本有點，故臨寫時不覺出闊而一狹，是則亦有點之證也。然則落水本之所以不見此點者，蓋由石跡輕微所致，可以推見。諸本與懷仁所集崇字，「山」下不見左二點之故耳。落水本經白石珍賞，而白石獨表此有點者，蓋白石必嘗别見原石拓本，曾與落水本對驗，知此間之有點也，非專疏此落水本也。不然，何以貴白石偏傍之考耶？「和」字「口」横出，亦當以此意求之。

「事字腳斜拂不挑。」

「流字内𠫓字處，就迴筆，不是點。」

按：此謂前一「流」字，今見落水本，已昏糜不甚可辨。然則吾前條之説，蓋不誣矣。

「殊字挑腳帶横。」

按：此即所謂蟹爪。

「是字下疋凡三轉不斷。」

「趣字波略反捲向上。」

「欣字欠右一筆，作章草發筆之狀，不是捺。」

按：此擬以章草，最爲得之。六研齋載一條云：鮮于伯機本，「欣」字腳作九轉折。似形容過甚矣。

「抱字已開口。」

「死生亦大矣，亦字是四點。」

「興感，感字戈邊是直作一筆，不是點。」

「未嘗不，不字反挑腳處，有一闕。」

「又仰字如針眼。」

按：此謂十一行俯仰。

「殊字如蟹爪。」

「列字如丁形。」

按：此謂二十五行故列。

「云字微帶肉。」

按：此句據石刻鋪叙，載白石原文曰：「又云字微帶肉」，乃唐古刻。「又云」「云」字屬上句，「字微帶肉」四字自爲句。「字微帶肉」者，猶言定武肥本，以對後翻之瘦本言，故言此乃唐古刻也。今若截去「又」字，似以「云」字專作「古人云」「云」字，則失之。

……

方綱續考二十九條。……

按：懷仁集《聖教序記》，多用褚本，亦間有足證定武本者。今所補者，是因姜堯章原考而作，是以專言定武未及褚本也。……

東陽本，有正統丙辰兩淮運使金華何士英跋。又有修撰張元汴跋，不著歲月。元汴隆慶五年進士第一。此跋云翰林修撰，則隆、萬間跋也。……至跋内云：較之世傳率更摹本遠甚。不知此本原於定武，定武即率更摹本也。乃欲推此爲右軍繭紙原跡，在定武上，豈其然乎？然落水真本，古人古字，「不痛」「不」字，皆已半蝕，而此本二字皆完好，是此本入石，又在姜、趙之前，則即以爲薛紹彭所易、宋高宗所失者，未可厚非耳。……

附記一條，孫退谷摹刻定武五字未損本，即趙子固落水本也。大約方勁似歐陽率更體，是固應爾。然九行「察」字，「宀」稍偏左而右低，頗似以後來新補東陽本之「宀」頭誤闌入者。至於「稽」字「禾」旁無右點；「脩」字「人」内之直畫，上短與「月」頂平；「群」字脚無雙杈；「賢」字捺放尖；「崇」字「山」下無三小點；「雖」字有點；「騁」「馬」内僅二點；「殊」字無蟹爪；「同」字左直反長；「死生亦大矣」，「亦」字作三點；「由」字下無伸長之痕；「未嘗不」，「不」字直畫末無趯痕；「後之」「之」字，末捺大放出尖；「列」字作亅非丁形；「述」捺太短縮而低抑：此皆顯然與姜白石《禊帖偏旁考》不合者。……

落水《蘭亭》，自姜白石得於童道人時，是一册子。見周公謹《雲煙過眼録》。今已改裝爲卷矣。因記其偏傍尺寸。是以并録帖後白石二跋，趙子固一跋，蕭沆一跋，又子固一跋，凡五跋，以資考據。（白石二跋，略）

《蘭亭》刻，稱定武爲古今絶冠，尤以五字未損爲珍。此本自姜白石得之盧朝奉宗邁，前跋來歷源流可證，余不必贅。特余於此刻，頗有前緣，得之殊不易。……孟堅子固書。

姜白石所藏《蘭亭》，載桑氏、俞氏考，而前後有互出者。桑氏考，載白石所藏四本，其第一本有山谷、周翰跋者。白石自跋「嘉泰壬戌十二月得於童道人」。此本歸檢校黄犖家。或云姜以他本聯此跋耳。俞氏考，載姜白石跋本藏俞松家者，有白石三跋。前二跋，即今見落水本内之白石二跋。後一跋「癸亥六月九日，天乃大熱」。其云天乃大熱，正是對前跋雪後寒凛而言，是此本後之跋無疑也。又一跋云「題蕭千巖所藏本，有山谷、周翰題字」云云，亦在嘉泰壬戌十二月。此與落水本同在一月，即桑考所載白石藏之第一本。而云「題蕭千巖本」，則是蕭千巖家非止一本也。俞考以白石三跋之本列於前，明言藏俞松家，而以姜題蕭千巖之本，謂有山谷、周翰題字者，列於後，不言藏俞松家，其爲兩本，判然明白。則知桑考謂姜以他本聯此跋，是此白石藏之第一本，即山谷、周翰題字之蕭千巖本，而非後來趙子固之落水本也明矣。趙子固於理宗寶慶三年丁亥初見此本於千巖之孫沇家，上距嘉泰壬戌已二十五年。乃千巖之孫沇，非親見千巖也。此與姜白石題千巖本，非一事也。合桑、俞二考詳核之，知趙子固之落水本，非桑考所載白石家第一本—有「得自童道人」一語之本也。實即俞氏考所載俞松家藏一本，有白石三跋，並李秀巖跋者也。惟白石第三跋及李跋何時爲人割去，而趙子固得此落水本時，尚有白石第三跋，及李跋皆在卷也。李跋論鑱去五字二語，蓋通舉《蘭亭》帖之前後大體言之，非謂此本鑱去五字也。不特五字未損無可疑，而帖尾有俞松小印之二半，尤足爲證。且袁起巖跋汪季路本，所謂肥本有粉紋者，亦正與落水本相印合。又桑氏考所載白石藏第四本，亦白石得自盧宗邁，是五字不損，末後有一空行，蓋亦與落水本同得於盧宗邁，亦可以相證矣。（《蘇米齋蘭亭考》卷一）

吴　騫

〔疎影〕　太守郡齋，有抹麗數十本，皆自粵中攜至者。予過杭下榻，每當晚凉浴罷，淡風入懷，月露初泫，滌雪甌，煮佳茗，坐卧狂香皓雪堆中，真覺魂清骨冷也。因謂曰：「昔白石道人爲石湖賦梅，《暗香》、《疎影》，至今膾炙，子盍度新聲寵予是花乎？」遂援毫成調，以爲清美不减石帚，惜無俊姣孄歌者付之耳。明日以兩株贈行，且云：「是雖不及小紅，而冰肌玉骨相伴過四橋邊，亦不爲寂寞矣。」相與一笑而别，時己丑七夕前二日也。

（詞，略）（見《全清詞鈔》第十五卷）

許寶善

〔自怡軒詞選序〕　……小令始於李唐，慢詞盛於北宋，至南宋乃極其致。其時姜堯章最爲傑出，他若張玉田、史梅溪、高竹屋、王碧山、盧申之、吴夢窗、蔣竹山、陳西麓、周草窗諸人，無不各號名家，相與鼓吹一時。然白石詞中仙手，而沈伯時猶以爲「未免有生硬處」，古人論詞不少寬假如此。洵乎詞之難也。……嘉慶元年端陽日，雲間許寶善書於玉山講院之知止山房。（《自怡軒詞選》卷首）

〔自怡軒詞選凡例〕

一、是選以雅潔高妙爲主。故東坡、清真、白石、玉田諸公之詞較他家獨多。其有家絃户誦而近於甜熟鄙俚者概從删棄。惟高竹屋《御街行》、劉龍洲《沁園春》詠物雖極刻畫，不致傷雅，故亦收之。

一、宋賢能自製腔，如東坡之《醉翁操》、白石之《石湖仙》《暗香》《疏影》、夢窗之《霜花腴》《西子妝慢》之類，只宜照原詞平仄填之，不可妄爲出入。

一、讀古人詞須自出手眼，不可隨俗議論。如東坡《大江東去》一闋，群謂其不入調，至欲改之，何異裁割摩詰雪裏芭蕉，徒然可笑。東坡何等天分，且能自製新腔，非不知聲律者。白石、玉田諸名公，從無異議，而千百年後之人偏欲譏其疵謬，正昌黎所云「蚍蜉撼大樹」、工部所謂「前賢畏後生」也。粗鄙自安，不敢附和。

一、白石，詞中之聖也。玉田先生直接白石淵源，詞中之仙也。……（同上）

〔淡黄柳〕　姜夔

（詞，略）

音節淒婉，詞旨峻潔。白石老仙，固是不食煙火人。（《自怡軒詞選》卷三）

〔惜紅衣〕　姜夔

（詞，略）

觀後夢窗詞，則後段「維舟」句，應在「故國」斷句，且是韻。至夢窗詞「傷伴」句，句法與此詞不同。長短伸縮，古人或可不拘耳。（同上）

〔法曲獻仙音〕　周邦彦

（詞，略）

清真詞，清而厚，曲折而達。惟白石可以並美，後人鮮能學之者。（同上）

〔探春慢〕　張炎

（詞，略）

玉田酷摹清真、白石，此作幾不復能辨矣。通首摶捖處，意思深厚，筆意峭拔，最宜學之。（同上）

〔淒涼犯仙吕調犯商調〕　姜夔

（詞，略）

此石帚自度曲也，只宜照腔填譜。乃必欲强爲别解，何能起石帚而問之耶？（同上）

〔滿江紅〕　姜夔

（詞，略）

此調白石製爲平韻，而音轉諧，乃知聲音之道，詞家不可不知也。（同上卷四）

〔暗香〕　姜夔

（詞，略）

張叔夏云：《暗香》、《疏影》二曲，前無古人，後無來者，真爲絶唱。（同上）

〔長亭怨慢〕　姜夔

（詞，略）

曲折盡致，最是白石翁得意之筆。（同上）

〔玲瓏四犯越中歲暮聞簫鼓感懷。此曲雙調，世別有大石調一曲。〕 姜夔

（詞，略）

此詞句法，與周詞異。殆所犯之調各自不同。周作豈白石所云「世別有大石調」者耶？（同上）

〔琵琶仙〕 姜夔

（詞，略）

清挺拔俗，後人難於學步。（同上）

〔湘月〕 姜夔

（詞，略）

鬲指聲，其音節今已失傳，不過徒存其名耳。孔子云「不知爲不知」，縱有聰明，不必强爲之説也。（同上）

〔水龍吟〕 姜夔

（詞，略）

結處五字一句，四字兩句。此作一「七」、一「六」兩句，可知宋人於此等處，自有通融之法也。（同上卷六）

〔慶春宮〕 姜夔

（詞，略）

此闋又爲仄韻，今之好爲立解者又將何説？蓋歌譜久已失傳，惟取詞之高妙，照格填之可耳。若必云如何可歌，如何不可歌，强作解事，真叩盤捫燭之見也。實聲可作平聲，亦不可不知也。（同上）

〔齊天樂黄鍾宫〕　姜夔

（詞，略）

細膩熨貼，聲調更極嫻雅，真爲絶調。换頭正玉田所謂詞斷意不斷，扼要爭奇也。（同上）

〔江梅引〕　姜夔

（詞，略）

此調最易近俗，而白石作雅令乃爾。可知雅俗在詞不在調也。（同上卷七）

〔永遇樂北固樓次稼軒韻〕　姜夔

（詞，略）

過腔第二句，平仄與前首（指辛棄疾同名詞——編者）互異，想可通融。（同上）

〔解連環〕　姜夔

（詞，略）

前段「小喬」下九字斷句，或云「箏」字斷句便與周詞合。（同上）

李調元

〔雨村詞話序〕　詞非詩之餘，乃詩之源也。周之頌三十一篇，長短句居十八。漢《郊祀歌》十九篇，長短句居五。至《簫鐃歌》十八篇，篇皆長短句。自唐開元盛日，王之涣、高適、王昌齡絶句流播旗亭，而李白《菩薩蠻》等詞亦被之管絃，實皆古樂府也。詩先有樂府而後有古體，有古體而後有近體。樂府即長短句，長短句即古詞也。故曰詞非詩之餘，乃詩之源也。温、韋以流麗爲宗，《花間集》所載南唐、西蜀諸人最爲古豔。北宋自東坡「大江東去」，秦七、黄九踵起，周美成、晏叔原、柳屯田、賀方回繼之，轉相矜尚，曲調愈多，派衍愈别。鄱陽姜夔鬱爲詞宗，一歸醇正。於是辛稼軒、史達祖、高觀國、吴文英師之於前，蔣捷、周密、陳君衡、王沂孫效之於後，譬之於樂，舞箾至於九變，而嘆觀止矣。（《雨村詞話》卷首）

〔南宋白石派〕　白石自製詞在南宋另爲一派，盛行於時，學之而佳者有二人。王沂孫字聖與，號中仙，有《碧山樂府》二卷，一名《花外集》，蓋取比《花間集》而名也。其詞以韻勝，如《瑣窗寒》起句云：「趁酒梨花，催詩柳絮，一窗春怨。」末句云：「夜月荼蘼院。」皆倩麗宜人。同時張叔夏炎亦作瑣窗詞，自注云：「『王碧山其詩清峭，其詞閑雅，有姜白石意趣，今絶響矣。』余悼之句曰：『自中仙去後，詞箋賦筆，便無清致。』又『料應也孤吟山鬼。那知人彈折素琴，黄金鑄出相思淚』。」可想見平生服膺矣。「黄金」句無理而奇，最妙。炎自號樂笑翁，有《玉田詞》三卷，鄭思肖爲作序，亦白石一派

也。（同上卷二）

〔史梅溪摘句圖〕史達祖梅溪詞最爲白石所賞，鍊句清新，得未曾有，不獨《雙雙燕》一闋也。余讀其全集，愛不釋手，間書佳句，彙爲摘句圖。（同上卷三）

〔白石鷓鴣天〕姜白石夔《鷓鴣天》詞三首，如「鴛鴦獨宿何曾慣，化作西樓一縷雲」，不但韻高，亦由筆妙。何必石湖所賞自製曲之敲金戛玉聲，裁雲縫月手也。（同上）

闕名

姜堯章不離江西派，絶句頗有晚唐氣味。（《靜居緒言》）

謝啟昆

〔讀全宋詩仿元遺山論詩絶句二百首〕竹裏梅花帶雪吹，小紅低唱琢新詞。裁雲縫霧清無敵，除夕苕溪十首詩。姜夔

後來壓倒四詩翁，謂尤楊范陸。不怕詞人到老窮。源出千巖雙白石，黄景説巖老亦號白石，同學詩於蕭千巖。斲輪畢竟讓渠工。

雅樂流傳老布衣，古風三百太音稀。南山若士傳詩法，剡水忘言一棹歸。

白蘋荒塚徑紆斜，野鶴孤雲水一涯。淒絶暗香疏影曲，那禁啼損馬塍花。（《樹經堂詩初集》卷十一）

朱文翰

〔政事志第三之十〕……且越中藝文自有專集。……兹志所載，或因人以存文，或借文以談故，多寡詳略又何疑焉。

……

五言律詩：

《同朴翁登卧龍山》　宋姜夔

龍尾回平野，簷牙出翠微。望山憐緑遠，坐樹覺春歸。草合平野路，鷗忘霸越機。午涼松影亂，白羽對禪衣。（《山陰縣志》卷二十八）

毛大瀛

〔查初白餘波詞〕　余觀查初白《餘波詞》，有《閬州慢》一闋，得石帚遺意。其自序云：「余來武林，當兵燹之餘，觸目荒涼。遡劉賓客之舊游，悽愴憑弔，與姜白石追思小杜，寄慨略同。因和其自度《揚州慢》一闋以見意。用其韻而易其名，亦猶春霽秋霽之不改調云爾。」詞云：「屈子祠荒，隱侯臺廢，沅江苦霧難晴。聽鷓鴣叫處，又春水初生。問仙路、紅霞遠近，匆匆花事，愁滿刀兵。但煙扶殘柳，馬鞭青入空城。　風流司馬，向詩篇都寄閒情。有曲度南音，采菱歸晚，白馬湖平。併入竹枝歌裏，

游人去、流盡灘聲。念劉郎前度，也如杜牧三生。」兩押生字，恐有一誤。（《戲鷗居詞話》）

朱　彭

鐵嶺曾居張彥功，高齋下瞰隔離宫。誰賡法曲仙音調，只有當年白石翁。

姜白石詞集有《法曲獻仙音》一闋，其題云：「張彥功官舍在鐵冶嶺上，即昔之教坊使宅。高齋下瞰湖山，光景奇絶。予數過之，爲賦此詞。」（詞，略）考「樹隔離宫」句，「離宫」指聚景園也。（《吴山遺事詩》）

〔姜夔《出北關》〕　吴兒臨水宅，四面見行舟。蒲葉浸鵝項，楊枝蘸馬頭。年年人去國，夜夜月當樓。傳語城中客，功名半是愁。（《南宋古蹟考》卷上）

〔史達祖寓〕　在西湖西山下。達祖字邦卿，其先汴人。姜白石稱其詞「奇秀清逸」，張功甫云「織綃泉底，去塵眼中」。（同上）

張雲璈

中龍牐下碧波流，寓館曾傳水磨頭。惆悵詞人姜石帚，漸拋塵事老菟裘。姜白石嘗寓水磨方氏，有詩云「而今漸欲拋塵事，未了菟裘一悵然。」水磨亦名中龍牐。（《金牛湖漁唱》）

張思孝

〔疏影〕　太守郡齋有抹麗數十本，皆自粤中攜至者。予過杭下榻，每當晚凉浴罷，淡風入懷，月露初泫，滌雪甌煑佳茗，坐卧狂香皓雪堆中，真覺魂清骨冷也。因謂曰：「昔白石道人爲石湖賦梅《暗香》、《疏影》至今膾炙，子盍度新聲寵予是花乎？」遂圓豪成調，以爲清美不減石帚，惜無俊妓媚歌者付之耳！　明日以兩株贈行，且云：「是雖不及小紅，而冰肌玉骨相伴過四橋邊，亦不爲寂寞矣。」相與一笑。而别時己丑七夕前二日也。偶於篋中簡得殘稿，竄易數字存之，併識一時佳興云。

千枝凝雪，愛冷香沁骨，都忘炎熱。小雨初過，花影玲瓏，晶簾半浸明月。芳心乍露先教摘，看不到、全開時節。眄蘚階、翠袖攜來，早掛玉魚釵側。　猶憶蘭窗夕静，素肌才浴罷，輸與幽潔。犀盒塵封，一片流蘇，正待裊鸞毬結。紗窗此夜銀函冷，誰更與、孤眠人説。判小庭、風露吹凉，伴我夢魂清絶。（《鶯邊詞》）

吴蔚光

〔自怡軒詞選序〕　……雅潔在體製，尚易修飾，高妙在思筆，則非深會乎昔之工於詞者之斷續開合，抑揚吞吐，心摹手追，久而自化，斷斷有所不能。夫斷續開合，抑揚吞吐，古今來文章神明變化之極境也，而詞亦然。文極於左，詩極於杜，詞極於姜，其餘皆不離乎此者近是。乃詞之選雖衆，主調備者則不計其工拙，取人多者則不論其雅俗，或且震於其名及惑於其説，沿襲傅會，雜然並收。蔚光亦私病之，嘗舉白石翁詠蟋蟀之《齊天樂》以與人言，所謂斷續開合，抑揚吞吐，蓋莫不畢臻也。……蔚光伏處海虞，侍御僑寄崑山，相距僅七十餘里。春秋佳日，當刺扁舟，過從於吴淞煙水之間，取太白、東坡、白石、玉田諸公所作，扣舷而歌，迭爲倡和。匪漁匪農，不又遭際太平優游終老之樂事也乎哉？嘉慶元年四月五日湖田外史吴蔚光拜序。（《自怡軒詞選》卷首）

吴錫麒

〔佇月樓分類詞選自序〕……慘緑再來，小紅已嫁；落落誰語，茫茫此愁。按：《小知録》：姜堯章有青衣名小紅。……今子耳未傾齊梁之聽，足未涉姜、史之藩，而欲拈法秀之槌，弄君卿之舌，必使箏調院落齊鳴獅子之絃，曲奏房中盡擊麟皮之鼓，其説得無傎乎？陸輔之《詞旨》：姜白石之騷雅，史梅溪之句法。（《有正味齋駢文箋注》卷五）

編者按：文内小字係葉聯芬箋注

〔走馬鐙〕　轉影風爭快，連環騎總輕。四蹄星火急，千里月華明。花看長安陌，春歸不夜城。翻憐姜白石，赤壁憶燒兵。

……姜白石《觀燈口號》：「紛紛鐵馬小回旋，幻出曹公大戰年。」（《武林掌故叢編》八集《武林新年雜詠》）

宜潔

沿隄有水磨頭，近今中閘。

……吴文英詞注云：「姜石帚館水磨方氏。」石帚名夔，字堯章，號白石道人。

吴文英賦姜石帚漁隱調寄《三部樂》（詞，略）

姜夔《湖上寓居雜詠》：「湖上風恬月澹時，卧看雲影入玻璃。輕舟忽向窗邊過，摇動青蘆一兩枝。」「輦路垂楊兩行栽，苑門秋水欲平階。朝朝南望宫雲起，白鳥一雙山下來。」「秋嵐低結亂山愁，千頃銀波凝不流。隄畔畫船隄上馬，緑楊風裏兩悠悠。」「苑牆曲曲柳冥冥，人静山空見一燈。荷葉似雲香不斷，小船摇曳入西陵。」「處士風流不並時，移家相近若依依。夜涼一舸孤山下，林黑草深螢火飛。」「卧榻看山緑漲天，角門長泊釣魚船。而今漸欲抛塵事，未了菟裘一帳〔悵〕然。」「柳下軒窗枕水開，畫船忽載故人來。與君同過西城路，卻指煙波獨自回。」「處處虚堂望眼寛，荷花荷葉過闌干。游人去後無歌鼓，白水青山生晚寒。」案姜石帚之詩意，寓居定是瀕湖，唯其居近西石頭石隄，石帚之號亦取於此。證以《武林舊事》、《咸淳志》，水磨之近石函顯然，而《游覽志》則云小溜水橋俗稱水磨頭，其下爲棕毛場。此或後來之水磨移北，或别一水磨，必非石帚所寓之地也。又中閘之橋亦呼小溜水橋，而《志》誤認爲棕毛場南之小溜水橋也。中閘亦稱中龍閘，閘水所經之道曲折如龍，故所經橋亦稱龍帶。俗呼石函爲大閘，聖堂橋爲小閘，此閘居中名中閘，陳善府志所謂三閘也。（《大昭慶律寺

志》卷四）

沈蓮生

〔揚州慢〕鶯花一夢，游倦知還，子青作芍藥卷以贈。因憶白石自度曲有「念橋邊紅藥，年年知爲誰生」句，繼聲如此。（詞，略）（《國朝詞綜續編》卷三）

方成培

〔論今之南北曲本於宋之燕樂〕……十二律中，宋人燕樂獨取夾鐘爲律本，何也？答曰：十二律兼四清聲爲十六聲，惟夾鐘爲最清，就十二律論之，應鐘聲最清。加四清聲校之，則惟夾鐘爲最清。故《通考》譏爲靡靡之音。則燕樂以夾鐘爲律本者，亦取其聲之悦耳而已。然培嘗取姜堯章自製詞旁譜，照其工尺歌之，被於管絃，其腔猶有雅淡之意，不甚悦時人耳。則今之崑腔，更爲靡靡已。（《香研居詞麈》卷一）

〔論起調畢曲與十二宫住字不同〕或問於培曰：「先儒謂起調者，曲之起聲一字也；畢曲者，曲之收聲一字也；子所撰圖，詳哉其言之矣。然「畢」之義，與「住」無殊，而白石所云十二宫住字，與六十調畢曲之字又多不同，其故何也？」答曰：「如黄鐘宫調曲中七音贊助之處，以黄鐘爲宫聲，故名黄鐘宫。若無射商調，則以黄鐘爲商聲，故名無射商。夷則角則以黄鐘爲角，仲吕徵則以黄鐘爲徵，夾鐘羽則以黄鐘爲羽，此五調乃黄鐘之五聲，故皆用黄鐘起調畢曲也。餘調倣此。然此五律各自不同，若不以各宫住字兼用而區别之，則此無射商四調，竟似黄鐘宫一調矣。故每一調有起調畢曲之字，又有十二宫住字以别之，斯一曲之中，七音相宣，綺交脈注，條理粲然不亂，杜氏所以有錦繡文章之喻也。《通典》解十二調文之以五聲云：文之者，以調五聲，使之相次，如錦繡之有文章。此言最善比喻。故起調畢曲者曲之綱，而十二律住字者曲之目也。古之人明乎此，故推之可至於百四十四律，變化終於千八百聲萬竇常。後人昧此，則條理棼然，宫商紊亂，不自知爲何宫何調，亦並不成其爲宫調也矣。（同上）

〔論姜堯章詞起調畢曲住字之不同〕　又問：「起調畢曲住字之有關於鐘律如此，而白石旁譜校此，往往又有出入，若似乎不拘拘於此者，何也？」答曰：「音律之微，千變萬化，不明其不變者，則變者不可得而知也。六十起調畢曲，十二宫住字，此古人所示一定規矩，所謂不變者也。明乎此，然後正旁偏側，推而用之，可至於千八百聲而無窮。馬融之反商下徵，白石之側商側犯，皆此理之彰彰可證者。故旁譜出入，正白石精於音律處，豈可與不知樂者同年語哉！使但知規矩方員，而不明方員大小之隨時變易，不過終於八十四聲而止矣，彼逸調出乎八十四聲外者，又將何以知之耶？（同上）

〔論樂無角徵兩調之故〕　九宫各譜引騷隱居士之説曰：宫、商、羽各有調，而角、徵獨無之，皆不可曉。培謂此等道理，豈真無可考究，但後人論詞曲者，只知於詞曲求之，而不能博考諸經史，故其所見。如扣槃摸象然，如今北九宫有商角，即大吕之角聲，何謂無角調乎？但要識此角之閏聲，非正角耳。至於無徵調之理，請備論焉。《朱子大全集》有一條，問：温公言本朝無徵音，朱子答曰：不特本朝，從來無那徵，不特徵無，角亦無之。……後培讀姜夔《徵招》自序，乃知徵爲去母調，與二變之調，咸非流美，故古人不用爾。蔡元定謂二變不可爲調，鄭世子又謂可爲調，是皆未明其聲之不美耳。今録姜序於此，而略注釋其義，庶覽者可以得之。序云：徵招、角招者，政和間大晟府嘗製數十曲，音節駁矣。余嘗考唐田畸《聲律要訣》云：「徵與二變之調，咸非流美，故自古少徵調曲也。徵爲去母調，如黄鐘之徵，以黄鐘爲母，不用黄鐘乃諧，故隋、唐舊譜不用母聲，琴家無媒調、商調之類，亦皆具母絃而不用。」其説詳於余所作琴書。惜此書不傳。然黄鐘以林鐘爲徵。言黄鐘之均，以下生林鐘爲徵。住聲於林鐘。此句人多不解。言每拍住聲處用尺字也。若不用黄鐘聲，言如不用合字。便自成林鐘宫矣。黄鐘以林鐘爲徵，當用尺字兼用合字方是黄鐘徵。黄鐘下生林鐘爲徵，是黄鐘爲林鐘之母也。若不兼用合字，便全是林鐘宫，非復黄鐘之徵矣。豈非去母調乎？隋、唐舊譜正犯此病。故大晟府徵調兼母聲，欲矯隋、唐舊譜之失。一句似黄鐘均，一句似林鐘均，所以當時有落韻之語。此教坊大使丁仙現對蔡京之説，見《避暑録話》。予嘗使人吹而聽之，寄君聲於臣民事物之中，清者高而亢，濁者下而遺，萬寶常所謂宫離而不附者是已。兼用母聲，故曰寄君聲於臣民事物之中。以徵爲主，故清者高亢；不重黄鐘，故濁者下遺。此大晟欲矯舊譜之失，而不悟其失愈甚也。審音之精，盡此數句矣。但後人耳不聽，故莫能知。因再三推尋唐譜並琴絃法，而得其意。黄鐘徵雖不用母聲，亦不可多用變徵蕤賓，即應鐘徵，用勾字。變宫應鐘聲。即中管用凡字。若不用黄鐘，而用蕤賓、應鐘，即是林鐘宫矣。黄鐘宫以應鐘爲變宫，蕤賓爲變徵，而林鐘宫以應鐘爲角，蕤賓爲變宫，以黄鐘徵多用蕤賓、應鐘聲，而不用黄鐘聲，即全是林鐘宫矣。此音學分別毫芒至妙至精之處，非白石其孰能知之。然所謂不可多用者，指起調過變畢曲而言，非謂曲中七音贊助之處也。吾觀宋、元樂家者流，亦尠明斯理，今人則絶無知之者矣。餘十一宫徵調倣此，其法可謂善矣。然無清聲，只可施之琴瑟，難入燕樂，不必補可也。無清聲者，不用六字，上五字，下五字，緊五字。不用此四字，則其聲淡泊，人不喜聽，故燕樂難用。或疑琴瑟無工尺，何以施之琴瑟，不知古人以管色定絃，其音亦自合工尺也。古今來少徵調之故恍然，特少角調，姜未發明。培意唐、宋非無角調也，但取閏聲之流美，而不取正角，故朱子謂無角調耳。此一曲予昔所製，因舊曲正宫《齊天樂慢》前兩拍乃是徵調，故足成之。雖兼用母聲，較大晟曲爲無病矣。此曲依晉史名曰黄鐘下徵調，角招曰黄鐘清角調。古樂府有下徵調。沈約《宋書》曰：下徵調法，黄鐘爲宫，南吕爲商，林鐘本正聲黄鐘之徵，變爲之下徵調。馬融《長笛賦》曰：反商下徵每名異。李善注云：南吕本黄鐘之羽，變爲下徵之商，皆以黄鐘爲主而已。培按：林鐘宫以太簇爲徵，下生南吕爲商，今黄鐘宫不以南吕爲羽，而反以南吕爲商，故曰下徵調也。然必以黄鐘爲主。若不以黄鐘爲主，則是林鐘宫矣。觀此，知白石所製《徵招》，亦以南吕爲商也。蓋下徵之調，又在八十四聲之外，所謂逸調也。逸調之變，其出無窮，聲音之道，微乎微乎。清角者，黄鐘宫以姑洗爲角。今用其閏聲，不用正聲，故謂之清角。（同上）

〔補徵調〕葉少藴《避暑録話》：崇寧初，大樂闕徵調，有獻議請補者，併以命教坊宴樂同爲之。大使丁仙現云：音已久亡，非樂工所能爲，知音如仙現，亦不明無徵調之故。此理若非白石自序，則後世無緣知之矣。不可以意妄增，徒爲後人笑。蔡京不聽，屢使度曲，皆辭不能。以一樂工而能不屈意迎合宰相，仙現亦非常工可比。遂使他工爲之。踰旬獻數曲，即今《黄河清》之類，而終聲不諧，末音寄殺他調。京不通音律，但果於必爲，大喜，亟召衆工按試尚書少庭，使仙現在旁聽之。樂闋，京有得色，問仙現何如。仙現環顧坐中曰：曲甚好，只是落韻。坐客不覺大笑。落韻即落腔，白石所云一句似黄鐘均、一句似林鐘均也。（同上）

〔論鬲指聲〕　姜堯章《湘月》詞自注：「即《念奴嬌》鬲指聲，於雙調中吹之。鬲指亦謂之過腔，見晁無咎集。凡能吹竹者，便能過腔也。」後人多不解鬲指過腔之義。培思索久之，而後悟其說。蓋《念奴嬌》本大石調，即太簇商；雙調爲仲吕商，律雖異而同是商音，故其腔可過。太簇當用四字，仲吕當用上字。今姜詞不用四字住，而用上字住，簫管四、上字中間只隔一孔，笛四、上字兩孔相聯，只在隔指之間，又此兩調畢曲，當用一字尺字，亦在隔指之間，故曰隔指聲也。能吹竹便能過腔，正此之謂。所以欲過腔者，必緣起韻及兩結字眼用四字不諧，配以上字，聲方諧婉，故不得不過耳。余思得其義，甚覺快然，遂記之以質世之知音者。（同上卷二）

〔論側商調〕　姜堯章《琴曲》自序曰：「側商之調久亡。唐人詩云『側商調裏唱伊州』，余以此語尋之，伊州大食調，黄鐘律法之商，乃以慢角轉絃，取變宮變徵散聲，此調甚流美也。蓋慢角乃黄鐘之正，側商乃黄鐘之側，他言側者皆同此。」此一段甚深難解。培觀姜「越相、側商調」一曲，始略悟其旨。蓋大食調爲應鐘角、黄鐘商，乃黄鐘之正聲，當用太簇起調畢曲。今姜此詞用太簇畢曲，而用應鐘起調，曲中多取應鐘角爲變宮變徵之聲，非黄鐘商之正，故曰側商耳。側弄、側楚、側蜀，皆是此義。（同上）

〔論樂不可以一律配一字〕　元豐間，楊傑言：大樂之失，或詠一言而濫及數律，或章句已闋而樂音未終，所謂歌不永言也，請節其繁聲，以一律歌一言。此論甚紕繆。姜夔言：大樂知以七律爲一調，而未知度曲之義；知以一律配一字，而未知永言之旨。正闢楊説也。善夫朱子之言曰：古樂有唱有和，唱者發歌句也，和者繼其聲也，詩詞之外，應更有疊字散聲，以歎發其趣。觀此則知以一聲叶一字非樂，煩手淫聲亦非樂也。鄭世子云：今樂家亦有折聲上生四位，掣聲下隔二宫，反聲宫閏相頂，丁聲上下相同之説。若止以一聲配一字，何得謂之永言哉！折、掣義見後，反聲、丁聲未解。（同上）

〔論筆談十五聲與白石不異〕　沈括云：十二律並清宫，當有十六聲。今之燕樂止有十五聲，蓋今樂高於古樂二律以下，大晟樂用魏漢津指律，故高二律以下。故無正黄鐘聲，只以合字當大吕猶差高，當在大吕、太簇之間。下四字近太簇，高四字近夾鐘，下一字近姑洗，高一字近中吕，上字近蕤賓，勾字近林鐘，尺字近夷則，工字近南吕，高工字近無射，六字近應鐘，凡字爲黄鐘清，高凡字爲大吕清，下五字爲太簇清，高五字爲夾鐘清。高五即緊五。法雖如此，然諸調殺聲，不能盡歸本律，故有偏殺、側殺、寄殺、元殺之類。雖與古法不同，推之亦皆有理。知音類能言之，此不備載。培按：沈所云十五聲，蓋以私意推之，謂其聲如此，當以合字當大吕，下四近太簇，非當時樂工以下四爲太簇，高四爲夾鐘也。故與白石歌曲所載譜不同，非姜譜譌誤也。沈所謂殺者，即十二律之各有住字也，如中吕當用上字住之類。住者殺也。所云諸調殺聲不能盡歸本律者，如中吕不獨歸上字住，而兼用他字殺也。（同上）

〔論宋行在譜〕　朱子言：張鎡在行在録得譜字，大凡壓入音律，只以首尾二字。章首一字是某調，章尾即以某調終之。如《關雎》「關」字合作無射調，結尾亦作無射聲應之；《葛覃》「葛」字合作黄鐘調，結尾亦作黄鐘聲應之。如「七月流火」三章，皆「七」字起，「七」字則是清聲調，亦以清聲結之。如「五月斯螽動股」、「二之日鑿冰沖沖」，「五」字、「鑿」字皆是濁聲黄鐘調，末以濁聲結之。培按：

此北宋大樂配字之法也。然實未盡善。姜夔進《大樂議》，言七音之協四聲，各有自然之理，今以平入配重濁，以上去配輕清，奏之多不諧協，正指舊譜專以清濁配字之失也。至於詞曲若依此法，則更疎矣。然則其法當如何始能諧協？曰：當先定其宫調當用何管色，當用何字殺，而歸重於起韻兩結，其中之清濁高下，若轉圜然，有一定之理，而無一定之音也。如耑以平入配重濁，上去配輕清，則聲律之理亦淺甚矣，而何古今來知音者之不數數耶？（同上）

〔論九宫合譜之誤〕　犯調不始於南北曲，宋詞已先有之，如《蘭陵王》本越調，聲犯正宫；《淒涼犯》本仙吕調，而犯商調之類。其義詳見《白石道人歌曲》。（同上）

〔論鄭世子起調畢曲之説不可施於詞曲〕　鄭世子云：凡係黄鐘起調畢曲者，中間句句落腳之處，只可用黄用林；凡係林鐘起調畢曲者，中間句句落腳之處，只可用林用黄用太，蓋黄生林而林生太，上下相生，脈絡貫通故也。若用他律，則轉調矣。培按：此説本於冷謙啟敬所撰《樂譜》，蓋郊廟之雅樂，若燕樂正不必如此。嘗考之姜夔歌曲，其所自譜工尺，殊不若是之拘。則今人度曲，一以聲之高下相比而成，未必非唐、宋之遺法。但不合起結不知音律，亂入他調耳。此最今日樂工大病。（同上）

〔半律倍律各止於六之圖〕（略）

右見《律吕新書》。其缺黄鐘六宫管色者，緣論中管及之，故不備耳。……十二宫住字，賴白石載明。二十八調管色，惜半無可考。（同上卷三）

〔論折字〕　姜堯章云：篪笛有折字，假如上折字下無字，即其聲比無字微高，餘皆以下字爲準；金石絃匏無折字，取同聲代之。或問培：何以謂之上折字下無字？答曰：一字折至七八分，是此一聲低到極處，下不能復低，故曰下無字也。即其聲比無字微高，餘皆以下字爲準，是又斟酌逐漸高上去也。此正抗墜抑揚之妙。余嘗見善嘯者，蹙口出聲，音中宫商，其分刌可合曲度，異而詰之，答言：吾術無難，但聲高至極處，則悠揚而使下；聲低至極處，則悠揚而使高；如是則絲竹宫商，蔑不合矣。觀此知上下方員，如槀木，如貫珠，天地間自然之理。（同上）

〔王平羽衣譜〕　《碧雞漫志》：宣和初，普州守山東人王平詞學華贍，自言得夷則商霓裳羽衣譜，取陳鴻、白樂天長恨歌傳、霓裳羽衣歌及明皇、太真事補綴成曲，刻板流傳。曲十二段，起第四徧第五徧第六徧攧入破虚催衮實催衮歇拍煞衮，音律節奏，與白氏歌注大異，則知唐曲今世決不復見，大可恨也。培按：姜白石所傳霓裳中序，正屬商調，不知與王平所撰何如，或即平之所遺耶？（同上）

〔論宋律吕家之繆者〕　李照定樂，黜四清聲；陳暘著書，復擠二變：知聲而不知音也。先儒惟朱子最爲知樂。此鄭世子語。培按：朱子同時惟蔡元定可稱知樂，士人則姜堯章爲最。南宋歐陽之秀著律通三篇，深闢三分損益之法，真西山、趙以夫皆盛稱之。然唐樂府、宋詞、元曲皆用三分損益法，則之秀之説亦繆也。（同上卷四）

〔宫調發揮〕　……《宋史・樂志》言：太宗洞曉音律，親製大曲十八，小曲二百七十，備載其名。又言民間作新聲者甚衆。蓋不待周邦彦提舉大晟府，而後廣爲體製也已。其時知音者，或先製腔，而後實之以詞，如楊元素先自製腔，而張子野、東坡先生填詞實之，名《勸金船》；范石湖製腔，而姜堯章填詞實之，名《玉梅令》之類是也。或先率意爲長短句，然後協之以律，定其宫調，命之以名，如姜堯章《長亭怨》詞自序所云是也。又有所謂犯調者，或採本宫諸曲，合成新調，而聲不相犯，則不名曰犯，如曹勛《八音諧》之類是也。或採各宫之曲，合成一調，而宫、商相犯，則名之曰犯，如姜夔《淒涼犯》、仇遠《八犯》、《玉交枝》之類是也。然十二宫特可犯商、角、羽，而住字不同則不容相犯也。或採他人兩曲合成一調，而宫調遂異，如白石《暗香》、《疏影》兩曲，本仙吕宫，張肯採《暗香》前段、《疏影》後段，合成《暗香疏影》一調，遂屬夾鐘宫，非復仙吕宫矣。此又一類也。此燕樂宫調之理也。……曰：姜堯章謂率意爲長短句，而後協之以律，其義若何？曰：此文人知音者之事也。有文字即有聲音，有聲音即無不可協之律吕，特率意爲長短句歌之。其聲音節奏，必有齟齬不調之處，必吹之歌之，視其板打不下，歌喉咽住不能出聲之字，所謂捩折嗓子者，改而吹之。或在句調長短之間，或在四聲陰陽之異，屢吹，屢歌，屢改，而後能妥帖清圓，此之謂協律也。其屬某宫某調，則亦視首尾數字如前所云，此協律之法也。（同上卷五）

楊芳燦

〔納蘭詞序〕倚聲之學，唯國朝爲盛。文人才子磊落間起，詞壇月旦咸推朱、陳二家爲最。同時能與之角立者，其惟成容若先生乎？陳詞天才豔發，辭鋒横溢，蓋出入北宋歐、蘇諸大家。朱詞高秀超詣，綺密精嚴，則又與南宋白石諸家爲近。而先生之詞，則真「花間」也。……先生有知，其以余爲隔

世之知己否也？ 時嘉慶丁巳夏五，梁溪楊芳燦蓉裳序。（《納蘭詞》卷首）

法式善

〔例授奉直大夫禮部主事吴君墓表〕 君諱蔚光，字悊甫，一字執虚。……君所著有……《詩餘辨僞》二卷，《姜張詞得》二卷。（《存素堂文集》卷四）

楊鳳苞 楊知新

〔自和十二首序〕 柔兆敦牂之秋，予以試事浪跡西湖，舍於水磨頭，即白石老仙館方氏故址也。於時隄柳始秋，依依向人，似欲訴其遲莫者。爰賦秋柳詞二十六絶句，中多借以詠懷古跡，竊比白石「行人悵望蘇臺柳，曾與吴王掃落花」之篇。今年復因秋留滯玉壺水口，去舊館道才如咫，攀條泫然，不勝江潭摇落之感。輒自追和十二章，宫商不高，未知可協諸樂句否？ 每艤舟於西泠雲樹間，哦詩吹簫，湖波遏響，蕉萃柳枝，猶爲予作舞態，第恨無小紅低唱此詞耳。元黓困敦壯月哉生明莢浒楊鳳苞識。

吴文英夢窗丁稿《三姝媚》詞注：姜石帚館水磨方氏。 按：兄撰《秋室瞀蕞》云：白石生水磨頭寓居，見吴夢窗詞注。《咸淳臨安志》叙下湖水口云：一自水磨頭石函橋東。又載城外防虞諸隅云：水磨頭錢唐隅汛地卒，原額一百二人，淳祐八年置。《夢梁録》：石函三牐在水磨頭。《武林舊事叙》：水磨頭近石函橋，即今中龍牐之側也。《西湖游覽志》則名中牐爲澗水牐，以流水故可作水磨。白石《湖上寓居雜詠》云:「湖上風恬月澹時,卧看雲影入玻璃。輕舟忽向窗邊過,摇動青蘆一兩枝。」又云:「卧榻看山緑漲天,角門長泊釣魚船。而今漸欲拋塵事,未了菟裘一悵然。」又云:「柳下軒窗枕水開,畫船忽載故人來。與君同過城西路,卻指煙波獨自回。」夢窗丙稿賦姜石帚漁隱《三部樂》(詞,略),此詞亦指石帚館方氏時事。詳玩姜詩、吴詞,寓居定是瀕湖。唯其居近西石頭石隄,石帚之號竊意亦取諸此。證以《咸淳志》、《夢粱録》、《武林舊事》諸書,則水磨頭即今中龍衕之側何疑?而《游覽志》則謂小溜水橋俗稱水磨頭,其下爲椶毛場,或後來之水磨移於北,或别一水磨,必非石帚所寓之地也。……羅大經《鶴林玉露》:姜堯章學詩於蕭千巖,琢句精工,有《姑蘇懷古》詩(詩,略),誠齋喜誦之。……陸友仁《硯北雜志》:小紅,順陽公青衣也。(下略)順陽公即范石湖。(《西湖秋柳詞》)

〔三和二十首〕兩行秋壓夜潮降,落葉蕭蕭打水窗。舞雪空餘漁隱曲,洞簫吹徹不成腔。

《白石道人詩稿·湖上寓居雜詩(詠)》:「柳下軒窗枕水開」。《白石道人詞》西湖調《琵琶仙》云:「千萬縷藏鴉細柳,爲玉尊起舞回雪。」按:是詞題别本作吴興。「漁隱」,見前自和序注。(同上)

芳苑牆深曲曲環,可憐春老瘦弓彎。翠寒簾底笙歌歇,一任離人取次攀。

《白石道人詩稿·湖上寓居雜詠》云:「苑牆曲曲柳冥冥。」又:「輦路垂楊兩桁栽,苑門秋水欲平階。」(同上)

淩廷堪

〔與阮伯元閣學論畫舫録書〕……近如厲樊榭、杭堇甫、陳授衣等詩若詞有關於畫舫者,宜略采之。……陸淳川合刻姜白石詩詞,亦畫舫佳話,宜録。(《校禮堂文集》卷二十三《書二》)

〔與阮伯元侍郎論樂書〕……《夢溪筆談》所載燕樂宫調與律吕異名,其故雖沈存中、姜堯章不能言

之。今皆推得其所以然，誠平生一大快事。容後寄正。(同上卷二十五《書四》)

〔書孫平叔雕雲詞後〕……東都識曲，咸推片玉、屯田；南渡知音，競數堯章、君特。自餘詞客，罕識宮商；譬彼詩人，但知平仄。無錫孫平叔孝廉馳情綺麗，托興纏綿，……慢則織綃泉底，得傳石帚全神；令則弄影雲邊，不拾草堂餘唾。可云金風亭長頓遇替人，樊榭山民忽來同調者矣。(同上卷三十二《跋三》)

〔總論〕 又案燕樂四均共二十八調，宋仁宗《樂髓新經》增入徵均並二變爲七均，又每均增入中管調，共八十四調。其實可用者唯宮商二均而已。其餘皆借用此二均。……自宋以來，實學日荒，世儒又高談小學之六書九數，窮年考證《説文》，推測勾股，於此等不暇深究。……又有粗知其意而巧藏琵琶之根，外緣飾以律吕之名，如沈存中、姜堯章諸人者。嗚呼！不有《遼史》燕樂四旦二十八調，不用黍律以琵琶絃叶之二語，僅存於故帙，則後世亦何由而窺燕樂之端緒乎？(《燕樂考原》卷一)

《遼史·樂志》大樂聲各調之中，度曲協音，其聲凡十，曰：五、凡、工、尺、上、一、四、六、(當作六、四)勾、合，近十二雅律，於律吕各闕其一。以姜白石集考之，十二律吕僅用合、四、一、上、勾、尺、工、凡八字配之，而別其高下。其五六二字以配四清聲，與此不同。韓邦奇曰勾即低尺也。(同上)

《姜白石集》古今譜法黄合大下四太四夾下一姑一仲上蕤勾林尺夷下工南工無下凡應凡黄清六大清下五太清五夾清一五

《詞源》古今譜字，與《白石集》同。(同上)

元趙文敏《琴原》……四商五角六七比一二。此世所謂正宫調也。……案：宫調三絃獨下一徽之説，姜氏爲最精。蓋兼旋宫而言。王坦《琴旨》不得其句讀，妄謂祇得乎當然，而未明乎所以然，一何可笑。……六七比一二。此世所謂蕤賓調也。……案：趙氏論琴，與姜氏脗合，惟並用之律吕不同。然則律之不可當聲也明矣。蕤賓調即徵調，《白石集》亦名黄鐘調。（同上）

明宋潛溪濂跋《太古遺音》云：士大夫以琴鳴者，恒法宋楊守齋纘，以合於晉稽康氏故也。而其中不可無疑者，古者協管以定正宫，以正宫爲聲律之元也。今纘以中吕爲宫，則似用旋宫之法。既曰旋宫，則諸律何不能各爲宫乎？其與獨彈黄鐘一均者又何異？案：唐宋人皆以上字配仲吕，守齋以仲吕爲宫，正唐人以上字爲宫之遺法。與沈存中、姜堯章、趙子昂之説悉合。潛溪不知也。（同上）

《姜白石集》凡曲言犯者，謂以宫犯商、商犯宫之類，如道調宫上字住，住即殺聲也。雙調亦上字住。案：燕樂以上字配仲吕，七商起太簇，則雙調是仲吕商，故用上字住。南渡，七商亦起黄鐘，則雙調是夾鐘商，當用一字住。今白石仍云上字住，是名異而實不異也。所住字同，故道調曲中犯雙調，或於雙調曲中犯道調，其他準此。（同上）

朱文公云：張功甫在行在，録得譜子，大凡壓入音律，只以首尾二字，首一字是某調，章尾即以某調終之。沈存中、姜堯章但云殺聲住字，不云首一字也。蔡季通因此遂有起調畢曲之説。……

案：……某調殺聲用某字者，欲作樂時見此曲殺聲是某字，即用某調奏之，非宫調同此抗隊，而徒恃殺聲一字以爲分别也。……殺聲者，即姜堯章所謂住字也。（同上）

又姜夔《大樂議》：若鄭譯之八十四調出於蘇祇婆之琵琶，法曲無是也。且其名八十四調者，其實則有黄鐘、大吕、舊作太簇，誤。夾鐘、仲吕、林鐘、夷則、無射七律之宫、商、羽而已，於其中又闕大吕舊作太簇，誤。之商、羽焉。

案：《宋史》七宫生於黄鐘者，黄鐘爲宫故。謂用黄鐘、大吕、夾鐘、仲吕、林鐘、夷則、無射七律，故曰黄鐘宫爲正宫，大吕宫爲高宫也。……至南渡時，七商七羽亦如七宫用黄鐘、大吕、夾鐘、仲吕、林鐘、夷則、無射七律，蓋以琵琶絃之次序言之，則有黄鐘、太簇、南吕之殊。則一均言之，則絃絃皆可爲黄鐘。故姜堯章云黄鐘商俗名大石調，王晦叔云黄鐘羽俗呼般涉調也。所謂「闕大吕之商、羽」者，闕高大石、高般涉二調也。亂絲之中未嘗無端緒之可尋，惜好學深思者少耳。(同上)

《姜白石集》側商調序云：「琴七絃具宫商角徵羽者爲正弄，慢角清商宫調、慢宫黄鐘調是也。加變宫變徵爲散聲者，曰側弄、側楚、側蜀、側商是也。側商之調久亡。唐人詩云：『側商調裏唱伊州。』予以此語尋之，伊州大石調，黄鐘律法之商，乃以慢調轉絃，取變宫變徵散聲，此調甚流美也。蓋慢角乃黄鐘之正，側商乃黄鐘之側，它言側者用〔同〕此。然非三代之聲，乃漢燕樂爾。」

案：今字譜之「一」字，即變宫聲也。宋人以夾鐘、姑洗二律配之，非也。字譜之「凡」字，即變徵聲也。宋人以無射、應鐘二律配之，亦非也。蓋二變者，聲也；夾、姑、無、應者，律也。律不可以配聲，明矣。今之南曲不用「一」「凡」者也，北曲用「一」「凡」者也。唐之俗樂有二，一曰清樂，即魏晉以來之清商三調也。三調者，清調也，平調也，側調也。龜兹樂未入中國以前，梁陳之俗樂如此。姜堯章云琴七絃加變宫變徵爲散聲者，曰側弄，是清樂之側調用二變者也。又云具宫商角徵羽者爲正弄，是清樂之清調、平調不用二變者也。荀勗之正聲下徵清調，亦祗三調也。一曰讌樂，即蘇祗婆琵琶之四均二十八調也。龜茲樂既入中國以後，周齊之俗樂如此。姜堯章所度之曲，遺譜尚存，無不用二變者。是讌樂二十八調皆用二變也。自是而後，清樂之側調亦雜入讌樂，而不可復識矣。（同上）

〔宫聲七調〕

雲韶部大曲十三正宫曲一

《梁州》

案：柳永《樂章集》正宫有《黄鶯兒》、《鬬百花》亦名夏州、《玉女摇》、《仙佩雪》、《梅香尾犯》、《甘草子》六曲，……姜夔《白石集》有正宫《齊天樂》一曲。（同上卷二）

雲韶部大曲十三中吕宫曲一

《萬年歡》

案：……《姜白石集》自製曲中吕宫有《揚州慢》、《長亭怨慢》二曲。（同上）

因舊曲造新聲者五十八仙吕宫曲一

《傾杯樂》

案：……《姜白石集》自製曲仙吕宫有《暗香》、《疏影》二曲。（同上）

雲韶部大曲十三黄鐘宫曲一

《中和樂》

案：《姜白石集》黄鐘宫有《齊天樂》一曲，此恐是正宫。又自製曲無射宫有《惜紅衣》一曲，方是黄鐘宫也。《碧雞漫志》：《虞美人》舊曲，近世轉入黄鐘宫。又云：今黄鐘宫有《萬歲樂》。又云：今《黄鐘宫》有《三臺夜半樂》。又云：今世所傳《麥秀兩岐》在黄鐘宫。……則所謂黄鐘宫者皆正宫也。（同上）

〔商聲七調〕……宋王灼《碧雞漫志》：七商：大石調，高大石調，雙調，小石調，歇指調，林鐘商，越調。次序與唐志、遼志同。

又案七商一均，南宋燕樂亦用黄鐘、大吕、夾鐘、仲吕、林鐘、夷則、無射七律，與七宫同。朱文公《儀禮經傳通解》，《姜白石集》，王晦叔《碧雞漫志》，周公謹《齊東野語》，皆然。學者不可以其與東都所用之律不同而疑之，詳見下：

大石調一作大食調

《姜白石集》：黄鐘商俗名大石。（同上卷三）

雲韶部大曲十三大石調曲一

《清平樂》

案：……《姜白石集》大石調有《法曲獻仙音》、《琵琶仙》二曲，又《玲瓏四犯》自注云：别有大石調一曲。……

又案：南渡燕樂亦七商，亦如七宫，用黄鐘、大吕、夾鐘、仲吕、林鐘、夷則、無射七律之名。大石調居第一，當黄鐘之位，故《姜白石集》云黄鐘商俗名大石也。（同上）

雲韶部大曲十三雙調曲一

《大定樂》

案：……《姜白石集》雙調有《玲瓏四犯》及自度曲《翠樓吟》、《湘月》即大石調《念奴嬌》於雙調中吹之。（同上）

雲韶部大曲十三林鐘商曲一

《泛清波》

案：……《姜白石集》商調有《霓裳中序第一》。（同上）

越調

《姜白石集》越調自注：無射商。

《詞源》：無射商俗名越調。

又案：南宋燕樂七商一均亦如七宫，用黄鐘、大吕、夾鐘、仲吕、林鐘、夷則、無射七律之名。越調居第七，當無射之位。故朱子《儀禮經傳通解》云：無射商俗呼越調。《姜白石集》越九歌越調亦自注云無射商也。（同上）

雲韶部大曲十三越調曲一

《胡渭州》

案：……《姜白石集》自製曲越調有《石湖仙》、《秋宵吟》二曲。（同上）

〔角聲七調〕

……故《隋書·樂志》云：後周故事，七正七倍合爲十四聲也。五聲二變，倍之爲十四。聲止十四，則調亦十四可知矣。七宫七商合爲十四。姜堯章云十二調者，蓋去二高調。（同上卷四）

因舊曲造新聲者五十八大石角曲一

《傾杯樂》

案：《宋史·樂志》，隊舞大曲已無七角一均，惟曲破小曲及因舊曲造新聲者有之。至乾興以來遂不用。《姜白石集》自度曲有《角招》，下注云：「黄鐘角。」考東都因唐人舊制，則黄鐘角當是商角。若以南渡七商七羽推之，則黄鐘角當是大石角也。《徵招》序又云：「此曲因晉史名曰黄鐘下徵調，《角招》曰黄鐘清角調。」此不過假用荀公曾笛律調名，即白石所謂，稍以儒雅緣飾而已，非於徵、角二均實有所見也。（同上）

〔羽聲七調〕

正平調一作平調

因舊曲造新聲者五十八平調曲一

《傾杯樂》

又案：……《姜白石集》有正平調近《淡黄柳》一曲。（同上卷五）

南吕調亦名高平調。

《姜白石集》：高平調林鐘羽。

又案：南宋燕樂，七羽一均亦用黄鐘以下七律，此調居第五，當林鐘之位。故《白石集》、《碧雞漫志》、《齊東野語》皆以高平調爲林鐘羽也。(同上)

雲韶部大曲十三高平調曲一即南吕調

《罷金鉦》

案：……《姜白石集》高平調有《玉梅令》一曲。(同上)

仙吕調

雲韶部大曲十三仙吕調曲一

《綵雲歸》

案：……《姜白石集》仙吕調有《鬲溪梅令》一曲。

又案：《白石集》自製《淒涼犯》一曲，自注仙吕調犯商調，序云：「凡曲言犯者，謂以宫犯商、商犯宫之類。如道調宫上字住，雙調亦上字住，所住字同，故道調曲中犯雙調，或於雙調曲中犯道調。其他準此。」竊謂仙吕調上字住，商調凡字住，所住字不同，何由相犯？若雙調則亦上字住。蓋商調當作雙調，傳寫之訛耳。(同上)

〔燕樂二十八調説中第二〕宋南渡燕樂不用七角聲及三高調，蓋東都教坊之遺制也。至於七商七羽，亦如七宮，用黃鐘、大吕、夾鐘、仲吕、林鐘、夷則、無射七律，則與東都之燕樂互異焉。夫古今律吕不同，世儒不得其解，已疑爲貿亂。而東都之律吕復異於南渡。苟不深求其故，則岐路之中又有岐焉，益樊然莫辨矣。七商本起太簇也，南渡乃起黃鐘，故姜堯章云：黃鐘商俗名大石調。……

姜堯章《大樂議》曰：見《宋史·樂志》。鄭譯八十四調出於蘇祇婆之琵琶，且其名八十四調者，其實則有黃鐘、大吕、《宋史》作太簇，誤。下同。夾鐘、仲吕、林鐘、夷則、無射七律之宮、商、羽而已，於其中又闕大吕之商、羽焉。闕三高調，今云商、羽，蓋當時高宮尚存。亦其證也。二十八調闕七角聲及三高調，尚有六宮十二調。乾、興以來，教坊新奏又闕一正平調。金、元人因之，遂餘六宮十一調云。（同上卷六《後論》）

〔字譜即五聲二變説下第五〕……宋人以字譜分配律吕某宮某調，則殺聲用某字。殺聲者，即姜堯章所謂住聲，蔡季通所謂畢曲也。（同上）

〔述琴第六〕琴之一絃爲黃鐘，二絃爲夾鐘，三絃爲仲吕，四絃爲夷則，五絃爲無射，六絃、七絃則一二之清聲也。一絃爲宮，謂之黃鐘之均，即慢角調也。二絃爲宮，謂之夾鐘之均，即清商調也。三絃爲宮，謂之仲吕之均，即宮調也。四絃爲宮，謂之夷則之均，即慢宮調也。五絃爲宮，謂之無射之均，即蕤賓調也。非一絃定爲徵也，惟仲吕之均一絃始爲徵爾。《律吕正義》：一絃爲徵，專指正宮一調而言。非三絃十一徽應五絃之散聲也，乃宮絃十一徽應小間之散聲爾。蓋琴無變宮、變徵二絃，其商絃與徵絃、角絃與羽絃、徵絃與宮絃，其中皆有二變，是名爲隔一絃實隔二絃也。故案十徽即應小間之散聲。唯宮絃與角絃則真隔一絃，故案十一徽始應小間散聲也。此其故，宋姜氏夔言之詳矣。其《七絃琴圖説》曰：「慢角調於大絃十一徽應三絃散聲。」慢角調大絃爲宫，故大絃下一徽也。大絃爲宫，則四絃爲徵矣。又曰：「清商調於二絃十一徽應四絃散聲。」清商調二絃爲宫，故二絃下一徽也。二絃爲宫，則五絃爲徵矣。又曰：「宫調於三絃十一徽應五絃散聲。」宫調三絃爲宫，故三絃下一徽也。三絃爲宫，則一絃爲徵矣。又曰：「慢宫調於四絃十一徽應六絃散聲。」慢宫調四絃爲宫，故四絃下一徽也。四絃爲宫，則二絃爲徵矣。又曰：「蕤賓調於五絃十一徽應七絃散聲。」蕤賓調五絃爲宫，故五絃下一徽也。五絃爲宫，則三絃爲徵矣。何嘗拘定一絃爲徵、三絃獨下一徽哉！近通州王氏坦著《琴旨》，以一絃爲徵及三絃獨下一徽爲獨得之秘。一絃爲徵，明鄭世子已有此説。反覆辨論，而不知其昧於旋宫之理也。故於姜氏之説不得其旨，反謂斯言祇得乎當然，而未明乎所以然，何其傎也！（同上）

〔宫調之辨不在起調畢曲説第八〕　起調畢曲用某律即爲某調，始見於蔡氏《律吕新書》，蓋因燕樂殺聲而附會之者。朱子所云行在譜亦即燕樂之殺聲。古無是也。安溪李氏論樂，篤信不疑。彼蓋不習於器數，固無足責焉耳。明荆川唐氏頗知於燕樂推尋，乃亦言宫調之辨惟在起調畢曲，殊可哂也！夫沈存中、姜堯章但言燕樂某宫調殺聲用某字，非謂殺聲用某字方爲某宫調也，亦非謂宫調别無可辨、徒恃此而辨也。（同上）

〔徵調説第九〕　……案蔡絛《鐵圍山叢談》云：政和間作燕樂，求徵、角調二均韻亦不可得，有獨以黄鐘宫調均韻中爲曲而但以林鐘律卒之。是黄鐘視林鐘爲徵，雖號徵調，然自是黄鐘宫之均韻，非猶有黄鐘以林鐘爲徵之均韻也。姜夔白石集《徵招》序云：「黄鐘以林鐘爲徵，住聲於林鐘，若不用黄鐘聲，便自成林鐘宫矣。故大晟府徵調兼母聲，一句似黄鐘均，一句似林鐘均，所以當時有落韻之語。」又云：「此一曲乃予昔所製，因舊曲正宫《齊天樂慢》前兩拍是徵調，故足成之。雖兼用母聲，較大晟曲爲無病矣。」餘皆論琴，與燕樂無涉，故不録。合二説觀之，豈非宋人借黄鐘宫絃以爲徵調之明證哉！姜氏又謂徵調無清聲，只可施之琴瑟，琴之無射均即徵調也。難入燕樂。則亦不知唐人五絃之器有徵調矣。甚矣，解人之難索也。（同上）

〔南北曲説第十二〕……姜堯章《側商調》序云：琴七絃具宫商角徵羽者爲正弄，加變宫變徵爲散聲者曰側弄。是無二變者，琴之正調也；有二變者，琴之側調也。（同上）

〔南宋七商表〕七商本生於太簇。南渡以後，亦如七宫，用黄鐘以下七律之名。故姜堯章云：黄鐘商俗名大石。（同上《表》）

〔姜堯章七絃琴圖説表〕自鄭世子論琴，以大絃爲徵，學者群然從之。不知此特正宫一調耳，他調則還相爲宫矣。宋姜堯章《七絃琴圖説》言之最詳。《宋史》僅載其説而佚其圖，讀者遂無從得其端緒，亦言樂者一大迷津也。夫琴以按十一徽應隔一絃之散聲，相和者則爲宫絃。宫以此定，調以此辨，不必問其何絃也。昧者惟知三絃獨下一徽，自矜創獲，反謂姜氏不知其所以然。豈知其於姜氏之書句讀尚未分乎？觀王氏坦《琴旨》可見。今依姜氏之説繹之爲表，庶學者不迷於所往焉。

慢角調即黄鐘均

一二三　四五　六七
絃絃絃 ○ 絃絃 ○ 絃絃
宮商角 變徵 徵羽 變宮 宮商

姜堯章云：「黃鐘、大吕並用慢角調，故於大絃十一徽應三絃散聲。」

案：慢角調大絃爲宮，則十一徽爲角聲，三絃散聲亦爲角聲，故應之。若三絃爲角，則十徽爲羽聲，五絃亦羽聲，仍於十徽應之，不於十一徽也。蓋十一徽應隔一絃之散聲者，惟宮應角止隔商聲一絃故也。至於商與徵隔角與變徵兩聲，角與羽隔變徵與徵兩聲，徵與宮隔羽與變宮兩聲，羽與商隔變宮與宮兩聲，琴無二變，雖隔一絃實隔兩絃，故皆以十徽應散聲也。此其故，雖鄭世子不知，他何論焉。

清商調即夾鐘均

一　二三四　五六七
絃 ○ 絃絃絃 ○ 絃絃絃
羽 變宮 宮商角 變徵 徵羽宮

姜堯章云：「太簇、夾鐘並用清商調，故於二絃十一徽應四絃散聲。」

案：清商調二絃爲宮，則十一徽爲角聲，四絃散聲亦爲角聲，故應之。若三絃爲商，則十徽爲徵聲，五絃亦徵聲，仍於十徽應之，不於十一徽也。

宮調即仲吕均

一二　三四五　六七
絃絃 ○ 絃絃絃 ○ 絃絃
徵羽　變宮　宮商角　變徵　徵羽

姜堯章云：「姑洗、仲吕、蕤賓並用宮調，故於三絃十一徽應五絃散聲。」

案：宮調三絃爲宮，則十一徽爲角，五絃亦角聲，故於十一徽應之。三絃獨下一徽，惟正宮調爲然。姜氏之説最詳析。後世大絃爲宮，大絃爲徵，幾成聚訟。不知大絃爲宮，則大絃獨下一徽，而三絃乃用十徽應五絃散聲，非正宮調矣。此理極易明，不謂言琴者皆昧昧也。

慢宮調即夷則均

一　二三　四五六七
絃 ○ 絃絃 ○ 絃絃絃絃
角　變徵　徵羽　變宮　宮商角徵

姜堯章云：「林鐘、夷則並用慢宮調，故於四絃十一徽應六絃散聲。」

案：慢宮調四絃爲宮，則十一徽爲角聲，六絃亦角聲，故於十一徽應之。若三絃爲羽，則十徽爲商聲，五絃爲商，仍應於十徽應之，不於十一徽也。

蕤賓調即無射均

一二　三四　五六七
絃絃 ○ 絃絃 ○ 絃絃絃

商角變徵　徵羽變宮　宮商角

姜堯章云：「無射、應鐘並用蕤賓調，故於五絃十一徽應七絃散聲。」

案：蕤賓調五絃爲宮，則十一徽爲角，七絃爲清角，故於十一徽應之。若三絃爲徵，則十徽爲宮，五絃爲宮，仍於十徽應之，不於十一徽也。姜氏之言詳析如此，而昧者熟視無覩，仍坐雲霧中，甚矣真讀書者之難也！（同上）

〔燕樂合琴表〕　琴律所用者黄鐘、夾鐘、仲吕、夷則、無射五律也，分五絃命之，六七乃一二之清聲。燕樂七宮，則加大吕、林鐘七律。南渡後，雖七商七羽二均亦用此七律矣。可見燕樂之原雖出於龜茲琵琶，未嘗不用琴之律名也。正宮調大絃爲徵，姜堯章已詳言之。宋吴元士云：古黄鐘今慢角，古清角今正宮，又以琴之第三絃爲宮，以第六第七絃爲徵、羽，以第一第二絃爲徵、羽之應。見朱子文集《答吴元士書》。其説與姜氏同。而朱子不以爲然，蓋誤以慢角調爲正宮，故有仲吕爲角之疑。宜乎其琴律説多不得旨要也。作燕樂合琴表：

琴律	姜氏七絃琴説	趙氏琴原	燕樂	
一絃黄鐘爲宮	慢角	黄鐘均	合黄鐘	正宮
			下四大吕	高宮
			高四太簇	

二絃夾鐘爲宫　清商　夾鐘均　下一夾鐘　中吕宫

高一姑洗

三絃仲吕爲宫　宫調　仲吕均　上仲吕　道宫

勾蕤賓

尺林鐘　南吕宫

四絃夷則爲宫　慢宫　夷則均　下工夷則　仙吕宫

高工南吕

五絃無射爲宫　蕤賓調　無射均　下凡無射　黄鐘宫

高凡應鐘

案：琴律但有黄鐘、夾鐘、仲吕、夷則、無射五律，無姑洗也。朱子因正宫調三絃獨下一徽，遂謂琴本姑洗爲角，今改用仲吕角爲疑。蓋因仲吕下姑洗一律，故三絃亦獨下一徽。不知正宫調三絃非角聲也。夫正宫調以仲吕爲宫，故仲吕絃獨下一徽，豈可因此而疑黄鐘爲大吕乎？其弊皆坐止知有正宫一調故也。吴元士知之而不能言其義，朱子不知而又穿鑿言之。今姜氏之圖雖佚，而其説尚存，由此求之，不獨琴律明而燕樂亦明，可不謂非厚幸邪？……

琴律不用二變而燕樂有之。故姜氏云：黄鐘、大吕並用慢角調，太簇、夾鐘並用清商調，姑洗、仲吕、蕤賓並用宫調，林鐘、夷則並用慢宫調，南吕、無射、應鐘並用蕤賓調。皆以所用之五律兼不用之七律言之。趙氏云：黄鐘之均，太吕、太簇如之；夾鐘之均，姑洗如之；仲吕之均，蕤賓、林鐘如之；夷則之均，南吕如之；無射之均，應鐘如之。亦以所用之五律兼不用之七律言之。所兼之律雖有不同，而五調之正律實無異也。蓋琴絃者律也，可以律名之；琴徽者聲也，不可以律名之。世之言琴者乃有某律在某徽之内、某律在某徽之外之説，皆不明聲與律不同之故，宜乎爲王吉途所誚也。（同上）

〔梅邊吹笛譜序〕　少時失學居海上，往往以填詞自娱。相倡和者唯同里章君酌亭。後出游，漸知治經，得交儀徵阮君伯元。談説之餘，時或及此，蓋亦深於詞者。其他朋輩，多以小道薄之，不敢與論也。年二十許，遂屏去，一意嚮學，不復多填詞，舊稿久束之篋中。及官宛陵，暇日撿出閲之，頗有敝帚千金之想，乃編爲二卷。酌亭已前卒，不得見矣。舊取白石「暗香」句意，名之曰《梅邊吹笛譜》，蓋詞人習氣亦不復追改也。又少作但依舊譜填之，不知宫調爲何物，近因學聲少少有所悟，而宋人之譜多零落失傳；又以琵琶證琴聲，故燕樂二十八調多與雅樂異名也。今取其可考者注宫調於其下，不可考者不注也。……嘉慶五年歲在庚申端午日，淩廷堪次仲書。（《梅邊吹笛譜》卷首）

〔秋宵吟越調〕　已亥秋，客真州。涼夜支枕，見桐影横窗，月白如晝，殘夢初回，角聲蛩響亂起。念舊日吟侣，南北星散，魚雁久疎，凄然有懷。爰用白石飛仙自製曲譜之，兼和其韻。

（詞，略）（同上卷上）

〔定風波雙調又入商角〕　己亥十月十三夜，真州寓齋，聞雨聲瑟瑟，因憶春來同章酌亭雨中校白石道人詞，情思宛然如昨。日月幾何，相去忽已千里，檐聲燈影，能無離索之感？賦此紀之，他日對牀示我故人也。

擘鸞箋、换羽移宫，難空酒畔結習。嫩雨黄簾，柔風碧樹，細讀堯章集。互標題，共蒐緝，紅壓春衫杏花濕。難及！似瓊妃弄影，褰雲孤立。一編再執，向江樓、又聽寒聲入。早芙蓉人去，芭蕉夢悄，瑶草誰同拾。對疎燈，冷花澀。偏是今宵打窗急，於悒，緩歌聲罷，餘香猶襲。（同上）

〔月下笛〕　周清真小雨收塵一調，題曰《月下笛》，而與白石、玉田諸作迥異。今細校之，即《瑣窗寒》，唯换頭處少一字耳，《片玉集》中暗柳啼雅詞可按也。疑是《瑣窗寒》别名，非《月下笛》本調。既用之以賦落梅，復附鄙見於此，俟知音辨焉。

（詞，略）（同上）

〔齊天樂正宫〕　乞張桂巖寫姜石帚《暗香》詞意小照。

截金鑄作姜郎句，孤飛白雲娟秀。月舊花新，情長夢短，總是銷魂時候。梅邊對酒，愛紫綺斜披，玉龍低奏。試問塵容，可堪移入畫圖否？　文窗晴色淡冶。剡藤裁幾幅，閒度清晝。細拭并刀，輕調越粉，比似香詞誰瘦。宵寒坐久。好添取花陰，亂堆吟袖。除卻疎枝，夜深誰是偶。（同上卷下）

〔法曲獻仙音黄鐘商〕　揚州送葛菱溪。此調，白石自注云：黄鐘商俗名大石。南渡燕樂七商起黄鐘，則此調與《琵琶仙》皆大石調也。

（詞，略）（同上）

〔湘月雙調〕 宜興萬氏專以四聲論詞，畏其嚴者多詆之，瀘州先著尤甚，以爲宋詞宮調必有祕傳，不在乎四聲。今按宋姜夔白石集《滿江紅》云：末句「無心撲」，歌者將「心」字融入去聲，方諧音律。《徵招》云：正宫《齊天樂慢》前兩拍是徵調，故足成之。及考《徵招》起二句，平仄與《齊天樂》脗合。又《宋史·樂志》載白石《大樂議》云：七音之協四聲，各有自然之理。王灼《碧雞漫志》：《楊柳枝》舊詞起頭有側字平字之别。然則宋人皆以四聲定宫調，而萬氏之説與古闇合也。先著妄人，寧足哂乎？余恒謂推步必驗諸天行，律吕必驗諸人聲，淺求之，樵歌牧唱亦有律吕。若舍人聲而别尋所謂宫調者，則雖美言可市，終成郢書燕説而已。今秋過荆溪，感而賦此，以酹紅友，即白石所云《念奴嬌》鬲指聲也。按鬲指亦謂之過腔。《念奴嬌》本大石調，今吹入雙調，故曰過腔，謂以黄鐘商過入夾鐘商也。

（詞，略）（同上）

〔霓裳中序第一商調〕《杭州府志》：西馬塍有姜白石墓。乾隆甲寅冬，游湖上，尋之未得。及晤鮑君綠飲，始知在武陵門外。約暇日同訪，且擬表石於其上，各填一詞紀之。未幾，余之官宛陵，遂不果。途中耿耿。即用白石韻賦此解，庶他日重游踐前約也。

湖山自秀極，隱隱前游仍記得。探古莫辭倦力，怕情夢易沉，吟魂難索。樓陰樹隙，悵斷碑誰問詞客。梅邊月，此番照我，尚作舊時色。寥寂，句昏塵壁，況小徑疎煙細織。空濛何處故跡，草緑裙腰，僅見阡陌。話餘空太息，更指點雙峰送碧。他年約，同尋抔土，小酹畫船側。草窗作，後半闋多一字。然此調創自白石，宜從之。（同上）

徐養原

〔擬南宋姜夔傳〕　姜夔字堯章，鄱陽人。從父宦游，流落古沔。蕭德藻在沔，與之相得，攜至吴興，以兄子妻之，遂家武康。所居近白石洞天，故自號白石道人。夔洞曉音律，嘗患中興以來樂典久墜，乃詣京師上《大樂議》一卷，《琴瑟考古圖》一卷。……其議樂凡五事：一議俗樂高下不一，宜正權衡度量；一議古樂止用十二宫；一議登歌當與奏樂相合；一議祀享惟登歌徹豆當歌詩；一議作鼓吹曲以歌祖宗功德。……又工於詩，從德藻授詩法，琢句精工。楊萬里亟賞之，謂其子曰：吾與汝弗如也。然卒不第，以布衣終。所著詩詞，並傳於世。

論曰：世之論雅樂者，輒恥言俗樂；夫樂以音爲主，雅樂俗樂雖邪正不同，而音之條理各有所當；未有於四聲二十八調茫然莫解而能知旋宫之義者也。宋自建隆以來，和峴、胡瑗、阮逸、李照、范鎮、司馬光、楊傑、劉几之徒，考論鐘律，紛如聚訟，大抵漫無心得，而徒騰口説而已。其最善言樂者，中朝惟有沈括，南渡惟有姜夔，之二人者，深明俗樂，而又能推俗樂之條理，上求合乎雅樂，故其立論悉中窾要，非憑私逞臆者可同日道也。括議已不傳，僅存其略於《筆談》。夔之議原本經術，可謂卓矣。

當時既不用，而後人亦徒以詞客目之，史氏並軼其行事，用可喟也。故特爲之傳，以補其缺。毋使孤詣絶學，終於漂没云。（見《詁經精舍文集》卷五）

秦恩復

〔詞源後跋〕樂笑翁以故國王孫，遭時不偶，隱居落拓，遂自放於山水間。……《山中白雲詞》八卷，實能冠絶流輩，足與白石競響，可謂詞家龍象矣。……嘉慶庚午三月穀雨後五月澹生居士秦恩復跋。（《詞源》）

孫原湘

〔題姜白石像〕白石先生像，錢唐白良玉寫。衣褶煊染，皆非近人所能。手執羽扇，神情灑然，先生自題詩所云「鶴氅如煙羽扇風」是也。自先生遷若上，世居弁山之麓，築有白石山堂，貯像其中。乾隆辛卯冬，堂燬於火，煨燼中獨留此像。二十三世孫恭壽遷居城中，改裝成册，寓書屬題。先生至今七百年，遺像猶能於鬱攸之中巋然獨存，固靈爽之所憑，而後嗣保護之力有足多焉。

七百年事如秋煙，劫灰中有不老仙。六丁下攫終得全，曹衣吴帶何翛然。當時鄱陽俠少年，雪花夜打烏篷船。浪游南嶽不得旋，手拔龍角彈湘絃。彝陵幸遇蕭東夫，東來徑參范石湖。聲名一日滿天下，四顧誰能薦司馬。奮筆自議太常雅，其奈黄鐘不敵瓦。偶耽吴興山水奇，白石洞天插我籬。纍纍白石不療饑，腹中惟嗛潘梩詩。興酣自擫碧玉簫，閒鷗引過松陵橋。鷹揚之印空佩腰，照水白髮風蕭蕭。馬塍花開香沁土，小紅偷灑燕脂雨。鸞驚無聲石人語，一往孤雲竟千古。沈檀雕匣吴綾裝，明珠辟火深深藏。風吹鶴氅如煙動，紙上古香發南宋。（《天真閣集》，見《晚晴簃詩匯》卷一百十八）

王　曇

〔鶴市詩於虎邱之盈盈一水樓〕　新婚别後便無家，嘗作新婚别圖，後又作無家别卷，則予游東海蓬萊時也。從不傷心戀若耶。豈必死爲金鎖佛，不該生葬玉鈎斜。山莊左右，南宋之宫人斜也。予初卜築，愛我者咸勸無住。身爲好女才名誤，骨化飛龍藥力差。幸是小紅先死了，先是婢通筆墨者死，至湖墅又葬一鬟。弗然啼盡馬塍花。

（《煙霞萬古樓詩選》卷二）

張惠言

〔詞選序〕　自唐之詞人，李白爲首，其後韋應物、王建、白居易、劉禹錫之徒，各有述造；而温庭筠最高，其言深麗閎美。五代之際，孟氏、李氏，君臣爲謔，競變新調，詞之雜流由是作矣。至其工者，往往絶倫，亦如齊梁五言，依託魏晉，近古然也。宋之詞家，號爲極盛，然張先、蘇軾、秦觀、周邦彦、辛棄疾、姜夔、王沂孫、張炎，淵淵乎文有其質焉；其盪而不反，傲而不理，枝而不物，柳永、黄庭堅、劉過、吴文英之倫，亦各引一端，以取重於當世；而前數子者，又不免有一時通脱放浪之言出於其間，後進彌以馳逐，不務原其指意，破碎奔析，壞亂而不可紀。故自宋之亡而正聲絶，元之末而規矩隳，

五百年來，作者十數，諒其所是，互有繁變，皆可謂安蔽乖方，迷不知門户者也。（《茗柯文編·茗柯文二編卷上》）

《暗香舊時月色》　題曰石湖詠梅，此爲石湖作也。時石湖蓋有隱遯之志，故作此二詞以沮之。白石《石湖仙》云：「須信石湖仙，似鴟吏飄然引去。」末云：「聞好語，明年定在槐府。」此與同意。首章言己嘗有用世之志，今老無能，但望之石湖也。（《張惠言論詞》）

《疏影苔枝綴玉》　此章更以二帝之憤發之，故有昭君之句。（同上）

江　藩

〔詞源後跋〕《詞源》二卷，宋遺民張玉田撰。玉田生詞與白石齊名。詞之有姜、張，如詩之有李、杜也。姜、張二君皆能按譜製曲，是以《詞源》論五音均拍最爲詳贍。……近日大江南北盲詞啞曲塞破世界，人人以姜、張自命者，幸無老伶俊倡竊笑之耳。（《詞源》）

〔暗香疏影〕　白石老仙製《暗香》、《疏影》二曲，本仙吕宫。考段安節《樂府雜録》論五音二十八調，仙吕在去聲宫七調之内。則填此二曲，當用去聲。而白石用入聲者，北音入聲皆作去聲讀，令伶工歌北曲所謂入作去也。蓋二曲本用去聲，以入代去多纏聲而流美矣，此夢窗、蘋洲、玉田所以謹守成法而不變。又，彭元遜《解佩環》調即《疏影》用去聲韻，亦一證也。張肯又採《暗香》前段、《疏影》後段合成《暗香疏影》一闋，變而爲夾鐘宫。夾鐘即燕樂之中吕宫，亦在去聲宫七調之内，當用去聲近入聲之韻，斯爲協律。仙吕宫下工字住，中吕宫下一字住，清上五字住，此曲用上五住也。春日讀《研香居詞麈》，忽悟此理，乃填是曲，以繼絶響。然自南宋以後三百年，世無知之者矣。嗟乎！倚聲之難也如此。（見《全清詞鈔》第十六卷）

徐熊飛

〔擬南宋姜夔傳〕　姜夔字堯章，饒州德興人。少隨父客沔。學詩於蕭德藻。德藻攜之游臨安，妻以兄女。參政張燾累疏薦夔，夔以秦檜方枋國，謝病不起。慶元初，上書乞正奉常雅樂，並進《大樂議》及《琴瑟考古圖》各一卷。其略云：宋因唐度，古曲逸墜，因事製辭，爲導引十二曲，皆用羽調，音節悲促，非是。乞詔有司，取臣詩協其清濁，被之簫管。事雖不果行，然所上十四曲，實爲一代之盛。時兵革未息，夔流落江表，所爲歌詞，蕭條淒咽，多摇落之感，時或比之庾信《哀江南賦》。後寓居武康計籌山，山有白石洞，遂號白石道人。嘗載雪訪范致能，爲度《暗香》、《疏影》之曲，致能贈以歌妓。及卒，葬馬塍。夔博雅有高致，翰墨人品，皆似晉宋間人。雖生長鄱陽，詩不沿江西氣習。嘗作《白石詩説》，大旨謂語貴高妙，意貴含蓄，句中有餘味，篇中有餘意，斯爲善之善者。楊萬里見其詩，嘆曰：吾弗如也。樂府自柳永、周邦彦後，作者競趨儇麗，夔特清新無跡，以此稱名於時。（《詁經精舍文集》卷五）

〔白石道人畫像記〕　宋白良玉作姜堯章《白石道人畫像》，今爲菰城管夢笙所收貯，雖絹素漸裂，而神

采未渝。同郡石西谷摹其副本贈余。(《白鵠山房文鈔》卷三)

焦循

晚唐漸有詞，興於五代而盛於宋，爲唐以前所無。論宋宜取其詞，前則秦、柳、蘇、晁，後則周、吴、姜、蔣，足與魏之曹、劉，唐之李、杜相輝映焉。(《易餘籥録》卷十五)

毛大可謂詞本無韻，是也。偶檢唐宋人詞，如……姜夔《鬲溪梅令》用人鄰真陰尋侵云文盈庚，……柳永《引駕行》用徵庚村元亭青凝蒸。按：唐人應試用官韻，其非應試如韓昌黎贈張籍詩，以城堂江庭童窮一韻，則庚青江陽東冬通協，不拘拘如律詩也。至於詞，更寬可知。……柳永《迎春樂》云：「近來憔悴人驚怪，爲别相思瞰。」……凡此皆用當時鄉談里語，又何韻之有？(同上)

《三百篇》如「其虚其邪，狂童之狂也且」，古人自操土音。北宋如秦、柳尚有此種。南宋姜白石、張玉田一派，此調不復有矣。(同上)

周密《絶妙好詞》所選皆同於己者，一味輕柔滑膩而已。黄玉林《花庵絶妙詞選》不名一家，其中如劉克莊諸作，磊落抑塞，真氣百倍，非白石、玉田輩所能到。可知南宋人詞不盡草窗一派也。(同上)

王龜齡取莊園花卉目爲十八香，以菊爲冷香。……姜白石荷花詞云：「冷香飛上詩句。」則以冷香爲蓮花。高青丘梅花九首其三云：「冷香狼藉倩誰收。」則又以冷香爲梅矣。或繪冷香圖作水亭曲沼，繞以紅蕖，蓋僅見姜詞耳。(同上卷十九)

嚴杰

〔擬南宋姜夔傳〕　姜夔字堯章，系出九真，唐諫議大夫同中書門下平章事公輔之裔。八世祖泮，任饒州教授，即家於鄱陽。父噩，紹興庚午擢進士第，以新喻丞知漢陽縣。夔從父宦游，流落古沔。恬淡寡欲，不樂時趨，氣貌若不勝衣。工書法，著《續書譜》以繼孫過庭，頗造翰墨閫域。詩律高秀，詞亦精深華妙，尤嫺於音律。初學詩於蕭㪺（編者按：蕭㪺，元人。當係蕭千巖之誤），攜至苕上，遂以兄子妻之。時張燾、楊萬里皆折節與交，而樓鑰、范成大更相友善，成大曾以青衣小紅贈之。紹興中，秦檜當國，隱箬坑之丁山，參政張燾累薦不起，高宗賜宸翰，建御書閣以儲。夔嘗患樂典久墜，欲正頌臺樂律。寧宗慶元丁巳，上書論雅樂，並進《大樂議》。詔付有司收掌。時有嫉其能者，以議不合而罷。己未，作《鐃歌鼓吹曲》一十四章，上於尚書省，書奏，詔付太常。周密以爲言辭峻絜，意度高遠，有超越驊騮之意，非虛譽也。居與白石洞天爲鄰，因號白石道人。時往來西湖，館水磨方氏。後以疾卒，葬西馬塍。故蘇洞輓之云：「幸是小紅方嫁了，不然啼損馬塍花。」著有《琴瑟考古圖》一卷、《絳帖平》二十卷、《禊帖偏旁考》、《集古印譜》、《張循王遺事》、《白石道人叢稿》十卷、《詩説》一卷、《歌曲》四卷。子二：瓊，太廟齋郎；瑛，禾郡僉判。（《詁經精舍文集》卷五）

李富孫

〔曝書亭集詞注序〕……富孫自弱冠間喜爲倚聲，於本朝諸家尤愛先徵士秋錦暨竹垞先生詞，實能兼清真、白石、梅溪、玉田之長。（《曝書亭集詞注》卷首）

〔更漏子〕……柳千條，赤闌第四橋。《蘇州府志》：吴江縣城外甘泉橋，一名第四橋，以泉品居第四也。顧況詩：「水邊楊柳赤闌橋。」姜夔詞：「第四橋邊，擬共天隨住。」（同上卷一）

〔玉抱肚〕……翠禽小小不度，斷魂難訴。姜夔詞：「有翠禽小小，枝上同宿。」（同上）

〔太常引〕三真六草寫朝雲，幾股玉釵分。姜夔《續書譜》：折釵股，欲其屈折，圓而有力。（同上）

〔臺城路送畊客南還〕……判茸帽衝霜。姜夔詞：「拂雪金鞭，欺寒茸帽，還記章臺走馬。」（同上卷三）

〔洞仙歌〕……渾不似西窗，夜來曾見。姜夔詞：「西窗夜涼雨霽。嘆幽歡未足，何事輕棄。」（同上卷四）

〔無夢令飛花〕魚浪飄香千點。姜夔詞：「虹梁水陌，魚浪吹香。」（同上卷五）

〔綺羅香（蕙草連葩）〕……笑荘窩、半畝平池，翻贏三十六陂種。《寰宇記》：圃田澤在中牟縣，爲陂者三十有六。姜夔荷花詞：「問甚時同賦，三十六陂月色。」（同上）

〔綺羅香（楊柳陰中）〕楊柳陰中，菰蒲雨外，姜夔荷花詞：「翠葉吹涼，玉容消酒，更灑菰蒲雨。」一柄犀珠通體。並著花房，宛似仙娥雙髻。算只有、蜀苣同心，祇認得、嶧桐連理。又爭如水珮風裳，姜夔詞：「三十六陂人未到，水佩風裳無數。」嫣然交影鏡香裏。姜夔詞：「嫣然摇動，冷香飛上詩句。」李白詩：「荷花鏡裏香。」　約開渚蘋汀蓼，恣與纖鱗隊隊，鬧紅游戲。朱休詩：「纖鱗游泳多。」姜夔詞：「鬧紅一舸，記年〔來〕時常與鴛鴦爲侶。」第一輕舟，莫放采香人檥。渾不管、翠蝶衣翻，生怕是、緑雲風起。問沙面、頭白鴛鴦，舊來曾見幾。（同上）

〔水龍吟白蓮〕……銀塘一曲，亭亭何限。姜夔荷花詞：「日暮青蓋亭亭。」（同上）

彭兆孫

〔小謨觴館詩餘序〕填詞至今日，幾於家祝姜、張，户尸朱、厲。予方寸心沓舌，無志與諸子爭長。而瀏覽所及，頗不欲囿於時論。少作壯悔，久付貟蟫，掇拾之餘，僅得十一，强顔存之，所謂遂非文過也。甘亭居士識。（《小謨觴館詩餘》卷首）

舒位

〔馬塍尋姜白石故居〕絶妙好辭家，宫商書歲華。吹簫人不見，紅殺馬塍花。敝帚三生石，秋聲一樹鴉。東西無宿草，樽酒即天涯。（《瓶水齋詩集》卷十四）

〔仙人掌久傳爲柳耆卿墓，今實無之。〕漸看木葉下亭皋，奏御無端首重搔。黄土難尋仙掌路，紅牙空按鬱輪袍。斷魂風月人宜醉，落魄江湖句不豪。爭似吹簫姜石帚，馬塍聞占一蓬蒿。（同上卷十六）

黄培芳

宋人七絶每少風韻，惟姜白石能以韻勝。如《過垂虹》云：「自作新詞韻最嬌，小紅低唱我吹簫。曲終過盡松陵路，回首煙波十四橋。」漁洋亦瓣香此種。（《香石詩話》卷一）

馮金伯

〔姜夔醉吟商〕　石湖老人謂予云：「琵琶有四曲，今不傳矣。曰濩索一曰濩絃梁州、轉關緑腰、醉吟商胡渭州、歷絃薄媚也。」予每念之。辛亥之夏，予謁楊廷秀丈於金陵邸中，遇琵琶工解作醉吟商、胡渭州，因求得品絃法，譯成此譜，實雙聲耳。詞曰：「又正是春歸，細柳暗黄千縷。暮鴉啼處，夢逐金鞍去。一點芳心休訴，琵琶解語。」同上（姜白石）（《詞苑萃編》卷一《體制》）

裴按：是曲題曰《醉吟商小品》，見《白石道人歌曲》，諸集既未選入，《詞律》中亦並未載此調名。

編者按：裴指裴暢芝，此本爲裴暢芝參訂。

〔姜夔霓裳中序〕　丙午歲，留長沙，登祝融，因得其祀神之曲曰《黄帝鹽》、《蘇合香》。又於樂工故書中得商調《霓裳曲》十八闋，皆虚譜無詞。按沈氏《樂律》，霓裳道調，此乃商調。樂天詩云「散序六闋」，此特兩闋，未知孰是。然音節閒雅，不類今曲。予不暇盡作，作中序一闋傳於世。予方羈游，感此古音，不自知辭之怨抑也。姜白石（同上）

〔姜夔徵招〕　越中山水幽遠，予數上下西興錢清間，襟抱曠清。越人善爲舟，捲篷方底，舟師行歌，徐徐曳之，如偃臥榻上，無動摇突兀勢，以故得盡情騁望。予欲家焉而未得，作《徵招》以寄興。《徵招》、《角招》者，政和間大晟府嘗製數十曲，音節駁矣。予嘗考唐田畸《聲律要訣》云：「徵與二變之調，咸非流美，故自古少徵調曲也。」徵爲去母調，與黄鐘之徵，以黄鐘爲母，不用黄鐘乃諧。故隋唐舊譜不用母聲。琴家無媒調、商調之類，皆徵也。亦皆具母絃而不用。其説詳於予所作《琴書》。然黄鐘以林鐘爲徵，住聲於林鐘，若不用黄鐘聲，便自成林鐘宫矣。故大晟府徵調兼母聲，一句似黄鐘均，一句似林鐘均，所以當時有落韻之語。予嘗使人吹而聽之，寄君聲於臣民事物之中，清者高而亢，濁者下而遺，萬寳常所謂宫離而不附者是已。因再三推尋唐譜，並琴絃法，而得其意。黄鐘徵雖不用母聲，亦不可多用變徵蕤賓，變宫應鐘聲，若不用黄鐘而用蕤賓應鐘，即是林鐘宫矣。餘十一均徵詞倣此。其法可謂善矣。然無清聲，祇可施之琴瑟，難入燕樂，故燕樂闕徵調，不必補可也。此一曲乃予昔所製，因舊曲正宫《齊天樂慢》前兩拍是徵調，故足成之。雖兼用母聲，較大晟曲爲無病矣。此曲依晉史名曰黄鐘下徵調，《角招》曰黄鐘清角調。姜白石(同上)

〔姜夔淒涼犯〕　合肥巷陌皆種柳，秋夕風起，騷騷然。予客居闔户，時聞馬嘶，出城四顧，則荒烟野草，不勝淒黯，乃著此解。琴有淒涼調，假以爲名。凡曲言犯者，謂以宫犯商、商犯宫之類。如道調宫上字住，雙調亦上字住，所住字同，故道調曲中犯雙調，或於雙調曲中犯道調，其他準此。唐人樂書云：「犯有正旁偏側，宫犯宫爲正，宫犯商爲旁，宫犯角爲偏，宫犯羽爲側。」此説非也。十二宫所住字各不同，不容相犯，十二宫特可犯商角羽耳。予歸行都，以此曲示國工田正德，使以啞觱栗吹之，其韻極美。亦曰《瑞鶴仙影》。同上（同上）

〔高觀國懷梅溪詞〕高竹屋有中秋夜懷史梅溪《齊天樂》詞，即「晚雲知有關山念」一闋也。徘回宛轉，交情如見。同上（同上卷五《品藻》）

〔竹垞詞醇雅〕竹垞博搜唐、宋、金、元人集以輯《詞綜》，一洗《草室〔堂〕》之陋。其詞句琢字鍊，歸於醇雅。雖起白石、梅溪諸家爲之，無以過也。沈融谷（同上卷八《品藻》）

〔竹垞詞神明乎姜史〕竹垞詞，神明乎姜、史，刻削雋永。本朝作者雖多，莫有過焉者。杜紫綸（同上）

〔介遵玉女迎春慢〕介遵先生公車北上，初以文投桐城望溪方公，一見傾倒。後有文酒之會，適頒時憲書，先生即席賦玉女《迎春慢》一詞，座上名流盡皆輟筆，一時名噪都下。然先生竟艱一第，鬱鬱以孝廉卒。當時評者，謂先生詞躋於昔賢，不在白石、梅溪之下，方諸時傑，應儕烏絲、竹垞之間。董雲舫（同上）

〔沈融谷詞〕吾友沈子融谷，精於詞久矣。況之古人，殆類王中仙、張叔夏。叔夏嘗謂「中仙詞極媚雅，有白石意趣。」仇山村亦云：「叔夏詞律吕協洽，當與白石老仙相鼓吹。」是二家之詞，非深於情者，未必能好。即好之而不善學，亦未必能似。今融谷情之所至，發爲聲音，莫不纏綿諧婉，誦之可以忘倦。雖其博綜樂府，兼括衆長，固不盡出於二家。然體格各有所近，不位置融谷於二家之間不可也。龔衡圃（同上）

〔吴笙山詞〕　吴笙山雯《烱香草》一編，薰心染臆於姜、張、吴、史之間，故穠而不迷，豔而能清。陳玉几（同上）

〔幻花老人詞〕　幻花老人詩，旨趣在王、孟間，而暇爲長短句，又能宗尚石帚、玉田，刊落凡豔。宋之色香味之外，而獨領其妙。平生專修淨土，去來如意，凡有所作，皆從靜境流出，故不假思惟，自然各臻其妙。柯南陔（同上）

〔秋屏詞情恂雅〕　秋屏詞情恂雅，既不流於柔靡，復不蹈於豪放，淡妝濃抹，俱所不事，直得白石、玉田神髓。姚潛夫（同上）

〔紫山詞〕　去年於友人華秋岳所讀樊榭《高陽臺》一闋，生香異色，無半點煙火氣，心嚮往之。新年過訪，披襟暢談，語語沁人心脾，遂相訂爲倡和之作。頃寓秦淮，樊榭書至，知前後題俱削稿。復合以平時所作，付之梓人。廻環讀之，如入空山，如聞流泉，真沐浴於白石、梅溪而出之者。噫，舍紫山而外，知此者亦鮮矣。徐紫山（同上）

〔樊榭詞清真雅正〕　詞於詩同源而殊體，風騷五七字之外，另有此境。而精微詣極，惟南渡德祐、景炎間，斯爲特絶。吾杭若姜白石、張玉田、周草窗、史梅溪、仇山村諸君所作，皆是也。吾友樊榭先生起而遥應之，清真雅正，超然神解，如金石之有聲，而玉之聲清越。如草木之有花，而蘭之味芳芳。登培嶁以攬崇山，涉潢汙以觀大澤。致使白石諸君，如透水月華，波摇不散。吴越間多詞宗，吾以爲叔田之後，無飲酒矣。陳玉几（同上）

〔賓谷梅邊琴汎〕　賓谷《梅邊琴汎》一卷，追清石帚，繼響玉田。昔南史稱柳公雙鎖爲琴品第一，若《梅邊琴汎》者，其亦第一詞品乎？趙秋谷（同上）

〔橙里意境清遠〕　橙里意境清遠，慕姜白石、張叔夏之風，其詞清空蘊藉，無繁麗呢褻之情，除激昂囂號之習，可稱卓然名家。淮海英靈集（同上）

〔宋詞多有越韻〕　去矜《詞韻例》，取范希文《蘇幕遮》詞「地」、「外」二字相叶，又取蔣勝欲《探春令》詞「處」、「翅」、「住」、「指」四字相叶，疑於支紙、魚語、佳蟹三部韻可以互通。先舒按：宋詞此類僅見數首。如辛棄疾《南歌子》新開河詞，本佳蟹韻，而起韻用「時」字。歐陽修《踏莎行》離別詞，本支紙韻，而末韻用「外」字。姜夔《疏影》詠梅詞，本屋沃韻，而中用「北」字。柳耆卿《送征衣》詞，本江講韻，而末用「遥」字。當是古人誤處，未宜遽用爲例。……蓋宋詞多有越韻者，至南渡又甚。比如李杜諸詩，間有雜韻，晚唐律體，首句出韻。古人墮法護前，類復爾爾，未足遽以爲式也。毛稚黄（同上卷十九《音韻》）

郭　麐

〔詞有四派〕　詞之爲體，大略有四：風流華美，渾然天成，如美人臨妝，卻扇一顧，《花間》諸人是也。晏元獻、歐陽永叔諸人繼之。施朱傅粉，學步習容，如宫女題紅，含情幽豔，秦、周、賀、晁諸人是也。柳七則靡曼近俗矣。姜、張諸子，一洗華靡，獨標清綺，如瘦石孤花，清笙幽磬，入其境者，疑有仙靈，聞其聲者，人人自遠。夢窗、竹屋，或揚或沿，皆有新雋，詞之能事備矣。至東坡以横絶一代之才，凌厲一世之氣，間作倚聲，意若不屑，雄詞高唱，别爲一宗。辛、劉則粗豪太甚矣。其餘么絃孤韻，時亦可喜。溯其流别，不出四者。（《靈芬館詞話》卷一）

〔詞綜鑒别精審〕　本朝詞人，以竹垞爲至，一廢《草堂》之陋，首闡白石之風。《詞綜》一書，鑒别精審，殆無遺憾。其所自爲，則才力既富，採擇又精，佐以積學，運以靈思，直欲平視《花間》，奴隸周、柳、姜、張諸子，神韻相同，至下字之典雅，出語之渾成，非其比也。（同上）

〔凌廷堪論詞〕　近見凌仲子論詞云：「詞以南宋爲極，能繼之者竹垞。至厲樊榭則更極其工，後來居上。北曲填詞以關漢卿諸人爲至，猶詞家之有姜、張。後之填詞家，如文長、粲花、笠翁，皆非正宗。……」其言累數百，余不能盡記，且於此道無深解，不敢强爲之説。……至謂樊榭勝竹垞，鄙意大不謂然。樊榭論詞絶句云：「偶然燕語人無語，心折小長蘆釣師。」愚謂竹垞小令固佳，即長調紆餘宕往中，有藻華豔耀之奇，斯爲極至。即小令中佳者，亦未必惟此語爲可心折也。大抵樊榭之詞，專學姜、張，竹垞則兼收衆體也。（同上）

〔月底修簫譜題詞〕　月底修簫譜圖題詞甚多，方子雲、汪飲泉、江鄭堂、查梅史最工。……汪《聲聲慢》云：「花間度曲，鏡裏傷春，銷磨鬢影年年。付與璚簫，二分明月猶圓。依稀舊時見得，倚清寒、吹笛梅邊。今宵永，又玉人何處，唤起詞仙。　只有惺忪一點，怕梨雪都化，殘夢如烟。誰譜離情，酒痕零落尊前。應憐小紅低唱，過垂虹亭子依然。尋舊約，待重來，書滿錦箋。」江《紫玉簫》云：

「明月初升，玉梅剛吐，畫成無限梨雲。風催緑萼，認暗香疏影，應是前身。洞簫輕按，花拍疊，舊譜翻新。郎無賴，不管玉奴，吹冷朱唇。　蕢洲自度漁笛，算近日，江南第一詞人。閑修尺八，聽悠揚嗚咽，破夢傷春，怕柔腸斷，頻囑咐，悄唤真真。簫聲緊，莫犯側商，驚醒梅魂。」查《月華清》云：「鉛水無波，銀丸未墜，一聲纔近還遠。雪樣瓠犀，吹得明河西轉。恁時光，三九梅梢，早描出、秦樓哀怨。低唤。更偷聲減字，口脂香暖。　到底爲誰魂斷，儘鴛譜新翻，者宵偏短。一舸歸來，記否題扇橋畔。正玉奩、努力修眉，又破費、修簫雙管。還算。似烟波回首，小紅相伴。」余又有一扇，亦畫此景，惟甘亭一詞擅場，調寄《疏影》云：「香羅疊雪。恰鱗鱗雲淨，風露淒絶。十八鴉鬟，六曲朱闌，參差花底吹徹。新詞白石誰同調，只分付、小紅能説。怕夜闌、珠字排成，冷了一爐銀葉。　爲問鴛鴦珍偶，阻風中酒裏，幾度離別。迢遞瑶臺，悵望飛瓊，風前怨曲孤咽。青山隱隱秋無際，有江上愁心千疊。鎮淒凉、廿四橋頭，又是幾回明月。」(同上)

〔平韻滿江紅〕　余嘗阻風高郵，因默禱露筋祠，倘得順風，當以平韻《滿江紅》爲壽，如白石故事。質明，聞舟子欣然理篷檣聲，則旗腳已轉矣。(同上卷二)

〔詞妖〕　倚聲家以姜、張爲宗，是矣。然必得其胸中所欲言之意，與其不能盡言之意，而後纏綿委折，如往而復，皆有一唱三嘆之致。近人莫不宗法雅詞，厭棄浮豔，然多爲可解不可解之語，借面裝頭，口吟舌言，令人求其意恉而不得，此何爲者耶？　昔人以鼠空鳥爲詩妖，若此者，亦詞妖也。(同上)

〔怡亭詞〕　《怡亭詞》四卷，錢唐姜淳甫寧所作。淳甫與白樓、米樓，同以詞名浙中，爲蘭泉先生所賞。

淳甫詞委折自道，不作囁嚅耳語。《疏影》詠柳影云：「長亭短驛。正一片春光，滿地狼藉。飛絮飛花，盪漾參差，幾度臨風難折。絲絲遮斷河橋路，悄不礙、踏青游屐。漸魚雲斂了斜陽，尋徧亞闌無跡。　曾伴紅窗簸弄，那人愁瘦損，描上香額。細雨吹絲，倒映漣漪，莫辨層層深碧。秋懷賸與鴛鴦渡，算只有、斷魂相接。怕亂鴉、飛入寒林，未省舊巢端的。」其運思措詞，真其家石帚宗派也。（同上）

〔舊時月色軒〕　東維子集云：「元松陵陸子敬，居分湖之北，壘石爲山，樹梅成林，取姜白石詞語名其軒曰『舊時月色』。」此吾鄉故事也。余移家錢塘，每有故土之懷。他日買一椽於湖濱，當作小軒，復舊名，以志前輩風流勝賞。（同上）

〔買陂塘〕題黄小松秋影庵圖，用江玉屏韻。　問詞人、馬塍遺跡，可餘花木深秀。小紅嫁後青春老，賸有蕭疏秋柳。宮一畮，讓黄九、風流開拓蜂房牖。歸田若後。怕老去悲秋，重來照影，水面似人皺。　武林路，約賃梁鴻杵臼，野航三兩能受。他時定遂移家願，莫遣白雲封守。都似舊，只鴨腳、黄邊添縛香茅否。來居客右。當集古編成，秋聲賦就，斗酒也須有。（《靈芬館詞四種·蘅夢詞》卷二）

〔買陂塘〕穀人先生題淥卿露華詞，末有見及之語，依韻奉酬，並寄都下諸故人。　算年來、此中日夕，淚痕被面如洗。鷺鷺燕燕張公子，空皺一池春水。誰得髓，便白石玉田都付旗亭裏。酒闌人起。想紅燭筵前，烏絲闌底，儘做別離味。　知音少，前輩愛才曾幾。當時沈范堪儗。春風傳唱揚州路，齊卷珠簾十里。我倦矣，似漂轉、飛花未許游絲繫。舊游應記。但寄語燕臺，酒人相見，有口且深閉。（《靈芬館詞四種·浮眉樓詞》卷一）

〔買陂塘〕信宿隨園，頗極文燕之樂，將歸之夕，蘭村以秋夢樓詞索題，黯然賦此。　小紅樓、居然百尺，文窗了鳥深閉。豈知中有悲秋客，夢與碧雲無際。湖海氣，只打疊、柔情不斷如春水。偷聲減字。問白石玉田，金荃蘭畹，多少可憐子。　浮名好，低唱淺斟何似。爲誰此景輕棄。六朝山色雙眉嫵，換了青衫從事。我醉矣。想葛帔、西華那有桃花米。能謀酒未。怕江上荻聲，堦前蛩語，漸漸有秋意。時蘭村將入都謁選。（同上卷二）

〔金縷曲〕題汪飲泉秋隱庵填詞圖。　十里春風路，有伊人、裁雲縫月，移宮換羽。身是三生狂杜牧，今日鬢絲如許。只逢著、秋孃能賦。問訊汪倫情何似也，桃花亂落如紅雨。君莫怪，作癡語。　竹西歌吹依然否。但年年、吴公臺畔，鬥雞兒女。腰鼓儘消三百副，誰唱康郎樂府。況白石揚州詞句。何必紅紅方能記，倩笛家、吹入蕢州譜。蜀井水，在何處。（同上）

陳鴻壽

〔靈芬館詞序〕　昔楓江漁父爲《詞苑叢談》一書，余覽之而惑焉。夫流品别則文體衰，摘句圖而詩學蔽。《花庵》淫縟，爭價一字之奇；《草堂》噍殺，矜惜片言之巧：乖道繆典，鮮能通圓。是以耆卿蹇翮於津門，邦彦厲響於照碧，詞至北宋而一變。石帚、玉田理定而摛藻，梅溪、竹山情密而引辭，詞至南宋而又一變。若夫吹律風騷，調鐘韶濩，寫纏綿於香草，寄哀豔於紅牙，則又遥原濬波，酌而不竭，婁斤般墨，高下在心。吾友郭子頻伽少習倚聲，長媚詩教，……年來僑居魏塘。魏塘爲昔賢歌觴之地，醋坊橋畔，腸斷東山；水磨頭前，情緣白石。近乃取《蘅夢》、《浮眉》兩詞，刊而行之。余讀之既，……遂書之以弁其端。錢唐友弟陳鴻壽。（《靈芬館詞》卷首）

阮元

〔王竹所詞序〕 詞人之作，小令以五代十國爲宗，守其派者有晏氏父子、歐陽公、張先、秦觀、賀鑄、毛滂諸人。慢曲以清真、白石爲宗，沿其流者有吴文英、張炎、盧祖皋、高觀國、王沂孫、周密、蔣捷、陳允衡諸人。自元明以來，傳染《草堂》結習，而《花間集》、《樂府雅詞》、《絶妙好詞》諸書之遺意莫或窺尋，無怪乎詞學之不振也。……（《揅經室全集》三集卷五）

〔詞源二卷提要〕 宋張炎撰。炎有《山中白雲詞》，四庫全書已著録。是編依元人舊鈔影寫。上卷詳論五音十二律律吕相生，以及宫調管色諸事，釐析精允，間系以圖，與姜白石歌詞、九歌、琴曲所記用字紀聲之法大略相同。（同上外集卷二）

國朝詩餘作者與宋元並軌，遠軼明代。六家詞分擅其勝。其以學術餘事爲之，而兼有衆美者，惟小長蘆釣師。嗣後厲徵君樊榭，清空婉約，得白石、叔夏正傳，建炎湖山之妙，尚可於移宫换羽間得之。（《定香亭筆談》卷一）

南宋姜白石詩詞，宋版詞調皆旁注笛色。鹽官張氏既刊復輟。松陵汪氏繼之不果。陸南圻司馬鍾輝刻成之。同時詩人有詩識事。（《廣陵詩事》卷五）

張鑑

〔擬南宋姜夔傳〕　姜夔字堯章，號白石，饒州鄱陽人。早孤露，氣貌若不勝衣服，家貧無立錐。然好客未嘗一日倦。少時即奔走四方。一時如辛棄疾、楊萬里、樓鑰、王炎、周文璞，皆愛其才，爲之延譽。既而客游湘江，以詩謁千巖蕭氏，蕭以爲能，因以其兄之子妻之。初夔率意爲長短句，既成，按以律吕，無不協者。於是喜音律，善吹簫，多自製曲。慶元三年，時議以享國長久，而禮樂之事式遵舊章，未嘗有所改作，因詔天下求知音之士，蒐講古制，以補遺軼。於是夔進《大樂議》於朝，欲以正廟樂。其略曰：紹興大樂，多用大晟，所造有編鐘鎛鐘景鐘，有特磬玉磬編磬，三鐘三磬未必相應。塤有大小，簫篪篴有長短，笙竽之簧有厚薄，未必能合度。琴瑟絃有緩急燥溼，軫有旋復，柱有進退，未必能合調。總衆音而言之，金欲應石，石欲應絲，絲欲應竹，竹欲應匏，匏欲應土，而四金之音又欲應黄鐘，不知其果應不？樂曲知以七律爲一調，而未知度曲之義；知以一律配一字，而未知永言之旨。黄鐘奏而聲或林鐘，林鐘奏而聲或太簇。七音之協四聲，各有自然之理。今以平入配重濁，以上去配輕清，奏之不諧協。夔之言樂，大致以權衡度量先正爲主，其議詳《樂志》中。又嘗作《琴瑟考古圖》一卷，及《聖宋鐃歌鼓吹曲》十四首，曰上帝命，曰河之表，曰淮海清，曰阮之上，曰皇威暢，曰蜀山邃，曰時雨霈，曰望鍾山，曰大哉仁，曰謳歌歸，曰伐功繼，曰帝臨墉，曰維四葉，曰炎精復。上尚書省作表曰：「臣聞鐃歌者，漢樂也，殿前謂之鼓吹，軍中謂之騎吹。其曲有朱鷺等二十二篇。由漢逮隋，承用不替。雖名數不同，而樂紀罔墜。各以詠歌祖宗功業。唐亡鐃部，有柳宗元作十二篇，亦棄弗録。神宗受命，帝績皇烈，光耀震動，而逸典未舉。迺政和七年，臣工以請上詔製用，中更否擾，聲文罔傳。中興文儒，薦有擬述，不麗於樂，厥誼不昭。臣今製曲辭十四首，昧死以獻。臣若稽前代鐃歌，咸叙威武，衄人之軍，屠人之國，以得土疆，乃矜厥能。惟我太祖、太宗、真、仁、高宗，或取或守，罔匪仁術，討者弗戮，執者弗劉，仁融義安，歷數彌永，故臣斯文，特倡盛德，其辭舒和，與前作異。臣又惟宋因唐度，古曲墜逸，《鼓吹》所録，惟存三篇，譜文乖譌，因事製辭，曰導引曲、十二時、六州歌頭，皆用羽調，音節悲促。而登封岱宗，郊祀天地，見廟，耕耤，帝后册寶，發引，升祔，五禮殊情，樂不異曲，義理未究。乞詔有司，取臣之詩，協其清濁，被之簫管，俾聲暢辭達，感臧人心，永念宋德，無有紀極，海内稱幸。」書奏，詔付奉常有司收掌，令太常寺與議。當世嫉其能，不獲盡其所議，僅免解而已。同時惟待制朱熹，嘗嘆夔以爲深於禮樂。夔既不遇，益自放於詩酒。其友人竊哀憐之，欲輸資爲之拜爵，輒謝不許。范成大之請老也，夔詣之。范有青衣曰小紅，色藝雙絶。一日，范授簡徵新聲，夔製《暗香》、《疏影》兩曲以進，范使二妓肄習之，音節清婉。迨夔歸吴興，范以小紅贈焉。其夕大雪，過垂虹亭，因賦詩使小紅歌，而自吹洞簫以和之，聞者莫不凄絶。夔生平學尤粹於長短句，説者以爲南宋詞家大宗。其於自製諸曲，皆注節拍於旁，殆似西域旁行之字。然終以無所遇而卒。所著《白石詩詞集》，及《絳帖平》、《續書譜》、《禊帖偏旁考》行於世。其後宋人善學詞者如張輯、盧祖皋、史達祖、吴文英、蔣捷、王沂孫、張炎、周密、陳允平之徒，皆以姜夔爲宗。

輯字宗瑞，號東澤，鄱陽人。受詩詞法於夔。有長短句二卷，名《東澤綺語債》。

祖皋字申之，永嘉人，樓鑰之甥。登慶元中進士。嘉定時爲軍器少監。自號蒲江居士，有《蒲江詞》一卷。

遠祖字邦卿，汴人，有《梅谿詞》二卷。

文英字君特，號夢窗，四明人。有《夢窗甲乙丙丁稿》四卷。

捷字勝欲，義興人。德祐進士。入元不仕。學者稱竹山先生，有《竹山詞》一卷。

沂孫字聖與，號碧山，又號中仙，會稽人。有《碧山樂府》二卷，一名《花外集》。

炎字叔夏，循王俊之孫，西秦人。僑居臨安。自號樂笑翁。有《樂府指迷》及《玉田詞》、《山中白雲》，共十二卷。

密字公謹，濟南人，僑居吴興，號弁陽歗翁，又號蕭齋、四水潛夫。嘗輯南渡以後諸名家樂府爲《草窗詞選》。自著有《草窗詞選》二卷，一名《蘋洲漁笛稿》。

允平字君衡，號西麓，明州人。有《日湖漁唱》二卷。

論曰：自制氏去而古義亡，四始衰而雅音溺。樂勝則流，詩降爲曲。雖燥溼所感，生民大情，而政序相推，品物恒性。文辭繁詭，則靡而非典。才情異區，斯麗而以則。有唐中葉，創始倚聲。俎豆青蓮，宗祧羅嗊。温飛卿助教之年，杜紫薇制誥之日。易梵唄爲豔曲，雜紇那於鐃吹。雙聲單調，綱領之要可指。側犯换頭，情變之數易監。迨至五代，風流彌劭。孟蜀《花間》，南唐《蘭畹》，或沿波於初造，或尋條於後時。小樓吹徹，水殿風來，君臣間作，互相嘈閧，以至深宫剗襪之辭，祕監欹梳之作，莫不流播旗亭，傳歌酒肆。然而綺縟爲多，柔靡不少，豐藻克贍而風骨不飛，振采失鮮則負聲無力，斯言諒矣。洎乎天水徵祥，斯學不墜，元祐、慶曆，代不乏人。晏元獻之辭致婉約，蘇長公之風情爽朗，豫章、淮海掉鞅於詞壇，子野、美成聯鑣於藝苑，幽索如屈、宋，悲壯如蘇、李，固已同祖風騷，力求正始，君子正其文，瞽師調其器，厥功所存，良可嘉嘆。然而畛域猶存，涯度未遠。爭價一句之奇，儷采百字之偶，大成之集，遺以來哲。若夫學士微雲，郎中三影，尚書紅杏之篇，處士春草之什，柳屯田曉風殘月，文潔而體清，李易安落日莫雲，慮周而藻密，綜述性靈，敷寫器象，蓋駸駸乎大雅之林矣。南宋以還，元風益著，雖周、柳之纖麗，辛、劉之雄放，風氣所競，不可相强。而求紅牙之哲匠，問綺袖之耑門，幾於家習偷聲，户精協律。有房中之妙奏，非風雅之罪人。賀方回腸斷於東山，康伯可風柔於應制，花庵既光價於東南，東浦亦騰輝於河朔，詞流之變於斯極焉。既而白石歸吴，移情絲竹，經正者緯成，理定者詞暢。清真濫觴於其前，夢窗推波於其後。學者宗尚，要非溢美。其後竹屋、玉田、梅谿、碧山之儔，遞相祖習，轉益多師，洗草堂之纖穠，演黄初之眇論，後之作者可以止矣。夫搓酥滴粉，麗密居多；潋碧鬧紅，佻巧不少。自三唐創雕瓊鏤玉之文，而五季沿月露風雲之舊，求其辭致蕭閒，情采標舉，則竹坡撟舌，審齋掣肘，何況志感絲篁，韻諧笙板，探王化之本原，昭歌永之符契也哉！良由學慎始習，功在初化，頓八紘之遐觀，搜千載之餘韻，游盛麗者用登金張之堂，眎妖冶者必攬施嫱之祛。爰依沈約《宋書》詩人謝靈運傳贊之例，綜厥涇渭，略具條貫，俾言選聲者得以考焉。至於菊莊門下猶斬清谿，楚女閨中誓徇淮海，則删詩者未嘗泥其體，而聞聲者自足通乎情。必謂妙達此旨，妄加繩墨，則又蠹生於木而還食其木，知音之俟亦無取爾。（《詁經精舍文集》卷五）

徐養灝

〔擬南宋姜夔傳〕　姜夔字堯章，饒州鄱陽人也。少隨父宦古沔。蕭德藻遇之，相得如故舊。攜之苕上，以兄子妻之，遂家焉。從德藻學詩，工於琢句。楊誠齋謂其嗣伯子曰：「吾與汝弗如也。」所交名公鉅儒遍海内，交口稱譽。然莫有能薦之者，故卒放廢以終其世。居吴興，寓張仲遠家十年，友誼甚篤。仲遠憫其困躓，欲爲輸資拜爵，辭不願。又欲割膏腴之地贍之。而仲遠亦旋没矣。夔於文藝無不工，而尤長於樂律。居常留意古學，慨中興以來雅樂淪墜，士大夫莫爲倡議修復，乃詣京師上書論樂事。大旨謂紹興大樂用大晟所造，八音未盡諧，而均調多不合，非所以格神人召和氣也。宜詔求知音之士，考正太常之器，取所用樂曲，條理五音，隱括四聲，使之協和，然後品擇樂工而用之。雖古樂未易復，而追還祖宗盛典，實在兹舉。因進《大樂議》一卷，《琴瑟考古圖》一卷。詔留其書奉常，而議與有司不合，僅得免解而已。由是絶意仕進，益肆力於詞章。其爲詩峻潔高遠，深造自得。初學黄山谷，後乃空所依傍。《自叙》稱「其來如風，其止如雨，如印印泥，如水在器」，非虚語也。長短句以清空爲主，譬諸「野雲孤飛，去留無跡」，略與其詩格相近。書法尤稱精鑒，其言曰「小學既廢，流爲法書。法書又廢，唯存法帖。帖雖小技，與史傳關涉爲多。」故所撰《絳帖平》，條疏考證，辨及苗髮。他如《續書譜》、《禊帖偏旁考》諸著述，類能伐皮毛，啜精髓，其用力可謂勤矣。居近白石洞，故號白石道人。卒葬於杭之西馬塍。所著唯詩歌曲若干卷，《詩説》一卷，《絳帖平》二十卷行於世。

論曰：夔嘗游南嶽至雲密峰，遇異人，授以《詩説》，由是詩學日進。其言近誕，殆出假託之辭。然觀其襟懷灑落，詞旨清逸，有非世俗所能測者。若其考論雅樂，獨抒心得，非嗜古博學曷克臻此？向使居夔襄之位，於以潤色鴻業，俾助雅化，庶幾古作者之林與！奈何遭時不偶，徒自放於山巔水涯，其文辭雖爲世所宗，而其用卒無所效，古之懷抱瑰異，若此類轗軻以没世者，良足慨已！（《詁經精舍文集》卷五）

何起瀛

〔擬南宋姜夔傳〕　姜夔字堯章，爲鄱陽布衣。後徙家苕上，所居近白石洞天，因號石帚。友人潘檉復贈以號，所謂白石道人也。家本鈞璜，世稱躍鯉，炎帝神農之苗裔，伯淮仲海之後賢。父某宦沔陽。夔少孤力學，長即躭吟，范石湖有人如晉宋之稱，楊誠齋有詩似天隨之譽。初學步於黄公山谷，衍宗派於西江。繼受業於蕭叟千巖，作門楣於貳室。然而自出機杼，成一家言。以故白石先鋒，不減南湖上將。遂乃年年花月，醉把金樽；處處山川，行穿蠟屐；感昔游而追述，盡裁雲縫月之篇；因除夜以興懷，皆戛玉敲金之句；弔蘇臺之楊柳，悵望行人；詠項里之苔梅，低徊舊國；寺尋鳥石，哀諸老之凋零；橋過垂虹，向煙波而回首：宜乎風高一世，名並四家也。若乃精研樂府，雅善詩餘，則有

《聖宋鐃歌鼓吹曲》、《越九歌》等篇，莫不近符皇雅，遠合楚騷，無規摹鵠虎之形，有超越驊騮之意。其他令、慢，各極清真，自琢新詞，獨彈古調，歌殘蟋蟀，魂銷石井銅鋪；曲奏琵琶，目斷畫船煙浦。其游古沔也，雁磧沙平，漁汀人散，情何悲乎！其客長沙也，野老林泉，故王臺榭，心何慨焉！猿號天裂之音，鶻擊霜枯之態；弗關褒刺，笑他紅杏尚書；徒見浮華，陋彼碧綃待制；又況舊時月色，爭誇老白吹簫；疏影暗香，都付小紅低唱；爲梅花而寫照，憑豔曲以傳神：可謂前無古人，後無來者矣。詩詞之外，尤擅工書，嘗自言曰：小學既廢，流爲法書；法書又廢，惟存法帖。非得六書之精蘊，安知筆陣之森嚴。趙孟堅稱其爲書中申、韓，豈虛美哉！其所著書有《絳帖平》、《續書譜》、《禊帖偏旁考》、《張循王遺事》、《集古印譜》。嘗自鐫「鷹揚周郊鳳儀虞廷」印，甚奇。其尤善者，則有《大樂議》一卷，《琴瑟考古圖》一卷，進之當寧，詔付奉常。向使朝廷録取其人，何難賡叢雲之妙辭，繼葛天之浩唱。爲時所嫉，議不盡行，人隨見棄，世共惜之。然以儒生而論雅樂，草茅而達宸聰，成著作於當時，垂聲名於後世，不可謂非幸也。其游臨安，館水磨方氏。後以疾卒，葬西馬塍。同時又有黄巖老者，亦號白石，亦學詩於蕭千巖，時稱雙白石云。

贊曰：康郎之山，彭蠡之水，靈秀所鍾，篤生逸士。上書論樂，天子色喜，倘使審音，一夔足矣。人嫉其能，時止則止，去而隱焉，同彼角里。昔到溉云，有大才而無貴仕，吾於白石，亦曰如是。（《詁經精舍文集》卷五）

文靜玉

〔秋紅丈室詩序〕　……（王仲瞿）孝廉《煙霞萬古樓詩》中附（金雲門）夫人詩甚多，頣道又從他畫録十餘首，屬余收藏。因並録而存之曰《秋紅丈室遺詩》。丈室在錢塘武林門外西馬塍，南宋姜白石故居也。（《秋紅丈室遺詩》卷首）

管以金

〔白石畫像跋〕　嘉慶丙子冬，十月既望，余於郡城觀風巷口購得古人像殘縑尺許，題詞剥蝕，僅存「風賦情芳草」五字，歸以《硯北雜志》校之，始知是白石道人也。時嚴丈修能、倪丈米樓嘆爲希世珍，藏弆經年。吾友姜君玉溪見而愛之，云道人乃其二十三世祖，此像世藏弁山之寥天一碧樓，乾隆辛卯，樓遭鬱攸之災，遂遺失人間，今幸落余手，因再三乞贈。余思道人一代詞宗，超前軼後，像垂六百年而面目無損，謂非天之呵護有不爽耶？輒允其請，而割愛歸之。頃玉溪屬仁和許君玉年臨摹一本，壽諸藥石，將供奉於孤山林處士祠，索跋於余，爲述其緣起如此。它日浪跡江湖，當約六七人敬薰瓣香以志嚮往。惜嚴、倪二丈先後歸道山，俱不得一見耳。道光紀元歲次重光大荒落夏六月十有八日，烏程管以金品湘甫書於梅邊竹外填詞屋。（《姜白石全集》卷首）

曹墉

〔高樗僊玉壺買春軒樂府序〕……今讀樗仙先生玉壺買春軒詞而快然矣。先生旁採群疋，不囿一家，海以大之，……有夢窗纏綿菀結以赴之，有石帚冷汰衆製，煦以鮮華，芬芳百家，自成馨逸，……納蘭秀水以來斯爲造極矣。（《儀鄭堂殘稿》卷一）

周行仁

〔淳化祕閣法帖〕劉衍卿云：大德己亥，婦翁張君錫攜余同觀淳化祖石帖，卷尾各有題識。……第五卷東坡、張文潛、姜白石。……余按淳化帖無石刻，所謂祖石即昇元帖也。（《淳化祕閣法帖源流考》卷二十六）

伍崇曜

〔詞源跋〕玉田詞三百首，幾於無一不工，……前無古人，後無來者，惟白石老仙足與抗衡耳。（《詞源》）

季士訢

〔菩薩蠻姜白石遺像〕　揚州薺麥春風老，合肥巷陌秋風早。楚尾更吴頭，扁舟只載愁。　新詞歌一曲，豔倚人如玉，花發馬塍西，山禽不住啼。（《國朝詞綜續編》卷八）

李　堂

〔琵琶仙〕　白石翁《過德清》詩：「經過此處無相識，塔下秋雲爲我生。」今則遺蹤猶在，流響已遥。訪嚴修能又不值，泊舟信宿始去，渺渺兮余懷也。

如此溪山，問誰共、白石詞仙游歷。殘塔孤倚遥空，秋雲渺無跡。應只有、閑鷗可語。早飛下、一灣寒碧。十里風簾，千家水檻，燈影揺夕。　肯忘了、蓑笠前盟。乍雙槳、來停畫橋側。凝望柳深深處，掩衡門幽寂。人遠在、烟波那曲。想月明、正照顔色。卧我千頃蘋香，獨横漁笛。（《全清詞鈔》第十五卷）

許印芳

〔白石道人詩説跋〕　南宋姜堯章深於詩學，尤善填詞，詞即詩家長短句，依平仄而定爲譜，作者按譜填詞，務協聲律，故此體亦稱樂府，本名詩餘。趙宋時作家最多，前後朝代無及之者。高雅超妙，脱盡恒蹊，自號白石道人。道人謂學道之人，六朝緇流悉稱此號。唐宋以後，儒士亦稱道人。詩家黄魯直稱山谷道人。書家趙子昂稱松雪道人。畫家吴仲圭稱梅花道人。此類多有，與道家之稱道人道士不同，初學宜知之。尊仰之者呼爲白石老仙。所著詩餘之外，有詩一卷，末附《詩説》三十餘條，語語精緻。中有意旨深微者，初學猝難領會。由淺入深，循序漸進，積學有年，細繹其言，始能解悟。「一篇之妙」條引王子猷剡溪歸棹事，詳《晉書》本傳。引温伯雪子目擊道存事，詳《莊子·田子方》篇。而堯章著書，惜墨如金，因之條件簡約，不無漏義。學者於此書之外，尚須搜討名賢論説，庶幾博通其義也。許印芳識。

按：羅景綸《鶴林玉露》云：姜堯章學詩於蕭千巖，方虚谷云：堯章即千巖之婿。琢句精工。……又亞谷叢書云：夙愛姜白石「藕花多處别開門」及「人生難得秋前雨，乞我虚堂自在眠」句。近人搜刻其集，詩詞合編，殆無一篇不佳。《詩説》最精，若著墨，句句可圈。杼山《詩式》，表聖《詩品》，《談藝録》，《説詩晬語》，亦然。讀者加圈可也。（《詩法萃編》卷八）

顧廣圻

〔詞林正韻序〕　吾友戈小蓮有才子曰順卿，詞章學問，禀受趨庭，具傳家法。……每聞其言云：詞之大要有二，曰律，曰韻。……各著一書。論韻者先成，寫以示予，發凡舉例，詳哉言之。皆探索於兩宋名公周、柳、姜、張等集，以抉其閫奥，包孕宏富，剖斷精微，可謂心能通其故，筆能暢其説者也。（《思適齋集》卷十三）

〔姜白石集跋〕　嚮者山尊學士見語曰：子曾校《文選》，亦知《吴都賦》今本有脱句否？予叩其故，則舉姜白石《琵琶仙》詞，題中引《吴都賦》「户藏煙浦，家具畫船」二句。予心知白石雖聖於詞，而此卻不可爲典要。然當時無切證，未能奪之也。今校姚鼎臣《文粹》，至李庾《西都賦》，有曰：「其近也，方塘含春，曲沼澄秋，户閉煙浦，家藏畫舟。」則正其所引矣。「藏」、「具」兩字皆誤，又誤「舟」爲「船」，致失原韻。且移唐之西都於吴都，地理尤錯。可見白石但襲志書或類書之舛耳，豈得便謂之《文選》脱文哉！知其所無，爲之一快，遂識於姜集後，以諗讀者。（同上卷十五）

吴衡照

〔爲姜夔立傳〕　餘姚邵二雲晉涵擬作南宋朝事略，以續《東都事略》，本黄梨洲宗羲重修宋史志也。書未成而卒。竊議南宋朝如姜堯章，尤不可不立傳。儀徵阮雲臺中丞元所録《詁經精舍文集》中多擬作，可補舊史氏之缺，不特爲東仙、白石小傳搜異而已。堯章葬杭之西馬塍，在錢唐門外，今莫識其處。清明挈榼，欲仿花山弔柳會，不可得也。（《蓮子居詞話》卷一）

〔論姜夔旁譜〕　白石自製曲，其旁注半字譜，共十七調。譜與《朱子全集》字樣微不同，由涉筆時就各便也。半字之譜，昉自唐以來，陳氏樂書可證。黄泰泉佐因楚辭《大招》四上競氣之語，謂即大吕四字、中吕上字。尋摭穿鑿，不若王叔師舊注爲長。（同上）

〔姜夔畢曲不苟〕　歌家十六字外，别有疾徐重輕赴節合拍之字，見《夢溪筆談》，亦半字也。白石此

譜，有折有掣，折高半格，掣低半格，於畢曲處尤兢兢不苟，足見當時詞律之細。（同上）

〔南宋諸老擅長詠物詞〕　詠物雖小題，然極難作，貴有不粘不脱之妙，此體南宋諸老尤擅長。姜白石「蟋蟀」云：「候館迎秋，離宮弔月，别有傷心無數。」……張玉田「春水」云：「和雲流出空山，甚年年淨洗，花香不了。」「孤雁」云：「寫不成書，只寄得相思一點。」數語刻畫精巧，運用生動，所謂空前絶後矣。（同上）

〔言情之詞必藉景色映托〕　言情之詞，必藉景色映托，迺具深宛流美之致。白石「問後約、空指薔薇，嘆如此溪山，甚時重至。」又「想文君望久，倚竹愁生布羅韈。歸來後翠尊雙飲，下了珠簾，玲瓏閒看月。」似此造境，覺秦七、黄九尚有未到，何論餘子。（同上卷二）

〔姜夔詞誤引桓温語〕　白石《長亭怨慢》，小引桓大司馬云云，乃庾信《枯樹賦》，非桓温語。（同上）

〔張仲舉詞兼諸公之長〕　張仲舉詞出南宋，而兼諸公之長。如題梅花卷子云：「墨池雪嶺三生夢，喚起縞衣仙子。仍獨自伴，瘦影黄昏，和月窺窗紙。」絶似石帚。（同上）

〔陸本白石詞〕　姜白石集，近刻凡四，以江都陸氏本爲最善。道人歌曲六卷，著録於貴與馬氏者，久爲廣陵散矣。此本樓敬思購得陶南村手鈔本傳寄刊布，與《知不足齋叢書》張子野詞四卷，均爲朱竹垞纂《詞綜》時所未及見。（同上）

〔仇遠詞止四首〕　文章顯晦，有數存乎其間，不可强也。吾杭詩餘，後清真知名者爲仇山村，而詞止四首。安知海内無好事家，如張子野、姜白石二集，藏弆完好，以待流傳耶？山村家錢塘西城腳下，今

呼仇家園，地出莧極美。（同上卷三）

〔蘇辛並稱〕　蘇、辛並稱，辛之於蘇，亦猶詩中山谷之視東坡也。東坡之大，與白石之高，殆不可以學而至。（同上）

〔淩廷堪賦紅葉〕　夢窗《夢芙蓉》九十七字，紅友《詞律》失載，竹垞、樊榭嘗用之。歙淩次仲廷堪《梅邊吹笛譜·賦紅葉》，亦寄此解。次仲言，清真《月下笛》與白石、玉田諸作迥異。今細校之，即《瑣窗寒》，惟换頭處少一字，疑是《瑣窗寒》别名，非《月下笛》本調。此説足正紅友《詞律》之誤。《月下笛》本調，與《瑣春寒》大略相同。只上半中四句下半後四句不合，而清真此闋，則純乎《瑣春寒》耳。（同上卷四）

〔淩廷堪湘月詞序〕　次仲《湘月詞序》，宜興萬氏專以四聲論詞。瀘州先著以爲宋詞宫調失傳，決非四聲所可盡。按白石集《滿江紅》云，末句「無心撲」，歌者以「心」字融入去聲方諧。《徵招》云：正宫《齊天樂》前兩拍是徵調。今考《徵招》起二句與《齊天樂》平仄符合。然則宋詞原未嘗以四聲定宫調，而萬氏之説，初不與古戾也。先著《詞潔》，意在詆剥萬氏通融取便。其論在《湘月》之後，故次仲賦《湘月》詞及之。（同上）

〔查堯卿詞〕　吾鄉查堯卿上舍蟋蟀詞云：「西風長誤汝，涼葉院，一聲聲。況孤館今年，零煙碎雨，斷角淋鈴。萬里蘭成歸思，最難堪、酒醒是三更。切切空庭私語，一番幽夢初驚。誰知灞岸已難聽。猶是古山城。料紫塞窮秋，黄沙衰草，更覺淒清。中夜哀音四起，正漢家、驃騎擁神兵。原注：時適用兵

西陲。何似寶釵樓外，傍他螢火牆陰。」調寄《木蘭花慢》，悲涼激越，頗謂能拔幟於姜、張兩名作之外。（同上）

陳文述

〔水磨頭訪姜白石故居〕　姜夔字堯章，號石帚，又號白石道人，鄱陽人。……嘗館於水磨方氏。按：上下湖相界處，舊爲三閘，北石函，南聖堂，中則水磨頭也。亦名中龍閘。波流迅急，舊設水磨於此。其水入桃花港，北流三里許，注椶毛場，分流入北關大河，《游覽志》稱爲小溜水橋。

君是西泠幾白鷗，槿花涼壓釣船秋。塍邊黄葉煙中樹，屋角紅梅雪外樓。琴語停空山翠合，簫聲吹月夜雲收。石橋西去疏香覺，何處臨溪水磨頭。（《西泠懷古集》卷六）

張其錦

〔梅邊吹笛譜目録〕　右《梅邊吹笛譜》二卷，先師次仲先生所手定也。其錦賦性拙魯，於此夙未究心。然嘗竊聞其緒論矣。詞者，詩之餘也，昉於唐，沿於五代，具於北宋，盛於南宋，衰於元，亡於明。以詩譬之，慢詞如七言，小令如五言。慢詞，北宋爲初唐，秦、柳、蘇、黄如沈、宋，體格雖具，風骨未遒。片玉則如拾遺，駸駸有盛唐之風矣。南渡爲盛唐，白石如少陵，奄有諸家。高、史則中允、東川，吴、蔣則嘉州、常侍。宋末爲中唐，玉田、碧山風調有餘、渾厚不足，其錢、劉乎？草窗、西麓、商隱、友竹諸公，蓋又大曆派矣。稼軒爲盛唐之太白，後村、龍洲亦在微之、樂天之間。金元爲晚唐，山村、蜕巖可方温、李，彦高、裕之近於江東、樊川也。小令，唐如漢，五代如魏晉，北宋歐、蘇以上如齊梁，周、柳以下如陳隋。南渡如唐，雖才力有餘而古氣無矣。填詞之道，須取法南宋。然其中亦有兩派焉。一派爲白石，以清空爲主，高、史輔之。前則有夢窗、竹山、西麓、虚齋、蒲江，後則有玉田、聖與、公謹、商隱諸人。掃除野狐，獨標正諦，猶禪之南宗也。一派爲稼軒，以豪邁爲主，繼之者龍洲、放翁、後村。猶禪之北宗也。……

昔屯田、清真、白石、夢窗諸君，皆深於律吕，能自製新聲者。其用昔人舊譜，皆恪守不敢失，況其下乎！（《梅邊吹笛譜》卷首）

朱錦琮

〔校禮堂詞序〕　樂書自隋萬寶常焚後，遂失其傳。我竊爲不然。音生於人心，律本於人身。故宋之姜夔復能蒐講古制，爲一代盛典。惟其精於律吕，故其詞可播之管絃。次仲淩先生世居歙，其父以治生寓海州；幼未讀書，稍長得《詞綜》，繙閲數過，即能按調爲之，其於音律蓋天授焉。……先生之樂考大有補於太史公律吕之説，則先生之詞之與姜白石異曲同工也又何疑乎？（《梅邊吹笛譜》卷首）

龔自珍

〔已亥雜詩〕　男兒解讀韓愈詩，女兒好讀姜夔詞。一家倘許圓鷗夢，晝課男兒夜女兒。(時眷屬尚留滯北方。近人郭頻伽畫《鷗夢圓》圖，予亦仿之。)(《龔自珍全集》第十輯)

方東樹

以新意清詞易陳言熟意，惟明遠、退之最嚴。政如顔公變右軍書，爲古今一大界限。所謂詞必己出，不隨人作計。後來白石、山谷，又重申厲禁。無如世人若罔聞知。只坐辭熟，轉晦意新；而況意又未新邪？(《昭昧詹言》卷一)

姜白石擺落一切，冥心獨造。(同上)

東野、山谷、白石，皆嫌太露圭角。(同上)

南渡以後，冗長纖瑣。姜白石自叙，獨主於擺落一切，冥心獨造。此與山谷同旨。今觀其詩，誠不負所言。然間有近快利輕便之病，此自宋人習氣，時代使然。如《昔游》詩，如「飛鵝車礮」四語，已開俗派，須分别之以爲戒。然較之陳后山之鈍拙，則才氣縱横跌宕，崢嶸飛動，相去遠矣。蓋幾與東坡相近，惜篇什不富，不能開宗耳。(同上)

劉公幹《贈五官中郎將》四篇中，以「余嬰沈痼疾」最佳。姜白石所謂擺落一切，直書胸臆，於此可

會。而一往清警，情詞斐然，亦所謂「文雅縱横飛」者也。(同上卷二)

《贈徐幹》……直書胸臆，一往清警，纏綿悱惻，此自是一體，故鮑亦嘗擬之。又不在講句法字法等義。要之，此體亦自《三百篇》出，如《載馳》、《氓》、《園有桃》、《陟岵》等，不用裝點比興者也，而往復情至，令人心醉，所以可貴。……此體謝惠連獨工之。後來杜公、韓公有白道一種，亦從此出，而語加創造，以警奇爲貴至矣。如韓《南溪始泛》、《贈别元十八》、《送李翺》、《人日城南登高》、《同冠峽》、《過南陽》，放翁《酬曾學士》、《送子龍赴吉州》，姜白石《昔游》，大約同一機杼。而杜公此體尤多，集中似此居其大半，如《贈李十五丈》、《西枝村尋草堂》、《寄贊上人》等尤可見。而夔詩全用此體。大約此體但用叙事，羌無故實，而所下句字，必樸質沈頓，感慨深至，不雕琢字法，所謂至寶不雕琢，而非老生常談，陳言習熟，愞懦凡近瑣冗之比。(同上)

姜白石冥心獨造，擺落一切，直書即目，誠爲獨造，然終是宋體文體。後人學之，恐有流病。不典而淺易，則空疏人弄筆便能之。故不如明遠，字字典，字字鍊，步步留境象，深固奥澀，語重法密，氣往勢留，響沈句峭，可爲楷式。(同上卷六)

姜白石曰：詩有氣象、體面、血脈、韻度：氣象欲其渾厚，體面欲其宏大，血脈欲其貫穿而忌露，韻度欲其飄逸而忌輕。

雕刻傷氣：若過拙而無委曲，又不是。

人所易言，我寡言之；人所難言，我易言之。

難説處一語而盡，易説處莫便放過。僻事實用，熟事虚用。説理要警切，説事要簡要，説景要活見。多看自知，多作自好矣。

小詩精深，短章醞藉，大篇要布置開合。詩之不工，只是不精思耳。

學有餘而約以用之，意有餘而約以用之。

乍叙事而間以議論，方寫景而夾映情。

不知詩病，何由能詩；不觀詩法，何由知病。

篇終出人意表，或反終篇之意。——愚按即所謂出場也。

《三百篇》美刺箴怨皆無跡。

語貴含蓄。坡公云：「言有盡而意無窮，天下之至言也。」意中有景，景中有意。

思有窒礙，涵養未至也，當益以學。

波瀾壯闊，如在江湖中，一波未平，一波已作；如兵陣，方以爲正，又復是奇，方以爲奇，忽復是正，出入變化，不可紀極，而法度不可亂。——愚謂此惟長篇宜之。

意格欲高，聲調欲響。始於意格，成於句字。

詩有四種高妙：一曰理高妙，二曰意高妙，三曰想高妙，四曰自然高妙。礙而實通，曰理高妙；意出事外，曰意高妙；寫出幽微，如清潭見底，曰想高妙；自然天到，曰自然高妙。——愚謂意與想二句混似：意在事中，忽出事外，爲意高妙；想在意中，忽出意外，爲想高妙；如「扶桑西枝封斷石，弱水

東影隨長流」，是意想俱高妙也。（同上卷二十一）

編者按：方氏引文均見《白石道人詩説》，但多是複述大意，文字時有出入。

姜白石曰：「不知詩病，何由能詩；不觀詩法，何由知病。」——愚觀近代人詩文集，除一二真作家外，多是傖俗淺陋。或亂雜無章，或用事下字不穩不確，或取境命意不切不倫。既無句法，又無章法。其間有爲衆所推與稱美者，大抵亦是意詞淺近，習熟雷同，爲凡人意中所能有，凡人筆下所能到。……故愚平日閲人文字，率少可多否。（同上卷二十一）

瞿　鏞

〔方泉先生詩集四卷舊鈔本〕　宋周文璞撰。卷首列賦六首。與姜白石交，詩亦似之。（《鐵琴銅劍樓藏書目録》卷二十一）

〔友林乙稿一卷〕　宋史彌寧撰，鄭棫序。彌寧爲史浩從子，與蕭千巖、姜白石、陸放翁交，亦一時詩人也。（同上）

鄧廷楨

〔梅花詞〕　評梅花詩者，以庾子山之「枝高出手寒」，蘇子瞻之「竹外一枝斜更好」，林君復之「疏影横斜水清淺，暗香浮動月黄昏」爲千古絶調。余謂詞亦有之。朱希真之「引魂枝消瘦一如無，但空裏疏花數點」，姜石帚之「長記曾攜手處，千樹壓西湖寒碧」，一狀梅之少，一狀梅之多，皆神情超越，不可思議，寫生獨步也。（《雙硯齋詞話》）

〔白石詞〕　詞家之有白石，猶書家之有逸少，詩家之有浣花，蓋緣識趣既高，興象自別。其時臨安半壁，相率恬熙。白石來往江淮，緣情觸緒，百端交集，託意哀絲。故舞席歌場，時有擊碎唾壺之意。如《揚州慢》之「自胡馬窺江去後，廢池喬木，猶厭言兵。漸黄昏清角吹寒，都在空城」，《齊天樂》之「候館吟秋，離宫弔月，别有傷心無數。豳詩漫與。笑籬落呼鐙，世間兒女」，《淒涼犯》之「馬嘶漸遠，人歸甚處，戍樓吹角。情懷正惡。更衰草寒煙淡薄。似當時將軍部曲，迤邐度沙漠」，《惜紅衣》之「維舟試望，故國渺天北」，則周京離黍之感也。《疏影》前闋之「昭君不慣胡沙遠，但暗憶江南江北。想佩環月下歸來，化作此花幽獨」，後闋之「還教一片隨波去，又卻怨玉龍哀曲」，《長亭怨慢》之「第一是早早歸來，怕紅萼無人爲主」，乃爲北庭後宫言之，則《衛風·燕燕》之旨也。讀者以意逆志，是爲得之。至其運筆之曲，如「閲人多矣。爭得似長亭樹。樹若有情時，不會得青青如此」。琢句之工，如「天涯情味，仗酒祓清愁，花銷英氣」，「二十四橋仍在，波心蕩冷月無聲」，則如堂下斲輪，鼻端施堊。若夫新聲自度，箏柱旋移，則如郢中之歌，引商刻羽，雜以流徵矣。以此輝映湖山，指撝壇坫，百家騰躍，盡入環中。評者稱其有縫雲剪月之奇，戛玉敲金之妙，非過情也。（同上）

〔王聖與詞〕　王聖與工於體物，而不滯色相。如……《眉嫵》詠新月之「千古盈虧休問，嘆慢磨玉斧，難補金鏡。太液池猶在，淒涼處，何人重賦清景。故山夜永。試待他窺户端正。看雲外山河，還老桂花舊影」，則別有懷抱，與石帚《揚州慢》、《淒涼犯》諸作異曲同工。至慢詞換頭處，最忌横亙血脈，碧山集中，獨無此病。如《摸魚兒》云：「洗芳林、夜來風雨。匆匆還送春去。方纔送得春歸了，那又送君南浦。君聽取。怕此際春歸，也過吴中路。君行到處。便吹折湖邊，千條翠柳，爲我繫春住。　春還住，休索吟春伴侶。殘花今已塵土。姑蘇臺下煙波遠，西子近來何許。能唤否。又恐怕、殘春到了無憑據。煩君妙語。更爲我將春，連花帶葉，寫入翠箋句。」通體一氣卷舒，生香不斷，鄱陽家法，斯爲嗣音矣。（同上）

〔玉田詞〕　西泠詞客，石帚而外，首數玉田。論者以爲堪與白石老仙相鼓吹。要其登堂拔幟，又自壁壘一新。蓋白石硬語盤空，時露鋒芒。玉田則返虚入渾，不啻嚼蕊吹香。如《長亭怨慢》之「恨西風不庇寒蟬，便掃盡一林黄葉」，《西子妝慢》之「楊花點點是春心，替風前萬花吹淚」，《木蘭花慢》之「流光慣欺病酒，問楊花過了有花無」，……類皆遺聲赴節，好句如仙。其餘前輩風流，政如佛家奪舍。蓋自馬塍宿草，騷雅寢衰，王孫以晚出之英，頡之頏之，遺貌取神，遂相伯仲。故知虎賁之似中郎，終嫌皮相。而善學柳下惠，莫如魯男子也。（同上）

〔詞有不可填之調〕　詞調合小令慢詞計之，不下六百有奇，無不可填。然亦有斷不可填者，如太白《憶秦娥》云：「咸陽古道音塵絶。音塵絶。西風殘照，漢家陵闕。」已成千古絶調，雖有健者，未許摩壘。若《湘月》一調，白石自注云：「《念奴嬌》之鬲指聲。」白石精於宫譜，故於《念奴嬌》外，别爲此詞。若不會「鬲指」之理，貿然爲之，即仍與《念奴嬌》無異。壽陵餘子，固不必學步邯鄲也。若《沁園春》兩

兩排比，取便優俳，自有此名，更無佳製，宜從菅蔽，毋亂笙鍾。（同上）

姜堯章爲蕭千巖高第弟子，以慢詞弁冕南宋。詩亦清拔不俗。楊誠齋詩云：「蕭千巖尤延元陸務觀范致能四詩翁，海内誰當第一工。新拜南湖張功甫爲上將，更推白石作先鋒。」亦足見其傾倒矣。（《雙硯齋筆記》卷六）

東坡以龍驤不羈之才，樹松檜特立之操。故其詞清剛雋上，囊括群衆。院吏所云：學士詞須關西大漢，銅琶鐵板，高唱「大江東去」。語雖近謔，實爲知音。然如《卜算子》云：「缺月掛疏桐，漏斷人初定。時見幽人獨往來，縹緲孤鴻影。驚起卻回頭，有恨無人省。揀盡寒枝不忍棲，寂寞沙洲冷。」則明漪絶底，薌澤不聞。……至如《蝶戀花》之「枝上柳綿飛又少，天涯何處無芳草」，……皆能簸之揉之，高華沉痛，遂爲石帚導師。譬之慧能，肁啟南宋，實傳黄梅衣鉢矣。（同上）

梁章鉅

〔學字〕　姜堯章言：「楷書以平正爲善，此世俗之論；鍾、王之書，皆瀟灑縱横，何拘平正。」此論固是，然不可以示後學，不若黄山谷之言爲無弊也。山谷云：「凡作書之害，姿媚是其小疵，輕佻是其大病。直須落筆一一端正。至於放筆，自成行草。最忌用意粧綴，便不成書矣。」（《退庵隨筆》卷二十二）

姜堯章曰：「筆欲鋒長勁而圓。長則含墨可以取運動，勁則剛而有力，圓則妍美。余嘗評世有三物，用不同而理相似。良弓引之則緩來，舍之則急往，世俗謂之揭箭。好刀按之則曲，舍之則勁直如初，

世俗謂之回性。筆鋒亦欲如此。如一引之後，已曲不復，又安能如人意耶？故長而不勁，不如不長；勁而不圓，不如不勁。」（同上）

包世臣

〔爲朱震伯序月底修簫譜〕意内而言外，詞之爲教也。然意内不可强致，言外非學不成。是詞學得失可形論説者，言外而已。言成則有聲，聲成則有色，色成而味出焉。三者具，則足以盡言外之才矣。夫感人之速莫如聲，故詞别名倚聲。倚聲得者又有三：曰清，曰脆，曰澀。不脆則聲不成，脆矣而不清則膩，脆矣清矣而不澀則浮。屯田、夢窗以不清傷氣，淮海、玉田以不澀傷格，清真、白石則殆於兼之矣。六家於言外之旨得矣。以云意内，唯玉田、白石耳。淮海時時近之，清真、屯田、夢窗失之彌遠。而俱不害爲可傳者，則以其聲之么妙鏗磬，惻惻動人，無色而艷，無味而甘故也。（《藝舟雙楫》卷三）

〔自跋删擬書譜〕吴郡雖得子敬之筆，至於體勢則未也。……六篇之譜，亡於南宋，今傳者止其叙説。白石所續，非吴郡指也。（同上卷六）

魏　標

水磨頭鄰石塔頭，蕘章作客此淹留。小紅嫁了詞人死，誰向荒原覓古邱。

《湖山便覽》：水磨頭在上下湖相界處，舊爲三閘，北石函，南聖堂，中則水磨頭也。亦名中龍閘，波流迅激，舊設水磨於此。……姜夔字堯章，號白石道人，嘗館於水磨方氏。《研北雜志》：小紅，范石湖青衣也，有色藝。石湖徵新聲，堯章製《暗香》、《疏影》兩詞，公以小紅贈之。堯章賦詩有「小紅低唱我吹簫」之句。堯章殁，蘇石輓之曰：「幸是小紅初嫁了，不然啼損馬塍花。」宋時花藥出東馬塍、西馬塍，皆名葬處，白石殁後葬此。（《湖墅雜詩》卷上）

宋翔鳳

〔張子野詞用方音叶〕　張子野《慶春澤》「飛閣危橋相倚。人獨立，東風滿衣輕絮。」以「絮」字叶「倚」，用方音也。後姜堯章《齊天樂》，以「此」字叶「絮」字，亦此例。（《樂府餘論》）

〔詞曲一事〕　宋元之間，詞與曲一也。以文寫之則爲詞，以聲度之則爲曲。……在昔錢唐妙伎，改畫閣斜陽；饒州布衣，譜橋邊紅藥。文章通絲竹之微，歌曲會比興之旨。使茫昧於宫商，何言節奏；苟滅裂於文理，徒類啁啾。爰自分馳，所滋流弊。兹白石尚傳遺集，玉田更有成書。點畫方迷，指歸難見。惟先求於凡耳，藉通四上之原，還内度於寸心，庶有萬一之得。（同上）

〔詞實詩之餘〕　《草堂詩餘》，宋無名氏所選，其人當與姜堯章同時。堯章自度腔，無一登入者。其時姜名未盛。以後如吴夢窗、張叔夏，俱奉姜爲圭臬，則《草堂》之選，在夢窗之前矣。（同上）

〔暗香題姜白石詩詞合集，即用集中韻〕　照來古色，有詞仙未老，高樓吹笛。望久玉梯，欲上浮槎把星移。清思湖山自冷，又風雨、飄零遺筆。任幾輩、换羽移宫，誰復繼斯席。　鄉國，韻正寂。久付與蝨蟫，數

卷塵積。去波未竭，紅藥橋邊屢追憶。明月當空尚有，須洗盡樓臺金碧。按舊調、都在也，小紅唱得。（《洞簫詞》）

〔望江南〕揚州憶，詞客有深情。紅藥橋邊姜白石，碧桃溪裏玉田生，吹笛最分明。江都陸氏重摹宋本，姜白石詩詞自度腔，皆有譜旁注，而人未能解。後秦編修刻張玉田詞原足本，始可盡白石之譜，梓工皆極精妙。（同上）

〔暗香和幼橋詠紅梅用石帚韻〕故香著色，恨暮雲隔了，高樓橫笛。月上曲闌，尚覺模糊忍重摘。休説紅情不見，千里外、憑傳吟筆。就認作、絳樹能歌，依約是離席。江國，路易寂。怕紙帳畫來，淚點先積。昔游幾度，人去揚州遠成憶。猶似微酣倚處，清影動、冰壺瑶碧。便此際、芳信冷，恁生忘得。開慶《四明續志》引吴潛和堯章《暗香》詞後解第五句作「錦江路悄」，不叶韻，則原詞「泣」字非韻也。又吴氏换頭五字云「回首往事寂」，則「國」字亦非韻，可以不叶。又萬氏《詞律》謂「寂寂」上「寂」字當作平聲，以吴詞例之，知萬氏未確。（《碧雲庵詞》下）

戈載

〔白石詞序〕《白石道人歌曲》，趙菊坡原跋云：「嘉泰壬戌刻於雲間之東巖，自隨珍藏者五十載。聲文之美，概具此編。」是當時已有刊本，後不知何以遺失。惟陶九成手鈔六卷録於至正十年正月，又校於十一年四月，共有詞八十四首，較之花庵所謂選録無遺者多至三倍。向但見載於貴與馬氏，今乾隆間爲樓廉使敬思所得，完好無恙，殆有神物護持之與？白石之詞，清氣盤空，如野雲孤飛，去留無跡，其高遠峭拔之致前無古人，後無來者，真詞中之聖也。白石深明律吕之學，慶元三年丁巳四月曾上書論雅樂，並進《大樂議》一卷，《琴瑟考古圖》一卷，故能自製歌曲，今集中俱注明宫調，且有旁譜，予始茫然不解，後閲張玉田《詞源》，其工尺相類。又沈存中《夢溪筆談》亦多發明。及讀《朱子大全集》有《宋樂俗譜》一條，乃稍稍辨别，惜字有譌闕處，參互考訂，略得其旨。曾爲秦敦夫太史校正《詞源》，而白石之譜亦從而有悟焉。……世有知音者讀其詞訂其譜，相與切究而詳言之，匪特予之深幸，當亦古人所深許爾。戈載識。（《宋七家詞選》卷三）

〔碧山詞序〕　玉中仙越人也，玉田稱其能文工詞，琢語峭拔，有白石意度，特譜《瑣窗寒》詞弔之玉笥山，又有《洞仙歌》題其詞集。玉田之於中仙，可謂推獎之至矣。要其詞筆洵是不凡，予嘗謂白石之詞空前絶後，匪特無可比肩，抑且無從入手，而能學之者則惟中仙。其詞運意高遠，吐韻妍和，其氣清故無沾滯之音，其筆超故有宕往之趣，是真白石之入室弟子也。（同上卷六）

〔玉田詞序〕《山中白雲》八卷，……詞多至三百首，洵爲完璧。……其《長亭怨》，白石一六一五兩句，玉田作一七一四。《淒涼犯》末句七仄，玉田首二字用平，是當别爲一體。又《數花風》即《鳳皇閣》，《瀟瀟雨》即《甘州》，《鬥嬋娟》即《霜葉飛》，《紅情》、《緑意》即《暗香》、《疏影》，其句法平仄稍有不同，亦爲同調異名之體可也。……蓋世之詞家，動曰能學玉田，此易視乎玉田而云然者，不知玉田易學而實難學。玉田以空靈爲主，但學其空靈而筆不轉深，則其甚淺，非入於滑，即入於粗矣。玉田以婉麗爲宗，但學其婉麗而句不鍊精，則其音卑，非近於弱，即近於靡矣。故善學之則得門而入，升其堂造其室，即可與清真、白石、夢窗互相鼓吹，否則浮光掠影，貌合神離，仍是門外漢而已。……

凡詞各有宮調，……其起調畢曲當用何字，有一定不易之則。起者始韻，畢者末韻，而又有住字以别之。白石所謂住字，即玉田所謂結聲，收足本音，方能融入本調，詞之合律與否，全在乎韻。（《宋七家詞選》卷七）

〔詞林正韻發凡〕　詞韻與曲韻亦不同。製曲用韻，可以平上去通叶，且無入聲。……而詞則明明有必須用入之調，斷不能缺。故曲韻不可爲詞韻也。惟入聲作三聲，詞家亦多承用。如晏幾道《梁州令》「莫唱陽關曲」，「曲」字作邱雨切，叶魚虞韻，……此皆以入聲作三聲而押韻也。又有作三聲而在句中者，如……吕渭老「薄倖攜手處，花明月滿」，「月」字叶胡靴切。姜夔《暗香》「舊時月色」，吴文英「江城梅花引」「帶書傍月自鉏畦」，兩「月」字同。

詞之爲道，最忌落腔。落腔者，即丁仙現所謂落韻也。姜白石云十二宮住字不同不容相犯，沈存中《補筆談》載燕樂二十八調殺聲，張玉田《詞源》論結聲正訛不可轉入别腔，「住字」、「殺聲」、「結聲」名雖異而實不殊，全賴乎韻以歸之。然此第言收音也，而用韻之吃緊處則在乎起調畢曲。蓋一調有一調之起，有一調之畢。某調當用何字起、何字畢，起是始韻，畢是末韻，有一定不易之則，而「住字」、「殺聲」、「結聲」即由是以别焉。

楊纘有《作詞五要》，第四云「要隨律押韻」。……予嘗即其言而推之，詞之用韻，平仄兩途，而有可以押平韻、又可以押仄韻者正自不少。其所謂仄乃入聲也。如……《滿江紅》有入南吕宮，有入仙吕宮。入南吕宮者即白石所改平韻之體。而要其本用入聲，故可改也。

宋人詞有以方音爲叶者，……究屬不可爲法。……唯有借音之數字，宋人多習用之，如……姜夔《疏影》「但暗憶江南江北」，「北」字叶逋沃切。

夫著書立説豈易言哉！……至倚聲之事，致力已十數年，凡昔人之詞集、詞選無不遍求而讀之。曾輯《六十家詞選》、《七家詞選》，「六十家」者即從汲古閣名家詞六集中選其名作，「七家」者則周美成、史邦卿、姜堯章、吴君特、周公謹、王聖與、張叔夏也。……時道光元年歲在辛巳孟夏之月朔日

（《詞林正韻》卷首）

〔徵招〕　韋君繡以鶴臯看雲圖屬題，因賦此解。此黄鐘下徵調，白石道人所製，言之精且詳矣。予考其旁譜，起韻末韻皆用「凡四」，而换頭第二字亦注「凡四」。其詞用紙寘韻，第二乃「邐」字，其爲叶韻顯然。況趙虚齋詠雪一首，用「際」字叶紙寘韻；張玉田有二首，一用「裏」字亦叶紙寘韻，一用「洛」字作郎到切叶篠嘯韻，更有明證。

（詞，略）（《全清詞鈔》第二十一卷）

〔杏花天影〕　壬申早春，園中杏花盛開，約客爲探春之讌。客翻白石譜，請予賦此。白石自度腔，多注明宫調，是曲獨否。因細考其旁譜，起調畢曲皆用「下凡」，住字亦同。二十八調中用「下凡」者，惟黄鐘宫。黄鐘宫者，宫聲七調之一，即無射宫也。若正宫之黄鐘宫，則住用「合」字，清用「六」字，與此全異。白石又有《惜紅衣》調，注曰無射宫，亦皆用「下凡」，而末兼「四」字，此則所謂寄煞耳。推尋得之甚樂，酌客舊醅，聽予新倡。

（詞，略）（同上）

〔湘月〕　秋日，同沈芷橋、蘭如、閏生、朱酉生、潘功甫、陳小雲、吳清如、王井叔游畢園，廣池峻嶺，有山澤景象。惜其亭榭荒蕪，寒煙衰草，滿目淒涼。徘徊水竹間，不勝葵麥之感，相約各賦詩詞志慨。予度此曲，即白石所製《念奴嬌》鬲指聲也。萬氏不明宮調，又不知鬲指爲何義，遂謂《湘月》與《念奴嬌》字句無不相合，此實可發大噱。《湘月》係雙調中呂商，《念奴嬌》係大石調，乃太簇商，因同是商音，故其腔可過。而太簇商當用「四」字住，中呂商當用「上」字住，簫管「四」、「上」字中間只隔一孔，笛則兩孔相聯，至起調畢曲，則一用「一」字，一用「尺」字，亦在隔指之間，是以謂之隔指聲，「隔」、「鬲」古同字也。白石之詞，因用「四」字不諧，配以「上」字聲方協，故其腔不得不過耳。是其音同而其律不同，安得謂欲填《湘月》、即仍是填《念奴嬌》乎？況句法平仄亦多異處，更屬顯然不可混。予悲宮調之理知之者鮮，爰詳論及之，俟諸君子審定焉。

（詞，略）（同上）

〔西湖月〕　戊寅元夕後一日，讌客春窗，同人中惟蔣淡懷、曹艮甫、沈蘭如、朱酉生以游杭未與，座上咸繫懷思，乃歌此寄之。調本南宋遺民黃蓬甕所製，注云：自度商調。商調者非商聲之統名，乃商聲七調之一，名曰無射商，實即林鐘商也。何以言之？考燕樂，四均二十八調不用黍律，以琵琶絃叶之，七商爲琵琶之第二絃，商調爲第二絃之第六聲，七商皆生於太簇，用太簇、夾鐘、中呂、林鐘、南呂、無射、黃鐘七律。起太簇則無射爲第六，而太簇一均其聲皆生於應鐘。用應鐘、黃鐘、太簇、姑洗、蕤賓、林鐘、南吕七律，起應鐘則林鐘爲第六，是其名無射而其實應鐘，故段安節《琵琶録》不曰無射商而曰林鐘商也。宋、元人省言之，則直曰商調耳。沈括《補筆談》：「下凡」配無射，又曰無射商，今爲林鐘商，殺聲用「凡」字。予觀白石《霓裳中序第一》亦注曰商調，兩結旁譜作𠃍𠃍，即「下凡」「下凡」也。是可引彼以證此矣。四子知音士也，能即倚聲和否？

（詞，略）（同上）

〔惜紅衣〕　皇甫墩觀荷有見，填無射宫一解紀之。是曲殺聲當用「下凡」，白石則兼借「四」字，前《杏花天影》詞内，予已論及之。已觀白石旁譜，「力」字起韻，注「下凡四」，换頭以下至「籍」字始注「下凡四」，可知「陌」字非韻矣。玉田贈妓雙波一首不叶，是也。予故復指出之，以正《詞律》之誤。

（詞，略）（同上）

〔秋宵吟〕　孟秋中旬九日，董琢卿邀集廣川書屋，出示籜石老人《秋葉圖》，寫温飛卿「一葉葉，一聲聲」詞意，索座客題詠。予賦此解，調本白石自製，注曰越調。越調者，《琵琶録》所謂商七調之第一運黄鐘商，是爲琵琶第二絃之第七聲。其聲實應南吕，今俗樂之六字調也。白石集又有《越九歌》越王一首，亦曰越調，注曰無射商。無射商乃商調之名。越調乃黄鐘商，何以又云無射商？不知宋時燕樂七商一均與七宫同，用黄鐘、大吕、夾鐘、仲吕、林鐘、夷則、無射七律之名，越調爲第七聲，居無射之位，故朱子《儀禮經傳通解》云：無射清商，俗名越調。張玉田《詞源》云：無射商，俗名越調也。考白石原詞，「古簾空」至「箭壺催曉」，與下「引涼颸」至「暮帆煙草」，句法既同，旁譜亦無少異。萬紅友疑是雙拽頭，甚是。上應分二段、下作一段爲三疊，觀前「曉」字用「六上四」，後「草」字亦用「六上四」可悟。「六」字爲殺聲，兼「上四」畢曲，與《石湖仙》同調也。其中平仄無一字可移動，且叶韻皆用上聲，諸去聲字尤爲吃緊。予謹謹守之，庶幾與古譜合耳。用以質諸主人，並同社諸子。

（詞，略）（同上）

〔淒涼犯集新有軒，分詠得枯樹〕　庾郎正寫傷心句，西風催到寒促。小園乍種，繁紅嫩翠，駐春金谷。凋年太速，訝無復、濃陰繞去聲屋。嘆飄零、山腰半折，高幹望如禿。　贏得冰霜裏，峭石孤撐，凍苔煙簇。有人靜倚，尚相思、一枝秋緑。瘦竹斜披，好添入、人智切倪迂畫幅。更昏鴉、墨影數點，向晚宿。首句第四字不用韻，從白石旁譜，定爲「索」字起韻也。「陌」字，《詞律》注叶，誤；「曲」字注叶，更誤。（同上）

董國琛

〔詞林正韻序〕　戈子順卿……今年夏先出所著《詞林正韻》一書示余。……其書發凡定例極博辯之雄，見聞之卓。良以人狃於故習，一旦欲挽流弊，非剖析指證不能振聾起聵。必且益討論之，益折服之，擺脱蹊徑而後俯就範圍，否是則掉而不顧耳。昔堯章論樂，謂人須數十年不親樂器，乃能變化氣質。此以見去非就正之難。兹則因其難而入於易也。……是爲序。時道光紀元辛巳孟冬上澣琢卿弟董國琛拜譔。（《詞林正韻》卷首）

章樹福

〔暗緑〕白石製《暗香》、《疏影》二闋，玉田易名《紅情》、《緑意》。近有兼取兩家調名曰《紅香》、《緑影》者。余作送春詞，復變曰《踈紅》、《暗緑》，而意旨一宗仙呂宫舊譜，庶於古人無刺謬云。

（詞，略）（《全清詞鈔》第二十一卷）

莊仲方

〔采用書目〕姜夔《白石詩集》、《詩説》。（《南宋文範》卷首）

〔南宋作者考下〕姜夔字堯章，鄱陽人。……夔詩風格高秀，拔出江湖派之外，誠齊、石湖皆重之。著有《絳帖平》、《續書譜》、《白石詩集》、《詩説》（同上）

〔春日書懷四首〕姜夔

（詩，略）（同上卷七）

編者按：四首詩文字，與夏承燾校輯《白石詩詞集》基本相同。惟第二首「游子渺歸程」的「渺」，夏本作「眇」；第三首「煙水入元虛」的「元」，夏本作「玄」；第四首「閉門課文史」的「史」，夏本作「事」。

〔送王孟玉歸山陰〕姜夔

（詩，略）（同上卷九）

編者按：這首詩的文字，與夏本基本相同。惟「人生樂事將毋同」的「毋」字，夏本作「無」。

〔送項平甫倅池陽〕 姜 夔

（詩，略）（同上）

編者按：這首詩的文字，與夏本基本相同。惟「妙處突過蘇李前」的「突」字，夏本作「特」。

〔次韻誠齋送僕往見石湖長句〕 姜 夔

（詩，略）（同上）

編者按：這首詩的文字，與夏本基本相同。惟「西來橐中藏魯璵」的「橐」字，夏本作「囊」。

周 濟

近人頗知北宋之妙，然終不免有姜、張二字，横亘胸中。豈知姜、張在南宋，亦非巨擘乎？論詞之人，叔夏晚出，既與碧山同時，又與夢窗别派，是以過尊白石，但主「清空」。後人不能細研詞中曲折深淺之故，群聚而和之，併爲一談，亦固其所也。（《介存齋論詞雜著》）

北宋詞，多就景叙情，故珠圓玉潤，四照玲瓏，至稼軒、白石一變而爲即事叙景，使深者反淺，曲者反直。吾十年來服膺白石，而以稼軒爲外道，由今思之，可謂瞽人捫籥也。稼軒鬱勃，故情深；白石放曠，故情淺；稼軒縱横，故才大；白石局促，故才小。惟《暗香》、《疏影》二詞，寄意題外，包藴無窮，可與稼軒伯仲；餘俱據事直書，不過手意近辣耳。白石詞，如明七子詩，看是高格響調，不耐人細思。白石以詩法入詞，門徑淺狹，如孫過庭書，但便後人模仿。白石好爲小序，序即是詞，詞仍是序，反覆再觀，如同嚼蠟矣。詞序，序作詞緣起，以此意詞中未備也。今人論院本，尚知曲白相生，不許複沓，而獨津津於白石詞序，一何可笑！（同上）

白石脱胎稼軒，變雄健爲清剛，變馳驟爲疏宕，蓋二公皆極熱中，故氣味吻合。辛寛姜窄：寛，故容藏；窄，故門硬。白石號爲宗工，然亦有俗濫處（《揚州慢》：淮左名都，竹西佳處）、寒酸處（《法曲獻仙音》：象管鸞箋，甚而今不道秀句）、補湊處（《齊天樂》：邠詩漫與，笑籬落呼燈，世間兒女）、敷衍處（《淒涼犯》追念西湖上半闋）、支處（《湘月》：舊家樂事誰省）、複處（《一蕚紅》：翠藤共，閑穿徑竹，記曾共西樓雅集），不可不知。白石小序甚可觀，苦與詞複。若序其緣起，不犯詞境，斯爲兩美已。（《宋四家詞選目録序論》）

碧山思筆，可謂雙絶。曲折處，大勝白石，惟圭角太分明，反復讀之，有水清無魚之恨。（同上）

雅俗有辨，生死有辨，真僞有辨。真僞尤難辨。稼軒豪邁是真，竹山便僞；碧山恬退是真，姜、張皆僞。味在酸鹹之外，未易爲淺嘗人道也。（同上）

文人卑填詞爲小道，未有以全力注之者。其實專精一二年，便可卓然成家。若厭難取易，雖畢生馳驟，費烟楮耳！余少嗜此，中更三變，年逾五十，始識康莊。自悼冥行之艱，遂慮問津之誤，不揣輓陋，爲察察言。退蘇進辛，糾彈姜、張，剟刺陳、史，芟夷盧、高，皆足駭世。由中之誠，豈不或亮？其或不亮，然余誠矣！（同上）

〔姜夔〕《暗香》（舊時月色）盛時如此，衰時如此。（案此評上片。）

想其盛時，感其衰時。（案此評下片。）

《疏影》（苔枝綴玉）　此詞以「相逢」、「化作」、「莫似」六字作骨。不能挽留，聽其自爲盛衰。（案此評下片。）

《琵琶仙》（雙槳來時）　四句順逆相足。（案此評下片。）

《翠樓吟》（月冷龍沙）　此地宜得人才，而人才不可得。（案此評下片。）（《宋四家詞選》眉批，見《宋四家詞選目録序論·附録》（一））

〔王沂孫〕《花犯》（古嬋娟）　賦物能將人景情思一齊融入，最是碧山長處。由其心細筆靈，取徑曲，布勢遠故也。

不減白石風流。（案此評下片。）（同上）

《無悶》（陰積龍荒）　何嘗不峭拔，然略粗壯，其所以爲碧山之清剛也。白石好處，無半點粗氣矣。（同上）

編者按：文中案語均爲唐圭璋所加。

周之琦

〔惜紅衣訪姜白石葬處〕　漢渚羈愁，苕溪浪跡，野雲誰識。舊説西塍，吟魂寄幽宅。斜陽蔓草，空悵望、春風詞筆。悽憶。香暗影疏，掩梅花仙魂。　漂零楚客，抔土長留，湖山恣游歷。繁華夢去，故國已無覓。好屬小紅珠淚，莫向冷楓啼溼。怕洞簫清怨，吹咽六陵秋色。（《全清詞鈔》第十七卷）

〔夢横塘〕「荷葉似雲香不斷」，白石句，以慢詞寫之。

液池擎豔，淥沼含馨，溼雲飛滿涼翠。千葉香心，蕩三十六灣秋意。倚蓋天長，浣衣人杳，卷波無際。認珠盤冷浸，一抹横塘，重重碧，重重水。　嫣紅半落誰憐。但參差遠影，還蘸吟袂。鷺送鷗迎，料未許、夕陰吹碎。唤小艇、青奩揺夢。待覓風痕過煙尾，甚日開門。藕花多處，約詞仙同醉。「藕花多處别開門」，亦白石句。（《國朝詞綜續編》卷六）

汪遠孫

〔仿漁洋山人題唐宋金元詩絶句〕　錢師曾

范陸行間張去一軍，鄱陽詞客最清芬。平生風雪扁舟夜，每過苕溪輒憶君。堯章（《清尊集》卷二）

〔題洪昉思填詞圖〕　孫同元

詞客姜張久擅名，先生落筆更天成。曉風殘月尋常景，略按宫商便有情。（同上卷三）

〔上元前一日，集古歡書屋看梅，以「疏影横斜水清淺，暗香浮動月黄昏」平字分韻〕　錢師曾分得「清」字

簾陰半榻曉寒輕，璀璨盆梅競唾英。繞座擬將苔石補，對花宜唤玉壺傾。彌天煙雪迴瑶席，驀地溪山入畫楹。蠟炬烘春珠爛漫，瘿瓢瀉影酒澄泓。疏疏似寫閒籬落，淡淡真諧野性情。香海每邀幽侣對，冰心元共主人清。悠然硯北蘭言續，領取尊前好句成。一例酸寒稱酒伴，百年牢落愧詩名。古

歡當日懷諸老，白社今來託後盟。如此風流應澼筆，舊時月色付閒評用白石《暗香》首句語。苕溪尚有詞人在，東閣懸知鶴夢縈。笛譜吟箋觴詠計，石湖仙後數先生姜石帚作梅詞壽石湖，題曰《石湖仙》。（同上卷八）

〔春日小米招集水北樓，以「閉户視書，累月不出，登山臨水，竟日忘歸」平聲字分韻〕　黄士珣分得「登」字

多君購此樓居好，勞置華筵待我登。墳典心游千古接主人於此注經，清閒地占幾人能。花明北郭延幽賞，晴獻南山入醉凭。寓館不須尋石帚，新詞會見寫溪藤樓近水磨頭。（同上）

〔題交蘆庵〕　夏之盛

夙昔舊游地，幾載欣聚處。神仙眷無多，彌勒龕同貯。春風窈然來，肅客開庭户。山果薦我筵，山泉酌我醑。小結淡漠緣，都是謳吟侶。遺事我滄然，瓣香君記取。想見水磨頭，曾偕白石伍。苕舟話團圞，春燈夢悽苦。彈指年七十，關心月三五。生原居密邇，歿亦神容與。謦欬或如聞，新詩留幾許。環珮悵來遲，翠禽相對語。溪雲自去來，梅花無今古。不有風雅儒，誰作湖山主。（同上卷十二）

葉申薌

〔姜夔少年游〕　張平甫納雛姬，姜白石戲賦《少年游》贈之云：「雙螺未合，雙蛾先斂，家在碧雲西。別母情懷，隨郎滋味，桃葉渡江時。　扁舟載了匆匆去，今夜泊前溪。楊柳津頭，梨花牆外，心事兩心知。」（《本事詞》卷下）

〔姜石帚繼往開來〕　詞家之有姜石帚，猶詩家之有杜少陵，繼往開來，文中關鍵。其流落江湖，不忘君國，皆借託比興，於長短句寄之。如《齊天樂》，傷二帝北狩也。《揚州慢》，惜無意恢復也。《暗香》、《疏影》，恨偏安也。蓋意愈切，則辭愈微，屈宋之心，誰能見之？乃長短句中，復有白石道人也。（同上）

費開榮

〔望湘人集白石老仙句，贈碧雲校書〕　歎幽歡未足，疊鼓夜寒，彩雲飛過何許。象筆鸞箋，鶯吟燕舞，别有傷心無數。空指薔薇，甚時重至，倩誰傳語。悔舊游、楊柳津頭，嘗與鴛鴦爲侶。　曾記長攜手處。有翠禽小小，認郎鸚鵡。看檻曲縈紅，金絡一團香霧。昔游未遠，恨春易去，紅萼無人爲主。但怪得，重覓幽香，化作沙邊煙雨。（《清詞綜補》卷二十七）

孫兆溎

〔茂林九日登高詞〕　詞以蘊蓄纏綿、波折俏麗爲工，故以南宋爲詞宗。然如東坡之「大江東去」，忠武之「怒髮衝冠」，令人增長意氣，似乎兩宗不可偏廢。是在各人筆致相近，不必勉强定學石帚、耆卿也。今人談詞家，動以蘇、辛爲不足學，抑知檀板紅牙不可無銅琵鐵撥，各得其宜，始爲持平之論。（《片玉山房詞話》）

〔費開榮詞〕余於道光丁亥冬，道出靈寶，見壁題《蝶戀花》一詞。又於繩池旅店，見《霜天曉角》一闋，署名浮提外人，初不知誰何作也。但愛其音節蒼涼，情思綿邈，忍俊不置，遂各和一闋於後。事隔十七年，獲晤費子旉開榮於長安寓邸，出示《鼓銅館全集》，紬繙一遍，見題壁兩詞，宛然具在，不禁狂喜。自詡醉眼無花，早傾倒於未謀面之先，唱和於不知名之日，可謂翰墨有緣。子旉索題箋於余，因譜《金縷曲》一闋於卷端，以記梗概。和詞亦附録。余詞曰：「修到聰明絶。算從來、聰明悮事，古今一轍。如此才人淪落甚，空剩陽春白雪。祇博得、紅兒低拍。閱歷名場幾世載，又無如、命裏多磨蠍。投袂起，唾壺缺。半生浪説天涯跡。記前塵、十年右皖，五年東粤。華嶽重游完舊約，碌碌輪蹄暫歇。且笑傲、灞陵風月。我爇心香真拜倒，問長安、誰是知音客。堪抗手，姜白石。」（同上）

蔡宗茂

〔拜石山房詞鈔序〕詞盛於宋代。自姜、張以格勝，蘇、辛以氣勝，秦、柳以情勝，而其派乃分。然幽深窅眇，語巧則纖；跌宕縱横，語確則淺：異曲同工，要在各造其極而已。辛巳歲，汪丈白也見示《七家詞選》，獲讀蘘塘先生所爲《緑秋草堂詞》，穆羽均調，奇弄迸發，深幸竹垞、迦陵而後，克有嗣音。……客冬省視來皖，始通謦欬，……一夕之談，若醉乎醇酎。坐次出《拜石山房詞稿》索叙於予。……始讀之，則萬萼春深，百色妖露，積雪縞地，餘霞綺天，一境也。再讀之，則煙濤澒洞，霜飈飛摇，駿馬下坡，泳鱗出水，又一境也。卒讀之，而皎皎明月，僊僊白雲，鴻雁高翔，隊葉如雨，不知其何以沖然而澹，翛然而遠也。……凡姜、張清雋，蘇、辛豪宕，秦、柳妍麗，固已提袂而合唱，無俟改絃而更張已。……道光甲午春仲上元，蔡宗茂謹叙。（《拜石山房詞鈔》卷首）

沈　濤

〔空清館詞序〕……蓋詞以南宋爲正宗，北宋諸公猶不免有粗豪處。稼軒、龍洲、後村，流派原本東坡居士，但別有寄託，未可一例視也。金風亭長句云：我既愛姜、史，君亦厭辛、劉。願與高賢共勉之。戊戌九秋，檇李沈濤識於廣平郡齋。（《空青館詞》卷首）

謝元淮

〔自度曲〕自度新曲，必如姜堯章、周美成、張叔夏、柳耆卿輩，精於音律，吐辭即叶宫商者，方許制作。若偶習工尺，遽爾自度新腔，甘於自欺而欺人，真不足當大雅之一噱。古人格調已備，儘可隨意取填，自好之士，幸勿自獻其醜也。（《填詞淺説》）

項名達

〔香消酒醒詞序〕……此《香消酒醒詞》，爲秋舲少時作。其一往情深，諧姜、張之聲，縇吴、蔣之色，深入南宋諸名家三昧，所不待言；顧具是美才，而中年來拳拳白業，與晉竹若一轍，豈果香消酒醒

哉！（《香消酒醒詞》卷首）

周　僖

〔納蘭詞序〕　……嘗論文章一道，其可致不朽者，求諸己而已，而亦不能無待於後賢。古人著述，散佚多矣，不得有心人愛護之，則等諸飄風過耳、草木華落已爾。……宋人樂府，如石帚、玉田，最爲卓卓，得陶南村手録本而所作始備。吾不知南村得善本而録之邪？抑亦搜羅之不遺餘力始編此集邪？（《納蘭詞》卷首）

〔疏影題姜白石像〕　翩然唳鶴，任俊游海内，鷗鷺相約。一舸春寒，幾度尋詩，吟蹤到處飄泊。歸與且醉苕溪月，奈似此、江山寥落。把怨情、託賦梅花，待補楚騷疏略。　還問南朝鼓吹，大晟舊譜失，誰振宫樂。一笑仙魂，攜笛重來，響遏飛雲低閣。尊前我自心香爇，算一樣、布衣蕭索。甚夜深、天上詩星，獨耀貫虹芒角。「詩星入腸肺肝裂」，楊誠齋贈先生句。（《全清詞鈔》第十六卷）

潘德輿

宋人詩話，《滄浪》及《歲寒堂》兩種外，殆惟《白石詩説》乎？其説極簡極精，極平極遠，此道中金繩寶筏也。獨謂「詩有四種高妙：一曰理高妙，二曰意高妙，三曰想高妙，四曰自然高妙。」夫「理」即「意」之託始，「想」即「意」之别名，既曰「高妙」，不「自然」者何以能之？吾惜其名目之瑣而複也，雖自爲疏解，庸可訓乎？

白石云：「句意欲深、欲遠，句調欲清、欲古、欲和，是爲作者。」予觀儲太祝古詩，「深」、「遠」、「清」、「古」則有之矣，獨於「和」字有缺。彼雖自有一種沈奥音節，然終不似陶、韋、王、孟之諧適入人心者，殆由强探力索而爲之，非其本心所欲出歟？其詩云：「爲已存實際，忘形同化初」，又曰「松柏生深山，無心自貞直」，可謂極有見地者，而何以失節於禄山也？其非本心安之，亦可知矣。白石云：「思有窒礙，涵養未至也，當益以學。」又曰：「吟詠情性，如印印泥；止乎禮義，貴涵養也。」此可爲强作高古語者良藥，雖以當論學之書也可。（《養一齋詩話》卷八）

趙閒閒詩多傚古人，除擬和陶、韋數十首外，又有《雜擬》十首，《仿摩詰獨坐幽篁裏》一首，《仿嚴武臨邊》一首，《仿太白登覽》一首，《仿李長吉擊毬行》一首，《仿張志和西塞》二首，《仿玉川子爲吕唐卿作》一首，《仿樂天新宅》一首，《仿郎士元寶刀塞下兒》一首，《擬東坡謫居三適》三首，《仿梅聖俞月出斷崖口》二首，何其好摹古人，一至於此！姜白石云：「一家之語，自有一家之風味。模仿者語雖似之，韻亦無矣。」誠哉是言也。且無論趙閒閒輩，……若陸士衡專取一題而擬之，共十二首，謝康樂、江文通專取一人而擬之，謝共八首，江共三十首，舍自己之性情，肖他人之笑貌，連篇累牘，夫何取哉？（同上卷九）

宋人詩話，予向以嚴羽、張戒、姜夔爲佳，然皆就詩論詩。若黄徹之《䂬溪詩話》，更能知詩外有事在，尤可敬也。（同上卷十）

姜熙

〔姜熙自跋刊本〕　熙先世由鄱陽流於吴興，轉徙永康，前明叔世，復僑籍雲間，至熙已九世矣。九世以上，譜牒圖書悉燬於嘉靖間之倭，再燬於鼎革時之盜，自越中來者祇遠祖遺像數幀耳。而堯章公全集亦僅存古近體詩及《詩説》數番。六世祖宏璧府君，繕補成帙，愼藏篋衍中，至先大父次謀府君，復取詩餘及遺事與夫酬唱之作，彙刻附編，蓋乾隆之丁卯歲也。是歲先大父省試報罷，旋被沈痼，力疾排纂，且馳書遠近，懸購古文及駢體一種，冀還舊觀，而東西藏書家率辭無有，遂書數語志憾，而授諸先大母陳太君，使藏弆無敢失墜。嘉慶初，不戒於火，餘儲蕩焉，唯先世遺像及是書幸先考格堂府君突入烈焰中得奉以出，官吏咸卻立嚄唶曰：君欲爲趙子固耶？府君愀然曰：微特手澤之存也，若《蘭亭序》而不惜身殉，其與玩物喪志者幾何。聞者咸爲動容，至有泣下者。烏乎！唐楊公南門樹六闕，史官嘆爲前古未有。熙家自七世祖君甫府君以來，均以孝友節義上徹宸聽，視楊氏奚啻倍之。竊夙夜懔懔，以不克承天休繩祖武爲懼。今行年六十有四矣。顯揚本願，無可言者，惟是率妻子縮衣食竟先人未竟之志，每歲成一二事或二三事，如宗祠支祠及義學義莊義冢又必經畫十餘載始克於成。既又念同學賓興，則先大母之德音也，因指腴産佽助之。訓俗遺規，則先考之治命也，因付手民雕槧之。而堯章公集緣未獲全稿，因循未果。曩族父豐臺先生幕游永康，冀彼中宗人，或有副墨，而卒不可得，並世表亦復迄無可考，惟知自遷松始祖瑶溪府君上溯堯章公十五世耳。熙且垂垂老，恐一旦隕越，爲咎滋大，遂授之梓而謹識其緣起如左云。道光二十有三年太歲癸卯莫春之月，華亭裔孫熙盥手謹叙。（《姜白石詞編年箋校》）

張祥河

〔輓詩〕憶訂歐陽金石編，漁莊回首泖湖邊。謂王述庵先生。中年聽雨宜春夜，四海論交盡大賢。晚節黄花三徑在，好詞紅豆一家傳。玉田集與堯章集，有數姜張得並肩。（《紅豆樹館詩稿》卷首）

張金吾

〔唐詩極元二卷〕秦氏酉巖手鈔本，張超然藏書。唐諫議大夫姚合纂，宋白石先生姜夔點。板心有「又元齋」三字。

蔣易題至元五年。

弗乘未詳何人手識曰：此係吾鄉秦酉巖手録，庚寅上元日遵王見贈。弗乘。

張氏手識曰：庚申九月九日得於虞城肆中。超然。（《愛日精廬藏書志·續志》卷一）

錢泰吉

〔讀徵賢堂集雜識〕同里曹種水先生於古文駢體詩詞皆專力爲之，皆自成家。……余於先生蓋在師友間，所録少陵、昌黎、東坡詩評本，皆假之先生。嘗共讀《姜堯章集》，先生緩吟《昔游詩》，余静聽移時，得有領悟。又取陳新篘小楷書《白石詩説》册展觀細味，先生怡然自得，余亦胸中涣然不能言也。（《甘泉鄉人稿》卷十三）

〔朱吉雨聲希詞稿序〕……吉雨竟日無多語，……間爲余誦姜白石詞，擊節唱嘆，能得其深處。……吉雨之詞則本諸竹坨太史，而心造獨得，非余所能推闡也。（同上卷十六）

姜白石詩存者寥寥，而犛翁少宗伯謂爲南宋一大宗，以其皆和平中正之音也。讀《昔游詩》，可見其大概。白石放浪江湖，與陸魯望同，而無魯望憤時嫉俗之談。友人有喜效魯望，以怒駡爲文章者，余不謂然也，亦思魯望所處之時何時耶？《白石道人詩説》，謂「《三百篇》美刺箴怨皆無跡，當以心會心。」又曰：「大凡詩自有氣象、體面、血脈、韻度。氣象欲其渾厚，其失也俗；體面欲其宏大，其失也狂；血脈欲其貫穿，其失也露；韻度欲其飄逸，其失也輕。」余謂論詩固然，論文亦何獨不然。又曰：「思有窒礙，涵養未至也，當益以學。」讀此知「詩有别材，非關學」之説，不足爲定論矣。曹種水嘗屬陳新篘楷書《白石詩説》一通，余過種水五千卷室，必取觀焉。今兩君皆作古人，讀白石詩集，輒念之不置。（《曝書雜記》卷中）

桂文燿

〔揚州慢〕石帚此詞爲竹西作。辛丑春，聞吾鄉兵燹，輒借此調寫之。

（詞，略）（《全清詞鈔》第十九卷）

陶　樑

〔臺城路〕南湖在武林門東二里，樊榭徵君與姬人月上偕隱處也。暇日偕友人步屧過此，古柳蕭疏，潭水寒碧，詞仙老去，攬景悽然，即用秋林琴雅中南湖感舊原調追和一闋。

灣環古水添深冷，繞門幾重烟樹。桃槳花移，鏡奩塵化，消得雙棲詩句。吟魂應住，認暈秀遥山，一痕眉嫵。照影春空，白鷗點點自來去。　清漪還洗詞筆，玉田和石帚，標格差許。鶴老閒庭，苔荒廢館，月好不知何處。移宮换羽，歎卅載遲來，雅音非故。誰炷心香，古琴林外撫。（《紅豆樹館詞》卷二）

吴長卿

〔紅豆樹館詞序〕（陶鳧鄉先生）聚其舊時所著，加以近今之作，合爲一編。大而父子兄弟夫婦之倫，君臣之遇合，師友之淵源，禮典政績之敷賁，暨乎巖居川觀、嬉春訪秋、一觴一詠，罔不抒寫性情。而芳菲惻怛之懷，緜邈庯峭之筆，白石、白雲合爲一家，使讀者展卷神往，如成連之琴，桓子野之歌，自不禁其情。（《紅豆樹館詞》卷首）

倪稻孫

〔霜葉飛〕　掉頭指處斜陽動，西風還又飄去。記君尺幅寫家山，是馬塍西路。姜白石寓園在吾杭之西馬塍，今葉村家在焉。有一雁、微茫欲度，萬里烟水千重樹。定何日歸來，訪白石荒廬，不見見君茅宇。　此地應有詞仙，玉簫吹徹，冷楓依舊紅舞。「誰念我重見冷楓紅舞」，白石秋感詞句也。秋雲不掃趁秋晴，欵得秋光住。便聽到、空階碎雨。畫屏題滿驚秋句。更短亭、長亭外，畫我歸程，者般淒楚。（《紅豆樹館詞》卷一）

趙　芬

〔金明池〕　震澤王研農藏河東君書鎮青田，石高寸餘，刻山水亭樹，款云：倣白石翁筆小篆五字，面鐫「崇禎辛巳暢月柳蘼蕪製」十字。研農方搜輯河東君詩札爲《蘼蕪集》，將以付梓，適得此於骨董肆，云新出土者。自謂冥冥中所以酬其晨鈔暝寫之勞也。余見其拓本，因題此闋，即用《蘼蕪集》中詠寒柳均。

（詞，略）（《攄月軒詩餘》）

項廷紀

〔憶雲詞乙稿自序〕……近日江南諸子競尚填詞，辨韻辨律，翕然同聲，幾使姜、張頫首。及觀其箸述，往往不逮所言。（《憶雲詞》卷首）

鄧濂

〔憶雲詞序〕……若夫以代興之才而爲起廢之舉，篤曠世之誼而抱絶軫之痛，補白石之小傳，訂碧山之遺音，如吾邁孫者，尤近代所罕覯矣。憶雲生安在乎？吾將舉杯酒以告之。光緒癸巳秋九月金匱鄧濂。（《憶雲詞》卷首）

王柏心

〔季舉詞序〕季舉夙工掞藻，尤妙倚聲，挫萬態於毫芒，騰孤情於宙合，……有觸情懷，輒形聲律。瓌瑋連犿而抗墜中倫，俶詭權奇而疾徐合度，摩辛、劉之壁壘，拓姜、史之垣墉，泱泱之風，兹爲大矣。（《百柱堂全集》卷十五）

張鴻卓

〔琵琶仙〕 己酉上巳後二日，討春虎阜，情不自憀，就戈順卿載論詞，偶觸白石老仙於己酉春游吴興，上下六百年間情事有相彷彿者。即用老仙原韻，按四聲倚此解，未知後之視今，更復何如也。

（詞，略）（《全清詞鈔》第二十一卷）

張文虎

注杜詩者，世稱錢箋，然未爲盡善。循覽所及，輒識之：

《江上值水如海勢聊短述》 「老去詩篇渾謾興」。案「興」字本作「與」，昔人曾言之。「與」讀爲「預」。「漫與」謂隨手作之，承上起二句而來，言今老矣，不能作佳句也。姜堯章《清波引》「新詩漫與」，「與」字押韻，正用杜詩，蓋所見本猶未誤。又：前《齊天樂》「豳詩謾與」，「漫」作「謾」，蓋亦同此。（《舒藝室餘筆》卷三）

姜堯章《白石道人歌曲》六卷，卷一《皇朝鐃歌鼓吹曲》十四首、《琴曲》一首，卷二《越九歌》十首，卷三《令》三十二首，卷四《慢》二十首，卷五《自度曲》十首，卷六《自製曲》四首，又《别集》一卷十八首。乾隆己巳，我郡張奕樞所刊。自序言壬子春客都門，與周子耕餘過澹慮汪君，見陶南邨手鈔本，爲樓觀察敬思所珍藏者，因録副焉。戊午秋，耕午以鈔本見屬，質之黄宫允唐堂、厲孝廉樊榭、陸大令恬浦，重加點勘，而與姚徵士鱸香商定付梓。全編字畫放宋頗端秀，《琴曲》旁箸指法，《越九歌》旁箸律吕，卷三《隔梅溪令》、《杏天花影》、《醉吟商小品》、《玉梅令》，卷四《霓裳中序第一》，卷五《自度曲》，卷六《秋宵吟》、《淒涼犯》、《翠樓吟》，皆箸譜字，凡箸旁譜者皆箸宫調名。此板後入南蕩張氏書三味樓，飽白蟻矣。同時又有揚州鉅商陸鍾輝刻本，亦云出自樓敬思，大略相同，而歌曲之外，增輯白石詩三卷，《詩説》一卷，《大樂議》一卷，當時酬唱詩一卷，亦放宋板，而其譜式以意改竄，每失故步。此板後入江鶴亭奉宸家，再歸阮文達公，道光癸卯燬於火。揚州别有知足知不足齋本，字形較寬，止有歌曲。又有戴氏長庚所箸律話，全載姜詞旁譜，易以正字。歲乙巳，文達以陸本寄示，屬刊入指海，乃合各本校之，覺總不如張刻之善。然張刻亦不能無舛誤；聞世間尚有宋嘉泰刻本，欲求得一校。因循未遂，逃難出走，書没賊中。壬戌夏，夏君貫甫今得此本於滬，市以見詒，猶張刻也。攜之行篋，憶前所見，隨手録記，不忍恝置，姑存之。

卷一《聖宋鐃歌吹曲》「聖宋」，目作「皇朝」，「吹」上脱「鼓」字，當依目補。因事製詞，曰《導引曲》、《十二時》、《六州歌頭》，皆用羽調，音節悲促。案：《宋史·樂志》，自天聖以來，帝郊祀躬耕籍田，皇太后恭謝宗廟，悉用正宫、導引、六州、十二時凡四曲，其後祫享太廟亦用之。大享明堂用黄鍾宫。凡山陵導引靈駕，獻章懿皇后用正平調，仁宗用黄鍾羽。神主還宫用大石調。凡迎奉祖宗御容赴宫觀寺院並神主祔廟，悉用正宫。惟神宗御容赴景靈宫，改用道調。熙寧中，親祠南郊，曲五奏，正宫、導引；奉禋降仙臺祠明堂，曲四奏，黄鍾宫、導引；合宫歌，皆以六州、十二時。然則導引、十二時、六州不皆用羽調，與姜此序不合。

《上帝命》「十世之後，乃復其天。」案：高宗養孝宗於宮中，爲太宗七世孫。此云「十世」，疑字形相近而譌。

《淮海濁》案：歌云「淮海濁，老將戾。」「濁」字不誤。《宋志》作「淮海清」，誤。

《皇威暢》「百萬愁鱗濯春水。」「濯」疑「躍」字之譌。

蕤、林、南、應七律，依後諸歌例題下當有「黃鍾宮」三字，於二十八調爲正宮。

窋窊在《文選·靈光殿賦》：「窋窊垂珠」，善注：「窋，物在穴中貌，窊亦窋也。」案：窋窊蓋連語，《說文》無「窊」字，疑祇作「吒」，因「窋」而加「穴」，今「窋」又因「窊」而增「口」矣。　右王禹。吴調。夾鍾宮。案：此調用夾、仲、林、南、無、黃、太七律，於二十八調爲中吕宮。

壺觴有酧槃有魚。「酧」當作「酎」。　右越王。越調。無射商。案：此用無、黃、太、姑、仲、林、南七律，於二十八調爲越調。

太南載南。此「載」字誤。近番禺陳氏《聲律通考》作「應」，是。　右越相。側商調。黃鍾商。案：此調用律與《帝舜》章同，於二十八調爲大石調。

右項王。古平調。無射宮。案：此調與《越王》章同，於二十八調爲黃鍾宮。

白馬駃兮素縿舞。「駃」當作「駛」，陳本不誤。　汩予從天兮南逝。「汩」當作「汨」。　右濤之神。雙調。案：此調用夾、仲、林、南、無、黃、太七律，題下當有「夾鍾商」三字，於二十八調爲雙調。

右曹娥。蜀側調。夷則羽。案：此用夷、無、黃、太、夾、仲、林七律，於二十八調爲仙吕調。

右麗將軍。高平調。林鍾羽。案：此當用林、南、應、大、太、姑、蕤七律，而譜無「大」字，是去變徵聲也。沈存中《筆談》記林鍾均四調亦不及大吕，而有下五則有清變徵。陸本於第二句「躍」旁「太」字作「大」，豈别有所考邪？此於二十八調爲高平調。

右旌忠。中管商調。南吕商。案：中管商調者，以南吕一均爲夷則之中管也。當用南、應、大、夾、姑、蕤、夷七律。而譜有太清，誤。

予青衿兮父爲史。「予」當作「子」，陳本不誤。右蔡孝子。中管般贍調。大吕調。「般贍」，《隋書》作「般贍」，即般涉調也。案：張叔夏《詞源》列八十四調，以大吕一均爲高宫，而太簇一均爲其中管，堯章《大樂議》則以大吕一均爲黄鍾均之中管。故此調用大、夾、仲、林、夷、無、黄七律，則太簇一均轉爲高宫，其實一也。

《醉吟商小品》。案：此詞亦不注宫調。據其名偁及序云「雙聲」，則雙調也，與《越九歌》濤之神同。是爲夾鍾一均之商，用字與杏花天同。吴坰《五總志》：馬氏南平王時有王姓者，善琵琶，忽夢異人傳之數曲，仙家紫雲之流亞也。又云：此譜請元昆刊石於甲寅之方，與人世異者有獨指泛清商、醉吟商、鳳鳴羽、應聖羽之類，案如姜序不過舊譜失傳，偶得之於老樂工耳。吴説近於妖妄。

《浣溪沙》第二「呼之不出」。我友汪曰楨云：「不」當作「共」。

又第五「臘花」。「蠟」譌「臘」。

《滿江紅》舊詞用仄韻，多不協。如末句云「無心撲」，歌者將「心」字融入去聲，方諧音律。予欲以平韻爲之。案：「心」字融入去聲，則「撲」字不能不轉爲平矣。又案：此詞前結「佩」字固去聲，而後結「影」字乃上聲，然則叶平韻可不拘耶？

《一萼紅》「想垂楊還裊萬絲金」。「楊」，一本作「柳」，與前段「語」字合。風與筆俱駃。「駛」譌「駃」。

《月下笛》「多情須倩梁上燕」。趙聞禮《陽春白雪》本，「上」作「間」，與前段「萸」字合。

《清波引》「新詩漫與」。案：「與」字叶韻，與起處同。前《齊天樂》「漫」作「謾」。見杜詩下。

《琵琶仙》：《吴都賦》云「户藏煙浦，家具畫船」。顧千里云：此李庾《西都賦》，見《唐文粹》。

《玲瓏四犯》「漫贏得天涯羈旅」。「贏」譌「嬴」。下《探春慢》《摸魚兒》兩闋同誤。

《解連環》「小喬妙移箏」。案：「移」乃「搊」字之譌。

《喜遷鶯慢》「列仙更教誰」。此與前段「秦淮貴人宅第」句同，而缺一字，或移下句首「做」字輳韻。不知此句本不須韻，文義又不通，而下句仍缺一字；雖宋人亦有六字句者，而與本詞前後又不合。

《惜紅衣》無射宫。案：此即黄鍾宫也，與《越九歌》項王章同，爲無射一均之宫，用字與《石湖仙》同。

《角招》黄鍾角。案：二十八調之七角，乃借用變宫。……吟洞簫。此「吟」當爲「吹」。何堪更繞西湖盡是垂柳。汪曰楨云：「西」字衍，校者誤以旁譜各升一字，「柳」旁遂缺譜，趙虚齋此句作「苔枝上翦成萬點冰萼」，止作九字，可證也。

《徵招》。案：此亦黄鍾正徵，不在二十八調中，用字與《角招》同。黄鍾徵雖不用母聲，亦不可多用變徵蕤賓、變宫應鍾聲。……案：自製曲與自度曲何所異？必分二卷。若如卷末《湘月》，則仍舊調過腔，非特撰也。

《秋霄吟》越調。「霄」當作「宵」。越調見前。案：此詞乃雙拽頭，自「古簾空」至「箭壺催曉」爲一疊，自「引涼颸」至「暮帆煙草」爲一疊，旁譜皆同。我友蔣敦復説同。

《湘月》「即《念奴嬌》之鬲指聲也，於雙調中吹之」。案：雙調者夾鍾之商，住聲於「上」字。大食調者黄鍾之商，住聲於「四」字。今云「鬲指聲」者，方成培云「上」、「四」之間鬲一字也。見所著《詞麈》。案：卷四目録《玲瓏四犯》注云：「此曲雙調，世别有大石一調。」今卷内《玲瓏四犯》下無此注，而説與此序相合，蓋當在此調傳者誤耳。又案：《碧雞漫志》：《念奴嬌》又轉道調宫高宫。鬲指亦謂之過腔，見《晁無咎集》。案：晁無咎《琴趣外篇》消息注：自過腔即越調《永遇樂》，不知度入何調過腔，蓋即曲家翻調。

嘉泰壬辰至日，刻於東巖之讀書堂，雲間錢希武。案：宋寧宗嘉泰元年辛酉四年甲子，其明年改元開禧，凡三年，又明年改元嘉定，以迄十七年甲申，無壬辰，豈壬戌之誤耶？錢希武，《雲間志》無考。張奕樞亦我雲間人，陶南村、樓敬思皆曾作寓公，此本之流傳蓋有因也。

《卜算子》七「折得冰鬚碧蘚花」。「折」訛「拆」。

宋人詞集存於今者，惟張子野、柳耆卿分箸宫調，其有旁譜者惟堯章此集耳。據張叔夏《詞源》言其父斗南名樞有《寄閒集》，亦旁綴音譜，今已不傳，則此集實吉光之片羽矣。其中雖錯亂脱落，就其可辨處尋之，猶稍能領其音節，安得好事者重刊之，庶不與《寄閒集》同歸泯滅乎？……

趙彦肅所傳開元鄉飲酒十二詩譜，皆一字一聲，朱子譏之。然堯章旁譜亦復如是。今之水磨腔則有

一字數聲者，取其曲折盡致，意即宋人所云纏聲。然則朱子所謂疊字散聲者，當時蓋亦有之，殆以其近於緐手淫聲故不取歟？（同上）

沈存中《筆談》説二十八調用黄、大、夾、仲、林、夷。無七均。張叔夏《詞源》亦以太簇一均爲大吕之中管。今用太簇而不用大吕，何也？曰：姜堯章《大樂議》説七均有大蔟無大吕。其所作《越九歌·蔡孝子》篇以大吕羽爲中管般涉調，是以大吕均爲黄鍾之中管，而太簇爲高宫矣。堯章精於聲律，當非錯誤，存中、叔夏或不免道聽。（《舒藝室雜著》甲編卷上）

〔復畢子筠大令書〕 辱書垂詢《姜白石歌曲》。此書惟歙郡張奕樞刊本稍善，然旁譜亦多錯互譌脱，舊嘗尋其條理更正數處。歲乙巳夏，阮文達公以揚州陸鍾輝合刻詩詞本見寄，屬校刊入《指海》。陸刻版片由江氏再入於阮，癸卯燬於火。蒙以張本互勘，則舛誤更多。聞世間尚有南宋嘉泰間刊本，思得一校，故遲以有待。今文達墓草已宿，而授梓無期，甚歉然也。（同上）

〔緑雪館詞選序〕 偉甫弱歲即喜爲長短句，初專效姜、張，後乃擴充於南北宋諸名家。有所仿擬，皆能得其神髓。（同上乙編卷上）

〔萬竹樓詞鈔序〕 ……（子鶴）爲詞持律甚嚴，而用意深細，其師法在姜、張、二窗。凡世所尚，以叫囂爲豪，塗飾爲麗，尖刻爲巧者，皆所不屑也。（同上）

〔學樂雜説〕 ……宋人詞集，惟柳耆卿、張子野、姜白石多注宫調。尋其叶韻，皆不知所云。又，宋人按譜法，以輕清配上去，重濁配平入，驗之白石詞旁譜，亦不盡然。蓋字有出送收三音，既長言之，則

首尾中間轉合處自有曲折，不特論陰陽四聲而已。徒以一字配一音，豈非所謂叫曲念曲乎？（《舒藝室雜著》賸稿）

〔綠梅花龕詞序〕　往在金陵，嘗與周縵雲侍御論詞。縵老曰：「竹垞言南宋諸家皆宗白石，然竊謂夢窗實本清真，於子何如？」予曰：「白石何嘗不自清真出，特變其穠麗爲淡遠耳。自國初來以玉田配白石，正以得其淡遠之趣。近時諸家又祧姜、張而趨二窗，顧草窗深細而雅，門徑稍寬或易近，似未見能涉夢窗之藩籬者，此猶白石之於清真矣。」縵老曰：「善。」予曰：「此吾妄言也，凡事必深歷其奧窔而後知其利病，吾於詞雖間喜之，實未嘗致力於此，庸詎知吾以爲如是者，人見以爲不如是邪？」縵老笑曰：「然則姑存其説以俟明者質之可乎？」……歲之孟秋，青浦沈鋭卿上舍以其友金陵黄君石瓢《綠梅花龕詞》寄眎，屬序，讀之誠深入白石、草窗、玉田之奧窔者。憶縵老言，因寫前所見以折衷之，倘有以告吾也。光緒戊寅秋分前一日。（同上）

〔謁林處士祠兼禮姜白石像〕　荒祠當嶼曲，三徑半榛蕪。白石宜爲友，青山自不孤。梅花高士夢，鶴氅老仙圖。秋菊誰同薦，游船滿後湖。（《舒藝室詩存》卷二）

〔索笑詞甲序〕　二十年前言長短句者，家白石而户玉田，使蘇、辛不得爲詞。今則俎豆二窗而祧姜、張矣。……同治甲子秋九。（《索笑詞甲》卷首）

〔暗香謝仲嘉用石帚元韻自題梅邊吹笛圖索和〕　妙香空色，借聞根會取，一絲風笛。問是幾生，月裏霓裳悄偷摘。回首羅浮夢影，重譜入、堯章仙筆。甚不管、斗轉參橫，香雪糝苔席。　芳國，籟清寂。悵洗耳

夜深，别緒方積。玉蟾暗泣，天路高寒漫相憶。何處愁春未醒，知破盡、荒煙叢碧。把那曲、都付與，翠禽寄得。（《索笑詞甲》）

〔復杜小舫廉訪乙丑〕　承詢姜白石詞旁譜配今譜之理，此不可考矣。姜譜瞀亂脱誤，無善本校勘。虎徒以意更定，猶未知其是否。宋人以聲配律，致爲巨謬，今用「上尺工凡六五乙」七字配七聲，視「五」字所在旋宫轉調以爲七調，直截易知。……

閣下欲討論宋人歌詞之法，宋人詞集今存者惟姜詞有旁譜。其以宫調分編者，惟張子野、柳耆卿兩家。柳詞舛誤脱漏甚多，虎曾有據戈順卿校宋本及各書校正本。（《舒藝室尺牘偶存》）

黄燮清

〔長亭怨慢〕　馮登府作自題「楊柳岸圖，依白石中吕宫調」。按：《詞源》：道宫是乙字結聲，若折則帶尺一雙聲，即犯中吕宫。考白石詞旁譜，换頭及尾結韻皆用一五，而第一句用尺非韻也。玉田從之是矣。（《國朝詞綜續編》卷八）

〔朱綬〕字仲環，號西生，元和人，道光十一年舉人。有《知止堂詞録》三卷。

黄韻甫云：西生詞，有白石之蒼，夢窗之麗。氣格清渾，不事字句雕飾，當於全體中求之也。大江南北，洵推作手。詩亦古豔深厚，卓然名家。（同上卷十二）

〔曹楙堅〕字樹蕃，號艮甫，吴縣人，道光十二年進士，官湖北按察使。有《曇雲閣詞鈔》。

陶鳧香云：艮甫詞在草窗、竹屋之間，至清虚超雋處尤與玉田爲近。黄韻甫曰：曇雲閣詞蒼豔處雅近白石，集中諸調《琵琶仙》尤擅勝場，當以「曹琵琶」呼之。（同上）

編者按：燮清，字韻甫。

陳彬華

〔石湖仙〕擬建白石、夢窗、玉田祠於西湖，歌此代引。

詞人秋老。記團笠攜筇，游屐曾到。清夢幾回圓，指微波、芳蹤未杳。閒雲孤鶴，定愛看、白蘋紅蓼。斜照。水仙祠霧暗烟繞。　當年嘯歌舊地，盼重來、翩然倚棹。水鏡空濛，覓徧吟魂多少。羽扇綸巾，片香殘稿。一番鴻爪。尋伴好。詩翁尚有遺廟。（《清詞綜補》卷四十二）

蔣敦復

〔馮柳東詞〕浙派詞，竹垞開其端，樊榭振其緒，頻伽暢其風，皆奉石帚、玉田爲圭臬，不肯進入北宋人一步，況唐人乎？馮柳東太史登府，亦其眉目也。所著有《月湖秋瑟》、《花墩琴雅》諸詞，亦以姜、張爲宗。而旁涉中仙、草窗。《霜天曉角》云：「昨夜新霜一抹，看一路橘林黄。」《浪淘沙》云：「説與西風留一葉，尚有蟬棲。」可謂詞中有畫。……柳東詞大約工於寫景狀物，得南宋人遺意。（《芬陀利室詞話》卷一）

〔紙閣雙聲圖題詞〕　余憂患餘生，中年得婦靈石山人，小住羅敷溪上，拔釵問字，臨鏡拈毫，雖數米量鹽，吟事不廢。會秋賦，山人以詩贈別云：「瘦緑垂楊柳，絲絲又送行。人間重科第，夫壻最才名。」又嘗得句云：「簾陰白浸三分月，牆角紅疏一穗花。」諸君題詞，以此豔稱之。嘗繪《紙閣雙聲圖》，上海王菽畦觀察題云：「殘月屯田，野雲石帚，好隨詩卷長留。賭到旗亭，古今幾個名流。紅牙者番拍出，更堪憐、閒愁閒愁。評子細、待看花沽酒，一醉蘭舟。漫説瓊樓風月，甚青天碧海，渺渺悠悠。溪住羅敷，煙波戲語眠鷗。一燈最憐雙瑱，寫烏絲、細畫銀鈎。銷豔福，便玉臺佳詠，同譜千秋。」蓋和余《聲聲慢》韻也。雲間丁步洲亦題《聲聲慢》一首，同韻而不和。詞云：「輕描眉翠，淡擘箋紅，鏡鈿小閣春留。寒梅才吐，冷香飛上簾鈎。粧臺一枝簫按，度雙聲、共破閒愁。搔首問，悵浮雲天末，心事悠悠。且向人間小隱，恁銀瓶深底，玉珠唱酬。夢穩鴛鴦，直教妒殺沙鷗。碧天淡雲無際，笑銀河、轉隔牽牛。算豔福，只劉綱夫婦，同此前修。」(同上卷二)

〔沈小梅詞〕　……余謂君詞可大成，第勿專學玉田，流於空滑，當以夢窗救其弊。小梅唯唯，顧心弗善也。……然此事千秋自有定論，非一人之私言所能輕重。況余所獻箴言，實出朋友相愛之誠耶？余所云：「有厚入無間者，南宋自稼軒、夢窗外，石帚間能之，碧山時有此境，其他即無能爲役矣。」小梅他日工力益深，優入北宋，方信吾言。數世通家，同案兄弟，故敢妄論如此。(同上卷三)

〔小梅詞尖新〕　小梅《蝶戀花》云：「約住海棠魂未醒。嫩寒作就春人病。」《浣溪沙》云：「荻絮因風疑作雪，柳絲弄暝不成煙。夕陽紅上鷺鷥肩。」元人集中名句也。如此尖新，豈不可喜。然石帚、夢窗尚須加一層渲染，淮海、清真則更添幾層意思。加渲染，添意思，正欲其厚也。若入李氏晏氏父子手中，則不期厚而自厚，此種當於神味別之。（同上）

〔南宋詠物皆有寄託〕　詞原於詩，即小小詠物，亦貴得風人比興之旨。唐、五代、北宋人詞，不甚詠物，南渡諸公有之，皆有寄託。白石石湖詠梅，暗指南北議和事。及碧山、草窗、玉潛、仁近諸遺民，《樂府補遺》中，龍涎香、白蓮、蒪、蟹、蟬諸詠，皆寓其家國無窮之感，非區區賦物而已。知乎此，則《齊天樂》詠蟬，《摸魚兒》詠蒪，皆可不續貂。即間有詠物，未有無所寄託而可成名作者。余於近來諸君子詠物之作，縱極繪聲繪影之妙，多所不取。善乎保緒先生之言曰：「凡詞後段，須拓開説去。」此可爲詠物指南。（同上）

〔張東墅詞〕　張篠圃中丞督學江蘇時，余與嘉定張東墅修府同受知遇之恩。丙午秋賦，中丞師亦謂兩人必售。無何，賤子鎩羽西風，而東墅聯翩直上，入侍木天，出歷戎馬，雖里居較近，不甚款洽。及拙稿初刻，東墅託人轉覓，始知其詩詞夙工。第翦燭論文，未訂西窗之約。兹從陸樹齋同門《東虬草堂詞》中，得題辭一首，録之。《金縷曲》云：「碾玉搓香句。怪天風泠泠，吹下紫雲仙譜。湖海交游塵海夢，身世蒼涼休訴。好料理、應官聽鼓。依樣葫蘆誇幾輩，問三生、此筆能爭否。呼石帚，論千古。勞生自笑浮名誤。冷風懷、中年漸近，怕歌金縷。昔夢瓊樓翻舊曲，重濕青衫淚雨。算萬刼、情天難補。趁著燕臺花信早，擲貂裘、且醉鑪頭去。敲鐵板，爲君舞。」此詞想東墅與樹齋同客都門時作。今陸弟云亡，回思張緒當年，能無腸斷。（同上）

〔紅香　紅梅〕　白石道人石湖詠梅，製仙吕宫二闋，曰《暗香》、《疏影》。玉田生用其調詠荷花、荷葉，名之曰《紅情》、《緑意》。余詠紅緑梅二種，兼取兩家製調命名之意，曰《紅香》、《緑影》。

（二詞，略）（《芬陀利室詞》）

〔霓裳中序第一〕　白石老仙此調，自云於樂工書中得商調霓裳十八闋，作中序一闋，傳於世。寒夜不寐，呼燈填此，即用其韻。詞之怨抑，殆難爲懷。古音亡矣，識者當相賞於文字外可爾。

（詞，略）（同上）

〔玲瓏四犯〕　和白石道人韻。案白石自注云：此曲雙詞（當爲「調」——編者），世别有大石調一曲。《詞律》所載片玉、梅溪、夢窗諸作，與此大異，即所謂大石調也。雙調者，商聲七調之一，即仲吕商。《詞源》謂之夾鍾商。南宋律高，故云夾鍾。殺聲用「上」字。大石調亦商聲，即太簇商。《詞源》謂之黄鍾商。殺聲用高「四」字。二調相近，中隔一高大石調。亦猶《念奴嬌》本大石調，於雙調吹之爲《湘月》。《湘月》鬲指，字句不異，此則字句隨調而易。所云「犯」者，白石自注、玉田《詞源》言之甚詳。謂之「四犯」，所犯四調，同一殺聲，歸於本律也。讀白石「文章信美知何用」句，慨然賦此。

（詞，略）（見《全清詞鈔》第二十五卷）

〔臨江仙慢〕　依《樂章集》體，題《遠浦歸帆圖》。此調《詞律》所載五十四字至七十四字，或令或中腔，兹其慢聲也。調屬中吕羽，即仙吕調。《詞源》謂之夷則羽。南宋七羽一均，亦用黄鍾以下七律。此調居第六，當夷則之位，所用九聲與仙吕宫林鍾商同，殺聲用「上」字與雙調同。白石《淒涼犯》自注云：仙吕調犯商調。商調殺聲用「凡」字，所住字不同，何由相犯？「商」當作「雙」，傳寫之訛也。

（詞，略）（同上）

支機

〔芬陀利室詞序〕……劍人才氣高邁，務爲有用之學，不屑屑以詩名，而竟以詩名。其於詞也亦然。每一申紙，哀豔欲絶，比興所作，緜眇無極。顧君子山評之，以爲淒厲動魄，芬芳竟體，得力在白雲、白石間。是已。……戊申冬十月，靈石山人支機序。（《芬陀利室詞》卷首）

舒夢蘭　謝朝徵

〔姜夔〕夔字堯章，鄱陽人。蕭東夫愛其詞，妻以兄子。因寓居吴興之武康，與白石洞天爲鄰，自號白石道人，又號石帚。慶元中曾上書乞正太常雅樂，得免解，訖不第。有白石詩一卷、詞五卷，又有《絳帖平》、《續書譜》、《大樂議》、《張循王遺事》、《集古印譜》。

《齊天樂》（詞，略）

《白石道人歌曲》題云：丙辰歲，與張功甫會飲張達可之堂，聞屋壁間蟋蟀有聲。功甫約余同賦，以授歌者。……

……按：張功甫名鎡，號約齋，西秦人，循王諸孫。居臨安，官奉議郎。有《玉照堂詞》。（《白香詞譜箋》卷三）

陳　澧

〔復曹葛民書〕　……徧考古書所載樂器，從未有細及分釐如荀勖笛制者；徧考古書所載樂章，從未有兼注音律如十二詩譜者。古莫古於此，詳亦莫詳於此。……此外，則姜堯章《七絃琴圖説》，淩氏書已爲之表。澧以其列十二調而統於五調，考之《魏書》陳仲儒之言琴有五調調聲之法，而知姜氏之説所自出。於是絲竹皆有古法。至於金石，則非寒士之所能爲矣。澧所謂復古者如是止矣。……昔姜堯章以所作《大樂議》獻於宋朝，澧所考得者唐之歌、晉之笛、魏之琴千餘年僅存之古樂，不知比姜堯章爲何如？若承平之日誠當獻之朝廷，不敢自秘。（《東塾集》卷四）

江順詒

〔詞亦可以初盛中晚論〕　……詒案：比詞於詩，原可以初盛中晚論，而不可以時代先後分。如南唐二主似唐之初，秦、柳之瑣屑，周、張之纖靡，已近於晚。北宋惟李易安差强人意。至南宋白石、玉田，始稱極盛，而爲詞家之正軌。以辛擬太白，以蘇擬少陵，尚屬閏統。竹山、竹屋、梅溪、碧山、夢窗、草窗，則似中唐退之、香山、昌谷、玉溪之各臻其極。晚唐之詩，未可厚非，元明之詞不足道，本朝朱、厲步武姜、張，各有真氣，非明七子之貌襲。其能自樹一幟者，其惟《飲水》一編乎？尤序固非探原之論，《詞繹》所云亦未得其要領。（《詞學集成》卷一）

〔趙函論音律精確〕 趙艮甫函《碎金詞叙》云：「宋詞以清真、白石、草窗、玉田四家爲正宗。清真典掌大晟，白石自訂詞曲，草窗詞名笛譜，玉田《詞源》一書，所論律吕最精。凡此四家之詞，無不可歌。其餘則或可歌，或不可歌，不過按調填詞，於四聲不甚諧協，遑論九宫。今之填詞者，衹以萬紅友《詞律》平仄爲準，不究音律之源。無怪乎好拈熟調，一遇拗體，則步步如行荆棘中矣。」詒案：此論精確，末僅爲拈熟調遇拗體者説法，則似明而忽昧。（同上）

〔詞律不知宫調之誤〕 萬氏（《詞律》）……《發凡》云：「《紅情》、《緑意》，其名甚佳，再四玩味，即《暗香》、《疏影》，二調之外，不另收《紅情》、《緑意》。」詒案：此實紅友之精覈也，删之誠是。又《發凡》云：「石帚賦《湘月》自注云：即《念奴嬌》之鬲指聲，體同名異，或有故。但宫調失傳，作者依腔填句，不必另收《湘月》。蓋人欲填《湘月》，即是《念奴嬌》，無庸立此名也。」詒案：此實紅友不知宫調之誤也。蓋《湘月》與《念奴嬌》字句雖同，業已移宫换羽，别爲一調。非如《紅情》、《緑意》，僅取牌名新異也。後人不知鬲指之理，則填《念奴嬌》，不填《湘月》可耳。而《湘月》之調，則不可删。按鬲指之義，方氏《詞麈》有云：「姜堯章《湘月》調，自注即《念奴嬌》鬲指聲，於雙調中吹之。鬲指亦謂過腔，見晁無咎集，凡能吹竹者便能過腔也。後人多不解鬲指過腔之意，培思索久之，而悟其説。蓋《念奴嬌》本大石調，即太簇商，雙調爲仲吕雙，律雖異同是商音，故其腔可過。太簇當用『四』字，仲吕當用『上』字。今姜調不用『四』字住，而用『上』字住。簫管『四』『上』字中間，衹隔一孔，笛『四』『上』字兩孔相聯，只在鬲指之間。又此兩調畢曲當用『一』字『尺』字，亦鬲指之間，故曰鬲指聲也。吹竹便能過腔，正此之謂。」詒案：《念奴嬌》、《湘月》，填詞者雖不知過腔爲何事，而欲並爲一詞，歌者能不問太簇之用「四」字，大呂之用「上」字，而並爲一曲乎？吾恐《念奴嬌》詞之字，吹之「四」字而協者，吹之「上」字而未必協也。（同上卷三）

〔張功甫評梅溪詞〕　張功甫評梅溪詞云：「情詞俱到，織綃泉底，去塵眼中，有瓌奇警邁清新閒婉之長，而無訑蕩汙淫之失。」詒案：梅溪、竹屋，去姜、張一間耳。（同上卷五）

〔宋詞各造其極〕　蔡小石宗茂《拜石詞序》云：「詞勝於宋，自姜、張以格勝，蘇、辛以氣勝，秦、柳以情勝，而其派乃分。然幽深窅眇，語巧則纖，跌宕縱橫，語粗則淺，異曲同工，要在各造其極。」詒案：此以蘇、辛、秦、柳與姜、張並論，究之格勝者，氣與情不能逮。（同上）

〔常州派專尊美成〕　汪稚松云：「茗柯詞選，張皋文先生意在尊美成，而薄姜、張。至蘇、辛僅爲小家，朱、厲又其次者。其詞貴能有氣，以氣承接，通首如歌行然。又要有轉無竭，全用縮筆包舉時事，誠是難臻之詣。」詒案：常州派近爲詞家正宗，然專尊美成。今取美成詞讀之，未能造斯境也。（同上）

〔詞有詩文不能造之境〕　郭頻伽云：「詞家者流，源出於《國風》，其本濫於齊梁。自太白以至五季，非兒女之情不道也。宋之樂用於慶賞飲宴，於是周、秦以綺靡爲宗，史、柳以華縟相尚，而體一變。蘇、辛以高世之才，横絶一時，而憤末廣厲之音作。姜、張祖騷人之遺，盡洗穠豔，而清空婉約之旨深。自是以後，雖有作者，欲別見其道而無由。然寫其心之所欲出，而取其性之所近，千曲萬折，以赴聲律，則體雖異，而其所以爲詞者無不同也。」詒案：有韻之文，以詞爲極。作詞者着一毫粗率不得，讀詞者着一毫浮躁不得。夫至於千曲萬折以赴，固詩與文所不能造之境，亦詩與文所不能變之體，則仍一騷人之遺而已矣。（同上）

〔淫詞豔語有害於人心風俗〕　宗小梧司馬云：「香奩格非詞之正宗，可使大千世界迷人，同登覺路，吾欲比之洙泗正樂之功。」詒案：詞章之學，漢宋諸儒所不屑道。淫詞豔語，有害於人心風俗不少，未始非秦七、黄九厲之階，此姜、張所以獨有千古也。（同上）

〔南宋多堆積琱琢之弊〕　《蓮子居詞話》云：「詞忌堆積，堆積近縟，縟則傷意。詞忌琱琢，琱琢近澀，澀則傷氣。」詒案：南宋以後諸家，率多此弊。此白石、玉田所以獨有千古也。（同上卷六）

〔賀黄公論詞〕　賀黄公曰：「詞之最醜者，爲酸腐，爲怪誕，爲粗莽。以險麗爲貴矣，又須泯其鏤刻痕乃佳。」詒案：酸腐者，道學語也。怪誕者，荒唐語也。至粗莽，則蘇、辛之流弊，犯之甚易。若險麗而無鏤刻痕，則仍夢窗一派，而未臻姜、張之絶詣也。（同上）

〔楊芸士洺州唱和序〕　楊芸士文蓀《洺州唱和序》云：「體物（原誤作均）則課虚扣寂，畫冰鏤塵，幽思宜搜，微旨獨引。《紅情》、《緑意》，蓮波寫愁；《疏影》、《暗香》，梅格入畫。麗不染俗，巧不近纖。離貌追神，工如之何矣。……」詒案：……是序論二事，亦可謂無妙不臻，極詞人之能事矣。（同上卷七）

〔《續詞品·著我》〕　玉田公子，白石神仙。已有千古，豈無後賢。空谷之蘭，渌水之蓮。各占其侯，各擅其妍。冰魂濯月，瘦影含煙。寒香冷翠，跂腳高眠。

宗小梧司馬云：「《續詞品》二十則，化工之筆，讀之如游夏不能贊一辭。他日擬諸善書者，以靈

飛經小楷書之，泐之貞珉，拓出以詒同好。」亦詞壇佳話也。（同上卷八）

邵懿辰　邵章

《絳帖平》六卷　宋姜夔撰。原本二十卷。聚珍板本。

〔續録〕閩覆本。　鈔本。　（《增訂四庫簡明目録標注》卷第八《史部十四·目録類·金石之屬》）

《續書譜》一卷　宋姜夔撰。百川學海本。　書苑本。　格致叢書本。　百名家書本。

〔續録〕宋嘉定戊辰天台謝采伯刊本。佩文齋書畫譜本。（同上卷第十二《子部八·藝術類·書畫之屬》）

《白石詩集》一卷，附《詩説》一卷　宋姜夔撰。康熙中刊本。　群賢小集本。

〔續録〕雍正華苹書屋刊二卷本。　清鈔本。　乾隆二十四年厲屋山房刊本。　知不足齋單刊本。　道光中姜氏祠堂本。　洪氏刊本。　粤東刊本。　榆園叢刻本，光緒十年娱園刻。　四部叢刊本。　歷代詩話本，上海醫學書局影印。　談藝珠叢本，光緒乙酉長沙刊。（同上卷第十六《集部四·别集類三》）

《白石道人歌曲》四卷，别集四卷。宋姜夔撰。二集。汲古閣刊本。　清初仿宋刊本。　知不足齋單刊本。

〔續録〕宋嘉泰壬戌雲間錢希武刊於東岩讀書堂本。　八千卷樓有明鈔一卷本，較毛本多二十餘首。　明仿宋本。　清雍正丁未歙人洪陔華刊本，詩詞各一卷。　乾隆二年仁和江炳炎鈔本。　乾隆己巳華亭張奕樞影宋刊歌曲六卷本，别集一卷，歌曲旁注工尺，據稱原書爲陶南村手鈔。　乾隆八年江都陸鍾輝刊本。　乾隆隨日讀書樓刊詩詞二卷，詩詞補遺本。　毛扆手校本。　群賢小集本，不佳。　嘉慶間張應時刊歌曲六卷本。　道光中祠堂刊本，於自製曲削去工尺，亦與詩集同刊。　道光辛丑烏程范鍇、全椒金望華單刊詞三卷於漢口，亦無工尺，與碧山、白雲合刊爲三家。　許氏榆園叢刻本四卷，别集一卷。　鄭文焯校本。武唐俞氏刊白石詞鈔不分卷本。水雲書屋重刊嘉泰本。廣東菊坡精舍刊本。四印齋刊一卷本。彊村叢書本。宣統庚戌影印嘉泰本六卷。四部叢刊本。近人陳思白石詞考證本。學海堂本。淮南宣氏刊本。金陵學報鉛印吴徵鑄白石道人詞小箋本。（同上卷第二十《集部十·詞曲類·詞集之屬》）

莫友芝

《絳帖平》六卷　宋姜夔撰　聚珍本　閩覆本（《郘亭知見傳本書目》卷六《史部十四》）

《續書譜》一卷　宋姜夔撰　百川本　書苑本　佩文齋書畫譜本　格致叢書本　宋嘉定戊辰天台謝采伯刊本（同上卷九《子部八》）

《白石詩集》一卷，附《詩説》一卷　宋姜夔撰　康熙中刊本　群賢小集本　乾隆二十四年鄺烏山房刊本　知不足齋單刊本　道光中姜氏祠堂本（同上卷十三《集部四》）

《白石道人歌曲》四卷，别集一卷　宋姜夔撰　汲古二集　《白石詞》一卷乃從下諸選本録出甚不備，竹垞選刊《詞綜》亦未見全本　嘉定壬戌刊於雲間　乾隆八年江都陸鍾輝詩集刊本最佳　知不足齋重刊陸本亦可　群賢小集本不佳　道光中祠堂刊本於自製曲削去工尺，亦與詩集同刊　道光辛丑烏程范鍇、全椒金望華單刊詞三卷於漢口亦無工尺，與碧山、叔夏爲三家。（同上卷十六）

《詞源》二卷　宋張炎撰。……上卷詳論音律及宫調管色諸事，間以圖，與白石九歌、琴曲所記略同。（同上）

徐本立

〔惜紅衣〕（略）　八十九字。李萊老。

次句即起韻。第五句姜詞本五字，此多一字。調由白石自製，不應參差。夢窗此句作「如今暗溪碧」，亦只五字。恐「出」字誤多也。「熟」字似韻，而姜詞係五字一句，亦不應異。細思之，則姜「故國渺天北」，亦似藏短韻於句中，或此調原以五字分二字一句、三字一句，抑此詞謹守繩尺，摹仿姜詞，故於第二字亦用本韻之字，均未可知。明知説近穿鑿，不能終默，願知音者惠教之。（《詞律拾遺》卷三）

〔霓裳中序第一〕（略）　一百一字。姜夔。

「嘆杏梁」下，與後「謾暗水」下同。「索」字在藥韻，當是借叶也。萬氏謂尹煥詞前第四句五字，後段第五句四字，參差不齊，必無是理。按：此調前次、三句一七一六，後三、四句亦一七一六，而句法平仄，已微有參差。前第六句、後第七句，則兩兩相對，乃前只四字，後則五字，參差尤甚。何獨於尹詞疑之？此白石作，膾炙人口者，與尹體正合，又應法。（同上卷四）

〔少年游〕（略）　又五十一字。姜夔。

《白石道人歌曲》後起二句，作「扁舟載了，悤悤歸去」，多「歸」字。與後五十二字高詞正同。萬氏誤落一字耳。

〔徵招〕九十五字。周密。

此白石自製曲，應收姜詞，照字數另列一調，不當收草窗詞也。白石後起「迤邐剡中山」，趙以夫後起「天際絶人行」，俱叶短韻。又玉田一首，前「登臨」句，後「黄花」句，俱不叶。「老矣」應作「已老」。（同上卷七）

〔側犯〕七十七字。方千里。

……陳詞「何日西風」句，與白石「寂寞劉郎」句同，是「愁聽」下二字可用平也。陶氏《詞綜補遺》云：《側犯》後段，本作四字四句，白石精於律吕，尾句云：「寂寞劉郎，自修花譜。」與周美成同。紅友因此作「聽」字同韻，臆斷爲二字句，又云白石之「寞」字借作「暮」字，强作解事，可笑也。（同上卷八）

〔洞僊歌〕八十三字。吴文英。

此姜夔詞，作吴文英誤。《白石道人歌曲》「可見湘英」作「乍見湘甦」，「待黄龍」句「待」字下有「看」字。（同上）

〔惜紅衣〕八十八字。姜夔。

〔牆頭〕當作「壚頭」，「訊問」《白石歌曲》作「問訊」。葉本於「維舟試望故國」爲句，注叶，又「問甚時」三字爲句，「同賦」二字屬下句，又後起四字句，夢窗一首叶，玉田一首不叶。此石帚自度曲，自以叶韻爲是。（同上）

〔石湖僊〕　八十九字。姜夔。
「似鴟夷」之「似」，《花庵詞選》作「侶」，屬上句。（同上）
〔悽涼犯〕　……又九十三字。姜夔。
萬氏於首句「巷陌」注起韻，「將軍部曲」句注叶。按：《白石道人歌曲》旁譜索字起韻，是「陌」字非韻也；「曲」字亦非叶。此篇用覺藥等韻，豈得以賢陌屋沃闌入耶？（同上）
〔長亭怨慢〕　九十七字。姜夔。
《歷代詩餘》「何許」作「何處」，「如此」作「如許」；玉田一首，「閱人」句，「韋郎」句，俱叶。（同上）
〔齊天樂〕　一百三字。陸游。
……後起十字分五字二句，白石作前後起，俱叶韻。（同上）
〔眉嫵〕　一百三字。王沂孫。
後結句《歷代詩餘》作「還老盡桂花影」。又白石、仲舉各二首，後結句法俱同，宜從之。（同上）

顧文彬

〔滿江紅〕　丙辰正月晦日，阻風漢上。默禱漢水之神，乞助一帆風，當修白石故事，以平調《滿江紅》爲迎送神曲。須臾風轉，掛帆而行，爰賦此詞送之波上。
春水方生，望縹緲，蘭葆桂旗。排雲出、列真游戲，乘鯉驂螭。遠揖湘妃彈寶瑟，近招漢女弄珠璣。

向柁樓，吹竹譜神絃，迎送辭。巫咸降，煙外祠，茗泉薦，酒波釃。爇心香一瓣，聊代江蘺。詞筆有靈慚石帚，布帆無恙乞風姨，祝此行、追續杜征南，沈片碑。（《眉緑樓詞·小横吹謄譜》）

〔南浦〕春水，其十九，集姜白石夔句

香染茜裙歸，倚蘭橈，漸爲尋花來去。桃葉渡江時，花前後，長記曾攜手處。汀洲自緑，甚春卻向揚州住。三十六陂人未到，難剪離愁千縷。　故人清晒相逢，擁素雲黄鶴，緩移箏柱。驚起卧沙禽，湘江上，水佩風裳無數。玉妃起舞，緑絲低拂鴛鴦浦。只恐舞衣寒易落，化作沙邊煙雨。（《眉緑樓詞·百衲琴言》）

〔賀新涼〕荷花，其三，集姜白石句

留我花間住。倚蘭橈、紅衣入槳，冷雲迷浦。略彴横溪人不渡，水佩風裳無數。怕紅萼、無人爲主。我醉欲眠伊伴我，水邊亭千朵圍歌舞。呼煑酒，弄詩句。　太湖西畔隨雲去。似鴟夷、扁舟夜泛，自修花譜。翠袖佳人來共看，長記曾攜手處。動翠葆、中流容與。只恐舞衣寒易落，浸愁漪夢與秋相遇。荷冉冉，笑相顧。（同上）

〔水調歌頭〕乙丑人日，何子貞吴退樓飲潘養閒齋中，各用東坡原韻賦盆梅。翌日出示。余亦繼聲，集辛稼軒句。（詞，略）其二，集姜白石句。

微月照清飲，緑萼更横枝。冷香飛上詩句，翦雪作新詩。都把一襟芳思，化作此花幽獨，幽夢手同攜。此意有誰領，惟有玉闌知。　爲春瘦，誰問訊，忽相思。無言自倚修竹，香遠茜裙歸。早與安排

金屋。何遜而今漸老，心事已成非。留我花間住，長笛爲予吹。（同上）

朱庭珍

沈歸愚先生《説詩晬語》，趙秋谷《聲調譜》、《續譜》，王阮亭《古詩平仄定體》，翁覃溪《小石帆亭著録》，及洪穉存《北江詩話》，趙雲松《雲松詩話》，此本朝人詩話之佳者。古人則《姜白石詩説》、《滄浪詩話》、《懷麓堂詩話》以外，鮮可觀者。（《筱園詩話》卷一）

劉熙載

「一波未平，一波已作，出入變化，不可紀極，而法度不可亂。」此姜白石《詩説》也。是境常於韓文遇之。（《藝概·文概》）

論詩者，或謂鍊格不如鍊意，或謂鍊意不如鍊格。惟姜白石《詩説》爲得之，曰：「意出於格，先得格也。格出於意，先得意也。」（《藝概·詩概》）

張玉田盛稱白石，而不甚許稼軒，耳食者遂於兩家有軒輊意。不知稼軒之體，白石嘗效之矣。集中如《永遇樂》、《漢宮春》諸闋，均次稼軒韻，其吐屬氣味，皆若秘響相通，何後人過分門户耶？（《藝概·詞曲概》）

白石才子之詞，稼軒豪傑之詞。才子豪傑，各從其類愛之，强論得失，皆偏辭也。（同上）

姜白石詞幽韻冷香，令人挹之無盡。擬諸形容，在樂則琴，在花則梅也。（同上）

詞家稱白石曰「白石老仙」。或問畢竟與何仙相似？曰：藐姑冰雪，蓋爲近之。（同上）

高竹屋詞，爭驅白石，然嫌多綺語。如《御街行》之詠轎，其設想之細膩曲折，何爲也哉！（同上）

張玉田詞，清遠蘊藉，悽愴纏綿，大段瓣香白石，亦未嘗不轉益多師，即《探芳信》之次韻草窗，《瑣窗寒》之悼碧山，《西子妝》之效夢窗可見。（同上）

評玉田詞者，謂當與白石老仙相鼓吹。玉田作《瑣窗寒》悼王碧山，序謂：碧山，其詞閑雅，有姜白石意。今觀張、王兩家情韻極爲相近，如玉田《高陽臺》之「接葉巢鶯」，與碧山《高陽臺》之「淺萼梅酸」，尤同鼻息。（同上）

《詞品》喻諸詩，東坡、稼軒，李、杜也；耆卿，香山也；夢窗，義山也；白石、玉田，大曆十子也。其有似韋蘇州者，張子野當之。（同上）

虞伯生、薩天錫兩家詞，皆兼擅蘇、秦之勝。張仲舉大抵導源白石，時或以稼軒濟之。（同上）

東坡《水龍吟》起云：「似花還似非花。」此句可作全詞評語，蓋不離不即也。時有舉史梅溪《雙雙燕》《詠燕》、姜白石《齊天樂》賦蟋蟀令作評語者，亦曰「似花還似非花」。（同上）

詞中用事，貴無事障。晦也，膚也，板也，此類皆障也。姜白石詞用事入妙，其要訣所在，可於其《詩説》見之，曰：「僻事實用，熟事虛用。」「學有餘而約以用之，善用事者也。乍叙事而間以理言，得活法者也。」（同上）

姜白石製詞，自記拍於字旁。張玉田《詞源》詳十二律諸記，足爲注腳，蓋即應律之工尺也。《遼史·樂志》云：「大樂其聲凡十：五、凡、工、尺、上、一、四、六、勾、合。」樂家既視《遼志》爲故常，當不以姜記爲奇秘矣。（同上）

孫麟趾

〔作詞十六字訣〕　作詞十六要訣：清、輕、新、雅、靈、脆、婉、轉、留、托、澹、空、皺、韻、超、渾。識見低，則出句不超。超者出乎尋常意計之外。白石多清超之句，宜學之。（《詞逕》）

〔詞分門户〕　高澹、婉約、豔麗、蒼莽，各分門户。欲高澹學太白、白石。欲婉約學清真、玉田。欲豔麗學飛卿、夢窗。欲蒼莽學蘋洲、花外。至於融情入景，因此起興，千變萬化，則由於神悟，非言語所能傳也。（同上）

丁紹儀

〔陳小松詞〕　宋范文穆成大曾館姜白石於石湖，後此吴夢窗、張玉田亦寄跡焉。道光初，吴門諸詞家擬於石湖建祠，祀三詞人。陳小松明經賦詞代引，即用白石所製《石湖仙》云：「詞人秋老。記團笠攜笻，游屐曾到。清夢幾回圓，指微波、芳蹤未杳。閒雲孤鶴，定愛看、白蘋紅蓼。斜照。水仙祠，霧暗煙繞。　當年嘯歌舊地，盼重來、翩然倚棹。水鏡空濛，覓遍吟魂多少。羽扇綸巾，片香殘稿。一番

鴻爪。尋伴好。詩翁尚有遺廟。」小松原名兆元，後更彬華，幕游以終，著有《碧瑶詞》（《聽秋聲館詞話》卷二）

〔楊夔生過雲詞〕　楊伯夔丈夔生，芙裳農部子。初名承憲，字浣薌，《詞綜》二集登《木蘭花慢》一詞者是也。後易今名，宰固安。庚子春謁於保陽，時已罷官，承以《山中白雲詞》贈余，謂由之入手，可免靡曼之病。丈所致力固在石帚、玉田二家。汪紫珊太守爲刊《過雲詞》，似非上乘。（同上卷六）

〔沈鍾柳外詞〕　詞至南宋而極工，然如白石、夢窗、草窗、玉田，皆胥疏江湖，故語多婉篤，去北宋疏越之音遠矣。我朝竹垞太史嘗言，小令當法五代，故所作尚不拘一格。逮樊榭老人專以南宋爲宗，一時靡然從之，奉爲正鵠。獨吾鄉諸老，不隨俗轉。（同上）

〔陳宇詞〕　南宋詞家推姜白石爲巨擘，故鄱陽産而居吴興。吾友陳叔安明府宇亦家鄱陽，流寓金陵。後泝江入粤，重游鄱之東湖，湖有浮舟寺。感賦垂楊云：「鵝黄細縷。看繞堤已報，早春煙樹。醉上湖亭，廿年重到愁如許。依然飛燕尋門户。杖藜有、過橋漁父。訴歸來、鄉語生疏，問舊巢何處。閒對雲堂佛古。聽茶版清晨，飯鍾當午。故國詞仙，勝情偏愛吴興住。輕抛里巷經風雨。暗惆悵、遠游意緒。甚明朝、又掛征帆隨雁去。」其浮家浪跡，殆與白石同慨。今老矣，猶羈滯閩中，藉詩詞自遣，著有《翦梅詞》。……叔安與保緒交最洽，故詞筆頗相似。（同上卷十一）

〔江浙四布衣詞〕　乾嘉之際，江浙畫家以奚、方、錢、改四布衣爲最，均能書，工詩詞。奚名岡，字鐵生，新安人，寓居杭州。題郭頻伽盟鷗圖《菩薩蠻》云：「遥知白石尋盟處。蕭疎楊柳垂煙暮。分得白鷗

沙。一溪紅蓼花。輸君攜野艇。幽夢和愁迴。隨意與題詩。雨斜風細時。」（同上）

〔詞律沿詞綜之誤〕《詞綜》所采各詞，中有未經訂正，《詞律》復沿其誤者。……姜白石《長亭怨慢》云：「向何處，閲人多矣，不會得青青如許。」「處」作「許」，「許」作「此」，《詞律》誤謂「此」字借叶。……至姜夔《揚州慢》云：「自胡馬窺江去後。」《詞綜》作「戎馬」，《詞律》作「吴馬」，當是元人所易，相沿未改。（同上）

〔紅情緑意〕《暗香》、《疏影》二調，爲白石自度腔，以詠梅花。張玉田易名《紅情》、《緑意》，分詠荷花荷葉。《詞綜》成時，玉田生詞尚未流布，故《緑意》詞屬之無名氏。（同上）

〔詞律分段之誤〕詞中换頭句扼一篇之要，故分段不容稍混。乃《詞律》有不知舊本之誤，而誤分、未分者。亦有明知其誤而未經訂正者。如……陳亮《彩鳳飛》，應於「舊時香案」句分段。姜夔《淡黄柳》，應於「都是江南舊相識」句分段。均將换頭句連綴屬上。又如……《催雪》調製自姜夔，與程垓《無悶》調句讀迴殊，乃收王沂孫《催雪》爲《無悶》，並引吴文英詞證之，遂誤合爲一。（同上卷十四）

〔倪稻孫夢隱詞〕米樓著有《夢隱詞》，楚游歸經琵琶亭《長亭怨慢》云：「又行盡、淒淒三楚。倦客單衣，薄游情緒。縱有琵琶，半生淪落向誰語。別離如此，盼不到、江南樹。江上已秋風，卻送我、揚舲歸去。重住。看扁舟來往，孃孃豔歌無數，青衫淚點，早吹作、去聲驛亭殘雨。算那日、一醉成吟，便贏得、風流千古。認幾疊遥山，還似秋娘眉嫵。」悲涼蒼秀，直合石帚、玉田二家爲一。（同上卷十七）

〔謝元淮詞〕丁酉秋，余以先君子疾請急歸。適松溪謝默卿觀察元淮令吾邑，承以《碎金詞譜》相贈，每字譜以今之四上工尺，云自姜石帚詞旁注譜中尋究而出，實得古來不傳之祕。余不能歌，詢之善歌者，則祇堪協以笙笛。後質之宜泉司馬，言近時所行崐腔，與古歌迥殊。古歌多和聲，似今之高腔，然與高腔又有別。聲音之道，與世遞遷，執今樂以合古詞，終不免宮淩羽替。（同上）

〔趙對澂父子詞〕合肥趙野航對澂，官廣德學正，城陷，殉難。著有《小羅浮館詞》。……集後附其子子琴貽珩《影梅詞》，子鶴錫璜《倚笛詞》，亦學蘇、辛而未至者。……顧丈蒹塘嘗言蘇、辛二家詞，如天仙化人，不可彷彿，最不易學，亦不宜學，非若姜、史諸家，各有軌轍可循。（同上卷十九）

〔邵廣銓詞〕浙詞多法姜、張，吴下則不然，然究厥指歸，不外竹山、竹屋數家。昭文邵蘭風茂才廣銓所爲詞，於蔣尤近。（同上卷二十）

〔粵人詞〕南海譚玉生廣文瑩《樂志堂集》中論詞絶句，至一百七十六首，扢揚間有未當。如訾少游「爲誰流下瀟湘去」，謂是常語。並謂白石「舊時月色，人何處」，戛玉敲金擬恐非。而推崇戴石屏與本朝之毛西河、屈翁山，謂屈詞足以抗手竹垞。此與番禺張南山司馬維屏服膺鄭板橋、蔣藏園詞，同似門外人語。（同上）

周學濬

〔武康縣〕計籌山在縣東南三十五里，高七十三丈，周五里三十步。胡《志》。《吴興記》：越大夫計然嘗籌算於此。又，其地與臨安縣分界，俗謂之界頭山。蓋計、界、籌、頭音相類也。山下名計村，計姓者甚多。山有白石洞天。勞《志》。幽窅而夷曠。張《志》。

白石洞天在計籌山，宋姜夔以此自號。同上。（《湖州府志》卷二十《輿地略·山下》）

〔德清縣〕 荷葉浦在縣東北二十五里。胡《志》。宋葛天民詩：「急雨捎荷分外奇，珠璣狼藉錦紛披。下塘六月關心處，西塞扁舟入手時。卻傍青蘆深處宿，還思白石去年詩。生平浩蕩煙波趣，月淡風微只自知。」（同上卷二十一《輿地略·水》）

〔梅〕 談《志》：梅生江南，湖郡尤盛。……宋姜夔有寓吴興尋梅北山沈氏園《夜行船》詞。（同上卷三十二《輿地略·物産上·花之屬》）

〔荷〕 即蓮。……姜夔《念奴嬌》詞序云：「揭來吴興，數得相羊荷花中。」又《惜紅衣》詞序云：「吴興號水晶宫，荷花盛麗。」（同上）

朱 燾

〔淒涼犯〕 白石自度此腔，注云：「使國工田正德以亞觱栗歌之，其韻極美。」是此調爲老仙得意之筆。細按四聲，確有不可移易之理。末句連用去上，尤極謹嚴。近人泛填平仄，殊失製譜之意。秋宵孤坐，根觸余懷，偶倚此解，四聲一依原譜，未敢意爲更改。書質緪秋詞翁，並乞同度是曲，當更有印合也。

（詞，略）（《全清詞鈔》第二十六卷）

汪士鐸

〔姜白石集跋〕　江都陸鍾輝，於乾隆癸亥刻姜夔堯章《白石道人集》。詩二卷，宋人詩也，不見佳。詞五卷，共六十九闋，除樂府也。小令二十八調，内《隔溪梅令》、《杏花天影》、《醉吟商小品》、《玉梅令》四調爲自製。中令二十調，内《霓裳中序第一》爲自製。長調十三調，曰《揚州慢》、《長亭怨慢》、《淡黄柳》、《石湖仙》、《暗香》、《疏影》、《惜紅衣》、《角招》、《徵招》、《秋宵吟》、《淒涼犯》、《翠樓吟》。十二調凡十七首，皆自製，與上自製曲皆旁有宫商譜。惟長調末之《湘月》一闋無譜。别集十八首無佳處。稱「慢」者二十調，最佳者此二十調，及自製長調十三調，凡三十三首最佳耳，餘可不必録也。其所記譜，今考之，皆琵琶絃索之用與竹殊。如黄鍾「合」字今作「人」，太簇「四」字今作「少」，……以記手法也。餘皆記宫商之節。有數字合成者，言必間雜數音以成此字也。有此字在此用甲音，在彼用乙音，在他處又用丙音，絶不相同者，曲調之故，猶今翻譯之精者，同一字而異用，即不同字也。……淺人言詞，必按五聲。此不盡然。上、去不必辨，入聲少爲慎之，陰陽平不别也。今以周美成及白石《法曲獻仙音》考之，二句首字，周去聲，姜上聲；末字，周去聲，姜入聲；五句首字，周去聲，姜上聲；四字，周入聲，姜去聲；六句四字，周去聲，姜入聲；七句二字，周去聲，姜上聲；三字，周上聲，姜入聲；八句三字，周上聲，姜去聲；此上半闋也，已不同如此。下半更多，不複舉。又以各人自製一調而數首者考之，即已作已斷不相同，蓋亦如詩家惟辨平仄耳。其有連用平聲、上聲、去聲、入聲者，則兩平聲不若陰陽二平異用，兩上聲、去聲、入聲，不若易爲一上一去或一入，取其鏗鏘入耳，若彈者自按譜而彈，如笛家按板而吹，初不問詞之何如也。音律之説，北人長於絃，南人長於竹。《詩三百篇》，古人皆絃歌之，今雅樂四字句無不可歌者是也。唐人七絶皆可歌，小令之《浣溪沙》、《鷓鴣天》之濫觴也。《菩薩蠻》，五言濫觴也。長短句，樂府所濫觴也。北宋人因衍爲雜曲。然小令，中調而已，半以誌風懷閨思而已也。南宋人因之加精，遂有姜、張、周、吴諸大家之目。其實半皆北宋諸公自製諸曲，協之律而可歌，遂以傳於世。北宋人曲無題，曲名即其題，因其爲此事而製，即以爲名。而後人遂取而效之爾。後人不解音律，故不能自製曲調，幾視宋元人調爲《三百篇》，若有不可增減者，不考古之過也。詞家惟《白石集》有旁譜，記其自製曲。餘家或不諳音律，效前人之譜填之；或間有音律者，刻書人不諳其理刪去之也。姜譜中有訛誤處，亦由刻書人不諳故也。笛聲慢絃聲急，故此聲施之於竹必流美，施於絃必加識其指法以緩之。姜，南人也，曲之泛聲發語詞之類，閒聲語助詞之類，尾聲助語詞之乎者也之類，施於譜則必緩之以取其音。此指法有兼者，有兼數音者，之所以然，故各調不同也。……此書爲方君小雲所藏，較余所見本爲完善，故題而質之。（《汪梅村先生集》卷九）

端木埰

〔湘月〕　白石創此名，因湘江泛月；實即《念奴嬌》也。埰十三歲時，從韓介孫師讀。因講《湘靈鼓瑟詩》，告以英、皇事，心敬而悲之。是年冬仲，月明如晝，夢至一處，水天一碧，明月千里，有神女風裳水佩踏波而行。厥後此景時在心目，童丱無知，亦不解所以故，但覺馨絜之氣可以上通三靈，下卻百邪。迨弱冠，讀楚詞，見《湘君》諸篇，愈益嚮往。五十年矣，兹心不易。今老矣，愧未能以其芳馨之性發而爲事功，有所裨於世。兹和白石《湘月》詞，適與之合，遂緬述之。

（詞，略）（《碧瀣詞》）

杜文瀾

〔論詞三十則〕凡協韻原可任人擇揀，第勿用啞音，及庸俗生澀之字而已。然韻上一字，亦有定律。……大約仄調宜用入聲韻者，十居五六。白石自度曲十七闋，協入聲者過半，其故可知。以入作平者，入聲可以融化。上聲即不盡然，而入聲尤甚。作詞固最重去聲。最要留心。鍾瑞注（《憩園詞話》卷一）

近見江蘇書局重刻周止庵先生《詞辨》，原書十卷，不戒於火，今刻止二卷矣。所選唐、宋名詞各家，均有論斷，備載刊本。今摘録《介存齋論詞雜著》數則，以公同好。如云：「兩宋詞各有盛衰，北宋盛於文士而衰於樂工，南宋盛於樂工而衰於文士。」……「近人頗知北宋之妙，然終不免有姜、張二字横亘胸中。豈知姜、張在南宋亦非巨擘乎？論詞之人，叔夏晚出，既與碧山同時，又與夢窗别派，是以過尊白石，但主清空。」……以上六則，持論極高，閲之自增見地。（同上）

宫調須合月令，如黄鍾爲十一月之律，大吕爲十二月之律，正月則太簇，二月則夾鍾，以此類推，至十其用法亦各有所宜。……填詞者各就悲歡所感,相題用之。何調屬何宮,《詞譜》及《樂章集》、《白石道人歌曲》等,均有分注者。(同上)

〔周稚圭中丞詞〕　國朝詞人最工律法者,群推納蘭容若、顧梁汾、周稚圭三家。納蘭侍衛《飲水詞》,顧典籍《彈指詞》,均已采入《詞綜》。惟稚圭中丞《金梁夢月詞》,流傳未廣,亦無選録。中丞名之琦,河南祥符人,嘉慶戊辰進士,累官至湖北廣西巡撫。余生雖晚,猶得於楚幕中望見顔色。所選《心日齋十六家詞》,專取唐、宋,而以元之張蜕巖殿焉。其論曰:「詞之有令,唐五代尚矣。宋惟晏叔原最擅勝場,賀方回差堪接武。其餘間有一二名作流傳,然皆專門之學。自兹以降,專工慢詞,不復措意令曲,其作令曲,仍與慢詞聲響無異。大抵宋詞閒雅有餘,跌宕不足。長調則有清新綿邈之音,小令則少抑揚抗墜之致。蓋時代升降使然。雖片玉、石帚,不能自開生面,況其下者乎?」其論如此,取逕可知。(同上卷二)

〔謝默深觀察詞〕　……(謝默深)觀察詩學甚深,亦作長短句,名《海天秋角詞》。又刻《碎金詞譜》,仿《白石道人歌曲》旁注工尺,譜雖甚精,恐不免如冬心先生之自度曲以意爲之,未敢遽信。(同上)

〔張仲甫舍人詞〕　才人福薄,今古同悲,如吾鄉張仲甫舍人,垂老孤窮,抑鬱以殁。……其詞綿邈幽折,而言順律協,不蹈舊習。如……《滿江紅》,題曰:「宿焦山遇雨,禱江神,倘晴,當如白石故事以平韻《滿江紅》詞爲酬。俄傾而霽,遂登絶頂。」詞云:「檣颭濤飛,送一葉、扁舟海門。小樓底、和風和雨,碎打雲根。絃管無人吹黑月,江流擁夢入黄昏。夢泠然、呼起老仙靈,傾玉尊。江妃笑,升

曉暾。山容展，明黛痕。更盪胸絶頂，蘇踏蘿捫。横渡一繩峨艑小，銜枚萬馬落潮奔。又忽忽、蓬嶠引風還，瓜步村。」（同上）

〔沈西雝觀察詞〕　吾鄉宦裔凋零，以沈西雝觀察爲甚。觀察名濤，一字匏廬，嘉興籍，嘉慶庚午舉人。由江西知縣，官至福建興泉永道。罷官後，以其次子健亭刺史需次江蘇，僑居泰州，旋終旅邸。觀察幼有神童之譽，精賞鑒，富收藏，酷好碑刻。長子花淑大令宰吴江日，曾爲姜石帚建祠於垂虹橋側，亦有風雅名，惜早逝。（同上）

〔顧子山觀察詞又二則〕　子山觀察長於集句，所藏書畫卷册自題者，大半集宋人詞。……集姜白石云：「香染茜裙歸，倚蘭橈、漸爲尋花來去。桃葉渡江時，花前後、長記曾攜手處。汀洲自緑，甚春卻向揚州住。三十六陂人未到，難翦離愁千縷。故人清沔相逢，擁青雲黄鶴，緩移箏柱。驚起卧沙禽，湘江上、水佩風裳無數。玉妃起舞。緑絲低拂鴛鴦浦。只恐舞衣寒易落，化作沙邊煙雨。」（同上卷三）

〔王少鶴京卿詞〕　王少鶴京卿振，廣西馬平人，原籍山陰縣。道光辛丑進士，由主事入樞垣。……其爲詞以南宋爲宗，音律至細，久求其稿不可得。今於張松溪詞中見題《眉嫵》一詞，亟録之。……詞云：「賸歌傳竹屋，酒載樊川，天末幾幽素。唤醒江南夢，東風轉、飄零愁問纖嫵。遠山自許。最畫樓、孤雁聲苦。定何事，夜月成清影，鮑墳愛秋雨。還悵修文同去。原注：謂海門同年。嘆玉顔雖馬，多少塵土。遲我扁舟弄，江春好、紅簫志在何處。栗留恨語。料鏡波、花月都悟。判寥寂尊前，絲鬢冷、暫投聚。」按此詞筆致高妙，清氣盤空，凡用去上及應去應入，無不諧協。此調《詞律》所載王碧山詞後結，作「還老桂花舊影」。考之姜白石、張仲舉各詞，皆作折腰句。蓋原是「還老盡桂花影」，《詞律》鈔誤。今此詞作折腰法，可知究律之細，確爲詞壇名手。（同上）

〔馮柳東太史詞又三則〕 馮柳東太史……名登府，字雲伯，嘉興人。居朱竹垞先生故里。一入承明，旋改閩中知縣，棄而勿就。精孳經學，以餘事爲詞。有《月湖秋瑟》、《花墩琴雅》各二卷，《釣船笛譜》一卷，總名曰《種芸仙館詞》。劉金門宫保贈言，謂有白石之清空，無夢窗之質實，洵非虚譽。（同上）

《湘月》調，戈順卿謂爲中吕商。柳東太史詞，則考訂爲夾鍾商，題曰中秋甬江對月，用白石《念奴嬌》鬲指聲雙調。按雙調乃夾鍾商，戈氏謂中吕商，非也。中吕商，小石調也。《念奴嬌》係太簇商，夾鍾與太簇相連，太簇商用四字住，用一字結聲。夾鍾商用一上字住，用上字結聲。同是商音，宫位相聯，以太簇而兼夾鍾，故曰過腔。白石云，鬲指謂之過腔是也。此即十二宫相犯之意，惟相犯之調，所住字同，此則住字位相連，微有異耳。萬氏謂《念奴嬌》即《湘月》，其説之謬，不足致辨。詞云：「當頭幾見，算明州五度，長此清景。李白東游應許我，老監湖邊乘興。酒醒潮來，江空人遠，一匊冰壺冷。藕花深處，白鷗自照雙鏡。　誰想老子南樓，胡牀坐對，送秋鴻一陣。尊俎賓朋，且莫問、玉帳金燈。佳勝。吹笛關山，踏歌兒女，早話藤蘿信。蕭蕭華髮，玉堂舊夢休省。」按此詞全用白石原韻，惟冷、陣、信三韻，乃白石通用，非正韻也。（同上）

《長亭怨慢》，首句向皆協韻。太史有自題楊柳岸圖一闋，獨不協，題注云：「依白石中吕宫調。按

《詞源》，道宫是一字結聲，若折則帶尺一雙聲，即犯中吕宫。考白石旁譜，换頭及尾結皆用『一五』，而第一句用『尺』，非韻也。玉田從之是矣。」詞云：「又聽到棲鴉時節，冷雨疏枝，秋聲來驟。遂别年年，亂條攀盡忍分手。銷魂短艇，早催度河橋口。柳縱有青時，卻不管、離人消瘦。馬首。悵殘陽千里，倦向西風沽酒。一絲影裏，已换了暮蟬亭堠。問郫處，夜笛樓頭，恐歸去、緑陰非舊。但月曉風尖，付與鶯僝蝶僽。」按此調爲白石自度曲，首句「絮」字是韻，宋詞協者居多。玉田諸作亦有協有不協。太史謂白石旁譜换頭尾結皆用「一五」，而首句用「尺」，以爲非韻之據。要知此詞協韻處，並不皆注「一五」，似未足憑也。且此詞首句如改「節」作「候」，既協正韻，意義亦通。至所引《詞源》道宫數語，專正結聲之訛，與首韻無涉。（同上）

〔張筱峰廣文詞〕　張筱峰廣文鴻卓，江蘇華亭人。弱歲工詞，初效姜、張，後乃擴充於南北宋名家。有所仿擬，必神似，而尤嚴於聲律。寢饋於此，幾四十年。吴門戈順卿精於倚聲，引爲同調。同治戊辰，余倡修華亭海塘，倚爲董率。每赴工即相見，賞其風雅，初不知深於詞也。……（余）尤愛其上巳後二日，訪春虎阜，用白石《琵琶仙》調，全仿四聲，無一異者。詞云：「輕暝收煙，好春在、悶緑慵紅時節。鶯燕爭逐東風，嬌吭脆流葉。尋夢影、溪山未隔。又何許、那人蘭楫。玉鼎聽茶，銀屏品竹，前度明月。縱猶有、當日吟儔，但蓬梗、江涯易分别。兜我十年心事，枉鷗邊重説。斜照裏、真孃墓草，替落花、卷起香雪。且更商略新詞，洞簫吹徹。」（同上卷四）

〔丁保庵明經詞〕　丁保庵明經至龢，一字萍緑，江蘇江都人。幼即工詞，老而益進，垂四十年，昕夕無間。初幕游大江南北，後至六十外，預修《揚州志》，歸住邗江。家本素封，疊被兵災，夙業蕩盡。鰥居半世，僅留一子。今已年近七旬，患頭風疾，不耐搆思，然詞興猶未減。……其爲詞寢饋南宋，吸白石之神髓，而又得力於草窗，其佳處有玉田所不及者。協律極細，每拍一解，或十數日而後定，或十數月而後定，斤斤然蕲與古人相脗合，志亦專矣。余素熟其詞，擇尤愛者録之。《浣溪沙》，吴江道中云：「依舊煙波十四橋。亂鴉環繞古亭臯。石湖雲暗柳蕭蕭。點染垂虹書雁字，嘔啞小艇賣魚苗。征衫寒戀不曾消。」……又《揚州慢》，過玉勾斜譜石帚自製中吕宫弔之云：「歌扇香雲，畫橋春月，可憐送斷瓊簫。記珠簾十里，有小燕斜飄。嘆如此情天未補，草心愁醒，吹緑裙腰。近清明、留得餘寒，分上林梢。絳仙唤起，算相如、才思應消。便淚涴燕支，花緘豆蔻，魂倩誰招。柳外玉驄嘶盡，殘陽恨、説與空潮。但凝成淒碧，年年螢火良宵。」（同上）

〔張子和大令詞〕揚州軍中，前後共事者五十餘人，平齋、緣仲二君外，與張子和大令最契洽。子和名熙，一字耔荷，山陰人。以父祖先後官江蘇，僑寓白門，於城北築園曰陶谷，爲一時觴詠之地。有六朝梅一樹，詞人爭賦之。……（其）《琵琶仙》，趙竺薌招同七星巖探梅云：「一卧滄江，早閒了、舊日尋詩雙屐。多難偏約登臨，層雲盪胸臆。煙樹外、斜陽一點，漸紅破、亂山愁碧。斷壑流澌，疏花隱岫，應夢無跡。甚贏得、身外浮鷗，況都是、江南倦游客。回首石橋横處，黯湖天春色。重唤起、清歌對酒，話小園、雪後消息。好共明月梅邊，夜寒吹笛。」子和穎悟，殊異常人，其《浣溪沙》一闋，神似草窗。……《琵琶仙》以老杜詩情寫白石詞旨，尋味無窮，皆卓然可傳。乃所存止此，可爲悵惘。（同上）

〔張東野太史詞〕　金眉生廉訪以護惜名花舊事，賦歸鳳曲，繪爲圖。復畫「江上數峰青」一幀，亦紀其事，索題詞。張東野太史譜《琵琶仙》一調，用白石韻云：「如畫煙波，記前度、打槳頻迎桃葉。篷底人豔初花，雛鳳恁嬌絶。腸已斷、琵琶一曲，況聽到、晚風題鴂。碧玉新聲，黄衫舊夢，幽怨空説。認無恙、江上眉峰，似菱鏡、晨妝郙時節。惆悵買春期誤，費東皇榆莢。還笑我、江湖小杜，負俊游、十載泥雪。小影何處驚鴻，箇人離别。」此調頗得石帚音節，因亦效顰書圖内。(同上)

〔馬竹漁鹺尹詞〕　……余所識馬竹漁鹺尹，名書城，山西介休人。性喜填詞，無專集。其仲子順卿大令，今官江蘇，或可搜輯，謀壽諸梓。記其《月下笛》，題萍緑詞云：「誰喚詞仙，十年一夢，傷心時候。新腔石帚。記曾梅下攜手。湖山依約登臨過，思往事、不堪回首。問揚州，明月瓊簫何處，玉人知否。　垂柳還依舊。看畫檻珠簾，白鷗飛瘦。春波自皺。釀成春思如酒。天涯已成雙蓬鬢，更夜雨、江南聽久。倚闌畔，令人愁，清角黄昏又奏。」(同上)

〔姚梅伯孝廉詞又一則〕　孝廉名燮，一號野樵，江蘇鎮海人。道光甲午舉人，著有《疏影樓詞稿》。……讀其諸作，雖不模範，而格律仍無一字之譌，彌令嘆服。録其……《琵琶仙》，題曰：「憶余偕王雨耕、史雲坪，因錢唐之役，詣舟蘭江。時羽鳥怡情，葩花寫豔，媚歌艷酌，滌愁盪歡，留連彌旬而别。辛卯三月事也。越歲之秋，孤舫重溯，尋登孫氏水明樓，盼遠憶游，怊焉今昔。」詞云：「白石重來，總無那、曲裏風清消息。江上涼雨微吹，簾鈎掛初夕。殘柳外、樓臺似舊，甚添上、水雲愁碧。晚絮馱鶯，春絃叶鷓，佳麗空憶。　但飛到天角孤鴻，弄秋語、淒寒向蘆荻。撩起笛音漁管，唱西風無力。煙槳

遠、兜孃去也，倚畫闌、目斷迴汐。又見東峴斜暉，澹黄遥射。」（同上）

〔宋銘之茂才詞〕宋銘之茂才志沂，一字詠春，以浣花日生，又號浣花，長州人。自幼沉靜剛介，早歲游庠，文名藉藉，尤工詩詞，長老以遠大期之。乃遘咸豐庚申之難，無力移家，與父及子三世殉焉。事聞，得恩騎尉世職，以猶子襲之。君詩詞稿均前失，賴其友劉泖生太守，就平日所存，録示其弟有年及其高足李彤伯，刻於吴門。詞名《梅笛庵賸稿》。序謂瓣香白石，取詞意題其居，並以名其集。泖生寄余讀之，清空幽婉，兼得草窗神味，蓋不僅取梅邊之笛，更有得於蘋州之譜也。（同上卷五）

〔沈閏生孝廉詞〕吴中七子詞以二生爲巨擘，謂朱酉生、沈閏生也。酉生詞已摘録，今從顧子山觀察覓得閏生詞刊本。小傳云：「名傳桂，字隱之，一字閏生，蘇府庠生。嘉慶乙卯副榜，道光壬辰舉人。兩赴禮闈，薦而未售。遂絶意進取，閉户著書。兼工填詞，直與南宋諸老爭席。詞中愛用「夕陽」字，又有沈夕陽之名。閲其詞，無一字不凝鍊，無一字不雕琢，卻無一毫斧鑿痕。張叔夏謂姜白石詞如「野雲孤飛，去留無跡」，正堪移贈。所著曰《鶯天笛夜新聲》，曰《今雪雅餘》，曰《蘭騷賸譜》，曰《小臨邛琴弄》。又集宋詞仿朱竹垞《蕃錦集》之例，曰《霏玉集》。統名之曰《清夢盦二白詞》，蓋瓣香於太白、白石也。二白者，白石、白雲，蓋言姜、張也。非太白之謂。鍾瑞注（同上）

〔王養初府吏詞〕……前在楚中，曾聞郭秀虎茂才，盛稱蘇州府吏王養初之才，兼工詞曲，異而識之。……養初名壽庭，吴縣人。爲府吏，著《吟碧山館詞》四卷。……《賀新涼》……詞云：「小市春聲滿。記年時、鶯歌燕舞，碧闌橋畔。姑射仙姿真絶代，霞袂臨風悄展。偏誤惹、崔郎腸斷。疏影暗香依舊好，慣盈盈、擁向燈前看。留絳雪、綺窗暖。　重來畫閣朝雲散。認依稀、苔荒樹老，故家池館。青子緑陰無處覓，何況濃花片片。更何況、花時人面。紅煞斜陽渾不語，念繁華、舊夢憑誰喚。風一笛，譜淒怨。」（同上）

〔夢窗詞稿序〕……夢窗詞以縣麗爲尚，筆意幽邃，與周美成、姜堯章並爲詞學之正宗。（《夢窗詞稿》卷首）

徐宗襄

〔長亭怨秋堠〕東陽秋館，蕭槭纏胸，筱棠以軍中九秋詞索賦，爲撰五解。白石道人云：余方感羇游，不自知其詞之抑鬱也。還證筱棠，兼寄湘文。

（詞，略）（《全清詞鈔》第二十三卷）

張祖同

〔雙橋小築詞序〕……今讀江蓉舫方伯丈雙橋詞，而知一唱三嘆有餘音者矣。……竊謂詞盛維揚，開自永叔；南宋既接，中吕尚繁；仙觀名花，弁陽譜其舊事；廢池喬木，石帚發其曼聲；曠代相承，厥惟兹集；淮流不廢，此其正宗。（《雙橋小築詞》卷首）

汪曰楨

〔水龍吟〕　楊守齋有越調《水龍吟》宜叶平入聲，不宜叶上去聲之説。顧宋元名人傳作絶無用平韻者，故近人多疑之，以爲叶入聲固可，若叶平聲，則無復音節矣。此論余頗不謂然，蓋守齋最精音律，弁陽老人歌曲皆藉其點定，是豈漫語欺人者乎！適讀羅景綸《鶴林玉露》論唐子西詩「山靜似太古，日長如小年」一則，因祖楊説，衍成此闋，以補自來詞譜之闕遺，諸平聲字間用入聲或上聲代之。試考石帚平韻《滿江紅》「正一望千頃翠瀾」之「頃」，「依約前山」之「約」，「相從諸娣玉爲冠」之「玉」，「別守東關」之「守」，「一篙春水走曹瞞」之「走」，昔賢自有成例可循也。至首句用韻，則臆決爲之耳。再三吟諷，音節頗亦諧婉，初何嘗蹇乏，全無宫商哉！

（詞，略）（《清詞綜補續編》卷二）

李肇增

〔采香詞序〕　……夫掎摭句韻，刻鏤芳華，號彼壯夫，或詆小道。然堯章歌曲，隱黍離之感；同甫平生，抗中興之疏。詞士深約，義概存焉，騷雅以還，信未可以靡靡訾矣。……咸豐辛酉年夏五月中旬，甘泉李肇增拜撰。（《采香詞》卷首）

董慎言

〔藤香館詞跋〕……嗟！嗟！姜白石借梅傳恨，環珮空歸；王碧山託月興思，山河影老：此中寓旨，大有深情。第謂子母陰陽，九宫能叶；慢聲哨遍，半黍不差；又烏知玉宇瓊樓，原本忠愛；斜陽烟柳，並非怨歌；聆音者興慨慕之思，按拍者極鬱伊之感耶？……丙寅冬，仁和受業董慎言。（《藤香館詞》卷首）

楊叔懌

〔藤香館詞序〕吾友薛慰農觀察，……江舟一去，欸乃成詞。余受而讀之。……惟其結想孤高，寄情綿邈，謝逋招隱，貨騎買舟，故能本嶔騎磊落之胸，發窅渺幽微之韻，洵可遠追白石、近視迦陵也已。（《藤香館詞》卷首）

錢裴仲

〔心折張姜兩家詞〕樂笑翁詞，清空一氣，轉折隨手，不爲調縛。麗不雜，淡不泛，斯爲聖乎？余談古人詞，惟心折於張、姜兩家而已。（《雨華盦詞話》）

陸志淵

〔蘭紉詞序〕　作詞之妙，須句麗而意曲，字新而韻峭，起如俊鶻奮翮，結如孤鶴戛音，過疊係小歸束，不使隔絶神脈。……且詞不難於作而難於改，即趙宋名家每賦一詞，選調擇韻、推字敲聲必旬鍛日鍊，未有不經删易而能心愜者。綜而約之，去質實，屏浮豔，淡則清空，濃則流麗，使姜、張輩復生當唤小紅相共吹簫度曲也。……時丙寅秋八月十六夜，瓠落散人書於涇臯寓齋。（《蘭紉詞》卷首）

潘衍桐

白石説詩不多，而神理相毌。如云：「説景要微妙。」五字耐看。至「歲寒知松柏，難處見作者」，直是論人，非僅爲詩發也。（《緝雅堂詩話》卷上）

穀庵……文詩高簡淡雅，宛如其人。尤工填詞，神似石帚。（同上卷下）

俞樾

〔瘦碧詞序〕　……高密鄭小坡孝廉精於詞律，深明管絃聲數之異同。上以考古燕樂之舊譜。姜白石自製曲，其字旁所記音拍，皆能以意通之。余嘗戲謂君真得不傳之秘於遺文者也。……光緒十四年歲在戊子仲冬之月，曲園居士俞樾。（《樵風樂府》卷首）

黄彭年

〔香草詞序〕詩亡而樂府興，樂府衰而詞作。其體小，其聲慢，其義則變風變雅之遺。自皋文張氏以「意内言外」之旨論詞，而詞之旨始顯。……幼安之《祝英臺近》，則「貝錦」、「青蠅」也。堯章之《疏影》，則「揚水」、「黍離」也。……賢人君子，感時觸物，吟詠性情，主文譎諫，詩人之意，猶未遠乎？（《陶樓文鈔》卷九）

區作霖

馬蹄石在石人峰下，李將軍祠前。相傳神助王師討賊，馬足躡石，蹄痕宛然，時有泉溢出，飲可愈疾。宋姜夔詩：「青壁高懸雲氣堆，將軍從此試龍媒。至今芳草寒泉外，猶似當年破陣回。」舊《志》（《上饒縣志》卷五《山川志》）

丁午

〔鬧紅一舸〕楊鐵崖詩「一舸鬧紅花作壁，六橋環碧柳成衙。」注云：「鬧紅一舸，湖上船名。」余摘白石老仙詞句題之。（《湖船續録》）

許增

〔白石道人詩集歌曲綴言〕　《宋史·藝文志》載姜夔《白石叢稿》十卷，陳振孫《書録解題》載《白石道人集》三卷，今所傳詩集非足本也。王晦叔炎有《和堯章九日送菊》詩二首，陳唐卿造有《次堯章寄贈詩原韻》五首，又《次堯章餞南卿韻》二首，集中無此詩，亦未嘗著於目録。恐此外佚者尚多，從此遂成廣陵散矣。

《白石道人歌曲》，無論宋嘉泰本不可得見，即貴與馬氏本亦少流傳。就所知者，常熟汲古閣本，江都陸鍾輝本，華亭張奕樞本，歙縣洪正治本，華亭姜氏祠堂本，揚州知足知不足齋本。陸版後入江鶴亭家，再歸阮文達，道光癸卯燬於火。張版入南薌張氏書三味樓，後亦不存。陸本、洪本、祠堂本皆詩詞合刻，餘則有詞無詩。近又有閩中倪耘劬本，臨桂王鵬運本。至於斠勘精審，當推陸本爲最。兹據陸本重刊，間有與别本互異者，附刊本字之下，以墨圍隔之。

南匯張嘯山徵君文虎著《舒藝室餘筆》，載《白石道人歌曲考證》，謂陸鍾輝本所刻譜式以意竄改，每失故步，不如張奕樞所刻之善。不知張、陸兩刻皆從樓敬思所藏陶南村手鈔本録出，陸本刻於乾隆癸亥，張本刻於己巳，相去才數年。中間或以鈔胥致譌。兩本對勘，似陸刻猶勝於張。嘯山但據張本訂正，指陸爲譌，其實陸本未嘗譌也。安得嘉泰本一一正是之。

《白石道人歌曲》第四卷後，有「嘉泰壬辰至日刻於東巖之讀書堂，雲間錢希武」十九字，似陶南村從宋本録存者。按：宋寧宗嘉泰元年辛酉，至乙丑改元開禧，此繫壬辰，當是壬戌之誤。集外詩尚有嘉泰壬戌訪全老之作，希武豈即於是年爲之刻集邪？　俟考。

宋之善言樂者，沈括、姜夔兩人而已。其和峴、胡瑗、阮逸、李照諸人，紛如聚訟，汔無心得。括、夔所論，皆能推俗樂之條理，以上求合乎雅樂，故立論不同私逞。惜括議已不傳，僅於《筆談》中略見之。夔議原本經術，卓然可信，當時竟不見用，固無能知其窾窔者。因録《大樂議》、《琴瑟考古圖説》於《逸事》之後，毋使孤詣絶學終於湮没云。

吴君特文英《夢窗乙稿》有《淒涼犯》一詞，與白石集中題序詞字無少異者。疑當日兩公交厚，彼此唱酬，互竄入集，抑後人裒輯之譌。蓋君特蹤跡，未嘗一涉合肥，白石則屢至而屢見於詞，此詞爲白石之作無疑。

張宗瑞輯所作《白石小傳》，徧索不得。阮文達所刻《詁經精舍文集》中，撰姜夔傳者六人，兹録一首，以補舊史之闕。白石葬杭之西馬塍，或云葬水磨頭，近亦無能碻指其處，欲仿花山弔柳會不可得也。

光緒甲申夏四月，仁和許增邁孫識。（《白石道人詩集》卷首）

〔白石道人逸事〕　慶元三年丁巳四月□日，饒州布衣姜夔上書論雅樂事，並進《大樂議》一卷，《琴瑟考古圖》一卷。詔付奉常。有司以其用工頗精，留書以備採擇。（《慶元會要》）（《白石道人歌曲》卷首）

〔白石道人逸事補遺〕　鄱陽姜堯章流寓吴興，嘗暇日游金閶，裴徊弔古，賦柳枝詞，有「行人悵望蘇臺柳，曾與吴王掃落花」之句，楊誠齋極喜誦之。蕭東父尤愛其詞，以其兄之子妻焉。（《樂府紀聞》）（同上）

沈祥龍

〔詞中起結〕　詞起結最難，而結尤難於起。結有數法，或拍合，或宕開，或醒明本旨，或轉出別意，或就眼前指點，或於題外借形，不外白石《詩説》所云「辭意俱盡，辭盡意不盡，意盡辭不盡」三者而已。（《論詞隨筆》）

〔詞中虚字〕　詞中虚字，猶曲中襯字，前呼後應，仰承俯注，全賴虚字靈活，其詞始妥溜而不板實。不特句首虚字宜講，句中虚字亦當留意，如白石詞云「庾郎先自吟愁賦，淒淒更聞私語」，「先自」、「更聞」互相呼應，餘可類推。（同上）

〔詞品高低〕　古詩云：「識曲聽其真。」真者，性情也。性情不可强。觀稼軒詞知爲豪傑，觀白石詞知爲才人，其真處有自然流出者。詞品之高低，當於此辨之。（同上）

〔詞當意餘於詞〕　詞當意餘於詞，不可辭餘於意。東坡謂少游「小樓連苑横空，下窺繡轂雕鞍驟」二句，只説得車馬樓下過耳，以其辭餘於意也。若意餘於辭，如東坡「燕子樓空，佳人何在，空鎖樓中燕」，用張建封事。白石「猶記深宫舊事，那人正睡裏，飛近蛾緑」，用壽陽事，皆爲玉田所稱。蓋辭簡而餘意悠然不盡也。（同上）

〔詞不宜俗〕　白石詩云：「自製新詞韻最嬌」，嬌者如出水芙蓉，亭亭可愛也。徒以嫣媚爲嬌，則其韻近俗矣。試觀白石詞，何嘗有一語涉於嫣媚？（同上）

〔詞當辨韻味〕詞之蘊藉，宜學少游、美成，然不可入於淫靡。綿婉宜學耆卿、易安，然不可失於纖巧。雄爽宜學東坡、稼軒，然不可近於粗厲。流暢宜學白石、玉田，然不可流於淺易。此當就氣韻趣味上辨之。（同上）

〔上去須辨〕沈伯時謂上去不宜相替，故萬氏《詞律》於仄聲辨上去最嚴。其曰上聲舒徐和軟，其腔低。去聲激厲勁遠，其腔高。此説本諸明沈璟去聲當高唱，上聲當低唱也。詞必用上去者，如白石「哀音似訴」句之「似訴」字。必用去上者，如「西窗又吹暗雨」句之「暗雨」字。（同上）

李慈銘

〔林霽山集〕宋林景熙撰

閲《林霽山集》。南宋人詩，自《江湖小集》别開幽雋一派，至四靈而佳句益多，月泉吟社，尤爲後勁，霽山其領袖也。所作高淡深秀，前躋石湖，後躡梧溪。其詩本名《白石樵唱》。予嘗謂南宋中葉後詩，姜堯章最清峭絶俗。德暘集名，適與之同，筆墨町畦，亦出一致，當時取號，蓋非無因。（《越縵堂讀書記》八《文學》）

〔白石道人集〕宋姜夔撰

夜寒甚。坐牀頭擁衾薙燭看《白石道人詩》，清絶如啖冰雪也。白石以詞名當家，律吕甚諧，不失分寸，而語意疏拙。其盛傳者《暗香》、《疏影》二詞，讀之似幽咽可聽，而情味索然，又多率句，予嘗謂可與張玉田《春水詞》並置不論。予初學倚聲，頗似白石，人亦多以相擬，十年來屏不一觀矣。然其詩頗可誦，《江湖小集》中之最佳者。五七古殊飄飄有逸氣，所謂語帶煙霞者也。律體則殊不足觀，蓋排比聲韻，固非所能耳。（同上）

〔赤城詞〕　宋陳克撰

……是南宋百餘年中所號詞中大家者，惟辛幼安爲歷城人，姜堯章爲鄱陽人，餘皆浙人耳。予嘗論詞固莫富於南宋，律亦日密，然語蕪意淺，俚鄙百出，此事遂成惡道。……就中作者，惟稼軒最爲清矯，不錮所溺，而石帚名最盛，業最下，實群魔之首出者。……嗚呼！今世填詞家，方奉白石老仙爲周、孔，見予此論，有不駭而卻走哉！

近日吴中填詞名輩，若戈順卿、沈閏生等，皆以白石詞爲金科玉律，斤斤於一字半字之辨，以爲樂府正聲，賴此不墜。夫大晟久亡，宫音不正，諸人生千百年後，徒墨守其去上之字，咀含其重墋之音，不計工拙清濁，以爲概可被之管絃，亦可謂至愚極陋者矣。（同上）

〔納蘭詞〕　清納蘭性德撰

……余於詞非當家，所作者真詩餘耳，然於此中頗有微悟。蓋必若近若遠，忽去忽來，如蛺蝶穿花，深深款款。又須於無情無緒中，令人十步九迴，如佛言食蜜中邊皆甜。古來得此旨者，南唐二主、六一、安陸、淮海、小山及李易安《漱玉詞》耳。屯田近俗，稼軒近霸，而兩家佳處，均契淵微。本朝董文友小令最佳，惜不見其集。次則厲樊榭，真宋人滴髓，而太近白石、草窗，蘭荃遺韻，敻乎邈矣。（同上）

〔詞林正韻〕　清戈順卿撰

卧閲戈順卿《詞林正韻》，前有《發凡》一卷。順卿自以專力於詞，能辨别宫商，較量分寸，其實不過奉白石、玉田之詞爲金科玉律，妄言律吕，不識烏焉，一村學究之見解耳。(同上)

〔帶經堂詩話〕　清張宗柟輯

……王漁洋論詩，悟絶古今，尤善分别。其謂……南宋人小集中，以姜白石爲第一。(同上)

〔定武蘭亭帖〕

得宗湘文書，以所藏褉帖見示。前有金壽門題籤曰：定武《蘭亭》未損本，雍正九年人日杭郡司農記。……據桑世昌《蘭亭考》，謂騫者梁句章令滿騫，異者朱異，僧者梁中書舍人徐僧權。……姜白石所見吴傅朋家古石本，僧之上又有察字，謂即姚察。……湘文自系跋十五則，定爲唐摹宋拓本，謂非定武本，而實在定武之上，其詞甚辯。(同上九《藝術》)

吴人以戈順卿爲詞宗，奉之甚至。三十年來，大江以南無敢訾之者。其詞辨别上、去二音，謂獨得律吕分寸，持守甚嚴，而語意膚拙，乃白石老仙之末派耳。(同上十二《劄記》)

〔跋尾〕　漁洋《池北偶談》云：「偶爲朱錫鬯太守舉宋人絶句，可追踪唐賢者，聊記於此。……《過垂虹亭作》，姜夔：『自愛新詞韻最嬌，小紅低唱我吹簫，曲終過盡松陵路，回首煙波十四橋。』《姑蘇懷古》，姜夔：『夜暗歸雲遶柂牙，江涵星影雁團沙，行人悵望蘇臺柳，曾與吴王掃落花。』……已上所舉共四十首，宋人佳什，容多未登，此不過一時撮最者耳，録之以見漁洋家法。甲子十一月朔，蕁客翦燈書。

宋人絶句，若東坡、石湖、白石三家，風調清遠，多逼唐人，此特其厓略耳，不得謂阮亭去取，盡於此也。學者即此觀之，要亦咀雋吮華，已覺取資不竭。又記。（《越縵堂讀書簡端記》）

華翼綸

〔留漚唫館詞存序〕　吾邑詞人自顧梁汾《彈指詞》風行海内，後惟顧蒹塘先生《拜石山房詞草》卓然成家，外此專集行世者甚少。吾友沈甡庚後起，講求詞律，上追白石，思欲被諸筦絃，一時若戈順卿、龔定庵輩皆與之交。……光緒己卯十月金匱華翼綸序。（《留漚唫館詞存》卷首）

吕耀斗

〔留漚唫館詞存序〕　余於道、咸間得吾常詞人二焉。一爲江陰蔣鹿潭，其詞悱惻纏緜，無故令人淚落。……一爲無錫沈甡庚，甡庚由北宋而入堯章，至草窗而止，界限明畫。（《留漚唫館詞存》卷首）

汪聲鏘

〔藕絲詞題辭〕　虎僕柔毫染麝烟，蠶眠小字疊鸞箋。薄他柳膩蘇豪仿，格韻終輸白石仙。（《藕絲詞》卷首）

諸可寶

〔國朝詞綜續編序〕 ……詞選之難，厥蔽惟五。其翠謔紅笑，好搜豔歌；粉怨珠啼，但羅妍唱；溺志丁娘之索，塞耳秀師之訶；雅音不存，哇響競奏，古怨寫意，閒情署題，此則强鬚眉之容塗飾粉黛，襲閨房之語評鷟履舄，此一蔽也。……乃至抗心邁古，肆力式靡，吹花嚼蕊，相炫虛華，模山範水，自詑澹遠，尠姜、史之清俊，等郊、島之寒儉，韻要眇而不幽，思纏綿而易盡，是謂宋子名句僅此蘋末見賞，南威淑姿必以蓬葆稱孅，此又一蔽也。握玉麈者惑清談之習，唱銅鞮者忘正始之源，鬲指之聲砦石帚多事，殺尾之字以夢窗太嚴，取快喉舌，毀棄鍾吕，又何啻冠笏倚胡牀之座，紘匏攙羯鼓之撾，是曰踰閑，難語同律，則亦一蔽也。……同治十二年閏月錢塘諸可寶遲鞠甫識於鄂州寓廬。（《國朝詞綜續編》卷首）

王詒壽

〔秋舫填詞圖自序〕 余自庚午歲以撫軍楊石泉中丞之辟，校經虎林。……興之所至，輒譜小詞，觸盼流聲，不假錘琢，用以酬清景寫渺襟也。於時江蘺送香，汀樹未脱，清陰垂野，輕寒流衣，蓼雨一尺，夕陽乍晴，蘋風半灣，涼色在水，……莫不引白石之幽情，入蕒洲之篴譜。……錢唐朱西泉孝廉讀余詞而好之，爲作斯圖，余遂自序其緣起云。時甲戌仲冬日。（《縵雅堂駢體文》卷五）

〔藕絲詞序〕《藕絲詞》四卷，績溪汪君詩圃之所作也。……夔芸展卷，吹蘭襲人。若乃翠屏春悄，玉鑪香温；明漪鏡花，媚闌角之衫影；小扇兜絮，墮簾尾之蝶痕：其婉麗也。斷紅泣雨，零香怯風；透斜月於碧紗，瑶瑟獨怨；阻洞房之秋夢，銀燈無言：其悽惋也。……昔者綺羅流蘭畹之香，花月寫江南之怨，白石老仙吹梅邊之玉笛，秦川公子緝山中之白雲，充其所詣，庶幾兼之。……光緒庚辰冬十月山陰王詒壽纂於杭州戴園。（《藕絲詞》卷首）

〔疏影〕經松木場，尋白石老仙讀書處。遂至孤山巢居閣，玩石刻小像。即依其自度腔詠梅韻。丰裁似玉。想閒雲不定，野鶴同宿。花外詩瓢，鷗外吟笻，狂歌按徹横竹。煙波何處當時跡，尚隱約、石函橋北。儘漁榔、敲墮夕陽，不醒吟魂幽獨。　留得孤山山畔，畫圖一片石，蒼蘚凝緑。詞客衣冠，野客鬚眉，寂寂水邊林屋。翠禽啼上苔枝也，又恰似、小紅新曲。把一尊、細酹梅花，搨取春風横幅。（《笙月詞》卷五）

丁丙

絳帖平六卷舊鈔本

前有嘉泰癸亥五月九日鄱陽姜夔堯章自序，云：「我太宗皇帝造淳化帖十卷，自後潘尚書師旦刻於絳。絳帖傳至今者，潘刻爲勝，絳公庫本次之。厥後漫滅，屢經補治，甚至字畫乖謬。嘗以相校，乃知其有三四本也。友人朱子大以絳帖遺余，歸而玩之，因爲之本事釋文，名曰《絳帖平》。」案：曹士冕《法帖譜系》，潘駙馬帖析居石分爲二絳，則公庫得其一，於是刻補餘帖，是名東庫本。以「日月光天德山河壯帝居太平何以報願上登封書」逐卷分號。今夔所論每卷字號與曹譜合，則所釋者乃東庫本。向佚十四卷，而清綺齋書目獨二十卷，豈國初時卷帙猶全耶？此書有冰雪工琢鏤一印，卷心有「弁陽山房」四字，當從原本而出。（《善本書室藏書志》卷十四《史部十四》）

負暄野録二卷舊鈔本　汪魚亭藏書

右爲宋陳槱撰。發明古今碑刻及翰墨諸法，後附文房四寶之評。槱與范石湖、姜白石同時。……（同上卷十九《子部九下》）

澄懷録二卷厲樊榭鈔本

齊人周密公謹父輯

此書用緑格精鈔。後有樊榭先生記云：勝情勝具兼之爲難，弁陽老人於簡册中作卧游想，大是安樂法也。所綴葺語雖時見於他書；如下卷沈寓山、姜白石數則，流傳絶少，足令閲者霽心豁目。（同上）

戴鹿牀選宋元四家詩四卷戴文節手鈔本

四家者，宋林君復、姜白石、王元章、元倪雲林也。鹿牀名熙字醇士，錢塘人，道光壬辰進士，累官兵部侍郎。（同上卷三十九《集部十八》）

對牀夜語五卷明祁氏曠園鈔本　張佩兼藏書

祁承㸁曠翁手識云：《對牀夜語》五卷，宋范景文著。前有馮去非序稱景定三年，所評詩自唐而止。其揚榷四始及六朝作者，更詳。前附去非一書，謂興懷姜堯章同游時，有高髯靜逸輩日夜釣游，孫道子張宗瑞輩謔浪笑傲，今不能復從游，……則景文爲一時之名士可知。（同上《集部十九》）

竹州詞一卷明鈔本　鮑以文校藏

新安吴儆

儆生南宋最盛之時，其時姜白石、辛稼軒二詞家尤負甚〔盛〕名。儆集中有與石湖倡和之作，其爲名流推挹者久矣。雖所傳僅十八闋，而「水滿池塘」之《滿庭芳》、「十里青山」之《浣溪沙》二闋，置之白石集中亦無以辨，固不必以少而見棄矣。通卷有鮑渌飲朱筆校改，真佳本也。（同上卷四十《集部二十》）

雙溪詞一卷舊鈔本

王炎晦叔

炎所居在武水之陽，雙溪合流，因以自號。……今讀其詞，質實妍雅，雖未能與姜白石、高竹屋方駕，亦一時作手也。（同上）

白石先生詞一卷明鈔本

姜夔堯章

汲古閣所刊白石詞，前有花庵詞客題……。顧詞謹三十四闋。《四庫》著録《白石道人歌曲》四

卷、别集一卷。因置附存。此本較汲古多二十餘闋，亦入存目。然宋以來固各本並行，況此爲明鈔者耶？(同上)

東澤綺語一卷明鈔本

宋鄱陽張輯宗瑞

是書一名《東澤綺語債》。其詞皆以篇末之語而立新名。朱湛盧稱其得詩法於姜堯章。(同上)

履齋先生詩餘一卷舊鈔本

宋左丞相許國公宣城吴潛撰

毅夫忠貞之節炳著百世。遺集原本已佚。後梅鼎祚編其集爲四卷。此舊鈔詩餘一卷，亦前明録本也。……毅夫詞格亦與夢窗、仲宗爲近，在南宋詞家當爲巨擘，與夢窗、白石無多讓焉。(同上)

詞源二卷精寫本

西秦玉田張炎叔夏編

炎有《山中白雲詞》，《四庫》已著録。是編見於《讀書敏求記》。……上卷詳論五音十二律律吕相生以及宫調管色諸事，釐析精允，間系以圖，與姜白石歌詞《九歌》、《琴曲》所記用事紀聲之法大略相同。……(同上)

譚獻

〔評張炎詞〕……白石嘤求稼軒，脱胎耆卿，此中消息，願與知音人參之。評張炎《甘州》餞沈秋江。起句「記玉關踏雪事清游」。（《復堂詞話》）

〔評姜夔詞〕白石、稼軒，同音笙磬。但清脆與鏜鎝異響，此事自關性分。評姜夔《淡黄柳》客居合肥城南赤闌橋之西，巷陌淒涼與江左異，惟柳色夾道，依依可憐，因度此曲，以舒客懷。起句「空城曉角」。石湖詠梅，是堯章獨到處。評姜夔《疏影》《暗香》詠梅。首闋起句「舊時月色」。（同上）

〔陳實庵詞〕閲陳實庵《鴛鴦宜福詞》、《吹月詞》，婉約可歌，有竹山、碧山風味。杭州填詞，爲姜、張所縛。偶談五代北宋，輒以空套抹擻。百年來，屈指惟項蓮生有真氣耳。實庵雖未名家，要是好手。復堂日記乙丑（同上）

〔擬撰篋中詞〕閲蔣鹿潭《水雲樓詞》，婉約深至，時造虚渾，要爲第一流矣。閲項蓮生《憶雲詞》，篇旨清竣，託體甚高，一掃浙中喘膩破碎之習。蓮生仰窺北宋，而天賦殊近南唐。丁稿一卷，偏和北宋詞，合者果無愧色。有明以來，詞家斷推湘真第一，飲水次之。其年、竹垞、樊榭、頻伽，尚非上乘。近擬撰《篋中詞》，上自飲水，下至水雲，中間陳、朱、厲、郭、皋文、翰風、枚庵、稚圭、蓮生諸家，千金一冶，殊呻共吟，以表填詞正變，無取刻畫二窗，皮傅姜、張也。復堂日記戊辰（同上）

〔王氏詞綜〕閲王氏《詞綜》四十八卷，二集八卷，王侍郎去取之旨，本之朱錫鬯，而鮮妍修飾，徒拾南渡之瀋，以石帚、玉田爲極軌，不獨《珠玉》、《六一》、《淮海》、《清真》皆成絶響，即中仙、夢窗深處，全未窺見。余欲撰《篋中詞》，以衍張茗柯、周介存之學，今始事王選所掇者，百一而已。復堂日記丙子（同上）

〔黄氏詞綜續編〕　閩黄燮清〔韻〕珊選《詞綜續編》。填詞至嘉慶，俳諧之病已淨。即蔓衍闡緩，貌似南宋之習，明者亦漸知其非。常州派興，雖不無皮傅，而比興漸盛。故以浙派洗明代淫曼之陋，而流爲江湖；以常派挽朱、厲、吴、郭原注：頻伽流寓。佻染餖飣之失，而流爲學究。近時頗有人講南唐、北宋，清真、夢窗、中仙之緒既昌，玉田、石帚漸爲已陳之芻狗。周介存有「從有寄託入，以無寄託出」之論，然後體益尊，學益大。近世經師惠定宇、江艮庭、段懋堂、焦里堂、宋于庭、張皋文、龔定庵多工小詞，其理可悟。復堂日記丙子（同上）

〔草堂詩餘未可廢〕　村舍點閲《草堂詩餘》，擁鼻微吟，竟忘身作催租吏也。《草堂》所録，但芟去柳耆卿、黄山谷、胡浩然、康伯可、僧仲殊諸人惡札，則兩宋名章迴句，傳誦人間者，略具。宜其與《花間》並傳，未可廢也。《詩餘續編》二卷，不知出何人。擇言雅矣，然原選正不諱俗，蓋以盡收當時傳唱歌曲耳。續采及元人，疑出明代。然卷中録稼軒、白石諸篇，陳義甚高，不隨流俗，明世難得此識曲聽真之人。復堂日記庚辰（同上）

〔宿中廟記〕　宿中廟待月，月出，臨湖覽眺。白石詞千頃翠瀾，盪人胸臆，姥山中流一螺，殆如浮雲望焦山宅矣。復堂日記乙酉（同上）

〔厲樊榭詞〕 太鴻思力可到清真，苦爲玉田所累。填詞至太鴻，真可分中仙、夢窗之席。世人爭賞其餖飣窳弱之作，所謂微之識碔砆也！《樂府補題》別有懷抱，後來巧構形似之言，漸忘古意，竹垞、樊榭不得辭其過。浙派爲人詬病，由其以姜、張爲止境，而又不能如白石之澀，玉田之潤。録乾隆以來，填取之。篋中詞（同上）

〔項蓮生詞〕 蓮生（徐）珂謹按：即項鴻祚。古之傷心人也。盪氣回腸，一波三折，有白石之幽澀，而去其俗。有玉田之秀折，而無其率。有夢窗之深細，而化其滯。殆欲前無古人。其乙稿自序「近日江南諸子，競尚填詞，辨韻辨律，翕然同聲，幾使姜、張頫首，及觀其著述，往往不逮所言。」云云。婉而可思。篋中詞（同上）

〔張景祁詞〕 韻梅珂謹按：即張丈景祁。早飲香名，填詞刻意姜、張，研聲刌律，吾黨六七人，奉爲導師。故山兵劫，同好晨星。亂定重見，君已摧鋒落機，謝去斧藻，中年哀樂，登科已遲，又復屈承明之著作，走海國之鞾板，不無黄鐘瓦缶之傷。倚聲日富，規制益高，駸駸乎北宋之壇宇。江東獨秀，其在斯人乎？外集集古，多長篇奇製，如《洞仙歌》、《解連環》之組紃石帚，真無縫鉌衣也。篋中詞（同上）

〔劉炳照詞〕 集珂謹按：即《留雲借月盦詞》中細意熨帖，情文相生，完篇雅製，美不勝録。光珊珂謹按：即劉丈炳照。自道，有軌循姜、史，製規秦、柳，源溯馮、韋語。既攄心得，亦表正宗，庶乎不愧。篋中詞（同上）

〔寒松閣詞序〕 夫以珂雪鬱鬱，把梅村之袖；竹垞朗朗，拍飲水之肩。姜、張、吴、史，商羽流徵之音，溯厥遺風，實在長水。蓋樂府之職志，而倚聲之林淵也。吾友嘉興張公束，陶靈碧山，標體白石，擷

梅谿之秀而芟其蕪，翫夢窗之奇而割其纇，先哲可作，後來交推。（《寒松閣詞》卷首）

王闓運

〔詞選本編〕　姜夔

《暗香》　舊時月色

如此起法，即不是詠梅矣。此二詞最有名，然語高品下，以其貪用典故也。（《湘綺樓評詞》）

《疏影》　苔枝綴玉

似當是是。（同上）

《琵琶仙》　雙槳來時

此又以態爲妍。（同上）

《淡黄柳》　空城曉角

亦以眼前語妙。（同上）

陸心源

〔姜夔傳〕　姜夔字堯章，鄱陽人。年少客游，蕭德藻識之，妻以兄女《書録解題》。攜之苕上，遂家武康。

《掌故集》引《癸辛雜識》〇按：《癸辛雜識》無此文，惟《齊東野語》云：堯章出處備見張輯宗瑞所作《白石小傳》。《掌故集》或據

《小傳》誤以爲《雜識》耳。居與白石洞爲鄰，潘德久字之曰白石道人《詩人玉屑》。又號石帚《絶妙詞箋》。於學無所不通。欲正頌臺樂律謝采伯《續書譜序》，著《大樂議》，甯宗時上於朝。奏言：「紹興大樂多用大晟所造，有編鐘鎛鐘景鐘，有特磬玉磬編磬，三鐘三磬未必相應。壎有大小，簫篪篴有長短，笙竽之簧有厚薄，未必能合度。琴瑟絃有緩急燥溼，軫有旋復，柱有進退，未必能合調。總衆音而言之，金欲應石，石欲應絲，絲欲應竹，竹欲應匏，匏欲應土，而四金之音又欲應黄鐘，不知其果應否？樂曲知以七律爲一調，而未知度曲之義；知以一律配一字，而未知永言之旨。黄鐘奏而聲或林鐘，林鐘奏而聲或太簇。七音之協四聲，各有自然之理。今以平入配重濁，以上去配輕清，奏之多不協諧八音。琴瑟尤難。琴必每調而改絃，瑟必每調而退柱，上下相生，其理至妙，知之者鮮。又，琴瑟聲微，常見蔽於鐘磬鼓簫之聲，匏竹土聲長而金石常不能以相待，往往考擊失宜，消息未盡。至於歌詩則一句而鐘四擊，一字而竽一吹，未協古人槁木貫珠之意。況樂工於焉占籍，擊鐘磬者不知聲，吹匏竹者不知穴，操琴瑟者不知絃，同奏則動手不均，迭奏則發聲不屬。比者人事不和，天時多忒，由大樂未有以格神人召和氣也。宫爲君爲父，商爲臣爲子，宫商和則君臣父子和。徵爲火，羽爲水，南方火之位，北方水之宅，常使水聲哀、火聲盛，則可助南而抑北。宫爲夫，徵爲婦，商雖父宫實徵之子，常以婦助夫、子助母而後聲成。徵盛則宫倡而有和，商盛則徵有子而生生不窮，休祥不召而自至，災害不祓而自消。聖主方將講禮郊見，願詔求知音之士考正太常之器，取所用樂曲條理五音，檃括四聲，而使協和。然後品擇樂工，其上者教以金石絲竹匏土詩歌之事，其次者教以戛擊干羽四金之事，其下不可教者汰之。雖古樂未易遽復，而追還祖宗盛典實在兹舉。」又自作《聖宋鐃吹曲》十四篇，上於尚書省。書奏，詔付太常《文獻通考》，參《宋史·樂志》。免解不第《書録解題》。夔學詩於蕭德藻，琢句精工。嘗有句云：「夜暗歸雲繞柁牙，江涵秋影雁團沙。行人悵望蘇臺柳，曾與吴王掃落花。」楊萬里喜誦之，謂其子長孺曰：吾與汝弗如也《鶴林玉露》。詞極精妙，不減清真樂府，其高處美成所不及。善吹簫，自製曲，初則率意爲長短句，然後協以音律云《花庵詞選》小傳。范成大居石湖，夔載雪詣之，止既月。范授簡徵新聲，夔製《暗香》、《疏影》兩曲，成大把玩不已，張炎嘆爲前無古人、後無來者《研北雜志》，參《白石歌曲》、《絶妙詞箋》。書法迥脱脂粉，一洗塵俗《書史會要》，趙子固目爲書家申韓《研北雜志》。考古極精《齊東野語》。著《白石叢稿》、《白石道人歌曲》、《絳帖平》、《續書譜》、《禊帖偏旁考》、《張循王遺事》《書録解題》，參《齊東野語》、《樓攻媿集》、《琴瑟考古圖》《慶元會要》。范成大以爲翰墨人品均似晉宋之雅士《齊東野語》自述。往來杭州，卒葬西馬塍《研北雜志》。（《儀顧堂集》卷十四）

〔姜夔傳〕（略）

謹案：夔與西秦張炎齊名，爲南宋詞家正軌，猶唐詩人之有李、杜。後以移家湖州，而《宋史》又失載夔傳，故舊志及饒州府縣志皆寥寥數言，未能詳盡。兹據國朝阮元所輯《詁經精舍文集》，損益他書，改訂斯傳，備是邦文獻之徵云。（《宋史翼·列傳第二十八·文苑三》）

《白石詞》一卷毛斧季手校本　宋姜夔撰。

陸氏手跋曰：六月二十九日二鈔本校，章次題注與此全别。按：一本卷面有云：宜依花庵章次。

則此本蓋依花庵付梓云。（《皕宋樓藏書志》卷一一九）

《白石先生詞》一卷舊鈔本　宋姜夔堯章撰。（同上）

李恩綬

〔白香詞譜箋序〕　……廬州城南赤欄橋，爲白石老仙僑寓。時徘徊遺跡，稺柳淡黄，池波自碧。儻攜此箋與復翁訪古尋春，倚聲論世，知宓子横琴之餘暇，即周郎顧曲之風流也。時光緒丙戌清明前六日，丹徒李恩綬亞白叙於肥西之紫蓬山房。（《白香詞譜箋》卷首）

汪琭

《旅譚》　姜堯章《暗香》、《疏影》兩詞，自序但云：「辛亥之冬，予載雪詣石湖，授簡索句，且徵新聲，作此兩曲。」《硯北雜志》所記亦同，無異説也。近人張氏惠言謂：「白石此詞爲感汴梁宫人之入金者。」陳蘭甫亦以爲然。鄙意以詞中語意求之，則似爲僞柔福帝姬而作。按《宋史·公主傳》云：「開封尼靜善者，内人言其貌似柔福，靜善即自稱柔福。蘄州兵馬鈐轄韓世清送至行在，遣内侍馮益等驗視，遂封福國長公主適永州防禦使高世榮。其後内人從顯仁太后歸，言其妄，送法寺治之。内侍李愢自北還，又言柔福在五國城適徐還而薨，靜善遂伏誅。」宋人私家記載，如《四朝聞見録》、《三朝北盟會編》、《古杭雜録》、《鶴林玉露》、《浩然齋雅談》此書但言柔福南歸，下降高世榮，不言其後事。所記雖小有參差《北盟會編》云：「自稱小名環環。」《四朝聞見録》云：「適高世傒。」《古杭雜録》云：「乃一女巫爲宫婢所教也。」，大致要不相遠。惟《瑣碎録》獨言其非僞，韋太后惡其言虜中隱事，故急命誅之耳。意當時世俗傳聞，有此一説。白石《疏影》所云：「昭君不慣胡沙遠，但暗憶江南江北。想佩環月下歸來，化作此花幽獨。」言其自金逃歸也。又云：「猶記深宫舊事，那人正睡裏，飛近蛾緑。莫似春風，不管盈盈，早與安排金屋。」則言其封福國長公主，適高世榮也。又云：「還教一片隨波去，又卻怨玉龍哀曲。」則言其爲韋后所惡，下獄誅死也。至《暗香》一闋，所云：「翠尊易泣，紅萼無言耿相憶。長記曾攜手處，千樹壓西湖寒碧。」則就高世榮言之，於事敗之後，追憶曩歡，故有「易泣」、「無言」之語也。張叔夏謂：「疏影前段用少陵詩，後段用壽陽事，此皆用事不爲事使。」夫壽陽固梅花事，若昭君則與梅無涉，而叔夏顧云然，當是白石詞意，叔夏知之。特事關戚里，不欲明言，故以此語微示其端耳。余嘗以此説質之伯眉，頗不以爲謬。然究是臆説，姑識之以質當世之知言者。（《張惠言論詞》附録六）

劉　繹

姜夔字堯章，鄱陽人。先世出九真唐中書門下侍郎公輔之裔。八世祖泮，官饒州教授。父噩，紹興進士，以新喻縣丞知漢陽縣。夔從父宦游，流落古沔，沖淡寡欲，不樂時趨，氣貌若不勝衣。工書法，著《續書譜》以繼孫過庭，頗造翰墨閫域。詩律高秀，琢句精工。詞亦清虚騷雅，如野雲孤飛，去留無跡。尤嫺音律。初從蕭衈學詩，衈攜之苕上，妻以兄子。一時張燾、楊萬里輩皆折節與交，而樓鑰、范成大更相友善。紹興中，秦檜當國，去隱武康縣箬坑之丁山，纍薦不起。高宗賜宸翰，夔建御書閣以貯焉。嘗患樂典久墜，欲正容臺樂律，甯宗慶元三年詣京師上《大樂議》一卷、《琴瑟考古圖》一卷。詔付有司收掌，特予免解。時有嫉其能者，以議不合而罷。五年，作《鐃歌鼓吹曲》一十四章，上於尚書省。書奏，詔付太常。周密以爲言辭峻絜，意度高遠，有超越驊騮之意，非虚譽也。居與白石洞天爲鄰，因號白石道人。時往來西湖，館水磨方氏，後以疾卒，葬西馬塍。子二：瓊，太廟齋郎；瑛，禾郡僉判。嚴杰《南宋姜夔傳》。謹案：夔與西秦張炎齊名，爲南宋詞家正軌，猶唐詩人之有李、杜。徒以移家湖州，而《宋史》又失載夔傳，故舊志及饒州府縣志皆寥寥數言，未能詳盡。茲據國朝阮元所輯《詁經精舍文集》損益他書，改訂斯傳，備是邦文獻之徵云。（《江西通志》卷一六一《列傳二十八·饒州府二》）

倪鴻

〔白石道人集序〕《白石詩集》一卷，附《詩説》一卷，歌曲四卷，别集一卷，《續書譜》一卷，四庫皆著録。其通行者，有陸氏鍾輝刻本，姜氏文龍刻本，江氏春刻本。姜本、江本皆出於陸本，然陸本無《續書譜》，姜本則有之。江本亦無《續書譜》，而有評論補遺、集事補遺、投贈詩詞補遺。今刻陸本三種及姜本《續書譜》、江本補遺，並增《四庫簡明目録》、《詁經精舍集·姜夔傳》。其歌曲旁注字譜，臨寫陸本，無一筆舛誤。白石尚有《絳帖平》一書，當續刻之也。同治十年十月桂林倪鴻書於野水閑鷗館。（《姜白石全集》卷首）

胡鑑

〔聽秋聲館詞話跋〕　且夫文話推原於劉勰，詩話託始於鍾嶸。都京乃古詩之流，孫梅旁通夫衆説。駢儷是才人之筆，王銍博采爲美談。溯倚聲肇自青蓮，問妙解誰如白石？在昔西河毛氏，雖有詮評，南宋楊君，非無傳述。靈芬別館，郭頻伽才調斐然。《詞苑叢談》，徐檢討聲華籍甚。然皆簡篇未富，或且辯論未精。惟兹彙集巨編，實足範圍後學。……鑑少而失學，……愧乏姜、張雅致，未解倫聲。得聆朱、厲緒言，猶思按譜。觀乎止矣，將有感於斯文。（《聽秋聲館詞話》卷二十）

〔清詞綜補後序〕　……至於豔摘金荃，奇分白石，諧樂章於三變，會句意於兩得。異玉田之超遠，態度不凡；比草窗而纖穠，胸襟遥寄。珍逾席上，而瓃貝生輝；藏之篋中，而錦繡競絢。《花間》之集，榮於華袞；蘭畹之選，判於鉛槧。聲蜚者實茂，曲高者和寡。凡夫竹屋挺質，梅溪逸品，莫不雕蟲技巧，附驥名彰。人以詞傳，此其宜補者又一也。（《清詞綜補》卷末）

李榕

〔處士姜夔墓〕　夔字堯章，鄱陽人，著《白石道人集》。《白石道人集序》。夔葬西馬塍。蘇石輓之詩曰：「所幸小紅初嫁了，不然啼損馬塍花。」《城北雜記》（《杭州府志》卷三十九《塚墓一》）

陳簡齋、姜白石、任斯庵、盧柳南四家遺墨十六卷。《錢唐縣志》，廖瑩中刊。（同上卷九十八《金石三》）

姜夔字堯章，饒州鄱陽人，寓吴興武康，與白石洞天爲鄰，自號白石道人，又號石帚。……詞清妙，善吹簫，多自製曲。館水磨方氏，殁葬西馬塍。《武林舊事》、《絶妙好詞箋》（同上卷一六九《人物十三》）

許賡颺

〔四印齋合刊雙白詞序〕　自群雅音淪，《花間》實倚聲之祖；大晟論定，《片玉》以協律爲工。建炎而還，作者尤盛，竹齋、竹屋、梅谿、梅津、公謹以漁篴按腔，君特以夢窗名集，花庵有選，蘋雲競歌。然好爲纖穠者不出乎秦、柳，力矯靡曼者自比於蘇、辛。求其並有中原，後先特立，堯章、叔夏實爲正宗。此仇氏山村、鄭氏所南所由揚彼前旌，推爲極軌也。幼霞同年得光禄之筆，乘馬當之風，茹書取腴，餐秀在淥。洎來都下，趺宕琴尊，刻畫宫徵，時有新意，輒發奇弄，以吾鄉戈順卿先生《詞林正韻》分别部居，最爲精審。舊刻既燬，蒐訪爲難，從賡颺乞得鈔本付刊，嘉惠同志。又以毛氏叢刻暨諸家總集繁簡失均，折衷罕當，乃取堯章所著《白石道人歌曲》、叔夏《山中白雲詞》合刻成書，命曰《雙白詞》，屬爲弁首。竊謂堯章淮左停驂，越中作客，其時天水未碧，晚霞正紅，奏進鐃歌，發明琴旨，從若士而語，嶽雲可披，載小紅而歸，夜雪猶泛，雖在逆旅，不啻飛仙。叔夏則舊日王孫，天涯殘客，夢斗北去，恥逐乎鷺飛，水雲南歸，淒同乎鶴化，雅有袁唐之舊侣，苦無張范之可依，悴羽易沈，么絃多感，豈知意内言外惟主清新，宣戚導愉必歸深婉。彼以石帚自號，肖其堅潔；此以春水流譽，合乎清空。正不獨《疏影》、《暗香》、《紅情》、《緑意》屬以同調，遂足方軌，譬之璧月秋皎而春華，例彼幽葩蕙纕而蘭佩，而且元珠在握，古尺自操，循是以求導源之美成，分鑣之達祖，亦可識矣。賡颺一隅自囿，四上未諳，敢抒荒言，謬坿餘論。亦謂九涂騁軌或多泛交，萬錢治庖不如專嗜，謬承諈諉，聊以此爲喤引云爾。吴縣許賡颺。（《雙白詞》卷首）

〔蘇辛合刻序〕……暇日公宴幼霞同年，討論群籍，偶及倚聲，因出元延祐《東坡樂府》及大德信州本《稼軒長短句》二種，蓋即士禮居所藏弆者。予嘗爲幼霞序《雙白詞》，遂慫恿借鈔合刻，以廣其傳。鏤板既成，乃命爲序。竊謂……詞之爲學，賦情各殊，按律有定。蘇、辛以忠愛之旨，寫憂樂之懷，固與姜、張諸家刻畫宫徵，判然異軌。然鄧林之蔭甚美，弗取其疏；楚畹之蘭競芬，宜汰其似；缺者補之，違者正之，證法界於華嚴，聽秋聲於江上，此一幸也。……光緒戊子初夏吴縣許玉瑑。（《東坡詞》卷首，見《四印齋所刻詞》）

張　預

〔重刻白石道人詩詞序〕　臣里雅談文字，昵於陶詠。寓公傳作名氏繡於湖山，則有鄱陽布衣，松陵游客。蕭家詩派，詫白石之有雙。宋代詞流，除玉田而無偶。然而最工令、慢或掩詩名，絶妙歌行分傳别集，是以史臣著録但標叢稿之名，嘉泰初編僅有歌曲之刻。流傳將七百載，剞劂且十餘家，縱復競握靈蛇，未必盡窺全豹。兵塵況涉，板槧亦灰，偶貫叢殘，匙離奐螙，吁！其惜矣！邁孫許丈爇腸媚古，目湮散爲可傷；明眼求書，蘄薈稡而後快。以爲君臣南渡存於客子文詞，士女西湖飲彼勝流膏潤。矧如白石翁者，即論人品，有晉宋間風，别擅書名似申韓家法。幸餘述造，大思畸零，於是羅百琲之散珠，牉兩珪爲合璧，梨鑱並槧，楮帙同函，集長短句而傳及拍文，彙五七言而增以《詩説》，既評跋倡酬之旁采，復異聞遺事之兼蒐。斯則南村手鈔以還無兹盛舉，祠堂善本而外侈爲寶書者也。嗟乎！翰墨有靈，煙霜多感；爵馬塍之酒，墓門没於花田；度石函之橋，寓亭荒於水磨。謝爾費將油素，芯傳授簡之人；更誰贈得小紅，解唱吹簫之我。光緒甲申天中節，錢唐張預序於東城之量月樓。（《白石道人詩集歌曲》卷首）

〔重刻山中白雲詞跋〕……玉田以故王之裔，丁百六之阨，放廢江海，流浪絲竹，……七百年來垂聲西湖，配享髯姜，並祖而不祧。（《山中白雲詞》）

陶方琦

〔重刻白石道人歌曲序〕白石道人洞僩音律，大樂建議䚻諸太常。故其爲詞如「野雲孤飛，去留無跡」，不惟清虚，且又騷雅。昔哲所譽，自稽極程。宜乎五音平章百祀馨祝，龍齦可辨，雞林不欺。仁和許邁孫先生雅遜好古，專以遠聞，擷詞苑之菁華，浣聖湖之煙水。國工吹笛，尋孤山之往游；青樓似花，續西園之一醉。新聲古泛，宛約其情；芳樹温央，英山箭箙；符采流映，高吟清遒。所刻《山中白雲詞》、《詞源》諸集，皆篴弄之祖構，簃林之宗鄉，香風不墮，虞心大佳。白石歌曲，舊槧髣存，依乎昔軌，最爲衆美。字旁記曲，拍底量音，分刌不踰，情文既翕。百年心事，惟有玉闌之知；十畝梅花，不隔生香之路。撫兹一卷，契諸千秋，鸞驁無聲，緑沈永結，琵琶誰撥，紅萼何言。此地宜有詞仙，並世已無作者。琴家三昧，樂府一綖；誰其知音，君洵大雅。光緒甲申二月，會稽陶方琦。（《白石道人歌曲》卷首）

唐韞貞

〔揚州慢題白石小像〕一代詞宗，半生落拓，布衣空老江湖。論先生□□，□合伴林逋。記吹得、玉簫聲徹，小紅低唱，此亦仙乎。□馬藤、花下不堪，泪灑啼鴂。　暗香疏影，問梅花、消息何如。縱烏帽風流，龍眠圖畫，但寫眉鬚。三十六陂煙雨，更誰憐、一櫂孤蒲。獨巢湖一曲，至今猶自追摹。（《秋瘦閣詞》）

黄蓼園

〔桂枝香〕　張宗瑞　梧桐雨細

朱湛盧曰：東澤得詩法於姜堯章，世謂謫仙復作，不知其又能詞也。東澤，輯集名。英雄失路，歲月易徂，迴想故鄉，能無耿耿。（《蓼園詞評》）

〔桂枝香〕　王介甫　登臨送目

杜牧詩：「商女不知亡國恨，隔江猶唱後庭花。」

沈際飛曰：竇鞏詩：「傷心欲問南朝事，惟見江流去不回。日暮東風春草緑，鷓鴣飛上越王台。」六朝句從此化出。又曰：此篇及東坡「明月幾時有」、「冰肌玉骨」二篇，又，白石《暗香》云：「舊時月色，算幾番照我，梅邊吹笛。」《疏影》云：「苔枝綴玉，有翠禽小小，枝上同宿。」皆清空中出意趣，無筆力者難爲。（同上）

〔綺羅香〕　史邦卿　做冷欺花

《玉林詞話》云：「臨斷岸」以下數語，姜堯章稱賞。謂梅溪之詞，蓋能融情景於一家，會句意於兩得，其謂是歟？愁雨耶？怨雨耶？多少淑偶佳偶，盡爲所誤。而伊仍浸淫漸漬，聯綿不已。小人情態如是，句句清雋可思。好在結二語，寫得幽閑貞靜，自有身份，怨而不怒。（同上）

謝章鋌

〔葉辰溪我聞室詞叙〕　詞淵源《三百篇》，萌芽古樂府，成體於唐，盛於宋，衰於元、明，復昌於國朝。温、李，正始之音也。晏、秦，當行之技也。稼軒出，始用氣。白石出，始立格。……（《賭棋山莊集》文一）

〔抱山樓詞序〕　……余别君之京師三閲月矣。時方苦旱，……欲求一點之青而無所見。誦稼軒惜春之句，白石感舊之章，憑欄太息，有鳥孤逝，心目隨之與爲無極也。（同上文五）

〔與黄子壽論詞書〕　……詞之興也，大抵由於尊前惜别，花底談心，情事率多褻近，數傳而後俯仰，激昂時有寄託。然而其量未盡也。故趙宋一代作者，蘇、辛之派不及姜、史，姜、史之派不及晏、秦，此固正變之推未窮，而亦以填詞爲小道，若其量之衹宜如此者。……昔江子屏有言：近日大江南北，盲詞啞曲塞破世界，人人以姜、張自命者，幸無老伶俊倡竊笑之耳。然子屏能爲此言，而子屏之詞則未有聞焉。且執此而論詩樂，本合詩不合樂，請終身不作詩可矣，何責於詞？故章鋋之所爲者，正子屏之所謂盲詞啞曲，斷不敢以姜、張自命也。（同上）

〔許賡皞詞〕甌寧許秋史賡皞著《蘿月詞》，於里門舉梅崖詞社，同社十一人，大半出其指授。生平酷好白石、玉田二家。嘗有「人在子規聲裏瘦，落花幾點春寒驟」句，爲陸萊莊我嵩、沈夢塘學淵、王友山埒所嘆賞，呼爲許子規。後以修《武夷志》故，搜幽剔險，墜仙掌峰下死，惜哉！（《賭棋山莊詞話》卷一）

〔詞律脱落〕紅友《詞律》，倚聲家長明燈也。然體調時有脱略，平仄亦多未備。如《念奴嬌》，余據蘇軾、趙鼎臣、葛郯、吕渭老、沈瀛、張孝祥、程垓、杜旟、姜夔增出二十三字。……雖其中不無誤筆，然有累家通用者，不載則疏矣。（同上）

〔周之琦詞〕祥符周穉圭之琦箸《金梁夢月詞》，短調學温、李，長調學姜、史。《青玉案》云：「西山顔色仍依舊。只添了、眉痕皺。小院珠簾垂永晝。吟箋半摺，畫闌孤依，長憶分襟後。　閒中記曲拈紅豆。風雨還驚夜來驟。曾問南園芳事否，鶯如人懶，花如人醉，春也如人瘦。」（《賭棋山莊詞話》卷二）

〔詠物詞〕詠物詞雖不作可也，别有寄託如東坡之詠雁，獨寫哀怨如白石之詠蟋蟀，斯最善矣。至如史邦卿之詠燕，劉龍洲之詠指足，縱工摹繪，已落言詮。今日雖欲爲劉、史奴隸，恐二公亦不屑也。（同上）

〔馮柳東詞〕　柳東於詞雖非上乘，而較譜讐律，頗爲精審。如云：玉田以《疏影》、《暗香》爲《紅情》、《緑意》，《圖譜》另分二調，堆絮園駁正之，然不知爲玉田作，沿《樂府雅詞》之誤也。按二調乃白石自度仙吕宫，用工字結聲，旁譜起結，皆用「工五」，「江國」國字换頭即用「工五」，是韻無疑。吴濳和作不叶，非也。《山中白雲》有七調，並叶入聲，無用上去者，他人即不盡然矣。陳日湖每改上爲平，蓋上入平皆可通，去不可通耳。……又云：白石《念奴嬌》鬲指聲雙調，按雙調乃夾鐘商，戈氏順卿謂中吕商，非也。中吕商乃小石調也。《念奴嬌》係太簇商，夾鐘與太簇相連，太簇商用「四」字住，用「一」字結聲。夾鐘商用「一上」字住，用「上」字結聲。同是商音，宫位相聯。以太簇而兼夾鐘，故曰過腔。白石云：鬲指謂之過腔是也。此即十二宫相犯之意，惟相犯之調，所住字同，此則住字位相連，微有異耳。若萬氏謂《念奴嬌》即《湘月》，其説之謬，不足致辨。持論確有依據，亦足參倚聲者一解。（同上）

〔雨村詞話之誤〕　羅江李雨村調元著《詞話》四卷，其於詞用功頗淺，所論率非探源。……惟以黄九不及秦七，痛闢其俚鄙諸作，則誠非隨聲附和者比。

雨村謂張輯《東澤綺語債》，皆取詞中字題以新名。如《桂枝香》名《疏簾淡月》，《齊天樂》名《如此江山》，《長相思》名《山漸青》，……雖於題下自注寓某調，已屬掩耳盜鈴。乃後世作譜，好一一改舊易新，極無意味，見之令人嘔惡。此與余前論甚合。夫名之新舊，無關於詞之美醜，好奇之極，必墜荒唐，無怪《買陂塘》之訛爲《邁陂塘》，《大江東去》之訛爲《大江乘》也。蓋無白石製腔之手，正不必

易《念奴嬌》爲《湘月》耳。（同上卷三）

〔山谷罪過〕　詞之原出古樂府，樂府多雜俗諺，如豨妃淪涬之類，填詞者效之而每放愈下，稍近鄙褻。又以其道之通於曲也，因而「則個」、「甚麽」、「呆坐」、「快活」等字，無不闌入，而詞品壞矣。推波助瀾，山谷無乃罪過，此白石所以以雅音爲宗旨。（同上）

〔姚燮詞〕　姚梅伯燮……，句東人，詞名《疏影樓》。（同上）

〔姜夔傳〕　姜白石，《宋史》無傳，祖述倚聲者一缺憾也。阮芸臺元相國於西湖置詁經精舍，以擬作課肄業生，張鑑之篇，最爲精覈。（同上）

〔方仰松詞麈〕　推究音律，倚聲家之最上乘也。紅友一書，世稱精審，然譬之涉水，揭而未厲。宋王晦叔灼之《碧雞坊漫志》、國朝方仰松之《香研居詞麈》，有意爲耆卿、白石者，諒可作先路之導也夫。仰松，名成培，歙西人。大抵謂工尺即律吕，樂器無古今。（同上）

〔肖巖詞〕　……許秋史秀才用筆清秀，頗有姜、史遺風。（同上卷四）

〔詞品大體可觀〕　楊升庵《詞品》六卷，……大體極有可觀。蓋升庵素稱博洽，於詞更非門外道黑白。如云：「辛稼軒自非脱落故常者，未易闖其堂奥。劉改之所作《沁園春》，雖頗似其豪，而未免於粗。近日作詞者惟説周美成、姜堯章，而以東坡爲詞詩，稼軒爲詞論。蓋曲者曲也，固當以委曲爲體，然徒狃於風情婉孌，則亦易厭。回視稼軒所作，豈非萬古一清風哉。」此説極愜當。（同上）

〔陳氏一門詞〕　……國初填詞最多者，王价人翃及迦陵。价人草本阨於水，迦陵則《湖海樓集》裒然數寸許。然腹笥既富，成篇自易，堆垛之病，同於繁縟。去其濃醯厚醬，真味乃見，不有賴於浙中之庖乎？述庵乃寶其櫝而多遺其珠，動以姜、史相繩，令此老生氣不出，余所以不能無間於《國朝詞綜》者，率以此類。蓋選家須瀏覽全集，取其長技，不得以意見爲去取也。(同上)

〔劉存仁詞〕炯甫爲予序詞話後，余報以書曰：「捧讀巨作，流連往復，不獨文字之妙，非心知其境者不能道隻字，其中鐵板數語，尤見持論精湛。詩詞離合處，知者蓋尠，能詞者或弱於詩，能詩者或粗於詞。至今日浙派盛行，專以詠物爲能事，臚列故實，鋪張鄙諺，詞之真種子殆將湮没。不知詩詞異其體調，不異其性情。詩無性情，不可謂詩。豈詞獨可以配黄儷白，摹風捉月了之乎？然則崇奉姜、史，卑視蘇、辛者，非矣。第今之學蘇、辛者，亦不講其肝膽之輪囷，寄託之遥深，徒以浪煙漲墨爲豪，是不獨學姜、史之不許，即學蘇、辛，亦宜揮之門外也。鄙見如是，與賜作大旨頗合。閩中宋元詞學最盛，近日殆欲絶響，而議者輒曰，閩人蠻音鴂舌，不能協律吕。試問『曉風殘月』，何以有井水處皆擅名乎？……且夫既能詞又能知工尺，豈不更善？然與其精工尺而少性情，不若得性情而未精工尺。故不獨姜、史輕蘇、辛，而蘇、辛亦不願爲姜、史也。鋌流覽近日詞家，頗怪其派别之訛，非但無蘇、辛，亦無周、柳，大抵姜、史之糟粕耳。姜、史之精，十不得一也。……」此書頗足備參詞學，故縷述於此。(同上卷五)

〔梅信詩唱和〕汪稼門志伊尚書督吾閩時，以梅信詩書扇，贈吴清夫賢湘翰簿，清夫裝爲册。……中又有江沅《東風第一枝》詞云：「臘意銜寒，春心釀雪，東風欲到江岸。只應驢背詩人，省識暗香早晚。

黄昏月色，已彷彿相思一半。問舊時、驛使重來，記否故人天遠。消瘦損，玉關望斷。空領略，笛聲哀怨。甚時過了，江南路遥，計程尚緩。深深煙夢，合早約東君催唤。正萬山、消息歸來，訝許凍痕暗换。」此詞於梅信二字極有體貼，非浪賦寒花也。即以胎息論，亦從石帚、梅溪門逕來。（同上）

〔肖巖詞〕肖巖自臺灣歸，復之寧洋。壬子夏，余於菁城讀其詞一卷，兼攬南北宋之勝，傳作也。《滿江紅》云：「紅雨樓前，愛有石、有泉有竹。憶當日、雪堆幽徑，月明華屋。兩扇青山排闥入，異書坐對焚香讀。看黄塵、滚滚者相公，皆粗俗。　嗟擲筆，謀食肉。嘆糊口，徒果腹。算難得再種，故園之菊。十載奇憂白髮盡，一場好夢黄粱熟。問人生、歲月有幾何，消清福。」又云：「莽莽蒼蒼，十萬里、胸吞八九。放眼處、左攜詩卷，右攜杯酒。破浪乘風行壯矣，幕天席地言夸否。倚長鯨，拔劍斫西風，神龍吼。　山欲納，巨鼇口。潮欲殺，水犀手。枕柁樓細數，翼張星柳。喝月狂哦蘇子賦，呼風碎蹋周公斗。論人生、富貴與功名，終吾有。」原注：辛亥七月，余自臺灣對渡五虎門，舟出觀音山，駛風如箭。是夜舟過黑水洋，風止。數萬里茫茫，波平若鏡。聞下有磁石，舟停久輒碎，同舟者皆失色。余至天后神前焚香默告，登柁樓唱姜白石平韻《滿江紅》一闋，依填一闋，風復大作，次日，舟至虎門白畎。（同上卷六）

〔燕蘭小譜〕《燕蘭小譜》五卷，自稱西湖安樂山樵，傳者謂余秋室集所作。……其《疏影》用姜白石韻爲韻香即法齡題畫梅云：「嬋娟似玉。記那年舊夢，林下曾宿。唤醒羅浮，雙翠啼痕，斑斑欲化湘竹。仙雲不墜春仍晚，甚處問、枝南枝北。恰夜來墨影横斜，又是月明人獨。　堪嘆朱顔宛轉，抱清怨瘦損，眉嫵孤緑。可得東風，吹汝如花，只在空山茅屋。關河日夕愁煙暗，且莫聽、笛中凄曲。便

算他冷豔幽芳，也半落生綃幅。」則彷彿過垂虹橋，聽小紅低唱時也。（同上）

〔鄭荔鄉一門風雅〕　荔鄉與兄石幢方城猶子有鄰天錦，以時文雄長閩中，稱三鄭。而荔鄉詩古文辭頗不愧方家，其詞則見賞於蔣鉛山。大抵佳處，卻有後村別調風味。……又步韻題朱雲亭大令桐莊詞云：「檀板當空掛，溯從來偷聲減字，源流騷雅。周柳辛蘇音響歇，誰更鑿空補罅。算都只，寄人籬下。心折桐莊詞一卷，是紅鹽白紵烏絲畫。歌宛轉，幾晨夜。　寥寥此調誰彈也。細評量，聲同金擲，字均縑價。清比嬌鶯啼恰恰，圓似露荷珠瀉。又五色雨絲飛灑。穠郁芊眠白石境，嘆悠悠、孰是知音者。將進酒，與君話。」（同上）

〔小西湖詞〕　省會小西湖，在閩王時恒舞酣歌之地，歷詳《省志》、《府志》及姚循義《西湖志》。湖山灣環，水木明瑟，樓臺載酒，嘯歌遂多。……近讀荔鄉《金縷曲》西湖懷古云：「郭外西風射。憶當年、金戈鐵騎，爭王爭霸。複道縱横三十里，一片珠甍繡瓦。曳綺縠、環而侍者。急鼓短簫樂游曲，奉新詞、滿寫香羅帕。重開宴，長春夜。　而今事去如奔馬。似楚臺、梁園趙苑，蕩無存也。莽莽川原何處問，寂寞江城潮打。剩樵牧、歌吟其下。喚醒迷離龍帳夢，聽晨鐘、隱隱傳蓮社。銅仙淚，浩盈把。」是則故壘西邊，竹西佳處，僕本恨人，其傷心當不讓東坡、白石也。（同上）

〔顧梁汾詞〕　……夫詠物南宋最盛，亦南宋最工。然儻無白石高致，梅溪綺思，第取樂府補題而盡和之，是方物略耳，是群芳譜耳，便謂超凡入聖，雄長詞壇，其不然歟。（同上卷七）

〔納蘭詞〕　……《琵琶仙》係白石自度腔。容若中秋闋即填此調，只第六句比原作少一字，原作載《詞

律》第十六卷一百字類，仲安皆以爲譜律不載，疑其爲自度曲，非也。(同上)

〔毛先舒詞〕……惟謂詞出而詩亡，則又不然。夫所謂詩餘者，非謂凡詩之餘，謂唐人歌絶句之餘也。……故餘者聲音之餘，非體製之餘。然則詞明雖與詩異體，陰實與詩同音矣。而曰「詞出詩亡」哉！雖然，樂府之歌法亡，後人未嘗不作樂府；絶句之歌法亡，後人未嘗不作絶句。且唐人絶句，宋人詞，亦不盡可歌，謂必姜、張而後許按拍，何其寬於詩而嚴於詞歟！(同上卷八)

〔江藩論詞〕江鄭堂藩曰：「仇山村謂腐儒村叟，酒邊豪興，引紙揮筆，動以東坡、稼軒、龍洲自況。極其至四字《沁園春》，五字《水調歌頭》，七字《鷓鴣天》、《步蟾宫》，拊几擊缶，同聲附和，如梵唄，如步虛，不知宫調爲何物。令老伶俊倡面稱好而背竊笑，是豈足以言詞哉！近日大江南北，盲詞啞曲，塞破世界，人人以姜、張自命者，幸無老伶俊倡竊笑之耳。」《詞源跋》余謂鄭堂之言過矣。宋人歌詞，猶今人之歌曲，走腔落調，知者頗多。若論詞於今人，則猶宋人論絶句，歌法雖極考究，終鮮周郎，而謂老伶俊倡能竊笑哉！聲音既變，文字隨之，正不得軒輊太甚。至今日詞學所誤，在局於姜、史。斤斤字句氣體之間，不敢拈大題目，出大意義，一若詞之分量不得不如是者，其立義蓋已卑矣，而奚暇論及聲調哉！(同上)

〔竹垞論詞〕竹垞曰：「世人言詞，必稱北宋，然詞至南宋始極其工，至宋季而始極其變。」此爲當時孟浪言詞者，發其實，北宋如晏、柳、蘇、秦，可謂之不工乎？且竹垞之與李十九論詞也，亦曰「慢詞宜師南宋，而小令宜師北宋矣。」……蓋以鄙事視詞久矣，升庵、弇州力挽之，於是始知有李唐、五代、宋初諸作者。其後耳食之徒，又專奉《花間》爲準的，一若非《金荃集》、《陽春録》，舉不得謂之詞，并不知尚有辛、劉、姜、史諸法門。於是竹垞大聲疾呼，力闡宗旨，而强作解事之譏，遂不禁集矢於楊、王矣。然二君復古之功，正不可没。（同上卷九）

〔詞貴清空〕　宋詞三派，曰婉麗，曰豪宕，曰醇雅。今則又益一派，曰餖飣。宋人詠物，高者摹神，次者賦形，而題中有寄託，題外有感慨，雖詞實無愧於六義焉。至國朝小長蘆出，始創爲徵典之作，繼之者樊榭山房。……然實一時游戲，不足爲標準也。……且今之爲此者，動曰吾瓣香姜、史也。然《暗香》、《疏影》之篇，『軟語商量』之句，豈二公搜索枯腸，獨無一二冷典，乃賦空而不爲徵實哉！蓋『詞貴清空』，宋賢名訓也。」（同上卷九）

〔蘇辛藩籬獨闢〕　晏、秦之妙麗，源於李太白、温飛卿。姜、史之清真，源於張志和、白香山。惟蘇、辛在詞中，則藩籬獨闢矣。讀蘇、辛詞，知詞中有人，詞中有品，不敢自爲菲薄，然辛以畢生精力注之，比蘇尤爲横出。（同上）

〔小山詞社〕　雍正乾隆間，詞學奉樊榭爲赤幟，家白石而户梅溪矣。惟王小山太守時翔及其姪漢舒秀才策獨倡温、李、晏、秦之學，其時和之者，顧玉停行人陳垿、毛鶴汀博士健、徐冏懷秀才庾，又有素威輅、穎山嵩、存素愫三秀才，皆王門一姓之俊。笙磬同音，壎篪迭奏，欲語羞雷同，誠所謂豪傑之士矣。……

小山詞社諸君，亦多揣摩南宋，然得髓者殊未見也。……大抵今之揣摩南宋，只求清雅而已，故專以委夷妥帖爲上乘。而不知南宋之所以勝人者，清矣而尤貴乎真，真則有至情；雅矣而尤貴乎醇，醇則耐尋味。若徒字句修潔，聲韻圓轉，而置立意於不講，則亦姜、史之皮毛，周、張之枝葉已。雖不纖靡，亦且浮膩；雖不叫囂，亦且薄弱。僕於倚聲，孱學耳，何敢望梅溪、玉田藩籬，然詞客有靈，聞斯言或當首肯也。(同上卷十一)

〔宋人尚豔詞〕……亦知詞固有興觀群怨，事父事君，而與雅頌同文者乎？吾請舉近人陸太沖以謙之言曰：其事關倫紀者甚多，如東坡《水調歌頭》「瓊樓玉宇高處不勝寒」，神宗以爲蘇軾終是愛君。……至若弟兄華髮，别語叮嚀，則有黄元明之《青玉案》。……西山壽平父，交契最深，則有姜白石之《鷓鴣天》。(同上)

〔兩宋詞評〕北宋多工短調，南宋多工長調。北宋多工軟語，南宋多工硬語。然二者偏至，終非全才。歐陽、晏、秦，北宋之正宗也。柳耆卿失之濫，黄魯直失之傖。白石、高、史，南宋之正宗也。吴夢窗失之澀，蔣竹山失之流。若蘇、辛自立一宗，不當儕於諸家派别之中。(同上卷十二)

〔南宋善養氣〕詞家講琢句而不講養氣，養氣至南宋善矣。白石和永，稼軒豪雅。然稼軒易見，而白石難知。史之於姜，有其和而無其永。劉之於辛，有其豪而無其雅。至後來之不善學姜、辛者，非懈則粗。(同上)

〔姜開先詞〕會稽姜開先啟贈歌者李郎《秦樓月》云：「天下李。一般柯葉分仙李。分仙李。東西南祖，故家苗裔。按趙郡李氏兄弟居巷東巷西，有東西南三祖，見《唐書·宰相世系表》。漢時有個延年李。唐時有個龜年李。龜年李，崔九堂前，岐王宅裏。」竹垞以《醉太平》書其後云：「支郎眼黄。何郎粉香。尊前一曲斷腸。愛秦樓月涼。公羊穀梁。自注：鄭清之送新薑詩，《公羊》《穀梁》並出一人之手，其姓則姜，蓋四字反切皆姜字。鄱陽括蒼。詞人試數諸姜。自注梅山姜特立，括蒼人。算堯章擅場。」按姜夔字堯章，鄱陽人。運用典切，知倚聲端須博覽。（同上）

〔張翥楊基學姜〕前卷所載張鑑補姜堯章傳，傳末所舉學姜諸人，本於竹垞《黑蝶齋詞序》。然竹垞又曰：張翥、楊基皆具夔之一體。基之後，得其門者寡矣。按翥字仲舉，晉寧人，有《蛻巖樂府》。基字孟載，嘉州人，有《眉庵詞》。張鑑不著於篇，蓋爲宋人立傳，不能攙入元人明人也。然陳允平之後，宜補列仇山村。山村亦姜派者，仲舉即其門下士。竹垞時，無絃琴譜未出，故不得論定，非有意削之也。（同上）

〔白石詩説〕白石道人爲詞中大宗，論定久矣。讀其説詩諸則，有與長短句相通者。節録一二於左，略以鄙意注之，而傳諸同志焉。無怪予之附會也。

「韻度欲其飄逸，其失也輕。」詞嫌重滯，故渾厚宏大諸説，俱用不著。然使其飄逸而輕也，則又無繞梁之致，而不足繫人思。

「雕刻傷氣，敷衍露骨。若鄙而不精巧，是不雕刻之過。拙而無委曲，是不敷衍之過。」此即疏密相間之説也。故白石字雕句刻，而必準之以雅。雅則氣和而不促，辭穩而不澆，何患其不精巧委曲乎？

「僻事實用，熟事虚用。」「那人正睡裏，飛近蛾緑。」此即熟事虚用之法。

「説景要微妙。」微妙則耐思，而景中有情。「寒鴉數點，流水遶孤村」，「楊柳岸、曉風殘月」，所以膾炙人口也。

「短章醞藉，大篇有開闔乃妙。」不醞藉則吐露，言盡意盡，成何短章。無開闔則板拙，周草窗之詞或譏之爲平矣。

「委曲盡情曰曲。」竹垞贈紐玉樵曰：「吾最愛姜、史，君亦厭辛、劉。」亦以其徑直不委曲也。

「語貴含蓄。句中無餘字，篇中無長語，非善之善者也。句中有餘味，篇中有餘意，善之善者也。」填詞有一定字數，但使填畢讀之，短不可增，長不可節，已極洗伐操縱功夫矣。若餘味餘意，則詞家率不留心，故講之爲尤難。

「體物不欲寒乞。」今之搜討冷僻者，其去寒乞亦無幾矣，而奈何自以爲淹博哉！

「一曰理高妙，二曰意高妙，三曰想高妙，四曰自然高妙。」自然高妙，詞家最重，所謂本色當行也。（同上）

〔張臯文詞選〕……金應珪曰：「近世爲詞，厥有三蔽。義非宋玉，而獨賦蓬髮，諫謝淳于，而唯陳履舄，揣摩牀笫，汙穢中冓，是謂淫詞，其蔽一也。猛起奮末，分言析字，詼嘲則俳優之末流，叫嘯則市儈之盛氣，此猶巴人振喉以和《陽春》，黽蜮怒嗌以調《疏越》，是謂鄙詞，其蔽二也。規模物類，依託歌舞，哀樂不衷其性，慮嘆無與乎情，連章累篇，義不出乎花鳥，感物指事，理不外乎應酬，雖既雅而不豔，斯有句而無章，是謂游詞，其蔽三也。」《詞選跋》按一蔽是學周、柳之末派也。二蔽是學蘇、辛之末派也。三蔽是學姜、史之末派也。臯文《詞選》，誠足救此三蔽。其大旨在於有寄託，能蘊藉，是固倚聲家之金鍼也。（同上續編一）

〔鄧牧論詞〕宋錢塘鄧牧心牧伯牙琴云：「唐宋間始爲長短句，法非古，意古。然數百年來，工者幾人，美成、白石逮今膾炙人口。知者謂麗莫若周，賦情或近俚。騷莫若姜，放意或近率。」《張叔夏詞集

序》此一節持論極精的。(同上)

〔凌廷堪論詞〕　宣城張其錦，次仲之高弟也。述其師之言曰：「詞者詩之餘也，昉於唐，沿於五代，具於北宋，盛於南宋，衰於元，亡於明。以詩譬之，慢詞如七言，小令如五言。慢詞北宋爲初唐，秦、柳、蘇、黄如沈、宋，體格雖具，風骨未遒。片玉則如拾遺，駸駸有盛唐之風矣。南渡爲盛唐，白石如少陵，奄有諸家。高、史則中允、東川，吴、蔣則嘉州、常侍。宋末爲中唐，玉田、碧山風調有餘，渾厚不足，其錢、劉乎？草窗、西麓、商隱、友竹諸公，蓋又大曆派矣。稼軒爲盛唐之太白，後村、龍洲亦在微之、樂天之間。金元爲晚唐，山村、蜕巖可方温、李，彦高、裕之近於江東、樊川也。小令唐如漢，五代如魏晉，北宋歐、蘇以上如齊、梁，周、柳以下如陳、隋。南渡如唐，雖才力有餘而古氣無矣。填詞之道，須取法南宋，然其中亦有兩派焉。一派爲白石，以清空爲主，高、史輔之。前則有夢窗、竹山、西麓、虚齋、蒲江，後則有玉田、聖與、公謹、商隱諸人，掃除野狐，獨標正諦，猶禪之南宗也。一派爲稼軒，以豪邁爲主，繼之者龍洲、放翁、後村，猶禪之北宗也。元代兩家並行，有明則高者僅得稼軒之皮毛，卑者鄙俚淫褻，直拾屯田、豫章之牙後。我朝斯道復興，若嚴蓀友、李秋錦、彭羨門、曹升六、李畊客、陳其年、宋牧仲、丁飛濤、沈南渟、徐電發諸公，率皆雅正，上宗南宋。然風氣初開，音律不無小乖，詞意微帶豪豔，不脱《草堂》前明習染。唯朱竹垞氏，專以玉田爲模楷，品在衆人上。至厲太鴻出，而琢句鍊字，含宫咀商，淨洗鉛華，力除俳鄙，清空絶俗，直欲上摩高、史之壘矣。又必以律調爲先，詞藻次之。昔屯田、清真、白石、夢窗諸君，皆深於律吕，能自製新聲者。其用前人舊譜，皆恪守不敢失，況其下乎？」《梅邊吹笛譜目録跋後》按篇中多持平之論，以視主張姜、史，掊擊辛、劉者，其識解固高人一等矣。至論國朝詞，則各言所見，且當時風氣之所趨，亦足以考流派矣。（同上續編三）

〔藝概論詞〕　余於滬瀆書肆，得興化劉融齋熙載所著《藝概》。……精審處不少，不可廢也。節録之以供參考。融齋謂詞喻諸詩，東坡、稼軒，李、杜也。耆卿，香山也。夢窗，義山也。白石、玉田，大曆十子也。其有似韋蘇州者，張子野也。此可參次仲之説。次仲兼以時言，融齋專論格耳。（同上）

〔秦恩復享帚詞〕（秦敦夫）又云：「向來填詞家祇分平仄兩體，惟《滿江紅》一譜而兼四聲，且字句亦參差互異。暇日按舊譜戲以四聲寫之，各效其體。平聲韻效姜白石體，上聲韻效杜祁公體，去聲韻效柳耆卿體，入聲韻效蘇長公體。」此皆足供詞人考據之資。（同上）

〔趙福雲小石帚生詞和姜詞〕《小石帚生詞》一卷，《和姜詞》一卷，山陰趙藕村福雲撰。……藕村專宗白石。叢稿十卷，又以琴譜減筆之例，證白石詞所注譜法，昔人所謂梵字旁行不可辨識者，皆能得其指歸，其用心可謂勤矣。（同上）

〔項鴻祚憶雲詞〕《憶雲詞》四卷，錢塘項蓮生鴻祚撰。蓮生深於情，小令尤佳。其詞仿吴夢窗例，分爲甲乙丙丁四稿。……乙稿自序云：「近日江南諸子，競尚填詞，辨韻辨律，翕然同聲，幾使姜、張俯首。及觀其著述，往往不逮所言，而弁首之辭，以多爲貴，心竊病之。余性疏慢，不能過自刻繩，但取文從字順而止。削稿既竣，仍自識數語，雅不欲與諸子抗衡，又何敢邀名公賞鑒耶？」此言尤爲痛切，足爲詞家砥柱，但不堪爲隨聲逐影者聞耳。（同上）

〔史承謙小眠齋詞選〕《小眠齋詞選》四卷，宜興史位存承謙撰。儲長源國鈞曰：「自《花間》、《草堂》之集盛行，而詞之弊已極，明三百年直謂之無詞可也。我朝諸前輩起而振興之，真面目始出。顧或者恐後生復蹈故轍，於是標白石爲第一，以刻削峭潔爲貴。不善學之，競爲澀體，務安難字，卒之鈔撮堆砌，其音節頓挫之妙，蕩然欲洗。草草陋習，反墮浙西成派。……」（同上）

〔陳聶恒栩園詞棄稿〕……昔陳大樽以温、李爲宗，自吴梅村以逮王阮亭，翕然從之，當其時無人不晚唐。至朱竹垞以姜、史爲的，自李武曾以逮厲樊榭，群然和之，當其時亦無人不南宋。迨其後，樊榭之説盛行，又得大力者負之以趨，宗風大暢，諸派盡微，而東坡詞詩，稼軒詞論，骯髒激昂之調，尤爲世所詬病。（同上）

〔王效成軒霞詞〕《軒霞詞》一卷，盱眙王子臣效成撰。子臣詞雖無多，而饒有姜、史遺韻。（同上續編四）

〔孫宗禮二十四橋吹簫譜〕《二十四橋吹簫譜》二卷，江都孫定夫宗禮撰。定夫詞亦流轉，但言外無味，不耐尋繹，蓋學南宋而未至者。《湘月》調下自注云：「上下闋遵白石老人原製，第四句作四字讀，第五句作九字讀，《詞律》作《念奴嬌》填，誤。」按此説亦未當。《湘月》之異於《念奴嬌》，在宫調不在字句。白石指明《念奴嬌》鬲指聲，可見是聲異而非體異也。至詞體雖分句讀，而作者筆興所及，時有變化。即如東坡此調「故壘西邊，人道是、三國孫吴赤壁。」「人道是」三字，雖屬上句，而語勢未嘗不趨下句，又豈獨《湘月》乎？是不必强生分别矣。（同上）

〔王初桐巏嵍山人詞集〕《巏嵍山人詞集》杯湖欸乃三卷，杏花村琴趣一卷，嘉定王于陽初桐撰。于陽一字竹所。……其詞於南北宋諸家莫不津逮，述庵雖選入《詞綜》二集，要非浙西宗派所能牢籠也。……集前有王西莊鳴盛評語，集後有張未軒龍輔跋尾，皆有益於詞境。節録之。王云：「詞之爲道最深，以爲小技者乃不知妄談，大約只一『細』字盡之，『細』者非必掃盡豔與豪兩派也。北宋詞人原只有豔冶、豪蕩兩派。自姜夔、張炎、周密、王沂孫方開清空一派，五百年來，以此爲正宗。然《金荃》握蘭本屬《國風》苗裔。即東坡、稼軒英雄本色語，何嘗不令人欲歌欲泣。文章能感人，便是可傳，何必淨洗豔粉香脂與銅琶鐵板乎？」……王之説，持平之論也。（同上）

〔謝元淮海天秋角詞〕《海天秋角詞》一卷，松滋謝默卿元淮撰。默卿尚有《碎金詞》一卷，《碎金詞譜》六卷，仿白石道人例，詞旁自注工尺，並及平仄句韻，固以爲獨得減偷之秘矣。余謂詩流爲詞，自唐以後，詞與詩分途矣。詞流爲曲，自宋以後，曲與詞又分途矣。今人之於詞，猶宋人之與詞，聲音之道，隨時變易。即使引商刻羽，其果畫旗亭之壁，果復大晟之遺乎？……且今之自謂能歌詩者，亦第以唱崐腔之法求之，而遂以周、柳、姜、史自命，此尤吾所不敢知者矣。（同上）

〔戈載詞平庸少味〕戈寶士《翠微花館詞》最多，余所得者二十七卷。……卷首序與題詞數十篇，借光之多，已屬可笑。……至爲麟見亭河帥題《鴻雪因緣圖》，前後合一百六十闋，多至四卷。……此真極詞場之變態矣。第未知周美成、姜白石見之，以爲何如也？（同上續編五）

〔楊夔生詞〕……予嘗謂南宋詞家，於水軟山温之地，爲雲癡月倦之辭，如幽芳孤笑，如哀鳥長吟，徘徊隱約，徇足感人。然情近而不超，聲咽而不起，較之前人，亦微異矣。不獨東坡之《百字令》、《水調歌頭》，無其興致，即柳耆卿之「漸霜風淒緊，關河冷落，殘照當樓」，秦少游之「醉卧古藤陰下，了不知南北」，出語高爽。惟白石尚有此意，餘則皆不逮也。（同上）

〔詞非意内言外之意〕　有通套語門面語，流傳習用，且若奉爲指南，而不知其與本義不相酬者。如近人論詞，輒曰：「詞者意内言外。」按此語本於《説文》，然此特大徐本耳，若小徐本則作「意内音外」。不合。是蓋乾嘉以來，考據盛行，無事不敷以古訓，填詞者遂竊取《説文》，以高其聲價。殊不知許叔重之時，安得有減偷之學，而預立此一字爲晏、秦、姜、史作導師乎？郢書燕説，衆口一辭，何爲也！（同上）

〔石介詞〕　……廉夫性情簡傲，素不滿於衆口。余以芑川贈余二語轉贈之曰：「清勿見骨，奇勿露角。」廉夫感焉，而同人亦漸與之親。其詞爲《金縷曲》，並序云：「夫子長樂魁儒，陳留貴胄。文光偶臨於西土，才名久擅乎南邦。……介從游最早，受染滋深。學愧康成，竊戀扶風之帳。情移鍾子，忍停流水之琴。瓣香永矢於後山，學拍偶師乎白石。萬里雖遥，願逐大河而到海。一方竟隔，空憐飛雪之隨風。遠眼雙懸，寸腸九轉。嗟乎！所計在百年以後，公不忘滋蘭樹蕙之心。相逢在廿載以前，我或有入室升堂之望。」（同上）

周天麟

〔夢横塘〕　「藕花多處别開門」，白石句也。因念勺湖荷葉盛時，舊游如昨，寫寄遐思。

露盤擎豔，水佩含香，碧雲飛滿湖上。一舸輕攜，抵多少、鬧紅雙槳。倚笛邀涼，折箭消酒，那時吟賞。怕凌波不見，月墮銀塘，閒鷗鷺、成惆悵。　誰營水閣三楹，有朱闌壓水，羅袂曾傍。雨過香留，料未許、夕陽吹盪。看蘸影、青匳摇夢，恰稱風漪薦秋爽。待約詞仙，藕花多處，别開門相向。（《清詞綜補續編》卷十）

王鵬運

〔白石道人詞集跋〕　白石道人集，余所見凡四。汲古閣六十家詞本裒輯最略。洪氏及陸氏二本皆詩詞合刻。陸氏以陶南村寫本付梓，獨稱完善，即爲祠堂本所從出。辛巳歲首合刻《雙白詞》集，此詞即遵用陸本而去其鐃歌、琴曲，以意主刻詞，固非與陸異也。三月既望，刻工就竣，識其校勘之略如右。臨桂王鵬運書於四印齋。（《雙白詞》）

〔山中白雲詞跋〕　樂笑翁淵源家學，究心律吕，且值銅駝荆棘之時，弔古傷今，長歌當哭。《山中白雲詞》直與老仙方駕，論者謂詞之姜、張，詩之李、杜，不誣也。嘗欲合白石、白雲爲《雙白詞》之刻，顧《白石道人詞集》傳本尚夥，《山中白雲詞》雖一刻於龔翔麟，再刻於曹炳曾，皆迄未之見。客臘端木子疇年丈從金陵故人家，得鈔本二卷。……鈔本爲詞一百五十首。復廣爲搜輯，又得詞一百七首，爲補録二卷坿後，不知于足本何如，然視白石詞則三倍之矣。至訂譌補缺，當再覓全集校讎。特欲爲倚聲家先覩之快，故不辭疎漏，遽付剞劂云。辛巳寒食日，臨桂王鵬運吟臯識。（同上）

〔花外集跋〕　右玉笥山人《花外集》，一名《碧山樂府》，一卷。碧山詞頡頏雙白，揖讓二窗，實爲南宋之傑。……臨桂王鵬運識（《花外集》）

〔碎錦詞跋〕　李好古《碎錦詞》，……亦白石老仙之亞也。癸巳四月四日校畢記。是日沈陰欲雨始雷。半塘老人。（《碎錦詞》）

〔潛齋詞跋〕　儀真劉伯山序草窗詞，據草窗、白石與夢窗唱和年月，謂夢窗與草窗唱和時，其年當在八十上下；白石與夢窗唱和亦在七十以外。今巖叟此集有和邵清溪詞二闋，按巖叟咸淳乙丑進士第三人；邵清溪之生，據《蛾術詞選》考之，爲至大二年乙酉，《詞選》卷二和趙文敏詞自序云：生十四年而公薨。文敏之殁爲至正二年壬戌，逆而溯之，當生於是年。距乙丑已四十五年。巖叟生平無考，其《摸魚子》題云「和邵清溪自壽」，清溪，元作本不載，不知作於何年。《詞選》紀年之始爲後至元二年乙卯，是年清溪三十有一。自壽之詞即作於二十内外，而巖叟又弱齡登第，是年亦年逾大耋矣。厥後清溪亦年至九十有二。何詞人老壽之多耶？書之以備詞壇佳話。半塘老人校訖記。（《潛齋詞》）

張德瀛

〔詞與風詩意義相近〕　詞有與風詩意義相近者，自唐迄宋，前人鉅製，多寓微旨。如李太白「漢家陵闕」，兔䒾傷時也。……姜白石「淮左名都」，擊鼓怨暴也。……其它觸物牽緒，抽思入冥，漢、魏、齊、梁，託體而成。揆諸樂章，喁於緦聲，信淒心而咽魄，固難得而遍名矣。（《詞徵》卷一）

〔詞有内抱外抱二法〕詞有内抱外抱二法，内抱如姜堯章《齊天樂》「曲曲屏山，夜涼獨自甚情緒」是也。外抱如史梅谿《東風第一枝》「恐鳳鞾挑菜歸來，萬一灞橋相見」是也。元代以後，鮮有通此理者。（同上）

〔詞宜情景交鍊〕詞之訣曰情景交鍊。宋詞如李世英「一寸相思千萬緒，人間没箇安排處」，情語也。梅堯臣「落盡梨花春又了，滿地斜陽，翠色和煙老」，景語也。姜堯章「舊時月色，算幾番照我，梅邊吹笛」，景寄於情也。寇平叔「倚樓無語欲銷魂，長空黯淡連芳草」，情繫於景也。詞之爲道，其大旨固不出此。（同上）

〔和韻詞〕晁无咎《摸魚兒》、蘇子瞻《酹江月》、姜堯章《暗香》、《疏影》，此數詞後人和韻最夥。（同上）

〔孟家蟬〕《孟家蟬》九十七字，潘元質所創調也。朱彧《可談》云：「孟后衣服畫有雙蟬，目爲『孟家蟬』，識者謂蟬有禪意，久之竟廢。姜堯章詩「游人總戴孟家蟬」，張伯雨詞「玉梅金縷孟家蟬」，指此。（同上）

〔調名音近而異〕調名有因音近而異者，如《紅窗迥》之爲《虹窗影》，《握金釵》之爲《戛金釵》是矣。有因義同而異者，如《眼兒媚》之爲《秋波媚》，《夜行船》之爲《明月棹孤舟》是矣。有因所賦之詞而異者，如《暗香》、《疏影》之爲《紅情》、《緑意》是已。（同上）

〔詞律拾遺〕《詞律拾遺》一書，旁搜博採，捃摭綦備，卷七、卷八，訂正原書，亦多確論。然其中有應補而不補者，如韓淲《弄花雨》，姜夔《鶯聲繞紅樓》，無名氏《樓心月》，張翥《丹鳳吟》，張雨《茅山逢

故人》，此當列入補調。（同上）

〔二變音響〕　向來論二變者，咸定其秩次，辨其得失，鮮有及其音響。《白石道人歌曲》引唐田畸《聲律要訣》云：徵與二變之調，咸非流美，此又兼爲製詞者言之也。（同上卷二）

〔北字音叶〕　郭恕先佩觿云：巴蜀謂「北」曰「卜」。詩「自南自北，無思不服」，叶韻也。此恕先之臆説。三代時，「服」字與「璧」同音，不與「卜」叶。五代詞則有以「北」叶「促」者，若宋之黄竹齋、周美成、張于湖、韓東浦、周公謹、吴夢窗、姜堯章，其「北」字叶韻均作「卜」音。元李用章《洞仙歌》詞，更選甚南枝與北枝，「北」亦作平。考司馬相如賦，「東」「西」「南」「北」叶下來韻，古樂府《江南曲》「魚戲蓮葉北」，叶上西韻，「北」字之可作平，固不第詩餘然也。（同上卷三）

〔去上入作平〕　詞上入皆可作平，而入聲最夥。「獨」、「一」、「寂」、「不」、「碧」、「亦」等字固爲數見。它如張子野《踏莎行》「密意欲傳」，「欲」作「平」，……姜堯章《長亭怨慢》「日暮」，「日」作平。……（同上）

〔用韻借叶〕　詞用韻可借叶，姜堯章《長亭怨慢》以「此」叶「户」。宋人原有此體，惟不可藉口以寬其塗。明人不知叶韻之法，遂以姜詞「不會得，青青如此。日暮」爲一句。而國初人多宗之，或有改本文「此」字爲「許」字者。（同上）

〔前人喜用三十六字〕　前人詞多喜用「三十六」字。……姜堯章《惜紅衣》「三十六陂秋色」，用算博士語，皆有致。（同上）

〔補綴用字之法〕《詞品》載用字之法，所收太濫，苦無區别。愚謂虚字二字見張玉田《詞源》。宜詳，實義可略，因補綴之。有原書已具，而未條晰者，亦附列焉。原書徵述，闌入本朝人，並及句法，微覺弗慊，故闕之。

……

恁，方言，此也。姜堯章《月下笛》詞「自恁虚度」。

……

奈，即「無奈」省文也。姜堯章詞「奈愁裏怱怱换時節」。（同上）

〔自五代至明之詞集〕《白石道人歌曲》四卷，《别集》一卷，宋姜夔撰。江都陸氏本。歙縣江氏本。學海堂本。《白石詞》一卷，宋姜夔撰。毛斧季宋本。（同上卷四）

〔南宋數子感懷君國〕太史公文，疏蕩有奇氣；吴叔庠文，清拔有古氣。詞家推姜石帚、王聖與、張叔夏、周公謹足以當之。數子者感懷君國，所寄獨深。非以曼辭麗藻，傾炫心魂者比也。（同上卷五）

〔竹山與西麓〕神不全，軏之以思，竹山是已。韻不足，規之以格，西麓是已。讀石帚諸人所製乃知姑射仙姿，去人不遠，破觚爲圜，要分别觀之。（同上）

〔雙白石〕姜堯章、黄巖老同出於蕭千巖之門，皆號白石，時謂之雙白石。姜白石《歌曲》，至今傳之，若黄巖老，則幾不能舉其姓字焉。沈匏廬録成齋退休集答賦黄巖老投贈詩，欲存其人也。巖老時爲永豐宰，詩只一首。案：盧申之有《漁家傲》，壽白石先生詞，謂黄巖老也。（同上）

〔譚州紅〕梅之以色勝者，有譚州紅焉。張南軒長沙梅園二詩，美其嘉實，樂其敷腴，而不言其色。樓鑰謂當稱之爲紅江梅，以别於他種，其詩有云「夢入山房三十樹，何時醉倒看紅雲」，託興遠矣。詞則無逾姜白石《小重山》一闋。白石詞仙，固當有此温偉之筆。（同上）

〔白石誤引吴都賦〕　白石《琵琶仙》詞題，引《吴都賦》有「户藏煙浦，家具畫船」二語，今《吴都賦》無其辭。案李庾《西都賦》云：「方塘含春，曲沼澄秋，户閉煙浦，家藏畫舟。」或疑「吴」字乃「西」字之訛，然唐之西都，非吴地也，殆白石誤引耳。（同上）

〔馬塍〕　白石殁後，葬西馬塍，蘇石挽詩曰「幸是小紅方嫁了，不然啼損馬塍花」。考《夢粱録》云，錢塘門外東西馬塍，諸圃皆植怪松異檜，奇花巧果，多爲龍蟠鳳舞之狀，每日市於都城，此杭之馬塍也。唐陸魯望住淞陵，家近馬塍，諸藝花户在焉，是又吴郡之馬塍也。（同上）

〔清初三變〕　汪蛟門謂宋詞有三派，歐、晏正其始，秦、黄、周、柳、姜、史之徒極其盛，東坡、稼軒放乎其言之矣。愚謂本朝詞亦有三變。……（同上卷六）

陳廷焯

後人之感，感於文不若感於詩，感於詩不若感於詞。詩有韻，文無韻，詞可按節尋聲，詩不能盡被管絃。飛卿、端己，首發其端，周、秦、姜、史、張、王，曲竟其緒，而要皆發源於《風》《雅》，推本於《騷》《辯》，故其情長，其味永，其爲言也哀以思，其感人也深以婉。（《白雨齋詞話自序》）

唐、五代詞，不可及處正在沈鬱。宋詞不盡沈鬱，然如子野、少游、美成、白石、碧山、梅溪諸家，未有不

沈鬱者，即東坡、方回、稼軒、夢窗、玉田等，似不必盡以沈鬱勝，然其佳處，亦未有不沈鬱者。（《白雨齋詞話》卷一）

張子野詞，古今一大轉移也。前此則爲晏、歐，爲温、韋，體段雖具，聲色未開；後此則爲秦、柳，爲蘇、辛，爲美成、白石，發揚蹈厲，氣局一新，而古意漸失。（同上）

東坡詞寓意高遠，運筆空靈，措語忠厚，其獨至處，美成、白石亦不能到。（同上）

詞至美成，乃有大宗，前收蘇、秦之終，後開姜、史之始，自有詞人以來，不得不推爲巨擘。（同上）

美成《夜飛鵲》云：「何意重經前地，遺鈿不見，斜徑都迷。兔葵燕麥，向斜陽影與人齊。但徘徊班草，欷歔酹酒，極望天西。」哀怨而渾雅。白石《揚州慢》一闋，從此脱胎，超處或過之，而厚意微遜。（同上）

竹山詞，外强中乾。細看來，尚不及改之。竹垞《詞綜》推爲南宋一家，且謂其源出白石，欺人之論，吾未敢信。（同上）

姜堯章詞，清虚騷雅，每於伊鬱中饒蘊藉，清真之勁敵，南宋一大家也。夢窗、玉田諸人，未易接武。（同上卷二）

南渡以後，國勢日非，白石目擊心傷，多於詞中寄慨。不獨《暗香》、《疏影》二章，發二帝之幽憤，傷在位之無人也。特感慨多在虚處，無跡可尋，人自不察耳。感慨時事，發爲詩歌，便已力據上游。特不宜説破，只可用比興體，即比興中亦須含蓄不露，斯爲沈鬱，斯爲忠厚。若王子文之《西河》，曹西士之和作，陳經國之《沁園春》，方巨山之《滿江紅》、《水調歌頭》，李秋田之《賀新涼》等類，慷慨發越，終病淺顯。南宋詞人，感時傷事，纏綿温厚者無過碧山，次則白石。白石鬱處不及碧山，而清虛過之。（同上）

白石詞，以清虛爲體，而時有陰冷處，格調最高。沈伯時譏其生硬，不知白石者也。黄叔暘嘆爲美成所不及，亦漫爲可否者也。惟趙子固云：「白石詞家之申、韓也」，真刺骨語。（同上）

美成、白石，各有至處，不必過爲軒輊。頓挫之妙，理法之精，千古詞宗，自屬美成。而氣體之超妙，則白石獨有千古，美成亦不能至。（同上）

美成詞，於渾灝流轉中下字、用意，皆有法度；白石則如白雲在空，隨風變滅，所謂各有獨至處。（同上）

白石《揚州慢》（淳熙丙申至日過揚州）云：「自胡馬窺江去後，廢池喬木，猶厭言兵。漸黄昏，清角吹寒，都在空城。」數語寫兵燹後情景逼真，「猶厭言兵」四字，包括無限傷亂語。他人累千百言，亦無此韻味。（同上）

白石長調之妙，冠絶南宋。短章亦有不可及者，如《點絳唇》（丁未冬過吴淞作）一闋，通首只寫眼前景物，至結處云：「今何許。憑欄懷古。殘柳參差舞。」感時傷事，只用「今何許」三字提唱；「憑欄懷古」下僅以「殘柳」五字詠嘆了之，無窮哀感，都在虛處。令讀者弔古傷今，不能自止，洵推絶調。（同上）

白石《齊天樂》一闋，全篇皆寫怨情，獨後半云：「笑籬落呼燈，世間兒女。」以無知兒女之樂，反襯出有心人之苦，最爲入妙。用筆亦别有神味，難以言傳。（同上）

白石《湘月》云：「暗柳蕭蕭，飛星冉冉，夜久知秋冷。」寫夜景高絶。點綴之工，意味之永，他手亦不易到。（同上）

白石詞，如「無奈苕溪月，又喚我扁舟東下」，又「冷香飛上詩句」，又「高柳垂陰，老魚吹浪，留我花間住」等語，是開玉田一派，在白石集中只算雋句，尚非敻高之境。（同上）

白石《石湖仙》一闋，自是有感而作，詞亦超妙入神。惟「玉友金蕉，玉人金縷」八字，鄙俚纖俗，與通篇不類。正如賢人高士中著一傖父，愈覺俗不可耐。（同上）

白石《翠樓吟》（武昌安遠樓成）後半闋云：「此地宜有神仙，擁素雲黄鶴，與君游戲。玉梯凝望久，嘆芳草萋萋千里。天涯情味，仗酒祓清愁，花消英氣。」一縱一操，筆如游龍，意味深厚，是白石最高之作。此詞應有所刺，特不敢穿鑿求之。（同上）

彭駿孫云：「南宋詞人，如白石、梅溪、竹屋、夢窗、竹山諸家之中，當以史邦卿爲第一。昔人稱其分鑣清真，平睨方回，紛紛三變行輩，不足比數，非虚言也。」此論推揚太過，不當其實。三變行輩，信不足數，然同時如東坡、少游，豈梅溪所能壓倒？至以竹屋、竹山與之並列，是又淺視梅溪。大約南宋詞人，自以白石、碧山爲冠，梅溪次之，夢窗、玉田又次之，西麓又次之，草窗又次之，竹屋又次之，竹山雖不論可也。然則梅溪雖佳，亦何能超越白石，而與清真抗哉？（同上）

梅溪《東風第一枝》（立春）精妙處竟是清真高境。張玉田云：「不獨措詞精粹，又且見時節風物之感。」乃深知梅溪者。余嘗謂白石、梅溪，皆祖清真，白石化矣，梅溪或稍遜焉。然高者亦未嘗不化，如此

篇是也。（同上）

夢窗在南宋，自推大家，惟千古論夢窗者，多失之誣。尹惟曉云：「求詞於吾宋，前有清真，後有夢窗，此非予之言，四海之公言也。」爲此論者，不知置東坡、少游、方回、白石等於何地？（同上）

南宋詞家，白石、碧山，純乎純者也。梅溪、夢窗、玉田輩，大純而小疵，能雅不能虚，能清不能厚也。（同上）

詞法之密，無過清真。詞格之高，無過白石。詞味之厚，無過碧山。詞壇三絶也。（同上）

碧山《眉嫵》《高陽臺》《慶清朝》三篇，古今絶搆，……一片熱腸，無窮哀感，「《小雅》怨誹而不亂」，諸詞有焉。以視白石之《暗香》《疏影》，亦有過之無不及，詞至是亦蔑以加矣。（同上）

詞法莫密於清真，詞理莫深於少游，詞筆莫超於白石，詞品莫高於碧山，皆聖於詞者。而少游時有俚語，清真、白石間亦不免，至碧山乃一歸雅正。（同上）

張玉田詞，如並翦哀梨，爽豁心目，故誦之者多，至謂可與白石老仙相鼓吹（仇仁近語）。惟精警處多，沈厚處少，自是雅音，尚非白石之匹。（同上）

兩宋詞人，玉田多所議論，其所自著，亦可收南宋之終。沈厚微遜碧山，其高者頗有姜白石意趣，後遂鮮有知音矣。（同上）

遺山詞刻意爭奇求勝，亦有可觀。然縱横超越，既不能爲蘇、辛；騷雅清虚，復不能爲姜、史。（同上卷三）

元代尚曲，曲愈工而詞愈晦，周、秦、姜、史之風，不可復見矣。（同上）

仲舉《綺羅香》（雨中舟次洹上）云：「水閣雲窗，總是慣曾經處。曾信有客裏關河，又怎禁夜深風雨。」此則刻意爲白石，沖味微減，姿態卻饒。（同上）

國初多宗北宋，竹垞獨取南宋，分虎、符曾佐之，而風氣一變。然北宋、南宋，不可偏廢。南宋白石、梅溪、夢窗、碧山、玉田輩，固是高絶，北宋如東坡、少游、方回、美成諸公，亦豈易及耶？（同上）

其年《沁園春》最佳者，如《題徐渭文鍾山梅花圖》後半云：（略）情詞兼勝，骨韻都高，幾合蘇、辛、周、姜爲一手。（同上）

厲樊榭詞，幽香冷豔，如萬花谷中，雜以芳蘭，在國朝詞人中，可謂超然獨絶者矣。論者謂其沐浴於白石、梅溪（徐紫珊語），此亦皮相之見。大抵其年、錫鬯、太鴻三人，負其才力，皆欲於宋賢外別開天地，而不知宋賢範圍，必不可越。陳、朱固非正聲，樊榭亦屬別調。（同上卷四）

樊榭措詞最雅，學者循是以求深厚，則去姜、史不遠矣。（同上）

江橙里詞清遠而蘊藉，……只是不能深厚。蓋知學南宋，而不得其本原。（本原何在，沈鬱之謂也。不本諸《風》《騷》，焉得沈鬱？）國朝詞家，多犯此病。故驟覽之，居然姜、史復生，深求之，皆姜、史之糟粕。（同上）

惲子居《阮郎歸》（畫蝴蝶）六首，俱見新意。……不襲温、韋、姜、史之貌，而與之化矣。（同上）

千古詞宗，温、韋發其源，周、秦竟其緒，白石、碧山各出機杼，以開來學。嗣是六百餘年，鮮有知者。得茗柯一發其旨，而斯詣不滅。（同上卷五）

中白……又曰：「子知清真、白石矣，未知碧山也。悟得碧山，而後可以窮極高妙。」（同上）

李子薪（慎傳）嘗語余云：「莊希祖詞，窮極高深，竟難於位置，即置之清真、白石間，尚非其駐足處。」此真知蒿庵甘苦。（同上）

蒿庵《鳳凰臺上憶吹簫》云：（略）純是變化《風》、《騷》，温、韋幾非所屑就，尚何有於姜、史。（同上）

近人爲詞，習綺語者，託言温、韋，衍游詞者，貌爲姜、史，揚湖海者，倚於蘇、辛，近今之弊，實六百餘年來之通病也。（同上）

《蓮子居詞話》又云：「蘇、辛並稱，辛之於蘇，亦猶詩中山谷之視東坡也。東坡之大，與白石之高，殆不可以學而至。」此論尚有可採，惟以「大」目東坡，終不甚確。（同上）

《西青散記》載綃山女子雙卿詞十二闋。……皆忠厚纏綿，幽冷欲絶，而措詞則既非温、韋，亦不類周、秦、姜、史，是仙是鬼，莫能名其境矣。（同上）

《九張機》純自《小雅》、《離騷》變出，詞至是，已臻絶頂，雖美成、白石亦不能爲。（同上）

鍊字琢句，原屬詞中末技，然擇言貴雅，亦不可不慎。古人詞有竟體高妙，而一句小疵，致令通篇減色者。……又如姜白石《石湖仙》一闋，自是高境，而「玉友金蕉，玉人金縷」八字纖俗，固不能爲白石諱。（同上）

詩中不可作詞語，詞中不妨有詩語，而斷不可作一曲語。温、韋、姜、史復起，不能易我言也。（同上）

周、秦詞以理法勝，姜、張詞以骨韻勝，碧山詞以意境勝。要皆負絶世才，而又以沈鬱出之，所以卓絶千

古也。至陳、朱，則全以才氣勝矣。（同上卷六）

兩宋詞家，各有獨至處，流派雖分，本原則一。惟方外之葛長庚，閨中之李易安，别於周、秦、姜、史、蘇、辛外，獨樹一幟，而亦無害其爲佳，可謂難矣。然畢竟不及諸賢之深厚，終是託根淺也。（同上）

或問比與興之别，余曰：……所謂興者，意在筆先，神餘言外，極虚極活，極沈極鬱，若遠若近，可喻不可喻，反覆纏綿，都歸忠厚。求之兩宋，如東坡《水調歌頭》、《卜算子（雁）》，白石《暗香》、《疏影》，碧山《眉嫵（新月）》、《慶清朝（榴花）》、《高陽臺（殘月庭除一篇）》等篇，亦庶乎近之矣。（同上）

詞人好作精豔語，如左與言之「滴粉搓酥」，姜白石之「柳怯雲鬆」，李易安之「緑肥紅瘦」等類，造語雖工，然非大雅。（同上）

學周、秦、姜、史不成，尚無害爲雅正；學蘇、辛不成，則入於魔道矣。（同上）

雍、乾以還，詞人林立，如南薌、橙里輩，非無磨琢之工，而卒不能超然獨絶者，皆苦不知本原所在，故下不至如楊、郭之卑靡，上亦難窺姜、史之門户。後之爲詞者，不根柢於《風》、《騷》，僅於詞中求生活，又無陳、朱才力，縱極工巧，亦不過南薌、橙里之匹；則亦車載斗量，不可勝數矣，尚安足貴乎？（同上）

飛卿詞，大半託詞帷房，極其婉雅，而規模自覺宏遠。周、秦、蘇、辛、姜、史輩，雖姿態百變，亦不能越其範圍。本原所在，不容以形跡勝也。（同上卷七）

熟讀温、韋詞，則意境自厚；熟讀周、秦詞，則韻味自深；熟讀蘇、辛詞，則才氣自旺；熟讀姜、張詞，則

格調自高；熟讀碧山詞，則本原自正、規模自遠。本是以求風雅，何必遽讓古人。（同上）

東坡、稼軒、白石、玉田，高者易見；少游、美成、梅溪、碧山，高者難見。而少游、美成尤難見。美成意餘言外，而痕跡消融，人苦不能領略。（同上卷八）

聲名之顯晦，身分之高低，家數之大小，只問其精與不精，不係乎著作之多寡也。子建、淵明之詩，所傳不滿百首，然較之蘇、黄、白、陸之數千百首者，相越何止萬里。詞中如飛卿、端己、正中、子野、東坡、少游、白石、梅溪諸家，膾炙人口之詞，多不過二三十闋，少則十餘闋或數闋，自足雄峙千古，無與爲敵。（同上）

白石，仙品也；東坡，神品也，亦仙品也；夢窗，逸品也；玉田，雋品也；稼軒，豪品也；然皆不離於正，故與温、韋、周、秦、梅溪、碧山同一大雅，而無傲而不理之誚。後人徒恃聰明，不窮正始，終非至語。（同上）

唐宋名家，流派不同，本原則一。論其派别，大約温飛卿爲一體皇甫子奇、南唐二主附之，韋端己爲一體牛松卿附之，馮正中爲一體唐、五代諸詞人以暨北宋晏、歐、小山等附之，張子野爲一體，秦淮海爲一體柳詞高者附之，蘇東坡爲一體，賀方回爲一體毛澤民、晁具茨高者附之，周美成爲一體竹屋、草窗附之，辛稼軒爲一體張、陸、劉、蔣、陳、杜合者附之，姜白石爲一體，史梅溪爲一體，吴夢窗爲一體，王碧山爲一體黄公度、陳西麓附之，張玉田爲一體。其間惟飛卿、端己、正中、淮海、美成、梅溪、碧山七家殊途同歸，餘則各樹一幟，而皆不失其正，東坡、白石尤爲矯矯。（同上）

汪玉峰之序《詞綜》云：「言情者或失之俚，使事者或失之伉，鄱陽姜夔出，句琢字鍊（此四字甚淺陋，不知本原之言），歸於淳雅。於是史達祖、高觀國羽翼之。張輯、吴文英師之於前，趙以夫、蔣捷、周密、陳允衡、王沂孫、張炎、張翥效之於後。譬之於樂，舞箾至於九變，而詞之能事畢矣。」此論蓋阿附竹垞之意，而不知詞中源流正變也。竊謂白石一家，如閒雲野鶴，超然物外，未易學步。竹屋所造之境，不見高妙，烏能爲之羽翼？至梅溪則全祖清真，與白石分道揚鑣，判然兩途。東澤得詩法於白石，卻有似處，詞則取徑狹小，去白石甚遠。夢窗才情横逸，斟酌於周、秦、姜、史之外，自樹一幟，亦不專師白石也。虛齋樂府，較之小山、淮海，則嫌平淺，方之美成、梅溪，則嫌伉墜。似鬱不舒，亦是一病，絶非取徑於白石。竹山則全襲辛、劉之貌，而益以疏快，直率無味，與白石尤屬歧途。草窗、西麓兩家，則皆以清真爲宗，而草窗得其姿態，西麓得其意趣，草窗間有與白石相似處，而亦十難獲一。碧山則源出《風》、《騷》，兼採衆美，託體最高，與白石亦最異。至玉田乃全祖白石，面目雖變，託根有歸，可爲白石羽翼。仲舉則規模於南宋諸家，而意味漸失，亦非專師白石。總之，謂白石拔幟於周、秦之外，與之各有千古則可，謂南宋名家以迄仲舉，皆取法於白石，則吾不謂然也。（同上）

余擬輯二十九家詞選（附四十二家），約二十卷。……自温飛卿至馮延巳爲第一卷，歐陽永叔至張子野爲第二卷，蘇東坡至秦少游爲第三卷，賀方回至周美成爲第四卷，辛稼軒爲第五卷，姜白石至史梅溪爲第六卷，吴夢窗爲第七卷，陳西麓至周草窗爲第八卷，王碧山爲第九卷，張玉田至張仲舉爲第十卷，陳其年爲第十一卷、第十二卷、第十三卷，曹珂雪爲第十四卷，朱竹垞爲第十五卷、第十六卷，厲太鴻

爲第十七卷，史位存爲第十八卷，趙璞函爲第十九卷，而殿以張皋文、莊中白，爲第二十卷。詞中原委正變，約略具是。（同上）

白石《長亭怨慢》云：「閲人多矣，誰得似長亭樹。樹若有情時，不會得青青如此。」白石諸詞，惟此數語最沈痛追烈。此外如「最可惜一片江山，總付與啼鴂。」又「文章信美知何用，漫贏得天涯羈旅。」皆無此沈至。（同上）

「別母情懷，隨郎滋味，桃葉渡江時。」白石《少年游》戲平甫詞也。「隨郎滋味」四字，似不經心，而別有姿態。蓋全以神味勝，不在字句之間尋痕跡也。（同上）

白石、梅溪、碧山、玉田詞，修飾皆極工，而無損其真氣，何也？列子云：「有色者，有色色者。」如此可以言詞矣。（同上）

詞有表裏俱佳，文質適中者，温飛卿、秦少游、周美成、黄公度、姜白石、史梅溪、吴夢窗、陳西麓、王碧山、張玉田、莊中白是也，詞中之上乘也。有質過於文者，韋端己、馮正中、張子野、蘇東坡、賀方回、辛稼軒、張皋文是也，亦詞中之上乘也。有文過於質者，李後主、牛松卿、晏元獻、歐陽永叔、晏小山、柳耆卿、陳子高、高竹屋、周草窗、汪叔耕、李易安、張仲舉、曹珂雪、陳其年、朱竹垞、厲太鴻、過湘雲、史位存、趙璞函、蔣鹿潭是也，詞中之次乘也。（同上）

稼軒求勝於東坡，豪壯或過之，而遜其清超，遜其忠厚。玉田追蹤於白石，格調亦近之，而遜其空靈，遜其渾雅。故知東坡、白石，具有天授，非人力所可到。（同上）

讀白石、梅溪、碧山、玉田詞，如飲醇醪，清而不薄，厚而不滯。元以後詞，則清者失真味，濃者似火酒矣。言近旨遠，其味乃厚；節短韻長，其情乃深；遣詞雅而用意渾，其品乃高，其氣乃靜。（同上）

蔣竹山《賀新郎》云：（略）似此亦磊落可喜，竹山集中，便算最高之作。乃秀水必謂其效法白石，何異癡人説夢耶？（同上）

詩有詩境，詞有詞境，詩詞一理也。然有詩人所闢之境，詞人尚未見者，則以時代先後遠近不同之故。一則如淵明之詩，淡而彌永，樸而愈厚，極疏極冷，極平極正之中，自有一片熱腸，纏綿往復，此陶公所以獨有千古，無能爲繼也。求之於詞，未見有造此境者。……至謂白石似淵明，大晟似子美，則吾尚不謂然。（同上）

〔古今五家詞〕　古今詞人衆矣，余以爲聖於詞者有五家。北宋之賀方回、周美成，南宋之姜白石，國朝之朱竹垞、陳其年也。（《詞壇叢話》）

〔不能以繩尺律東坡〕　東坡詞獨樹一幟，妙絶古今，雖非正聲，然自是曲子内縛不住者。不獨耆卿、少游不及，即求之美成、白石，亦難以繩尺律之也。後人以繩尺律之，吾不知海上三山，彼亦能以丈尺計之否耶？（同上）

〔美成詞獨有千古〕　美成樂府，開闔動盪，獨有千古。南宋白石、梅溪，皆祖清真，而能出入變化者。（同上）

〔白石如詩中之淵明〕　詞中之有姜白石，猶詩中之有淵明也。琢句鍊字，歸於純雅。不獨冠絶南宋，

直欲度越千古。《清真集》後，首推白石。（同上）

〔白石爲詞中之仙〕　白石，詞中之仙也。惜其樂府五卷，今僅存二十餘闋。自國初已然，今更無論矣。當於各書肆中以及窮鄉僻壤，遍訪之。（同上）

〔玉田詞風流疏快〕　白石詞，如白雲在空，隨風變滅，獨有千古。同時史達祖、高觀國兩家，直欲與白石並驅，然終讓一步。他如張輯、吴文英、趙以夫、蔣捷、周密、陳允平、王沂孫諸家，各極其盛，然未有出白石之範圍者。惟玉田詞，風流疏快，視白石稍遜，當與梅溪、竹屋並峙千古。（同上）

〔小山改之自成大家〕　北宋之晏叔原，南宋之劉改之，一以韻勝，一以氣勝，别於清真、白石外，自成大家。（同上）

〔易安詞冠絶一時〕　李易安詞，風神氣格，冠絶一時，直欲與白石老仙相鼓吹。婦人能詞者，代有其人，未有如易安之空絶前後者。（同上）

〔仲舉取法白石〕　仲舉詞，亦是取法白石，屏去浮艷。不獨鍊字鍊句，且能鍊氣鍊骨。以云入室則未也，然亦升白石之堂矣。（同上）

〔仲舉後無嗣響〕　余每讀仲舉詞，一喜一哀。喜其深得白石之妙。哀者，哀此碩果不食。自仲舉後，三百餘年，渺無嗣響。使非國初諸老出，詞至此，不亦亡乎？然則仲舉之詞，雖在竹屋、梅溪、白石諸老下，而讀仲舉詞者，竟作竹屋、梅溪、白石、玉田觀可也。（同上）

〔竹垞詞源出白石〕　朱竹垞詞，艷而不浮，疏而不流，工麗芊綿中而筆墨飛舞，其源亦出自白石，而絶不相似。蓋白石之妙，正如大江無風，波濤自湧。竹垞之妙，其詠物諸作，則杯水可以作波濤，一簣可以成泰山。其感懷諸作，意之所到，筆即隨之。筆之所到，信手拈來，都成異彩。是又泰山不辭土壤，河海不擇細流也。與白石並峙千古，豈有愧哉！（同上）

〔其年才大如海〕　其年才大如海，其於倚聲，視美成、白石，直若路人；東坡、稼軒，不過借徑。獨開門徑，別具旗鼓，足以光掩前人，不顧後世。（同上）

〔詞壇五家之長〕　賀方回之韻致，周美成之法度，姜白石之清虛，朱竹垞之氣骨，陳其年之博大，皆詞壇中不可無一，不能有二者。（同上）

〔詞調本詞綜例〕　四聲二十八調，各有其倫。柳屯田《樂章集》，有同一曲名，字數長短不齊，分入各調者。姜白石《湘月》詞，注云：此「《念奴嬌》之鬲指聲也」。則曲同字數同。而《湘月》、《念奴嬌》調實不同，合之爲一非矣。詞因有一曲而各異其名者。（同上）

〔大雅集序〕　太白詩云：「大雅久不作，吾衰竟誰陳。」然詩教雖衰，而談詩者猶得所祖祢；詞至兩宋而後，幾成絶響。古之爲詞者，志有所屬而故鬱其辭，情有所感而或隱其義，而要皆本諸風騷，歸於忠厚。自新聲競作，懷才之士皆不免爲風氣所囿，務取悦人，不復求本原所在。迦陵以豪放爲蘇、辛而失其沈鬱，竹垞以清和爲姜、史而昧厥旨歸，下此者更無論矣。無往不復，皋文溯其源，蒿庵引其緒，兩宋宗風一燈不滅。斯編之録猶是志也。録《大雅集》。丹徒亦峰陳廷焯識。（《詞則·大雅集》卷首）

周邦彦

〔齊天樂〕（詞，略）

（眉批）蒼涼沉鬱，開白石、碧山一派也。（同上卷二）

〔夜飛鵲〕（詞，略）

（眉批）哀怨而渾雅，白石《揚州慢》一闋從此脱出。（同上）

姜　夔字堯章，鄱陽人，流寓吴興，有《白石詞》五卷。

（眉批）白石詞清虚騷雅，前無古人，後無來者，真詞中之聖也。

〔一萼紅人日登長沙定王臺〕（詞，略）

（眉批）只三語（指詞中「野老林泉，故王臺榭，呼喚登臨」三句——編者）勝人弔古千百言。（同上卷三）

〔探春慢過雪溪别鄭次臯諸君〕（詞，略）

（眉批）一幅歲暮旅行處圖。　○詞意超妙，正如野鶴閒雲，去來無跡。（同上）

〔揚州慢淳熙丙申至日過揚州〕（詞，略）

（眉批）起數語意不深而措詞妙，愈味愈出。「自胡馬窺江」數語，寫兵燹後情景逼真，他人累千百言總無此韻味。「猶厭言兵」四字沈痛，包括無限傷亂語。（同上）

〔點絳脣丁未冬過吴淞作〕（詞，略）

(眉批)字字清虛,無一筆犯實。只摹歎眼前景物,而令讀者弔古傷今不欲自止,真絶調也。○「今何許」三字,提唱「憑欄懷古」下只以「殘柳」五字詠歎了之,神韻無盡。(同上)

〔暗香石湖詠梅〕(詞,略)

(眉批)二章脱盡恒蹊,永爲千年絶調。(同上)

〔疏影前題〕(詞,略)

(眉批)上章已極精妙,此更運用故事設色煊染,而一往情深,了無痕跡。既清虛,又腴鍊,直是壓徧千古。(同上)

〔長亭怨慢〕(詞,略)

(眉批)哀怨無端,無中生有,海枯石爛之情。○纏綿沉着。(同上)

〔齊天樂蟋蟀〕(詞,略)

(眉批)此詞精絶。一直説去,其中自有頓挫起伏,正如大江無風,波濤自湧,前無古,後無今。○「籬落」二句,平常意,一經點綴,便覺神味淵永,其妙真令人不可思議。(同上)

〔念奴嬌荷花〕(詞,略)

(眉批)好句欲仙。○鍊意鍊詞歸於純雅。(同上)

〔琵琶仙吴興〕(詞,略)

(眉批)似周、秦筆墨而氣格俊上。○「前事休説」四字咽住,藏得許多情事在内。(同上)

〔翠樓吟武昌安遠樓成〕（詞，略）

（眉批）起便警策。○一縱一掭，筆如游龍。（同上）

〔霓裳中序第一留長沙〕（詞，略）

（眉批）骨韻俱古。（同上）

〔法曲獻仙音張彥遠官舍〕（詞，略）

（眉批）白石詞有以一二虛字唱歎、韻味俱出者，雖非最上乘，亦是靈境。篇中如「奈」字、「屢」字及「誰念我」、「甚而今」、「怕平生」等字，俱極有意思，他可類推。（同上）

〔石湖仙寄石湖處士〕（詞，略）

（眉批）言外者多少惋惜。○「金」、「玉」字對舉，未免纖俗。（同上）

〔玲瓏四犯越中歲暮〕（詞，略）

（眉批）音調蒼涼。白石諸闋，惟此篇詞最激，意亦最顯。蓋亦身世之感，有情不容已者。（同上）

〔清波引梅〕（詞，略）

（眉批）白石諸詞，鄉心最切，身世之感當於言外領會。（同上）

〔八歸湖中送胡德華〕（詞，略）

（眉批）氣骨雄蒼，詞意哀婉。（同上）

高觀國

〔賀新郎梅〕（詞，略）

（眉批）白石《暗香》、《疏影》詞已成絶調，除碧山外，後無人能爲繼。此作於旁面取勢，思深意遠，亦可謂工於煊染矣。但冲厚之味不及白石、碧山遠甚。「想見那」三字，粗。○姿態横生，目無餘子。（同上）

史達祖

〔東風第一枝立春〕（詞，略）

（眉批）精細處直與清真、白石並驅。○白石、梅溪皆祖清真，白石化矣，梅溪或稍遜焉。然高者亦未嘗不化，如此篇是也。（同上）

〔齊天樂湖上即席分韻得羽字〕（詞，略）

（眉批）鍊字鍊句，昔人謂梅溪詞「融情景於一家，會句意於兩得」，信不誣也。（同上）

陳允平

〔百字令斷橋殘雪〕（詞，略）

（眉批）幽秀而清超，頗近白石。（同上）

周　密

〔一萼紅登蓬萊閣有感〕（詞，略）

（眉批）蒼茫感慨，情見乎詞。雖使清真、白石爲之，亦無以過。當爲草窗集中壓卷。○悲憤。（同上）

王沂孫

〔南浦春水〕（詞，略）

（眉批）南宋詞家，白石、碧山純乎純者也；梅溪、夢窗、玉田輩大純而小疵，能雅不能虚，能清不能厚也。（同上卷四）

〔水龍吟海棠〕（詞，略）

（眉批）清真、白石間有疵累語，至碧山乃一歸純正，善學者首當服膺勿失。（同上）

〔慶新朝榴花〕（詞，略）

（眉批）美成、少游，詞壇領袖也。所可議者，時有俚語耳。白石亦間有此病。故大雅一席終讓碧山。（同上）

〔高陽臺〕（詞，略）

（眉批）無限哀怨，一片熱腸，反復低徊，不能自已。以視白石之《暗香》、《疏影》亦有過之無不及，詞至是乃蔑以加矣。○詞有碧山而詞乃尊，以其品高也。古今不可無一，不可有二。○詞法莫密於清真，詞理莫深於少游，詞筆莫超於白石，詞品莫高於碧山，皆聖於詞者。（同上）

張　炎

〔南浦春水〕（詞，略）

（眉批）玉田詞感時傷事與碧山同一機軸，沈厚微遜碧山。其高者頗有姜白石意趣。（同上）

〔湘月〕（詞，略）

（眉批）胸襟高曠，氣象超逸，可與白石把臂入林。（同上）

〔臺城路送周方山之吴〕（詞，略）

（眉批）字字洗鍊而無斧鑿痕，此白石之妙也。（同上）

〔臺城路寄太白山人陳文卿〕（詞，略）

（眉批）疎狂閒雅，真可與白石老仙相鼓吹。（同上）

〔掃花游賦高疏寮東墅園〕（詞，略）

（眉批）風骨高騫，文采疎朗，直入白石之室矣。（同上）

無名氏

〔緑意荷葉〕（詞，略）

（眉批）九張機純是騷雅變相，詞至是已臻絶頂，雖美成、白石亦不能爲也。（同上）

元詞

（眉批）詞至於元，力衰氣靡，周、秦、姜、史之風不復見矣。（同上）

張翥

（眉批）元詞日就衰靡，愈趨愈下。張仲舉規模姜、史，爲一代正聲，高者在草窗、西麓之間，而真氣稍遜。（同上）

〔綺羅香雨中舟次洹上〕（詞，略）

（眉批）刻意爲白石，沖味微減，姿態卻饒。（同上）

厲鶚

（眉批）樊榭詞幽香冷豔，如萬花谷中雜以芳蘭，在國朝詞人中别樹一幟，可謂超然獨絶者矣。徐紫珊謂其沐浴於白石、梅溪，此亦皮相之見。大抵迦陵、竹垞、樊榭三人負其才力，皆欲於宋賢外別開天地，而不知宋賢範圍必不可越。陳、朱固非正聲，樊榭亦屬别調。○樊榭措詞最雅，學者循是以求深厚，則去姜、史不遠矣。（同上卷五）

〔念奴嬌〕（孤舟入畫）（詞，略）

（眉批）此詞佳句絶多，造語之妙亦近似白石、玉田矣。（同上）

史承謙

〔一萼紅桃花夫人廟〕（詞，略）

（眉批）清虚騷雅，較白石「野老林泉」三句亦不多讓。（同上卷六）

莊　棫

（眉批）千古詞宗，温、韋發其源，周、秦竟其緒，白石、碧山各出機杼以開來學。嗣是六百餘年鮮有知者。得茗柯一發其旨，而詞以不滅。（同上）

〔鳳凰臺上憶吹簫〕（詞，略）

（眉批）幽絶，深絶，純是風騷變相。温、韋幾非所屑就，尚何有於姜、史？（同上）

陳維崧

〔念奴嬌讀顧庵先生新詞兼酬贈什，即次原韻〕　老顛欲裂，看盤空硬句，蒼然十幅。誰拍袁綯鋏綽板，洗淨琵琶場屋。擊物無聲，殺人如草，筆掃毵毫秃。較量詞品，稼軒白石山谷。　記得戲馬長楊，割鮮下杜，天笑温堪掬。玉靶角弓雲外響，捎動離宮花木。銀河烏飛，銅池鯨舞，月照孤臣獨。江潭遺老，一聲寒噴霜竹。（《詞則·放歌集》卷四）

〔沁園春題徐渭文鍾山梅花圖，同雲臣南耕京少賦〕（詞，略）

（眉批）情詞兼勝，骨韻都高，合周、秦、蘇、辛、姜、王爲一手。（同上卷五）

〔别調集序〕　人情不能無所寄，而又不能使天下同出一途。大雅不多見，而繁聲於是乎作矣。猛起奮末，誠蘇、辛之罪人；盡色逞妍，亦周、姜之變調。外此則嘯傲風月，歌詠江山，規橅物類，情有感而不深，義有託而不理，直抒所事而比興之義亡，侈陳其感而怨慕之情失，辭極其工，意極其巧，而不可語於大雅，而亦不能盡廢也。録《别調集》。丹徒亦峰陳廷焯識。（《詞則·别調集》卷首）

姜　夔

〔隔溪梅令探梅〕（詞，略）

（眉批）節短音長，醖釀可喜。（同上·《别調集》卷二）

〔驀山溪題錢氏溪月〕（詞，略）

（眉批）高朗。（同上）

張　炎

〔月下笛〕（萬里孤雲）（詞，略）

（眉批）骨韻俱高，詞意兼勝，白石老仙之後勁也。（同上）

李良年

〔綺羅香桃源曉行同分虎賦〕（詞，略）

（眉批）句法字法俱從白石、玉田得來。（同上卷四）

江　昉

〔羅波塘蘋花〕（詞，略）

（眉批）鍊字鍊句歸於純雅，姜、史化境也。（同上卷五）

史承謙

〔探芳訊〕（詞，略）

（眉批）幽情逸韻，神明乎姜、史。（同上）

吴省欽

〔珍珠簾〕石湖爲白石老仙游衍地也。秋夜泊舟有感而作。（詞，略）

（眉批）此詞筆意亦雅近石帚。○清虚騷雅，居然作手。（同上）

吴錫麒

〔臺城路南湖感舊〕（詞，略）

（眉批）落筆清超閑雅，得白石意趣。（同上）

姜夔

〔解連環〕（詞，略）

（眉批）寫離别情事，妙在起四字已將題説完，卻以「沈吟」二字起下，以「爲」字爲一篇總領，明所以

「沈吟」之故。用筆矯變莫測。〇「柳怯雲鬆」四字精絶，左與言滴粉搓酥不足道矣。（《詞則・閑情集》卷二）

〔少年游戲平甫〕（詞，略）

（眉批）綺語自白石出之亦自閑雅，具有仙筆。（同上）

〔百宜嬌戲仲遠〕（詞，略）

（眉批）言情微至。（同上）

〔雲韶集序〕……詞也者，所以補詩之闕，而非詩之餘也。有唐一代，太白、子同首開其體，繼之白、温踵事增華。至五代而規模益備。至兩宋乃集其大成。北宋方回、美成，各有千古；南宋自鄱陽白石出，竹屋、梅溪、夢窗、草窗、西麓、竹山、碧山、玉田諸家，起而羽翼之，出《風》入《雅》，詞至是蔑以加矣。……歲在同治十三年秋八月仲浣，丹徒亦峰陳世焜自序於天臺客舍。（《白雨齋詞話足本校注》附録二）

〔宋詞〕北宋晏、歐、王、范諸家，規模前輩，益以才思。東坡出，而縱横排宕，掃盡纖浮。山谷崛强盤屈，另開生面。張、晁則摇曳生姿，才不大而情勝。秦、柳則風流秀曼，骨不高而詞勝。自方回出，獨闢機杼，盡掩古人。自美成出，開闔動蕩，骨格清高，如羲之之書，伯玉之詩，永宜獨步千古。詞至北宋，亦云盛矣。然猶未極其變也。南宋而後，稼軒如健鶻摩天，爲詞壇第一開闢手。劉、陸兩家效之，雖非正格，而飛揚跋扈，直欲推倒古今。於是鄱陽姜白石出，煉骨煉格，煉字煉句，歸於醇雅，而詞品至是乃有大宗。史、高出而和之，張、吴、趙、蔣、周、陳、王、石諸家師之。自張叔夏出，斟酌古今，詞品愈純，大致亦不外白石詞體。詞至南宋，正如詩至盛唐，嗚呼，至矣！北宋詞極其高，南宋詞極其變。兩宋作者，斷以清真、白石爲宗。（《雲韶集》卷二）（同上）

〔元詞〕詞莫盛於兩宋，至有明一代而風雅掃地矣。然明詞之失，誰作之俑？論古者不得不歸咎於元代。作者如程巨夫、趙子昂輩，猶是宋音。後則漸新漸豔，風格不逮。虞伯生一代作手，惜所作寥寥，不足振弊。張仲舉出，直追南宋，遠祖清真，取法白石，爲一代之冠。後人論詞，並稱宋、元者，賴仲舉一人耳。（《雲韶集》卷十二）（同上）

〔植庵集序〕光緒乙亥仲夏，始識李君子薪於海陵。……嗚呼，以君之識，充君之學，固足推本乎《風》、《騷》，而方駕乎姜、史。天奪君速，致以泉源萬斛之才，僅得寥寥數闋，散見於零編斷簡中，而又非君之止境也。（同上）

張祥齡

〔詞變體格〕周清真，詩家之李東川也。姜堯章，杜少陵也。吴夢窗，李玉谿也。張玉田，白香山也。詩至唐末，風氣盡矣，詞家起而爭之；如文至齊、梁，風氣盡矣，古文家起而爭之。爭之者何也？非謂文至六朝，詩至五代，無文與詩也，豪傑於兹，踵而爲之，不過仍六朝、五代，故變其體格，獨絶千古，此文人狡獪也。詞至白石，疏宕極矣。夢窗輩起，以密麗爭之。至夢窗而密麗又盡矣，白雲以疏宕爭之。三王之道若循環，皆圖自樹之方，非有優劣。（《詞論》）

〔文章風氣不同〕　文章風氣，如四序遷移，莫知爲而爲，故謂之運。左春右秋，冰蟲之見，生今反古，是冬箑夏爐，烏乎能？安序順天，愚者一得。昌黎起八代之衰，亦運使然。南唐二主，馮延巳之屬，固爲詞家宗主，然是勾萌，枝葉未備。小山、耆卿，而春矣。清真、白石，而夏矣。夢窗、碧山，已秋矣。至白雲，萬寶告成，無可推徙，元故以曲繼之。此天運之終也。（同上）

〔詞尚氣骨〕　龍川《水調歌頭》云：「堯之都，舜之壤，禹之封。於今應有一個半個恥和戎。」《念奴嬌》云：「今笑王謝諸人，登高懷遠，也學英雄涕。」世謂此等洗金釵鈿盒之塵，不知洗之者在氣骨，非在選字。周、姜綺語，不患大家。若以叫囂粗獷爲正雅，則未之聞。（同上）

〔瘦碧詞序〕　……予友瘦碧以無累之神，合有道之器，聰侔師曠之審鍾，技匹鄒衍之變律，……故所纂述，一言之成，七寶之美也。……若夫選義徵事，尚乎靈虛。昔東阿葛天平原葵足改事失真，貽譏東箎。詞則造文敷意，簡乎義要。庾郎未撰愁賦，何遜安忘詞筆，蛾緑隱託壽陽，胡沙暗襲子美，言麗則曰文君，頌才則援司馬，跡其運化，若水生冰，……如集中《齊天樂》、《一萼紅》諸作是也。……至若豔情夭灼，詭意譁褻，穠李生嫌，……以兹競妍，未之前聞。……君則組織酌雅，瑑彫秉閑，寄閑情於微瑕，託襲芳於騷佩，匪飾羽之畫，亦後素之繢爾。故夢窗騁其密，叔夏揚其逸，克清振其肆，碧山扢其麗，瘦碧敵其華，兼善則白石、片玉，偏美則竹屋、梅溪。若孔門而用詞，則姜夔升堂，清真入室，君特、張炎童冠之數，君與數子且高揖於尊俎之間矣。戊子冬漢州張祥齡譔。（《瘦碧詞》卷首）

王樹榮

〔重刊瘦碧詞跋〕　宋人作詞，先製宫譜，乃按譜填詞，故謂之倚聲。姜堯章喜自製曲，初率意爲長短句，然後協以律，或以舊調之虚譜無辭者品絃譯成之。後人不諳律吕，僅取前人成作依樣爲之，此易安居士所謂句讀不葺之詩耳。北海鄭叔問先生擅詞學，耳其名久矣，因江君竹圃爲介，得讀大著，微特運筆選言直造白石之室，即小序亦幾與抗手，有清三百年來推爲詞壇老斲輪手，非虚譽也。……先生於詞於聲殆由天得，即白石自製曲旁記音拍薪傳久失，皆能以意通之，洵可謂懸解之士矣。（《瘦碧詞》）

王僧保

〔論詞絶句〕　縹渺孤雲漾太清，定知久雪淨聰明。淒涼一曲長亭怨，擅絶千秋白石名。（《選巷叢譚》卷二）

李傳元

〔奉題漚尹前輩同年校詞圖〕　漚公家湖壖，湖濡無公跡。汗漫南北游，窮探山水崛。……調搜荆溪遺，色補堯章闕。富逾六十家，覈勝江湖集。……著紙情憤惋，被管聲清越。詞成付小紅，低唱寄愁

絶。(《彊村校詞圖題詠》)

李佳

〔柳周解律〕　詞家昉於宋代,然只柳屯田、周美成爲解音律,其詞猶未盡工。姜白石、吴夢窗諸人,尚爲未解音律,而頗多佳作。以是知詞非樂工所能。(《左庵詞話》卷上)

〔詞以意趣爲主〕　詞以意趣爲主。意趣不高不雅,雖字句工顯,無足尚也。意能迴不猶人最佳。東坡詞最有新意,白石詞最有雅意。(同上)

〔白石詞〕　白石筆致騷雅,非他人所及,最多佳作。石湖詠梅二詞,尤爲空前絶後,獨有千古。《暗香》云:(略)《疏影》云:(略)清虚婉約,用典亦復不涉呆相。風雅如此,老倩小紅低唱,吹簫和之,洵無愧色。(同上)

〔詞忌落腔〕　詞之爲道,最忌落腔,落腔即所謂落韻也。姜白石云:十二宫住字不同,不容相犯。(同上)

〔楊纘論詞〕　楊纘有《作詞五要》,第四云:要隨律押韻,如越詞《水龍吟》、商調《二郎神》,皆合用平入聲韻。古詞俱押去聲,所以轉摺怪異,成不祥之音也。詞之用韻,平仄兩途,而有可以押平韻,又可以押仄韻者,正自不少。其所謂仄乃入聲也。……《滿江紅》有入南吕宫,有入仙吕宫。入南吕宫者,即白石所改平韻之體,而要其本用入聲,故可改也。(同上)

〔借音〕　有借音數字，宋人習用之。如……姜白石《疏影》：「但暗憶江南江北。」「北」字叶逋沃切。……此類略舉數家，已見一斑。（同上）

〔張雨珊詞〕　長沙張雨珊觀詧祖同，工詞，精音律。所著《湘雨樓集》，希蹤白石，抗手玉田。《水龍吟·游絲》云：「小闌花韻晴初，悠揚上下隨風轉。略無頭緒，渾無氣力，漾成淒眷。網斷憐蛛，依殘補蝶，縷斜迎燕。只玉人心上，絲絲牢繫，等閒是、愁難剪。　休説游蹤已倦。尚纏綿、寶釵低顫。撩將畫鬢，拈凭纖指，誤他雙眼。香篆縈縈，梁塵輕度，簾陰微見。算青春此際，千般蕩冶，在斜陽院。」（同上）

〔杜仲丹詞〕　巴陵杜仲丹同年貴墀，經術湛深，而頗工倚聲。張雨珊題其《桐華閣詞》云：「鏤雲斲月。」運心白石老仙，螺洲王先生嘆爲不及。（同上）

〔側犯〕　《側犯》調，《詞律》收千里和清真之作，謂煞尾「愁聽落葉轆轤金井」句，「聽」字是韻，而以清真詞爲傳誤。蓋因前段有「風定波靜」，皆二句爲叶。後段當從同。今讀白石此詞，此句無韻。且玩清真詞，語意非訛，而千里「愁聽」二字，語氣未足。劉光珊謂詞有雙拽頭之格，前之二字句，連下八字，兩處吻合，正雙拽頭也。（同上卷下）

〔白石詞〕　姜白石《玉梅令》，下闋：「公來領客，梅花能勸。花長好，願公更健。便揉春爲酒，剪雪作新詩，拚一日、繞花千轉。」詞中寓祝壽意，寫來卻見語妙意新，與俗手固自不同。（同上）

〔警句〕　詞家有作，往往未能竟體無疵。每首中，要亦不乏警句，摘而出之，遂覺片羽可珍。如……姜

白石云：「波心蕩、冷月無聲。」又云：「冷香飛上詩句。」(同上)

〔屬對〕詞中屬對，亦有求工者。如田不伐「小雨分山，斷雲籠月」，……白石「虛閣籠寒，小簾通月」，……梅溪「做冷欺花，將煙困柳」，白石「池面冰膠，牆腰雪老」，……皆經鍛煉而出，然亦不可十分吃力。(同上)

〔用事最難〕詞中用事最難，要體認箸題，融化不澁。如東坡《定風波》：「破帽多情卻戀頭。」用龍山落帽事。《永遇樂》云：「燕子樓空，佳人何在，空鎖樓中燕。」用張建封事。白石《疏影》云：「猶記深宮舊事，那人正睡裏，飛近蛾緑。」用壽陽事。又云：「昭君不慣胡沙遠，但暗憶、江南江北。想佩環月夜歸來，化作此花幽獨。」用少陵詩。皆用事不爲事所使，自不落呆相。(同上)

五　清末民國

馮煦

〔論六朝詩絶句仿元遺山體〕　垂虹亭子笛綿綿，吸露餐風解蜕蟬。洗盡人間煙火氣，更無人是石湖仙。姜白石（《蒿庵類稿》卷七）

七寶樓臺迴不殊，周姜而外此華腴。雁聲都在斜陽許，餘子紛紛道得無。吴夢窗（同上）

〔和珠玉詞序〕　或曰：詞，衰世之作也。今莫盛於唐季，慢莫甚於宋季。衰乎？否乎？是説也，蒙嘗疑之。宋之爲慢詞者，美成首出，姜、張而極。片玉所甄，率在大觀政和間，北宋之季也。白石、玉田，連蹇不偶，黍離之歌，橘頌之章，比比有之，南宋之季也。慢爲衰世之作，殆有徵耶？小令則不然，温、韋之深隱，南唐二主之淒咽，亦云衰矣，然而太白、樂天實其初祖，開、天、元、長世雖多故，衰猶未也。……（同上卷十六）

〔王子登詞序〕　……子登之詞，婉約而不靡，清雋而不剽，在頻伽、蓉裳之間。不幸早死，存者十數闋耳。令子登不死，充其所至，則孕周育秦含姜吐張必有能自致於古者。（同上）

〔陳秋崖先生蓮海盟鷗圖序〕　秋崖一丈鴻冥天羃，蟬蜕世網。……（所繪蓮海盟鷗圖）紅衣泥水，爲

尋許渾前游；翠葉吹涼，解和姜夔俊句。（同上）

曾純甫賦進《御月》詞，其自記云：「是夜西興，亦聞天樂。」子晉遂謂天神，亦不以人廢言。不知宋人每好自神，有説：白石道人尚欲以巢湖風駛，歸功於《平調滿江紅》；於海野何譏焉？《獨醒雜志》謂邏卒聞張建封廟中鬼，歌東坡燕子樓樂章，則又出他人之傅會，益無徵已。（《蒿庵論詞》）

白石爲南渡一人，千秋論定，無俟揚榷。《樂府指迷》獨稱其《暗香》、《疏影》、《揚州慢》、《一萼紅》、《琵琶仙》、《探春慢》、《淡黄柳》等曲，《詞品》則以詠蟋蟀《齊天樂》一闋爲最勝。其實，石帚所作，超脱蹊逕，天籟人力，兩臻絶頂，筆之所至，神韻俱到，非如樂笑、二窗輩，可以奇對警句相與標目，又何事於諸調中强分軒輊也？孤雲野飛，去留無跡，彼讀姜詞者，必欲求下手處，則先自俗處能雅，滑處能澀始。（同上）

陳造序高賓王詞，謂竹屋、梅溪，要是不經人道語。玉田亦以兩家與白石、夢窗並稱。由觀園與達祖相唱和，故援與相比。平心論之，竹屋精實有餘，超逸不足，以梅溪較之，究未能旗鼓相當。（同上）

子晉之於竹山，深爲推挹，謂其有《世説》之靡，六朝之隃，且比之二李、二晏、美成、堯章。《提要》亦云：「練字精深，調音諧暢，爲倚聲家之矩矱。」然其全集中，實多有可議者，如《沁園春》「老子平生」二闋，《念奴嬌》「壽薛稼翁」一闋，《滿江紅》「一掬鄉心」一闋，《解佩令》「春晴也好」一闋，《賀新郎》「甚矣吾狂矣」一闋，皆詞旨鄙俚，匪惟李、晏、周、姜所不屑爲，即屬稼軒，亦下乘也。（同上）

《四庫總目》盛推毛氏考證鳌訂之功。觀所記跋，知於辨譌糾繆，所得已多；然字句之間，頗有尚待商權者，爰以見存選録，校刊各本，一一讎對，凡義得兩通者，一仍毛本之舊，其有顯然舛失，則從別本改正。……若片玉、梅溪、白石、夢窗諸家，則率從近世戈氏杜氏校訂之本，亦即用戈選宋七家例，不復指明所出，以省繁重；惟於原刻可通而他本異文足資參酌者，則旁注篇中，以質大雅。見聞僻陋，藏本尤尠，罣一漏萬，知難免爾。（同上）

繆荃孫

〔宋元詞四十家序〕 ……吾友王子祐遐明月入抱，惠風在襟，孕幽想於流黄，激涼吹於空碧，古懷落落，雅不類於虎賁，綺語玲玲，媟不墮於馬腹。曾偕端木子疇、許君鶴巢、況君夔笙刻《薇省聯吟詞》，固已裁雲製霞，天工儷巧，刻葩斲卉，神匠自操矣。其論南宋詞人，姜、張並舉。《暗香》《疏影》，石帚以堅潔自矜；《緑意》《紅情》，春水以清空流譽，洵足藥粗豪之病，滌妖蕩之疵。於是有《雙白詞》之刻。（《藝風堂文集》卷五）

樊增祥

〔東溪草堂詞選自序〕 序曰：陽湖張皋文先生録唐、宋人詞一百十六首，曰《詞選》。其外孫董毅續之，復得百二十二首。……今張氏不薄蘇、辛，而係夢窗於黄、柳之次，論其甄藻，豈可謂平？又，醇雅如清真，清峭如白石，其所甄録不過數闋，梅溪、玉田僅嘗一臠，顧於希真《樵歌》亟登五百首，論其去取，豈可謂公？……高、孝以來，詞流蓋夥夥，惟白石實長齊盟。於是，史邦卿、吴君特羽翼於前，王聖與、張叔夏標映於後。此五君者，譬諸渥洼美駟，荆野明瑶，詞學一日不湮，斯人亦一日不没。邦卿昵於韓氏，清議所羞，要其纂組麗密，宫羽猶斐，不以人廢，斯之謂歟？君特以醲粹之姿，發瑶環之想，萬花共采，五鯖合臠，「七寶樓臺」之喻，殆樂笑翁之過言乎？碧山感物之詠，上薄騷經；玉田託興之辭，義均宋賦：擬諸石帚，具體而微。其他盧中之、高賓王、蔣勝欲、周公謹之屬，亦能各引一端，同聲相應，洵長城外之偏師，廊廡中之高弟矣。綜而論之，聲音感人、回腸蕩氣以李重光爲君，演繹和暢、麗而有則以周美成爲極，清勁有骨、淡雅居宗以姜堯章爲最。至於長短皆宜、高下應節亦終無過於美成者。……戊寅五月初九日恩施樊增祥。（《樊山全集》正集卷二十三）

〔譚仲修填詞圖序〕　若夫兩版衡門，數椽水屋，藝荷十畝，種柳千行，納山翠於簷間，摇朱欄於波底，樓前脂水長照金釵，窗裏書燈遠疑漁艇，其中有詞人焉，前身白石，侍者朝雲。……但有井泉之處俱識詞仙，不知春水之波奚干卿事，足以傳矣。（同上）

〔二家詞賡上〕　余與會稽陶君子珍同丁卯鄉舉。……君謂余作靚深淡雅，而亦自變其穠麗之習。康樂芙蓉，盡謝琱飾。嘗手定《蘭當詞》三十餘闋，皆清真、白石佳境，無復綺縟之舊。余篇篇評點，心形俱服，逾年入都語炁伯師曰：子珍近詞足傳矣。（同上續集卷二十七）

〔金縷曲〕　檻外榴巾蹙。繞珠叢、嫣紅一點，動人春目。二十六年重臺夢，絳樹雙聲再續。約略似、霞川花木。血色羅裙真珠字，是三郎、親爲端端録。團扇句，倩誰讀。　桃根莫唱當時曲。鏡臺邊、無心插戴，鬌雲凋緑。白石仙人歸何處，爲馬塍花一哭。剩燕子樓中人獨。狼籍一庭紅醋醋，問藤陰、今是誰家屋。知己淚，濺庭竹。（《二家詞鈔》卷五《五十麝齋詞賡》下，《樊山全集》）

胡薇元

〔夢窗詞〕　吴文英《甲乙丙丁四稿》詞。字君特，號夢窗。君特與白石、稼軒倡和，具載集中。而又有壽賈半閒諸作，殆亦晚節頹唐，如朱希真、陸游之比。（《歲寒居詞話》）

〔竹屋癡語〕　《竹屋癡語》，高觀國賓王詞。高郵陳造與史達祖爲之序。竹屋，山陰人。自白石而後，句琢字鍊，殆歸雅純，而竹屋、梅溪爲之羽翼。故張炎謂其格調不凡，句法挺異，特立清新，删削靡曼。乃《草堂》於白石、梅溪盡不入選，竹屋詞僅登《玉蝴蝶》一闋，蓋其時專尚酣熟故也。（同上）

〔梅溪詞〕　《梅溪詞》，史達祖邦卿作。汴人。《西湖志》稱其爲韓侂胄堂吏。考玉津園事，張鎡雖預其謀，鎡實侂胄之客，故於滿頭花生辰得移厨張樂於韓邸。《梅溪詞》，有張鎡序。梅溪詞極工，鎡稱其「分鑣清真，平睨方回，三變行輩，不足比數」，則未免推奬溢美矣。姜堯章云：「邦卿詞奇秀清逸，融情景於一家，會句意於兩得。」此論平允。（同上）

〔花庵詞〕　黄昃叔暘《散花庵詞》。「昃」即《説文》「昇」，字玉林，閩建陽人。昇以詩受知游九功，詞亦上逼少游，近摹白石。（同上）

〔白石詞〕　《白石道人歌曲》，姜夔堯章撰。詞精深華妙，爲誠齋所推。尤善自度腔，音節文采，冠絶一時，所謂「自製新腔韻最嬌，小紅低唱我吹簫」，風致可想。歌曲皆注津吕，自製曲二卷及三卷之《霓裳中序第一》，皆記拍於字旁。《四庫提要》以紀文達之博，謂似波似磔，宛轉欹斜如西域旁行云云。薇元按此宋人自記工尺四合上，非字也。僕曾於硃砚山房殷譜經師座上暢發之。又入《蘭陵王》，詞中歌尺之工尺今廢，故無人言之耳。（同上）

〔詞忌落腔〕　詞忌落腔，姜堯章云：「十二律住字不同。」沈存中《筆談》：燕樂二十八調，殺聲住字，起調畢曲，有一定不易之則。楊守齋《作詞五要》：如越調《水龍吟》，商調《二郎神》，皆合用平入韻。守齋名纘，即白石所謂紫霞翁，洞曉音律，與草窗論五凡工尺義理之妙，未按管色，已知其誤。（同上）

沈曾植

〔鄒程村極稱沈天羽語〕　鄒程村極稱沈天羽「意致相詭，言語妙天下」之語，謂爲詩餘別開生面。此兩語固可與賀黄公「險麗」二字相發。然在宋人詞中，山谷開其端，稼軒極其趣，白石亦染指焉。南宋諸家有合於此不少。政恐沈、鄒二君，覿面不識耳。至臯文、止庵，而後識之。（《菌閣瑣談》）

〔齊物論齋詞〕　齊物論齋詞，爲臯文正嫡。臯文疏節闊調，猶有曲子律縛不住者。在晉卿則應徽按柱，斂氣循聲，興象風神，悉舉騷雅。古懷納諸令慢，標碧山爲詞家四宗之一。此宗超詣，晉卿爲無上上乘矣。玉田所謂清空騷雅者，亦至晉卿而後盡其能事。其與白石不同者，白石有名句可標，晉

卿無名句可標。其孤峭在此，不便摹擬亦在此。（同上）

〔宋詞三家〕　汪叔耕莘《方壺詩餘自叙》云：「唐宋以來詞人多矣！其詞主於淫，謂不淫非詞也。余謂詞何必淫，亦顧寓意何如爾。余於詞，所喜愛三人焉。蓋至東坡而一變，其豪妙之氣，隱隱然流出言外，天然絶世，不假振作。二變而爲朱希真，多塵外之想，雖雜以微塵，而清氣自不可没。三變而爲辛稼軒，乃寫其胸中事，尤好稱淵明。此詞之三變也」云云。叔耕詞頗質木，其人蓋學道有得者。其所稱舉，則南渡初以至光、寧，士大夫涉筆詩餘者，標尚如此，略如詩有江西派。然石湖、放翁，潤以文采，要爲樂而不淫，以自别爲詩人旨格。曾端伯《樂府雅詞》，是以此意裁别者。白石老人，此派極則，詩與詞幾合同而化矣。吴夢窗、史邦卿影響江湖，别成絢麗，特宜於酒樓歌館，飣坐持杯，追擬周、秦，以纘東都盛事。於聲律爲當行，於格韻則卑靡。賴其後有草窗、玉田、聖與出，而後風雅遺音，絶而復續。亦猶臯羽、霽山，振起江湖哀響也。自道光末戈順卿輩推戴夢窗，周止庵心厭浙派，亦揚夢窗以抑玉田。近代承之，幾若夢窗爲詞家韓、杜。而爲南唐、北宋學者，或又以欣厭之情概加排斥。若以宋人之論折衷之，夢窗不得爲不工，或尚非雅詞勝諦乎？筆記（《菌閣瑣談》附録一《海日樓扎叢》）

〔一聲叶一字〕　趙彦肅十二詩譜，直以一聲叶一字。朱子辨之，以爲應有疊字散聲，乃合古樂唱嘆之自然。考白石《大樂議》，言「紹興大樂，多用大晟，知以七律爲一調，而不知度曲之義；知以一律配一字，而未知永言之旨。」則一聲叶一字，固大晟樂法，周美成、田不伐諸人所定者也。而白石自度諸曲，旁注管色，亦仍一聲叶一字。其二聲叶一字者，不過十分之一。矛盾已説，爲何意乎？諸調皆俗樂，音主流美，尤非十二譜雅樂音取古淡比也。然張叔夏《詞源》，卻又有「字少聲多難過去」之語。所謂「先須道末後還腔」，即朱子所謂唱者發歌句也。所謂「助以餘聲始繞梁」者，即朱子所謂「和者繼其聲」也。朱子二語，殆隱括當時謳歌旨要言之。一聲一字則雅樂不永言，字少聲多則俗樂難過度，兩義相違，此疑問亦言樂者亟當研究者也。全拙庵温故録（同上）

〔譜字〕……燕南芝庵論曲，……言凡歌一聲（歌一聲，歌一句，分二條），聲有四節，曰起末，曰過度，曰搵簪，曰擷落。所謂一聲，即一聲叶一字之聲也。歌一聲而有四節，又雜以頓住反掣折丁諸節度，焉得不字少聲多。後世舉四節諸法，皆以工尺記之，故宋世之一字配聲少而後世配聲多，宋世一聲具諸節度，而後世但有工尺無諸節度也。（俗樂具此諸節度，誠永言之盡態極妍者矣。雅樂無此，所謂無含韻而念曲者也。姜氏非以一聲配一字爲非，意或欲以四節助永言耳。熊朋來《琴譜》云：「姜氏作《越九歌》，擬楚九歌，且自爲之瑟譜。瑟譜，雅樂也。而《越九歌》折字甚多，是姜氏誠能用俗樂節度於雅樂矣。……）（同上）

〔字譜昉自唐人〕陳暘《樂書》卷一百五十七，論曲調曰：「清樂盡於開元之初，十部亡於僖、昭之末。流及五季，惟讌樂飲曲存焉。聖朝承末流之弊，雅俗二部，惟聲指相授，按文索譜。故音曲之變，其異有三。擬樂府者作爲華辭，本非協律，詩樂分二，去本浸遠。此一異也。古者樂曲，詞句有常，或三言四言以制宜，或五言九言以授節，故含章締思，彬彬可述。辭少於聲，則虚聲以足曲，如《相和歌》有伊夷吾邪之類，爲不少矣。唐末俗樂，盛傳民間，然篇無定句，句無定字，又間以優雜荒艷之文，閭巷諧隱之事，非如《莫愁》、《子夜》，尚得論次者也。故自唐以後，止於五代，百氏所記，但記其名，無復記辭，此二異也。古者大曲咸有辭解，前艷後趨，多至百言。今之大曲，以譜字記其聲折，慢疊既多，尾徧又促，不可以辭配焉。此三異也。」按：暘書多引唐人舊籍，若趙耶利、李冲之琴學，大周正樂、唐樂圖之器象，（《通志》：大周正樂一百二十卷，無撰人。《宋志》：大周正樂八十八卷。注：五代竇儼訂論。）皆沈存中、王晦叔所未見。其他亦多本唐人遺説，惜其不盡著所出也。據此條稱宋承唐五季流弊，「雅俗二部，惟聲指相授，案文索譜」。則知管色字譜遠自唐傳。《白石歌曲》傍注，蓋仿唐人按文索譜舊式。世謂字譜始宋人，誤也。……

《樂書》叙雅琴，稱「太宗皇帝因大樂雅琴，更加二絃，召錢堯卿按譜，以君臣文武禮樂正民心九絃，按曲轉入大樂，十二律清濁互相合應。御製韶樂集中有正聲翻譯字譜，又令鈞容班頭任守澄並教坊正部頭花日新、何元善等注入唐來譺樂半字譜，凡一字先以九絃琴譜對大樂字，並唐來半字譜，並有清聲。今九絃譜内，有大定樂、日重輪、月重明三曲，並御製大樂乾安曲。景祐韶樂集内太平樂一曲，譜法互同，他皆仿此。可謂善應時而造者也。」按：此所謂唐來譺樂半字譜，尤足爲唐人管色字譜顯證。太宗九絃琴譜、景祐韶樂集，蓋皆辭與譜並載者。又可知白石《越九歌》、《琴曲》所祖述矣。（同上）

〔芝庵論曲術語〕　芝庵論歌之格調，……凡歌有三過聲，曰取氣，即《詞源》「忙中取氣急不亂」之取氣。曰換氣，即《詞源》「拗則少入氣轉換」之氣轉換也。他若謂調有子母，有姑舅兄弟，有字多聲少，有字少聲多，既與《詞源》「字少聲多難過去」相證，又與白石徵爲子母調之説相證。（同上）

〔樂曲分配四聲〕　白石《樂議》：「七音之協四聲，各有自然之理。今以平入配重濁，上去配輕清，奏之多不諧協。」據此知宋世樂曲分配四聲之法。寄閒翁《瑞鶴仙》詞：「粉蝶兒撲定落花不去。」「撲」字不協，改爲「守」字始協，其平入與上去之界限歟？至《惜花春起早》：「瑣窗深。」「深」字不協，改「幽」字又不協，改「明」字乃協。得非「深」韻閉口，「幽」韻撮口，與「明」字穿鼻開口之異耶？（同上）

〔宋拓小楷集帖跋三篇〕　覃溪分石氏與《博古堂》爲二，誤不容辨。然其所指南宋坊間覆刻者，則誠哉覆刻，賞鑒固不誤也。南宋自思陵寫經崇楷法，士大夫承流仰風，若畢良史、姜夔、趙孟堅之徒，研求石刻，《蘭亭》而外，《黄庭》、《樂毅》，考辨滋詳。（《海日樓札叢》外一種《海日樓題跋》卷二）

〔袁本閣帖跋二篇〕　劉後村傳汪季路説，於《閣帖》辨驗甚精。季路之於《閣帖》，猶《絳》之單炳文，《蘭亭》姜堯章也。（同上）

〔彊邨校詞圖序〕　……周氏（指周濟——編者）退姜、張而進辛、王，尊夢窗以當義山、昌谷，其所以標異於浙派者，豈非置重於意内，以權衡其言外諸諸乎焉有國史吟詠之志者哉！（《彊邨校詞圖題詠》，見《彊村遺書》）

陳三立

〔漫題豫章四賢像搨本·姜白石〕　辭賦麗以淫，如翁安可得。一卷蓑笠前，國風有正色。（《散原精舍詩》卷上）

林紓

〔用省筆〕　文之用省筆，非略也。一略，則應言而不言，令讀者索然無歡，雖竟其篇幅，終蓄不愜之願，讀過輒忘矣。省又非漏也。一漏，則不惟於本文中多寡要之言，尤於插叙處少神來之筆。……文之去冗删繁，孰則弗知？而往往犯此二病，則神識昏瞀，不能洞見文字之癥結，以爲不如是叙述，則讀者將不悉文中之究竟，膚説生庸，喋言成絮，弊在不知舉其簡要，而棄其駢枝耳。姜白石曰：「人所易言，我寡言之。」寡言者，正謂其能吐棄一切，歸於簡當耳。要非用筆加洗伐之力，臨文有審擇之功，名曰「能省」，直吾所謂棄而弗録，墜而不舉，何名「能省」？（《春覺齋論文》）

詩中有畫，指右丞也。予謂詞中亦有畫。南宋詞可采以爲畫者甚多。如……白石之「行過西泠有一枝，竹暗人家静。」《卜算子》「滿汀芳草不成歸，日暮。更移舟、向何處。」《吉天花影》「西山外，晚來還卷，一簾秋霽。」《翠樓吟》皆可畫也。（《春覺齋論畫》）

李盛鐸

〔白石道人詩集〕二卷　宋姜夔撰　宋陳起輯江湖小集本　清初鈔本

《白石道人詩集》，余别有柯敬一校本，不分卷，後有補遺，其詩皆此本所已收，而正集轉有溢於此本外者。此本較柯本止多《於越亭》一首，但譌字甚多，不如柯本之精也。　棘人李盛鐸。（《木樨軒藏書題記及書録·題記集部·别集》）

〔白石道人詩集〕一卷　附詞一卷　宋姜夔撰　舊鈔本（清鈔本，失名校，柯崇樸手寫序文）

柯崇樸手跋，謂《白石詩集》係宋刻舊本，朱檢討竹垞向總憲徐立齋先生借鈔得之。其長短句則竹垞即虞山毛氏所刻宋詞《樂章集》更旁採諸書，合得五十八（首），復以其所爲《大樂議》、《續書譜》、《蘭亭（跋）》、《禊帖偏旁考》、《詩説》並附其後，其爲功於白石也大已。余既轉寫之，因述其始末如此。康熙乙丑（二十四年·一六八五）孟秋下澣題於東魯道中。下有「柯印崇樸」白文、「敬一」朱文二方印。（同上·書録卷四集部·别集類）

〔南宋群賢小集〕　宋陳起編　清仁和趙氏小山堂傳鈔宋臨安府陳宅書籍鋪刻本

《白石道人詩集》　鄱陽姜夔堯章。自序二篇，序後有「臨安府棚北大街陳宅書籍鋪刊行」一行。

《詩説》　姜夔自序。（同上·總集類）

〔群賢小集〕　四十二種（《江湖小集》四三種　宋陳起輯）　舊鈔本（清初鈔本）

《白石道人詩集》一卷　姜夔（同上）

陳衍

南海潘若海博喜填詞，專學夢窗，久與朱古薇祖謀游，濡染然也。數以詩枉贈。有云：「西山漸換秋顏色，定有新詩與品題。」秀句可誦。答之云：「投我瓊瑶闕報章，琴書枕簟日邀凉。西山果換秋顏色，呼酒登臺一據牀。」君，詞家，故特用白石、夢窗詞中語。（《石遺室詩話》卷五）

宛陵嘗語人曰：凡爲詩，必能狀難寫之景，如在目前；含不盡之意，見於言外，乃爲能至。此實至言。……

宛陵此四句，前二語實難於後二語。姜白石《詩説》云：「僻事實用，熟事虚用。」「學有餘而約以用之，善用事者也。意有餘而約以盡之，善措詞者也。」「句中無餘字，篇外無長語，非善之善者也；句中有餘味，篇中有餘意，善之善者也。」「始於意格，成於句字。」「詩有四種高妙，一曰理高妙，二曰意高妙，三曰想高妙，四曰自然高妙。」「一篇全在結句，如截奔馬，詞意俱盡；如臨水送將歸，盡意不盡詞。若夫意盡詞不盡，剡溪歸棹是也；辭意俱不盡，温伯雪子是也。」《漁洋詩話》引之，以爲論詩未到嚴滄浪，頗亦足參微言。案：白石此言，頗盡作詩之妙。然不過宛陵後二語而已。至於司空表聖《詩品》，嚴儀卿《滄浪詩話》，爲漁洋所表章者，則已足櫽括之也。滄浪之「羚羊掛角，無跡可求」等語，故爲高論，故爲廋語，故爲可解不可解之言，直以淺人作深語、艱深文固陋而已。表聖「不着一

字」之旨，亦不過二十四品中之一。白石之温伯雪子又何以異？又何嚴滄浪之未到乎？（同上卷十）

白石譬喻盡不盡處，亦有未當。「截奔馬」正是「詞盡意不盡」。奔馬本意不止於是，截之使止於是也。「臨水送將歸」，已是「詞意俱不盡」，何必「温伯雪子」？「温伯雪子」直有意無詞，豈止詞意不盡？（同上）

今人非不能如白石所言「約以用之」，然而學未嘗有餘矣。非不能如白石所言「約以盡之」，然而意未必有餘矣。「約」又何足貴乎？句中且未能無餘字，篇外且不能無長語，而遽言「句中有餘味」、「篇中有餘意」，亦誰信之？「始於意格，成於句字」，然後再言高妙。大抵作古體詩，患在無結想，患在結想之不高妙。作近體詩，患在意不足，如七律八句，奈無八句之意，則空滑搪塞，無所不至矣。但果是作手，尚張羅得來，八句中有兩三句、三四句可味，餘亦可觀耳。意有餘而後「如截奔馬」、「如臨水送將歸」，非施手段善含蓄不可。意僅足，則「剡溪歸棹」，故作從容，故留餘地，工於作態而已。（同上）

自韋蘇州有「對牀聽雨」之言，東坡與子由詩復屢及之，「聽雨」遂爲詩人一特别意境。……蘇堪最喜姜白石「人生難得秋前雨，乞我虚堂自在眠」二句。其《同季直夜坐吴氏草堂》云：「一聽秋堂雨，君知病漸蘇。欲論十年事，庭樹已模糊。」略用白石意也。（同上卷十三）

北宋人多學杜、韓，故工七言古者多。南宋人稍學韋、柳，故有工五言者。南渡蘇、黄一派，流入金源。宋人如陳簡齋、陳止齋、范石湖、姜白石、四靈輩，皆學韋、柳，或至或不至。惟放翁無不學，獨七言古

不學韓、蘇。誠齋學白學杜之一體。此其大較也。（同上卷十八）

詞之有南北宋，猶唐人詩之有初盛中晚也。今之爲詞者，莫不南宋是宗，浙派之南宋耳。聯綴冷豔各詞，努力出一二雋折語，非不翹然足自熹也。余則癖嗜北宋，豈如明人之「詩必盛唐」乎？詞之爲道，已疊石爲山，植盆爲花，若求工於一字二字，乃至於四字五字六七字，直花花葉葉爲之矣。且譬如花，爲北宋者，有如山桃谿棠梨花木筆之屬，木本者也。即在草木，亦芍藥牡丹，繁然一株花也。爲南宋者，則折枝清供焉耳。能如白石道人之具體荷花有幾耶？（同上卷二十）

余尚有《燈昏鏡曉詞》一叙，稿失已久，忽復檢得，再録之以訊精此道者。余少日曾學爲詞，喜北宋，以爲詞之有唐五代，詩之漢魏六朝也。至北宋而唐之初、盛矣。東坡、二安則元和也。白石、夢窗，詩中蘇、黄。餘則江湖末流耳。清三百年，詩詞浙人爲盛。竹垞學北宋，間沿明體。樊榭避之，乃爲南宋竹山、草窗，未易遽語白石也。閩人喜蘇、辛，直喜龍川、龍洲之學蘇、辛，遂爲詞家所病，而並以病蘇、辛。殆於蘇、辛，惟見《念奴嬌》、《水調歌頭》、《永遇樂》三數闋耳，其楊花、石榴，春事闌珊，冰肌玉骨，以及寶釵分、斜陽煙柳諸作，纏綿悽惋，驚心動魄，晏、秦、周、柳無以過之者，獨未之見耶？白石不囿於南宋，如「三十六陂人未到，水佩風裳無數」、「自胡馬窺江去後，廢池喬木，猶厭言兵」、「何遜而今漸老，都忘卻春風詞筆」、「昭君不慣胡沙遠，但暗憶江南江北」、「南去北來何事，蕩湘云楚水，極目傷心」，皆出筆稍大，不以雕琢一二冷雋字句爲能事者。（同上卷二十四）

往寓上海，與蘇堪至書肆，見有《楊誠齋全集》二十餘册。問其價，曰二十餘餅金，未之購也。後在武昌，爲蘇堪詩集作叙，報書謂結構在姜白石、楊誠齋之間。白石自叙詩集，歷舉並世名人之評賞其詩者以爲言。余叙蘇堪詩，略仿其意矣。（同上卷二十六）

林可山題匹園一古云：「昔者顧徵君，名不掛仕籍。自命雖匹夫，興亡與有責。先生略與同，市隱城南宅。著書高等身，一卷手不釋。衆芳零落秋，恃此後凋柏。老作林逋鰥，紙帳無當夕。匪惟故劍情，泥水惡著述。禪榻杜樊川，詩話姜白石。平生湖海襟，今謝金門客。抗志猶古希，欲奪鄭樵席。賤子辱素知，追隨文字役。濤園久不歸，左海匹園隻。」全就匹字著筆也。（同上卷二十八）

余編《近代詩鈔》已出版，未得鈔鼎燮詩爲憾。兹從榦寶謙宣覓得數首，亟録之。……《同謙宣秀淵集澄瀾閣》云：「此閣何妨當作家，群山罨畫水交叉。層層屋瓦青依樹，簇簇園花馥入茶。屢至難於詩句好，久談忘卻日光斜。舊交散盡新知少，石帚天民各髩華。」……以上皆有靜者機，故是詩人之詩。（同上卷二十九）

〔小玲瓏閣詞序〕　孫父自信其詩，而自疑其詞，所藏數十紙，欲棄斥者屢矣。余謂自浙派盛行，玉田、白石外，家夢窗而户竹山。有寧爲晦澀不爲流易者。然夢窗、竹山固時出疏快語，非惟澀焉已也。……同里陳衍拾遺。（《小玲瓏閣詞》卷首）

鄭文焯

〔瘦碧詞自叙〕　瘦碧何謂也？余嘗夢游石芝崦，所見石上文也。昔姜堯章客武康，居與白石洞天爲鄭，因以自號，且以名其詞，此其義例也。余生平慕堯章之爲人，疏古冲澹，有晉宋間風，又能深於禮樂，以敷文博古自娱，當時名公碩儒賢之遇之者既衆且篤矣，而卒無能振之於窶困無聊之地，以養其巖壑之身，文苑、隱逸兩傳無偁，僅於《樂志》存其所議，比於伶倫，使堯章當日弗偭聲律，則亦没没而已矣。迄今數百年，僅僅以詞顯者，孰謂一藝之微不當名哉！或曰：「子誠悲白石之遇，而復志其志、學其學何邪？且嘗見子治經止於漢賦，詩止於魏晉，爲古文辭亦恥作六朝以後人語。詞雖小道，蓋原夫詩之比興變風之義、騷人之歌，今子託於南宋，其如自晝何？」曰：文小而聲哀者，易於感人，不足以鳴盛。其盛時作者不過自道其男女哀樂之私，洎乎世變，乃有以忠愛怨悱託微言以喻其志者。觀於南渡，君臣離合之感多見於詞，道窮而語益工，謦欬之應亦知所徵矣。白石一布衣，才不爲時求，心不與物競，獨以歌曲聲江湖，幸免於慶元僞學之黨籍，可不謂之知幾者乎？知幾故言能見道，吾是以有取焉。或曰：「諒哉！鄭生之善於自詭也。」是可以讀其詞。

古之樂章皆歌詩，詩之外又有和聲，所謂曲也。隋唐以來，聲詩間爲長短句，至唐貞元、元和間，新奏競作，乃以詞填入曲中，不復用和聲，是爲歌詞之始。然唐人製曲多詠其曲名，故文之哀樂猶與聲相諧會。洎乎宋崇寧立大晟府，美成諸人增演慢曲引近，或移宫換羽爲三犯四犯之曲，依月律進之，其音遂繁，而古節駁矣。白石以沈憂善歌之士，振響於南渡之季，進議大樂，志在復古，而道不行。顧所爲鐃部鼓吹、越九歌，固能緣飾詩樂，其自製詞曲旁綴音譜雜以樂句，則仍當時樂工之所爲。閒嘗竊取王灼、沈括論樂諸書，及玉田《詞源》所紀宫譜器色，參互審訂，十得八九焉。然則唐宋歌詞之法，雖變古律，猶可考見燕樂之舊譜耳。……余幼嗜音，嘗於琴中得管吕論律本之旨，比年雕琢小詞，自喜清異，而苦不能歌，乃大索陳編，按之樂色，窮神研覈，始明夫管絃聲數之異同，古今條理之純駁雜連，筆之於書，曰《律吕古義》，曰《燕樂字譜考》附《管色應律圖》，曰《五聲二變説》，曰《白石歌曲補調》，曰《詞源斠律》，曰《詞韻訂》，曰《曲名考源》。凡兹所得，雖孤學荒冗，未爲佳證，庶病於今弗畸於古焉。世有解音善歌如堯章者，齊以抗墜，取余詞而聲之，儻亦樂府之一綖哉。歲在徒維大梁月，文焯叙於大鶴山房。（《瘦碧詞》卷首）

〔大酺〕　予與吴社諸子既聯句和石帚詞八十四闋，吟賞所至，復雜連五十餘解，中和片玉詞最夥。歌絃醉墨陵轢一時，其豪逸不遜陳允平、方千里、楊澤民輩也。

（詞，略）（同上卷二）

〔齊天樂〕　白石、碧山詠物之作，多取是調，託興深美。因效其體，賦蟹。

（詞，略）（《樵風樂府》卷三）

〔惜紅衣〕（斷闋吟秋）　白石道人製此曲，覽淒清之風物，寫故國之離憂。余嘗考訂故譜，證以管色，可略而言。其所謂以無射宫歌之者，當屬入聲商調曲，見之唐段安節《樂府雜録》别樂五音圖詞中，凡入聲字律綦嚴，匪盡關夾協，例其旁譜，煞聲用「下凡」及「五」字，則依無射宫之本律，而寄煞於太簇角半律之清聲。初唐《樂書要録》所稱凡管長聲濁不例者以清聲並之是也。白石自度曲多緣飾唐譜，此其義例爾。

（詞，略）（同上卷七）

沈伯時論詞云：「讀唐詩多，故語多雅淡。」宋人有檃括唐詩之例。玉田謂：「取字當從温、李詩中來。」今觀美成、白石諸家，嘉藻紛縟，靡不取材於飛卿、玉溪，而於長爪郎奇雋語，尤多裁制。嘗究心於此，覺玉田言不我欺。……至美成提舉大晟音盛，見徽宗宫詞，演爲曼聲，三犯四犯，變調綦繁，美且備已。白石以沉憂善歌之士，意在復古，進《大樂議》，率爲伶倫所阨，其志可悲，其學自足千古。叔夏論其詞，如「野雲孤飛，去留無跡」，百世興感，如見其人。自乙酉丙戌之年，余舉詞社於吴，即專以連句和姜詞爲程課，繼以宋六十一家，擇其菁英，咸爲嗣響。今同社君子，零落殆盡，半篋秋詞，但有餘泣，此近十年所爲傷心之極致，雖長歌不能造哀已。惜囊和姜全詞，及鄙人補白石傳，並未付鍥，且遺一葉，篋稿零疊，不省措久已。玉田崇四家詞，黜柳以進史，蓋以梅溪聲韻鏗訇，幽約可諷，獨於律未精細。屯田則宋專家，其高渾處不減清真，長調尤能以沉雄之魄，清勁之氣，寫奇麗之情，作揮綽之聲，猶唐之詩家，有盛晚之别。今學者驟語以此境，誠未易諳其細趣，不若細繹白石歌曲，得其雅淡疏宕之致，一洗金釵鈿合之塵，取其全詞，日和一章，以驗孤進。其它如《絶妙好詞》，亦可選其雅句，日夕翫索，以草窗所録，皆南宋元初詞人也。（《大鶴山人詞話》附録《鄭大鶴先生論詞手簡》）

近世詞家，謹於上去，便自命甚高。入聲字例，發自鄙人，徵諸柳、周、吴、姜四家，冥若符合。乃知詞學之微，等之詩亡，元曲盛行，彌以傖靡，失其舊體。國朝諸家，罔所折衷。良以攻樸學者薄詞爲小道，治古文者又放爲鄭聲。……詞之難工，以屬事遣詞，純以清空出之。務爲典博，則傷質實；多著才語，又近昌狂。……其實經史百家，悉在鎔鍊中，而出以高澹，故能騷雅，淵淵乎文有其質。如石帚之用「三星」，則取之《詩》「跂彼織女」之疏，夢窗之用「棠笏」，則取之《舊唐書·李蓍之傳》，餘類不可勝數。若子集中之所取裁者益夥，讀者貴博觀其通耳。（同上）

余……爲詞實自丙戌歲始，入手即愛白石騷雅，勤學十年，乃悟清真之高妙，進求《花間》，據宋刻製令曲，往往似張舍人，其哀艷不數小晏風流也。（同上）

〔蛾術詞選跋二〕　蛾術詞清麗宛約，學白石而乏騷雅之致，聲律亦未盡妍美。舊選本曾載其《沁園春》賦眉目二闋，取徑頗嫌纖巧。……較弁陽則遠遜矣。（同上附録《大鶴山人詞集跋尾》）

〔與夏吷盦書二十四則〕　前夕填得《木蘭花曼》一解，即守柳體短協下四字句法。因細繹《樂章集》中，多存北宋故譜，故繁音促拍，視他家作者有别。南渡後樂部放失，古曲墜佚，太半虚譜無辭。白石補亡，僅數闋爾。賴柳集傳舊京遺音，亦倚聲家所宜研討者也。（同上附録《大鶴山人論詞遺札》）

〔致彊村〕　來告宏飾過情，彌用愧奮。承示柳詞舍字非協。至云起三句句用韻，易致轉折怪異之音。按清真《解連環》起調，碻直連三句爲韻。夢窗賦此解，猶墨守惟謹。蓋兩宋大家，如柳、周、姜、史詞，往往句中夾協，似韻非韻。於句投尤多見之。（同上附録《大鶴先生手札彙鈔》）

昨夜談藝甚洽。《湘春夜月》一曲，寫上定拍，幸一和之。可彙寄埶老，以見幽憂同病也。近作擬專意學柳之疏奡，周之高健。雖神韻骨氣，不能遽得其妙處，尚不失白石之清空騷雅，取法固宜語上也。（同上）

〔靈巖樵唱序〕……(顧文彬)先生性薄浮榮,宦情水似,……翁子行吟,猶思樵採。古所謂記桃源以見志、指桂樹以爲期者,殆其人歟! 嗟嗟! 白石歸來,雲襟伊鬱;玉田老去,霜鬢牢愁;豈乏明時,才人寡遇;從來詞客,晚節多艱。……(《靈巖樵唱》卷首,見《眉緑樓詞》)

詩韻紙語寘御,古無同用之例,獨詞韻通之。戈氏《詞林正韻》頗有失考處。姜白石《長亭怨慢》「不會得青青如此」,《詞譜》改「此」作「許」,改第三韻「許」字作「處」,或以爲借叶,並非是。按:趙寒泉《清平樂》「煙浦花橋如夢裏,猶記倚樓別語。」李秋堂《盟鷗集·摸魚兒》「鴻北去渺,岸芷汀芳,幾點斜陽字。」嚴九能校云:宋詞從無支微與魚虞相通之例,疑「字」字有誤。此未博考之過。又,俞商卿《點絳唇》「怨春無語,片片隨流水。」並是詞韻同用之佳證。白石深於音吕,必無落韻之譏。此僅記所得於《絶妙好詞》,已非孤證,觸類求之,當不止此。亦足破群疑而補詞韻之通例焉。(《絶妙好詞校録》)

白石《琵琶仙》題引《吴都賦》云「户藏煙浦,家具畫船,惟吴興爲然。」按:二語見《唐文粹》所録李庾《西都賦》。又,《摸魚兒》「今古三星炯炯」戈氏《七家詞選》改「三」作「雙」。按:《詩》「跂彼織女」,《正義》引孫毓云「織女三星,跂然如隅。」白石賦辛亥秋期,正用詩疏。《花外集·錦堂春》詠七夕,亦用「三星」,戈氏亦改作「雙」,疏謬已甚。又,《石湖仙》「見説胡兒,也學綸巾欹羽。」蓋以范順陽使虜,故用武鄉侯故實,承上「盧溝駐馬」句意。戈氏以意改「胡兒」作「吴兒」,「欹羽」作「欹雨」,不知所謂。按石湖《水調歌頭》燕山九日作中有「無限太行紫翠,相伴過盧溝」之句,又「黄花爲我一笑,不管鬢霜羞。」石帚壽石湖詞，實即演贊其詞中旨要，足徵前賢文不虚綺也。唐寶常七夕詩「露盤花水望三星」，亦可取證姜詞。（同上）

清吟堂刻《絶妙好詞》石帚《暗香》「翠尊易泣」，注云：「泣」當作「竭」。不詳所出。近時坊刻遂改作「竭」。按：嘉泰本是「泣」字，當從之。黄孝邁「湘春夜月，空尊夜泣」，此可爲石帚作「泣」之證。弁陽是選本，作「泣」字。蓋坊本從清吟堂校注所改耳。（同上）

《武林舊事》：「都城自舊歲冬孟駕回，則已有乘肩小女鼓吹舞綰者數十隊，以貢貴邸豪家幕次之翫。」引文英《玉樓春》元夕詞「乘肩爭看小腰身」之句。按：白石《鷓鴣天》詞「白頭居士無呵殿，只有乘肩小女隨。」亦實寫南宋鐙市風景。楊升庵以爲吴詞「乘肩」乃「乘輿」之誤，可謂疏於考古矣。（同上）

白石《一萼紅》「翠藤共閑穿徑竹」，嚴九能校云：此句有錯，各本皆同。按：嘉泰本亦如是，元無踳駁，蓋嚴不得其解疑有誤耳。（同上）

白石《暗香》、《疏影》二曲，余凡三四和之，並審定其旁譜一一爲之解。知《暗香》過片處「江國」「國」字確是韻，旁注力字按之樂色乃小住也。《開慶四明續志》吴毅夫和姜詞云「回首往事寂」，不次韻，亦不叶，其疏於律如此。（同上）

碧山詞《長亭怨慢》第二句「尚記當日緑陰門掩」，「日」字當作平聲，疑「時」之譌。又，《淡黄柳》下闋「料得青禽一夢春無幾」，此句不叶。按：白石自度此曲「怕梨花落盡成秋色」，「色」字是韻。中仙轉學石帚，豈於此未之深考邪？姚梅伯校本，謂「秋色」本作「秋苑」，引碧山此句不叶爲證。然嘉泰本固作「秋色」，《詞律》從同。戈選碧山詞，是闋「幾」字據舊本校改作「著」。可知姜詞是韻。（同上）

唐之法曲存於宋者，惟《獻仙音》一闋。片玉、白石、夢窗、篔房、君亮諸名家賦《獻仙音》，首句第二字及次句第四字並用入聲。此律之微妙處。近世詞人稍謹於上去兩聲，便自許知律，不知詞韻於入聲更嚴，曲韻則無之矣。（同上）

李萊老《惜紅衣》第五句「還尋故人書屋」。按：白石此韻五字句「並刀破甘碧」，乃平平側平側。又，《揚州慢》「嘆而今杜郎還見」，白石作「漸黄昏清角吹寒」。此二闋並白石自製曲，音譜當依之，而萊老並不合。（同上）

宋詞凡用「四橋」，大半皆謂吴江城外之甘泉橋。俗以爲西湖六橋之第四，誤矣。《蘇州志》：甘泉橋，舊名第四橋。白石詞「第四橋邊，擬共天隨住。」陸魯望固吴人也。（同上）

《白石道人歌曲》、《夢窗甲乙丙丁稿》，余别有詳校本，且爲石帚作傳，專取宋人説部及其詞中所紀年月事蹟爲編年例，庶足補東澤之遺焉。憶丁亥之秋，余與仲實兄弟次湘子苾連句，和白石全詞。嘗擬重編坿刻。匆匆十餘年，竄稾匧衍，舊社零落，爲之憮然。（同上）

朱祖謀

〔彊村老人與夏承燾書〕 臞禪我兄足下：頃奉還雲，敬承一一。靈歎閣白石詞，固未寓目。即況氏移寫本，亦未獲覩，殆已易米矣。瀋陽陳思亦有白石詞考證及年譜，弟曾覩稿本極翔實，惜未刊行。（《彊村老人評詞》附録）

白石歌曲，范氏刻三家詞本，未經寓目也。（同上）

〔白石道人歌曲校記〕 陸鍾輝本併改卷之一、二爲卷一，卷之三爲卷二，卷之四爲卷三，卷之五、六爲卷四。

目録

皇朝陸本作「聖宋」，後列子目十四。　鼓吹曲卷中題無「鼓」字。

琴曲陸本移《越九歌》後。

虞美人張奕樞本作「巫山十二峰」。

玲瓏四犯陸本無注。

別集陸本有目。

卷之一　陸本第三行標「歌曲」二字。

吹曲陸本「吹」上有「鼓」字。　已亥許增曰：按慶元五年太歲在己未。

河之表　眈眈陸本、張本並作「耽耽」。

阮之上　火德張本「火」作「大」。
皇威暢　青草發陸本「青」作「春」。
望鍾山　屢嘯張本「嘯」作「下」。
大哉仁　封埴陸本「埴」作「殖」。
謳歌歸　陳洪進張本「洪進」作「進洪」。
帝臨墉　我謀臧張本「臧」作「藏」。棄汝過祠堂本「棄」作「貰」。
琴曲　并古怨張本下有「云」字。
卷之二
王禹　王旆張本「王」作「玉」。
越王　酧君　有酎張本「酧」、「酎」俱作「酧」。
項王　博懸陸本「博」作「傅」。以昌張本「昌」作「曷」。
濤之神　海門陸本「門」作「雲」。駃兮張本「駃」作「駛」。夫在舶兮陸本「夫」上空一格。
蔡孝子　子青衿兮張本「子」作「予」。
卷之三
鷰山溪　更愁入張本「愁」作「秋」。
好事近　一團張本「團」作「圍」。

少年游　雙蛾張本「蛾」作「娥」。　歸去《花庵詞選》無「歸」字。

鷓鴣天二謂屨爲屩陸本「謂」作「以」。

又五憶昨陸本、張本「憶」並作「一」。　天街張本「街」作「堦」。

又七游人陸本「游」作「行」。

夜行船　流澌張本「澌」作「嘶」。

醉吟商小品　湖渭州《詞譜》「湖」作「胡」。

夢逐張本「夢」上空一格。

玉梅令　領略陸本、張本「略」並作「客」。

浣溪沙一是闋陸本「是」作「此」。　都在恨入張本「都」作「多」，「恨」作「悵」。

又二共出陸本、張本「共」並作「不」。

又五莊舍張本無「莊」字。　臘花鄭文焯曰：按「臘」當作「蠟」。

又六露黄陸本「黄」作「横」。

卷之四

慶宫春　采香徑陸本「徑」作「涇」。

齊天樂　三二陸本作「二三」。　候館張本「候」作「侯」。

滿江紅　舊調張本「調」作「詞」。　一席《絶妙好詞》「席」作「夕」。　旌旗共《絶妙好詞》「共」作「擁」。

一萼紅　垂楊《花庵詞選》、《絕妙好詞》「楊」並作「柳」。

念奴嬌二娟娟　翛然張本「娟娟」作「涓涓」、「翛」作「倏」。

眉嫵　張仲遠張本無「張」字。　侵沙《花庵詞選》「侵」作「吹」，張本「沙」作「紗」。

月下笛　都是　似掃　梁間張本「都」作「多」，「似」作「侶」，「間」作「上」。

法曲獻仙音陸本注「俗名大石黃鍾商」七字。

琵琶仙陸本注「黃鍾商」三字。　吴都賦顧廣圻曰：「煙浦」二句見唐李庾《西都賦》。按李賦作「户閉煙浦，家藏畫舟」。　宮燭陸本、張本「宮」並作「官」。　都把張本「都」作「多」。

玲瓏四犯《絕妙好詞》注「黃鍾商」三字，陸本注「此曲雙調，世別有大石調一曲」十二字。

探春慢　茸帽張本「茸」作「葺」。　波平《花庵詞選》「波」作「沙」。　照我　零亂張本「照」作「喚」，「亂」作「落」。

解連環　玉鞭　曲屏近底《花庵詞選》「鞭」作「鞍」，「近」下注「平聲」二字。

喜遷鶯慢陸本、張本並未注「太簇宮」三字。

卷之五

揚州慢　空城張本「空」作「江」。

長亭怨慢　空有陸本「空」作「只」。

淡黃柳　小橋宅陸本「橋」作「喬」。

石湖仙　似鴟夷《花庵詞選》「似」作「侶」。　攲雨陸本「雨」作「羽」。

暗香　工妓隸習之《花庵詞選》「工」作「二」，《硯北雜志》同，又「隸」作「肄」。

疏影《花庵詞選》、《絶妙好詞》並注「仙吕宫」三字。　重覓陸本「重」作「再」。

惜紅衣陸本注「無射宫」三字。　青墩張本「墩」作「燉」。　高柳　渚邊陸本、張本「柳」並作「樹」，「渚」並作「柳」。

角招　更繞西湖按：宋趙以夫、元邵亨貞俱有是調是句，俱作九字，此缺一旁譜，「西」字疑衍。　花前友陸本「友」作「後」。

徵招　卷篷張本「篷」作「蓬」。　高志陸本「志」作「致」。

卷之六

秋宵吟張本「宵」作「霄」。

淒涼犯陸本注「仙吕調犯商調」六字。　啞觱栗角陸本無「角」字。

湘月　練服陸本「練」作「練」。

嘉泰壬辰許增曰：按宋寧宗嘉泰元年辛酉至乙丑改元開禧，壬辰當是壬戌之誤。

別集張本「別集」二字標第三行。

念奴嬌　捐褋陸本「褋」作「璞」。　王謝張本「王」作「玉」。

卜算子陸本詞後諸條俱夾注詞下。

又五最妙陸本「最」作「甚」。

又六開徧陸本、張本「徧」並作「過」。

又七折得張本「折」作「拆」。

又八峩峩張本作「莪莪」。婆娑陸本「婆」作「娑」。芘蔭張本「芘」作「花」。昨歲陸本「昨」作「舊」。

洞仙歌　乍見緗蕤張本「乍」作「可」，「蕤」作「枝」。

驀山溪　瞥然張本「瞥」作「偶」。

虞美人　其所作張本下無「虞美人」三字。　巉天陸本「巉」作「攙」。　纔上張本「纔」作「繞」。

永遇樂　題陸本作「北固樓次稼軒韻」，張本作「次韻稼軒北固樓」。

水調歌頭　兩相推陸本「推」作「猜」。

雲間樓敬思得陶南村鈔本姜白石歌曲六卷，江都陸渟川鍾輝刻於乾隆癸亥，華亭張漁村奕樞録於雍正壬子，越十八年乾隆己巳始刻之。陸本合六卷爲四卷，張嘯山文虎譏其以意竄改，每失故步，不如張刻之善。許邁孫增據陸本重刊，謂「二刻相去纔數年，中間或以鈔胥致誤。兩本對勘，陸猶勝張。」今年秋，陳彦通方恪於吴門得江研南乾隆二年手録《白石道人歌曲》，亦陶南村本也。以校二刻，互爲異同，且有與二刻並歧者。大抵張之失在字畫小譌，尚足存舊文資異證；陸則併卷移篇，部居失次，大非陶鈔六卷之舊；江氏手自寫校，未付剞人，亥豕之嫌，自較二刻爲尠。惟是張刻經黄唐、厲樊榭、陸恬浦先後勘定，或有據他本點竄者；陸刻自稱悉依元本，且與江本同出符藥林，何以並不脗合？三本各有短長，未敢輒下己意，迷瞀來者；爰一依江本授梓，兼臚二家同異，以待甄明。他刻校文，苟非臆説，隨所采案，附著於篇。意有所疑，不復自閟。至其旁譜，亦稍參差，依樣鉤摹，未遑糾舉云爾。癸丑五月日短至，彊村老民朱孝臧跋於蘇州寓園。（《白石道人歌曲》）

〔夢窗詞集小箋〕　歸安朱孝臧

惜紅衣　從姜石帚游苕霅間三十五年

按:《蘋洲漁笛譜·拜星月慢序》稱作於景定癸亥,草窗詞别題爲《寄夢窗》,劉毓崧據爲夢窗此年尚在。而白石詞刻在嘉泰壬戌,下距景定癸亥已逾六十年。其寓吴興又在嘉泰壬戌前十二三年,則景定癸亥年已八九十。其從游時代惜無可徵實矣。(《夢窗詞集》)

三姝媚　姜石帚館水磨方氏會飲總宜堂

《西湖志》:姜夔寓館在水磨頭,近石函橋。《咸淳臨安志》:總宜園在斷橋路口中貴張氏園。(同上)

〔徵招〕　殘暑方熾,騎秋一雨,園林户箔灑然。碧池風來,竹聲戛戛落波際敷篁水西榭。與閏生弟夜話,依白石自製腔寫之,並拈其詩中句發端。

人生難得秋前雨,天涯對牀今夜。倦客總無眠,儘挑殘紅灺。卅年哀樂話,未消得酒杯陶寫。斷續檐聲,轆轤鄉緒,併時縈惹。　圖畫、白蘋波,扁舟月,何時唤人東下。問訊五湖盟,有群鷗來迓。葛巾慵未卸,似客燕尚迷殘社。水窗曉,明鏡徘徊,覷素絲盈把。(《彊村語業》卷一)

〔丹鳳吟〕　……南宋江湖詞人兼以詩傳者,惟姜堯章最著。草窗詩風格稍遜,而舉體修潔,庶幾近之。

(詞,略)(同上)

〔惜紅衣〕　叔問既示新詞,又疏論白石旁譜,稽譔同異,謂次句「日」字爲韻,證以夢窗、萊老二闋,足破紅友疑塵。爰用其説，和白石此解。

倦舸隨潮，廻篙限日，病銷吟力。抱魄江蟾，吹鐙半規碧。清絃誤轉，誰解顧、當筵琴客。春寂。香暗影疏，説梅邊聲息。　西風滿陌。來去吴塵，閑愁亂雲藉。滄州夢在舊國。雁行北。解惜暮年詞賦，都是庾郎經歷。要舊狂同理，題醉一園楓色。（《彊村詞賸》卷二）

〔周密〕……自幼朗悟篤學，慕尚高遠。作詩少負奇崛雄贍，晚乃寖趣古淡。間作長短句，或謂似陳去非、姜堯章。（《湖州詞徵》卷十四）

胡玉縉

《江湖後集》二十四卷。……陸氏《藏書志》有舊鈔本《中興群公吟稿》戊集七卷。……玉縉案：據此，則《江湖集》諸名外又有《群公吟稿》，以十干分爲十集，惜祇存戴復古三卷，高九萬二卷，姜夔一卷，嚴粲一卷。《儀顧堂續跋》宋槧本跋云：「目後有割補痕。」恐戊集亦不全耳。（《四庫全書總目提要補正》卷五十六《總集類 二》）

《類編草堂詩餘》四卷。　……友人吴伯宛昌綬乙卯年覆刻洪武壬申遵正草堂本，題《增修箋注妙選群英草堂詩餘》前後集。　……吴氏跋云：「……至嘉靖庚戌，上海顧從敬刻《類編草堂詩餘》四卷。……吴郡沈際飛本六卷，則用顧刻加以評注，又附《别集》、《續集》、《新集》。……」譚廷獻《復堂日記》四云：「所録但芟去柳耆卿、黄山谷、胡浩然、康伯可、僧仲殊諸人惡札，則兩宋名章迴句傳誦人間者略具，宜其與《花間》並傳，未可廢也。《詩餘續編》二卷，不知出何人？擇言雅矣，然原選正不諱俗，蓋以盡收當時傳唱歌曲耳。續采及元人，疑出明代。然卷中録稼軒、白石諸篇，陳義甚高，不隨流俗。」玉縉案：譚所見當是沈本。（同上卷六十《詞曲類》）

曹元忠

〔舒藝室白石詞校語跋〕　張歗山《舒藝室餘筆》第三卷，有《白石道人歌曲》校語。謂同治壬戌夏貫甫貽張奕樞刻本，因憶道光乙巳爲阮文達校陸鍾輝本，重複録記者。惟求聲律至爲精審，誠鄱陽功臣也。今年夏，彊村又從滬上得一校語鈔本，據自跋在同治建元閏月上絃，亦云夏貫甫貽張本，秋涼無俚，隨手覆校。疑此鈔本即《餘筆》初稿。然《餘筆》守律尤嚴。即以《越九歌》旁譜而論，如林之於黄也，黄之於黄清也，姑之於南也，蕤之於應也，夷之於黄也，太之於太清也，夷之於夾也，皆謂不當連屬者也。於是不謂其誤，即謂其不可解。竊以爲言樂律是也，若以繩白石，則似不盡然。雖白石去今將七百年，無從知陶南村寫本之誤否，而元初曲譜間存一二，猶沿宋時宫調，尚可藉以考證。今按熊與可《瑟譜》，有孔子廟釋奠樂章，即《宋史·樂志》所載，而與可補定其譜者也。其迎神凝安之曲，本黄鍾宫，俗呼正宫者，以林、黄連用。次章大吕爲角，俗呼高大石調者，以黄、夷連用。四章應鍾爲羽，俗呼中管黄鍾羽者，以夾、夷連用。奠幣明安之曲，酌獻成安之曲，秋丁用南吕宫，俗呼中管仙吕宫者，以應、蕤連用，南、姑連用。與可，宋咸淳甲戌進士，見《元史》儒學本傳。其所爲譜，猶南宋樂也。又《元史·樂志》稱樂音王隊奏《萬年歡》之曲，今見明集禮所載元樂曲有黄鍾宫四季《萬年歡》，以林、黄連用，夷、黄連用，黄、黄清連用。又有《萬歲樂》正黄鍾宫者，以姑、南連用。大吕宫俗呼高宫者，以夷、黄連用。太簇宫俗呼中管高宫者，以蕤、應連用。應鍾宫俗呼中管黄鍾宫者，以夷、夾連用。雖皆俗樂，意必宋舊樂工所爲，則亦南宋遺聲也。顧於鈔本所謂不當連屬者，皆一一連用，惟太與太清未之見耳，要亦可舉黄與黄清爲例，宜刻《餘筆》時盡去其前説也，則鈔本校語非定本明矣。彊村既取《餘筆》刊江研南本《白石道人歌曲》，後復屬爲之説，冀當世審音知樂者正之焉。乙卯七月吴曹元忠，時客嶧縣寫記。(《白石道人歌曲》)

〔與繆荃孫書〕……《澄懷録》如後日檢得，尚祈見假，賜寄吴中。緣家君製《白石道人歌曲考證》，欲一檢是書始付刊耳。(《藝風堂友朋書札》)

〔霓裳中序第一〕戊戌初春，予客浙中。一日大雪，買舟出湧金門，相羊湖上，嘗賦詩云：「自度新腔咽碧流，石函橋下且停舟。小紅去後春如夢，閑殺方家水磨頭。回首垂虹雪後橈，依稀風景似今宵。飄零仙吕無人問，誰把梅花譜洞簫。」是冬貽美載雪過吴，訪予眉研樓，索長短句，剪燭補工尺，使蘭君倚笛度之，音節諧婉，如白石《暗香》、《疏影》故事。貽美謂予：「後七百年閶門西畔，安知無賦吾輩今夕事者，盍作詞紀之。」遂譜是闋。

(詞，略)(《凌波詞》)

〔滿江紅〕八月四日，緹秋學士按部廬江，招予同行。道出巢湖，隱隱聞簫鼓聲，知居人爲神姥壽，如石帚所言。因考神姥，當本淮南王書歷陽之郡一夕成湖事。故《方輿勝覽》云：姥山在巢湖中，湖陷姥升，此山有廟。羅隱詩亦云「借問邑人沈水事，已經秦漢幾千年」也。然首云「臨塘古廟一神仙，繡幌花容尚儼然。爲逐朝雲來此地，因隨暮雨不歸天。」則又非神姥。蓋流傳失真，如蔣侯三妹彭郎小姑比矣。予謂與其譌謬，不若依《玉臺新詠·孔雀東南飛》詩，改祀廬江小吏焦仲卿妻，且《樂府詩集》載其序曰：漢末建安中，廬江府小吏焦仲卿妻劉氏，爲仲卿母所遣，自誓不嫁，其家逼之，乃没水而死。郭茂倩猶能述之。論其節義，廟食亦宜。緦秋曰然，子盍作平韻《滿江紅》正之，庶爲此湖添故實也。

（詞，略）（同上）

李岳瑞

〔郢雲詞序〕……儒者率卑填詞爲小道，幾於俳優畜之。然其體肇始於《三百篇》，濫觴於漢魏樂府。由風雅頌而五七言，由古而律，由律而長短句，此亦三統質文迭嬗之故，非人力所能爲者。周、秦、歐、柳、辛、姜、吴、王諸大家，皆能以忠君愛國之感，微詞諷諫之義，自尊其體，非可以一二側豔之辭、狹邪之語擯諸文章之外也。（《郢雲詞》卷首）

蔣兆蘭

〔堯章別樹一幟〕　南渡以後，堯章崛起，清勁逋峭，於美成外別樹一幟。張叔夏擬之「野雲孤飛，去留無跡」，可謂善於名狀。繼之者亦惟花外與山中白雲，差爲近之。然論氣格，迥非敵手也。（《詞說》）

〔清季詞家抗衡兩宋〕　初學填詞，勿看蘇、辛，蓋一看即愛，下筆即來，其實只糟粕耳。竹垞提倡姜、張，太鴻參之梅溪，陽湖推挹蘇、辛，止庵揭櫫四家，而以清真集其成，可謂卓識至論。（同上）

〔詩詞同源異派〕　……蒙竊以爲詩詞實同源異派，皆風雅之流別。……雖體製各別，而神理韻味，猶蘭茝之與荃蓀也。顧才高者或以詞爲小道，鄙不屑爲。爲之者或根柢不深，或昧厥本原，此詞學之所以不振也。世有韙吾言者乎？盍試上探騷辨，下究徐庾，精思熟讀，一以貫之，美成、白石容可幾乎？（同上）

〔初學填詞首在運意〕　陸平原《文賦》云：「理扶質以立幹，辭垂條而結繁。」蓋無論何種文字，莫不以理爲質，理者意之所寓也。初學填詞，首在運意。理之所在，勿觸勿背，則質存而幹立矣。意之所發，文以辭藻，有條有理，不雜不亂，則條暢而繁茂。枝葉花實，附麗本幹，非飄萍斷梗之比矣。大抵才藻富、理路清，入手學夢窗尚可。否則，不如從姜、張入，植其骨幹。迨格調既成，辭意相副，更進而求之可也。（同上）

〔詞叶入聲韻〕　詞叶入聲韻者，如美成《六醜》、《蘭陵王》、《浪淘沙慢》、《大酺》，及白石《霓裳中序第一》、《暗香》、《疏影》、《惜紅衣》、《淒涼犯》等調，皆宜謹守前規。押入聲韻，勿用上去。其上去韻孤調亦然。不得以上去入皆是仄聲，任意混押。（同上）

陳　鋭

〔論姜張詞之弊〕　古人文字，難可吹求，嘗謂杜詩國初以來畫馬句，何能着一鞍字，此等處絶不通也。詞句尤甚，姜堯章《齊天樂》詠蟋蟀，最爲有名，然開口便説「庾郎愁賦」，揑造故典。「邠詩」四字，太覺呆詮。至「銅鋪石井」，「堠館離宫」，亦嫌重複。其《揚州慢》「縱豆蔻詞工」三句，語意亦不貫。若張玉田之「南浦詠春水」一首，了不知其佳處。今人和者如牛毛，何也。（《褒碧齋詞話》）

〔詞如古詩〕　詞如詩，可模擬得也。南唐諸家，回腸蕩氣，絶類建安。柳屯田不着筆墨，似古樂府。辛稼軒俊逸似鮑明遠。周美成渾厚擬陸士衡。白石得淵明之性情。夢窗有康樂之標軌。皆苦心孤造，是以被管絃而格幽明，學者但於面貌求之，抑末矣。（同上）

〔百年以來無人道柳〕　陽湖派興，流宕忘返，百年以來，學者始少少講求雅音。然言清空者喜白石，好穠艷者學夢窗，諧婉工致則師公謹、叔夏。獨柳三變，無人能道其隻字已。（同上）

〔評近人詞〕　王幼遐詞，如黄河之水，泥沙俱下，以氣勝者也。鄭叔問詞，剥膚存液，如經冬老樹，時一着花，其人品亦與白石爲近。（同上）

〔姜吴雙峰並峙〕　白石擬稼軒之豪快，而結體於虚。夢窗變美成之面貌，而鍊響於實。南渡以來，雙峰並峙，如盛唐之有李、杜矣。顧詞人領袖必不相輕。今夢窗《四稿》中，屢和石帚，而姜集中不及夢窗，疑不可考。至《草堂詩餘》不選石帚一字，則又咄咄一怪事。（同上）

〔白石詞沿舊本之誤〕　庚戌之秋，沈子培提學以仿刻姜白石詞見遺，其後題嘉泰壬辰。辰當爲戌，以嘉泰無壬辰也。至詞中誤字，亦往往而有，如《角招》起句云：「爲春瘦，何堪更，繞湖盡是垂柳。」按此調第三句本祇六字，不知何時「湖」上多一「西」字，遂使旁注少一宫譜，此皆沿舊本之誤。（同上）

〔詞貴清空尤貴質實〕　姜白石《長亭怨慢》云：「樹若有情時，不會得青青如此。」王碧山云：「水遠、怎知流水外，卻是亂山尤遠。」似覺輕俏可喜，細讀之毫無理由。所以詞貴清空，尤貴質實。（同上）

〔冷紅詞序〕　居士於詞，導源樂府，振騷雅於微言，掩周、姜而孤上。余讀而愛之，未嘗釋手。（《樵風樂府》卷首）

況周頤

乾隆寫本《白石道人集》，靈鶼閣藏，余曾迻鈔一本。白石自序後，有洪武十年八世孫福四謹志，略云：公詩一卷，歌曲六卷，早已板行，暮年復加删竄，定爲五卷，無雕本，藏於家，經兵火，帖軸無隻字，而是編獨存，録寫兩本，一付兒子，一詒猶子通，世世寶之。又，萬曆二十一年十六世孫鰲謹書，略云：此青坡徵君手書，以遺侍御哦客公者今又二百餘年，楮雖蝨落，而字蹟猶在，因付匠整頓，且命鯉弟以側理漿紙照本臨出，用時莊誦焉。又，乾隆甲子二十世孫虬緑謹書，略云：公詩初本刻於嘉泰間，晚又塗改删汰，録爲定本，藏於家，五六百年世無知者，爰搜取各家刊本彼此讎勘，坿以累朝詩話掌故，有入近代者并爲箋略，獨篇什不敢擅爲增損，間有捃拾僅以坿別之。余藏白石詩詞集，常熟汲古閣本，江都陸鍾輝本，華亭張奕樞本，歙洪正治本，華亭姜氏祠堂本，臨桂倪鴻本，王鵬運本，仁和許增本。許本參互各家，備極精審。除此寫本未見外，所據各本與余所藏略同。寫本備録所見各本序跋，有康熙庚申通越諸錦序，康熙戊戌廣陵書局刻本龍溪曾時燦序，爲許氏及余所未見，所録詩話詞評軼聞故事亦眡刻本爲多。間有虬緑自識亦極該博，又有姜氏世系、白石年譜足資考證。祠堂本，姜熙序，以世表無考爲恨。亦未見此寫本。坿采五絶二首，《訪全老於淨林》、《觀沈傳師碑隆茂宗畫》，刻本有。七絶二首，《和朴翁悼牽牛》一首，刻本有。《三高祠》一首，刻本無，據《姑蘇志》采入，首句「不貪名爵不爭勞」。填詞二首。《越女鏡心》即《法曲獻仙音》，刻本無。細讀兩詞，雖非集中傑作，然如前闋「雨緒路」、後闋「綺幾醉」等，均自是白石風格，非竄入他人之作也。

越女鏡心二首

（詞，略）

周頤按：右詞二闋，采坿《法曲獻仙音》「虚閣籠寒」後。細審詞調有與《法曲獻仙音》小異者。前段「輕陰度重來地」叶後段「空寫數行怨苦，疏竹畫簾半倚」，「怨」字、「半」字去聲是也。有與《法曲獻仙音》脗合者，前闋前段「風竹」「竹」字，「鳴緑」「緑」字，「睡覺」「覺」字，後段「故國」「國」字，後闋前段「檀撥」「撥」字，「雙陸」「陸」字，「舊日」「日」字，後段「院落」「落」字，並入聲是也。守律若是謹嚴，自是白石家法。

九真姜氏世系表略按：姜氏望天水，後分上邽、九真兩系。公系本九真，故《春日書懷》有「九真何蒼蒼，乃在清漢尾」語。

公輔唐上元進士，德宗朝宰相。　忠左拾遺。　誠貞元十六年進士，少府大監。　援唐末荆州録事。　照五季南平高氏辟從事。　靜宋初肇慶府判。　泮饒州教授。因家上饒。　岵承信郎。　倆光禄寺薄。　頣太常博士。　俊民紹興八年進士，秘閣修撰。　元𡒄太學録。　噩紹興三十年進士，知漢陽縣。　夔慶元五年以樂書準解。自饒州徙湖州。　瓊太廟齋郎。

周頤按：據世系，姜氏爲公輔之裔，公輔籍愛州日南，則白石故粤産也。

白石道人詩詞年譜

……

光宗淳熙元年庚戌　卜居白石洞下，因號白石道人。有《白石歌》。按：公己酉以前但僑寄霅川，未成卜築，故《夜行船》詞序止稱歲寓吴興，且其指蒼弁爲北山，又載酒曰南郭，則寓在郡中，絶非山林可知。而辛亥除夕别石湖乃稱「歸苕」，曰「歸」則居然有家矣。據前後兩年事蹟並論，則公之卜居在是年無疑。周方泉題公新成草堂詩，有「多種竹將挑筍吃，旋栽松待斫柴燒」及「猶有住山窮活計」，與公自序所謂「與白石洞天爲鄰」脗合。則所居已在山非復城市明矣。

……

嘉泰元年辛酉　《昔游詩》當作於是秋。按：小序云：「數年以來，始獲寧處。」今歷考編年，惟戊申、乙酉、庚戌三載及丁巳以來至是年，不從遠役。而初刻本列是詩於卷末，知爲辛酉詩無疑也。

二年壬戌　上元周朴翁過淨林。有詩見《咸淳臨安志》。又有《訪全老》及《觀沈碑隆畫》二詩見《咸淳志》。秋客雲間。有華亭錢參政園池詩。至日編歌曲六卷成，雲間錢希武刻諸東巖之讀書堂。

三年癸亥　詩集二卷當刻於是年。以集中有《華亭錢園》詩，知在壬戌後。是歲後詩無成刻，事蹟亦無可徵。惟春詩二首乃嘉定四年辛未歲作，餘皆缺落，故不復譜。（《香東漫筆》卷一）

白石詞「少年情事老來悲」，宋朱服句「而今樂事它年淚」，二語合參，可悟一意化兩之法。（同上）

姜虬綠字秋島，有《漫游草》，乾隆元年游霍童、二年游武夷紀行詩，坿日記。按：虬綠爲白石二十世孫，靈鶼閣藏寫本《白石道人集》即虬綠所編定也。（同上）

姜白石《鷓鴣天》云：「籠紗未出馬先嘶。」七字寫出華貴氣象，卻淡雋不涉俗。（《蕙風詞話》卷二）

詞衰於元，當時名人詞論，即亦未臻上乘。……宋宗室名汝茪者，詞筆清麗，格調本不甚高。……余喜其《漢宫春》云：「故人老大，好襟懷消減全無。漫贏得，秋聲兩耳，冷泉亭下騎驢。」以清麗之筆作淡語，便似冰壺濯魄，玉骨横秋，綺紈粉黛，迴眸無色。但此等佳處，猶爲自詞中出者，未爲其至。如欲超軼王（碧山）、周（草窗）、伯仲姜（白石）、吴（夢窗），而上企蘇、辛，其必由性情學問中出乎。（同上）

後晉高祖天福二年，契丹太宗改元會同，國號遼。……有懿德皇后《回心院》詞。其詞既屬長短句，十闋一律。以氣格言，尤必不可謂詩。音節入古，香豔入骨，自是《花間》之遺。北宋人未易克辦。南渡無論，金源更何論焉。姜堯章言：「凡自度腔，率以意爲長短句，而後協之以律。」懿德是詞，固已被之管絃，名之曰《回心院》，後人自可按腔填詞。（同上卷三）

密國公（璹）詞，《中州樂府》箸録七首。姜、史，辛、劉兩派，兼而有之。《春草碧》云：（略）淡淡著筆，言外卻有無限感愴。（同上）

馮士美《江城子》换頭云：「清歌皓齒豔明眸。錦纏頭。若爲酬。門外三更，鐙影立驊騮。」「門外」句與姜白石「籠紗未出馬先嘶」意境略同。（同上）

詞名《六么令》，「么」字近人寫作「幺」，一説當作「么」，作「幺」誤。「么」是宋樂譜字。案白石自製曲《揚州慢》「盡薺麥青青」「薺」字，《長亭怨慢》「緑深門户」「門」字，《淡黄柳》「明朝又寒食」「又」字，旁譜並作「么」（它詞尚多見），今「上」字也。「六么」之「么」，未知是否即今「上」字之「么」。（同上卷四）

〔宋代曲譜〕　《四庫提要》云：「宋代曲譜，今不可見。《白石詞》皆記拍於偏旁，莫辨其似波似磔、宛轉欹斜，如西域旁行字者，節奏安在。」考《四庫存目》箸録宋張炎《樂府指迷》一卷，《提要》云：「其書分詞源、製曲、句法、字面、虚字、清空、意趣、用事、詠物、節序、賦情、離情（按：此二字原脱）、令曲、雜論十四篇。」即《詞源》下卷，不知何所本而以沈伯時《樂府指迷》之名名之。而其上卷，則當時並未經見。故於白石譜字，竟不能辨識也。宋燕樂譜字，流傳至今者絶尠。日本貞亨初（當中國康熙初）所刻《增類群書類要事林廣記》（吾國西潁陳元靚編輯）卷八《音樂舉要》，有管色指法譜字，與白石所記政同。卷九《樂星圖譜》所列《律吕隔八相生圖》及《四宫清聲律生八十四調》，於諸譜字之陰陽配合，剖析尤詳。卷二文藝類有黄鍾宫散套曲，爲《願成雙令》、《願成雙慢》（已上係宫拍），《獅子序》、《本宫破子》、《賺》、《雙勝子》、《急三句兒》等名。首尾完具。節拍分明。讀白石詞者，得此可資印證。（《蕙風詞話續編》卷一）

〔半塘雜文〕半塘雜文存者絶少。檢敝簏得其寄番禺馮恩江（永年）手札舊稿。馮爲半塘之戚，有《看山樓詞》，故語多涉詞。「……往歲較刻姜、張諸詞集，計邀青睞。祈加匡訂。此外如周、辛、王、史諸家，皆世人所欲見，又絶無善本單行。本擬讎刻，並公同好。……自罹大故，萬事皆灰。加以病豎相纏，精力日恭，不識此志能否克遂。……」半塘故後，其生平著作與收藏均不復可問。……此手札亦吉光片羽矣。（同上）

〔紅笙與紅簫〕詞人用紅簫事，以姜白石侍兒小紅善吹簫也。劉賓客《和竇夔州見寄寒食日憶故姬小紅吹笙》詩云：（略）則是紅簫之前，又有紅笙矣。（同上卷二）

乾隆寫本《白石道人集》，靈鶼閣藏。余曾迻鈔一本。……（附采）……填詞二首（《越女鏡心》即《法曲獻仙音》，刻本無）……（按：《越女鏡心》第二首乃趙聞禮《法曲獻仙音》詞，見《陽春白雪》）

〔東海漁歌原序〕……太清詞得力於周清真，旁參白石之清雋深穩沈著，不琢不率，極合倚聲消息。（《東海漁歌》卷首）

〔二雲詞（自序）〕……歲在癸丑，避地海隅，索居多暇，稍復從事（填詞），頑而不黠，窮而不工。姜白石乘肩小女，花月堪悲；張材甫回首長安，星霜易换。此際潯陽商婦，琵琶忽聞；何戡舊人，渭城重唱；有不託蘭情之婉娩，締瑶想之蟬嫣者乎？（《二雲詞》卷首）

〔鶯啼序〕……堯章記昔游句秀。姜白石有《昔游詩》十五首。爲説與留痕雪鴻，也付榛蕪。（《餐櫻詞》）

〔風入松〕蒼官擁仗鳳鸞鳴，篤耨篆香清。百琴堂裏彈薰日，須不讓、黄鵠秋聲。别殿春雷合奏，先朝靡玉齊名。霜瞳點漆海東鷹，溪絹也飄零。孤臣心事流水激，知音少、絃斷誰聽。唯有風煙喬木，黄昏吹角空城。姜白石《揚州慢》詞：「自胡馬、窺江去後，廢池喬木，猶厭言兵。漸黄昏、清角吹寒，都到空城。」（同上）

楊鍾羲

周元木與胡雲持在江東詩社中最稱傑出，應詞科試，瘧疾彌月未愈，手艱於作書，多所遺落，不得入等。……少喜爲詞，特癖陸務觀、姜白石，秦、柳派也。（《雪橋詩話》卷六）

吴縣許兆熊晁舟少從同里徐友竹游、工書畫篆刻，中年營生壙於池上村，築草堂，藝菊其中，取宋韓見素詩「焚香修菊譜」之意，成《東籬中正》一卷。沈文起爲池上菊賦張之。……文起書尾云：「……殊彙同荂，詭名異撰。馬塍乞種於姜夔，花衖移根於朱勔。……」（同上）

符幼魯詩：「好官不作如三黜，何物能閑似陸郎。」謂江都陸渟川郎中鍾輝，刻有陸魯望《笠澤叢書》、《姜白石詩詞合集》，著有《放鶴亭小稿》、《環谿詞》。《月夜泛櫂真州訪陳玉几》句云：「斷鴻前夜夢，孤月此時心。」（同上續集卷五）

翁正三先生論詩家三昧十二首……即《石州詩話》之要旨，作於嘉慶己巳，蓋年已七十三矣。先是戊戌有《書空同集後》十六首云：……「勸説紛紛薄宋元，茶山白石敢輕論！草堂鐵笛狂歌夜，亦復沿波可討源。」……皆可與《詩話》相參證。（同上）

錢慈伯檢討《鹿山老屋詩集》論宋人絶句十二首和陳檢齋司馬云：……「鈞璜英氣鋭偏師，合古無妨與古離。不獨春風妙詞筆，縱横試讀昔游詩。余酷愛姜白石《昔游詩》，如風掠水，縱横自然，真大家數也。白石自作詩序，論與古離合之際極精。『鈞璜英氣横白蜺』，誠齋贈白石句。」（同上卷六）

徐　珂

〔詞學名家之類聚〕　……同時與（陳）其年齊名者，爲秀水朱彝尊。彝尊字錫鬯，號竹垞，當時朱陳村詞，流遍宇内，傳入禁中。彝尊又别出新意，集唐人詩成數十闋，名《蕃錦集》，殊有妙思，士禎見之，以爲殆鬼工也。然彝尊詞一宗姜、張，其弟子李良年、李符輔佐之，而其傳彌廣。康乾之際，言詞者幾莫不以朱、陳爲範圍。惟朱才多，不免於碎，陳氣盛，不免於率，故其末派，有俳巧奮末之病。錢塘厲鶚、吴縣過春山，近朱者也。興化鄭燮、鉛山蔣士銓，近陳者也。太倉王時翔、王策諸人，獨軼出朱、陳兩家之外，以晏、歐爲宗。（《近詞叢話》）

〔程子大與況夔笙以詞相切劘〕　光緒庚申辛卯間，況夔笙居京師，常集王幼霞之四印齋，唱酬無虚日。夔笙於詞不輕作，恒以一字之工、一聲之合，痛自刻繩，而因以繩幼霞。幼霞性雖懶，顧樂甚不爲疲也。己亥，夔笙客武昌，則與程子大以詞相切劘。幼霞聞之而言曰：「子大詞清麗縣至，取徑白石、夢窗、清真，而直入温、韋，得夔笙微尚專詣以附益之，宜其相得益彰矣。」（同上）

〔金雲門工詩〕　山陰金雲門女士，秀水王仲瞿繼室也。工詩，著有《秋紅丈室詩稿》。丈室在杭州武林門外西馬塍，即宋姜白石所居舊址。（《清稗類鈔·文學類》）

〔陳石遺叙鄭蘇堪詩〕　光緒壬寅二月，鄭蘇堪《海藏樓詩》刊成，學者以其剥膚存液，多宗之。陳石遺爲叙之曰：「蘇堪寫定其詩，示余顧子子朋所爲叙。乃曰：『子方草創詩話，必有微言深恉，可以叙吾詩者，盍爲吾一長言之，略如姜白石所自爲詩叙若詩説。』余曰：『諾，且爲君默記往昔彼此之言，雜書之，以爲笑樂。』……（君嘗言）大抵詩要興象才思，兩相湊泊，有惘惘不甘之情，不自覺其動魄驚心、迴腸蕩氣也，有自然高妙之恉，乃使人三日思百回讀也。……陸放翁之『江頭漁翁結茅廬，青山當門畫不如』，『恨渠生來不讀書，江山如此一句無』，『我亦衰遲慚筆力，共對江山三嘆息』，皆可云高妙者。姜白石『人生難得秋前雨』一首，文與可此君庵之『我常愛君此默坐，勝見無限尋常人』，亦庶幾。姜白石甚似孟浩然，文與可頗類韋蘇州。與浩然同時，有李、杜、摩詰，皆推服浩然。與白石同時，有尤、蕭、范、陸、楊，皆傾倒白石。白石如哭石湖、寄誠齊等篇，集中亦不多遇也。……」（同上）

王文進

〔周益文忠公書稿十五卷〕　……

以文又贈陳思所刻《中興群公吟稿》戊集七卷五册，僅戴石屏、高菊磵、姜白石、嚴華谷四家，紙墨古黯，板甚狹小，行十，格十八，爲前後斷爛不可書跋。附識於宋本周益公集尾，元照又書。(《文禄堂訪書記》卷四)

胡宗武　梁公約

《白石道人詩集》一卷宋鄱陽姜夔　影印鄧氏藏本叢三六　汲古閣影鈔南宋六十家集第三册

又一部一卷、附詞集一卷、諸家評論一卷同上　雍正歙縣洪氏刊本　丁書　集九　一册

又一部一卷、附《詩説》一卷、諸賢酬贈詩一卷同上　嘉慶巾箱本　叢三四　《江湖群賢小集》第一六册

又一部一卷、附《詩説》一卷、諸賢酬贈詩一卷同上　嘉慶巾箱本　叢三四　《江湖群賢小集》第一六册

《白石詩集》二卷、集外詩一卷、附《詩説》一卷、《歌曲》四卷、《歌曲别集》一卷、附録一卷同上　乾隆江都陸氏校刊本　有海棠館竹隱二印　丁書善乙一二三　一册

又一部二卷、集外詩一卷、附《詩説》一卷、《歌曲》四卷、《歌曲别集》一卷、附録一卷同上　涵芬樓影印江都陸氏刊本　另厨　四部叢刊第一二六八至一二六九册

又一部二卷、集外詩一卷、附《歌曲》四卷、《歌曲别集》一卷、評論逸事一卷同上　知不足齋刊本　范書　集九　二册

又一部二卷、附《詩説》一卷、《歌曲》四卷、《歌曲别集》一卷、《續書譜》一卷同上　同治刊本　集九

二册

又一部二卷、附《詩説》一卷、《歌曲》四卷、《歌曲别集》一卷、《續書譜》一卷同上　同治刊本　集九

四册

又一部二卷、集外詩一卷、附《詩説》一卷、附録二卷同上　光緒十年仁和許氏娱園刊本　丁書　集九　二册

又一部二卷、附録一卷、補遺一卷同上　光緒刊本　叢三七　榆園叢刻第一册

《白石吟稿》一卷同上　嘉慶巾箱本　叢三四　《江湖群賢小集》第三一册

《白石道人集補遺》一卷同上　影印鄧氏藏本　叢三六　汲古閣影鈔《南宋六十家集》第二〇册

又一部一卷同上　嘉慶巾箱本　叢三四　《江湖群賢小集》第三二册

又一部一卷同上　嘉慶巾箱本　叢三四　《江湖群賢小集》第三二册　（《江蘇省立國學圖書館圖書總目》卷三十二）

《集部·别集類·宋代二》

《白石詞》一卷宋鄱陽姜夔　明鈔本　丁書　善甲九八　四庫附存詞四種全一册

又一部一卷同上　汲古閣刊本　善乙一六　《宋六十名家詞》第十册

又一部一卷同上　錢塘汪氏重刊本　叢三六　《宋六十家詞》第九册

又一部一卷同上　雍正歙縣洪氏刊本　集九　附《白石詩集》後

又一部三卷、别集一卷同上　原刊本　叢三七　四印齋所刻詞第四册

又一部三卷、别集一卷同上　原刊本　叢三七　四印齋所刻詞殘存第四册

《白石道人歌曲》四卷同上　乾隆江都陸氏校刊本　善乙一二三　附《白石道人詩集》後

又一部四卷、《歌曲别集》一卷、附録一卷同上　涵芬樓影印江都陸氏刊本　另厨　四部叢刊《白石道人詩集》後

又一部四卷、别集一卷同上　知不足齋重刊本　集九　《白石詩集》第二册

又一部四卷、别集一卷同上　同治刊本　集九　《白石詩集》第三至四册

又一部四卷、别集一卷同上　同治刊本　集九　《白石詩集》第二册

又一部四卷、别集一卷同上　光緒仁和許氏娱園刊本　集九　《白石道人集》第二册

又一部四卷同上　光緒刊本　叢三七　榆園叢刻第二册

又一部六卷、補遺一卷同上　朱氏刊本　叢三七　彊村叢書第一四册

《白石道人詞箋平》同上　今人北流陳柱箋　商務印書館排印本　集一　一册（同上《集部・别集類・宋代三》）

秦綬章

〔彊村校詞圖序〕……古微同年前身白石，嫡派金風，從張子野卜居，舊鄰苕水，記宋景文内直，昔夢蓬山，……積稔以來孤詣精造，遂以三餘之課自爲一家之言。……君記事懷珠，循聲定墨，長調小令按本事於無題，疏影暗香訂新腔於自度，珍收玉屑，誤糾金根，刊宋槧而摭遺，仿周譜而作表，是謂詞史存古恉也。（《彊村校詞圖題詠》）

沈修

〔彊村校詞圖記〕……大晟傳書，星鳳鮮覯。禮忒曾壞，樂亡斯崩。詩餘枕然，尚曰茎濩。白石賸譜，幸留墳條。摹聲之形，形類算式。迭寫恒誤，若書人何。靈倪秩然，憖可冥億。舒藝聖識，篤加精鰲。先生校詞，或偶憑賴。舉一能反，三隅爰成。博關天人，靈悟絶業。……乙卯秋日長洲沈修。（《彊村校詞圖題詠》）

宋文蔚

〔彊村校詞圖跋〕……歸安古微侍郎由巍科入翰苑，敭歷清要，内典秩宗，外掌文衡。香山諷諭之詩，廬陵代言之作，當自爲一集。間以餘暇，作爲倚聲，兼玉田、白石之長，固已引商刻羽自成馨逸矣。……乙丑先立春三日宋文蔚謹稿。（《彊村校詞圖題詠》）

金蓉鏡

〔爲漚尹侍郎題校詞圖〕我爲曠朗行，聞根久應絶。泠泠解脱聲，如出虚空楔。一卷彊邨圖，百種名言設。或希中壘遺，或篕思適列。或證皕宋槧，或補堯章説。分寸洽神弢，短長符聲節。……（《彊村校詞圖題詠》）

林開謩

〔水調歌頭漚尹老前輩屬題校詞圖〕竹所靜無賴，坐嘯對南樓。莫話夢中，槐蟻富貴等雲浮。卻羨婆娑老子，分付小紅低唱，獨自按箜篌。草歇又啼鴂，靈瑣杳難求。　修簫譜，邀笛步，眇子愁。十年困花殢酒，海曲且淹留。還恐霓裳法曲，換了念家山破，淒咽不成秋。今世復何世，散髮弄扁舟。（《彊村校詞圖題詠》）

葉德輝

《姜白石集》詩二卷，歌曲四卷　乾隆癸亥鮑氏知不足齋校刻江都陸鍾輝本

宋姜堯章撰。集曰《白石道人詩集》二卷，《白石道人歌曲》六卷。宋嘉〔泰〕壬戌錢希武刻本，卷帙原數，元人陶南村宗儀手鈔以傳者也。乾隆癸亥，江都陸鍾輝據以重刻，乃并歌曲爲四卷，又改易其行格，於是宋元舊本之真全失，今所傳此本是也。然阮文達《廣陵詩事》五有云：白石詩詞宋版皆旁注笛色，鹽官張氏既刊復輟，松陵汪氏繼之不果，陸南圻司馬鍾輝刻成之，同時詩人皆有詩識事。是則宋元孤本獨賴陸氏以傳，其刊播之功，可以掩其擅改之失矣。陸刻以前，尚有雍正丁未歙人洪陔華正治刻本，凡詩詞各一卷，歌曲無旁注笛色，乾隆辛卯又重刻，未知所據何本，余并藏之。宋史無姜堯章傳，阮文達編《詁經精舍文集》五，有徐養原，嚴杰諸人補傳，於其平生事實，

考證最詳，可云發潛德之幽光矣。光緒三十有三年丁未重九前二日，郎園葉德輝記。（《郎園讀書記》卷八）

姜白石歌曲六卷，別集一卷　乾隆己巳張奕樞刻本

此乾隆己巳雲間張奕樞校刻宋姜夔《白石道人歌曲》六卷，別集一卷，歌曲旁注工尺。據稱原書爲元陶南村手鈔本，分六卷，別集爲一卷。先是，乾隆癸亥，長塘鮑氏知不足齋曾刻此書，據稱亦陶南村鈔本，但并六卷爲四卷，殊失原鈔之舊。此鈔悉照原卷，工尺旁注行間，勝於鮑刻遠甚。白石詞，《四庫全書》僅據毛晉刻《六十家詞》中一卷本著録，殊爲疏陋。鮑氏收藏多宋元舊鈔，而所刻《知不足齋叢書》實未精審，此亦如毛子晉之好刻古書而不根據善本者同一惡習。……（同上）

〔山中白雲詞八卷〕乾隆辛未揚州汪氏刻本　《山中白雲》，余所藏者乾隆時仁和趙氏印上海曹刻，板心有「城書室」三字。板歸趙氏，遂去此三字。繼有桂林王氏四印齋刻《雙白詞》本，因與姜白石詞合刻，謂之「雙白」。板心總題曰「雙白」，而以白雲、白石旁注，殊爲臆造。且所據此詞本係傳鈔不全者，後得曹本續刻，名曰「補遺」，並失原卷之舊次，非善本也。（同上卷十六）

易宗夔

王蘭泉貫通諸學，不名一家，詩宗杜、韓、蘇、陸，侍讌賡歌皆稱旨，詞擬姜夔、張炎，古文力宗昌黎、眉山。（《新世説·文學》）

張仲炘

姜夔字堯章，鄱陽人。姊家居九真山下，夔往省之，愛郎官、大別山水，因寓居，久之，所著《白石集》多漢陽詩（《漢陽志》）。案：白石詞集《探春慢》序云：「予自孩幼從先人宦於古沔，女須因嫁焉。中去復來幾二十年，豈惟姊弟之愛，沔之父老兒女子亦莫不予愛也。」《清波引》序云：「予久客古沔，滄浪之煙雨，鸚鵡川之草樹，頭陀、黄鶴之偉觀，郎官、大別之幽處，無一日不在心目間。」均可證。（《湖北通志》卷一七《人物志·流寓傳》）

翁之廉

〔夢湘樓詞跋〕　夫詞之旨難言矣！求其鍊則斤斤見斧鑿痕，不失之纖，即失之滯，其病若死。求其清則比比言之若無物，不失之率，則失之枝，其病若廢。並此二美而無此二病者，獨白石道人一人而已。其鍊處，若「那人正睡裏，飛近蛾緑。」（《疏影》）「傷春似舊，蕩一點春心如酒。」（《角招》）「信馬青樓去，重簾下、人妙飛燕。」（《眉嫵》）之句。其清處，若「閱人多矣，誰得似長亭樹。樹若有情時，不會得青青如此。」（《長亭怨慢》）「把酒臨風，不思歸去，有如此水。」（《水龍吟》）之句。正如天衣無縫，光豔絶倫，野雲孤飛，去留無跡。清鍊若此，傐傐乎造其極矣。蓋詞不難於鍊，欲於鍊中不鍊、不鍊中鍊；不難於空，欲於空中不空、不空中空。惟白石能逮乎是矣。世鮮能師白石者，求之閨閣中益尠其人。

吾鄉宗婉生女士幼敏慧，……論者以爲吾虞自道花夫人席佩蘭之後，以女士爲詞宗焉。其所爲詞凡五十一闋，曰《夢湘樓詞稿》。集中若「心情欲託春風訴，怕春風不到瀟湘。」（《高陽臺》）「夢與葉聲同墜。」「正秋風嫋嫋，洞庭波矣。」（《望湘人》）「認紅豆初拈，幾誤鸚哥偷啑。」（《望湘人》）「暈入東風春欲笑，不定香痕如水。」（《壺中天》）之句，皆絶唱也。其清鍊處，正得白石師法。（《夢湘樓詞》）

俞陛雲

周邦彦

〔六醜中呂　落花〕　正單衣試酒，恨客裏、光陰虚擲。願春暫留，春歸如過翼。一去無跡。爲問花何在，夜來風雨，葬楚宫傾國。釵鈿墮處遺香澤。亂點桃溪，輕翻柳陌，多情爲誰追惜。但蜂媒蝶使，時叩窗隔。　東園岑寂。漸蒙籠暗碧。静繞珍叢底、成嘆息。長條故惹行客。似牽衣待話，别情無極。殘英小、强簪巾幘。終不似、一朵釵頭顫裊，向人攲側。漂流處、莫趁潮汐。恐斷鴻、尚有相思字，何由見得。

……閏庵云：「白石之《暗香》、《疏影》，似脱胎於此。」但彼之跡象未化，尚隔一塵也。（《唐五代兩宋詞選釋》）

辛棄疾

〔賀新郎賦水仙〕　雲臥衣裳冷。看蕭然、風前月下，水邊幽影。羅襪生塵凌波去，湯沐煙波萬頃。愛一點、嬌黄成暈。不記相逢曾解佩，甚多情、爲我香成陣。待和淚，收殘粉。　靈均千古《懷沙》恨，記當時、匆匆忘把，此仙題品。煙雨淒迷僝僽損，翠袂摇摇誰整。謾寫入、瑶琴幽憤。絃斷招魂無人賦，但金杯、的皪銀臺潤。愁殢酒，又獨醒。

……下闋因水仙而涉想靈均，猶白石之《暗香》、《疏影》，詠梅而涉想壽陽明妃，詠花而兼詠古，便有寄託。（同上）

姜　夔

〔揚州慢〕　（詞，略）

此詞極寫兵後名都荒寒之狀。「春風」二句其自序所謂「四顧蕭條」也。「胡馬」句言壞刦曾經，追思猶慟，況空城入暮，戍角吹寒，如李陵所謂「胡笳互動，……祇令人悲增忉怛耳」。下闋過揚州者，以杜牧文詞爲最著，因以自況，言百感填膺，非筆墨所能罄。「冷月」二句誦之若商聲激楚，令人心倒腸迴。篇終「紅藥」句言春光依舊，人事全非，哀郢懷湘，同其沉鬱矣。凡亂後感懷之作，詞人所恒有，白石之精到處，淒異之音，沁入紙背，復能以浩氣行之，由於天分高而蘊釀深也。近人蔣鹿潭亂後過江諸作，哀音秀句，略能似之。（同上）

〔長亭怨慢〕　（詞，略）

此詞頗有桓司馬江潭之感。雖似怨别之辭，而實則亂愁無次，觸緒紛來。凡懷人戀闕，撫今追昔，悉寓其中。首言春望景物，即緊接以「暮帆零亂」句發揮本意。望接天帆影，其中思婦離人，不知凡幾，何忍入愁人之眼。惟亭樹則冷漠無情，雖長年送盡行人，而青青依舊，與李白之「春風知别苦，不遣楊柳青」皆傷心人語。下闋言舉目河山，高城阻絶，望遠而兼有「浮雲蔽日」之感。以下叙離情，臨歧片語，歷久難忘，凝望早歸而託言紅萼，以雅逸之筆，致纏緜之思，猶《楚辭》之山間采秀，悵公子之忘歸，深人無淺語也。（同上）

〔暗香〕（詞，略）

〔疏影〕（詞，略）

白石詞僅數十首，而流傳勿替，可見詞貴精不貴多也。其《暗香》、《疏影》二首，尤膾炙人口。但用其調和韻者多，而宣發其本意者少。張叔夏云：「二曲前無古人，後無來者。」《疏影》曲前段用少陵詩，後段用壽陽公主事，此皆「用事不爲事所使」。今尋繹《暗香》詞意，乃發懷舊之思，而託諸美人香草。起筆「舊時月色」句已標明本旨，「何遜漸老」二句有「同學少年多不賤，五陵裘馬自輕肥」之慨，通篇一往情深。「翠樽」、「紅萼」四句在西湖千樹幽香中與玉人攜手，如見緑萼仙人，一笑嫣然，在殘雪輕冰之外，詞意清迥，不得以妮子語視之。况「寄與路遥」句與《疏影》曲「胡沙憶遠」同意，則詠花而兼有人在也。《疏影》曲叔夏言其「用事不爲事所使」，誠然。但其意不僅用明妃、壽陽事，殆以兩宫北狩，有故主蒙塵之感，故云花片隨波，胡沙憶遠，寓霜塞玉鞭之慨。轉頭處即言深宫舊事，與《暗香》曲「舊時月色」相應。否則落花隨水及「玉龍哀音」句與壽陽何涉耶？白石之《小重山令》詠紅梅云：「九疑雲杳斷魂啼。相思血，都沁緑筠枝。」殆亦此意。二曲借花寫怨，一片神行，宜推絶唱也。（同上）

〔齊天樂蟋蟀〕（詞，略）

起筆振裘絜領，未聞蟋蟀，先已賦愁，則以下所詠，處處皆含愁意，一線貫注。若由蟋蟀起筆，便無意味，學詞者可悟起句之一種用筆也。詠正面僅「露濕」、「苔侵」三句，此後砧韻機聲，皆人與物夾寫。「候館」三句局勢開拓，寄情緜邈，與詠蟬之漢苑秦宫，同一意境。結筆燈影琴絲，仍由側面着想，首尾無一滯筆。時人稱其全章精粹，不留滯於物，洵然也。（同上）

〔念奴嬌荷花〕（詞，略）

此調工於發端「鬧紅」四字，花與人皆在其中。以下三句詠荷及賞荷之人，皆從空際着想。「翠葉」三句略點正面。接以「嫣然」二句，詩意與花香俱摇漾於水煙渺靄之中。下闋懷人而兼惜花，低回不去，而留客賞荷者，託諸「柳陰」、「魚浪」，仍在空處落筆。通首如仙人行空，足不履地，宜叔夏讀之，「神觀飛越」也。（同上）

〔點絳脣過吴淞〕（詞，略）

欲雨而待「商略」，「商略」而在「清苦」之「數峰」，乃詞人幽渺之思。白石泛舟吴江，見太湖西畔諸峰，陰沉欲雨，以此二句狀之。「憑欄」三句，其言往事煙消，僅餘殘柳耶？抑謂古今多少感慨，而垂柳無情，猶是臨風學舞耶？清虚秀逸，悠然騷雅遺音。（同上）

〔翠樓吟〕（詞，略）

此詞爲武昌安遠樓初成而賦。觀前五句「龍沙」、「氈幕」、「賜酺」等辭，當是奉勅宴北使於斯樓。「檻曲」五句言高樓之壯麗，歌妓之娟妍，皆平叙之筆。轉頭處因地在武昌，故用黄鶴仙人事。「素雲」二句有奇氣青霞之想。其下接以望遠生愁，樓俯鸚鵡洲，故言「芳草千里」，藻不妄抒。「清愁」、「英氣」二句，隱有少陵「看鏡」、「倚樓」之感，句法倜儻而深鬱，自是名句。（同上）

〔霓裳中序第一〕（詞，略）

白石於楚中祝融峰得祀神之曲，曰《黄帝鹽》。又於樂工故書中得《商調·霓裳曲》十八調，皆存虚譜而無辭。乃作《霓裳中序》一曲，以傳古意。但譜雖仿古，而詞則寫懷。前五句言秋風人倦，「流光」二句歎急景之不居，「人何在」三句望伊人之宛在。「月到舊時明處，與誰同倚蘭干」，白石殆同此感也。下闋回首當年，關河浪跡，坊陌春游，舊夢重重，逐暗水流花而去，贏得漂零詞客，一醉埋愁。李後主所謂「醉鄉路穩宜頻到，此外不堪行」也。（同上）

〔慶宫春〕（詞，略）

白石於冬夜偕友過吴江，卮酒禦寒，相與賡和，乃賦此調。起筆即秀逸而工，承以「盟鷗」三句，着筆輕靈。此下回首前游，淒然凝望，山壓眉低，此中當有人在。故下闋言舊地重過，已明璫人去，酒醒波遠，倚闌之惆悵可知。白石曾在吴江垂虹亭譜一曲新詞，付小紅低唱，傳爲韻事。觀「如今安在」句，當是小紅去後之作，雖無詞序言明，以重過垂虹相證，或非虚造之談也。白石賦此詞，幾經塗稿而成。知吟安一字之難，以横溢之天才，而審慎如是，學詞者未可以輕心掉之。（同上）

〔滿江紅〕（詞，略）

舊調《滿江紅》多用仄韻，白石謂於律不協。嘗舟過巢湖，賦平調《滿江紅》，爲迎神、送神之曲，刻於神姥祠柱間。上闋「玉冠諸娣」句謂神姥旁列十三女神。下闋之意謂其地即濡須口，當江湖之衝，孫權與曹操書所謂「春水方生，公宜速去」，即此地也。此調用平韻，爲白石所創，格調高亮，後來詞家每效之。而汲古閣刻《白石詞》及皋文《詞選》、《續詞選》均未選録，楊誠齋評白石詩，謂有「敲金戛玉之奇聲」，此詞音節，頗類其評語。（同上）

〔探春慢〕（詞，略）

白石久寓於沔上，行將東下，賦此志别。毛晉所刻本標題云：「過苕溪，别鄭次皋諸君。」「過」字語未明瞭。蓋由沔將作吴興之游，非經過苕霅，觀詞中「清沔相逢」及「唤舟東下」句可證之。通首序事録别，筆氣高爽，自是白石本色。（同上）

〔水龍吟〕（詞，略）

此乃和友人鑑湖懷歸之作。借杯酒自澆塊壘，言愁欲愁，曲折寫來，絶無平衍之筆。「鵲南飛」四句從對面着想，便饒情致。（同上）

〔角招〕（詞，略）

此調爲重過西湖，梅花已落，懷人而作。獨客傷春之際，花落人遥，舊歡回首，誰能遣此！前半首隨筆寫來，含思淒婉。轉頭六句皆追寫伊人情態。至「春心如酒」句爲題珠所在，舊歡則甘如蜀荔，新愁則酸若江梅，兩味相蕩，渾如中酒。後主所謂「别有一

般滋味在心頭」也。以「花前後」三字結束全篇，悲愉之境，前後迥殊矣。（同上）

〔徵招〕（詞，略）

曲中自古少徵調。大晟府嘗製徵招，而音節近駁。白石乃自製此曲，雖兼用母聲，較大晟爲無病。因憶越中水鄉風景，賦此寄興，音諧而辭婉。「依依故人」三句尤摇曳生姿。（同上）

〔漢宮春次韻稼軒〕（詞，略）

〔前調次韻稼軒蓬萊閣〕（詞，略）

白石學清真，心摹手追，猶覺挽强命中而未能穿札。和稼軒二首，則工力相等。宜杜少陵評詩謂材力未能跨越，有「鯨魚」、「翡翠」之喻也。（同上）

〔琵琶仙〕（詞，略）

此在吴興時感遇而作。首四句叙往事，「春漸遠」三句叙别後光陰，寫愁中聞見，以疏秀之筆出之。下闋感節序而傷離，榆錢柳絮，皆借物懷人，便無滯相，其佳處在空靈也。（同上）

〔惜紅衣〕（詞，略）

此首與《念奴嬌》詞原題皆云吴興荷花，但《念奴嬌》詞通首詠荷，惟「凌波」二句略見懷人。此調依《惜紅衣》，應賦本體，而詞則前半闋但言逭暑追涼，寂寥誰語！下闋始有「紅衣狼藉」一句點題，餘皆言望遠懷人。與《念奴嬌》同一詠荷，而情隨事遷。此調則言情多於寫景，下闋尤佳。其俊爽緜遠處，正如詞中之并刀破碧，方斯意境。（同上）

〔隔溪梅令〕（詞，略）

此詞原題云：「自無錫歸，作此寓意」，實則憶西湖看梅往事，觀詞中「雙槳」、「孤山」等句可見，與《角招》詞之憶孤山梅花，同一

感懷。此言玉鈿難覓，即《角招》詞翠翹羅袖之感。結句不著邊際，含情無限，如趙師雄之羅浮夢醒，但聞翠羽飛鳴耳。（同上）

〔淒涼犯〕（詞，略）

詞在合肥秋夕作。上闋汴洛迴看，慨收京之無望；下闋臨安南望，歎俊賞之難追。合肥本屬江淮腹地，以其時南北分疆，其地遂爲防秋邊徼，故「邊城」、「戍角」等句，宛如塞上也。度漠雄師，徒勞追念，則南朝之不振可知。下闋憶當日小舫清歌之樂，換客中西風畫角之悲，情懷更劣矣。（同上）

史達祖

〔小重山令潭州紅梅〕（詞，略）

梅苑人歸，蘅皋月冷，感懷弔古，愁并毫端。其淒麗之致，頗似東山、淮海。（同上）

〔綺羅香詠春雨〕（詞，略）

此詞體物殊工，與碧山之詠蟬，玉田之詠春水，白石之詠蟋蟀，皆能融情景於一篇者。（同上）

〔蝶戀花〕（詞，略）

……姜白石評梅溪詞，謂「奇秀清逸，有李長吉之韻」。此調可當清逸二字。（同上）

高觀國

〔賀新郎賦梅〕（詞，略）

賦梅花者，白石之《暗香》、《疏影》，群推絶調。宋人詠梅詞夥矣，各有侔色揣稱之工。此詞如太華霜鍾，發塵外清響。（同上）

〔齊天樂中秋夜懷梅溪〕（詞，略）

竹屋詞非特措語精粹，誦此調令人增友誼之重。張叔夏極稱其詞，謂可與白石、夢窗、梅溪並駕。（同上）

〔燭影摇紅〕（詞，略）

……結處「江梅」三句，與姜白石《長亭怨慢》調「第一是、早早歸來，怕紅萼、無人爲主」思致相似。（同上）

吴文英

〔解連環留别姜石帚〕（詞，略）

夢窗與石帚交誼甚摯，故賦詞贈别。（同上）

〔惜黄華慢〕（詞，略）

前段「翠香零落」五句、後段「素秋」二句，詞秀而情長，餘韻復摇漾生姿。有此佳詞，可如白石之過吴江，付小紅低唱矣。（同上）

〔選冠子芙蓉〕（詞，略）

夢窗與清真、白石、梅溪，並爲一代詞宗，而稍變其面目。（同上）

周 密

〔踏莎行與莫兩山談邗城舊事〕（詞，略）

此詞追憶揚州，「明月簫聲」與姜白石之空城畫角，同其淒韻。（同上）

王沂孫

〔踏莎行題草窗詞卷〕（詞，略）

以渾樸之筆，發淒戀之音，可見交誼深摯，紫霞、白石、弁陽翁庶幾當之。（同上）

〔一萼紅丙午春赤城山中題花光卷〕 玉嬋娟。甚春餘雪盡，猶未跨青鸞。疏萼無香，柔條獨秀，應恨流落人間。記曾照、黄昏淡月，漸瘦影、移上小闌干。一點青魂，半枝空色，芳意班班。 重省嫩寒清曉，過斷橋流水，問訊孤山。冰粟微消，塵衣不浣，相見還誤輕攀。未須訝、東南倦客，掩鉛淚、看了又重看。故國吴天樹老，雨過風殘。

……下闋「孤山」句羅浮庾嶺，梅花盛處，而獨言孤山者，蓋寓宗國之思，故歇拍有「故國」、「風殘」之慨。後幅與姜白石《疏影》詞詠梅同意。掩淚頻看，低回不盡，與禾黍周原同感矣。（同上）

〔高陽臺〕（詞，略）

……張叔夏評碧山詞云：「琢語峭拔，有白石意度。」今觀此類之詞，筆勢迴旋，情致悱惻，是碧山所長，若云峭拔，視白石似尚隔一塵也。（同上）

〔花犯苔梅〕（詞，略）

此調後半首尤佳。周止庵云：「不減白石風流也。」賦物能人景情思，一齊融入，最是白石長處。（同上）

〔望梅〕（詞，略）

……王鵬運於光緒間刻《碧山樂府》一卷，取鮑氏刻本，重加校訂，稱其詞可「頡頏雙白，揖讓二窗，實爲南渡之傑。」推許甚至。

（同上）

張　炎

〔壺中天夜泛黄河〕（詞，略）

此爲集中傑作。……下闋雖寫景，而「衰草」、「閑鷗」句兼以書感，名句足敵白石。（同上）

〔紅情荷花〕（詞，略）

……夏閏庵評云：「與姜白石賦梅同一寄託而不如白石，彼是憂危語，此是憑弔語，亦時爲之也。」

〔念奴嬌〕（詞，略）

此調共賦兩首，此爲次首，較第一首爲精湛。筆勢挺健，浩氣流轉，有「叩舷長嘯」、「萬象賓客」之概。高迥如白石，雄慨似東坡，與詠「春水」、「孤雁」及《西湖春感》等皆集中名作。（同上）

〔月下笛〕孤游萬竹山中，閑門落葉，愁思黯然，因動黍離之感，時寓甬東積翠山舍。

（詞，略）

此詞從《詞綜》補録。玉田詞每隱寓君國之思，此則明言《黍離》之感，撫連昌楊柳，訪杜曲門庭，亡國失家之痛，並集於懷矣。……○玉田與姜白石齊名，世有姜張之目。鄭所南謂玉田「三十年汗漫南北數千里，……仰攀姜堯章、史邦卿、盧蒲江、吴夢窗諸名勝，互相鼓吹春聲於繁華世界……能令後三十年西湖錦繡山水，猶生清響。」仇山村謂其「意度超玄，律吕協洽」。舒閬風謂其「詩有姜堯章深婉之風，詞有周清真雅麗之思，畫有趙子固瀟灑之意，未脱承平公子故態。」（同上）

吴保初

〔有憶〕　年時曾謁順陽公，一闋新詞换小紅。記得吴淞江上路，吹簫相伴過垂虹。

陳詩案：此乃感逝之作。先生姬人許君男，乃順德李若農侍郎之婢，故詩語云然。（《北山樓集·北山樓詩》）

陳　洵

〔源流正變〕　稼軒由北開南，夢窗由南追北，善乎周氏之能言也。南宋諸家，鮮不爲稼軒牢籠者，龍川、後邨、白石皆師法稼軒者也。二劉篤守師門，白石别開家法。白石立而詞之國土蹙矣。至玉田演爲清空，奉白石爲祧廟。畫江畫淮，號令所及，使人遂忘中原，微夢窗誰與言恢復乎？周止庵曰：「近人頗知北宋之妙，然終不免有姜、張二字，横亘胸中。豈知姜、張在南宋亦非巨擘乎？論詞之人，叔夏晚出，既與碧山同時，又與夢窗别派，是以過尊白石，但主清空。後人不能細研詞中淺深曲折之故，羣聚而和之，並爲一談，亦固其所也。」

洵按：自元以來，若仇仁近、張仲舉，皆宗姜、張者。以至於清竹垞、樊榭極力推演，而周、吴之緒幾絶矣。竹垞至謂夢窗亦宗白石，尤言之無理者。（《海綃説詞》）

〔霓裳中序第一〕　不過感舊園十一年矣。壬戌二月，與樹園琴筑六禾橘公薄游城東，邂逅主人，牽率小息，因述此曲，白石所謂「感此古音，不自知其詞之怨抑者也」。

（詞，略）（《全清詞鈔》第三十九卷）

梁啟超

〔吴夢窗年齒與姜石帚〕 亡友王靜安嘗疑夢窗詞中之姜石帚非姜白石，叩之，亦未能盡其説也。今以草窗詞證之，知夢窗年代不能上及白石。儀徵劉伯山毓崧叙杜刻草窗詞，考證草窗年代經歷極精覈，據稱草窗與夢窗唱酬，始於景定癸亥春暮，草窗年甫三十有二，夢窗之齒應長於草窗五十餘歲，時已八十上下。其所以作此推斷者，緣夢窗集中《惜紅衣》調下題注有「余從姜石帚游苕霅間三十五年矣」一語，若石帚即白石，則夢窗從游時雖年僅弱冠，其交草窗時則已八十也。劉氏以爲昔人忘年下交，至可敬佩。考草窗集中關涉夢窗之詞凡三首：一，《玲瓏四犯》；二，《拜星月慢》；三，《玉漏遲》。《玲瓏四犯》題爲「戲調夢窗」，中有「年少恐負韶華，儘占斷豔歌芳酒」，「還約在劉郎歸後，憑問柳陌舊鶯，人比似垂楊誰瘦。」等語。縱使夢窗忘年，草窗對於先輩終不能如此謔浪，且此等語以調八十老翁，寧復情理耶？《玉漏遲》題爲「題吴夢窗《霜花腴詞集》」，詞云：「老來歡意少。錦鯨仙去，紫霞〔簫〕聲杳。怕展金奩，依舊故人懷抱。猶想烏絲醉墨，驚俊語、香紅圍繞。閑自笑。與君共是、承平年少。」此是夢窗死後追述舊歡之作。依劉氏所證算，則草窗壯年，夢窗行將就木，安得云「共是」「年少」耶？然則二窗年輩決非甚相懸絶如劉氏所云矣。劉氏因夢窗集中與石帚往還之作，既以證夢窗之忘年下交草窗，又以證白石之忘年下交夢窗。案白石歌曲考其蹤跡，其寓居苕霅，乃在淳熙丁未至紹熙壬子四五年間，下距景定癸亥七十餘年，假定夢窗弱冠時從白石游苕霅，則其交草窗時，已非年逾九十不可，此必無之理也。然則欲考夢窗年齒，必須將其與白石之關係葛藤先行剪斷。但石帚之爲何如人，則只得付諸闕如矣。

伯山又推論石帚實白石年齒，謂「其早年隱居箬坑之丁山，屢經奏薦，因秦檜當國不起。」此説不知何本。記在宋人説部中曾見，決非伯山臆造，則可斷言耳。考白石二十世孫虬緑撰《九真姜氏世系表略》臨桂況氏蕙風簃傳鈔乾隆寫本姜氏家藏《白石道人集》附録，見《香東漫筆》卷一。稱：白石曾祖俊民爲紹興八年進士，父噩爲紹興三十年進士，知漢陽縣。秦檜死於紹興二十五年，其當國時，與白石曾祖、祖父年代略相值，而其父尚未通籍。白石《昔游詩序》稱「早歲孤貧」，其父卒於何年雖無從考，然《探春慢》詞自序云：「予自孩幼從先人宦於古沔。」則其父出宰漢陽時白石尚孩可知，安得在秦檜當國中屢薦不起耶？使夢窗集中之姜石帚而在秦檜時爲已享高名之微士，其人益非壽逾百齡不可矣。伯山又假定姜、吴同游苕霅在嘉泰癸亥前後而夢窗時甫弱冠，則年歲勉可相及，然白石自紹熙癸丑以後，客越客杭，自此終其身蹤跡未再到苕霅，此按諸其詩詞集顯然可稽者。伯山改遲十年，於事實決無合也。然則白石、石帚非一人，當爲信讞矣。乾隆寫本《白石集》有洪武十四年八世孫福四志略稱：「是編白石暮年自删定，録寫兩本，一付兒子，一詒猶子通，世世寶之。」《世系表》記夔子名瓊，官太廟齋郎。瓊能寶先人手澤且教率子孫世世勿替，必非俗子。夢窗所交石帚，得毋即其人而增減乃父之號以自號耶？姑書以備再考。（《飲冰室合集·文集之四十四（下）》）

〔南宋詞〕　姜夔

《玲瓏四犯》　疊鼓夜寒

與清真之「斜陽冉冉春無極」，同一風格。（《飲冰室評詞》丙卷）

《念奴嬌》　鬧紅一舸

麥丈云：俊語。（同上附録）

《長亭怨慢》　漸吹盡枝頭香絮

麥丈云：渾灝流轉，奪胎稼軒。（同上）

《八歸》　芳蓮墜粉

麥丈云：全首一氣到底，刀揮不斷。（同上）

張爾田

〔彊村遺書序〕　……先朝大臣詞嶰筠、稚圭固不論，即並世詞流，半塘之於碧山，叔問之於白石，夔笙之於梅溪，蕙芬散條，殆亦莫能相掩。語曰「惟其有之，是以似之」，豈與夫懷鉛握槧之賓、折楊皇荂之客等量齊觀同年而語哉！（《彊村遺書》卷首）

〔詞莂序〕　……爾田少侍先子，言嘗從鹿潭學爲詞，鹿潭自詡其詞曰白石儔也。（《詞莂》卷首）

許承堯

前代名賢流寓最顯者，如……姜夔與俞商卿銛朴翁同寓新安溪莊舍，賦《臘花》一詞，見《白石道人歌曲》。（《歙縣志》卷十六《雜記拾遺》）

夏敬觀

〔冒疚齋〕　如皋冒鶴亭同年廣生，亦號疚齋，……其詞亦宗竹垞、迦陵。……其題余填詞圖用王通叟韻《天香》云：「天水名公，金源作者，詞壇領袖不少。砌寶樓臺，搓橙院落，此境幾人能到。偷聲減字，分與寸、商量不了。秦柳幾爲世棄，姜張猶道家小。　天公被他奪巧。正江南亂鶯芳草。畫出軼倫鬍也，扇巾談笑。一事爲君絶倒。都未怕、尊前被花惱。依樣胡盧，迦陵也好。」蓋譏余不喜迦陵，而又效迦陵所爲，而有此填詞圖也。此詞風致絶佳，置之迦陵集中，殆不能辨。宋詞少游、耆卿、清真、白石，皆余所宗尚。夢窗過澀，玉田稍滑，余不盡取。謂余棄秦、柳，小姜、張，則寃矣。（《忍古樓詞話》）

〔夏瞿禪〕　永嘉夏瞿禪承燾，深於詞學，考據精審，著有《白石道人歌曲旁譜考證》、《白石歌曲旁譜辨》。其詞穠麗密緻，符合軌則，蓋浙中後起之秀也。（同上）

〔陳石遺〕　侯官陳石遺衍，閩之經師，尤以詩名噪海内。……石遺早歲有《朱絲詞》一卷，晚不復作。

閩人論前輩詞，惟數又點。不知先生雖不多作，出其餘技，實在又點之上。先生有……賦落梅《蝶戀花》云：「地近闌干能幾尺。一夜東風，點盡梅花白。只有一窗窗紙隔。不知誰弄江城笛。　花氣藥爐多病客。疏影暗香，絶調今難得。逝水年華看錦瑟。昭君關塞琵琶黑。」(同上)

〔王壬秋　楊蓬海　陶子縝〕　光緒間，先君子官湖南糧儲道，重修定王臺，每歲人日，踵姜白石探梅故事，必有賦詠。先君子不作詞，其和白石《一萼紅》詞者，湘潭王壬秋丈闓運、長沙楊蓬海丈恩壽、會稽陶子縝丈方琦。……王丈又有……《暗香》云：「漢時月色。向古城一角，長窺詞客。試傍玉梅，歲歲春來探消息。環佩歸時夜冷，料瘦損胡沙天北。又十載蠟屐重經，長嘯楚天碧。　南國。遠岑寂。比雪苑兔園，未近鋒鏑。故垣約略，時有幽禽覷苔石。休道長沙地小，長樂外鍾聲堪憶。這冷淡蹤跡處，幾人覓得。」(同上)

〔陳伯平〕　長沙陳伯平中丞啟泰，以戊辰名翰林，轉御史，直聲震朝右。……公生平精音韻訓詁之學，間喜爲小詞。……席間與友人論詞《滿江紅》云：「今夜尊前，爲默數、千秋詞客。應除卻、旗亭勝侶，沈香仙伯。一自金荃開豔體，南唐西蜀彌纖仄。直沿流，爭唱柳屯田，風斯極。　秦與晏，喧歌席。坡一變，融詩筆。怪當時樂府，俳謡錯出。南宋名家何婉約，姜張吴史工堪敵。但誰饒、壯語壓辛劉，鏘金石。」(同上)

王國維

昭明太子稱：陶淵明詩「跌宕昭彰，獨超衆類。抑揚爽朗，莫之與京。」王無功稱：薛收賦「韻趣高奇，詞義晦遠。嵯峨蕭瑟，真不可言。」詞中惜少此二種氣象，前者惟東坡，後者惟白石，略得一二耳。（《人間詞話》）

美成《青玉案》（當作《蘇幕遮》）詞：「葉上初陽乾宿雨。水面清圓，一一風荷舉。」此真得荷之神理者。覺白石《念奴嬌》《惜紅衣》二詞，猶有隔霧看花之恨。（同上）

詠物之詞，自以東坡《水龍吟》爲最工，邦卿《雙雙燕》次之。白石《暗香》、《疏影》，格調雖高，然無一語道着，視古人「江邊一樹垂垂發」等句何如耶？（同上）

白石寫景之作，如「二十四橋仍在，波心蕩、冷月無聲。」「數峰清苦，商略黄昏雨。」「高樹晚蟬，説西風消息。」雖格韻高絶，然如霧裏看花，終隔一層。梅溪、夢窗諸家寫景之病，皆在一「隔」字。北宋風流，渡江遂絶。抑真有運會存乎其間耶？（同上）

問「隔」與「不隔」之别，曰：陶、謝之詩不隔，延年則稍隔矣。東坡之詩不隔，山谷則稍隔矣。「池塘生春草」、「空梁落燕泥」等二句，妙處唯在不隔。詞亦如是。即以一人一詞論，如歐陽公《少年游》詠春草上半闋云：「闌干十二獨凭春，晴碧遠連云。千里萬里，二月三月（此二句原倒置），行色苦愁人。」語語都在目前，便是不隔。至云：「謝家池上，江淹浦畔。」則隔矣。白石《翠樓吟》：「此地。宜有詞仙，擁素雲黄鶴，與君游戲。玉梯凝望久，嘆芳草、萋萋千里。」便是不隔。至「酒祓清愁，花銷英氣。」則隔矣。然南宋詞雖不隔處，比之前人，自有淺深厚薄之别。（同上）

古今詞人格調之高，無如白石。惜不於意境上用力，故覺無言外之味，絃外之響，終不能與於第一流之作者也。（同上）

南宋詞人，白石有格而無情，劍南有氣而乏韻。其堪與北宋人頡頏者，唯一幼安耳。近人祖南宋而祧北宋，以南宋之詞可學，北宋不可學也。學南宋者，不祖白石，則祖夢窗，以白石、夢窗可學，幼安不可學也。（同上）

讀東坡、稼軒詞，須觀其雅量高致，有伯夷、柳下惠之風。白石雖似蟬蜕塵埃，然終不免局促轅下。（同上）

蘇、辛，詞中之狂。白石猶不失爲狷。若夢窗、梅溪、玉田、草窗，中（當作「西」，《删稿》頁二三八可證）麓輩，面目不同，同歸於鄉愿而已。（同上）

詩人對宇宙人生，須入乎其内，又須出乎其外。入乎其内，故能寫之。出乎其外，故能觀之。入乎其内，故有生氣。出乎其外，故有高致。美成能入而不出。白石以降，於此二事皆未夢見。（同上）

白石之詞，余所最愛者，亦僅二語，曰：「淮南皓月冷千山，冥冥歸去無人管。」（《人間詞話删稿》）

詞家時代之説，盛於國初。竹垞謂：詞至北宋而大，至南宋而深。後此詞人，群奉其説。然其中亦非無具眼者。周保緒曰：「南宋下不犯北宋拙率之病，高不到北宋渾涵之詣。」又曰：「北宋詞多就景敘情，故珠圓玉潤，四照玲瓏。至稼軒、白石，一變而爲即事敘景，使深者反淺，曲者反直。」……其推尊北宋，則與明季雲間諸公，同一卓識也。（同上）

近人詞如《復堂詞》之深婉，《彊村詞》之隱秀，皆在半塘老人上。彊村詞學夢窗而情味較夢窗反勝。蓋有臨川、廬陵之高華，而濟以白石之疎越者。學人之詞，斯爲極則。然古人自然神妙處，尚未見及。（同上）

賀黄公謂：「姜論史詞，不稱其『軟語商量』，而賞（原作『稱』，依《詞筌》改）其『柳昏花暝』，固知不免項羽學兵法之恨。」然「柳昏花暝」，自是歐、秦輩句法，前後有畫工化工之殊。吾從白石，不能附和黄公矣。（同上）

東坡之曠在神，白石之曠在貌。白石如王衍口不言阿堵物，而暗中爲營三窟之計，此其所以可鄙也。（同上）

「紛吾既有此内美兮，又重之以修能。」文字之事，於此二者，不能缺一。然詞乃抒情之作，故尤重内美。無内美而但有修能，則白石耳。（同上）

白石尚有骨，玉田則一乞人耳。（《人間詞話》附録）

周介存謂白石以詩法入詞，門徑淺狹，如孫過庭書，但便後人模仿。予謂近人所以崇拜玉田，亦由於此。（同上）

王君靜安將刊其所爲《人間詞》，詒書告余曰：知我詞者莫如子，序之亦莫如子宜。余與君處十年矣。

比年以來，君頗以詞自娱。……君之於詞，於五代喜李後主、馮正中，於北宋喜永叔、子瞻、少游、美成，於南宋除稼軒、白石外，所嗜蓋鮮矣。尤痛詆夢窗、玉田，謂夢窗砌字，玉田壘句，一彫琢，一敷衍，其病不同，而同歸於淺薄。六百年來，詞之不振，實自此始。其持論如此。……光緒丙午三月，山陰樊志厚序。（同上）

文學之工不工，亦視其意境之有無，與其深淺而已。……温、韋之精豔，所以不如正中者，意境有深淺也。珠玉所以遜六一，小山所以愧淮海者，意境異也。美成晚出，始以辭采擅長，然終不失爲北宋人之詞者，有意境也。南宋詞人之有意境者，惟一稼軒，然亦若不欲以意境勝。白石之詞，氣體雅健耳，至於意境，則去北宋人遠甚。……光緒三十三年十月，山陰樊志厚叙。

編者按：徐調孚在《人間詞話》的「重印後記」中謂：「其中署名山陰樊志厚的《人間詞》甲乙稿兩序，據趙萬里先生所作《年譜》，實在是王國維自己的作品，所以也一併收入附録中。」王幼安在兩序後所加按語則謂：「此二序雖爲觀堂手筆，而命意實出自樊氏。觀堂廢稿中曾引樊氏之語，而樊氏所賞諸詞，《觀堂集林》亦不盡入選，可證也。」

羅振常

《白石道人歌曲》六卷，别集一卷，厲樊榭手寫本，馬氏小玲瓏山館藏書。後有樊榭手跋及「太鴻」朱文方印，第一頁有「小玲瓏山館」朱文方印，「馬佩兮家珍藏」朱文長印，書口下方有「小玲瓏山館」五字。跋稱此本符君幼魯得之婁君敬思家，假以手録。蓋婁氏所藏，乃陶九成鈔本，固與陸渟川、張漁村所刊江研南所録同源者也。卷後趙與訔、陶九成識語均與諸本同。跋尾署「乾隆二年四月立夏日」。案蒲褐山房詩話，樊榭以孝廉需次入京，不就選而歸，揚州馬秋玉兄弟延爲上客，來往竹西者數載云。乾隆二年，正當樊榭詞科報罷需次既歸之後，其時恰主馬氏，所録即藏小玲瓏山館。又江研南録本序亦稱符藥林過揚州，出詞本相示，因而假録；後則署「乾隆二年四月十九日」。蓋符氏以是本徧示諸人，互求假録，厲、江兩本同時所寫，故日月亦略同也。余每遇名家詞善本輒諷玩不忍置，況作者、寫者、藏者均爲名家，一開卷間，古香盈把，其爲幸何如乎！因誌眼福，並書藏時。丙辰正月二十一日，上虞羅振常題於海上寓庭之終不忍齋。

白石詞近有朱氏刻，即研南本，而以張、陸兩刻校之，可謂集諸本之大成。彊村老人謂三本同出符藥林，何以並不脗合，頗以爲怪；不知尚有第四本也。今以此本斠校朱刻，仍有異同，如卷三後此本有《硯北雜志》一則，卷六後有《慶元會要》一則，江本均無之。案此雖非詞集本文，然當是趙與訔、陶九成原本所記，故趙跋中有「會要所載，奉常所録」之語，未可節也。又卷三《江梅引序》「將詣淮南不得」，朱刻作「將詣淮而不得」。案本詞有「歌罷淮南春草賦」之句，則作「淮南」爲是。白石詞中常韻「淮南」，《踏莎行》云：「淮南皓月冷千山」；《卜算子》云：「淮南好，甚時重到」皆是。淮南爲廣陵，故曰「詣」，若泛指淮水，當云「渡」不當云「詣」也。又朱刻卷三《浣溪沙》第五首序「得臘花韻甚」，校語云「臘」當作「蠟」，此本正作「蠟」，不作「臘」。又卷六《秋宵吟》，「去國情懷，暮煙衰草」，朱刻作「暮帆煙草」，便不成句。又別集《卜算子》第五首注「下竺寺前」云云，朱刻全闕。略舉數則，

可見此本之善。則欲見陶氏原本真面者，殆莫此本若矣。振常又記。（《姜白石詞編年箋校》）

李壽銓

〔吉金樂石之居印存序〕……桐城葉君閬仙，富於祖述，邃乎游藝，夙具金石癖，予與有萍水緣。一日，君將其疇昔所摹刻之《印存》一卷餉予，展而讀之，不啻覯鍾鼎彝卣刀鉤鈴鐸，諸款識陸離光怪，叢萃吾眼前。美哉觀乎！……昔湯克一夢人授圖書凡三十有一體，爰悉取古今印法盡録其變，謂之《圖書譜》。今葉君假王子安《滕王閣序》文逐句鐫章，集各種篆法，纍纍成印，數凡一百五十有二，乃於嘯堂、白石、吾邱衍、趙孟頫、葛南廬、汪桐生輩各著譜録以外，別開生面，允矣神乎其技，有足光家學、緬師承而堪以自壽者。（《南社》第十七集）

吴清庠

〔葉中冷詞卷序〕倚聲非小道也。託體帷房，睠懷君國，通呼吸於風騷，契神明於樂府，飛卿、端己美矣至矣。降及兩宋，派別有二。一則以纏綿悱惻之思，達窈眇幽夐之指，香草一束，贈之美人；垂楊千絲，懷彼夫壻；姜、史、張、王，絃管不絶矣。一則以嶔奇歷落之材，馭拂鬱摧撞之氣，弄桓伊之笛，於焉心傷；擊處仲之壺，不覺口缺；東坡、稼軒，旗鼓別樹矣。然而風騷之旨，樂府之音，聽曲識真，兩各有當。元明兩朝，傳者蓋寡。清初諸老，備有萬能，竹垞以玉田揭櫫，迦陵以稼翁津逮。後有作者，囿於前賢，於是鍾兒女情者不惜短英雄之氣，努金剛目者不知低菩薩之眉，雖曰從吾所好，毋亦有人見存歟！……嗟！嗟！自曝書亭圮，湖海樓空，軌轍攸分，本源日汨，彼蓉裳、頻迦揣摩閨襜，汙穢衾枕，已成姜、史罪人；而板橋、心餘吆喝風月，呵咤山川，又豈蘇、辛肖子！……今中泠鎔唐五代於寸心，製南北宋以一手，令、慢樹之興觀，犯、引通之絃瑟，譬之時花美人，豔不入妖；劍俠飛仙，豪不走獷，凡馬一空，真龍畢現。（《南社》第十七集）

張素

〔瘦眉詞卷自序〕……詞雖小道，性情所在。羈人多感，天涯易秋；大夫行役，離離禾黍；征人懷歸，依依楊柳：存於其志，發而爲言。仲宣遠游，悵然登樓之賦；蘭成蕭瑟，哀矣江南之篇：援彼例此，殆同一轍。所以春驛聞鷓鴣之聲，稼軒因之託興；秋堂尋蟋蟀之譜，白石藉以寫憂；玉田流寓於杭州，時有新製；少游跌宕於淮海，不乏幽吟：我思古人非徒刻畫蟲魚、排當風月而止也。（《南社》第九集）

徐自華

〔笠澤詞徵序〕吾師巢南子，……獨不屑取功名，殷殷然以倚聲自娱。所撰《病倩詞》，步武姜、張，肩隨辛、柳，洵能合空靈雄健爲一爐者。（《南社》第十集）

馬湯楹

〔純飛館詞選小叙〕前清西泠詞家，以樊榭爲開山手，固世所稱善學姜、張者。其實白石超逸，非樊榭所能幾；玉田疏朗，而樊榭時以縝密見長，與張亦不盡相類。……徐仲可先生近刻其《純飛館詞》，有學姜、張體者，有學夢窗體者，窮其淵源所自，則得力中仙者尤多。（《南社》第十六集）

蔡　寅

〔笠澤詞徵序〕吾邑川原清麗，地氣疏明，……迺樂府翻新，兹事亦盛。玄真開山，流風用邕。嗣音不虚，作者代起。此求彼應，前喁後於。白石宗風，玉田雅趣，一鄉之善，薈而萃焉。（《南社》第十集）

古　直

〔江樓晚眺集白石句〕閒倚闌干看落暉，此心惟有斷雲知。而今漸欲抛塵事，指點移舟着小堤。白水青山生晚寒，稻叢茁茁欲齊肩。煙波漸遠橋東去，惆悵無人把釣竿。橫看山色仰看雲，楊柳風微約暮寒。自覺此心無一事，白鷗飛去落前灘。（《南社》第十一集）

蔡守

〔題亞子分湖舊隱圖〕　十里分湖如在望，絶勝風景藕花天。閉藏竹塢思専壑，游釣苕溪憶往年。竹塢、苕溪皆分湖勝地，見湖隱外史。底事移家同郭老，頻伽故移分湖，後移家魏塘。輸他流寓有朱顛。朱南，人呼曰朱顛，見《湖隱外史》。舊時月色猶能説，楊廉夫《東維子集》云：元松陵陸子敬居分湖之北，壘石爲山，樹梅成林，取姜白石詞語，名其軒曰「舊時月色」。金粟珠簾共惘然。金粟、珠簾，妓名，見鐵厓《游分湖記》。（《南社》第十三集）

朱慕家

〔過成園作次悼秋韻〕　北窗午夢正聊聊，涼雨飄來暑驀消。囊底探將新麗句，苦無白石譜瓊簫。（《南社》第二十集）

王蘊章

〔可中亭傳奇序〕　中年絲竹，陶寫無端。讀亞子惠我新詩「衹憐菊影成飄泊，輸與姜夔載小紅」，東澤綺語債，亦幾消除淨盡矣。（《南社》第十四集）

顧無咎

〔酒社第七集〕　盤飧味美愛蓴鱸，涼露無聲溼薄襦。折一角巾皆雅士，掃千杯酒盡狂奴。板橋酌月情無那，畫舫論文興未孤。我自船頭擫長笛，可憐低唱小紅無。（《南社》第二十集）

李雲夔

〔無題〕　不如歸去酒闌時，鬢影衣香想見之。記得昨宵明月下，小紅低唱我吟詩。（《南社》第十二集）

姜可生

〔題某姬人小影〕　酒闌燭灺問佳期，凝睇傳神絕代癡。拜倒水晶簾底月，姜郎才調小紅知。（《南社》第十二集）

林大椿

〔導言〕　詞之歌譜，雖經失傳，尚有張炎《詞源》及姜夔《白石歌曲》之旁譜，略陳其概，可資研究。所惜傳寫錯訛，易致參差。近代關於闡明二書之著述，頗有數種，究其所得，仍難合於歌喉。近有日本内藤氏撰有《宋樂與朝鮮之關係》一文，叙述宋時因郡主下嫁高麗國王，曾遺宋樂一小部，故高麗至今尚沿用宋樂詞牌。但内藤之文，僅啟其端，未臻具體。予嘗譯載《小説月報》。倘從高麗樂書取徑探討，上窺宋樂之歌法，或可得一線之曙光也。（《詞式》卷首）

〔石湖仙〕（源流）姜夔自度曲。○姜夔序云：「壽石湖居士。」案：范成大號石湖。（宮調）姜夔詞注越調。（名解）此詞爲祝石湖生日，故名《石湖仙》，即賦題本意也。

（姜夔詞，略）（同上卷六）

〔法曲獻仙音〕（源流）陳暘《樂書》云：法曲興於唐，其聲始出清商部，比正律差四律，有鐃鈸鍾磬之音，獻仙音其一也。又云：聖朝法曲樂器，有琵琶、五絃箏、箜篌、笙笛、觱篥、方響、拍板，其曲所存，不過道調望瀛、小石獻仙音而已，其餘皆不復見矣。（宮調）柳永注小石調，周邦彦、吴文英、姜夔詞均注大石調。（名解）唐志：玄宗知音律又酷愛法曲，又夢仙子十輩，御卿雲而下，列於庭，各執樂器獻仙音者也。——見周邦彦《片玉集》注。（别名）姜夔詞，名《越女鏡心》。按：唐張籍酬朱慶餘詩，有「越女新妝出鏡心」句，姜詞調名本此。——見《欽定詞譜》。

（周邦彦詞，略）（同上）

〔滿江紅〕兩段九十三字。前段八句，四平韻。後段十句，五平韻。

姜　夔

（詞，略）

此調押平聲韻者，以此詞爲正體。其句讀與仄聲韻同。惟前後段兩結句，並用平仄平，諸家俱如此填。此即姜夔所謂叶律處，填者宜注意之。（同上）

〔長亭怨慢〕兩段九十七字。前後段各九句，五仄韻。

姜　夔

（詞，略）

此調創自姜夔，自以此詞爲正體。○前段之「青青如許」句，姜夔《白石道人歌曲》作「青青如此」。萬樹云：「此」字不是韻，乃白石借叶者。《欽定詞譜》不知何所據作「如許」。兹爲便於參考計，故仍之，注明原作附此。○前段第五句七字，句法微拗，「向」字必用仄聲。各家皆同。（同上）

〔霓裳中序第一〕（源流）霓裳羽衣曲，説者多異。予斷之曰：西涼創作，明皇潤色，又爲易美名；其他飾以神怪者，皆不足信也。唐史云：河西節度使楊敬述獻，凡十二遍。白樂天《霓裳羽衣曲歌》云：由來能事各有主，楊氏創聲君造詣。杜祐《理道要訣》云：天寶十三載七月改諸樂名，中使輔璆琳宣進止，命於太常寺刊石，内黄鍾商婆羅門曲改爲《霓裳羽衣曲》。其後憲宗時，每大宴間作此舞。文宗時，詔太常卿馮定采開元雅樂製雲韶雅樂及《霓裳羽衣曲》。是時四方大都邑及士大夫家已多按習，而文宗乃令馮定製舞曲者，疑曲存而舞節非舊，故就加整頓焉。李後主作昭惠后誄云：《霓裳羽衣曲》，經兹喪亂，世罕聞者，獲其舊譜，殘缺頗甚，暇日與后詳定，去彼謡繁，定其墜缺。蓋唐末殆不全。案明皇改婆羅門爲霓裳羽衣屬黄鍾商云，時號越調，即今之越調是也。（案：黄鍾商俗名大石調，至越調乃無射商之俗名也。）白樂天《嵩陽觀夜奏霓裳》詩云：開元遺曲自淒涼，況近秋天調是商。又知其爲黄鍾無疑。又云：霓裳第一至第六疊無拍者，皆散序故也。——見宋王灼《碧雞漫志》。○《霓裳羽衣曲歌》云：散序六奏未動衣，陽台宿雲慵不飛；中序擘騞初入拍，秋竹吹裂春水坼。自注云：散序六徧無拍，故不舞；中序始有拍，亦名拍序。——見唐白居易詩。○宋沈括《筆談》云：霓裳曲凡十二疊，前六疊無拍，至第七疊方謂之拍徧，自此始有拍而舞。按此，知霓裳曲十二疊，至七疊中序始舞，故以第七疊爲中序第一，蓋舞曲之第一徧也。——見《欽定詞譜》。○姜夔《霓裳中序第一》序云：「丙午歲留長沙登祝融，因得其祠神之曲，曰黄帝鹽、蘇合香，又於樂工書中，得商調霓裳曲十八闋，皆虚譜無詞。按沈氏樂律，霓裳道調，此乃商調。樂天詩云：散序六闋，此特兩闋，未知孰是。然音節閒雅，不類今曲。予不暇盡作，作中序一闋傳於世。予方羈游，感此古音，不自知其詞之怨抑也。」○案：此調雖非姜夔創作，而詞則創自姜氏也。（宫調）姜夔詞注商調。

（姜夔詞，略）（同上卷八）

楊鐵夫

〔吳夢窗事蹟考〕……其交游則有王虔州、楊彦瞻、姜石帚、……共六十餘人。若紀昀氏謂與姜夔、辛棄疾倡和具在集中云云，今考白石是石帚之誤。已詳《惜紅衣》題箋。有爲紀氏張目者，劉毓崧序周草窗詞云：考石帚所著《續書譜》，身後爲謝采伯所刊，事在嘉定戊辰；又有《絳帖平》，其自序作於嘉泰癸亥；戊辰距嘉泰僅有五年，夢窗與石帚同游，即使至遲不過癸亥前後云云。不知《續書譜》之戊辰，乃謝采伯刻書之年月，非白石著書之年月；《絳帖平》之癸亥，乃是寧宗嘉泰三年之癸亥，非理宗景定四年之癸亥；今日戊辰，距癸亥僅有五年，是理宗四年距寧宗三年止有五年矣。所差恰甲子一週，此適足反證二石不同時矣。至稼軒二字，止見於毛本，所誤收白石之《洞仙歌》爲夢窗，杜文瀾已正其誤。稼軒時代更在白石前，那得及見？蓋紀氏過信古本，不及考正，因其誤而誤耳。（《夢窗詞全集箋釋》）

梁啟勳

〔調名〕王伯良《曲律》云：詞調之名大抵多取古人詩句中語。……以上諸説根據間有異同，並録之以作參考。……此外最可考者莫如宋人之自度曲。如姜白石之《一萼紅》，乃詠長沙官梅而作，《琵琶仙》乃吳興載酒而作，《揚州慢》乃夜過維揚而作，《長亭怨慢》乃因桓大司馬「昔年種柳，依依漢南」數語而作，《淡黄柳》乃詠合肥城南官柳而作，《石湖仙》乃壽范石湖之作，《暗香》與《疏影》乃載酒詣西湖詠梅之作，《惜紅衣》乃詠吳興荷花之作，等是也。（《詞學》上編）

詞有同調而異名者，如《金縷曲》之即《賀新郎》之類。……又有竊取其意者，如白石之《暗香》、《疏影》原是詠梅自度曲，張玉田用之以詠荷花，遂易其名曰《紅情》、《緑意》。(同上)

〔平仄〕王伯良……又曰：入可以調劑平上去三聲，如藥中之甘草，每遇平上去三聲字面不妥，無可奈何之時，得一入聲，便可通融過去云。……

詞有必須用入聲韻之調，如《滿江紅》、《念奴嬌》等。作者多用入聲韻，雖不盡然，然亦十之七八矣。入與平通，故姜白石有改填平聲之《滿江紅》。(詞，略)(同上)

〔發音〕……姜白石號爲宗工，然其《疏影》之「但暗憶江南江北」，「北」字與屋沃同押。殆宋人之常，亦發音之差異故也。(同上)

〔宫調〕……王伯良曰：用宫調須稱事之悲歡苦樂，如游賞則用仙吕、雙調等類，哀怨則用商調、越調等類；以調合情，容易感動得人云。自是當行語。試取片玉、白石兩集，擇其標出宫調者，案諸《中原音韻》之所評，便知其概。

……

《暗香》(仙吕調)，夷則宫聲，《中原音韻》所謂爲清新綿邈者。(詞，略)

《翠樓吟》(雙調)，夾鍾商聲，《中原音韻》所謂爲健捷激裊者。(詞，略)

《惜紅衣》(無射宫)，《中原音韻》謂爲嗚咽悠揚者。(詞，略)

此於清真、白石二人之作品中，各録三首。試平心静氣讀之，自能覺其神情韻味，逼肖宫調音節也。

（同上）

閒嘗讀《白石集》，見旁注之音譜，幾同天書。雖明知其爲工尺之符號，然未之能解也。兹據張玉田《詞源》釋之如左。……（同上）

〔斂抑之蘊藉法〕　含蓄蘊藉之文學，乃中華民族特性之最真表現。……

姜白石有一首：《解連環》（詞，略）

此詞無題，本事更不得而知。唯一種吞吐斂抑之情，酷似東坡之《賀新郎》。下半闋可謂纏綿悱惻之至。（同上下編）

〔烘托之蘊藉法〕　此種技術，是將熱烈之情感藏而不露，用旁敲側擊之法，專寫眼前景物，把情感從實景上浮現出來。如……

姜白石有一首，亦用此法。曰：《八歸》（詞，略）

詞題曰「湘中送胡德華」。先寫惜別語，最後忽轉變方向，用以慰行者留別之情，愈顯得送者用情之真摯。《八聲甘州》「想佳人」數句乃雙方對照，此一首「想文君」數句則成三角式矣。（同上）

〔曼聲之迴盪〕　詞學向以含蓄蘊藉爲正宗，所謂温柔敦厚，怨而不怒，守《三百篇》之遺教也。大氣盤礴，表亢進之感情者，間亦有之，然不多見。自東坡、稼軒以後，乃真有所謂迴腸盪氣之作，即世所謂蘇辛派是矣。如……辛稼軒之《摸魚兒》（詞，略）。……又姜白石之《揚州慢》（詞，略）

詞題「淳熙丙申至日，余過維揚，夜雪初霽，薺麥彌望。入其城則四顧蕭條，寒水自碧，暮色漸起，戍角悲吟，予懷愴然，感慨今昔，因自度此曲。千巖老人以爲有黍離之悲也。」淳熙三年丙申，與稼軒之《摸魚兒》作於前後三年間。時當金兵南犯後，宋使范成大行成於金。江北一帶，經喪亂之餘，瘡痍滿目，以多感之文人過此，能勿有纏綿悱惻之作？（同上）

迴腸盪氣之作，若有可歌可泣之事實爲之附麗，最易見長。如東坡之《念奴嬌》、稼軒之《摸魚兒》《永遇樂》、白石之《揚州慢》等是也。（同上）

陳匪石

〔宮調説〕明清填詞家之説，有句有讀，有韻有協，有平仄，有四聲。然所謂律者，本非如此。唐、宋之詞用諸燕樂，燕樂之源，出於琵琶。《隋書·音樂志》、《新唐書·禮樂志》、段安節《琵琶録》一名《樂府雜録》、《宋史》、《遼史》，言之綦詳。宋蔡元定有《燕樂新書》，清凌廷堪作《燕樂考原》，就《琵琶録》之四均二十八調，詮釋詳明。四均者，平聲羽，上聲角，去聲宮，入聲商。每韻七調，徵配上平，有聲無調。宋仁宗《樂髓新經》，又有八十四調，本「五聲十二律旋相爲宮」之説，以黄鍾大吕等十二律爲經，四均之外，加徵、變徵、變宮七聲爲緯，迭相配合，得八十四。張炎《詞源》爲之圖表，鄭文焯《斠律》復加校注。陳澧著《聲律通考》，二十八調、八十四調，各有專篇。然迄於南宋，則祇行七宮十二調。徵與二變不用，角亦早廢，羽爲宮半，故實用者只宮商二均。又去大吕宮《宋史·樂志》姜夔《大樂議》作大簇與他書不同。疑誤。之二高調，遂爲十二，是不獨無八十四，且無二十八矣。至聲律之標識，則古用十二律之首字，宋始用六凡工尺上一四勾五之記號。節拍則有所謂住掣掯打，又有所謂殺聲，姜夔名以住字，正犯、側犯等犯調，即以住字爲關鍵。考之白石道人詞曲旁譜，似即協韻所在。《詞源》又云：「纏令四片，引、近六均，慢曲八均。」則爲詞之拍眼，令、引、近、慢，由此而分。就詞言律，確爲上述各事。惟元代即已失傳，調名如黄鍾宫、仲吕宫之類，各書所用，且混淆而莫辨。考古者雖爬搜掇拾，終以無從審音，不能驗諸實用，則律之亡久矣。然讀《尊前集》、《金奩集》、《樂章集》、《清真詞》、《白石道人歌曲》、《夢窗詞》，及凡詞集之注明宫調者，有志索解，只能博覽上述各書，以考古之法，得聲律之大凡。又宋沈括《夢溪筆談》、清方成培《詞麈》、張文虎《舒藝室隨筆》，亦資旁證。（《聲執》卷上）

〔詞律與詞譜〕　以句法平仄言律，不得已而爲之者也。在南宋時，填詞者已不盡審音。詞漸成韻文之一體。有深明音律者，如姜夔、楊纘、張樞輩，即爲衆所推許，可以概見。及聲律無考，遂僅有句法平仄可循，如詩之五七言律絶矣。（同上）

〔方音不可爲典要〕　……詞之用韻，雖與詩有相承之關係，然詞以應歌，當筵命筆，每不免雜以方音。沈、戈二氏之詞韻，固以名家爲據，而亦斟酌於唐、宋用韻之分合及古韻之分合，猶是陸氏遺法也。惟宋人用韻，每有例外，如真、庚、侵三部，寒、覃二部，蕭、尤二部，及入聲屋、質、月、藥、洽五部，按之古今分部及音理，皆不相通，而有時互相羼雜。即知音之清真、白石、夢窗亦每見之。又如白石《長亭怨慢》，以「無」字、「此」字叶魚部。夢窗《齊天樂》之「里」字叶魚部，《法曲獻仙音》以「冷」字叶陽部，《風入松》以「鶯」字叶陽部。更如入聲屋部韻，而清真《大酺》押「國」字，白石《疏影》押「北」字。戈氏選七家詞，每擅爲改竄，致有專輒之譏。……吾人今日爲詞，既非應歌，即不應取以自便。如……白石《踏莎行》之「染」，《眉嫵》之「感」、「纜」，以及《鬲溪梅令》、《摸魚兒》之用韻，……皆不得資爲口實，而轉相仿效。（同上）

〔用入聲韻〕　凡入聲詞不可押上去，《桂枝香》、《秋霽》等同例。其南宋人有押上去者爲例外。凡上去韻不可押入聲，如《燭影摇紅》、《法曲獻仙音》、《花犯》、《過秦樓》之類，遽數之不能終其物，而如《齊天樂》、《蕎山溪》、《玉漏遲》、《喜遷鶯》、《永遇樂》等之或押入聲者爲例外。蓋各調皆有創造之人，不但柳永、周邦彦、姜夔、吴文英所自度者，斑斑可考。且如戈氏所舉專用入韻者，皆昔人所謂僻調，必當依創作者之成法。（同上）

〔句中韻〕　詞有句中韻，或名之曰短韻，在全句爲不可分，而節拍實成一韻。……填詞家於此最應注意。既不可失叶，使少一韻，尤須與本句或相承之句黏合爲一，毫無斧鑿之痕。歷觀唐宋名詞，莫不如是。惟因此故，發生一疑似之問題，凡詞中無韻之處，忽填同韻之字，則跡近多一節拍，謂之犯韻，亦曰撞韻。守律之聲家，懸爲厲禁。近日朱、況諸君尤斤斤焉。而宋詞於此，實不甚嚴。即清真、白石、夢窗亦或不免。彼精通音律，或自有説。吾人不知節拍，乃覺徬徨。（同上）

〔四聲不可紊〕　自明至清中葉，填詞家每疏於律。平仄且舛，遑論四聲。然四聲之不可紊，實宋人成法。姜夔《大樂議》曰：「七音之叶四聲，各有自然之理。今以平入配重濁，以上去配輕清，奏之多不諧叶。」雖非爲燕樂而發，而音理無二，當然適用於詞。沈義父《樂府指迷》曰：「句中去聲字，最爲緊要。將古知音人曲，一腔兩三隻參訂，如都用去聲，亦必用去聲。其次，如平聲卻得用入聲替，上聲字最不可用去聲替。不可以上去盡是仄聲便用得。」此對知四聲不知七音者說法，較姜氏語尤顯豁。既明示四聲之各有垠堮，且告以替代之所宜矣。清人論四聲，始於萬樹，持論頗精。……《宴清都》注云：「四聲之中，獨去聲爲一種沉着遠重之音。所以入聲可以代平，次則上聲，而去聲萬萬不可。」此借程垓、何籀，以上代平之字示其義例也。《暗香》注云：「首句姜詞第三字『月』字，觀吴詞『誰』字，則知可用『吴水』姜作『竹外』，可知『竹』字可平。『送帆葉』姜作『正寂寂』，則知第一箇『寂』字可平。『卧虹』姜作『夜雪』，則知『雪』字可平。」此雖未明言入之代平，而已示其實例也。（同上）

〔四聲因調而異〕　四聲問題，因調而異。……就實例言之，可分七種：

（一）領句之字多用去聲。如《詞旨》所舉……。且常用之字，《詞旨》未舉者尚多，故如清真《解語花》「從舞休歌罷」、白石《惜紅衣》「説西風消息」，用平用入，應依之。

……

（四）句首或句中或句尾限用去上者。……句尾之例，則不屬於韻者，如……白石《玲瓏四犯》之「换馬」，《琵琶仙》之「細柳」。屬於韻者，……白石《秋宵吟》之「頓老」、「又杳」、「未了」。

……

以上皆一定不易之四聲，守律者所應共遵。萬氏以特重去聲及去上，故其他未遑詳論耳。至全依四聲，則除方千里和清真以外，夢窗填清真、白石自度之腔，亦謹守之。故某人創調，其四聲即應遵守某人。如清真之《大酺》、《六醜》、《瑞龍吟》、《霜葉飛》及凡無前例者，白石之《鬲梅溪令》、《鶯聲繞紅樓》、《醉吟商小品》、《暗香》、《疏影》、《徵招》、《角招》之類，不下十餘，夢窗之《西子妝》、《霜花腴》等九調，及屯田詞不見他集之調，皆以全依四聲爲是。（同上）

〔切戒自恃天資〕　作者以四聲有定爲苦，固也。然慎思明辨，治學者應有之本能，否則任何學業，皆不能有所得。……及依律填詞，尤有取於張炎《詞源》製曲之論，句意、字面、音聲，一觀再觀，勿憚屢改，必無瑕乃已。白石所謂過旬塗稿乃定，不能自已者。彈丸脱手，操縱自如，讀者視爲天然合拍，實皆從千錘百鍊來。（同上）

〔音理宜求密〕　……齊梁之際，競談聲病，因有平頭、上尾、大韻、小韻等八病之名，所謂「五字之中，音韻悉異，兩句之内，角徵不同」，即在四聲之分配。永明體之詩，以善識聲韻相標揭，舉例如「天子聖哲」、「王道正直」，韻部聲紐，無一相同。南史所述，即詩之聲響也。姜夔七音四聲相應之説，似較周顒、沈約尤精。（同上）

〔詞句隨人而異〕　……萬氏糾明代清初之誤讀，所用方法，審本文之理路語氣，校本調之前後短長，再取他家以資對證，此萬古不易之説也。……然有引其端，未竟其緒者。中二字相連之四字句，《八聲甘州》之「倚闌干處」，注中言及，而不視爲重要。……《側犯》采方千里詞，結拍八字讀法，與周、姜

不合。（同上）

〔行文兩要素〕　行文有兩要素，曰氣，曰筆。氣載筆而行，筆因文而變。昌黎曰：「氣盛則言之短長與聲之高下者皆宜。」長短高下，與筆之曲直有關。抑揚垂縮，筆爲之，亦氣爲之。……讀昔人詞評，或曰拗怒，或曰老辣，或曰清剛，或曰大力盤旋，或曰放筆爲直幹，皆施於屯田、清真、白石、夢窗，而非施於東坡、稼軒一派。故勁氣直達，大開大闔，氣之舒也。潛氣内轉，千迴百折，氣之斂也。舒斂皆氣之用，絶無與於本體。……故詞之爲物，固衷於詩教之温柔敦厚，而氣實爲之母。但觀柳、賀、秦、周、姜、吴諸家，所以涵育其氣，運行其氣者即知。東坡、稼軒音響雖殊，本原則一。倘能合參，益明運用，隨地而見舒斂，一身而備剛柔，半唐、彊村晚年所造，蓋近於此。若喧豗放恣之所爲，則暴其氣者，北宫黝、孟施舍之流耳。（同上）

〔論詞境〕　詞境極不易説，有身外之境，風雨山川花鳥之一切皆是。有身内之境，爲因乎風雨山川花鳥發於中而不自覺之一念。身内身外，融合爲一，即詞境也。仇述盦問詞境如何能佳，愚答以「高處立，寬處行」六字。能高能寬，則涵蓋一切，包容一切，不受束縛。生天然之觀感，得真切之體會。再求其本，則寬在胸襟，高在身分。名利之心固不可有，即色相亦必能空，不生執着。渣滓淨去，翳障蠲除，冲夷虚澹，雖萬象紛陳，瞬息萬變，而自能握其玄珠，不淺不晦不俗以出之。叫囂儇薄之氣皆不能中於吾身，氣味自歸於醇厚，境地自入於深静。此種境界，白石、夢窗詞中往往可見，而東坡爲尤多。若論其致力所在，則全自養來，而輔之以學。（同上）

〔周濟詞辨〕　周濟……道光十二年撰《宋四家詞選》，以周、辛、王、吴四家領袖一代。犖犖餘子，以方附庸。……百餘年來詞徑之開闢，可謂周氏導之。至其能識屯田、夢窗，評論確當，則不僅彌張氏之缺憾，且開後此之風氣矣。四家所附各家，未必銖兩悉稱，然大體近是者爲多。惟其評論白石，似有失當之處。所指爲俗濫、寒酸、補湊、敷衍、重複者，仍南宋末季之眼光，未必即白石之敗筆。且或合乎北宋之拙樸。又謂白石脱胎稼軒，則愚尤不敢苟同。野雲孤飛沖澹飄逸之致，決非稼軒所有。而稼軒蒼涼悲壯之音，權奇倜儻之氣，亦非白石所能。未可相附也。（同上卷下）

〔宋七家詞選〕　戈順卿《宋七家詞選》，作於清道光間。其時比興説創於常州，戈氏爲吴中七子之一，雖仍衍浙西之緒，求南宋之雅音，然已知所謂騷雅遺意，且已知尊清真。特其論清真者，仍不免隔靴搔癢，不如周濟謂之集大成爲有真知灼見爾。然戈氏之論夢窗，則已能知之，所謂「運意深遠，用筆幽邃，貌觀之雕繢滿眼，而實有靈氣存乎其間」，固與周濟之説，如桴鼓之相應也。彼自謂欲求正軌，以合雅音，則惟周、史、姜、吴、周、王、張，允稱無憾。蓋於北宋雖未能深闚，而於南宋已得奥窔，故其言多中肯綮也。（同上）

〔心日齋詞録〕　《心日齋十六家詞録》，周之琦所選。時在道光二十三年，所録爲温庭筠、李煜、韋莊、李珣、孫光憲、晏幾道、秦觀、賀鑄、周邦彦、姜夔、史達祖、吴文英、王沂孫、蔣捷、張炎、張翥十六家。自言爲平生得力所自，故輯而録之。……此書只家刻本，流傳不多，然所選頗精，足與戈選同資誦習。蓋限定家數之總集，只戈選、周録。而周之異於戈者，則上起唐代，下迄於元。北宋增小晏、秦、

賀，雖似不出温柔敦厚之範圍，而門户加寬，且已知崇北宋矣。（同上）

〔宋詞舉〕　距今二十五年至三十年以前，愚授詞北京，有《宋詞舉》之作。時方有宋十二家之擬議，此爲縮本，編法用逆溯。並以校記、考律、論詞三事，分段説明。詞僅五十二首，蓋用爲講貫之資。且與時間相配，非十二家詞選體製也。徐仲可見之，遽謂爲創作，深加贊許。卷端論選録之旨，兹録如次：

論南宋六家

選南宋詞者，戈順卿取史、姜、吴、周、王、張六家，周稚圭取姜、史、吴、王、蔣、張六家，周止庵則以辛、王、吴爲領袖。夫張炎之妥溜，王沂孫之沉鬱，吴文英極沉博絶麗之觀，擅潛氣内轉之妙。姜夔野雲孤飛，語淡意遠；辛棄疾氣魄雄大，意味深厚，皆於南宋自樹一幟。流風所被，與之化者，各若干人。然蔣捷身世之感，同於王、張。雕琢之工，導源吴氏。周密附庸於吴，尤爲世所同認。姑舍蔣、周，而録張、王、吴、姜、辛，意實在此。至此五家者，相因相成，往往可見。然各有千古，不能相掩也。史達祖步趨清真，幾於笑顰悉合，雖非戛戛獨造，然南渡以降，專爲此種格調者，實無其匹。故效戈、周之選，不敢過而廢之。初學爲詞者，先於張、王求雅正之音，意内言外之旨，然後以吴鍊其氣意，以姜拓其胸襟，以辛健其筆力，而旁參之史，藉探清真之門徑，即可望北宋之堂室，猶是周止庵教人之法也。（同上）

〔九種詞集〕　詞肇於唐，成於五代，盛於宋，衰於元。而南有樂笑之流風，北有東坡之餘響。亡於明，則祧兩宋而高談五代，競尚側豔，流爲淫哇。復興於清，或由張炎入，或由王沂孫入，或由吴文英入，或由姜夔入，各盡所長。其深造者柳、蘇、秦、周，庶幾相近。故治詞學者，雖以唐五代宋爲矩矱，而宋實爲之主。（同上）

〔姜夔〕夔字堯章，鄱陽人。蕭東夫愛其詞，妻以兄子。因寓居吴興之武康，與白石洞天爲鄰，自號白石道人。慶元中，曾上書乞正太常雅樂，得免解，迄不第。善吹簫，每自製曲，初率意爲長短句，然後協以音律。詞多旁注譜字。嘉泰二年，錢希武爲刻詞曲六卷，名《白石道人歌曲》。後又有别集一卷。明時集佚，所傳只《花庵詞選》之三十四首，汲古閣刊之。又有明鈔本，清雍正間洪正治刊之，亦非全集。自元陶宗儀鈔本出，張奕樞刻之，陸鍾輝刻之，而陸併爲四卷。其後鮑刻、江刻、姜刻、倪刻、范刻、四印齋刻皆從陸本出。許增校刻本，則參合張、陸。沈曾植影印張本。《彊村叢書》以江研南鈔本付刊。（《宋詞舉》卷上）

〔揚州慢〕（詞，略）

〔校記〕：《草堂詩餘》「薺麥」作「薺菜」，「而今」作「如今」。《詞律》、《歷代詩餘》、《花庵詞選》、《詞綜》、汲古本、洪刻並同。張刻「空城」作「江城」，《歷代詩餘》同。《歷代詩餘》「胡馬」作「吴馬」，《詞律》同。

〔考律〕：調爲白石自度，宋末多有作者，如趙以夫、鄭覺齋、李萊老諸人之詠瓊花。平仄與姜頗多出入，而句法不異，萬樹謂從姜爲妥，是也。前後兩結，《詞律》作上五下六，杜文瀾謂有作三字一句、四字兩句者，似可不拘。

〔論詞〕：此爲賦體，哀時念亂之感，一以摹寫被兵後景象出之。起處從過揚州說入，曰「名都」，曰「佳處」，爲下之「空城」反襯，極言揚州之名勝，風景應佳，亦「少駐初程」前之揣想，絶不料其「四顧蕭條」，即序中所謂「昔」也。周濟詆爲「俗濫」，愚未敢苟同。「過春風十里」一轉，是「解鞍」時感覺。「十里」之遥，有似「春風」已轉，而見其「青青」者，盡是「薺麥」（薺麥，冬生夏死，靡草之屬），則人與屋宇蕩然無存，可言外得之。杜詩「城春草木深」，此十字之所祖，皆從《風》詩「彼黍離離」化出者也。所以然者，「胡馬窺江」，兵禍極酷，事後之餘痛，即無知之「廢池喬木」，猶厭兵革。陳廷焯評此數語，謂「情景逼真。『猶厭言兵』四字，包括無限傷亂語。」諒哉！「漸黄昏」，又一轉。雖厭兵之極，而所聞猶是軍聲，不過所吹之寒已無人感受，只空城一角伴此黄昏，更進一層，語意更覺沉痛。「空城」二字，又全篇主眼，於前結揭出，即引起過變以後一段文章。尋金人南犯，屢至江淮，紹興三十一年南至采石，隆興二年復渡淮，丙申爲淳熙三年，遠者十五載，近者十二載，而元氣依然未復，此白石所以嘆也。然此爲揚州之今，而非揚州之昔。回憶唐代杜牧分司之時，何等繁盛，乃昔多「俊賞」，今僅「空城」，料杜郎如果重來，亦當驚訝。「荳蔻梢頭」之詩，薄倖青樓之夢，皆將以人跡寥落，無人賦此深情，則今日「仍在」者，惟是二十四橋，一丸「冷月」摇蕩波心，不復有簫聲可聽。因念「橋邊紅藥」，揚州特産，雖年年花開如故，亦不知爲誰而生矣。寫被兵之地寂寞無人，鮑照之賦，杜陵之詩，亦不是過。玉田評「波心蕩」七字：「平易中有句法。」《詞旨》列入「警

句」。(同上)

〔暗香〕(詞，略)

〔校記〕：《陽春白雪》「而今」作「如今」。洪刻「易泣」作「易竭」。

〔考律〕：此與《疏影》同爲白石自度，後之作者有趙以夫、吴潛、吴文英、陳允平、張炎等。張詠荷花一首改爲《紅情》，其自序可證也。趙、吴、陳、張，平仄四聲各有出入，趙且押上去韻，惟夢窗於姜亦趨亦步。《詞律》採用夢窗詞，可謂卓見。惟萬氏於第七句上三字，據汲古本作「畫簾隙」，注「畫」可平，然張鈔《夢窗詞》作「簾畫隙」，則仍平去入，與「都忘卻」同，「忘」字讀去聲。

〔論詞〕：張炎曰：「詞之賦梅，惟白石《暗香》、《疏影》二曲，前無古人，後無來者，自立新意，真爲絶唱。」宋翔鳳曰：「《暗香》、《疏影》，恨偏安也。」陳廷焯曰：「《暗香》、《疏影》二章，發二帝之幽憤，傷在位之無人也。」張惠言曰：「石湖蓋有隱遁之志，故作此二詞以沮之。《暗香》一章，言己嘗有用世之志，今老無能，但望之石湖也。」周濟評《暗香》詞前五句爲「盛時如此」；「何遜而今漸老」四句爲「衰時如此」；「長記曾攜手處」二句爲「想其盛時」；「又片片」二句爲「感其衰時」。愚就全詞觀之，以局勢轉折論，周説誠諦。蓋此章立言，以賞梅之人爲主，而言其經歷，述其感想，就梅花之盛時、衰時、開時、落時，反複論叙，無限情事，即寓其中。此張氏所謂「自立新意」，譚獻許爲「獨到」者也。起處首標「舊時」，月色中吹笛，唤玉人「與攀摘」，是雞人叫旦之用心，是擊楫中流之氣象。「何遜」句一轉，或自喻，或喻人。「春風詞筆」之「忘卻」，則非疇向吹笛興致，以喻壯志消磨。「竹外」下九字，極寫清寒。「冷」字與「春風」針對。「但怪得」者，前此無此顧慮，今則無可奈何，即「漸老」與「忘卻」之歸宿。宋氏所謂「恨偏安」，陳氏所謂「傷在位無人」，張氏所謂「已嘗有用世之志，今老無能」，皆從此種用意推測而出也。過變承前結而下，由「瑶席」之「香冷」説到「江國」之「寂寂」。「寄與路遥」，暗用陸凱詩，於陸詩所謂「隴頭人」必有所喻，「路遥」則音問隔絶也。「夜雪初積」，以喻絶漠荒寒之境，又似喻陰霾四合，開朗無期。「易泣」以此，「無言」以此，陳氏所謂「發二帝之幽憤」，又從此看出。「長記」承「相憶」而一轉，又回想舊時，與首句應。「攜手」，極痛癢相關之旨。「西湖寒碧」，又與「瓊樓玉宇，高處不勝寒」同意，則張氏所謂「望之石湖」者，實於言外得之，忠愛之至者也。「又片片」再一轉，落到現在。片片吹盡，則「竹外疏花」亦不得見，玉人攀摘，更無可爲。傷之極，恨之極。仍曰「幾時見得」，則猶欲見之，不認爲絶望，又張氏所謂「望之石湖」者，亦陳氏所謂「在位無人」之感，宋氏所謂「偏安之恨」也。特其旨隱微，其詞渾脱，不見寄託之跡，只運化梅花故實，説看梅者之心事。陳氏稱白石「感慨全在虚處，無跡可尋」，蓋如此乃真能「以有寄託入，無寄託出」者。（同上）

〔疏影〕（詞，略）

〔校記〕：《歷代詩餘》「胡沙」作「龍沙」。《絶妙好詞》「月夜」作「月下」，洪刻、《詞綜》並同。陸刻「重覓」作「再覓」。

〔考律〕（略）

〔論詞〕：此詞以美人爲喻。「苔枝綴玉」，先點題面。「翠禽」使羅浮事，以美人素妝迎趙師雄，故以「客裏相逢」三句繼之。「無言自倚修竹」，明用杜甫《佳人》末句，暗用蘇詩「竹外一枝」，所以狀梅之孤潔，亦比石湖之清高。若以章法言，首句是梅花，二、三兩句是花神，四、五、六句是與花神相遇時所見，而「昭君」四句則由「無言」句引出者也。王建《塞上梅》詩有「昭君已殁漢使回」之句，兹即借以立意。「不慣胡沙」、「暗憶江南江北」、月夜魂歸「化作此花幽獨」，當然是徽、欽遺恨。徽宗《燕山亭》後遍曰：「憑寄離恨重重，這雙燕何曾，會人言語？天遥地遠，萬水千山，知他故宫何處？怎不思量？除夢裏有時曾去。」可爲箋注之資。張、陳諸氏謂爲「發二帝之幽憤」，是已。至其命意警辟，運掉空靈，又玉田所謂「自立新意」者，實高出王、張詠物各詞之上；夢窗《郭希道送水仙·花犯》過變即脱胎於此；不獨「佩環」句運化杜詩，使事而不爲事使，如玉田所贊賞也。過變「深宫舊事」，詞面、詞意均遥承「昭君」句。曰「猶記」，則不堪回首之情。「睡裏飛近蛾緑」，用壽陽點額事，寫一憨態，反照前之幽獨。「安排金屋」，承「飛近蛾緑」。一片護惜之情，未忍似春風之聽其開落，又不使淪入胡沙；不料淪入胡沙者，即最可憶者也。「還教」一轉。「隨波去」後，「卻怨玉龍」，誰爲爲之？此恨遂成終古！無可奈何語，以跌宕之筆出之。結拍作無聊之想，猶欲「重覓幽香」，而「小窗横幅」，惟存幻影，並香亦不能留，語更沉痛。尋味後遍「飛」者、「安排」者，「隨波」者，言已落之梅花；「睡裏」喻太平時沉酣之狀；「金屋」喻忠愛之忱；「玉龍」亦隱有所指，特其言微隱耳。（同上）

〔翠樓吟〕（詞，略）

〔校記〕：《歷代詩餘》「詞仙」作「神仙」，《詞綜》同；「花銷」作「花嬌」，《花庵詞選》、汲古本並同。

〔考律〕（略）

〔論詞〕：前遍作安遠樓落成正面。首三句説「安遠」名義。四、五兩句極言「安遠」盛況，所以贊美作樓者。而賜酺歌吹，又與落成綰合。第六句折入「樓」字。七、八寫樓之壯。「人姝麗」三句，落成宴中所有，蓋宋時有營伎，例須伺應官宴，故用以點綴，實先將題面還足，然後入見志之本意也。過變「此地」二字，緊承前遍，且包括前遍，乃就本地風光，運用崔灝詩以發議論。「宜有詞仙」，是想像中事。「素雲黄鶴」，瀟灑出塵，既高出毡幕歌吹上，且隱喻「安遠」之名，同一幻想。然久憑玉梯「凝望」，惟見「芳草萋萋」，是意中之「詞仙」實不可得，即崔詩前六句之意境。「天涯情味」，由「芳草千里」之嘆而來，又崔詩「長安不見」之意。「仗」字一筆勒轉。「清愁」即「千載悠悠」，而以酒祓之；「英氣」即「長安不見」之感，而以花銷之；雙承「漢酺」、「姝麗」，歸入「落成」本題，又似代圓其説。「西山外」又一轉，晚晴氣象，與斜陽之斷腸者不同，是前途珍重之志，爲作樓者勉也。以章法言，前遍説足「安遠」，後遍乃高一層立論，翻騰頓拙中示遥遠之寄託，然後一轉到題，再轉入興會之語，表裏皆一絲不溢。以意境言，則北氛正惡而空言「安遠」，白石胸中本有涇渭，故全篇皆以微諷之詞示針砭之旨，而夭矯之筆，忠厚之意，又白石本色也。陳廷焯曰：「一縱一操，筆如游龍，意味深厚。」可謂的評。楊慎《詞品》賞其「檻曲縈紅，檐牙飛翠」、「酒祓清愁，花銷英

氣」，稱之曰「句法奇麗」，不免皮相矣。（同上）

〔淡黄柳〕（詞，略）

〔校記〕：《詞綜》「曉」下注：一作「晝」。《花庵詞選》屬前遍，《詞律》、汲古本並同。《歷代詩餘》「惻惻」作「側側」，「秋色」作「秋苑」。陸刻本「小橋」作「小喬」。世宜案：《廣韻·四宵》「橋」字：「又姓，出梁國，後漢有太尉橋玄。」《吴志》九：「策自納大橋，瑜納小橋。」作「橋」是。

〔考律〕：……「正岑寂」屬前遍者誤，萬樹已言之。

〔論詞〕：調屬引、近一類，爲小令入慢曲之關鍵。但南宋人令、近多參慢曲作法，時有騰那之筆耳。起二句，一片淒涼景色。「馬上」句則人在陌上所感者。細嚼此中神味，「惻惻」之「寒」是從身外來，抑從心中出？是人是天？是虚是實？雖自身亦不能辨之，此五代作法也。「看盡」句拍到柳色。「都是」句一轉，則無異江左，差足解嘲者耳。過變「正岑寂」三字，承上起下，然如置前遍之末，則語氣未了，不獨與下句「又」呼應也。「明朝又寒食」，轉入時令。八字二句，共分兩層。如此淒涼，何心攜酒？何心訪艷？故下一「强」字爲轉語。「小橋」，借指所眷之人，《解連環》云「爲大橋、能撥春風，小橋妙搊箏（原作「移箏」，依張文虎校）」，雁啼秋水」可證。蓋於荒涼寂寞中强遣客懷者。然心境不同，終覺淒異，故「怕」字又一轉。下即放筆爲之，「梨花落盡」，雖春亦秋；「燕燕飛來」，「池塘自碧」。淡淡説景，而寥落無人之感見於言外。就合肥之地當時視爲邊城者觀之（據白石《淒涼犯》第二句），且寓言極深。神味雋永，意境超妙，耐人三日思。此與《揚州慢》、《淒涼犯》兩

詞同一根觸，而作法不同者，慢與近之界也。（同上）

〔琵琶仙〕（詞，略）

〔校記〕：洪刻「奇絶」作「愁絶」。江、鮑、倪各刻「宮燭」作「官燭」。張刻「都把」作「多把」。《絶妙好詞》「都把」作「卻把」。

〔考律〕（略）

〔論詞〕：「雙槳來時」，從所遇説起，破空而來，筆勢陡健，與他詞徐徐引入者不同。固知未必即係故人，而覺其相似。扇約飛花，是人是景，又心目中認爲相似者，所以爲「奇絶」也。「春漸遠」一轉，不説其人之似是實非，但就景物言之，汀洲緑矣，鵜鴂鳴矣。種種皆舊游不堪回首之象，則舊曲之桃根、桃葉必難重遇，可以推知。妙在構一迷離惝怳之境，欲不説破而又不肯終不説破，故其下即痛快言之曰「十里揚州，三生杜牧，前事休説」，突换老辣之筆。所謂紆徐爲妍、卓犖爲傑者，於寸幅中見之。「野雲孤飛」之境，即此是也。過變從「前事休説」翻出。「又還是」一轉，風景依稀似昔，非不可説；「奈愁裏」再轉，流年似水，一去不回，竟無從説。因念「空階榆莢」，忽生忽落，變化隨時，不能自主，本一無情之物，「一襟芳思」都付與之而無所縈懷，無是事，亦無是理；然鵜鴂先鳴，衆芳皆歇，乃不得不付與之，真所謂「休説」者矣。顧人心之轉换無常，見榆莢之飛，則寸心灰盡；見楊柳之舞，又情思飄揚。「藏鴉細柳」，「舞回雪」之容，今日所見，猶是當日别筵所見，其對「西出陽關」之「故人」勸君以更進杯酒者，令人不追想而不得，則又如何意緒耶！全篇以跌宕之筆寫綿邈之情，往復回還，情文兼至。結拍想到「初別」，即行收住，尤覺餘味曲包，非徒以清剛勝也。張炎評之曰：「離情當如此作，全在情景交融，得言外意。」讀者宜深味之。（同上）

〔杏天花影〕（詞，略）

〔校記〕：《七家詞選》「鶯吟」作「鶯歌」。

〔考律〕（略）

〔論詞〕：據序「正月二日道金陵」，似「緑絲」、「芳草」決非眼前之景。然江南春早，青青柳眼實已可見。首句因青眼想到「緑絲」，懸揣桃葉渡江時曾係如此。「鴛鴦浦」本監利地名，然如史達祖「倩詩情、飛過鴛鴦浦」之類，已不作固定之地名用。若以從沔口來，謂指來處説，則下句不銜接矣。蓋全首除「金陵路」三字外，多游刃於虚，即「桃葉」亦金陵故實也。「又將」句折回所見之柳眼，愁人見之，遂爲「愁眼」。「與春風」云者，愁與春遇，不啻付與之，兼點時令也。「待去」，一頓。「倚蘭橈」，是欲去不去，徘徊未定之狀。「更少駐」一轉，則竟擬不去矣。過變先説金陵盛況，是「少駐」之心情。由鶯燕之樂，益形人之苦。鶯燕不知，唯潮水知之，則「倚蘭橈」時之又一轉念。「滿汀」句推想將來，芳草自緑，王孫不歸，我亦猶是。上承「最苦」，下開「日暮」。末三句説足「苦」字，日云暮矣，欲不去而不能，又不知於何更駐，前路茫茫之感，一轉便收。布局與慢曲略同，而節促音繁，意賅言簡，南宋小令，大率如是。（同上）

〔點絳唇〕（詞，略）

〔校記〕：《花庵詞選》「商略」作「商量」。世宜案：「略」字應仄，不誤。

〔考律〕（略）

〔論詞〕：陳廷焯曰：「通首只寫眼前景物，至結處云云，感時傷事，只用『今何許』三字提唱；『憑欄懷古』下，僅以『殘柳』五字詠嘆了之；無窮哀感，全在虚處，令讀者弔古傷今，不能自止，洵推絶調。」陳氏所評，蓋以其沉鬱虚渾也。詳味本詞，燕春來秋去，雁秋來春去，隨雲來往，無所容心，開口便饒閑適之味，謂爲白石自況，亦無不可。「數峰清苦」，所「商略」者又是「黄昏」之「雨」，則紅塵不到，萬籟俱寂，而有四顧蒼茫之概，與後遍「懷古」二字息息相關。「第四橋」即吴江城外之甘泉橋，見《蘇州府志》。天隨子爲陸龜蒙自號，即笠澤所祀「三高」之一。通首只此二句稍實。然「擬共天隨住」，又所「商略」者，與「太湖西畔」、「無心」、「隨雲」同一境界也。「今何許」以提爲轉。「憑欄懷古」，承上起下。「殘柳參差舞」，則煙水迷離之境，桑田滄海之感，兼而有之，所謂「篇終接混茫」者，仍以淡遠之致出之。以詞言，爲小令正軌。以境言，則誠所謂「襟期灑落」、「意到語工，不期高遠而自高遠」者。（同上）

編者案：陳匪石名世宜。

劉坡公

〔填六字句法〕　六字句亦有四種區別，今仍舉例如下。所謂平起仄收者，如《念奴嬌》前段末句之「冷香飛上詩句」，後段末句之「幾回沙際歸路」是。所謂仄起平收者，如《念奴嬌》後段第一句之「日暮青蓋亭亭」，《調笑令》第五句之「不道幃屏夜長」是。……所謂仄起仄收者，如《念奴嬌》後段第五句之「愁入西風南浦」，《調笑令》第三句之「照得離人愁絶」、末句之「夢到庭花陰下」是。以上四種句法，或則上二下四，或則上四下二，皆屬於普通者。尚有上一下五與上三下三之二種，則係屬於特別者。……

《念奴嬌》　姜夔（略）　（《學詞百法》）

〔鍛鍊詞句法〕　古人一藝之成，輒竭其畢生之精力，消磨久長之歲月，而後有所成就，斷非鹵莽滅裂者所能奏功。況乎填詞之學，拘於律，限於韻，長焉而不可減，短焉而不可增；設一闋之中偶有一語之不工，一字之不穩，則全體必爲之減色。蓋詞家所最忘（忌）者，爲庸腐，爲生硬。若欲語語激得起，字字敲得響，鍛鍊之功，又曷可少哉！從前填詞家如周清真之典麗，姜白石之騷雅，史梅溪之句法，吴夢窗之字面，皆有獨擅勝場之處。今從陸輔之《詞旨》，摘集古人對句、警句，分録於後，以供學者之參考也。（所集之句與《詞旨》同，略。——編者）（同上）

〔運用古事法〕　運用古事，莫若明事暗用，隱事明用。如蘇東坡之《永遇樂》云：「燕子樓空，佳人何在，空鎖樓中燕」，用張建封事，入古而化，自是詞林妙品。……姜白石之《疏影》云：「猶記深宫舊事，那人正睡裏，飛近蛾緑」，用壽陽公主事，所謂明事暗用也。又云：「昭君不慣胡沙遠，但暗憶江南江北。想佩環月下歸來，化作此花幽獨」，用少陵詩，所謂隱事明用也。……學者於此，可以悟運

用古事之法。(同上)

〔填詞言情法〕　言情之詞，貴乎婉轉，最忌率直。語一率直，意即膚淺，勢必難成佳構。兹舉二例如下，一則怨而不怒，深得「國風」「小雅」之遺；一則寫别離之情，哀怨動人，皆可爲初學之金科玉律也。

《琵琶仙》　姜夔　(略)

〔兩宋諸家詞法〕　兩宋之間，詞學大盛。宋初柳永之《樂章集》，最爲擅名。……餘如晏氏父子，善於言情。殊字同叔，……有《珠玉詞》一卷，張子野爲之序。張名先，吴興人，其詞與耆卿齊名。晏子幾道，有《小山詞》。歐陽永叔亦好詞，不讓晏氏父子。東坡則豪情勝概，不可一世。……坡後以詞著者，有晁無咎、周邦彦諸人。而賀鑄又稱霸一時，詞絶幽豔。南渡以降，辛棄疾、劉過師法東坡，好爲豪壯語。姜夔、吴文英則仍以警麗爲工。繼起者，更有史達祖、高觀國諸人，清奇秀逸，並爲一時之選。兹將諸家詞之傳誦者，各舉一闋於左：

《暗香》　姜夔(略)　(同上)

〔金元諸家詞法〕　金、元以後，詞學日蕪。金初有吴激、蔡松年二人。繼之者爲元遺山。遺山之作，出入蘇、辛、姜、史，實集兩宋之大成。(同上)

〔填暗香詞調法〕　《暗香》，一名《紅情》，九十七字，前後各九句，共十二韻。調如下：

舊時月可平色韻，算幾番照我，梅邊吹笛叶。唤起玉人，不可平管清寒與攀摘叶。何遜而今漸老，都可仄忘卻東風詞筆叶。但怪得竹可平外疎花，香冷入瑶席叶。　江國叶，正寂寂叶。嘆寄與路遥，夜雪可平初積叶。翠樽易泣叶，紅萼無言，耿相憶叶。長記曾攜手處，千樹壓、西湖寒碧叶。又片片吹盡也，幾時見得叶。（姜夔）(同上)

〔填疏影詞調法〕《疏影》，又名《緑意》，一百十字，前後段各十句，共九韻。調如下：

苔枝綴玉韻，有翠禽可仄小小可平，枝上同宿叶。客裏相逢，籬角黄昏，無可仄言可仄自可平倚可平修竹叶。昭君不慣胡沙遠，但暗憶、江可仄南江北叶。想佩環、月可平夜歸來，化作此花幽獨叶。　猶記深宫舊事，那人正睡裏，飛近蛾緑叶。莫似春風，不作平管盈盈，早與安排金屋叶。還教一片隨波去，又卻怨、玉可平龍哀曲叶。等恁時、重可仄覓幽香，已入小窗横幅叶。（姜夔）(同上)

章鈺

《姜堯章先生集》十卷宋鄱陽姜夔撰　清道光二十三年華亭裔孫熙刊本　二册　有潘鍾瑞校

收藏有香禪瘦羊博士長洲潘鍾瑞麐生所得瘦羊手校諸印。

函簽題潘瘦羊校姜堯章集，老輩遺業，後學宜珍視之。章鈺記。

跋云：香禪先生與先師雷深之、倪聽松兩先生友善，故鈺亦得屢親豐采。清癯多髯，至今顯顯心目間。著述甚多，《虎邱石刻記》一種尤有裨吴下掌故。潘文勤所刊《滂喜齋叢書》，先生校訂之功爲多。久館廟堂巷，汪氏後起不振，手著及手校各書均歸散佚。此《姜白石集》及《范石湖集》，鈺皆於冷攤獲之。丹青精審，首尾如一，猶有黄蕘圃、顧澗賓諸老風味，極可寶貴。先生又工小篆，平時所用香禪及瘦羊博士兩石印在敝篋中，宣統辛亥八月下旬鄂垣有變，排悶檢書記之。書衣。

潘氏手跋云：同治三年甲子夏六月上旬，長洲潘鍾瑞校讀並鈔補缺葉。朱筆序末。光緒二年丙子秋九月下浣以歙洪氏舊刊本復校一過，鍾瑞記。墨筆。

右補鈔白石詩詞共二十八首，從雍正間歙縣洪氏刻本爲他本所無者。然觀洪序云：如奉天台禄等詩，如《點絳唇》詠草等詞，皆雜以他人作。故乾隆中江都陸氏得舊本釐定付刊，盡删竄入諸篇，世稱善本。迨道光癸卯裔孫熙所刊，蓋即從陸本修輯加以附編，而洪本幾可廢矣。兹補鈔中半係已删他人之作，原可不補，姑復鈔補之，以見白石道人著作流傳者尠，彌形珍重耳。案：《宋史·藝文志》載《白石叢稿》十卷，陳直齋《書録解題》載《白石道人集》三卷。洪氏稱白石自定詩僅一卷，不知一卷之本乃後人因陳起《群賢小集》雜綴成之，不盡真稿，亦非完本，洪氏殊爲失考。白石詩散見於《武林舊事》、《咸淳臨安志》、《研北雜志》者，幸而搜輯一二，豈特姜序所謂古文與駢體無由購覓其全爲重可惜哉！余於此本曾校一過，兹復對校洪本，凡歧異字句悉録眉上，並綴語於尾。時光緒二年丙子九月，長洲潘鍾瑞廔生書。卷末。（《章氏四當齋藏書目》卷中之四《集部·别集類》）

《白石詩詞》二卷宋鄱陽姜夔撰　清雍正五年歙洪正治刊本　一册（同上）

《白石道人詩集》二卷、集外詩一卷、附録一卷、《詩説》一卷、類曲四卷、别集一卷宋鄱陽姜夔撰　清光緒中甘泉宣愚公排印本　一册（同上卷下之四《集部·别集類》）

《雙白詞》八卷、附《山中白雲詞續補》一卷、《詞旨》一卷　清臨桂王鵬運編　清光緒十四年臨桂王氏四印齋刊本　一册（同上《集部·詞曲類》）

葉恭綽

志潤，字雨蒼，號伯時，一號白石，他塔剌氏，滿洲鑲紅旗人，官四川綏定府知府。有《暗香疏影齋詞稿》，又輯《日下聯吟詞》八卷。（《全清詞鈔》第二十七卷）

鄭文焯，字俊臣，號小坡，又號叔問，晚號大鶴山人，别號冷紅詞客，奉天鐵嶺人，流寓吴越，光緒元年舉人，官内閣中書。……批校《花間集》、《東坡樂府》、《清真集》、《夢窗詞》、《白石道人歌曲》五種。未刊稿有《律吕古義》、《燕樂字譜考》、《白石歌曲補調》、《詞源斠正》、《詞學甄微》、《曲名考原》、《詞韻訂》各若干卷。（同上第三十五卷）

劉毓盤

〔論詞之初起由詩與樂府之分〕……宋人自度曲，視唐曲之變化爲多，蓋解其聲故亦能製其調也。……周邦彦、姜夔二氏，尤工倚聲，篇什雖存，知音難索。（《詞史》第一章）

〔論宋七大家詞〕……若周濟選宋詞，則以周邦彦、辛棄疾、王沂孫、吴文英爲四大家，而以晏殊以下四十七家，分列之以附庸於四大家之下。戈載選宋詞，以周邦彦、姜夔、史達祖、吴文英、周密、王沂孫、張炎爲七大家，而其餘不及焉。周選所論，私見尤多。……周選既抑蘇氏，又以姜夔一家附庸於辛氏，過矣。戈選持論頗公，……至所謂七大家者，又古今不易之説，可從也。……

姜夔，字堯章，自號白石，又號石帚，鄱陽人，能詩詞，尤善自製曲。每率意爲長短句，然後協以律，無不諧者。寧宗慶元中，上書乞正雅樂。訖不第。與范成大游，爲製《暗香》、《疏影》二詞。小紅者，范之青衣也，有色藝，即以爲贈。其詞爲南渡一人，論定久矣。

古簾空，墜月皎，坐久西窗人悄。蛩吟苦，漸漏水丁丁，箭壺催曉。引涼颸，動翠葆，露腳斜飛雲表。因嗟念、似去國情懷，暮帆煙草。　帶眼銷磨，爲近日愁多頓老。衛娘何在，宋玉歸來，兩地暗縈繞。摇落江楓早。嫩約無憑，幽夢又杳。但盈盈淚灑單衣，今夕何夕恨未了。

右姜夔自製越調《秋宵吟》詞，依律作雙拽頭。按《茗柯詞選》曰：《暗香》二詞，痛二聖之不還也；《秋宵吟》詞，寫在廷之昏瞀如見也。

野雲孤飛，去留無跡，宜乎范氏引之以爲同調也。

棲烏飛絶。絳河緑霧星明滅。燒香曳簟眠清樾。花影吹笙，滿地淡黄月。　好風碎竹聲如雪。昭華三弄臨風咽。鬢絲撩亂綸巾折。涼滿北窗，休共軟紅説。

右范成大《醉落魄》詞。按本集曰：公爲趙鼎所器，而秦檜頗銜之，故每以詞見意。此詞「吹笙」，或作「吹簫」，非。「涼滿」二句，亦謂北廷之事，在朝者無可與言也。

朱彝尊論詞，亦以姜氏爲正宗，而以張輯、盧祖皋、史達祖、吴文英、蔣捷、周密、王沂孫、張炎八家爲之羽翼。輯爲姜氏及門，其詞皆倚舊腔而别立新名，則好奇之過爾。……

吴文英，字君特，號夢窗，四明人。少從姜夔游。亦能自製曲。……集中所與宴游者，多一時貴人，而其始末不可考。意者文酒風流，爲東閣之上客，而名不登仕版，亦姜氏之倫與！（同上第六章）

〔論清人詞至嘉道而復盛〕……戈氏精音律，於白石旁譜多所發明，以正萬氏之失。其《詞林正韻》，亦足以正仲恒吴烺之失也。（同上第十章）

錢　恂

《絳帖平》六卷一册（《壬子文瀾閣所存書目》卷二《史部·目録類金石之屬》）

《續書譜》一卷一册（同上卷三《子部·藝術類書畫之屬》）

《白石詩集》一卷，附《詩説》一卷一册　補鈔（同上卷四《集部·别集類》）

《白石道人歌曲》四卷，别集一卷二册　補鈔（同上卷四《集部·詞曲類詞選之屬》）

《絳帖平》六卷一册（同上卷五之五《武英殿聚珍本叢書》）

何澄之

《續書譜》一卷　宋姜夔撰　書苑本（《故宫所藏觀海堂書目》卷三《子部·藝術類》）

《姜白石詩》一卷、詞一卷　宋姜夔撰　乾隆辛卯刊本　一册（同上卷四《集部·别集類》）

《白石詩説》一卷　宋姜夔撰　學海類編本（同上卷四《集部·詩文評類》）

周曾錦

〔白石詩説〕《白石道人詩説》有云：「雕琢傷氣。」予謂非第説詩而已，惟詞亦然。夢窗諸公，恐正不免此。（《卧廬詞話》）

陳思

高宗紹興二十八年戊寅九月　白石生

宋張輯宗瑞所著《白石小傳》久佚。白石生年，集中可據而考定者，惟《探春慢》序，曰「余自孩幼從先人宦於古沔」。按：曲禮人生十年曰幼學，疏曰幼者自始生至十九時，故《檀弓》云幼名者三月稱名爲幼。冠禮云棄爾幼志，是十九以前爲幼。喪服傳云子幼，鄭康成云十五以下。今云十年是幼學，是十歲而就業也。序曰「孩幼」，斷非十九以前，必十五以下，當依十年曰幼之訓以定從宦古沔之年。又曰「中去復來幾二十年」，曰「幾」者，十九已滿二十未足之辭，加以十年則爲二十九年。此闋係淳熙十三年丙午冬作，自淳熙丙午上推至紹興二十八年戊寅，正二十九年。白石之生當屬本年。

又案：白石《自述》稱張平甫曰兄，平甫爲功甫之弟，功甫生於紹興癸酉三月二日，平甫生於某年雖不可考，然以功甫生平準之，其爲癸酉以後無疑。《鷓鴣天》序：乙卯三月十四日，平甫初度，明年平甫初度欲治舟往歌以壽之。丙辰三月，殆平甫四十初度，則平甫生於紹興丁丑，長白石一年，此亦一佳證也。又集中《壽朴翁》詩云：「與師同月不同年，歸墨歸儒各自緣。想得山中無壽酒，但擕茶到菊花前。」則生月當爲九月云。

《西江志》云：紹興間，秦檜當國，隱居箬坑之丁山，參政張燾累薦不起。高宗賜宸翰，建御書閣貯之，以隱逸終。案：《宋史·宰輔表》：紹興元年八月，秦檜自參知政事授通奉大夫守右僕射同平章事兼知樞密院事，二年八月罷。紹興八年三月，秦檜自樞密使左宣奉大夫守右僕射同平章事兼樞密使。二十五年十月，秦檜自太師左僕射進封建康郡王致仕。白石如在秦檜當國時累薦不起，其生至晚亦必在崇寧、大觀間，則陳直齋《書録解題》云「千巖識之於年少客游，以其兄之子妻之」之説已不可通，況白石卒於紹定辛卯年七十四，世間安得有此長年人哉！又案《張燾傳》：紹興八年權吏部尚書，力抵拜詔之議，秦檜患之，亦自知得罪，託疾在告，十月以寶文閣學士知成都府兼本路安撫使。十年三月至成都，在蜀四年，乞祠自蜀歸，卧家凡十有三年。二十五年檜死，除知建康府。孝宗受禪，除同知樞密院。隆興元年，遷參知政事，以老病不拜，後二年卒。張燾參政在隆興初，檜當國時非在蜀即卧家，烏得有薦士事？況檜死後三年，白石方生，燾縱薦士，烏能薦未生之士？《西江志》存此傳聞，《饒州府志》、《德興縣志》、《一統志》仍襲其説，嚴杰據而爲傳，甚矣考訂之難也！（《白石道人年譜》）

淳熙八年辛丑　二十四歲

客長沙，從蕭千巖學詩。……

《四庫全書總目提要》：《白石詩集》一卷，附《詩説》一卷，宋姜夔撰。羅大經《鶴林玉露》稱夔學詩於蕭輣。案：《鶴林玉露》原作「學詩於蕭千巖」。又案：《元史》：蕭輣字惟斗，其先北海人，父仕秦中，遂爲奉元人。侯均謂元有天下百年，惟蕭惟斗爲識字人。大德十一年拜太子右諭德，俄除集賢學士、國子祭酒，卒年七十八。《提要》改蕭千巖爲蕭輣，未知何據。（同上）」

淳熙十五年戊申　三十一歲

居武康苕溪上，與白石洞天爲鄰，潘德久以詩字曰白石。……本集、《吳興掌故》、《樂府紀聞》

同治《湖州府志》：武康縣計籌山在縣東南三十五里，高七十三丈，周五里三十步。白石崖在縣東南計籌山，白石洞天在計籌山，宋姜夔以此自號。風渚湖在縣東十七里，一名英渚，以防風所居，故名風渚，又以在封禺兩山間名封渚，在東南隅名巽渚，廣九里，名九里湖，左有上渚，故名下渚湖。渚旁出陶器，湖中多菱蓴。宋毛滂下渚湖詩：「春渚連天闊，春風夾岸香。飛花渡水急，垂柳向人長。遠岫分蒼翠，微波映渺茫。此身萍梗耳，泊處即爲鄉。」封溪在縣東一百步，自餘英溪分流經崇仁鄉入風渚湖。案：千巖家苕上，即封溪入風渚湖處。白石依千巖而居，所以云「余居苕溪上，與白石洞天爲鄰」。《慶宮春》叙云「自封禺同載詣梁溪」，《鷓鴣天》叙云「封禺松竹間，念此游之不可再也」，《賦千巖曲水》「紅雨灑溪流」，即封溪，詩境與毛滂詩同。《次韻千巖雜謡》「極欲扁舟南蕩去」，南蕩即上渚也。（同上）

慶元三年丁巳　四十歲

正月十一日觀燈。……四月上書論雅樂事，併進《大樂議》一卷，《琴瑟考古圖》一卷，詔付奉常有司，以其用工頗精，留書以備采擇。丞相謝深甫愛其樂書，使次子來謁。丞相京鏜稱其禮樂之書，又愛其駢儷之文……。本集、《自述》、《慶元會要》、吴文英《夢窗詞》

……案：深甫慶元元年四月簽書樞密院事，二年正月參知政事，三年正月兼知樞密院事，六年閏二月除右丞相，嘉泰三年五月罷右丞相、授觀文殿學士判建康府，慶元三年官參政兼知樞密。《自述》曰「丞相」者，追書也。又案：深甫之子見《宋史》者三人，一采伯，一渠伯，一擧伯。采伯即刻《續書譜》者。《自述》所云「次子」，未知爲渠伯，抑爲擧伯。

……案：京鏜慶元二年正月除右丞相，六年八月薨。案：白石進《大樂議》免解，又爲時相所重，聲價赫然可想而知。但南宋重科第，尤重學黨，白石以一布衣建此大議爲時所嫉理有固然。《吴興掌故》謂「令大常寺與議大樂，時嫉其能，是以不獲盡其所議」，是也。張仲文《白獺髓》曰：姜夔上書乞正樂，赴太常同官校正，樂師上錦瑟，姜問曰「此何樂」，衆官已有漫文之嘆；又令樂師曰「鼓瑟希未聞彈之」，樂官咸笑而散去。此不徒當時嫉其能，後世則又從而誣之。（同上）

嘉泰三年癸亥　四十六歲

春，張平甫卒，以孤相托。三月十二日，再跋定武禊帖。五月九日，《絳帖平》成。六月九日，三跋定武禊帖。九月，書王獻之保母李意如志，跋竟，贈王千里。……本集、《自述》、《誠齋集》、俞松《蘭亭續考》

《絳帖平》自叙後題「嘉泰癸亥五月九日」。《四庫全書總目提要》：《絳帖平》六卷，宋姜夔撰。案：宋曹士冕《法帖譜系》云：絳本舊帖，尚書郎潘師旦以官帖私自摹刻者，世稱潘駙馬帖，又稱潘氏析居法帖。石分而爲二，其後絳州公庫乃得其一，於是補刻餘帖，是名東庫本。逐卷各分字號，以「日月光天德，山河壯帝居，太平何以報，願上登封書」爲別。今夔所論，每卷字號與士冕所説相合，然則夔所得者即東庫本也。……嘉泰癸亥自叙云：帖雖小技，而上下千載關涉史傳爲多。觀是書考據精博，可謂不負其言。惟第五卷内論智果書、梁武帝評書語：「武帝藏鍾、張、二王書，嘗使虞龢、陶隱居訂正。」案：虞龢宋人，其上法書表在宋武帝之世，去梁武帝甚遠。斯則考論之偶疏耳。(同上)

紹定四年辛卯　七十四歲

病卒於西湖之上。吴履齋諸公助殯葬於馬塍，蘇召叟、周晉仙哭之以詩，吴夢窗重來苕霅，傷今感昔，賦《惜紅衣》。《開慶四明志》、《冷然齋集》、《方泉集》、《夢窗甲乙丙丁稿》

……案：履齋紹定二年五月通判嘉興，與白石再會，三年轉朝散尚書、金部員外郎，四年遷尚右郎官。據(《暗香》《疏影》)詞序與吴文英《惜紅衣》詞，白石卒於湖上爲本年正月間，時官行都，故與諸丈助殯。序云「嘉興再會，自此契闊」者，蓋聞白石卒時，雖已拜金部員外郎命而通判嘉興尚未解組。此詞係開慶元年己未之作，上距紹定辛卯二十九年，所以又云「今不知幾年矣」。履齋初識白石於維揚係嘉定十二年己卯，開慶己未上距己卯四十一年，所以賡潘〔德〕久詩有「四十年前此丈夫」句。再用白石韻賦儀真東園梅花「何郎舊夢，四十餘年尚能憶」句，謂嘉定庚辰、辛巳之交，嘗與白石歌酒於梅花下也。白石卒於紹定辛卯，上距紹熙辛亥賦《暗香》《疏影》亦四十一年，此數尤奇。履齋居貞體道，鐵石心腸，而春風詞筆視宋廣平梅花一賦有過之無不及。況蕭散古淡，深得白石三昧，所以自昭録示二詞，一和再和，又用韻詠雪及東園梅花，香火情深，於此彌見。……

蘇召叟《到馬塍哭堯章》：……「花按空空但滿廛，樂章起草偏窗身。孺人侍妾相對泣，安得君歸更肅賓。」「兒年十七未更事，曷日文章能世家。賴是小紅渠已嫁，不然啼損馬塍花。」按：……空空草偏窗身，足徵召叟來弔係在履齋諸公助殯之前，由此益足證石帚漁隱地接馬塍西界。若周晉仙《弔堯章》詩曰「傷心孤塚」、「客向空山」，其在葬後顯而易見。又按：「兒年十七」句，足證白石晚惟一子。前雖依嚴杰《白石小傳》分書，似不如姜氏世系一子名瓊較爲確而可據，姑附録待詳考。……

按：白石葬西馬塍，據樂聲遠「荒塚蘋深」句，則葬近水，據周晉仙「仙人向空山」句見前庚寅，又去山非遠，依此二證，蓋近黄山橋臨下湖河之支港。又案：白石嘗種花馬塍，葬地殆即王晦叔所謂出郭栽花所涉之小園也。……

蘇召叟《寄堯章》：「聞似磻溪隱姓名，阿環仍是許飛瓊。涼風昨夜驚新雁，想見吹簫又月明。」案：小紅嫁年雖不可考，然以石湖相贈之年計之，其嫁當在嘉泰、開禧間。小紅嫁後又得阿環，白石有「小紅低唱我吹簫」句，阿環亦善歌，故云「仍是許飛瓊」、「吹簫又月明」。又有「鷹揚周郊，鳳儀虞廷」印，故云「似磻溪隱姓名」。又案：次子瑛生於嘉定八年乙亥，以淳熙戊申蕭夫人來歸之年計之，瑛似非蕭夫人所生，瑛之母其阿環歟？又，《哭堯章》「孺人侍妾相对泣」，侍妾當即斯人。

韓仲止《澗泉集》《蓋希之作烏程縣》（詩，略），原注「己未秋，潘德久、蓋希之、姜堯章同往西林看木樨。潘、姜已下世三年矣。」此詩係嘉定二年，仲止再入行都時所作。注云「潘、姜已下世三年」，則潘、姜下世俱在開禧三年。案：吴履齋《暗香》《疏影》詞序曰：「己卯庚辰初識堯章於維揚，己丑嘉興再會。聞堯章死，嘗助諸丈殯之。」則白石卒年爲紹定四年辛卯，非開禧三年丁卯甚明，注有訛誤無疑。今本《澗泉集》係乾隆館臣從永樂大典録出，書經一再編輯轉移寫，字有訛奪理所難免。何如履齋吟稿載入《開慶四明續志》，刻於履齋去四明任時，信而足徵也。（同上）

〔蓦山溪題錢氏溪月〕（詞，略）

案：錢氏即良臣，「溪月」即雲間洞天中佳致之一。白石因誠齋識石湖，又因石湖識錢參，頃昔受知，嘗游斯園，故有「鷗爲客緑，野留吟屐」、「萬緑正迷人，更愁入山陽夜笛」等句。嘉泰壬戌，錢希武爲刻《歌曲》於東巖之讀書堂，翰墨因緣非偶然也。（《白石道人歌曲疏證》卷三）

〔探春慢〕予自孩幼從先人宦於古沔，女須因嫁焉。中去復來幾二十年，豈惟姊弟之愛，沔之父老兒女亦莫不予愛也。丙午冬，千巖老人約予過霅溪，歲晚乘濤載雪而下，顧念依依，殆不能去，作此曲别鄭次皋、辛克清、姚剛中諸君。（詞，略）

《漢陽縣志·僑寓》：姜夔字堯章，鄱陽人，姊家居九真山下，夔嘗省之，愛郎官大别山水，因寓焉。《白石集》載漢陽詩甚多。《文學》：宋楊大昌，字正之，居魯山下，與姜夔白石交好，夔懷以詩曰：「促絃調寶瑟，哀思感人多。」可想見其人矣。辛泌，字克清，善詩，卜築滄浪之曲，頗參禪理，姜白石稱之。《隱逸》：鄭仁舉，字次皋，隱居郎官湖上，不求聞達，善言名理，姜堯章夔贈句云：「文章作逕庭，功用見造次。無庸垂罄嗟，遺安鹿門意。」

《浙江通志·寓賢》：蕭德藻字東夫，閩清人，紹興進士，嘗令烏程，遂家焉。所居屏山千巖競秀，自號千巖老人。（同上卷四）

〔念奴嬌毁舍後作〕（詞，略）

案：「湘臯」、「澧浦」，謂前游潭鼎也。「因覓孤山林處士，來踏梅根殘雪」，謂游西湖也。「獠女供花」五句，謂移家行都，平甫假以近東青門之别館也。「説與」五句，傷平甫已逝也。詞雖未言舍緣何毁，以周晉仙《題堯章新成草堂》「壁間古畫身都碎，架上枯琴尾半焦」句證「王謝燕」句，舍蓋毁於火也。又按：《宋史·宰輔表》，嘉泰三年，張巖罷參知政事，以資政殿學士知平江府，四年十月，張巖自資政殿學士知揚州，除參知政事。《寄上張參政》詩結語與詞同，毁舍爲由於三月丁卯大火無疑。（同上别集）

〔卜算子〕（家在馬塍西）（詞，略）

按：白石丙午東來，隨千巖老人居苕溪之上，與白石洞天爲鄰。丙辰移家臨安，張平甫假以别館。甲子三月舍毁於火，館於水磨頭方氏。旋成草堂於掃帚隖，名曰石帚漁隱，在馬塍西，故云「家在馬塍西」。（同上）

余嘉錫

《續書譜》一卷　宋姜夔。《書史會要》曰：「趙必罣，字伯暐，宗室也。官至奏院中丞。善隸楷，作《續書譜辨妄》，以規姜夔之失。」案：必罣之書今已佚，不知其所規者何語。然夔此譜，自來爲書家所重，必罣獨持異論，似恐未然，殆世以其立説乖謬，故棄而不傳歟？

嘉錫案：元鄭杓《衍極》卷三《造書篇》云：「孫虔禮、姜堯章之譜何夸乎？曰：語其細而遺其大，趙伯暐之《辨妄》所以作也。」劉有定注云：「堯章著《續書譜》二十條，其首章總論曰：『真行草之法，其原出於蟲篆、八分、飛白、章草等。圓勁古淡，則出於蟲篆；波發點畫，則出於八分；轉換向背，則出於飛白；簡便痛快，則出於章草。則真草與行各有體製。歐陽率更、顔平原輩以真爲草，李邕、李西臺輩以行爲真。大抵下筆之際，盡倣古人，則少神氣；專務遒勁，則俗病未除；所貴習俗相通，心手相應。白雲先生歐陽率更亦能言其梗概，孫過庭論之又詳，皆可參考之。』伯暐，名必罣，號大蓬，庸齋忠清公之孫，官至奏院宗丞，善隸楷題署，作《續書譜辨妄》以規姜夔之失，其略曰：夫真書者，古名隸書，篆生隸，篆隸生八分與飛白、行草，載在古法，歷歷可考。今謂真草出於飛白，其謬尤甚。又謂歐、顔以真爲草，夫魯公草書，親受筆法於張長史，又何嘗以真爲草？若謂李西臺以行爲真則是。然自此體漸變，至宋時蘇、黄、米諸人皆然，楷法之妙，獨存蔡君謨一人而已。堯章略不舉，是未知楷書者也。又謂白雲先生歐陽率更論書法之大概，孫過庭論之又詳，殊不知古人法書訣、筆勢、筆論文字最多，特堯章未見之耳。行書，魏、晉以來工此者多，惟《蘭亭》爲最，唐之名家甚衆，豈特顔、柳而已哉？況至宋朝，書法之備，無如蔡君謨，今乃置而不論，獨取蘇、米二人，何耶？讀至篇末，又有濃纖間出之言，此正米氏字形也。此體流𡚁，至張即之之徒，妖異百出，皆米氏作俑也，豈容厠之顔、柳間哉！」有定爲元英宗時人，自序題至治壬戌冬。在陶宗儀之前，《書史會要》陶宗儀著。宗儀，元末明初人，《會要》有劉有定傳。宗儀爲趙必𥅆立傳，其説蓋即本之有定，惟「必𥅆」、「必暈」，音義不同，則疑傳寫之誤也。觀有定所録必暈之説，則其所著《續書譜辨妄》，大旨尚可考見，《提要》謂不知所規者何語，亦失之不考。必𥅆之於姜夔，辨詰不遺餘力，無異康成之發墨守。然以二人之説考之，則必𥅆以意氣相爭，攻擊往往過當，如姜夔謂真書出於飛白，自是指鍾、王以下之楷書而言，不謂古隸亦出於飛白。唐人雖謂真書爲隸書，然真之與隸，點畫雖同，至其結體用筆，則有間矣。夔云云，蓋就真書筆法言之，謂鍾、王筆意，參合蟲篆、八分、飛白、章草之長云耳，非不知隸書先於飛白也。細翫語氣，其義自明，必𥅆之言，可謂好辨。夔云白雲先生歐陽率更能言梗概，孫過庭論之又詳者，謂習俗相應、心手相通之義，此數人皆能言之，蓋援引古人以自明其立説之有本，非謂古之論書法者止此數人也。堯章之在宋末，亦是通人，觀其著作詩詞，非不知古今者，何至並《法書要録》、《墨藪》中所録之筆勢筆論舉未之見耶？必𥅆吹瘢索垢，吾所不取，惟其不滿米元章而推重蔡君謨，其意欲以救狂放之失，尚不得謂毫無所見耳。鄭杓詆毁虔禮、堯章，而獨盛稱伯暐，蓋是丹非素，意有所偏，未協是非之公也。（《四庫提要辨證》卷十四《子部五·

柳亞子

〔題檗子玉琤瑽館填詞圖〕　淺斟低唱儘名家，獨秀江東合自誇。一卷新詞彈墨淚，銷魂底事爲梅花。格律精嚴故不磨，姜張門户自嵯峨。狂生獨抱辛劉癖，零落江才奈汝何。（《南社》第十二集）

〔題蓴農四嬋娟室填詞圖〕　度曲居然玉茗風，壯士何敢薄雕蟲。只憐菊影成飄泊，輸與姜夔載小紅。（同上）

蔡嵩雲

〔守四聲並無牽强之病〕　詞講四聲，宋始有之，然多爲音律家之詞。文學家之詞，分平仄而已。音律家之詞，原可歌唱，四聲調叶，爲可歌之一種要素。仇山村曰：「詞有四聲、五音、均拍、輕重、清濁之别。」即指可歌之詞而言。北宋如屯田、方回、清真、雅言諸家，南宋如白石、梅溪、夢窗、草窗、玉田諸家，大都妙解音律，所爲詞，聲文並茂。吾人學其詞，多有應守四聲者。且所謂音律家之詞，亦惟獨創之調，自度之腔，如清真《蘭陵王》、白石《暗香》《疏影》之類，須嚴守四聲。至於通行之調，如《金縷曲》、《沁園春》、《水龍吟》之類，則無四聲可守。《摸魚子》、《齊天樂》、《木蘭花慢》之類，一調中只有數處仄聲須分上去，不必全守四聲也。（《柯亭詞論》）

〔自然與人工各占地位〕　詞尚自然固矣，但亦不可一概論。無論何種文藝，其在初期，莫不出乎自然，本無所謂法。漸進則法立，更進則法密。文學技術日進，人工遂多於自然矣。詞之進展，亦不外此軌轍。……南宋以降，慢詞作法，窮極工巧。稼軒雖接武東坡，而詞之組織結構，有極精者，則非純任自然矣。梅溪、夢窗，遠紹清真；碧山、玉田，近宗白石；詞法之密，均臻絶頂。宋詞至此，殆純乎人工矣。（同上）

〔詠物詞貴有寓意〕　詠物詞，貴有寓意，方合比興之義。寄託最宜含蓄，運典尤忌呆詮，須具手揮五絃目送飛鴻之妙，方合。如東坡《水龍吟》，詠楊花而寫離情。夢窗《瑣春寒》，詠玉蘭而懷去姬。白石詠梅，《暗香》感舊，《疏影》弔北狩扈從諸妃嬪。大都雙管齊下，手寫此而目注彼，信爲當行名作。此雖意别有在，然莫不抱定題目立言。用慢詞詠物，起句便須擒題。過變更不可脱離題意，方不空泛，方能警切。（同上）

〔清詞三期〕　清詞派别，可分三期。浙西派與陽羨派同時。浙西派倡自朱竹垞，曹升六、徐電發等繼之，崇尚姜、張，以雅正爲歸。陽羨派倡自陳迦陵，吴薗次、萬紅友等繼之，效法蘇、辛，惟才氣是尚。此第一期也。……（同上）

〔白石詞騷雅絶倫〕　白石詞在南宋，爲清空一派開山祖，碧山、玉田皆其法嗣。其詞騷雅絶倫，無一點浮煙浪墨繞其筆端，故當時有詞仙之目。「野雲孤飛，去留無跡」，有定評矣。（同上）

〔碧山玉田各具面貌〕　碧山、玉田生當宋末元初，黍離麥秀之感，往往溢於言外。二家雖同出白石，而

各具面貌。（同上）

〔大鶴詞吐屬騷雅〕　大鶴詞，吐屬騷雅，深入白石之室。令、引、近尤佳。學清真，升堂而已。（同上）

〔蕙風詞及其詞話〕　蕙風詞，才情藻麗，思致淵深。小令得淮海、小山之神，慢詞出入片玉、梅溪、白石、玉田間。吐屬雋妙，爲晚清諸家所僅有。（同上）

〔詞源疏證·導言〕　腔、譜、拍三者，雖歌詞者之事，然欲製爲可歌之詞，則作詞者亦須通曉。惟此三者貫通極難。音譜之存於今者，只白石旁譜一種。他如旁綴音譜之《寄聞集》，及紫霞翁之圈法美成詞，僅存其名，未見其書。即以譜字而論，白石旁譜所載，與《詞源》亦稍歧異，且間羼以《詞源》所無之字，或疑示腔調變化，或謂即節拍所在，均不可考。（《詞源疏證》卷首）

〔詞源疏證·述例〕　一、玉田論詞，獨於白石無間。他如論美成則薄其軟媚，論夢窗則病其質實，稼軒則以豪邁見黜，耆卿則以風月貽譏。言其一耑，何嘗不然，以概全體，未免偏見。（同上）

〔結聲正訛〕　（《詞源》原文，略）

按：結聲規律甚嚴，微高微下，皆謂之訛，以其腔韻相近故也。《白石歌曲》亦云：「十二宮所住字各不同，不容相犯。」《朱子語類》云：「大凡壓入音律，祇以首尾二字。」朱子此説，即姜、張之意也。《燕樂考原》謂朱子誤以調之所係，全在首尾二字。蔡季通因此誤會，遂爲起調畢曲之説以疑誤後學。此論非是，《聲律通考》已駁之。凌氏之譏朱、蔡，殆未細究姜、張之説耳。（《詞源疏證》卷上）

〔謳曲旨要〕　（《詞源》原文，略）

按：詞與音律之關係，可分二端，一曰宫調，一曰歌法。……至於詞之歌法，則不全涉宫調。是篇所載，猶可窺其厓略。有屬於詞拍者，如六均八均官豔敲掯之類。有屬於詞腔者，如大頓小頓丁住折掣之類。惜其詳不可得聞耳。近世詞人，輒謂宋詞宫調亡，故詞不可歌。不知舊詞不可歌，非宫調亡，音譜亡耳；非僅音譜亡，歌法亦亡耳。否則白石歌曲，旁譜具在，何以同一不能歌？蓋旁譜譜字，有可識者，有不可識者。其不可識之譜字，及駢列或疊寫之譜字，其中必有拍與腔之符號，所以示節之長短、聲之變化者，特混淆不能明辨耳。張文虎《舒藝室餘筆》，於白石旁譜頗多考訂，然對此不可識之譜字，亦束手莫可如何。余初意宋詞歌法，必有存於元曲中者，欲由元曲以上稽宋詞歌法，乃元曲歌法亦亡，後人歌元曲，後人之歌法耳。（同上）

呂　澂

〔詞源疏證序〕　詞律應於聲調中求，余嘗考證其説於白石、玉田之作，意有所會。以學力時日相限，迄未能詳明之。……宋詞舊譜，今存白石自製諸曲，翫其體製，每調旋律，起訖轉折，抗墜抑揚，皆有定法。如一調諸聲多通餘調，欲不相犯，必於每句旋律，特出本調獨有之腔，此一法也。歌詞以啞篳篥合樂，聲調音節，諧婉爲尚，欲其不亢不遺，則旋律間音度高下必不得過相懸遠，此又一法也。畢曲住字，點明宫調，欲其宛轉自然；諸調有别，則殺聲曲直必各從其類，此又一法也。所謂詞調音律，則應於此旋律片段求之，非徒宫調名聲而已。所謂協音遺字，亦應於旋律變化求之，非徒當字宫商而已也。玉田論述音譜，謂其先人舊作《惜花春起早》云：「瑣窗深」，「深」字音不協，改爲「幽」字，又不協，改爲「明」字，歌之始協。此三字皆平聲，胡爲如是？蓋五音有脣齒喉舌鼻，所以有輕清重濁之分，故平聲字可爲上、入者此也。……白石亦謂舊調《滿江紅》用仄韻，不協律，舉末句例云：「無心撲」三字，融「心」字爲去聲，方協。而其改作平韻句云「聞佩環」，即以平去平爲式，末韻不協，必並其前一字改之者，非以其殺聲旋律曲折而墜，有不得不俱變者乎？此足見協音之視旋律矣。世有志於詞律者宜以《詞源》爲根據，從白石製譜歸納尋究，得其腔調聲字相協之法。……民國十九年六月丹陽吕澂序。（《詞源疏證》卷首）

吴　梅

〔緒論〕　沈伯時云：前輩好詞甚多，往往不協律腔，所以無人唱和。……余按此論出於宋末，已有不協腔律之詞，何況去伯時數百年，詞學衰熄如今日乎？紫霞論詞，頗嚴協律，然協律之法，初未明示也。近二十年中，如漚尹、夔笙輩，輒取宋人舊作，校定四聲，通體不改易一音。如《長亭怨》，依白石四聲；《瑞龍吟》，依清真四聲；《鶯啼序》，依夢窗四聲。蓋聲律之法無存，製譜之道難索，萬不得已，寧守定宋詞舊式，不致偭越規矩。顧其法益密，而其境益苦矣。（余案：定四聲之法，實始於蔣鹿潭。其《水雲詞》如《霓裳中序第一》、《壽樓春》等，皆謹守白石、梅溪定格，已開朱、況之先路矣。）（《詞學通論》第一章）

擇題最難。作者當先作詞，然後作題。除詠物、贈送、登覽外，必須一一細討，而以妍雅出之。又不可用四六語（間用偶語亦不妨），要字字秀冶，别具神韻方妙。……學者作題，應從石帚、草窗。石帚題，如《鷓鴣天》「予與張平甫自南昌同游」云云，《浣溪沙》「予女須家沔之山陽」云云，《霓裳中序第一》「丙午歲留長沙」云云，《慶宫春》「紹興辛亥除夕，予别石湖」云云，《齊天樂》「丙辰歲與張功甫會飲張達可之堂」云云，《一萼紅》「丙午人日予客長沙别駕之觀政堂」云云，《念奴嬌》「予客武陵，湖北憲治在焉」云云，……叙事寫景，俱極生動，而語語妍鍊，如讀《水經注》，如讀柳州游記，方是妙題。且又得詞中之意，撫時感事，如與古人晤對。（清真、夢窗，詞題至簡，平生事實，無從討索，亦詞家憾事。）而平生行誼，即可由此考見焉。（同上）

〔論平仄四聲〕……凡古人成作，讀之格格不上口，拗澀不順者，皆音律最妙處。張綖《詩餘圖譜》，遇拗句即改爲順適，無怪爲紅友所譏也。拗調澀體，多見清真、夢窗、白石三家。……夢窗詞如《鶯啼序》之「快展曠眼，傍柳繫馬」，《西子妝》之「一箭流光，又趁寒食去。」《霜花腴》之「病懷强寬，更移畫船。」白石詞如《滿江紅》之「正一望、千頃翠瀾」，《暗香》之「江國，正寂寂」，《淒涼犯》之「怕匆匆，不肯寄與誤後約」，《秋宵吟》之「今夕何夕恨未了」，此等句法，平仄拗口，讀且不順，而欲出辭爾雅，本非易易，顧不得輕易改順也。（同上第二章）

萬紅友云：名詞轉折跌蕩處，多用去聲。此語深得倚聲三昧。蓋三仄之中，入可作平，上界平仄之間。去則獨異，且其聲由低而高，最宜緩唱。凡牌名中應用高音者，皆宜用此。如堯章《揚州慢》「過春風十里」、「自胡馬窺江去後」、「漸黄昏，清角吹寒」，凡協韻後轉折處皆用去聲，此首最爲明顯。他如《長亭怨慢》「樹若有情時」、「望高城不見」、「第一是早早歸來」、「算空有并刀」，《淡黄柳》之「看盡鵝黄嫩緑」、「怕梨花落盡成秋色」，其領頭處，無一不用去聲者。無他，以發調故也。此意爲昔人所未發，紅友亦言之不詳，因特著之。（同上）

〔作法〕 詠物詞須别有寄託，不可直賦。自訴飄零，如東坡之詠雁；獨寫哀怨，如白石之詠蟋蟀：斯最善矣。至如史邦卿之詠燕，劉龍洲之詠指、足，縱極摹繪，已落言詮。今之作者，即欲爲劉、史之隸吏，亦不可得也。（同上第五章）

〔概論二〕 論詞至趙宋，可云家懷隋珠，人抱和璧，盛極難繼者矣。然合兩宋計之，其源流遞嬗，可得而言焉。大抵開國之初，沿五季之舊，才力所詣，組織較工，晏、歐爲一大宗。二主一馮，實資取法，顧未能脱其範圍也。汴京繁庶，競賭新聲，柳永失意無憀，專事綺語，張先流連歌酒，不乏豔辭，惟託體之高，柳不如張。蓋子野爲古今一大轉移也。前此爲晏、歐，爲温、韋，體段雖具，聲色未開；後此爲蘇、辛，爲姜、張，發揚蹈厲，壁壘一變。而界乎其間者，獨有子野，非如耆卿專工鋪叙，以一二語見長也。迨蘇軾則得其大，賀鑄則取其精，秦觀則極其秀，邦彦則集其成，此北宋詞之大概也。南渡以還，作者愈盛，而撫時感事，動有微言。稼軒之煙柳斜陽，幸免種豆之禍；玉田之貞芳清影（《清平樂》所南畫蘭），獨餘故國之思。至若碧山詠物，梅溪題情，夢窗之豐樂樓頭，草窗之禁煙湖上，詞翰所寄，並有微意，又豈常人所易及哉！余故謂紹興以來，聲律之文，自以稼軒、白石、碧山爲優，夢窗則次之，草窗又次之，至竹屋、竹山輩，純疵互見矣。此南宋詞之大概也。……詞至南宋，可云極盛時代。……兹選論七家，爲南渡詞人之表率，即稼軒、白石、玉田、碧山、梅溪、夢窗、草窗是也。……

（二）姜夔　字堯章，鄱陽人。蕭東父識之於年少，妻以兄子。因寓居吴興之武康，與白石洞天爲鄰，自號白石道人。慶元中，曾上書乞正太常雅樂。有白石詩一卷，詞五卷。録詞一首：

霓裳中序第一（略）

宋人詞如美成樂府，僅注明宫調而已。宫調者，即説明用何等管色也。如仙吕用小工，越調用六字類，蓋爲樂工計耳。白石調凡舊牌皆不注明管色，而獨於自度腔十七支，不獨書明宫調，並樂譜亦詳載之。宋代曲譜，今不可見，惟此十七闋，尚留歌詞之法於一綫。因悟宋人歌詞之法，皆用舊譜，故白石於舊譜各詞，概不申説，而於自作諸譜，不憚詳録也。何以明之？白石詞《滿江紅》序云：《滿江紅》舊詞用仄韻，多不協律，如末句云「無心撲」三字，歌者將「心」字融入去聲，方諧音律。又云：末句云「聞佩環」，則協律矣。是白石明知舊譜「心」字之不協，乃爲此「佩」字之去聲以就歌譜焉。故此詞不注旁譜，以見韻雖用平，而歌則仍舊也。又，吴夢窗《西子妝》亦自度腔也，而張玉田和之，且云：夢窗自製此曲，余喜其聲調嫻雅，久欲效而未能。又云：惜舊譜零落，不能倚聲而歌也。據此，則宋調之能歌者，皆非舊譜零落之詞。夢窗此調，雖嫻雅可觀，而譜法已佚，無從按拍，苟可不拘舊譜，則玉田儘可補苴罅漏，别訂新聲，今寧使闕疑，不敢妄作者，正足見宋人歌詞之法，概守舊腔，非如南北曲之隨字音清濁而爲之挪移音節也。是以吴詞自製腔九支，以不自作譜，元明以來，賡和者絶少。姜詞十七譜具存，故繼姜而作者至多。於此見譜之存逸，關係於詞之隆替者至重。而宋詞譜之守定成式者，亦緣此可悟矣。南渡以後，國勢日非，白石目擊神傷，多於詞中寄慨，不獨《暗香》《疏影》發二帝之幽憤，傷在位之無人也。特感慨全在虚處，無跡可尋，人自不察耳。蓋詞中感喟，祇可用比興體，即比興中亦須含蓄不露，斯爲沈鬱。若慷慨發越，終病淺顯。如《揚州慢》「自胡馬窺江去後，廢池喬木，猶厭言兵」，已包涵無數傷亂語。又如《點絳唇》丁未過吴淞作，通首只寫眼前景物，至結處云「今何許，憑闌懷古，殘柳參差舞。」其感傷時事，只用「今何許」三字提唱，無窮哀感，都在虚處。他如《石湖仙》、《翠樓吟》諸作，自是有感而發，特未敢臆斷耳。（姜詞十七譜，余别有釋詞，今不論。）（同上第七章）

（四）王沂孫　……大抵碧山之詞，皆發於忠愛之忱，無刻意爭奇之意，而人莫能及。論詞品之高，南宋諸公，當以花外爲巨擘焉。其詠物諸篇，固是君國之憂，時時寄託。……以視白石《暗香》、《疏影》，亦有過之無不及。詞至此蔑以加矣。（同上）

（五）史達祖　……余謂白石、梅溪，皆祖清真，白石化矣，梅溪或稍遜耳。（同上）

〔詞源疏證序〕　詞爲聲律之文，其要在於可歌。顧自元曲代興，詞之能歌者少。非不可歌也，譜亡也。六百年中，作者如林，要皆長短句之詩耳。白石詞旁譜十七闋，僅有工尺，未及節拍，仍不可歌也。

玉田《詞源》，備述律吕宫調管色犯聲之源，及謳曲旨要，其説甚精。而律度可悟，聲理仍晦，此又無如何者也。近人南匯張文虎考訂白石旁譜，鐵嶺鄭文焯爲《詞源》斠律，一時詞家交相推許。張氏書不論；鄭氏斠律，校正、律吕諸圖表，可云無憾。然而《謳曲》一篇，亦無從訂覈，蓋聲音出口，旋即消滅，未可形求。兩宋盛時，文士伶倫輩未能纂集歌法，勒成專書，故至今日，雖竭心疲神，亦難明其究竟矣。……（《詞源疏證》卷首）

〔秦淮曲宴詞集石帚詞語〕　紅雲低壓碧玻瓈，十畝梅花作雪飛。歌罷淮南春草賦，與君閒看壁間題。玉笙凉夜隔簾吹，巷陌風光縱賞時。三十六陂人未到，當初不合種相思。

惆悵歸來有月知，翦燈心事悄寒時。文章信美知何用，誰識三生杜牧之。（《南社》第九集）

〔蝶戀花〕　大道青樓摇策去。錦瑟雙聲，子夜同心句。春水吴艘楊柳溆，匆匆豔夢歡如絮。　白馬青絲情萬緒。一篋牛衣，孤負當時語。偏又重逢深院宇，小紅不是吹簫侣。（同上第十二集）

陳乃乾

〔三十六陂漁唱題解〕　王敬之，字寬甫，江蘇高郵人。嘗北游燕趙，與瘦生交最篤，故集中詞題所宜軒者爲多。詞宗南宋姜夔，故題曰《三十六陂漁唱》，蓋取白石句以名也。白石自訂詞集最精審，敬之不多存詞亦如之。（《三十六陂漁唱》卷首，《清名家詞》七）

〔真松閣詞題解〕　楊夔生，字伯夔，金匱人。與錢唐袁通、袁棠交厚。嘗數主白下之隨園。時郭麐盛

有詞名，夔生復從游，故作風與之相近。奉姜、張爲圭臬，亦可見當時風氣也。（《真松閣詞》卷首，同上）

冒廣生

〔鄭文焯詞〕　鐵嶺鄭叔問舍人文焯，爲蘭坡中丞之子。家世蘭錡，累葉通顯。叔問獨羈棲吳下，爲東諸侯賓客，其神致清朗，懷抱冲遠，真衛洗馬一流人物。所著瘦碧、冷紅諸詞，規橅石帚，即製一題，下一字，亦不率意。本朝詞家雖多，若能研究音律，深明管絃聲數之異同，上以考古燕樂之譜者，凌次仲外，此爲僅見。……《虞美人》云：「歌雲軟繡吳篷背。暗浦明珠翠。舊家池館久蒿萊。說與鷗邊涼月、帶愁回。長波西望垂虹路。截雪吹簫處。暗香不送倩魂歸。可奈湖山無恙、昔游非。」（《小三吾亭詞話》卷一）

〔王景沂祝英臺近〕　往時宋芝棟侍御，嘗賦七絶二首，題余詞卷，義門讀至「千載秦黄無敵手，射雕今見小三吾」，笑曰：「芝棟非知小三吾詞者也。」援筆成《祝英臺近》一章。其後半闋云：「舊題字。伴爾琴篋書囊，沉吟冀州市。眼底河山，落想便成淚。可憐歌舞臨安，姜張詞筆，但刻意、怨紅傷翠。」（同上卷四）

莫伯驥

〔絳帖平六卷郝氏東畝軒寫本〕　宋姜夔撰。夔字堯章，鄱陽人。此書據《宦游紀聞》卷七，目爲姜夔《絳帖平》。清《四庫提要·目録類》本書條下，謂宋之論法帖者，米芾、黄長睿以下，互有疎密，夔欲折衷其論，故取《漢書·張釋之傳》「廷尉天下之平」語，以名其書。嘉泰癸亥自序云：帖雖小技，而上下千載，關涉史傳爲多。《提要》謂其書考據精博，可謂不負其言。惟第五卷内有考論偶疎者。《墨莊漫録》謂其書本二十卷。舊止鈔本相傳，未及雕刻，所載字號止於「山」字，其「河」字以下，亡佚十四卷，竟不可復得。然殘珪斷璧，終可寶也。此本板心有「東歗軒」三字，實爲郁氏藏本。東城郁氏禮，字佩宣，號潛亭，錢塘諸生，家素封，藏書充牣。潛亭又增益所未備。時小山堂書已散，所餘殘帙尚多異本，潛亭悉力購之。所居駱駝橋，去厲徵君樊榭山房一里而近。傳鈔秘册尤多。徵君殁後，其家出所著《遼史拾遺》手稿，要索厚價，久之不售，潛亭以四十金購得之。中間尚缺五十葉，百計求之不得。鮑廷博以文偶步至青雲街，見拾字僧肩廢紙兩巨簏，檢視之皆厲氏所棄，徵君所録《遼史拾遺》稿本在焉，亟市歸授佩宣。芬如亂絲，一一爲之整理，閉户兩月，綴輯成編，適符所闕之數。藏書之室曰東歗軒，軒額爲董香光書。亭中古桂二株，相傳明萬曆間所植，交柯接葉，清陰覆檐。室中牙籤萬軸，都成碧色。潛亭晨夕校録於其間。百年以來，滄桑幾易，東城郁氏，子姓寂寥，里中故老無復有知潛亭其人者。以上見鮑廷博《庶齋老學叢談》跋尾、吴氏《蕉廊脞録》卷三。又黄蕘圃題識云：吴槎客家有《笠澤叢書》七卷附補遺一卷本，有合校諸本之碧筠草堂本七卷附補遺本，當是蜀本，而合校本則兼集衆長矣。朱黄燦然，幾至迷目。内有朱筆校者，係從錢唐郁陛（疑是「佩」字之誤——編者）宣東歗軒舊鈔本。余取舊鈔本重校刊正四卷補遺一卷續補遺一卷勘之悉合。槎客云郁本最佳云云。可見郁氏遺本至有可取。此本書法大佳，絶無俗筆。以此字鈔此書，洵相稱矣。（《五十萬卷樓藏書目録初編》卷八《史部五》）

胡先驌

〔文芸閣先生詞話〕　新建胡步曾先生先驌評文芸閣《雲起軒詞鈔》、王幼遐《半塘定稿賸稿》云：……然嘗試溯詞之源流，本爲歌曲之濫觴，雕蟲之小技。春花秋月，徵歌按舞之候，所以寄麗情，調急管，以圖一夕之歡者耳。初非莊重雅正之詩可比。故《花間》一集，全賦豔情；其淫靡之甚者，且鄰於鄭衛。時至北宋，尚沿故習。故耆卿樂章，多雜鄙語；山谷小詞，不登大雅；范文正不惜爲「都來此事，眉間心上，無計相廻避」之語；歐陽文忠且傳有「堂上簸錢堂下走，那時相見已關心，何況到如今」之辭：蓋風尚使然也。自東坡以横放傑出之才，爲銅琶鐵板之曲，逸懷浩氣，超脱塵垢。於是《花間》爲皁隸，而耆卿爲輿臺，風氣乃爲之丕變。至辛稼軒之《菩薩蠻》書江西造口壁，《破陣子》爲陳同甫賦壯詞，幾不知其爲令詞矣。自是以降，雖不人爲蘇、辛，而詞已盡洗綺羅香澤之態。無論爲白石之清空，或夢窗之穠麗，要不容纖悉傖俗之氣存乎其間。而傖俗則《花間》之痼疾，北宋所不免。雖清真且以不高遠見譏也。故南宋名家，決不作「啼粉涴郎衣，問郎何日歸」之俗語。即周清真之「低聲問向誰行宿。城上已三更。馬滑霜濃。不如休去，直是少人行。」與「有何人、念我無聊，夢魂凝想鴛侶。」及「不戀單衾再三起。有誰知。爲蕭娘，書一紙。」亦非白石、夢窗所肯落筆也。嘗謂惟

南宋之詞爲雅詞，要亦文學進化之跡有然。（《重校集評雲起軒詞》附）

盧前

〔望江南〕讀有清百家詞，偶有感興，輒繫小令於後，未必能中肯綮也。雖然，蠡測管窺，直書所見，非云短長，聊以自遣而已。二十五年十月冀野盧前記。

姜張裔，浙派泝先河。蕃錦茶煙無足取，靜居載酒未容訶，朱十總貪多。朱彝尊

雷池步，廝守傍姜張。薄滑遂爲浙派病，少年學語漸頹唐，功過兩相妨。郭麐

傳漁唱，此地有詞仙。三十六陂人到否，白雲白石世爭傳，俊賞出茶煙。王敬之

長明盞，推闡四家評。信有傳燈詞辨在，姜張妙處亦天成，對壘始周生。周濟

無歸附，尚有小玲瓏。差近姜張終味薄，寒松詞筆略相同，中乘百家中。葉大莊（《飲虹簃論清詞百家》，見《清名家詞》十）

北京圖書館善本部

白石詩集一卷，詞集一卷。宋姜夔撰。清康熙五十七年曾時燦華苹書屋刻本，鮑倚雲批校並跋。二册。周捐。

白石詩集一卷，詞集一卷。宋姜夔撰。清康熙五十七年曾時燦華苹書屋刻本，余集校跋並録厲鶚批校題識。一册。周捐。

白石道人詩集一卷，補遺一卷，詩説一卷，歌曲六卷，别集一卷。宋姜夔撰。清王曾祥鈔本，王曾祥校，魏成憲、□謙

升、秦更年跋。傅增湘題款。二册。周捐。

白石道人詩集一卷，詞集一卷，詩説一卷。宋姜夔撰。清鈔本。一册。邢捐。（《北京圖書館善本書目・集部上・宋别集類》）

白石詞一卷。宋姜夔撰。（同上・集部下・詩餘類・宋名家詞六十一種九十卷）

白石道人歌曲六卷，别集一卷。宋姜夔撰。清乾隆十四年張奕樞松桂讀書堂刻本，周南跋，吴梅圈點批注並跋。一册。吴捐。

白石道人歌曲三卷，别集一卷。宋姜夔撰。清鈔本，蔣鳳藻跋。一册。（同上・集部下・詩餘類）

夏承燾

〔輯傳〕　姜夔字堯章，鄱陽人（本集）。九真姜氏，本出天水（清姜虬緑編姜忠肅祠堂本《白石集》附《九真姜氏世系表》）。夔之七世祖泮，宋初教授饒州，乃遷江西（世系表）。父噩，紹興三十年進士，以新喻丞知漢陽縣（世系表。清嚴杰擬《南宋姜夔傳》），卒於官（姜虬緑《白石道人詩詞年譜》）。夔孩幼隨宦，往來沔、鄂二十年（本集）。淳熙間客湖南，識閩清蕭德藻（本集。拙作《姜白石繫年》）。德藻工詩，與楊萬里、范成大、陸游、尤袤齊名（楊萬里《誠齋集》。《烏程縣志》）。既遇夔，自謂四十年作詩，始得此友（宋周密《齊東野語》載白石《自述》）。以其兄之子妻之（宋陳振孫《直齋書録解題》。宋張鎡《南湖集》），攜之同寓湖州。永嘉潘檉字之曰白石道人，以所居鄰苕溪之白石洞天也（本集。參拙作《白石行實考》之《行跡考》）。

夔少以詞名，能自製曲，初率意爲長短句，然後協以律（本集）。嘗以楊萬里介，謁范成大於蘇州（《誠齋集》）。誠齋以爲翰墨人品皆似晉、宋之雅士（《齊東野語》。白石《自述》）。授簡徵新聲，爲作《暗香》、《疏影》二曲，音節清婉（本集）。成大贈以家妓小紅，大雪載歸過垂虹橋，賦詩有「小紅低唱我吹簫」句（元陸友《硯北雜志》）。萬里嘗稱其文無不工，甚似陸龜蒙。夔來往蘇、杭間，亦頗以龜蒙自擬（本集。《行實考》）。並時名流若樓鑰、葉適、京鏜、謝深甫，皆折節與交；朱熹愛其深於禮樂，辛棄疾深服其長短句（《齊東野語》。白石《自述》）。

時南渡已六七十載，樂典久墜，士夫多欲講古制以補遺軼。夔於寧宗慶元三年進《大樂議》及《琴瑟考古圖》於朝，論當時樂器、樂曲、歌詩之失。略謂：紹興大樂，多用大晟所造樂器，金石絲竹匏土未必相應；四金之音未必應黃鍾。……書奏，詔付太常（《宋史·樂志》）。時嫉其能，不獲盡所議（明徐獻忠《吳興掌故》）。五年，又上《聖宋鐃歌》十二章（本集）。詔免解與試吏部，不第（《書録解題》），以布衣終。夔氣貌若不勝衣，家無立錐，而一飯未嘗無食客；圖書翰墨之藏，汗牛充棟（宋陳郁《藏一話腴》）。張炎比其詞爲「野雲孤飛，去留無跡」（《詞源》）；黃昇謂其高處，周邦彦所不能及（《絶妙詞選》）。其精通樂紀亦如邦彦，今存有旁譜之詞十七首。爲詩初學黃庭堅，而不從江西派出，並不求與楊、范、蕭、尤諸家合（詩集自序）；一以精思獨造，自拔於宋人之外（清人《四庫全書提要》）。所爲《詩説》，多精至之論，嚴羽之前，無與比也（清王士禛《漁洋詩話》）。亦精賞鑑，工翰墨，辨別法帖，察入苗髮，較黃伯思、王厚之爲優（清朱彝尊《曝書亭集》），趙孟堅稱爲書家申、韓（《硯北雜志》）。習《蘭亭》二十餘年（白石《蘭亭序跋》），晚得書法於單煒（白石《保母志跋》）。其遺蹟猶有存者。

著書可考者十二種。今存詩集、《詩説》、歌曲、《續書譜》、《絳帖平》等（參拙作《白石行實考》之《著述考》）。京鏜嘗稱其駢儷之文（《齊東野語》：白石《自述》），則無一篇傳矣。

張俊之孫曾有名鑑字平甫者居杭州，夔中歲以後，依之十年（《齊東野語》：白石《自述》）。鑑卒，旅食浙東，嘉興、金陵間（本集。宋吴潛《履齋詩餘》。宋蘇泂《泠然齋集》）。卒於西湖（《履齋詩餘》），年約六十餘（參拙作《白石行實考》之《生卒考》）。貧不能殯，吴潛諸人助之葬於錢唐門外西馬塍（《履齋詩餘》。《硯北雜志》）。子二：瓊，太廟齋郎（《世系表》）；瑛，嘉禾郡簽判（嚴杰擬傳）。（《姜白石詞編年箋校》）

〔暗香〕（詞，略）　〔疏影〕（詞，略）

此詞以有「昭君胡沙」語，前人皆謂指徽、欽、后妃。張惠言《詞選》謂「以二帝之憤發之」，鄧廷楨《雙硯齋詞話》謂「乃以北庭後宫言之。」鄭文焯曰：「考唐王建《塞上詠梅》詩曰：『天山路邊一株梅，年年花發黄雲下。昭君已没漢使回，前後征人誰繫馬。』白石詞意當本此。」（案許昂霄《詞綜偶評》引胡銓詠梅，亦有「春風自識明妃面」句。）近劉永濟氏以《南燼紀聞》載徽宗北行道中聞笳笛作《眼兒媚》詞，有「春夢繞胡沙，向晚不堪回首，坡頭吹徹梅花」之句，謂即白石「昭君」云云之由來；此又前人所未及者。然靖康之亂距白石時已六七十年，謂專爲此作，殆不可信。此猶今人詠物忽無故闌入六十年前光緒庚子八國聯軍之事，豈非可詫。若謂石湖嘗使金國，故詞涉徽、欽，亦不甚切事理。若謂白石感慨，泛指南宋時局，則未嘗不可。予又疑白石此詞亦與合肥别情有關，如「嘆寄與路遥」，

「紅萼無言耿相憶」、「早與安排金屋」等句，皆可作懷人體會。又二詞作於辛亥之冬，正其最後別合肥之年（時所眷者已離合肥他去，參前《秋宵吟》箋）；范成大贈以小紅，似亦爲慰其合肥別情。以此互參，寓意自見。惟二詞爲應成大之折簡索句，不專爲懷人而作，不似《江梅引》、《踏莎行》諸闋之屬辭明顯耳。餘詳《合肥詞事考》及《姜白石繫年》。（同上）

〔生卒〕　白石生卒年月，今皆難確定，僅知其生年約當宋高宗紹興二十五年（一一五五）左右，卒年約在宋寧宗嘉定十四年（一二二一）之後而已。其《探春慢序》云：「予自孩幼，從先人宦於古沔。」據姜虬緑年譜，從宦漢陽（古沔）在隆興初年。若以十歲左右計，當生於紹興二十五年前後。依此推證其平生，別姊離漢陽在淳熙十三年丙午，其甥已能從游（見《浣溪沙》詞），嫁姊當在乾道間白石十四五時。淳熙丙午作《別沔鄂親友》詩，有「宦達羞故妻」一首，知其時已婚於蕭氏，約三十歲左右。紹熙二年辛亥，范成大贈以家妓小紅，白石約三十六七歲。嘉定十三年與吳潛會於揚州（見吳潛《暗香疏影序》），則已六十五六歲，行年情事，都約略相符。陳思《白石年譜》定其生於紹興二十八年戊寅，雖與予説相差無幾，嫌無顯據，兹不從之。

嚴杰擬《南宋姜夔傳》謂：「紹興中，秦檜當國，隱居箬坑之丁山，參政張燾累薦不起，高宗賜宸翰，建御書閣以儲。」依此推算，白石紹興間已知名朝野，至少必已三十左右，當生於高宗建炎初年。然證以《探春慢序》，隆興時從宦漢陽，尚在孩幼，此説不攻自破。……

次考白石卒年。白石友人吳柔勝之子吳潛，著《履齋詩餘》，其別集卷一有《暗香疏影序》云：「猶記己卯、庚辰之間(嘉定十二三年),初識堯章於維揚。己丑(紹定二年)嘉興再會,自此契濶。聞堯章死西湖,嘗助諸丈爲殯之,今又不知幾年矣。」白石晚年行跡,賴此數語,得存梗概。近人考白石卒年,多據此定爲紹定二年之後(陳思、李洣皆主此説)。案洪咨夔《平齋集》(三十二)有《提舉俞大中墓誌》,大中即白石舊友俞灝。誌文云灝卒於紹定四年四月朔前三日,即白石客游嘉興之後二年,誌文又謂灝「詩有晚唐風致,詞妙處迫秦、晏。或叩其舊作,輒太息未第時,姜、潘諸故人相與泛苕霅,登垂虹,放浪煙波風露間,更唱遞和,以得句相夸尚,夜深被酒膽壯,拍手嘯歌,魚龍起舞;今無復此樂矣,尚何言哉!」「登垂虹」云云,即是白石《慶宫春》詞事;以此文與吴潛詞序互證,似白石當卒於紹定四年前;但四庫本韓淲《澗泉集》卷十二,有《蓋希之作烏程縣》詩(詩,略),原注:「己未秋,潘德久、蓋希之、姜堯章同往西林看木犀,潘、姜下世已三年矣。」據《詩人玉屑》(十九)韓淲卒於嘉定十七年甲申(一二二四),尚在紹定己丑姜、吴再會嘉興之前五年。吴詞序與韓詩注兩相矛盾,必有一誤。今案韓淲確卒於嘉定甲申,其集中懷古三首可證。(李洣謂「戴復古哭澗泉詩自注,謂澗泉懷古三首爲卒時絶筆,趙蕃跋此詩亦有『絶筆』及『淚沾巾』之語,見《詩人玉屑》。蕃以紹定二年卒,則澗泉必卒於其前;《玉屑》謂在嘉定甲申,當得其實。」)又葉適《水心集》,有《悼路鈐舍人潘公德久》詩,適卒於嘉定十六年,德久之卒猶在其前。嘉定十六年,下距紹定己丑尚有六載,據韓淲詩注,潘、姜同年卒,則吴潛詞序所云「己丑嘉興再會」之説,殆不可信。且《澗泉集》中多與白石、德久、希之唱和之作,西林同看木犀之事,又屢見於其集,(如集十七《次韻昌父十首》之八〔略〕,同卷又有《寄抱樸君》三首之一〔略〕,足證韓淲送蓋希之之詩必無差誤。又韓集卷三,慶元己未二月戊子寄皖山隱翁史虎囊有「豈不能趨風，擊鮮宰肥豣。獨恨海潮邊，戀禄贍兒女。」亦韓己未在杭州之一證。）據此互推，知考白石卒年之文獻，韓淲詩注比吴潛詞序較爲可信。唐蘭定白石當卒於嘉定十三四年之際，謂「韓淲即卒於嘉定十七年甲申理宗即位之月，詩云『朝家更化』當指理宗改元，詩即作於卒前。吴潛『己丑嘉興再會』之語，爲追憶三四十年前事而偶誤，不如淲詩作於白石卒後三年爲較可徵信。」（唐先生寄予函語）兹依唐説，定白石卒於嘉定十四年前後，得年約六十七八歲。韓淲詩謂白石與潘檉同年卒，今但知檉卒於嘉定十六年葉適卒前。他日倘能求得確實年月，則白石卒年之疑，可同時得解矣。（同上）

劉永濟

〔宫調第三〕　姜夔《白石集·淒涼犯序》：「凡曲言犯者，謂以宫犯商，商犯宫之類。如道調宫『上』字住，雙調亦『上』字住，所住字同，故道調曲中犯雙調，或於雙調曲中犯道調。其他準此。唐人《樂書》云：『犯有正、旁、偏、側。宫犯宫爲正，宫犯商爲旁，宫犯角爲偏，宫犯羽爲側。』此説非也。十二宫所住字各不同，不容相犯；十二宫特可犯商、角、羽耳。」（按凌氏曰：「本七宫而云十二宫，兼五中管調言之也。」）

《姜白石集·古今譜法》（張炎《詞源》同）：（略）

或曰：填詞協律之事，今已等於絶學。……姜、張雖欲返本，而後世終不能傳其法。則今日而言宫調，亦摶沙作飯而已。（《詞論》卷上《通論》）

〔調名緣起〕　……此外，有同名而所入之宮調異者，如《虞美人》，《片玉集》入正宮，《尊前集》又入中呂調；……《傾盃樂》，《樂章集》入仙呂宮，《白石集》又入大石調：此則其異在聲而不在詞也。（同上《宮調第三》附）

〔風會第五〕　……據作家爲權衡，故或別其同異；或辨其正變；（……按詞以婉約爲正宗，其理由實因婉約派作家如美成、白石、玉田皆知音，其詞皆協律，而詞本宗之樂府，樂府詩皆應協律。正宗之說，根據在此。如以詞之品格及內容言，則兩派不應分軒輊。）或溯其源流。按填詞雖無一定之派別，然源流亦隱然可尋。……近人如況蕙風謂：宋熙豐間，詞學極盛。蘇長公提倡風雅，爲一代泰斗。黄山谷、秦少游、晁無咎皆長公之客。山谷、無咎詞體，於長公爲近；惟少游自闢蹊徑，卓然名家，故王晦叔稱少游俊逸精妙，與張子野並論，不言其學坡公。則少游詞派又在蘇、柳二家之外矣。又謂：劉改之詞格，本與辛幼安不同，在蔣竹山伯仲間。其激昂慷慨諸作，乃刻意橅擬幼安，則辛、劉非可混爲一家矣。汪森《詞綜序》則謂：鄱陽姜夔出，有史達祖、高觀國羽翼之，張輯、吴文英師之於前，趙以夫、蔣捷、周密、陳允平、王沂孫、張炎、張翥效之於後。譬之於樂，舞《箾》至於九變，而詞之能事畢矣。其餘或稱姜、史，或曰姜、張，或以中仙與玉田匹敵，或以白石與稼軒伯仲，而清真之流衍獨盛。故方（千里）、楊（澤民）和韻，西麓繼周。而功甫之美梅溪，則曰分鑣清真；梅溪之論夢窗，則曰前有清真。故止庵周氏稱美成思力獨絶千古，如顏平原書雖未臻兩晉，而唐初之法至此大備。後有作者，莫能出其範圍矣。雖評騭允當，而言靡條貫，故亦不能無所觝異。於是，兩宋正、變之辨，清空、質實之爭生焉。按諸家正、變之辨，已見前引，《蕙風詞話》於此亦有論列，如謂止庵《宋四家詞筏序》不以近世詞家推南宋爲正宗，姜、張爲山斗爲然，其説不盡是。謂張誠不足爲山斗，南宋安得不爲正宗？而王靜安又以竹垞「詞至北宋而大，至南宋而深」之説爲非；而以止庵「北宋詞多就景叙情，故珠圓玉潤，四照玲瓏，至稼軒、白石一變而爲即事叙景，使深者反淺，曲者反直」，潘四農「詞濫觴於唐，暢於五代，而意格之閎深曲摯，則莫盛於北宋，詞之有北宋，猶詩之有盛唐，至南宋則稍衰」，以及劉融齋「北宋詞用密亦疏，用隱亦亮，用沉亦快，用細亦潤，用精亦渾，南宋只是掉轉過來」三説俱推尊北宋，與明季雲間諸公同一卓識。其立説之不同如此。然雲間諸公且欲廢宋尊唐；王阮亭即不謂然，況蕙風至謂唐、五代不必學。其持論又不同如此。至清空質實之論，發於玉田，其後竹垞宗之，浙中諸子復推闡之。而止庵則謂：玉田過尊白石，高語清空，後人不能精研詞中曲折深淺之故，群聚而和之。蕙風則謂：東南操觚之士，往往高語清空，而所得者薄；力求新豔，而所得者尖。其見解之不同又如此。學者苟不能觀其會通，不能明其立言之意，則幾何而不成門户之爭。大抵古人立言，多在救時弊。南宋之末，詞尚雕繢，故玉田非之以質實。明季詞多浮采，故竹垞救之以清空。浙中諸子之弊也，故有止庵、蕙風之論。而静安之言，又爲近世詞學夢窗者之藥石也。

知風會之説，則知歐、晏之近延巳者，宋初猶五代風氣也。……若夫清真、伯可之儔，身在樂府，知音協律之事，所職宜然，故其所爲，韻律精切。白石、梅溪、夢窗、草窗諸君承其流風，彌見工麗。斯又體製因革之自然，此數君者動於不得已，非欲以此與前人競奇也。（同上卷上《通論》）

〔總術第二〕……

按清空之論，發自玉田，至秀水朱竹垞氏病清初詞人專奉《草堂》，乃選《詞綜》，以退《草堂》而崇姜、張，以清空雅正爲主，風氣爲之一變，是曰浙派。及毗陵張皋文氏出，復以微婉相高，以求當言外意内之旨；其後周止庵氏益推闡之，退姜、張而進辛、王，尊夢窗而祖美成，風氣又爲之一變，是曰毗陵派。然觀玉田之論，特以救一時質實之失，初未自標一派也。……

又按清空云者，詞意渾脱超妙，看似平淡，而義藴無盡，不可指實。……特學之者造詣未到，於此中甘苦疾徐之間有所未嘗，而高語清空，則不能無病。此介存所以有「過尊白石，但主清空」之語，而蕙

風所以有「箏琶競響，蘭茎不芳」之嘆也。（同上卷下《作法》）

〔體物第四〕……

又諸家論詠物之詞，多舉東坡、清真、白石、邦卿、碧山諸闋爲例。至其評騭，亦有異同。劉公勇不解「昭君不慣胡沙遠，但暗憶江南江北」，而玉田極稱之。賀黄公不取「柳昏花暝」，而玉田獨賞之。劉、賀求形似於題中，不知得遠致於題外。……白石《暗香》、《疏影》，則通首取神題外，不規規於詠梅。「昭君」句，用徽宗在北所作《眼兒媚》詞「花城人去今蕭索，春夢繞胡沙。家山何處？忍聽羌笛，吹徹梅花」也，故有「暗憶江南江北」及「又卻怨玉龍哀曲」等句，其指二帝之蒙塵乎。惠言所論盡之矣。靜安乃譏其無一語道著，其失與公勇同。……白石、功甫詠蟋蟀二詞，賀黄公之品評亦是姜不及張者，張詞結句能將以前模寫之筆盡成感慨之音，非詠蟋蟀，實自道胸臆耳。……

又按詞至南宋，姜、史、張、王，彌極工麗，法度既密，而能運用不滯，是爲詞學成熟之時。五代則奇花初胎，北宋則紅紫爛漫也。觀其時序，殆與其他文藝同一塗轍。近人有詆南宋諸公爲詞家匠石者，可謂失言。（同上）

……

按節序風物，感人彌深。故詞人每有所作，但貴能直寫我目、我心此時、此際所得，方不落套。……玉田所舉諸作（指周邦彦《解語花》、史邦卿《東風第一枝》和《喜遷鶯》——編者），大抵工麗之作，於題中精藴可無遺憾，然尚不如東坡之「惟恐瓊樓玉宇，高處不勝寒」，山谷之「黄菊枝頭破曉寒」，白石之「巷陌風光縱賞時」，稼軒之「衆裏尋他千百度，驀然回首，那人卻在，燈火闌珊處」，爲得題外遠致也。大抵南渡以後，王（碧山）、史（梅溪）、張（玉田）、周（草窗）諸公慢詞，其體勢辭句率如小賦，綿密工麗有餘，而高情遠致微減矣。其間惟稼軒才情俱勝，白石格調獨高，猶存北宋風流。好學深思之士，自不難通其消息也。（同上）

〔結構第五〕……

按諸家論填詞起、結皆同。……至沉君論起處，極當。發端之辭，貴能開門見山，不可空泛。如能從題前著筆，精神猶易振起。……有先將題意説了，隨即側入另生一意者，如吴夢窗《憶舊游》「送人猶未苦，苦送春、隨人去天涯」……。有先説一層，隨即歸到題意者，如姜白石《齊天樂》「庾郎先自吟愁賦，淒淒更聞私語」，張玉田《臺城路》「十年前事翻疑夢，重逢可憐俱老」之類是也。（同上）

〔揚州慢〕（詞，略）

（説）千巖老人即蕭德藻。鄭文焯曰：「紹興三十年，完顔亮南寇，江淮軍敗，中外震駭。亮尋爲其臣下弑於瓜州。此詞作於淳熙三年，寇平已十有六年，而景物蕭條，依然『廢池喬木』之感。此與《淒涼犯》當同屬江淮亂後之作。」起三句，「過維揚」也。「淮左」，宋置淮東路，亦稱淮左。「竹西」，杜牧詩：「誰知竹西路，歌吹是揚州。」揚州府城東北有竹西亭也。「過春風」二句，「薺麥彌望」也。「自胡馬」三句，「感慨今昔」也。「漸黄昏」二句，「暮色漸起，戍角悲吟」也。換頭託之杜牧以寫己情，即「予懷愴然」也。看「算而今、重到須驚」句自明。「縱豆蔻」即從上「俊賞」出。杜牧《贈别》詩曰：

「娉娉裊裊十三餘，豆蔻梢頭二月初。」「豆蔻詞工」，指此。杜又有「十年一覺揚州夢，贏得青樓薄倖名」詩句，「青樓夢好」指此。「難賦深情」者，杜乃個人之事，今則爲家國之感，即今杜牧重來，已難賦也。「二十四橋」二句仍從杜牧詩來。杜《寄揚州韓綽判官》詩有「二十四橋明月夜，玉人何處教吹簫」句。「二十四橋」，沈括《夢溪補筆談》：「揚州在唐時最爲富盛，舊城南北十五里，一百一十步；東西七里，三十步，可記者有二十四橋。」「波心」七字寫得蒼涼，足見感愴。歇拍有花木無情，依然繁茂而「俊賞」無人矣。故曰「爲誰生」。「紅藥」，芍藥也。紅藥橋見李斗《揚州畫舫録》。「漸黄昏」句，鄭文焯《校》謂「漸黄昏清角」句對下片「念橋邊紅藥」句，應斷於「角」字。又謂「角」、「藥」二字旁譜「[illegible]」皆是「打」字，宜用入聲。按鄭説是也。（《微睇室説詞》）

〔暗香〕（詞，略）

（説）　此與後首《疏影》説者頗不一。張惠言《詞選》謂「石湖蓋有隱遁之志，白石賦此二詞以阻之。首章言己嘗有用世之志，今老無能，望之石湖耳。」宋翔鳳《樂府餘論》謂「《暗香》、《疏影》，恨偏安也。」二家皆以南宋國事立説。近人夏承燾一反舊説，謂「白石此詞亦與合肥別情有關，如『嘆寄與路遥』、『紅萼無言耿相憶』、『早與安排金屋』等句，皆可作懷人體會。又二詞作於辛亥之冬，正其最後別合肥之年（時所眷者已離合肥他去，參前《秋宵吟》箋）；范成大贈以小紅，似亦爲慰其合肥別情。以此互參，寓意可見。」按夏君此説，蓋由《疏影》詞中有「昭君不慣胡沙遠」句，諸家之説難明，故改爲懷合肥所眷者。然細按此二詞，似不可作懷所眷者説。如此首「江國。正寂寂」、「路遥」、「夜雪」，後首「胡沙」、「暗憶江南江北」、「深宮舊事」等詞，何可以之指合肥所眷勾欄中妓女。夏説殆不然也。

此詞起四字便有情，下二句即舊時月下梅邊之韻事。「换起」二句亦舊時之風趣。「何遜」二句言今日之情懷，借用何遜以自擬。何遜有《詠早梅詩》，故曰「春風詞筆」。「但怪得」二句以今日逢花遇酒，尚不免有情作過拍。换頭以下正逢花遇酒之情。

「江國寂寂」四字包含偏安朝廷苟且局勢。「嘆寄與」二句用陸凱寄范曄梅枝事，意卻指徽、欽二宗被幽之地，故用「夜雪初積」點明北地。「翠尊」二句曰「泣」，曰「憶」，用意甚明，如以爲懷合肥舊妓，則未免使白石難堪。歇拍數句，仍切梅作結，而言外有歲晚芳殘之慨。大抵詠物之詞，要不粘不脱，乍合乍離。細玩此詞，不難領會。（同上）

〔疏影〕（詞，略）

（説）張惠言謂「此章更以二帝之憤發之，故有『昭君』句。」鄭文焯謂「此蓋傷心二帝蒙塵，諸后妃相從北轅，淪落胡地，故以『昭君』託諭。考唐王建《塞上詠梅》詩曰：『天山路邊一枝梅，年年花發黄雲下。昭君已殁漢使回，前後征人誰繫馬。』白石詞意當本此。」按此詞「昭君」究何所指，如不能明，則白石之意終無從知。我曾以徽宗在北所作《眼兒媚》詞説之，覺最確切。《眼兒媚》詞曰：「玉京曾憶舊繁華。萬里帝王家。瓊樓玉殿，朝喧絃管，暮列笙琶。　花城人去今蕭索，春夢遶胡沙。家山何在，忍聽羌管，吹徹梅花。」《疏影》詞中「昭君」二句顯係即用《眼兒媚》詞意。「暗憶」句即

「春夢遶胡沙。家山何在」也。也即「玉京曾憶舊繁華」也。「又卻怨、玉龍哀曲」亦即「忍聽羌管，吹徹梅花」也。「徹」，樂曲最末一遍之名。「梅花」，笛曲有《梅花落》調也。夏君《白石詞箋校》引我之説曰：「近劉永濟氏以《南燼記聞》載徽宗北行道中聞笳笛，作《眼兒媚》詞，有『春夢繞胡沙，向晚不堪回首，枝頭吹徹梅花』之句，謂即白石昭君云云之由來；此又前人所未及者。」夏君又謂「然靖康之亂，距白石爲此詞時已六七十年，謂專爲此作，殆不可信。此猶今人詠物，忽無故闌入六十年前光緒庚子八國聯軍之事，豈非可詫。若謂石湖曾使金國，故詞涉徽、欽，亦不甚切事理。予謂白石此詞亦與合肥別情有關。」按夏君所引我説，乃我所編《唐五代兩宋詞選注釋》。我所引《眼兒媚》詞乃據朱氏《彊村叢書》録出，與《南燼記聞》所載不同。至夏君謂白石不應於靖康亂後六七十年作詠物詞尚涉及之，謂我説不可信。則殊可怪。靖康之亂，二帝及諸后妃、王公被擄北去，爲國家奇恥大辱，豈有愛國之士，六七十年後便可淡然忘之。且白石此詞詠梅，《眼兒媚》詞明有「胡沙」、「梅花」等句，何不可涉及？假使今人詠頤和園中花木樓臺，涉及清咸豐十年（一八六〇）英法聯軍焚燬圓明園事，亦何可詫？又石湖把玩此詞不已，如係白石僅爲懷念合肥舊眷，則無甚意義，更何得用「昭君」、「胡沙」、「深宮」等詞，豈非更可詫。至夏君提出「寄與路遥」、「紅萼無言」、「安排金屋」等句爲懷人之證，亦難取信，見後説中。

此詞一起點題。「有翠禽」二句用趙師雄於羅浮山梅花樹下夢美人歌，醒見翠禽事，見《龍城録》，梅花故事也。「客裏」三句又以梅襯出人情岑寂。「倚修竹」句用杜甫「天寒翠袖薄，日暮倚修竹」詩。

「黄昏」字則林逋《梅》詩「暗香浮動月黄昏」也。此三句乃作者從梅花體現出作者自身感慨，故後有無言倚竹之句。「無言」者，感慨極深時之詞，與夢窗登禹陵詞「無言倦憑秋樹」之情懷正同，故下即接寫「昭君」二句，提明念君。此時徽宗已殁，故有「想佩環」二句。此等處正是詠物詞不粘不脱、乍合乍離處，非故作迷離之詞也。换頭三句又從往昔之事設想，詞語雖用宋壽陽公主醉卧含章殿，梅花落於額上事，詞意卻指昔日宫中躭樂廢政之事。「那人正睡」，語意可想。「莫似」二句言莫同「春風」之「不管盈盈」，宜「早與安排金屋」，免使零落也。此三句不難使人感到善謀國者宜先事預防、方可免危殆。「還教」二句言今花已零落而卻「怨玉龍哀曲」復有何益。仍切徽宗「忍聽羌管，吹徹梅花」詞意也。但從詞面看，則寫落梅也。歇拍又以畫中梅花，另出一意作結。言外有及到國事已壞，尚念玉京舊日繁華，已如畫裏看花，徒存空影而已。統觀全首，張、鄭二家之論，大旨無誤，惟於「昭君」、「胡沙」等辭，未能從徽宗之詞着眼，乃搜索唐人詩，得王建《塞上詠梅》詩，遂以爲「白石詞意當本此」，則尚未達一間，不可不辨。（同上）

唐圭璋

姜夔

〔點絳唇〕（詞，略）

此首過吴松作，通首寫景，極淡遠之致，而胸襟之灑落亦可概見。起寫燕雁隨雲，南北無定，實以自況，一種蕭灑自在之情，寫來飄然若仙。「數峰」兩句，體會深山幽静之境，亦極微妙。「清苦」二字，寫山容欲活，蓋山中沈陰不開，萬籟俱寂，故覺群峰都似呈清苦之色也。「商略」二字，亦生動，蓋當山雨欲來未來之際，諦視峰與峰之狀態，似商略如何降雨也。換頭，中懷古之意。「今何許」三字提唱，「憑欄」兩句落應，哀感殊深。但捉住殘柳一點言之，已見古今滄桑之異。用筆輕靈，而令人弔古傷今，不能自止。（《唐宋詞簡釋》）

〔鷓鴣天元夕有所夢〕（詞，略）

此首元夕感夢之作。起句沈痛，謂水無盡期，猶恨無盡期。「當初」一句，因恨而悔，悔當初錯種相思，致今日有此恨也。「夢中」兩句，寫纏綿顛倒之情，既經相思，遂不能忘，以致入夢，而夢中隱約模糊，又不如丹青所見之真。「暗裏」一句，謂即此隱約模糊之夢，亦不能久做，偏被山鳥驚醒。換頭，傷羈旅之久。「别久不成悲」一語，尤道出人在天涯况味。「誰教」兩句，點明元夕，兼寫兩面，以峭勁之筆，寫繾綣之深情，一種無可奈何之苦，令讀者無以爲情。（同上）

〔踏莎行〕（詞，略）

此首亦元夕感夢之作。起言夢中見人，次言春夜思深。换頭言别後之難忘，情亦深厚。書辭針綫，皆伊人之情也。天涯飄蕩，覩物如覩人，故曰「離魂暗逐郎行遠」。「淮南」兩句，以景結，境既凄黯，語亦挺拔。昔晁叔用謂東坡詞「如王嬙、西施，淨洗却面，與天下婦人鬥好」，白石亦猶是也。劉融齋

謂白石「在樂則琴，在花則梅，在仙則藐姑冰雪」，更可知白石之淡雅在東坡之上。（同上）

〔慶宫春〕（詞，略）

此首夜泛垂虹作，寫境極空濶，寫情亦放曠。初點湖天空濶、日暮天寒之境，次寫盟鷗呼我之情，翩翩欲下。又過木末，寫鷗飛最生動，而呼我之情尤覺親切有味。「那回」兩句，回憶昔年雪夜泛湖情景，宛然在目。「傷心」兩句，折入現景，點明山况。换頭，因蕩舟山川之間，又起懷古之思。「采香」三句，極寫樂極而歌。「垂虹」三句，寫孤舟遠引，胸次浩然，逸興遄飛，有倏然物外、渾忘塵世之高致，誠玉田所謂「野雲孤飛，去留無跡」也。「酒醒」兩句，復寫樂極而飲，並酒醒後懷古之情。「如今安在」四字提唱，與《點絳唇》之「今何許」三字作法相同。「惟有」兩句應上句，倍覺前塵如夢，只餘一片蒼茫，令人嘆息。王靜安論詞，輒標舉境界之首。而詆白石。然若此首境界幽絶，又曷可輕詆。且白石所作，類皆情景交融，獨臻神秀，又非一二寫境之語，足以盡其詞之美也。（同上）

〔齊天樂〕（詞，略）

此首詠蟋蟀，寄託遥深。起言愁人不能更聞蟋蟀。觀「先自」與「更聞」，正相呼應。而庾郎不過言愁人，並非謂庾郎曾有蟋蟀之吟也，其《霓裳中序第一》有云：「動庾信清愁似織」可證。陳伯弢譏庾郎《愁賦》無出典，未免深文羅織。言蟋蟀聲如私語，體會甚細。「露濕」三句，記聞聲之處。「哀音似訴」比「私語」更深一層，起下思婦聞聲之感。「曲曲」兩句，承上言思婦之悲傷，而出之以且嘆、且問語氣，文筆極疏俊委婉。换頭，用「又」字承上，詞意不斷。夜涼聞聲，已是感傷，何况又添暗雨，傷更甚矣。仍用問語叙述，亦令人嘆惋不置，此類虛處傳神，白石最擅長。「候館」三句，言聞聲者之傷感，不獨思婦，皆愁極不堪者，一聞蟋蟀皆愁，故更有無數傷心也。伯弢又謂「候館」、「離宫」與「銅鋪」、「石井」重複，不知「銅鋪」、「石井」乃自言聽蟋蟀發聲之處，「候館」、「離宫」乃他人聽蟋蟀之所在。一是聽蟋蟀在何處，一是在何處聽蟋蟀，用意各别，毫不重複。「豳詩」兩句陡轉，以無知兒女之歡笑，反襯出有心人之悲哀，意亦深厚。末言蟋蟀聲譜入琴絲更苦，餘意不盡。（同上）

〔琵琶仙〕（詞，略）

此首感懷舊游，情景交勝，而文筆清剛頓宕，尤人所難能。起寫畫船遠來，中載有人，因遠處隱約不清，彷佛舊游之人，故曰「似」。次寫畫船漸近，確似當年蛾眉，故曰「正」。扇約飛花，寫景寫人並妙。「春漸遠」兩句，一氣逕轉，秀逸絶倫；不寫人雖似實非之恨，但寫出眼前見聞，以見舊游不堪回首之情。「十里揚州」三句，言前事之可哀，因説來傷感，故不如不説之爲愈，語亦沈痛。换頭，因景物似昔，頗感時光遷流之速。「都把」兩句，因前事怕説，愁恨難消，故只有將無聊情思，付與榆莢。「千萬縷」兩句，言細柳起舞，更增人悲感。末句，回想當年初别時之情景，正與今同，亦有無限感傷。

（同上）

〔八歸〕（詞，略）

此首送别詞。起寫雨後静院之蓮、桐，是晝景；次寫雨後静院之螢、蛩，是晚景。以上皆言送别時之處境，文字細密。「送客」以下，頓開疏蕩，聲情激越。初聞水面琵琶而歡，次見一片江山而惜。「長恨」三句，恨分别之速；「渚寒」三句，歎人去之遠。「想文君」以下，運太白詩，想家人望歸之切，與歸後之樂。全篇一氣舒卷，極沈着而和惋。（同上）

〔念奴嬌〕（詞，略）

此首寫泛舟荷花中境界，俊語紛披，意趣深遠。首言與鴛鴦爲侣，即富逸趣。「三十六」兩句，寫湖遠無人，荷葉無數，亦清絶幽絶。「翠葉」三句，兼寫荷葉及雨、酒、菰蒲。「嫣然」兩句，寫荷花姿態生動，不説人聞香，而説冷香飛來，綴句峭俊。换頭，言日暮不忍便去。「只恐」兩句，言西風愁人，不得不去。「高柳」三句，言雖然擬去，但柳、魚猶留我暫住。「田田」兩句，言終於歸去，仍扣住田田蓮葉作收。上片寫景，下片筆筆轉换，一往情深。（同上）

〔揚州慢〕（詞，略）

此首寫維揚亂後景色，悽愴已極。千巖老人以爲有黍離之悲，信不虚也。至文筆之清剛，情韻之綿邈，亦令人諷誦不厭。起首八字，以拙重之筆，點明維揚昔時之繁盛。「解鞍」句，記過維揚。「過春風」兩句，忽地折入現時荒涼景象，警動異常。且十字包括一切，十里薺麥，則亂後之人與屋宇，蕩然無存可知矣。正與杜甫「城春草木深」同意。「自胡馬」三句，更言亂事之慘，即廢池喬木，猶厭言之，則人之傷心自不待言。「漸黄昏」兩句，再點出空城寒角，尤覺悽寂萬分。换頭，用杜牧之詩意，傷今懷昔，不盡欷歔。「重到須驚」一層，「難賦深情」又進一層，「二十四」兩句，以現景寓情，字鍊句烹，振動全篇。末句收束，亦含哀無限。正亦杜甫「細柳深蒲爲誰緑」之意。玉田謂白石《琵琶仙》

與少游《八六子》同工，若此首，亦與少游《滿庭芳》同爲情韻兼勝之作。惟少游筆柔，白石筆健。少游所寫爲身世之感，白石則感懷家國，哀時傷亂，境極悽焉可傷，語更沈痛無比。參軍蕪城之賦，似不得專美於前矣。周止庵既屈白石於稼軒下，又謂白石情淺，皆非公論。（同上）

〔長亭怨慢〕（詞，略）

此首寫旅況，情意亦厚。首句從别時别處寫起。「遠浦」兩句，記水驛經歷。「閱人」兩句，因見長亭樹而生感，用《枯樹賦》語。「樹若」兩句，翻「天若有情天亦老」意，措語亦俊。换頭，記山程經歷，文字如奇峰突起，拔地千丈。亂山深處，最難忘玉環分付。「第一」兩句正是分付之語，言情極真摯。末以離愁難消作收。下片一氣直貫到底，彷彿蘇、辛。（同上）

〔淡黄柳〕（詞，略）

此首寫客居合肥情況。「空城」兩句，寫淒涼景色。「馬上」一句，倒捲之筆，蓋曉起駿馬過垂楊巷陌，既感角聲淒咽，又感衣單寒重也。「看盡」兩句，寫柳色如舊識最有味。换頭，又轉悲涼。「强攜酒」三句，勉自解寬。「梨花落盡成秋苑」，長吉詩，白石只易一「色」字叶韻。「燕燕」兩句提唱，「惟有」一句，以景拍合，但言池塘自碧，則花落春盡，不言自明。（同上）

〔暗香〕（詞，略）

此首詠梅，無句非梅，無意不深，而託喻君國，感懷今昔，尤極宛轉回環之妙。起四句，寫舊時豪情，一氣流走，峭警無匹。月下吹笛，皆爲烘托梅花而設。試想月下賞梅，梅邊吹笛，何等境界，何等情致。「喚起」兩句承上，因笛聲而又喚起玉人來摘梅，其境更美。「何遜」兩句，陡轉入如今衰時景象，人老才盡，既無吹笛之興，亦無詠梅之才，壯志消磨，感喟無窮。「但怪得」兩句，再轉，實寫梅花之疏影暗香，意謂雖不欲詠梅，但花香入席，引人詩思，又不能自已。換頭推開，言折梅寄遠，用陸凱詩，但路遥雪深，欲寄無從，徒有惆悵之情。「翠尊」兩句，承上申説相思之苦，因不得寄，故對翠尊紅萼而傷心。白石此等鬱勃情深之處，不減稼軒。譚復堂謂此兩句，得《騷》、《辨》之意。宋于庭亦謂白石詞似杜陵之詩，洵屬知言。「長記」兩句，回憶當年梅之盛、人之樂，與篇首相應，造境既美，綴語亦精，此是縮筆。末句，又展開，言梅落已盡，舊歡難尋，情極委惋。問「幾時見得」，想見「白頭吟望苦低垂」之情。章法自清真《六醜》得來。(同上)

〔疏影〕(詞，略)

此首詠梅，寄託亦深。起寫梅花之貌，次寫梅花之神；梅之美，梅之孤高，並於六句中寫足。「昭君」兩句，用王建詠梅詩意，抒寄懷二帝之情。「想佩環」兩句，用杜詩意，拍到梅花，更見想望二帝之切，此玉田所謂「用事不爲事所使」也。換頭，用壽陽公主事，以喻昔時太平沈酣之狀。「莫似」三句，申護花之情，即以申愛君之情。「還教」兩句，言空勞愛護，終於隨波飄流，但聞笛裏梅花，吹出千里關山之怨來，又令人抱恨無限。「等恁時」兩句，用崔櫓詩，言幽香難覓，惟餘幻影在横幅之上，語更沈痛。篇中雖隸事，然運氣空靈，筆墨飛舞。下片虚字，如「猶記」、「莫似」、「早與」、「還教」、「又卻怨」、「等恁時」、「已入」之類，皆能曲折傳神。(同上)

〔翠樓吟〕(詞,略)

此首記武昌安遠樓詞。起言安遠之意,次言安遠之盛。「層樓」句,始寫樓之正面,「看檻曲」兩句,寫樓之壯麗。「人姝麗」三句,寫樓中之盛。此上片皆就樓之内外實寫。下片,提空抒感,一氣流轉,筆如游龍。「此地」四句,用崔灝詩,言「宜有詞仙」,而竟無詞仙,悵望曷極。「宜有」二字與「歎」字呼應。「宜有」句吞縮,「歎芳草」句吐放,韻味深厚。「天涯」三句,又一筆勒轉,「仗」字亦承「歎」字來,因無詞仙,愁不能釋,故惟有仗花酒以消愁,言外慨歎中原無人之意甚明。着末以景結,畫出晚晴氣象,期望甚至,與煙柳斷腸之境,又不相同。(同上)

〔姜白石《點絳唇》詞〕 白石《點絳唇》詞云:(略)或謂起句「燕雁無心」,燕當讀平聲,燕雁即塞雁。案此説非是。燕雁是二物,不能合二爲一。燕春暖從南方去北,雁秋涼從北方來南,此蓋白石自喻有志未遂,飄零南北,行蹤不定,到處依人情況。白石另有《一萼紅》詞云:「南去北來何事,蕩湘雲楚水,目極傷心。」足爲本證。(《詞學論叢》二《考證・讀詞札記》)

〔姜白石評傳〕 ……白石詞尤高妙。寧宗嘉泰二年壬戌至日,曾自編歌曲六卷,松江錢希武刻於東巖之讀書堂,今不傳。《文獻通考》所載《白石詞》五卷,亦不傳。惟葉居仲有鈔本,其後陶南村又景鈔葉本。乾隆初,樓敬思得陶氏鈔本,周耕餘、符藥林二人又自樓氏傳鈔。周鈔本後歸華亭張奕樞,刻於乾隆己巳。是本曾經厲樊榭、黄唐堂、姚鱣卿諸家斠訂,最稱善本,惜原版喪失於南蕩兵火中。宣統庚戌,沈曾植曾試用安慶造紙廠新造紙印白石歌曲,不言何本。鄭文焯以宋廟諱缺末筆考之,知爲景宋舊刻本，且疑即奕樞舊本也。符鈔本後歸江都陸鍾輝，刻於乾隆癸亥，先於張刻六年。是本分體釐定，合爲四卷，與詩集合刻。張文虎、鄭文焯、吴昌綬皆譏其以意竄改，不如張氏景宋之善。惟許增謂斠勘精審，當推陸本爲最。陸版後入江鶴亭家，再歸阮文達，道光癸卯，竟燬於火。此外若倪耘劬、姜文龍、江春、倪鴻諸家刻本，及《四庫全書》、《榆園叢書》、四印齋諸刻本，皆遵用陸本。《彊村叢書》用江炳炎鈔本，江氏蓋從符氏借鈔於揚州，與陸本同一淵源。但字裏行間，亦有同異，朱氏取各本校刊最精。又若汲古閣氏，嘗從《花庵詞選》輯刻三十四闋，尚不及原編之半。康熙甲午，陳撰又從毛刻輯其詩詞，合刻於廣陵。論者謂與洪陔華刻本，同一羼亂。又靈鶼閣舊藏乾隆寫本《白石道人集》，附録白石佚詞《越女鏡心》闋，亦沿洪本之誤，實非白石詞也。至今六卷本，尚有別集一卷十八闋詞，則不知刻於何年，且不知何人掇拾者。計白石詞，共八十四闋，皆精純。不似他家瑕瑜互陳也。且其中十七首附有旁注工尺譜，乃七八百年前流傳至今之唯一宋代樂章文獻。近夏承燾嘗考白石行實、白石歌曲及白石旁譜，繁博精當，遠勝前賢，誠治白石詞者不可不讀之文也。（同上四《論述》）

引用書目

范石湖集　宋范成大　上海古籍出版社一九八一年版
誠齋集　宋楊萬里　四部叢刊初編影印宋鈔本
誠齋詩話　宋楊萬里　歷代詩話續編（中華書局一九八三年出版）本
江湖長翁集　宋陳造　四庫全書（上海古籍出版社一九八七年據文淵閣本影印）本
攻媿集　宋樓鑰　武英殿聚珍叢書本
雙溪類稿　宋王炎　四庫全書本
南湖集　宋張鎡　知不足齋叢書本
龍洲集　宋劉過　函海本
白石道人詩集、歌曲　宋姜夔　四部叢刊初編影印江都陸氏校刻本
白石道人詩集、歌曲　宋姜夔　榆園叢刻本
白石道人歌曲　宋姜夔　彊村叢書本
白石詞鈔　宋姜夔　武唐俞氏精刻本
姜白石詩詞全集　宋姜夔　清乾隆辛卯刊本

姜白石全集　宋姜夔　掃葉山房石印本
白石詩詞集　宋姜夔　人民文學出版社一九五九年版
雙白詞　宋姜夔　張炎　四印齋所刻詞本
續書譜　宋姜夔　百川學海本
澗泉集　宋韓淲　四庫全書珍本初集本
葛無懷小集　宋葛天民　南宋六十家集本
方泉先生詩集　宋周文璞　南宋六十家集本
天臺集續集別編　宋林師蒧　林表民　四庫全書本
平庵悔稿　宋項安世　宛委別藏本
轉庵集　宋潘檉　兩宋名賢小集本
冷然齋詩集　宋蘇泂　四庫全書珍本初集本
負暄野録　宋陳醺　知不足齋叢書本
友林乙稿　宋史彌寧　四庫全書本
平齋文集　宋洪咨夔　四部叢刊續編影印宋鈔本
貴耳集　宋張端義　四庫全書本
蘭亭考　宋桑世昌　知不足齋叢書本

後村詩話　宋劉克莊　中華書局一九八三年版
虛齋樂府　宋趙以夫　四部叢刊廣編影印黄蕘圃顧千里校影宋鈔本
皇宋書録　宋董史　知不足齋叢書本
鶴林玉露　宋羅大經　中華書局一九八三年版
四朝聞見録　宋葉紹翁　知不足齋叢書本
履齋先生詩餘　宋吴潛　彊村叢書本
淳祐臨安志　宋施諤　宋元地方志叢書本
藏一話腴　宋陳郁　四庫全書本
江湖後集　宋陳起輯　四庫全書本
南宋群賢小集　宋陳起輯　讀畫齋叢書本
游宦紀聞　宋張世南　中華書局一九八一年版
蘭亭續考　宋俞松　知不足齋叢書本
娱書堂詩話　宋趙與虤　歷代詩話續編本
懷古録　宋陳模　清鈔本
直齋書録解題　宋陳振孫　四庫全書本
夢窗詞集　宋吴文英　彊村叢書本

夢窗詞稿　宋吴文英　四明叢書本
秋堂詩餘　宋柴望　彊村叢書本
詩人玉屑　宋魏慶之　上海古籍出版社一九七八年版
兩宋名賢小集　宋陳思編　四庫全書本
對床夜語　宋范晞文　歷代詩話續編本
中興以來絶妙詞選　宋黄昇編　四部叢刊初編影印明翻宋刊本
玉海　宋王應麟　清光緒九年浙江書局重刻本
雪磯叢稿　宋樂雷發　四庫全書本
花外集　宋王沂孫　四印齋所刻詞本
愛日齋叢鈔　宋葉寘　説郛本
全芳備祖　宋陳景沂編　農業出版社一九八二年版
須溪集　宋劉辰翁　四庫全書本
齊東野語　宋周密　中華書局一九八三年版
武林舊事　宋周密　知不足齋叢書本
浩然齋雅談　宋周密　清武英殿聚珍叢書本
志雅堂雜鈔　宋周密　粤雅堂叢書本

癸辛雜識　宋周密　學津討原本

雲煙過眼録　宋周密　寶顏堂秘笈本

澄懷録　宋周密　榕園叢書本

隨隱漫録　宋陳世崇　筆記小説大觀(江蘇廣陵古籍刻印社一九八三年出版)本

咸淳臨安志　宋潛説友　宋元地方志叢書本

白獺髓　宋張仲文　叢書集成初編影印歷代小史本

梅花衲　宋李龏　南宋六十家集本

碎錦詞　宋李好古　四印齋所刻詞本

潛齋詞　宋何夢桂　四印齋所刻詞本

伯牙琴　宋鄧牧　知不足齋叢書本

詞源　宋張炎　榆園叢刻本

山中白雲　宋張炎　四部備要據彊村叢書江氏疏證本校刊本

山中白雲詞　宋張炎　叢書集成新編本

山中白雲詞　宋張炎　中華書局一九八三年版

樂府指迷　宋沈義父　花草粹編本

開慶四明續志　宋梅應發等　宋元地方志叢書本

瀛奎律髓彙評　元方回撰　清紀昀評　上海古籍出版社一九八六年版
硯北雜志　元陸友仁　筆記小説大觀本
剡源戴先生文集　元戴表元　四部叢刊初編影印明萬曆刊本
文獻通考　元馬端臨　光緒二十二年浙江書局刊本
清容居士集　元袁桷　四部叢刊初編影印元刊本
詞旨　元陸輔之　詞話叢編本
學古編　元吾丘衍　四庫全書本
蟻術詞選　元邵亨貞　四印齋所刻詞本
衍極　元鄭杓撰　劉有定注　四庫全書本
蜕巖詞　元張翥　四部備要據厲樊榭本校刊本
東維子文集　元楊維楨　四部叢刊初編影印鳴野山房舊鈔本
製曲十六觀　元顧瑛　學海類編本
宋史　元脱脱等　中華書局一九七七年版
法書考　元盛熙明　四部叢刊續編據上海涵芬樓影印鈔本校刊本
南村輟耕録　元陶宗儀　中華書局一九五九年版
書史會要　元陶宗儀　四庫全書本

宋學士文集　明宋濂　四部叢刊初編影印明正德刊本

歸田詩話　明瞿佑　歷代詩話續編本

新增格古要論　明曹昭撰　王佐補　北京市中國書店一九八七年版

詩淵　無名氏　書目文獻出版社影印明稿本

法書通釋　明張紳編　叢書集成初編影印夷門廣牘本

麓堂詩話　明李東陽　歷代詩話續編本

姑蘇志　明王鏊　四庫全書本

七修類稿　明郎瑛　中華書局一九五九年版

升庵外集　明楊慎　清道光甲辰影印明板重刊本

詞品　明楊慎　人民文學出版社一九六〇年版

吴興掌故集　明徐獻忠　嘉業堂刊本

書訣　明豐坊　四庫全書本

西吴里語　明宋雷　適園叢書本

弇州山人四部稿　明王世貞　偉文圖書出版社有限公司印行

藝苑巵言　明王世貞　歷代詩話續編本

世善堂藏書目録　明陳第（温麻山農）　知不足齋叢書本

詩藪　明胡應麟　中華書局一九五八年版
寒山帚談　明趙宧光　四庫全書本
紫竹軒雜綴　明李日華　有正書局石印本
隱秀軒文餘集　明鍾惺　偉文圖書出版社有限公司印行
堯山堂外紀　明蔣一葵　明萬曆刻本
草堂詩餘續集、別集　明沈際飛選評　翁少麓梓行本
游明聖湖日記　明浦祊　武林掌故叢編本
遵生八箋　明高濂　四庫全書本
吴興備志　明董斯張　四庫全書本
書畫跋跋　明孫礦　四庫全書本
宋六十名家詞　明毛晉　汲古閣本
隱湖題跋　明毛晉　虞山叢刻本
書法離鈎　明潘之琮　四庫全書本
趙氏鐵網珊瑚　明趙琦美編　四庫全書本
珊瑚網　明王砢玉編　四庫全書本
古今詞統　明卓人月彙選　徐士俊參評　明天啟刊本

書畫題跋記　明郁逢慶　四庫全書本
識小録　明徐樹丕　影印清手稿本
絳雲樓書目　清錢謙益　粤雅堂叢書本
閑者軒帖考　清孫承澤　知不足齋叢書本
庚子銷夏記　清孫承澤　四庫全書本
硯山齋雜記　清孫承澤　四庫全書本
皺水軒詞筌　清賀裳　詞話叢編本
黄梨洲文集　清黄宗羲　中華書局一九五九年版
鈍吟雜録　清馮班撰　何焯評　借月山房匯鈔本
陳迦陵文集　清陳維崧　四部叢刊初編影印患立堂刊本
圍爐詩話　清吴喬　清詩話續編（上海古籍出版社一九八三年出版）本
七頌堂詞繹　清劉體仁　詞話叢編本
七頌堂小識　清劉體仁　筆記小説大觀本
曝書亭集　清朱彝尊　四部叢刊　初編影印原刊本
靜志居詩話　清朱彝尊　人民文學出版社一九九〇年版
詞綜　清朱彝尊　汪森輯　中華書局一九七五年版

蒼梧詞　清董元愷　清名家詞本

述古堂藏書目　清錢曾　粤雅堂叢書本

百名家詞鈔　清聶先　曾王孫輯　清康熙金閶緑蔭堂刊本

古今詞論　清王又華　詞話叢編本

遠志齋詞衷　清鄒祇謨　詞話叢編本

式古堂書畫彙考　清卞永譽　四庫全書本

宋稗類鈔　清潘永因　四庫全書本

松桂堂全集　清彭孫遹　掃葉山房石印本

詞藻　清彭孫遹　詞話叢編本

金粟詞話　清彭孫遹　叢書集成初編影印原刊本

詞統源流　清彭孫遹　學海類編本

百尺梧桐閣集　清汪懋麟　上海古籍出版社一九八〇年版

西陂類稿　清宋犖　清刻本

池北偶談　清王士禛　中華書局一九八二年版

居易録　清王士禛　四庫全書本

香祖筆記　清王士禛　上海古籍出版社一九八二年版

古夫于亭雜録　清王士禛　嘯園叢書本
珂雪詞　清曹貞吉　四部備要校刊原刻本
柳亭詩話　清宋長白　天茁園刊本
詞潔輯評　清先著　程洪　詞話叢編本
詞苑叢談　清徐釚　上海古籍出版社一九八一年版
彈指詞　清顧貞觀　清名家詞本
詞譜　清陳廷敬等　中國書店影印康熙内府刻本
古今詞話　清沈雄　詞話叢編本
詞律　清萬樹　中華書局一九五七年版
堅匏集　清褚人穫　筆記小説大觀本
隱緑軒題識　清陳奕禧　涉聞梓舊本
敬業堂詩集　清查慎行　四部叢刊初編影印原刊本
得樹樓雜鈔　清查慎行　適園叢書本
柘西精舍詞　清沈皡日　清名家詞本
紅藕莊詞　清龔翔麟　清名家詞本
通志堂集　清納蘭性德　上海古籍出版社一九七九年版

納蘭詞　清納蘭性德　榆園叢刻本
義門題跋　清何焯　涉聞梓舊本
偶然欲書　清方棨如　昭代叢書本
詞學全書　清查繼超輯　中華書店一九八四年版
鐵函齋書跋　清楊賓　涉聞梓舊本
歷代詞話　清王奕清等　詞話叢編本
説詩晬語　清沈德潛　清詩話（上海古籍出版社一九六三年出版）本
劍谿説詩　清喬億　清詩話續編本
六藝之一録　清倪濤　四庫全書珍本初集本
春草園小記　清趙昱　武林掌故叢編本
浙江通志　清嵇曾筠等　商務印書館影印光緒二十五年重刊本
樊榭山房集　清厲鶚　四部叢刊初編影印振綺堂刊本
東城雜記　清厲鶚　武林掌故叢編本
增修雲林寺志　清厲鶚　武林掌故叢編本
宋詩紀事　清厲鶚　四庫全書本
絶妙好詞箋　清查爲仁　厲鶚箋　上海古籍出版社一九八四年版

蓮坡詩話　清查爲仁　昭代叢書本
鄭板橋集　清鄭燮　上海古籍出版社一九七九年版
西圃詞説　清田同之　詞話叢編本
詞林紀事　清張宗橚　四川古籍書店一九八二年復印本
南宋雜事詩　清沈嘉轍等　清同治十一年淮南書局刊本
詞綜偶評　清許昂霄　詞話叢編本
宋百家詩存　清曹廷棟　清乾隆二六書堂刻本
鮚埼亭集　清全祖望　四部叢刊初編影印原刊本
淳化祕閣法帖考正　清王澍　四庫全書本
竹林答問　清陳僅　清詩話續編本
隨園詩話　清袁枚　人民文學出版社一九六〇年版
龍井見聞録　清汪孟鋗　武林掌故叢編本
四庫全書總目　清紀昀等　中華書局一九六五年影印本
四庫全書簡明目録　清永瑢等　中華書局一九六四年版
春融堂集　清王昶　清嘉慶十二年塾南書舍刊本
湖海文傳　清王昶　清同治五年刊本

國朝詞綜　清王昶　四部備要校刊原刻本
欽定校正淳化閣帖　清允祕等　四庫全書本
復初齋文集　清翁方綱　清李彦章校刊本
復初齋集外詩　清翁方綱　嘉業堂刊本
石洲詩話　清翁方綱　清詩話續編本
蘇米齋蘭亭考　清翁方綱　粤雅堂叢書本
自怡軒詞選　清許寶善　嘉慶初年家刻本
雨村詞話　清李調元　詞話叢編本
静居緒言　清詩話續編
樹經堂詩初集　清謝啟昆　嘉慶五年刊本
山陰縣志　清朱文翰等　嘉慶八年刊本
戲鷗居詞話　清毛大瀛　詞話叢編本
吴山遺事詩　清朱彭　武林掌故叢編本
南宋古蹟考　清朱彭　武林掌故叢編本
金牛湖漁唱　清張雲璈　武林掌故叢編本
鶯邊詞　清張思孝　又滿樓叢書本

有正味齋駢文箋注　吴錫麒撰　葉聯芬箋注清刻本
大昭慶律寺志　清宜潔　武林掌故叢編本
香研居詞麈　清方成培　叢書集成初編據讀畫齋叢書排印本
存素堂文集　清法式善　程氏揚州刊本
西湖秋柳詞　清楊鳳苞撰　楊知新注　武林掌故叢編本
校禮堂文集　清淩廷堪　安徽叢書本
燕樂考原　清淩廷堪　安徽叢書本
梅邊吹笛譜　清淩廷堪　粤雅堂叢書本
煙霞萬古樓詩選　清王曇　春暉堂叢書本
茗柯文編　清張惠言　上海古籍出版社一九七九年版
張惠言論詞　清張惠言　詞話叢編本
白鵠山房文鈔　清徐熊飛　清嘉慶清素堂刊本
易餘籥録　清焦循　木樨軒叢書本
曝書亭集詞注　清李富孫注　校經廎藏版
小謨觴館詩餘　清彭兆孫　清名家詞本
瓶水齋詩集　清舒位　叢書集成初編據畿輔叢書排印本

香石詩話　清黄培芳　上海書店一九八五年影印本
詞苑萃編　清馮金伯　詞話叢編本
靈芬館詞話　清郭麐　詞話叢編本
靈芬館詞四種　清郭麐　榆園叢刻本
定香亭筆談　清阮元　叢書集成初編據文選樓叢書排印本
廣陵詩事　清阮元　叢書集成初編據文選樓叢書排印本
詁經精舍文集　清阮元　揚州阮氏郎環仙館槑版
秋紅丈室詩　清金雲門　春暉堂叢書本
儀鄭堂殘稿　清曹堉　春暉堂叢書本
淳化祕閣法帖源流考　清周行仁　昭代叢書本
詩法萃編　清許印芳　雲南叢書本
思適齋集　清顧廣圻(千里)　春暉堂叢書本
蓮子居詞話　清吴衡照　詞話叢編本
西冷懷古集　清陳文述　武林掌故叢編本
龔自珍全集　清龔自珍　上海人民出版社一九七五年版
昭昧詹言　清方東樹　人民文學出版社一九六一年版

鐵琴銅劍樓藏書目録　清瞿鏞　常塾瞿氏家刻本
雙硯齋詞話　清鄧廷楨　詞話叢編本
雙硯齋筆記　清鄧廷楨　中華書局一九八七年影印本
退庵隨筆　清梁章鉅　筆記小説大觀本
藝舟雙楫　清包世臣　翠琅玕館叢書本
湖墅雜詩　清魏標　武林掌故叢編本
樂府餘論　清宋翔鳳　詞話叢編本
洞簫詞　清宋翔鳳　雲自在龕叢書本
碧雲庵詞　清宋翔鳳　雲自在龕叢書本
宋七家詞選　清戈載　清光緒十一年重刊本
詞林正韻　清戈載　四印齋所刻詞本
南宋文範　清莊仲方編　清光緒十四年江蘇書局刊本
介存齋論詞雜著　清周濟　人民文學出版社一九五九年版
宋四家詞選目録序論　清周濟　詞話叢編本
清尊集　清汪遠孫編　清道光十九年振綺堂刊本
本事詞　清葉申薌　詞話叢編本

片玉山房詞話　清孫兆溎　詞話叢編本
拜石山房詞鈔　清顧翰　榆園叢刻本
填詞淺説　清謝元淮　詞話叢編本
養一齋詩話　清潘德輿　清詩話續編本
愛日精廬藏書志　清張金吾　清道光六年刊本
甘泉鄉人稿　清錢泰吉　清同治三年刊本
曝書亭記　清錢泰吉　叢書集成初編據式訓堂叢書排印本
香消酒醒詞　清趙慶熺　清名家詞本
紅豆樹館詞　清陶樑　清咸豐刊本
攄月軒詩餘　清趙芬　小檀欒室滙刻閨秀詞本
憶雲詞　清項廷紀　清名家詞本
百柱堂全集　清王柏心　清光緒二十四年刊本
舒藝室餘筆　清張文虎　彊村叢書本
舒藝室雜著　清張文虎　清同治十三年覆瓿集本
舒藝室詩存　清張文虎　清光緒七年刊本
索笑詞　清張文虎　清光緒七年刊本

舒藝室尺牘偶存　清張文虎　清光緒十五年刊本

國朝詞綜續編　清黄燮清　清同治癸酉刊本

芬陀利室詞　清蔣敦復　清名家詞本

芬陀利室詞話　清蔣敦復　詞話叢編本

白香詞譜箋　清舒夢蘭輯　謝朝徵箋　中華書局一九八二年版

東塾集　清陳澧　光緒壬辰刊本

詞學集成　清江順詒　詞話叢編本

增訂四庫簡明目録標注　清邵懿辰撰　邵章續録　中華書局一九六三年版

郘亭知見傳本書目　清莫友芝　清宣統元年校印本

詞律拾遺　清徐本立　上海古籍出版社一九八四年出版詞律本

眉緑樓詞　清顧文彬　清光緒十年刊本

筱園詩話　清朱庭珍　清詩話續編本

藝概　清劉熙載　上海古籍出版社一九七八年版

空青館詞　清邊浴禮　清名家詞本

詞逕　清孫麟趾　詞話叢編本

聽秋聲館詞話　清丁紹儀　詞話叢編本

清詞綜補附續編　清丁紹儀輯　汪淵續編　中華書局一九八六年版
湖州府志　清周學濬等　清同治壬申刊本
汪梅村先生集　清汪士鐸　清光緒七年刊本
碧瀣詞　清端木埰　清名家詞本
藤香館詞　清薛時雨　清名家詞本
采香詞　清杜文瀾　清名家詞本
憩園詞話　清杜文瀾　詞話叢編本
雙橋小築詞　清江人鏡　清光緒二十三年刊本
雨華盦詞話　清錢裴仲　詞話叢編本
蘭紉詞　清陸志淵　雲自在龕叢書本
緝雅堂詩話　清潘衍桐　清光緒十七年杭州刊本
陶樓文鈔　清黄彭年　一九二三年精刻本
上饒縣志　清區作霖等　江西圖書館一九六〇年翻印本
湖船續録　清丁午　武林掌故叢編本
論詞隨筆　清沈祥龍　詞話叢編本
越縵堂讀書記　清李慈銘　中華書局一九六三年版

越縵堂讀書簡端記　清李慈銘　天津人民出版社一九八〇年版
留漚吟館詞存　清沈瑩　又滿樓叢書本
寒松閣詞　清張鳴珂　清名家詞本
藕絲詞　清汪淵　清光緒六年新安茹古堂刊本
善本書室藏書志　清丁丙　清光緒辛丑錢唐丁氏開雕本
武林掌故叢編　清丁丙編　清光緒癸未刊本
筀月詞　清王詒壽　榆園叢刻本
縵雅堂駢體文　清王詒壽　榆園叢刻本
復堂詞話　清譚獻　人民文學出版社一九五九年版
篋中詞　清譚獻　清光緒九年刊本
湘綺樓評詞　清王闓運　詞話叢編本
儀顧堂集　清陸心源　清光緒戊戌刊本
宋史翼　清陸心源　潛園總集本
皕宋樓藏書志　清陸心源　十萬卷樓藏版印本
江西通志　清劉繹等　清光緒七年刊本
杭州府志　清李榕　清光緒二十四年刊本

秋瘦閣詞　清唐韞貞　小檀欒室滙刻閨秀詞本
蓼園詞評　清黄蓼園　詞話叢編本
夢湘樓詞　清宗婉生　小檀欒室滙刻閨秀詞本
賭棋山莊集　清謝章鋌　清光緒十至二十四年刊本
賭棋山莊詞話　清謝章鋌　詞話叢編本
蒿庵類稿　馮煦　民國癸丑刊本
蒿庵論詞　馮煦　人民文學出版社一九八四年版
小玲瓏閣詞　清葉大莊　清名家詞本
藝風堂文集　繆荃孫　清光緒庚子刊本
藝風堂友朋書札　顧廷龍校閲　上海古籍出版社一九八〇年版
樊山全集　樊增祥　清光緒壬寅　上海廣益書局刊本
四印齋所刻詞　清王鵬運　上海古籍出版社一九八九年影印王氏家塾本
歲寒居詞話　胡薇元　詞話叢編本
菌閣瑣談　沈曾植　詞話叢編本
海日樓札叢　沈曾植　中華書局一九六二年版
詞徵　清張德瀛　詞話叢編本

散原精舍詩　陳三立　清宣統刊本

春覺齋論文　林紓　人民文學出版社一九五九年版

春覺齋論畫　林紓　人民美術出版社出版畫論叢刊本

白雨齋詞話　清陳廷焯　人民文學出版社一九五九年版

詞壇叢話　清陳廷焯　詞話叢編本

詞則　清陳廷焯　上海古籍出版社一九八四年影印本

白雨齋詞話足本校注　清陳廷焯撰　屈興國校注　齊魯書社一九八三年版

雲韶集　清陳廷焯　王氏晴靄樓鈔本

詞論　清張祥齡　詞話叢編本

木樨軒藏書題記及書録　李盛鐸　北京大學出版社一九八五年版

石遺室詩話　陳衍　商務印書館一九二九年版

瘦碧詞　鄭文焯　大鶴山房全書本

樵風樂府　鄭文焯　清名家詞本

大鶴山人詞話　鄭文焯　詞話叢編本

絶妙好詞校録　鄭文焯　大鶴山房全書本

重校輯評雲起軒詞　清文廷式撰　龍沐勳輯　新中印刷公司一九四三年版

彊村老人評詞　朱祖謀(孝臧)撰　龍榆生(沐勳)輯　詞話叢編本
彊村語業　朱祖謀　彊村叢書本
彊村詞賸　朱祖謀　彊村叢書本
湖州詞徵　朱祖謀編　清宣統刊本
詞莂　朱祖謀輯　張爾田補録　彊村遺書本
彊村叢書　朱祖謀編　民國十一年刊本
彊村遺書　朱祖謀　龍榆生刻本
四庫全書總目提要補正　胡玉縉撰　王欣夫輯　中華書局一九五四年版
淩波詞　曹元忠　彊村遺書本
郢雲詞　李岳瑞　彊村遺書本
詞説　蔣兆蘭　詞話叢編本
褒碧齋詞話　陳鋭　詞話叢編本
蕙風詞話　況周頤　人民文學出版社一九六〇年版
香東漫筆　況周頤　蕙風叢書本
選巷叢譚　況周頤　蕙風叢書本
東海漁歌　況周頤　竹西館刊本

二雲詞　況周頤　民國三年刊本
餐櫻詞　況周頤　民國四年刊本
雪橋詩話　楊鍾羲　劉氏求恕齋刊本
近詞叢話　徐珂　詞話叢編本
清稗類鈔　徐珂　中華書局一九八四年版
文禄堂訪書記　王文進　民國三十一年鉛印本
江蘇省立圖書館圖書總目　胡宗武　梁公約編　民國七年鉛印本
彊村校詞圖題詠　秦綬章等　彊村遺書本
郎園讀書記　葉德輝　上海澹園戊辰印本
新世説　易宗夔　上海古籍書店一九八二年影印本
晚晴簃詩滙　徐世昌編　退耕堂刊本
湖北通志　張仲炘等　商務印書館一九二一年影印本
唐五代兩宋詞選釋　俞陛雲　上海古籍出版社一九八五年版
北山樓集　吴保初　安徽古籍叢書本
左庵詞話　清李佳　詞話叢編本
海綃説詞　陳洵　詞話叢編本

飲冰室合集　梁啟超　上海中華書局一九三六年版
飲冰室評詞　梁啟超　詞話叢編本
歙縣志　許承堯等　民國二十六年旅滬同鄉會印本
忍古樓詞話　夏敬觀　詞話叢編本
人間詞話　王國維　人民文學出版社一九六〇年版
南社　南社編　南社叢刻本
詞式　林大椿　商務印書館一九三三年版
夢窗詞全集箋釋　楊鐵夫　無錫民生印書館一九三六年代印本
詞學　梁啟勳　北京中國書店一九八五年影印本
聲執　陳匪石　詞話叢編本
宋詞舉　陳匪石　金陵書畫社一九八三年版
學詞百法　劉坡公　上海古籍出版社據世界書局一九二八年版刊本
章氏四當齋藏書目　章鈺編　民國二十七年燕京大學鉛印本
全清詞鈔　葉恭綽　中華書局一九八二年版
詞史　劉毓盤　上海書店一九八五年版
壬子文瀾閣所存書目　錢恂輯　浙江圖書館一九二三年刊本

故宫所藏觀海堂書目　何澄之編　北京故宫博物院一九四二年印行
卧廬詞話　周曾錦　詞話叢編本
白石道人年譜　陳思　遼海叢書本
白石道人歌曲疏證　陳思　遼海叢書本
四庫提要補正　余嘉錫　中華書局一九八〇年版
柯亭詞論　蔡嵩雲　詞話叢編本
詞源疏證　蔡楨（嵩雲）　北京中國書店一九八五年版
詞學通論　吴梅　國學小叢書本
清名家詞　陳乃乾輯　上海書店一九八二年版
小三吾亭詞話　冒廣生　詞話叢編本
五十萬卷樓藏書目初編　莫伯驥　東莞莫氏家刻本
北京圖書館善本書目　北京圖書館善本部　中華書局一九五九年版
姜白石詞編年箋校　夏承燾　上海古籍出版社一九八一年版
詞論　劉永濟　上海古籍出版社一九八一年版
微睇室説詞　劉永濟　上海古籍出版社一九八七年版
唐宋詞簡釋　唐圭璋　上海古籍出版社一九八一年版
詞學論叢　唐圭璋　上海古籍出版社一九八六年版
詞話叢編　唐圭璋　中華書局一九八六年版